LA MAISON
DE LA FALAISE

LA MAISON DE LA FALAISE

AUDREY PERRI

City
Roman

Couverture : Shutterstock/Studio City

ISBN : 978-2-8246-1210-2
Code Hachette : 27 8430 3

Collection dirigée par Christian English & Frédéric Thibaud
Catalogues et manuscrits : city-editions.com

Dépôt légal : Mai 2018

Prologue

Remontant une nouvelle fois à la surface, elle cligna des yeux dans le soleil, soudain éblouie par la beauté de la lumière qui se reflétait sur les vagues. Plaqués contre son visage, ses cheveux la bâillonnaient et brouillaient son champ de vision. À travers, elle ne voyait que du bleu.

Son corps paniqué, coincé entre mer et ciel, ne se battait plus et ses gestes, un temps désordonnés, s'étaient finalement réduits à leur strict minimum. Son cœur, qui semblait si près d'exploser quelques secondes plus tôt, avait peu à peu cessé ses battements frénétiques et adopté un rythme plus régulier, presque serein. Elle sentit ses pulsations s'apaiser progressivement dans sa cage thoracique, comme lorsqu'elle ralentissait le pas après l'effort d'une longue marche. Ce n'était pas le même apaisement, cependant. Car s'il semblait doux à son âme épuisée, celui-ci n'en avait pas moins le goût de la défaite.

Elle n'avait plus peur. Elle avait froid mais elle n'était plus perdue. Sa tristesse, qui avait longtemps lesté ses membres, avait étrangement disparu après le combat. Elle lui avait semblé immense, infinie mais elle n'était finalement rien d'autre qu'un sentiment, qu'une émotion passagère, vouée à disparaître avec le reste.

Mille et une pensées s'entrechoquèrent dans son esprit, puis il y eut un grand vide et elle oublia tout.

Quand les profondeurs l'appelèrent une fois de plus à elles, elle se sentit irrésistiblement attirée. Cette fois, elle le savait, elle ne trouverait pas la force de remonter mais cela n'avait plus beaucoup d'importance. Après un dernier regard vers le ciel, elle s'abandonna enfin et se laissa couler.

1

Juin 1909

Cherchant à passer coûte que coûte entre les interstices des volets clos, les rayons du soleil l'avaient finalement empêchée de trouver le repos qu'elle était venue chercher dans sa chambre. Ou plutôt, pour dire vrai, le repos qu'elle avait *feint* de venir chercher.

Un peu plus tôt dans l'après-midi, lassée des leçons de Miss Stone, engagée une année plus tôt pour parfaire une éducation que Selina avait elle-même jugée défaillante, la jeune fille s'était plainte de maux de tête et avait demandé l'autorisation d'aller s'allonger quelques heures. Loin de chercher à retenir de force son élève, la gouvernante avait acquiescé avec empressement, sans doute soulagée de se débarrasser d'elle, de son regard perçant et de ses questions qui se faisaient de plus en plus pressantes. Car si elle avait pleinement conscience de sa propre cruauté, Selina n'avait jamais pu se résoudre à se montrer vraiment agréable avec celle qui, selon elle, avait rapidement brillé par son incompétence. Prompte à lui emplir le crâne d'enseignements tels que le dessin ou le piano, disciplines jugées futiles par la jeune fille qui s'en était désintéressée depuis des années, Miss Stone s'était révélée ignare en anatomie comme dans toutes les autres sciences, autant de domaines dans lesquels elle avait pourtant affirmé avoir des compétences certaines. Or, c'était justement pour ces fameuses connaissances que Selina avait imploré la présence d'une enseignante, et non pas pour apprendre l'art de peindre avec grâce sur les tasses de porcelaine !

En définitive, Selina n'avait jamais vraiment compris si l'origine de sa désillusion venait de sa mère qui, contrairement à ses promesses, n'avait pas respecté ses doléances au moment de sa sélection ou si c'était en réalité Miss Stone qui, se méprenant sur ce que l'on attendait d'elle, avait délibérément menti au moment de son entretien. Le fait est que, malgré l'insolence évidente de son élève et la vacuité de son emploi du temps, Miss Stone persistait à ne pas donner sa démission, ce qui agaçait et impressionnait Selina tout à la fois. Attendait-elle qu'on la pousse directement jusqu'à la porte ou appréciait-elle assez son élève pour supporter les réflexions cinglantes dont cette dernière la gratifiait constamment ? Cela resterait une énigme pour la jeune fille qui, bien loin de se sentir touchée par cette preuve de persévérance, sentait son exaspération grandir à mesure que passaient les semaines.

Une autre qu'elle aurait certainement fait contre mauvaise fortune bon cœur et se serait finalement décidée à tirer le meilleur parti possible de cette femme – désespérément placide mais certainement intelligente – ou aurait au moins tenté de s'en faire une alliée. D'une nature égoïste, Selina Wilson se souciait quant à elle bien peu d'être attachante ou non et n'avait que très rarement cherché à être appréciée. Seuls comptaient ses projets d'avenir et jamais elle ne se serait attardée à voir Miss Stone autrement que comme un obstacle à ces derniers. Quand elle ne réfléchissait pas au genre de personne qu'elle voulait devenir – ses rêveries sur un idéal à atteindre se faisant généralement au détriment de la construction de sa personnalité présente –, elle avait le nez plongé dans les livres de la bibliothèque familiale. En ce début d'été, tous les livres jugés intéressants, du moins selon ses propres critères qui étaient des plus sélectifs, étant déjà passés entre ses mains avides, elle se voyait contrainte d'aller explorer celle de ses plus proches voisins, les Clark. Loin d'en être désolée, Selina espérait bien profiter pleinement des avantages que ces allées et venues lui procureraient car, contrairement à sa mère, toujours pressée de vérifier ses lectures et de noter scrupuleusement tous les titres qu'elle ramenait dans sa chambre, la famille Clark était beaucoup plus ouverte à toutes sortes d'excentricités, de lubies, de drôles de manies. En résumé, ses voisins se moquaient bien de savoir quelles idées pouvaient doucement s'engranger dans l'esprit de cette jeune ambitieuse et s'amusaient même de la voir délaisser joyeusement l'histoire et la géographie au profit de disciplines jugées plus dignes de sa personne, où il était question de maladies et de la meilleure manière de les soigner.

À quatorze ans à peine, Selina n'avait jamais vraiment eu à s'affranchir de la surveillance de son père qui brillait par son absence mais n'en luttait pas moins constamment contre sa mère qui avait découvert ses nouveaux goûts avec un effarement certain. Le premier choc passé, Catherine Wilson s'était mis en tête d'occuper sa fille de manière plus concrète. Mademoiselle délaissait les pinceaux, la musique et bayait aux corneilles face aux lectures jugées bonnes pour son éducation ? Soit ! Elle n'avait nul besoin d'avoir la fibre artistique mais pourrait toujours s'occuper de divers travaux d'aiguille, des tâches aussi pratiques qu'utiles pour tous. Peine perdue. Devant l'énormité et l'approximation des points de Selina, Catherine s'était résolue à lui retirer le moindre napperon susceptible de subir ses assauts et l'avait finalement laissée à ses livres de sciences.

Si bien des mères auraient approuvé son comportement – après tout, autoriser des lectures *a priori* peu recommandables était sans doute la meilleure manière de les rendre inintéressantes aux yeux de la coupable –, ce consentement ne fit en réalité qu'accroître l'intérêt de Selina pour les maux du corps humain et ces fameuses règles d'hygiène qu'elle se contraignait à apprendre par cœur. Pour quoi ? Pour qui ? Elle seule le savait car Miss Wilson avait toujours fait autant de manières que de mystères. S'il avait toujours été son confident privilégié, Matthew, son frère aîné, n'avait qu'une vague idée de ce qu'elle manigançait depuis quelques mois. Accoutumé aux lettres de désespoir qu'elle avait pris l'habitude de lui envoyer, sans doute pour lui rappeler à quel point il était privilégié en tant que garçon libre d'aller étudier à l'université, il s'était finalement résolu à remplacer les bonbons et les rubans, petits présents qu'il lui avait toujours ramenés de Manchester, par des livres dont le contenu aurait horrifié leur mère. Chaque fois qu'il les lui brandissait sous le nez, vaguement honteux mais surtout heureux de compenser les privilèges dus à son sexe, la jeune fille le gratifiait de l'un de ses rares sourires et se jetait sur les ouvrages comme un enfant affamé sur des pâtisseries. La paix retombait alors, au moins pour quelques jours, sur la maison des Wilson.

Lorsqu'elle était montée s'allonger, une heure plus tôt, Selina avait dans l'idée de troquer le cours de chant qui l'attendait contre une heure de lecture clandestine, activité somme toute beaucoup moins poétique et féminine mais bien plus utile pour l'humanité – d'autant plus que ses dons de chanteuse avaient toujours été très limités, pour ne pas dire inexistants. Malheureusement, la torpeur de l'après-midi aidant, elle avait fini par rejoindre pour de bon son lit et par laisser ses pensées vagabonder vers l'été qui l'attendait. Et il s'annonçait excellent.

Le dernier hiver lui avait paru exceptionnellement long et pourtant, l'herbe craquelée de gel n'était plus qu'un vague souvenir et les vastes pelouses qui entouraient la maison invitaient déjà à ses siestes au soleil. Comme contaminés par la même envie de renouveau, les arbres aux alentours avaient repris de leur prestance et étalaient leurs branches vigoureuses dans un ciel d'un bleu pur, débarrassé de la grisaille de la saison. La nature, dans ce qu'elle avait de plus beau et de plus triomphant, semblait avoir tout simplement repris ses droits et Selina s'en sentait comme galvanisée, sensation d'autant plus étrange pour elle, l'éternelle casanière ! Elle, le rat de bibliothèque qui pouvait passer des jours entiers sans mettre le nez dehors !

Le retour de Matthew n'était évidemment pas étranger au bonheur qu'elle sentait brûler en elle, petit feu joyeux qu'il alimenterait de ses sourires et de ses rires pendant quelques semaines. Comme elle l'aimait, ce frère qu'elle voyait pourtant si peu ! Comme elle aurait aimé pouvoir le suivre toute l'année, petite ombre studieuse marchant dans ses pas de géant ! Cette fois, pourtant, l'idée de la vie qui aurait pu être la sienne si elle avait eu le bon goût de naître garçon lui effleura à peine l'esprit tant elle était occupée à songer aux réjouissances qui les attendaient. En un battement de cils, elle imagina tout, de leurs baignades aux longues soirées passées ensemble, ses propres cris de frayeur en traversant la forêt de pins obscure au retour de la plage et ces repas en famille, d'autant plus chaleureux quand le fils prodigue était à nouveau parmi eux. Bien sûr, il y aurait aussi Sybil et Laura qui, comme toujours, se joindraient à ces journées de bonheur. Comme toujours, Sybil se plaindrait certainement de la chaleur du soleil et chercherait l'ombre tandis que sa sœur, comme toujours elle aussi, se jetterait dans les flots sans penser à autre chose qu'à son plaisir d'être enfin de nouveau dans l'eau.

Laura. Son amie de toujours. Si différente et si parfaite. Si infréquentable, aussi, selon sa mère et dont la présence était d'autant plus précieuse aux yeux de Selina.

Comme souvent, penser à sa chère voisine lui donna l'envie irrépressible de lui parler. Sans doute aurait-elle dû se montrer raisonnable et attendre le lendemain pour profiter à nouveau de la présence de son amie mais Selina n'avait jamais été de celles capables d'attendre bien longtemps et après tout, mieux valait braver la colère de Miss Stone plutôt que de s'endormir comme une vieille fille abandonnée. Fidèle à son impulsivité naturelle, Selina se glissa alors hors de sa chambre avec une discrétion qui aurait fait pâlir d'envie les chats les plus sournois. Petite, elle avait appris à se jouer de la surveillance de ses nurses et aujourd'hui, c'était celle de sa gouvernante qu'elle tentait d'abuser car elle savait pertinemment que malgré son évidente abdication, Miss Stone tiendrait plus que tout à sauvegarder les apparences. Laisser son élève faire l'école buissonnière ne faisait certainement pas partie des nombreuses concessions qu'elle avait déjà faites pour éviter le conflit. La prudence était donc de mise.

D'un pas sautillant, bien que discret, Selina descendit rapidement les deux volées de marches tout en restant à l'affût du moindre bruit. Arrivée en bas des escaliers, elle fit une pause dans le hall d'entrée, l'oreille toujours aux aguets puis, considérant que la voie était libre, continua sa course jusqu'à une porte discrète qui lui permettrait de passer dans les jardins qui jouxtaient la maison. Habituellement réservée aux domestiques, cette dernière avait l'avantage de lui donner directement accès aux terrasses où, à cette heure-ci, malgré le grand soleil, il y avait bien peu de chance de croiser âme qui vive. Sa mère devait certainement superviser le grand ménage du premier étage et son père, fidèle à son habitude, n'était pas là.

Une fois à l'extérieur, Selina respira à pleins poumons, comme soulagée de se retrouver à l'air libre. De là, elle n'aurait plus qu'à dévaler le jardin puis à passer devant les serres pour se rendre jusqu'au petit sous-bois et à la large grille en fer forgé qui séparait leur propriété de celle des Clark. Le monde si proche et si différent où vivait Laura, son amie de toujours. Son aînée de quelques mois, à peine. La sœur qu'elle n'avait jamais eue et dont elle ne pourrait plus se passer.

Du plus loin qu'elle se souvienne, Laura avait toujours été là : rieuse, virevoltante, pleine de bonnes idées et de mauvaises aussi, parfois ! Selina l'avait souvent suivie aveuglément par les chemins, s'abandonnant avec plaisir à la volonté de celle qui semblait née pour parcourir la forêt, les champs et surtout la plage à laquelle elle semblait appartenir corps et âme. À bien des égards, la maison des Clark avait favorisé cette prédisposition car, pour plonger son regard dans les flots, Laura n'avait qu'à ouvrir la fenêtre de sa chambre. Quelle enfant aurait pu résister à un tel appel ? Il n'y avait rien d'étonnant à ce qu'elle ait dévalé plus souvent qu'à son tour le long chemin menant jusqu'à l'eau.

Oui, Laura était sa meilleure amie et Selina lui pardonnait bien volontiers tous ses défauts et toutes ces petites différences qui la rendaient parfois si agaçante. Après, elles n'avaient certainement pas besoin d'être similaires en tout point pour être amies. Elle avait ses livres. Laura avait sa plage. Et leur amitié était comme un point fixe au niveau duquel leurs trajectoires contraires se croisaient.

Parvenue sans encombre au fond du vaste jardin, Selina ralentit tout naturellement le pas. Elle était trop loin à présent pour craindre d'être arrêtée dans sa fuite et elle pouvait désormais profiter pleinement de sa liberté éphémère.

Cachée par la verdure environnante, sa petite silhouette se perdit un instant entre les arbres avant de réapparaître au niveau du grand mur en pierre qui ceignait leur propriété. Trouant cette enceinte, finement ouvragée et en partie recouverte de plantes grimpantes, une vieille et immense grille de fer forgé l'attendait, fidèle au poste.

À chaque fois qu'elle passait au niveau de cette dernière, Selina retenait inconsciemment sa respiration, soudain traversée par une légère appréhension. Comme si elle faisait quelque chose de mal ou plutôt, comme si mettre le pied chez ses voisins, malgré son évidente facilité, avait quelque chose de solennel. Traverser cette frontière n'était pourtant ni une transgression, ni une nouveauté : pour les Wilson et les Clark, il n'y avait rien de plus naturel que de voir cette grille ouverte et l'invasion végétale que connaissait cette dernière n'était qu'une preuve plus notable du manque d'entretien qu'elle recevait. Elle restait là, un peu rouillée, un peu abîmée par le temps mais toujours accueillante pour qui voulait la franchir. C'était une telle habitude que la trouver fermée aurait été aussi incroyable que de croiser le fantôme de la reine Victoria dans les bosquets.

Depuis quelques mois, passer sous cette arche était pourtant devenu un peu moins anodin mais bel et bien synonyme de soulagement et de sérénité pour Selina qui trouvait un peu de réconfort dans ses visites. À sa manière, la maison des Clark représentait une petite bouffée d'air frais quand tout n'était que tension et discorde chez elle. Par la force des choses, aussi bien que par habitude, elle se surprenait à y revenir plus souvent qu'à son tour, trouvant sans cesse de nouveaux prétextes pour s'y éclipser de nombreuses heures. Ces visites n'en avaient que le nom car en réalité, elle y était comme chez elle et y circulait selon son bon vouloir, comme un membre à part entière d'une famille dans laquelle – du moins lui semblait-il – elle aurait plus facilement trouvé sa place. Là-bas, le temps de quelques heures, elle pouvait oublier sa mère, ses reproches constants et ses leçons de morale.

En empruntant le chemin de gravier qui la menait jusqu'à l'arrière de la maison de Laura, Selina sentit une onde de colère lui remonter l'échine et serra les poings sans même y prendre garde, revivant inlassablement les mêmes disputes, ressassant en boucle les mêmes mots. Ceux qu'elle avait dits, ceux qu'elle avait reçus en plein cœur et surtout, ceux qu'elle regrettait de ne pas avoir prononcés à cause de cette peur chevillée à son corps et qui restait, pour l'instant du moins, beaucoup plus forte que la rage qui l'assaillait parfois. Cette peur, elle était son alliée et, à la fois, sa pire ennemie. Elle était celle qui l'attrapait fermement par le poignet, la retenant de force dans l'enclos d'une vie facile et sans heurts où elle pourrait couler des jours tranquilles. Mais elle était aussi celle qui l'empêchait d'aller voir au-delà des frontières que sa mère lui avait imposées, celle qui l'empêchait d'envisager une autre suite à l'histoire qu'elle continuait à imaginer, chapitre après chapitre, dès que l'obscurité envahissait sa chambre. Elle savait qu'il était trop tard à présent pour espérer rejoindre la pension qu'on lui avait proposée, des années plus tôt, et qu'elle avait bêtement refusée pour rester avec Laura. Trop tard également pour se convaincre qu'un jour, tout irait mieux. Il lui suffisait de croiser le regard de celle qui lui faisait face tous les matins à la table du petit déjeuner pour savoir qu'elle était désormais rangée dans le tiroir débordant des déceptions maternelles.

Comme pour l'empêcher de sombrer complètement dans ses sombres pensées, Laura fit soudainement son apparition hors de la maison, armée de ce qui, de loin, ressemblait à une grande feuille de papier. Vêtue de son éternelle robe blanche, silhouette fine et élancée, les cheveux châtain foncé vaguement coiffés en un chignon qui n'avait visiblement jamais été terminé, elle n'avait pas vu son amie et marchait à grands pas dans la direction opposée, se dépêchant visiblement de descendre à la plage. Un instant, Selina eut envie de lui emboîter le pas sans manifester sa présence. Qu'il serait amusant de la suivre à distance respectable sans qu'elle ne se doute de rien ! Si elle se débrouillait assez bien, peut-être arriverait-elle à la faire hurler de peur en se glissant furtivement à ses côtés ? Pragmatique, elle se ravisa pourtant assez rapidement : Laura avait un pas bien trop rapide pour être la victime d'une telle mauvaise blague et serait déjà loin avant qu'elle n'amorce la moindre tentative.

Faisant fi des recommandations de sa mère, qui lui avait mille fois répété qu'une jeune fille n'élevait jamais la voix, elle cria à pleins poumons le prénom de son amie. À cet appel, cette dernière se retourna avec un sourire, lui faisant signe de venir jusqu'à elle. Selina se mit à courir, enfreignant joyeusement la seconde des nombreuses règles édictées par Catherine. Ne pas crier, ne pas courir, ne pas rire trop fort, ne pas parler sans y être invitée n'étaient que quelques exemples des préceptes dans lesquels elle avait été élevée et si elle avait essayé, un temps, de s'y plier – ne serait-ce que pour avoir la paix ! –, l'obéissance lui devenait de plus en plus difficile. Toutes les occasions étaient donc bonnes pour oublier ce qu'on avait mis des années à lui fourrer dans le crâne.

— Je ne m'attendais pas à te voir ! déclara Laura avec un nouveau sourire, lorsqu'elle fut enfin arrivée à son niveau.

— Je n'étais pas censée venir mais rester à la maison m'était tout simplement impossible. Je me suis faufilée par la porte de derrière.

— Ta mère ?

— Non. Miss Stone.

Avec un éclat de rire, Laura repartit d'un bon pas, suivie de près par son amie qui peinait encore un peu à reprendre son souffle et aurait volontiers adopté un pas plus calme.

— Et qu'a fait cette pauvre Miss Stone pour que tu lui fausses ainsi compagnie ?

— Rien de plus qu'à l'ordinaire. C'est-à-dire être ennuyeuse, moralisatrice et si…

— Oui ?

— Si soucieuse de répondre aux attentes de ma mère !

— Et quoi de plus logique, après tout ? N'est-elle pas son employée ? À sa place, j'essayerais moi aussi de contenter la mère et non la fille car jusqu'à preuve du contraire, ce n'est pas la fille qui tient les comptes ! lança-t-elle en donnant un léger coup de coude à Selina. Ne l'oublie pas !

— Si j'avais un tel pouvoir, sache qu'elle aurait fait ses bagages sur-le-champ sans même un sou en poche ! Devine un peu ce qu'elle m'a proposé ce matin…

Plissant les yeux et prenant une mine concentrée, Laura fit mine d'y réfléchir avec le plus grand sérieux.

— Hum, laisse-moi deviner, ne dis rien ! Elle… Elle a cherché à te donner des leçons de danse !

— Non.

— Elle veut… te faire peindre le portrait de ta mère à l'aquarelle ? Ce serait tellement charmant ! Une si belle occasion de renforcer les liens familiaux ! Avoue que tu en serais ravie !

— Je ne trouve pas ça très drôle ! Mais ses illusions sur mes talents de peintre sont mortes avec la toile que j'ai ruinée le mois dernier.

— A-t-elle osé critiquer ton niveau en français afin de te proposer de nouvelles leçons ?

— Mon français est parfait ! Il n'y a absolument rien à en redire, si ce n'est des compliments ! répliqua Selina, faisant mine d'être vexée.

— A-t-elle critiqué tes lectures ?

— Encore faudrait-il qu'elle soit au courant de ce que je lis…

— Dans ce cas, tu as gagné, j'abandonne !

— Déjà ?

— Je ne suis jamais inspirée quand j'ai mieux à faire, répliqua Laura tout en inspirant profondément la brise marine. Je suis bien trop occupée à profiter de la chaleur du soleil pour réfléchir !

— Je ne vois pas de quelle chaleur tu veux parler. Et au bord de l'eau, nous allons littéralement geler. Promets-moi que nous ne resterons pas longtemps.

— Je ne vous promets absolument rien, Miss Wilson. Vous m'avez suivie à vos risques et périls.

— Comme toujours…

— Comme toujours, oui. Et tu adores ça. Ne le nie pas, je le sais ! Sans moi, tu ne mettrais jamais le nez dehors et tu ne profiterais jamais de ce décor. C'est tellement beau ! Moi, tout cela me donne envie de marcher des heures sans parler !

Selina jeta un regard circonspect sur ce sentier qu'elle connaissait par cœur, laissa ses yeux s'attarder vaguement sur quelques plantes, quelques fleurs roses fraîchement écloses dont elle n'avait que faire et, ne pouvant retenir un frisson, croisa lcs bras sur la poitrine. S'il faisait encore frais dans les maisons – si frais que, certains matins, des feux de cheminée crépitaient dans toutes les pièces –, l'air extérieur était plein de promesses et se réchauffait rapidement aux chauds rayons de celui qu'elles attendaient depuis des semaines. Timide, il n'en restait pas moins discret et surtout, très prudent, ne se montrant pas plus longtemps que nécessaire. Quoi qu'en dise Laura, à cette heure de la journée, il n'y avait guère de risque de prendre un coup de chaud mais qu'elle eût tort ou raison, Selina n'avait de toute façon que faire de la beauté de l'instant. Elle voulait se plaindre, raconter par le menu toutes ses petites contrariétés du jour et ne voyait pas l'intérêt de respecter le silence et la paix auxquels semblait aspirer son amie. Aussi, se mit-elle dans l'idée de reprendre la conversation qui l'intéressait.

— Du chant !

— Du chant ?

Laura écarquilla les yeux avec étonnement. Visiblement, elle avait déjà totalement oublié de quoi elles parlaient avant cette courte interruption.

— Oui, Miss Stone veut me donner des cours de chant, répondit Selina, soudainement toute penaude – et aussi un peu vexée – face à l'indifférence de son amie.

C'était l'un des défauts les plus agaçants de son amie mais à quoi bon le lui faire remarquer encore une fois ? Laura avait toujours été ainsi. Là une seconde plus tôt, partie la seconde d'après, son esprit libre s'envolant parfois vers des sphères connues d'elle seule et où personne ne pouvait la suivre. À ses côtés, Selina s'était souvent sentie très seule mais cette fois-là, à son grand soulagement, la jeune fille sembla reprendre le fil de leur conversation plus rapidement qu'à l'ordinaire.

— Je n'étais donc pas si loin avec mes cours de danse… souffla-t-elle finalement.

— Oh j'aurais préféré ! J'imagine que ma chère gouvernante

aurait fait office de cavalier et cela aurait pu être drôle ! Mais non. Au lieu de ça, elle veut se planter devant le piano et me faire hululer sur des mélodies totalement dépassées…

— Oh Seli ! Ne dis pas ça. Tu as une très jolie voix ! contesta Laura.

S'il y avait bien une chose que Selina détestait encore plus fort que les critiques, c'étaient les faux compliments.

— Tu es bien trop gentille ! Et tu mens ! Tout le monde s'accorde à dire que je suis une catastrophe. Même Matthew !

— Ta mère préférerait décapiter tous ses rosiers plutôt que de te faire un compliment. Ton père ? Je ne suis pas certaine qu'il soit au courant que tu es sa fille. Il a dû te prendre pour une invitée de passage. Quant à Matthew, eh bien… Depuis quand son avis compte-t-il ?

Selina garda le silence, soudainement incapable de trouver les mots pour poursuivre. Elle connaissait parfaitement le manque d'intérêt que Laura éprouvait pour son frère. Elle concevait leurs dissensions car après tout, comment deux êtres aussi dissemblables auraient-ils pu vivre en bonne harmonie ? Elle les comprenait tous deux et les aimait assez pour ne pas leur reprocher leurs préjugés et leur manque d'empathie l'un envers l'autre mais elle n'avait jamais pu se résoudre à écouter l'une dire du mal de l'autre. Et inversement.

Elles n'eurent heureusement pas l'opportunité de revenir sur les compétences de Matthew en matière de jugement musical, soudain détournées de leur sujet par la haute silhouette qui s'avançait vers elles. Habituées à croiser John, charpentier et sculpteur sur bois à ses heures, et l'un des rares habitants du village à pousser jusqu'à la côte dès que le beau temps le permettait, elles ne marquèrent aucune surprise. Sans doute avait-il passé l'après-midi à chercher du bois flotté qu'il sculpterait d'une main habile, donnant vie à des animaux ou parfois même, à des êtres imaginaires, ses doigts suppléant bien souvent aux mots dont il était particulièrement avare.

D'une taille supérieure à la moyenne mais très maigre, peu liant et terriblement taciturne, il n'avait sans doute que quelques années de plus que les deux amies mais n'avait jamais semblé très désireux de faire connaissance avec Selina. Avec Laura, c'était différent et on les avait souvent vus marcher côte à côte au bord de l'eau, sans que nul ne comprenne réellement le sens de leur relation ni la nature de leurs discussions. Parlaient-ils seulement ?

Sans la présence hostile de Miss Wilson, John aurait sans doute osé s'arrêter mais à la vue de l'intruse, il préféra faire légèrement dévier sa trajectoire du sentier de manière à les croiser à bonne distance. Parvenant à leur niveau, il se contenta d'un vague hochement de tête et poursuivit son ascension sans qu'elles aient entendu le son de sa voix.

Répondant à peine à son salut – tandis que Laura clamait un « Salut John ! » retentissant dans le calme ambiant –, Selina jeta un regard dédaigneux aux mains tremblantes du garçon, à son regard fuyant et émit un gloussement méprisant avant de déclarer, venimeuse :

— Il est vraiment, vraiment trop bizarre celui-là ! Je ne comprends pas ce que tu lui trouves ni même ce que tu peux avoir à lui dire !

— Je ne lui *trouve* rien, je l'apprécie, c'est tout. Il est tout simplement timide.

— Oh non, crois-moi, il n'est pas timide ! Ma cousine est timide. Matthew est timide. Mais lui, il est... Bizarre ! Simplet ! Voire complètement fou. C'est du moins ce que ma mère dit...

À ces mots, le regard de Laura, d'ordinaire affable et lumineux, se ferma soudainement, affichant clairement une contrariété qui crispa quelque peu Selina. Peut-être était-elle allée un peu trop loin mais après tout, elle n'avait fait que rapporter ce qui se disait sur le compte du charpentier.

— Qu'en sait-elle ? demanda finalement Laura avec une agressivité qui ne lui ressemblait pas et qui laissa Selina d'autant plus pantoise. Comment se permet-elle ? Et depuis quand accordes-tu foi à ses déclarations ? Pardonne-moi Selina mais ta mère n'a jamais été connue pour sa compréhension et sa douceur... J'ai l'impression qu'elle condamne durement tous ceux qui ne lui ressemblent pas, de près ou de loin ! Et tu es plutôt bien placée pour le savoir, non ? C'est étonnant que tu te ranges dans son camp dès que tu n'es plus dans sa ligne de mire…

— Je ne me range dans aucun camp, je…

— Ah oui ? Ce n'est pas vraiment l'impression que tu me donnes.

— Mais je n'y suis pour rien moi ! C'est Helen qui le lui a dit ! Ma mère n'a rien inventé !

De plaintif, le ton de Selina s'était fait plus assuré, comme si la simple mention d'Helen lui donnait davantage confiance en elle. Celle qu'elle considérait comme l'une de ses amies les plus chères n'était autre qu'une employée qui travaillait pour ses parents depuis quelques années. Indifférente aux remarques de sa mère – qui n'avait évidemment jamais jugé cette relation d'un très bon œil –, Selina avait pris l'habitude de suivre Helen dans toute la maison, lui prêtant parfois main-forte pour aérer les tapis ou plier le linge et prenait plus que tout plaisir à l'écouter parler de la vie telle qu'elle était au village, de sa mère qui élevait seule ses cinq enfants, de son père, mort dans des circonstances tragiques et surtout de Jim, son amoureux, celui qu'elle partait retrouver dès qu'elle avait un après-midi de libre. Tout en l'écoutant avec passion, Selina se demandait souvent comment une fille à peine plus âgée qu'elle – de deux ou trois ans tout au plus – pouvait avoir à ce point une vie différente de la sienne. D'une certaine manière, et malgré les privilèges dont elle-même profitait au quotidien, elle l'enviait.

— Helen ? interrogea Laura d'une voix toujours aussi dure. Ose-t-elle se moquer de lui ?

— Oh non ! la rassura Selina, elle ne se moque pas ! Elle en a parlé, voilà tout. Rien de grave ni rien qui vaille la peine qu'on en discute encore des heures, si tu veux bien…

Le silence retomba entre elles tandis qu'elles arrivaient en haut d'une dune.

— Mais en tout cas, reprit Selina dans une vaine tentative pour alléger un peu l'atmosphère, j'ai appris quelque chose aujourd'hui !

— Et quoi donc ?

— Que John est terriblement important pour toi ! Tu le défends bec et ongles !

Laura marqua un temps d'arrêt, visiblement surprise mais sans chercher à démentir, au grand soulagement de son amie qui craignait d'avoir finalement relancé les hostilités.

— Oui, c'est vrai. J'ai beaucoup de tendresse pour lui. Il est très seul.

— Peut-être. Mais c'est autant à cause de son comportement qu'à cause de celui des autres !

— Si tu le dis… Cela ne l'empêche pas de m'être très agréable en tout cas. J'aime passer du temps avec lui. Je l'aide à trouver son bois.

— Comme c'est charmant ! Vous devez passer des après-midi délicieux !

Son ton railleur n'échappa pas à son amie.

— Comme tu es mauvaise Selina ! Pourquoi cherches-tu à me contrarier aujourd'hui ? Est-ce ta mère qui déteint sur toi ? Prends garde, tu vas finir par lui ressembler !

Contrariée, Selina ouvrit puis referma la bouche comme un poisson hors de l'eau puis adopta finalement un silence boudeur, indifférente aux gestes précis de son amie qui s'était mise à défroisser amoureusement ce qu'elle tenait à la main depuis le tout début de leur promenade. D'un rapide coup d'œil, la jeune fille découvrit que ce qu'elle avait pris pour une grande feuille de papier était en réalité un petit cerf-volant.

— Je l'ai fait décorer par Sybil, précisa Laura qui avait suivi son regard.

Le cerf-volant était en effet agrémenté d'une multitude de petits oiseaux dessinés au crayon et mis en valeur par quelques touches de couleurs choisies avec soin. C'était féminin, délicat et sans doute bien trop beau pour figurer sur un banal jouet de papier. Mais Laura s'en moquait. Projetant son petit cerf-volant derrière elle, elle descendit brusquement l'autre flanc de la dune en courant, cherchant à lui donner une bonne prise au vent. En vain. Après un décollage plutôt prometteur, il finissait toujours par piquer du nez dans le sable et il ne lui restait plus qu'à recommencer son manège.

N'importe qui, à part elle, aurait compris qu'il était inutile d'insister et qu'une journée aussi calme ne se prêtait absolument pas à ce genre d'activité mais quand Laura avait une idée en tête, ni le bon sens, ni les conseils d'autrui ne pouvaient l'en détourner. Il fallut donc attendre six ou sept autres tentatives d'envol, aussitôt suivies par des chutes destructrices, pour qu'elle accepte de remettre son projet à plus tard.

— Quel dommage, soupira-t-elle avec une profonde déception, j'aurais tant aimé le voir voler aujourd'hui…

— Qu'importe. Tu reviendras demain, répondit Selina qui, venant à sa rencontre, était finalement arrivée à son niveau. Je ne vois pas en quoi c'est si pressé.

Si Laura sentit la légère froideur qui enveloppait la voix de son amie, elle fit visiblement le choix de ne pas la relever et l'invita à poursuivre leur promenade :

— Dans ce cas, allons au moins jusqu'au chien de pierre ! Nous ne serons pas venues pour rien !

Lui prenant doucement le bras, elle entraîna son amie un peu plus loin sur la plage. Ensemble, elles se dirigèrent d'un bon pas jusqu'à un gigantesque amas de roches à moitié enfouies dans la mer et dont la partie émergée ressemblait vaguement à un immense chien sagement assis sur le sable. Ce rocher anonyme avait été baptisé par Laura plus de dix ans plus tôt et le fameux *chien de pierre* était devenu pour tous un point de repère. Depuis, on se donnait rendez-vous au chien de pierre, on allait se promener jusqu'au chien de pierre. Même Catherine, la mère de Selina, peu connue pour sa fantaisie, s'était pliée à la règle.

Devenue pensive à mesure qu'elles progressaient sur la plage, Laura rompit finalement le silence sans pour autant oser croiser le regard de sa compagne.

— Ne t'es-tu jamais demandé ce qu'il y avait là-bas ? demanda-t-elle soudainement en pointant du doigt la petite île qui se dessinait au niveau de l'horizon.

Selina ne cacha pas sa surprise : cette île, elles en avaient parlé maintes et maintes fois depuis leur enfance et elle avait fait l'objet de bien des récits imaginaires et de bien des projets d'excursions. À l'époque de ces rêveries, leurs pères respectifs avaient eu beau leur répéter et leur répéter encore que cette bande de terre était tout ce qui était de plus triste et de plus désolé, elles n'avaient jamais pu se résoudre à une telle vérité et pendant longtemps, elles avaient continué à y imaginer une sorte d'Éden inaccessible. Puis elles avaient tout bonnement cessé d'en parler.

Ces bêtises d'enfant, Selina les avait abandonnées il y avait longtemps au profit de rêves plus adaptés à ses nouvelles préoccupations et elle peinait à croire que son amie y était toujours aussi attachée.

— J'aimerais tant pouvoir nager jusque là-bas ! soupira à nouveau Laura.

— Tu sais à quel point je respecte tes talents de nageuse ! Je ne connais personne d'aussi doué et d'aussi endurant que toi mais sincèrement, même dans tes meilleurs jours, tu ne pourrais jamais aller aussi loin et tu le sais !

— Oh ! Tu aurais au moins pu prétendre le contraire, juste pour me faire plaisir !

Devant l'air malheureux de Laura, Selina se sentit soudainement coupable et tenta maladroitement de changer de sujet.

— Veux-tu nous rejoindre à la maison demain après-midi ? Matthew rentre ce soir pour ses vacances d'été et nous pourrions...

— Ne pourriez-vous pas plutôt venir ? Maman s'inquiète de me voir partir tout le jour et voudrait me voir plus souvent à la maison. Ce n'est pas que je ne veuille pas venir ou que je ne souhaite pas voir Matthew, quoique tu saches bien à quel point il m'ennuie parfois mais... Je préférerais passer l'après-midi à la maison, avec vous. De plus, cela ravira forcément Sybil et tu sais comme il est important qu'elle soit heureuse, ajouta-t-elle avec un regard entendu qui les fit toutes deux pouffer de rire.

— Oui, comme ça, elle pourra jouer à la fiancée parfaite !

— Et nous pourrons nous repaître de ce triste spectacle !

Elles ricanèrent à nouveau de concert en repensant à toutes les manières que pouvait faire Sybil quand Matthew se trouvait dans la même pièce qu'elle. Depuis quelques mois, elle ne vivait presque plus que pour ces moments-là, le reste de son temps étant généralement consacré à la peinture, à son perfectionnement au piano ou à pousser de longs soupirs d'ennui.

— Très bien, conclut finalement Selina, nous viendrons. Je ne serai pas fâchée de quitter la maison car j'y étouffe ! Et j'espère que l'arrivée de Matthew détournera un peu l'attention de ma geôlière !

Après avoir raccompagné son amie jusqu'à sa porte et refusé une invitation à rentrer, Selina reprit le chemin en sens inverse et passa à nouveau la grille qui séparait leurs deux mondes. Une chape de plomb familière s'abattit de nouveau sur ses épaules et lui fit inconsciemment ralentir le pas. Matthew serait rentré dans seulement quelques heures mais le temps lui semblerait bien pénible jusque-là, d'autant que son escapade avait été trop longue pour passer inaperçue. Miss Stone devait déjà avoir donné l'alerte et sa mère ne manquerait pas de lui faire savoir ce qu'elle en pensait.

2

Juin 2011

Alma tirait nerveusement sur les manches d'un pull bien trop chaud pour la saison mais dont elle n'avait pas voulu se départir depuis son arrivée. Elle s'y accrochait comme à une seconde peau, incapable de se débarrasser de cette carapace de mailles sous laquelle elle se sentait étrangement en sécurité. Et la mine froncée de sa grand-mère Mina, plutôt critique quant à son *drôle d'accoutrement*, ne changerait absolument rien à une habitude désormais bien ancrée.

Depuis quelques mois, telle une adolescente complexée cherchant à se dissimuler aux regards, Alma s'était en effet découvert un tout nouveau penchant pour les pulls bien longs, bien larges, avec une nette préférence pour les modèles aux longues manches faciles à déformer. Ces pulls informes – que la plupart des femmes de son âge auraient à peine osé porter chez elles –, elle les avait arborés tout l'automne et ne les avait plus quittés lors de l'hiver qui avait suivi, se persuadant que leur règne n'aurait jamais de fin. Or, si à Londres, le printemps peinait encore à se frayer un chemin parmi les nuages amoncelés au-dessus de leurs têtes, ici, c'était déjà presque l'été, ce qui la chagrinait presque. Que ferait-elle lorsque la chaleur serait si étouffante qu'elle ne pourrait plus les porter sans tourner de l'œil ou virer au rouge écrevisse ?

— Oh ma petite Alma, franchement ! Regarde-toi ! Qu'est-ce que c'est que ce pull tout tire-bouchonné ?

Mina s'approcha de sa petite-fille et, d'une main experte, entreprit d'évaluer la qualité de la laine du pull ainsi condamné. Et, comme Alma s'y attendait, il ne lui fallut pas longtemps pour s'exclamer, les yeux écarquillés de stupeur :

— Mais… Mais c'est de l'acrylique !

Faisant un pas en arrière pour mieux jauger la coupable, Mina avait pris cet air dramatique qu'Alma lui connaissait bien et qu'elle avait anticipé avec angoisse en la voyant tendre les doigts vers son pull. Sa grand-mère n'aurait certainement pas eu l'air plus choquée si elle lui avait avoué avoir fait la route avec le cadavre d'un homme dans son coffre ou lui avait annoncé avoir adopté une famille de serpents.

Depuis son arrivée le matin même, Alma avait été observée sous toutes les coutures et s'était pliée avec douleur à cet examen approfondi, priant silencieusement pour que sa grand-mère ne remarque pas à quel point elle avait maigri et à quel point son corps, creusé par son manque d'appétit, n'était plus qu'une vague réminiscence de celui qu'elle possédait autrefois. Et c'est évidemment cette minceur un peu préoccupante et ce teint trop pâle qui avaient été les arguments principaux pour l'envoyer au vert. Quelques jours plus tôt, *on* avait considéré que l'air londonien, mauvais pour son moral, devait être pour un temps remplacé par le bon air du bord de mer et Mina avait immédiatement accepté, lui ordonnant, au passage, de rappliquer le plus rapidement possible.

Tenue à l'écart de la conversation téléphonique, Alma ignorait à peu près tout de ce que sa mère et sa grand-mère avaient pu échanger à son propos mais n'était absolument pas prête à entrer dans le vif du sujet. Trop en dire risquait de la précipiter sur une pente qu'elle ne tenait pas à dévaler sans y être poussée de force et elle finirait de toute manière bien par savoir ce qu'il en était vraiment. N'allaient-elles pas former un duo aussi improbable qu'exclusif au cours des prochaines semaines ? Ici, loin de tous et de tout ce qu'elle connaissait, il n'y aurait rien ni personne pour lui changer les idées… Elle serait coincée.

Ce constat, ajouté aux scrupules de s'installer chez une femme de quatre-vingt-dix-huit ans, l'avait un temps fait réfléchir mais ses parents avaient été si insistants et la perspective de passer l'été en ville, si déprimant, qu'elle avait finalement consenti à assumer les conséquences de sa décision, les premières étant de survivre aux nombreuses heures de voiture qui l'attendaient avant d'arriver à destination. Après une rapide escale à Oxford, chez l'une de ses amies d'université – mariée et à présent mère de trois enfants aussi hyperactifs qu'elle –, elle avait pris la direction du nord tout en limitant au maximum les temps de pause, buvant café sur café au volant de sa petite voiture, répandant des miettes de sandwich sur ses genoux et tentant de ne pas se focaliser sur l'impression terrible qu'elle avait de partir s'installer à l'autre bout de la planète. À la fin de son périple, passer par Rhyl lui avait rappelé de délicieux souvenirs d'adolescence – puisque c'est là qu'elle logeait avec ses parents lorsqu'ils venaient rendre visite à Mina –, puis elle avait laissé les stations balnéaires derrière elle pour rejoindre la petite ville de Holyoke où sa grand-mère s'était réinstallée bien des décennies plus tôt.

Dire qu'elle se sentait complètement perdue dans ce décor aurait été mentir puisqu'elle connaissait déjà la région. Mais affirmer qu'elle se sentait à l'aise et confiante n'aurait pas été moins faux, Alma n'ayant emprunté cette route que très rarement au cours des dix ou douze dernières années. Toujours évoquées, jamais réalisées, ces visites manquées l'avaient souvent fait culpabiliser sans qu'elle trouve pourtant le courage d'aller contre la paresse et l'égoïsme qui dictaient souvent ses actes. Elle avait trop souvent pris pour argent comptant les paroles accommodantes de Mina qui lui disait de vivre sa vie comme elle l'entendait, sans chercher si une quelconque déception se cachait derrière ces belles déclarations. À présent, elle le regrettait mais comme il est généralement de coutume dans ce genre de prise de conscience : il était trop tard pour réparer.

Se sentant vaguement mal à l'aise, elle imagina un instant s'en excuser auprès de celle qui lui faisait toujours face dans la minuscule cuisine. Mais elle se ravisa bien vite. Grande silhouette sèche, regard perçant, cheveux très blancs, très raides et coupés très courts, Mina n'était pas tout à fait l'incarnation de la douceur et de la bienveillance et pas vraiment de celles à qui on a envie de se confier à cœur ouvert. Ses scrupules et ses regrets seraient certainement accueillis par un grand rire moqueur et balayés d'un revers de la main. Non, mieux valait s'en tenir au strict minimum et, surtout, à des sujets de surface et n'impliquant aucun sentiment.

— Et alors ? s'entendit-elle finalement répliquer. Le jour où j'aurai de quoi me payer du cachemire, tu en seras la première informée, je te le promets !

Exaspérée par la grimace que lui lança Mina en retour, Alma s'assit à la table avec une fatigue à peine dissimulée et fit de son mieux pour cacher son agitation grandissante. Ses doigts tirèrent un peu plus fort sur ses manches, son genou se mit à tressauter de manière incontrôlée et elle sentit sa bouche se tordre en un pli amer. Pire encore : elle sentait les larmes lui embuer le regard. Si elle ne se reprenait pas, dans quelques secondes, elles débouleraient sur ses joues et se feraient les preuves concrètes de l'état de fragilité extrême dans lequel elle se trouvait. Dans sa tête s'échafaudaient déjà des plans tous plus vains les uns que les autres, destinés à lui permettre de s'échapper dans la minute. Si *Je dois y aller, je crois que j'ai oublié d'éteindre la lumière dans la salle de bains* semblait un peu léger pour motiver un départ aussi soudain, le classique *J'ai oublié de mettre à manger au chat* ne fonctionnait malheureusement *que* lorsque l'on avait un chat et Mina savait pertinemment que ce n'était plus le cas puisque le chat, c'est *lui* qui l'avait gardé. Maintenant qu'elle ne travaillait plus, l'alibi du rendez-vous professionnel à ne pas louper ne fonctionnait évidemment pas. Lui restait l'excuse des médecins à voir, mais il lui faudrait expliquer pourquoi et, encore une fois, Alma n'y tenait pas.

Puis, aussi soudainement qu'elle était arrivée, la vague de panique se retira et elle poussa un grand soupir intérieur. L'implosion était remise à plus tard et elle devrait profiter de ce temps de répit pour se *reconnecter avec elle-même*, comme avait si bien déclaré sa mère avant de claquer la portière de sa voiture sur elle. Excuse crédible en stock ou pas, Alma ne se serait de toute manière pas senti le courage de reprendre la route. Elle était tellement éreintée par le trajet qu'elle venait de faire que le simple fait de s'imaginer reprendre le volant en sens inverse la rendait tout simplement malade de fatigue.

— Je prendrai tes mesures demain, continua Mina qui, fidèle à elle-même, n'abandonnait pas un sujet avant de l'avoir décidé, je compte sur toi pour m'y faire penser, d'accord ? Je profiterai de ton séjour pour te tricoter un pull digne de ce nom ! Dans une belle laine bien chaude et de qualité ! Avec de belles torsades sur le devant et...

— C'est vraiment gentil mais ne te donne pas cette peine !

— Et pourquoi ? Ce n'est pas tous les jours que ma petite-fille me fait le plaisir de passer quelques jours chez moi et je veux en profiter pour la gâter un peu. Au moins, tu auras un pull valable dans ta garde-robe l'hiver prochain et tu te souviendras de moi quand je serai morte.

— Mamina ! Arrête de parler comme si tu allais mourir demain ! Et crois-moi, je n'ai pas besoin d'un pull pour me souvenir de toi. Je me demande vraiment ce qui peut te passer par la tête quand tu dis des choses pareilles !

— Si tu savais ! Quand on a mon âge, on sait qu'on peut mourir à tout instant ! Je ne suis pas éternelle, quoi qu'on en dise ! Mais je sais au moins apprécier chaque moment passé en bonne compagnie et je me réjouissais tant de te voir arriver ! Nous allons pouvoir faire tant de choses ensemble pendant ton séjour ! Parce que tu vas rester, n'est-ce pas ? Tu ne comptes pas repartir à la fin du week-end comme la dernière fois ?

La dernière fois... Alma se tut, pensive. À quand remontait son dernier séjour ici ? Il y avait au moins une année, peut-être bien deux en réalité. Le temps d'un aller-retour rapide durant lequel elle n'avait rien fait, si ce n'est dormir et manger à la petite table de la cuisine. Durant son court séjour, elle n'avait rien vu, rien écouté, et pour cause : à cette époque, elle jugeait qu'elle avait mieux à faire ailleurs. Elle n'avait rien fait pour se rendre agréable, considérant que le fait de s'être déplacée en personne constituait déjà un effort considérable.

— En tout cas, reprit Mina tout en commençant à laver les quelques tasses qui traînaient, je suis vraiment ravie que tu aies quitté ton travail. C'était vraiment un poste trop exigeant pour toi.

Les années passaient et elle ne changeait pas : être inactive plus de cinq minutes était une véritable torture pour elle et comme toujours, elle en faisait trop. Bien trop, même, pour son âge de plus en plus avancé mais le lui faire remarquer était vraiment la dernière chose à tenter. Alma avait toujours été admirative de cette énergie en apparence inépuisable et en comparaison, à vingt-neuf ans bien sonnés, elle se sentait complètement usée et bonne à rien. Quand, dans une volonté d'auto-apitoiement parfaitement assumée, elle se mettait à penser à sa lassitude extrême, elle se voyait parfois comme une large bande de toile blanche, tout élimée, rendue transparente à force d'être frottée, battue, et qui semblait constamment sur le point de déchirer à cause de l'usure. En comparaison, Mina semblait faite d'une matière bien plus solide, plus proche de la toile épaisse que du plus fin des fils de coton. Rustique et parfois un peu râpeuse, mais conçue pour durer. Sans qu'elle ne s'en plaigne jamais ou qu'elle y fasse la moindre allusion, Alma savait pourtant que sa grand-mère avait été, comme toutes les femmes de sa génération, malmenée par la vie, par les traumatismes de la guerre et qu'elle avait connu l'existence rude de celles qui sont nées au début du vingtième siècle. Et si quelques raccommodages de fortune avaient sans doute été effectués en cours de route, à l'approche du centenaire, elle avait encore la fraîcheur d'une octogénaire au sommet de sa forme. Le pire était qu'elle n'en tirait aucune fierté particulière. « Je n'y suis absolument pour rien », avait-elle l'habitude de répondre, agacée, lorsque des proches admiratifs osaient lui faire le moindre compliment sur sa santé étonnante.

— Tu n'es pas d'accord ?

Alma conserva un silence qu'elle espérait éloquent. Souvent, il lui était plus facile de faire mouche en se taisant qu'en se lançant dans de longs discours. Rangeant ses tasses au fond d'un placard, Mina finit par relever les yeux sur une petite-fille qui, bien que de nature peu loquace, avait généralement le bon goût de répondre lorsqu'on lui parlait.

— Je crois comprendre que j'ai touché un point sensible.

— Absolument pas.

— Oh que si.

— Oh que non. Pourquoi cela serait un *point sensible* ? Tu es juste en train de dire que tu te réjouis de me voir au chômage… Que veux-tu que je réponde à une chose pareille ?

— Tu pourrais dire que j'ai raison, par exemple…

— Mais tu as tort.

— Vraiment ?

— Tu parles de quelque chose que tu ne connais pas. Et sinon, oui, j'avais beaucoup de travail à une époque mais c'est parce que je le voulais bien !

— Eh bien ce n'était pas bien malin si tu veux mon avis ! Ce n'est pas sain, pour une jeune femme, de se fatiguer ainsi à la tâche. Quant à ton Jack, bon débarras ! Je ne l'ai jamais aimé, tu le sais ! Je serai sans doute la seule à te le dire mais j'ai toujours été convaincue que tu pouvais trouver bien mieux et tu es restée trop longtemps avec lui !

— Oh Mamina ! Tu l'as croisé quoi… Une poignée de fois ? Tu lui as à peine adressé quelques mots ! Je ne suis même pas sûre que tu aies eu la moindre conversation poussée avec lui.

— Eh bien dans mon monde, cela suffit amplement pour juger une personne. Il n'était pas pour toi.

Ça, c'était rude. Alma en avait au moins tiré une certitude : sa grand-mère ne savait rien et sa mère avait donc bien tenu sa langue. Sinon, comment Mina aurait-elle seulement osé lui lancer de telles horreurs à la figure ? Avoir un avis sur la question était son droit, le faire partager avec autant de violence, c'était totalement indélicat.

D'un mouvement brusque, elle repoussa sa chaise en arrière et le bruit des pieds qui crissèrent sur le sol les fit toutes deux grincer des dents.

— Où vas-tu ?

Elles se faisaient à présent face, campées à seulement quelques centimètres l'une de l'autre, Mina son tablier à la main, Alma prête à décamper.

— Dans ma chambre.

— Tu ne veux pas parler ?

— Je ne veux pas parler de ça avec toi.

— Oh Alma, tu sais très bien que je dis toujours ce que je pense.

Il ne faut pas le prendre comme ça. Ce n'est quand même pas une affaire d'État…

— Pour moi si, ça l'est. J'ai passé dix ans avec lui ! Pour toi c'est un clignement de paupières, pour moi c'est toute une vie ! Et tu es en train de me dire que c'était du temps perdu ?

— Je n'ai jamais dit ça.

Fuyant son regard, Mina se retourna légèrement et enfila son tablier rouge, visiblement décidée à préparer le repas du soir.

— Je voulais juste te faire relativiser et peut-être te faire comprendre qu'il est inutile de se lamenter sur ce qui n'est plus. Non, je ne le connaissais pas vraiment. Et oui, tu es mieux placée que moi pour savoir ce qu'il valait. D'ailleurs je retire ce que j'ai dit, il n'avait sans doute pas que des défauts. Il a quand même tenu dix ans à tes côtés et quand on sait tes prouesses culinaires, ce garçon devait avoir un estomac en acier…

— Eh bien, c'est sans doute que j'ai été à bonne école. Dans la famille, on cuisine abominablement de mère en fille…

C'était faux, bien sûr et Mina le savait parfaitement, c'est pourquoi elle se contenta de lui donner une petite tape sur la tête avant d'aller fourrager au fond d'un garde-manger si plein qu'il semblait avoir été constitué juste pour survivre à la prochaine guerre mondiale.

— Qu'importe ! Tu es là maintenant. Tu vas reprendre un peu de forces et te reposer. Tu vas dormir et prendre l'air. De toute manière, il n'y a que ça à faire ici ! ricana-t-elle. Dans un trou pareil, à part surveiller la bonne évolution de ton bronzage, tu ne trouveras pas matière à te stresser, ça, c'est sûr !

— Oh je sais bien, je suis déjà venue ici je te signale.

— Sans doute ! Mais c'était dans une autre vie. Cela dit, je suis vraiment contente de te voir et j'aimerais beaucoup que tu restes. Ces derniers temps, je me suis sentie étrangement seule… ça doit être la vieillesse qui me ramollit. Je crois que cette garce a fini par me rattraper.

— Tu n'es pas vieille. Et oui, je vais rester Mamina. Du moins si cela ne te dérange pas. De toute manière, personne ne m'attend, nulle part…

— Oh cesse tes lamentations ma grande, ça ne prend pas avec

moi ! Et va donc mettre la table dehors. Il fait un peu frais mais avec ce qui te sert de pull, tu devrais pouvoir supporter les températures le temps d'un repas.

Le lendemain matin, Alma s'éveilla à une heure matinale, même pour la lève-tôt qu'elle était devenue au cours des dernières années. Invariablement levée sur les coups des cinq heures, et sans l'aide du réveil, elle n'avait qu'une vague idée de ce à quoi pouvaient ressembler ces fameuses *grasses matinées* dont tout le monde parlait. Consumée par un stress et un besoin de mouvement qui ne la quittaient jamais, elle avait totalement oublié le bien-être que l'on pouvait éprouver après une longue, une délicieuse nuit de sommeil et, comme beaucoup de gens incapables de se détendre et de s'abandonner à la douceur du laisser-aller, elle ne supportait pas de rester au lit plus que de raison, qu'elle ait une journée chargée en perspective ou non.

Quinze ans plus tôt, elle avait pourtant traîné au lit plus souvent qu'à son tour ce qui s'était soldé très régulièrement par des retards de plus en plus difficiles à justifier aux yeux des professeurs. Puis, plus tard, durant ses années d'université, Alma avait finalement adopté un rythme qui brillait par son irrégularité, les nuits blanches succédant aux longues journées passées à dormir, les volets fermés sur la lumière du jour. Ce n'est qu'en se lançant dans le métier de graphiste et en intégrant diverses agences de communication qu'elle avait été obligée de revenir dans un monde où se coucher après une heure du matin relevait de l'exception. Et ces dernières années, sa nature inquiète, les angoisses, la peur de ne pas être à la hauteur avaient tout simplement fini par grignoter un temps de sommeil finalement réduit à peau de chagrin. Intérieurement, elle se maudissait pour cela mais feignait de s'en féliciter lorsqu'elle abordait le sujet en société. On la jalousait presque pour cela car à écouter les gens, le sommeil était irrémédiablement rangé dans la case « perte de temps », au même titre que louper son train ou se retrouver bloqué dans le parking d'un grand magasin.

Alors que les débuts de matinée avaient toujours été synonymes de solitude pour elle, elle découvrit à sa grande surprise qu'elle n'était pas la seule à être tombée du lit ce matin-là. Visiblement soucieuse de faire le moins de bruit possible, Mina ne s'en affairait pas moins à la cuisine, un chiffon à la main. Partout ailleurs dans le pays, il était encore loin d'être l'heure de faire briller les carreaux. Pas chez elle…

— Mais qu'est-ce que tu fais là ?

Alma, qui avait poussé la porte entrouverte d'un air nonchalant, sursauta et recula d'un pas. L'espace d'un très court instant, elle eut l'impression que sa grand-mère ne l'avait pas reconnue et s'imagina appeler sa mère pour lui annoncer qu'Alzheimer s'était également invité sous ce toit. Bien heureusement, son trouble s'évapora aussi rapidement qu'il était arrivé car Mina pointait déjà son doigt vers elle, menaçante :

— Je t'avais dit de te reposer ! Il est trop tôt !

— Je sais mais…

— Va te recoucher.

— Jamais de la vie !

— Très bien, alors viens t'asseoir.

Obéissante, Alma se glissa jusqu'à sa chaise. Mina abandonna quant à elle la fenêtre pour faire chauffer de l'eau, lui annonçant d'une voix chantante que son thé allait arriver dans quelques minutes.

— Qu'il ne se donne pas cette peine et reste où il est, vraiment ! Par contre j'avalerais bien un bon litre de café bien corsé comme tu sais le faire, hein ? Tu t'en souviens quand même ? C'est maman qui boit du thé, pas moi !

— Ah ma belle, soupira Mina, je ne t'ai pas dit ?

Laissant la bouilloire accomplir son œuvre maléfique, elle vint s'asseoir en face d'Alma et prit un air solennel que la jeune femme aurait jugé très drôle s'il n'avait pas été aussi tôt.

— Il faut que tu saches que je ne bois plus de café depuis presque six mois maintenant. Tu ne trouveras rien à base de caféine dans ma maison et je te serais vraiment reconnaissante de bien vouloir respecter cette volonté. C'est important pour moi. Pour tenir le coup, tu vois ?

— Hein ? Tu renies ton meilleur ami ? Je me suis réveillée

dans une autre dimension ou alors… C'est une blague ? Toi, sans café ? Je n'y crois pas une seconde.

S'il y avait une boisson sur terre qui pouvait lui faire penser à sa grand-mère, c'était bien le café. Depuis toujours, aussi loin qu'elle s'en souvienne, elle l'avait toujours vue avec une tasse à la main. Il y avait ceux du matin, puis celui de onze heures, celui de midi et aussi celui du milieu de l'après-midi. Parfois, lorsque l'occasion s'y prêtait – et elle s'y prêtait plus souvent que nécessaire –, Mina optait également pour son café du soir, le meilleur selon elle car le dernier avant une pause de plusieurs heures ! Certes, les cafés longs que buvait cette dernière n'avaient pas grand-chose à voir avec les expressos qu'elle-même avait pris l'habitude d'ingurgiter chez elle ou sur son lieu de travail mais Alma s'était malgré tout toujours demandé comment sa grand-mère pouvait trouver le sommeil après de pareilles doses de caféine.

— Eh bien, figure-toi que je suis tombée sur un reportage…

Visiblement en verve malgré l'heure matinale, Mina entreprit de lui expliquer que le café était avant tout un poison pour les neurones et pour le corps et qu'il fallait apprendre à s'en désintoxiquer. Un peu perdue entre la dopamine, l'adénosine et un certain nucléotide, Alma fut tentée de répliquer qu'à son âge canonique, poison ou pas, elle ne risquait pas de mourir prématurément à cause de la caféine mais quelque chose dans le regard de Mina la convainquit que ce n'était peut-être pas le moment de la contrarier.

— Enfin voilà, conclut finalement sa grand-mère en donnant une tape sur la table du plat de la main. Il n'est jamais trop tard pour prendre de bonnes résolutions. Mon amie Rose m'a convaincue de remplacer tout ça par du thé léger et des infusions et je dois dire que j'ai vu une belle différence. Je me sens plus… Plus sereine ! Tu vas voir, ça va te faire le plus grand bien à toi aussi !

— Plus sereine, vraiment ? Hum… Et tu dis que ça dure depuis six mois ?

— Avec quelques entorses au règlement. Je ne peux pas me montrer impolie, tu comprends ? Je ne refuse jamais les cafés qu'on me propose.

— Et si je t'en propose un, moi, ça marche ?

— Oh non, toi ça ne compte pas.

— Si j'avais su, j'aurais mis ma machine à expresso dans le coffre de ma voiture. Tu n'y aurais vu que du feu.

— Mais oui bien sûr ! Avec ton micro-ondes, ton ordinateur et ta télévision, pendant que tu y es ! déclara Mina, implacable. Bois-moi ça et on en reparlera plus tard !

Alma jeta un coup d'œil découragé au grand bol d'une eau verdâtre qu'elle venait de lui glisser sous le nez.

Plus tard, justement, complètement embrumée et le moral en berne, Alma songeait à aller retrouver la chaleur consolante de son lit – après tout, il était déjà neuf heures du matin et elle méritait bien une sieste – quand Mina fit enfin mine de lever les yeux des mots croisés sur lesquels elle planchait depuis un temps indéterminé (mais qu'Alma estimait à deux ou trois siècles environ).

— Eh bien ? Qu'as-tu prévu de faire aujourd'hui ? demanda-t-elle tout en jetant son cahier sur la table basse. J'espère que tu n'envisages pas de passer toute la journée ici, à tourner comme un lion en cage ! Si ? Je ne suis pas certaine de pouvoir le supporter longtemps…

Alma soupira. Affalée comme elle l'était, elle tenait plus du phoque échoué sur la banquise que du lion surexcité auquel Mina avait fait allusion. Incapable de fournir une réponse adaptée, elle se contenta de jeter un regard affligé à sa grand-mère.

— Quoi ? J'ai encore dit quelque chose de mal ? La petite sensibilité de ma chère Alma est-elle encore froissée ?

Mina se débarrassa de ses lunettes qui retombèrent alors sur sa poitrine, bien accrochées à leur éternelle chaînette argentée.

— Non, ma sensibilité se porte comme un charme. C'est juste que je suis venue me reposer ici, comme tu l'as si bien dit hier. Je viens juste d'arriver et tu me stresses déjà à me demander ce que je compte faire ! En plus, je suis fatiguée et je n'ai même pas eu de café ! Tu sais qu'un sevrage trop rapide peut provoquer des maux de tête ? Tu sais que certaines personnes développent même des symptômes similaires à ceux de la grippe ? Tu veux vraiment me faire subir une chose pareille ?

Sa grand-mère la toisa avec une moue désabusée.

— Inutile de sortir les violons, jeune fille, tu perds ton temps. Je vais aller faire quelques courses en ville. Peut-être que tu serais tentée ? Nous pourrions en profiter pour passer voir quelques-unes de mes amies. Je suis certaine qu'elles seraient ravies de te revoir mais au vu de ta réaction, ça m'a l'air d'être trop tôt. Non ?

Alma secoua vivement la tête, catégorique.

— Merci mais… non merci ! Je n'ai aucune envie d'aller discuter avec les mamies du coin.

Ce n'était peut-être pas la déclaration la plus sympathique à faire mais si elle commençait à suivre sa grand-mère dans tous ses rendez-vous mondains, il y avait de fortes chances pour que, dans un mois à peine, elle se retrouve affublée d'une robe à fleurs et d'une permanente digne de la plus élégante des petites vieilles. Elle se méfiait à l'avance de leur influence car elle avait quelques atomes crochus avec les éponges : à trop fréquenter les mêmes personnes, à la longue, elle finissait toujours par aspirer un peu de leur personnalité et leur ressembler un peu.

— Les mamies du coin ? s'exclama Mina, visiblement vexée. Merci pour elles ! Et merci pour moi ! Je ne fréquente pas que des vieux ! Et d'ailleurs, ici, c'est moi la plus vieille !

— Cela ne me rassure pas vraiment. Car tu es très très très vieille, Mamina ! Le sais-tu ? Dans tous les cas je te jure d'y réfléchir et de faire un effort quand j'en aurai le courage, mais laisse-moi un peu de temps, d'accord ?

— Très bien ! De toute manière, tu finiras bien par craquer. Au bout de quelques jours à compter les fleurs sur le papier peint, la perspective de sortir avec ta vieille grand-mère te paraîtra aussi séduisante que de passer une soirée avec Brad Pitt !

Alma ne put réprimer une grimace.

— Brad Pitt ? Ce n'est plus ce que c'était, Mamina ! Il a pris un sacré coup de vieux depuis quelques années.

— Bah c'est cette Angelina-là… Une vraie mante religieuse celle-là ! Pas étonnant qu'il se soit fait des cheveux blancs avant l'heure !

— #Team Jen !

— Hein ?

— Rien.

— En tout cas, c'est une obsession chez toi !

— Quoi ?

— De trouver les gens vieux !

— Excuse-moi de ne pas valider les sex-symbols des années quatre-vingt-dix !

Un coup de klaxon autoritaire les fit toutes deux sursauter.

— Tiens, c'est Alice ! Ma chauffeuse ! Je te laisse, sois sage !

Se relevant aussi vivement que sa relative souplesse le lui permettait, Mina jeta un coup d'œil par la fenêtre puis s'éclipsa dans le couloir. Une quinzaine d'années plus tôt, contrainte par les recommandations de son médecin et les supplications catastrophées de ses amis, elle s'était résignée à ne plus prendre le volant et remettait désormais sa vie et ses allées et venues entre les mains des bonnes âmes qui voulaient bien faire office de taxi. Le plus souvent, c'était la gentille Alice qui se chargeait de conduire Mina où elle le souhaitait, cette vieille fille fraîchement à la retraite n'ayant de toute manière – du moins selon son aïeule – *rien à faire de mieux de ses journées.*

En une minute à peine, sa grand-mère s'était éclipsée et Alma entendit la voiture de la fameuse Alice démarrer puis s'éloigner doucement sur la route.

Le silence revint, d'abord doux et agréable – qu'il était plaisant d'être à nouveau seule ! –, puis très vite insupportable et pesant, comme le silence peut l'être quand on se retrouve esseulé dans une maison qui n'est pas la sienne. Le tic-tac de la pendule, le craquement des parquets, le sifflement léger de sa respiration, la machine à laver qui ronronnait au garage… Chaque bruit commençait à prendre une place démesurée dans son crâne. Il fallait qu'elle trouve une occupation pour y échapper. Et vite.

Elle fut tentée de profiter de l'absence de Mina pour sauter dans sa propre voiture et pour rouler jusqu'au premier café qu'elle croiserait. Mais aller en ville représentait un danger sans précédent puisqu'elle y croiserait sans nul doute sa grand-mère. Et elle avait beau rêver très fort d'une tasse fumante, sa toute nouvelle paresse la poussa finalement à remettre ce projet à plus tard. C'était quand même fou, parfois, comme elle pouvait avoir envie d'une chose tout en ayant la flemme d'aller la chercher. Un sacré mauvais constat pour le début d'une nouvelle vie…

De guerre lasse, et parce que se retrouver dans sa chambre comme une enfant punie était au-delà de ses forces, elle se dirigea plutôt vers la pièce que Mina avait réservée à sa bibliothèque. Partie en urgence, elle n'avait pris aucun roman et depuis qu'elle avait perdu son chargeur, sa liseuse prenait la poussière dans un coin de son appartement. Une vérité s'imposait pourtant à elle dans toute sa force : il lui fallait d'urgence quelque chose à lire. Du moins, autre chose qu'un programme vieux de quinze jours et d'autant plus inutile que Mina n'avait pas la télé.

3

Juin 1912

— Oh ! Il me manque déjà ! gémit Sybil tout en plongeant amoureusement le nez dans le bouquet de fleurs dont elle ne semblait pas pouvoir se décoller et que Matthew avait choisi *spécialement* pour elle.

Ceci, Sybil avait cru bon de le préciser à maintes reprises au cours des dernières heures, prenant un air exagérément fier et attendri, comme pour mieux souligner la délicatesse du geste dont elle pensait être la bénéficiaire. Rien n'était moins vrai cependant et nul, si ce n'est la principale concernée, n'était vraiment dupe. Mal à l'aise, puis complètement exaspérée par ce qu'elle jugeait être des minauderies vides de sens, Laura avait dû faire appel à toutes ses réserves de patience pour ne pas lui révéler ce qu'il en était vraiment. Soit que Matthew n'avait certainement pas choisi ce bouquet en pensant à Sybil, pas plus qu'il n'avait de lui-même pensé à l'offrir lors de sa visite. Que ce modeste présent n'était dû qu'à l'extrême courtoisie de Catherine Wilson qui l'avait glissé entre les mains de son fils au moment où il quittait la maison. Qu'il l'avait sûrement remerciée d'un regard doux – de cette douceur charmante qui le caractérisait si bien et ce, depuis toujours – et qu'il avait fait passer le bouquet à Sybil comme on s'acquitte d'une tâche spéciale, sans penser à la quelconque signification que celle-ci aurait pu y voir. Les femmes, et sa sœur en particulier, pouvaient parfois être d'un ridicule criant, étrangement attachées à des symboles et lisant entre les lignes d'une partition connue d'elles seules. Un jour, se pâmerait-elle, elle aussi, devant un bouquet comme s'il s'agissait de la plus belle offrande possible ? Aurait-elle cet air béat ? Ennuierait-elle le monde, autour, avec des pensées et des sentiments qui n'intéressaient qu'elle ?

Certainement pas. Et certainement pas pour un homme tel que Matthew, ce *gentleman de porcelaine*, comme disait son père, qui semblait tout juste bon à garder le nez dans ses livres. Il était si charmant, si cultivé, si... ennuyeux ! En définitive, il était tellement étrange, et tellement drôle, qu'un homme tel que George Wilson, homme d'affaires charismatique qui ne devait pas avoir ouvert un livre – autre qu'un livre de comptes, s'entend – depuis plusieurs décennies ait pu engendrer un tel fils... Le père était le bruit et le fils, le silence. Le père, la sociabilité. Le fils ? La solitude et la discrétion. On levait les yeux sur le père quand il rentrait dans une pièce pour ne plus jamais le quitter du regard. Matthew pouvait partir et revenir sans que nul n'ait noté sa présence ou son absence et pourtant...

Bien qu'elle ne l'eût avoué pour rien au monde – et certainement pas à Sybil ou même Selina –, Laura lui trouvait pourtant infiniment plus de charme. Elle détestait l'air assuré de George, son regard perçant et la légère condescendance qu'il semblait éprouver pour l'ensemble de l'humanité. S'il avait toujours paru plus insignifiant et parfois même, sans intérêt, il y avait toujours eu chez Matthew quelque chose pour attirer son œil. Elle avait toujours aimé la manière un peu ridicule dont il plissait les yeux quand il y avait trop de soleil et elle trouvait reposant le fait qu'il reste calme et paisible en toutes circonstances. Bien sûr, il y avait le reste. Son trop grand sérieux, son cruel manque d'audace, son incapacité à émettre le moindre avis tranché, son trop grand désir d'arrondir les angles et de ne froisser personne étaient autant de particularités qui l'avaient poussée à fuir sa présence dès que possible. Pour elle, il était longtemps resté celui qu'il fallait constamment pousser en avant, secouer à l'occasion et qui était surtout assez bête pour trouver des qualités à cette imbécile de Sybil. Savoir ce que cette dernière trouvait à ce grand échalas, tout en bras et en jambes, était également l'un des plus grands mystères de son existence.

Très récemment, pourtant, elle avait dû se rendre à une évidence aussi troublante qu'étonnante : elle n'était plus tout à fait aussi insensible à celui dont elle s'était si souvent moquée par le passé. La cause d'un tel revirement était toute simple et tellement futile et superficielle qu'elle en aurait presque eu honte : pour la première fois, peut-être, elle avait cru voir ce que sa sœur avait décelé en lui depuis longtemps. Il aurait de toute manière fallu être aveugle pour ne pas noter les changements qui s'étaient opérés en lui en l'espace d'une année à peine et qui leur avaient à tous fait ouvrir des yeux grands comme des soucoupes. Il était évident que le jeune homme aux allures d'éternel adolescent n'existerait plus que dans leurs souvenirs. C'était un homme qui était revenu vers elles cet été-là et, à *condition d'aimer les rouquins un peu trop grands*, comme le soulignait si bien Selina avec une grimace de circonstance, il était presque beau.

Le fait est que, plus que jamais, Sybil en était totalement folle. Plongée dans un ravissement qui ne semblait plus avoir de bornes, elle avait passé l'après-midi à voleter autour de lui comme s'il était l'une des plus belles choses qu'elle eût jamais vues de sa vie – et il l'était pour elle, assurément – et ne lui avait pas laissé une seule seconde de répit. Tout avait été prétexte à le faire parler et elle lui avait demandé son avis sur à peu près tous les sujets qui avaient pu lui passer par la tête. Sans surprise, qu'il soit pour, contre ou sans avis sur la question, elle avait toujours été d'accord avec lui.

Depuis qu'il était parti, Selina accrochée à son bras, les laissant à nouveau entre elles, le silence était retombé sur la pièce et Sybil s'était négligemment laissée tomber dans un fauteuil et s'était abîmée dans les eaux profondes, et terriblement familières, de sa tristesse coutumière. Et comme ni Laura, ni même leur mère ne semblait vraiment prendre la mesure de son affliction, elle s'était laissée aller à maintes plaintes et bien des soupirs afin de prouver au monde à quel point elle était affligée par ce départ.

— Comment vais-je pouvoir tenir ? Comment supporter cette absence ?

— Voyons Sybil, répliqua enfin leur mère de son éternelle voix traînante, il vient tout juste de passer le pas de la porte. Il ne peut déjà te manquer.

— Et pourtant, si ! Je vous assure ! Je ne l'avais pas vu depuis si longtemps… Et il est déjà reparti ! J'ai l'impression que personne ne comprend ce que je ressens. Je…

— À peine quelques mois ma chérie.

— Comment ?

— La dernière fois, c'était il y a quelques mois. Trois ou quatre, à peine ! Ce n'est quand même pas le bout du monde !

— Quatre mois ? Mais c'est une éternité pour deux personnes qui s'aiment comme nous nous aimons ! L'intensité de…

— Il n'avait pas l'air de t'aimer tant que ça quand il est arrivé !

L'air narquois, le sourire en coin et déjà occupée à défaire le chignon qu'elle ne parvenait décidément pas à adopter malgré les suppliques de sa mère, Laura n'avait pu s'empêcher de couper la parole à Sybil et de mettre son nez dans une conversation dont elle aurait pourtant dû rester à l'écart. Elle le savait pertinemment mais n'y pouvait rien : dès que sa sœur commençait à faire l'éloge des sentiments *si profonds* qu'elle éprouvait pour leur voisin, elle ne pouvait s'empêcher de se moquer d'elle et de les tourner en dérision.

— C'est vrai, crut-elle bon de rajouter, je ne l'ai pas trouvé si *intense*. Est-ce seulement dans ses cordes, d'ailleurs ?

— Laura ! Tu es insupportable !

Fidèle à sa posture habituelle, sa sœur s'était levée puis plantée au milieu de la pièce, les poings sur les hanches, semblant plus que jamais prête à se lancer dans leur bataille habituelle. Des jours que le feu couvait entre elles, mais à peine étouffé par les remontrances de leur mère, il ronflait à présent et ne demandait qu'à tout embraser sur son passage. Les années, qui adoucissaient parfois les rapports fraternels, n'avaient malheureusement fait que les dresser plus ouvertement l'une contre l'autre et il ne se passait jamais bien longtemps entre deux disputes.

Adossée à la fenêtre, de l'autre côté de la pièce, Laura l'observa un instant, partagée entre l'envie de la faire sortir de ses gonds pour de bon, juste pour le plaisir de la voir passer au rouge écarlate, et le besoin qu'elle avait de mettre fin à toute cette comédie dans laquelle son aînée se complaisait. Elle savait que, d'une manière qui n'appartenait qu'à elle, sa sœur recherchait également ces affrontements. C'était un jeu qu'elles jouaient à deux et au cours duquel Sybil montrait sa vraie nature. Cette fois encore, et bien qu'elle ait toujours été témoin de ces changements d'humeur, Laura n'en revenait pas de la rapidité avec laquelle sa sœur avait changé de physionomie. Il ne restait plus rien de la fiancée parfaite qu'elle avait été tout l'après-midi, rien de ses manières, rien de la petite voix douce qu'elle réservait systématiquement à leurs invités de marque. Déjà, la Sybil râleuse et pleurnicheuse qui apparaissait pourtant plus souvent qu'à son tour dans l'intimité, laissait la place à une version plus agressive et qui n'avait absolument plus rien d'attrayant. Matthew était-il seulement capable d'imaginer sa future femme dans de tels accès de fureur ? Et saurait-il y faire face ? Laura en doutait forcément. Il était trop flegmatique et se contenterait certainement de lever un sourcil étonné avant de quitter la pièce sans demander son reste. Exactement son contraire à elle, qui ne pouvait jamais s'empêcher de lui tenir tête.

— Eh bien quoi ? ne put-elle s'empêcher de répondre. On dit que l'amour rend aveugle mais moi je n'ai pas perdu la vue et, crois-moi, ton chevalier servant faisait quand même triste figure ! Il avait l'air d'être prêt à déguerpir à la seconde si tu faisais mine de faire un pas vers lui !

— C'est juste de la pudeur ! Et toi, tu es jalouse !

— Jalouse ? Moi ? répondit tranquillement Laura. Mais de quoi je te prie ? D'un garçon tout tremblant qui te connaît depuis au moins mille ans mais qui n'ose toujours pas te prendre dans ses bras ? Tu parles de passion mais c'est juste dans ta tête parce qu'il n'a rien de vraiment passionné ! Comme s'il avait peur de je ne sais quoi… Que tu le mordes, peut-être ? Mais après tout, il a sans doute raison, tu risquerais bien de lui transmettre la rage !

Sybil resta un instant interdite, la bouche grande ouverte, la main sur le cœur, en une pose théâtrale qu'elle affectionnait plus que tout, puis chercha des yeux le regard de sa mère qui restait obstinément fixé sur le ciel qui s'assombrissait déjà légèrement derrière les fenêtres.

— Comment oses-tu dire une chose pareille ? siffla finalement l'aînée, consciente qu'elle ne bénéficierait d'aucun appui maternel dans son indignation. Comment peux-tu nous juger ? Toi qui passes ta vie à éviter les gens, tu n'es pas la mieux placée pour comprendre ceux qui t'entourent et tu l'as déjà prouvé !

— Ah oui ? Et à quoi fais-tu référence je te prie ?

— Toi et Selina, avec vos grandes idées et vos petites histoires, vous vous pensez mieux que tout le monde ! Bien meilleure que moi mais…

— Je ne vois absolument pas ce que Selina vient faire là-dedans !

— Les filles, les filles… Je vous en prie.

Voyant son aînée virer au rouge écarlate et sa cadette, à un blanc de craie tout aussi inquiétant, Mary Clark s'était enfin décidée à réagir.

— Arrêtez ça tout de suite ou je ne réponds plus de rien ! Vous vous pensez trop vieilles pour cela mais je peux encore vous envoyer dans vos chambres quand je le souhaite !

— Mais il est bien trop tôt !

— Je n'y suis pour rien, maman, pleurnicha Sybil, c'est Laura qui a commencé.

— Laura, commença Mary en se tournant vers sa plus jeune fille, tu n'as pas à parler comme ça à ta sœur ni même à te permettre de juger quoi que ce soit la concernant. Cela va peut-être te paraître étonnant mais nous nous passerions aisément d'avoir ton avis sur tous les sujets qui te passent par la tête. Et je crains que ta sœur ait raison. Selina et toi passez un peu trop de temps ensemble et je ne suis pas certaine qu'elle t'influence de manière très positive… Tu n'étais pas si batailleuse, avant. Quant à toi, Sybil…

À la mention de son nom, le sourire moqueur qui était né sur les lèvres de cette dernière s'évanouit instantanément.

— … cesse de jouer à la jeune fille enamourée ! Ta sœur et moi-même savons très bien les sentiments qui t'unissent à Matthew. N'oublie pas que nous sommes là depuis le début, n'est-ce pas ? Ne te sens pas obligée de nous l'expliquer encore une fois ni même de justifier quoi que ce soit. Garde un peu de réserve. Est-ce que tu comprends ? J'aimerais que pour une fois, tu cesses d'en faire seulement à ta tête !

À son tour, c'est avec le plus grand plaisir que Laura vit sa sœur se rembrunir sous l'effet de la réflexion maternelle. Et pour cause : Sybil n'aimait rien plus que parler de son adoration pour Matthew et de tous les beaux projets qu'ils avaient ensemble. Lui demander de cesser ses petits monologues, c'était la dépouiller d'une de ses principales sources de joie. Ainsi, si Laura avait sa plage adorée, Selina, ses livres chéris, on pouvait dire que Sybil avait son cher Matthew. Son amour de toujours. Un amour que tous considéraient comme acquis et unanimement validé sans que personne ne puisse vraiment en expliquer l'origine.

Longtemps, Laura ne s'était posé aucune question à ce sujet, se contentant d'accepter leur relation comme une vérité parmi une multiplicité d'autres. Quelque chose de logique et de simple au milieu d'une variété de choses également très logiques et très simples. Après tout, le ciel était bleu, l'herbe verte, les pierres blessaient les genoux, les chats couraient bien trop vite et Sybil était destinée au frère de Selina.

Très récemment, alors que Sybil lui faisait une nouvelle fois la lecture d'une de ses lettres d'amour favorites – une missive terriblement assommante en réalité –, Laura s'était pourtant surprise à se demander dans quel terreau les racines de ces sentiments avaient bien pu se développer. Et surtout, de quand exactement dataient ces derniers. Sans prévenir, cette pensée l'avait subitement frappée de plein fouet, comme une branche morte venue cingler son visage lors d'une promenade en forêt. Sortant de la brume d'ennui qui menaçait de l'engloutir depuis quelques minutes, elle avait regardé sa sœur, ses yeux brillants et ses joues, rosies par le contentement, puis avait posé ses yeux sur l'épaisse feuille que cette dernière tenait entre les mains comme s'il s'était agi non plus d'un simple morceau de papier mais bien d'un trésor inestimable. Sans nul doute, Sybil était alors l'incarnation parfaite de la jeune fille en proie à ce grand amour dont Laura avait vaguement entendu parler. Vague rumeur qui était pour elle aussi impalpable que les brumes de janvier. Ses connaissances sur le sujet étaient confuses car elle les tenait non pas de sa propre expérience ni même de ses lectures, puisqu'elle ne lisait jamais, mais uniquement des récits que Selina lui avait faits des siennes. Dans ces histoires sentimentales qu'elle lui racontait avec ses propres mots pour occuper leurs longues journées passées ensemble, les amoureux se reconnaissaient toujours au premier regard et il suffisait souvent d'un seul mot ou d'un geste pour que leurs destins se voient liés à jamais. Ces romans racontaient toujours la même histoire et reposaient sur les mêmes fondements. Les femmes y étaient toujours fragiles et vulnérables et les hommes, aussi infréquentables que séduisants. Les obstacles étaient toujours nombreux et prenaient parfois le visage d'un rival calculateur et sans pitié, mais tout se terminait forcément par un mariage heureux.

Dans la mesure où Sybil et Matthew s'étaient certainement rencontrés pour la première fois alors qu'ils n'étaient âgés que de quelques mois, pouvait-on vraiment appliquer ce même schéma ? À quoi devaient-ils leur relation et quels en étaient les obstacles ? Les Wilson avaient-ils vu en Sybil une future belle-fille dès le berceau ? Était-ce en réalité leur mère à elles qui s'était amusée à voir en ces deux enfants un futur petit couple ? Cela lui ressemblait bien ! Elle avait toujours eu cette fantaisie particulière, cette légèreté et cet amour des petites histoires dont elle les abreuvait lorsqu'elles étaient enfants. Imaginer sa petite fille épouser le fils des voisins avait pu lui paraître amusant et mignon comme pouvait l'être un conte de Noël... Mais cela n'expliquait pas tout et encore moins comment ce souhait initial, si innocent soit-il, était finalement devenu réalité. Non, vraiment, Laura ne comprenait pas comment on pouvait être passé aussi facilement d'un sujet de plaisanterie à une vérité immuable, à un fait avéré qui déboucherait un jour sur un mariage. Car c'était certain : Matthew et Sybil finiraient par se marier. Du moins, sa sœur en semblait convaincue. Et puis peut-être qu'après tout, il n'y avait pas matière à se questionner plus longuement : à force de se fréquenter et de passer tous leurs étés ensemble, Sybil et Matthew étaient certainement tombés amoureux de leur propre chef et on ne pouvait pas les en blâmer. Ils avaient presque le même âge, avaient grandi dans le même environnement et il ne fallait souvent pas bien plus pour unir deux familles.

Reposant sa tasse de thé un peu trop vivement sur une table d'appoint déjà débordante de livres et de bibelots, Mary se sentit visiblement obligée d'adoucir ses propos, ne serait-cc que pour atténuer l'expression fermée qui avait peu à peu envahi le visage de son aînée. En mère aimante et attentive, elle savait qu'aucune critique ne pouvait faire de ravages tels qu'un compliment ne puisse annuler.

— En tout cas, vous faisiez un charmant couple tout à l'heure, sur la terrasse. Je vous ai observés depuis le salon pendant quelques instants.

— Oh maman ! Tu avais pourtant promis de respecter notre intimité ! glapit Sybil, feignant une indignation qu'elle était pourtant bien loin de ressentir.

Au contraire, elle rayonnait visiblement à l'idée d'avoir été le centre de l'attention de sa mère et semblait toute ragaillardie.

— C'est mon devoir de mère de vous garder à l'œil quand vous êtes ensemble !

— Mais nous sommes presque mariés ! Nous laisser un peu seuls ne devrait plus être un problème !

— Oui *presque* ! C'est bien là que réside toute la nuance, ma chérie !

La gravité dans sa voix, palpable, était si inhabituelle que Sybil et Laura braquèrent immédiatement leurs regards sur le visage leur mère. Heureuse de son effet, Mary se tourna plus franchement vers Sybil qui avait finalement remplacé Laura devant la fenêtre, sa sœur ayant préféré réintégrer le fauteuil qui, en l'absence de son père, devenait le sien. Les dernières lueurs du jour plongeaient son visage dans une semi-obscurité qui la rendait encore plus jolie qu'à l'ordinaire. Avec ses beaux cheveux bruns et ses yeux noisette, Sybil était bien la plus belle d'elles deux, pensa tristement Laura qui ne manquait pas une miette de la scène qui continuait de se jouer sous ses yeux. Si féminine, si délicate, elle avait les traits fins de leur mère et ressemblait à une poupée de porcelaine finement ouvragée. En comparaison, avec sa silhouette de poulain grandi trop vite, elle avait l'air d'une petite fille, certes élancée mais tout juste échappée de la nursery.

— Que dois-je comprendre ? Y a-t-il un problème ? Quelque chose que je devrais savoir ?

Le temps de la stupéfaction étant passé, Sybil semblait à nouveau prête à en découdre. Sans doute devait-elle se demander quelles étaient les raisons de tant d'hostilité quand elle aurait tout simplement voulu se repaître de chaque détail de sa journée idéale. Si Laura n'avait pas été aussi intriguée par l'air ennuyé de leur mère, peut-être aurait-elle même éprouvé un peu de peine pour elle. Et si elle n'avait pas été aussi curieuse, sans doute aurait-elle préféré s'éclipser avant que les petits éclairs qui zébraient l'air de la pièce ne se transforment pour de bon en orage.

— Non, non, pas de problème… Mais je voulais juste te dire…

— Oui ? Me dire quoi ?

— Eh bien, je n'ai pas encore eu le temps de t'en parler mais… Il ne faudrait pas que tu te sentes obligée… Tu comprends ?

— Obligée à quoi ?

— Eh bien, si jamais tu préfères ne voir en Matthew qu'un ami ou alors, si tu veux te donner une chance de rencontrer quelqu'un d'autre… Peut-être quelqu'un qui te conviendrait mieux, qui sait ? Tu pourrais…

— Mais Matthew me convient parfaitement ! Je ne vois pas du tout pourquoi j'aurais le moindre doute.

À présent bouleversée, Sybil semblait à nouveau sur des charbons ardents et tournait sans cesse sa tête à gauche, puis à droite, comme un petit oiseau maladif et inquiet, tant elle était avide de saisir la moindre expression de ses compagnes.

— Est-ce Laura qui t'a dit quelque chose sur nous ? Dans ce cas, il ne faut pas la croire ! Vraiment maman ! Elle dit n'importe quoi !

— Moi ? s'exclama l'accusée avec la même vigueur. Mais je n'ai rien dit ! Cesse de toujours croire que les problèmes viennent de moi !

— Mais c'est justement parce qu'ils viennent *toujours* de toi que je t'accuse !

— Sybil ! S'il te plaît, arrête !

Mary avait adopté le regard qu'elle prenait à chaque fois qu'elle tenait à mettre sa fille aînée en garde. La mère bienveillante et douce qu'elle était disparaissait alors derrière une version plus dure d'elle-même, plus agressive et même, Laura devait bien le reconnaître, presque effrayante.

— Arrête donc d'accuser ta sœur à tort et à travers ! Laura ne se préoccupe ni de toi, ni de Matthew. J'aurais peut-être dû me taire mais c'est mon devoir de mère de te mettre en garde. Tu n'es plus une enfant et Matthew non plus… Votre relation manque de clarté. Pourquoi ne se déclare-t-il pas ? Car si tout le monde vous déclare fiancés, je ne peux pas oublier que ce n'est pas vraiment le cas. Officiellement, tout du moins ! Nous ne pouvons décemment pas laisser traîner cette situation pendant trop longtemps, sinon…

— Sinon tu vas te retrouver comme Helen ! ricana une nouvelle fois Laura avant que sa mère ne lui jette un regard assassin.

Ladite Helen venait tout juste de quitter la maison des Wilson, la silhouette alourdie par une grossesse qu'elle avait essayé de cacher le plus longtemps possible à ses employeurs mais dont l'évidence ne pouvait plus échapper à grand monde à présent. Forcée et contrainte, bien que pas honteuse pour un sou, elle avait dû abandonner le poste qu'elle occupait depuis plusieurs années et était repartie au village retrouver son amoureux, auquel elle n'était toujours pas mariée, bien entendu. Un *détail* qui lui avait tout particulièrement valu la fureur de son ancienne patronne. Très atteinte par ce départ, Selina avait beaucoup pleuré le jour où son amie avait été renvoyée, puis avait semblé en prendre son parti. Mais même si elle se taisait sur ce chapitre, Laura n'était pas née de la dernière pluie et restait persuadée que son amie profitait de ses moindres instants de liberté pour aller voir son ancienne bonne à tout faire au village.

— Petite garce ! Comment oses-tu ?

En entendant la voix de sa sœur monter un ton plus haut dans les aigus, Laura ne put s'empêcher de grimacer et se recroquevilla un peu plus dans son fauteuil. Elle était allée trop loin, elle le savait et à présent et regrettait vivement de ne pas avoir quitté la pièce quand elle le pouvait encore. Si elle faisait mine de s'éclipser à présent, Sybil chercherait à la faire rester coûte que coûte et la conversation sombrerait pour de bon dans les larmes et l'énervement général.

Heureusement, et comme souvent, leur mère prit finalement le parti de les séparer sur-le-champ.

— Et si tu montais dans ta chambre Sybil ? Va donc te reposer un peu, je vais venir te voir sans tarder.

— Très bien, concéda cette dernière. Mais je tiens à vous assurer toutes deux d'une chose. Quel que soit votre avis sur la question, Matthew et moi comptons bien nous marier et ce ne sont pas des paroles en l'air. Nous attendons juste qu'il termine ses études car…

Elle fit une courte pause, soupira puis reprit sur un ton qu'elle voulait sans plus doute positif et assuré :

— Car c'est important pour lui. Et si c'est important pour lui, ça l'est pour moi.

Quittant la pièce avec une sobriété et une rapidité étonnantes, Sybil prit malgré tout la peine de décocher un regard noir à sa sœur, lui promettant, sans une parole, de lui faire payer l'affront qu'elle venait de lui faire devant leur mère.

Dès qu'elle eut quitté la pièce, Laura se tourna vers Mary, prête à s'expliquer, mais elle n'eut pas besoin de préparer sa défense. Loin de lui présenter le visage furieux que la jeune femme craignait, cette dernière regarda sa fille avec un petit sourire qui n'avait rien de redoutable.

— C'est mal, commença-t-elle avec un soupir, ce que je vais te dire est *très* mal, mais je ne supporte plus ta sœur depuis quelque temps. J'aimerais qu'elle soit aussi simple que toi, aussi… transparente. Elle m'échappe complètement et ne parle plus que de Matthew, ce qui ne me console guère, bien au contraire. Plus le temps passe et plus je regrette de l'avoir gardée ici par paresse et égoïsme… J'aurais aimé qu'elle se laisse la chance de rencontrer d'autres jeunes hommes. Je ne sais plus comment faire… J'aurais dû me réveiller plus tôt.

Cette lassitude palpable, aussi bien que ces confidences étonnantes, donnèrent un drôle de pressentiment à Laura.

Ainsi, elle n'était finalement pas la seule à remettre certaines choses en cause.

— Le mariage de Sybil et Matthew serait-il un problème, maman ? demanda-t-elle avec une circonspection qui ne lui ressemblait pas. Jusque-là, je croyais que c'était quelque chose d'acquis pour tout le monde…

— Veux-tu que je te dise la vérité, Laura ?

— Bien sûr !

Leurs regards se croisèrent et ne se décrochèrent plus l'un de l'autre.

— Tu ne le répéteras pas à ta sœur ?

— Non.

— Même si vous vous disputez ? Tu peux me le jurer ?

— Oui !

— Ni même à Selina ?

— Non plus.

— Attention, je ne plaisante pas ! Je veux vraiment que tu m'assures que…

— Je ne dirai rien.

— Dans ce cas…

Mary se rencogna dans son fauteuil et fit mine de chercher ses mots. Sans doute hésitait-elle quant à la meilleure manière de faire passer ses impressions.

— Je ne peux pas dire que je sois contre ce mariage car je n'ai rien à redire sur ce pauvre Matthew. Pour parler clairement, disons plutôt que je suis absolument persuadée que rien de bon n'en ressortira jamais.

— Mais pourquoi ?

— Parce que ta sœur et Matthew ne vont pas ensemble, voilà tout. Leurs personnalités sont opposées, ils ne partagent rien si ce n'est l'impression qu'ils sont destinés l'un à l'autre. Or les amours prédestinées n'existent que dans les livres, pas dans la vraie vie. Je ne sais pas si tu peux comprendre cela…

— Mais je croyais…

— Que croyais-tu donc ?

Cette fois, ce fut au tour de Laura de chercher ses mots.

Consciente de son hésitation, sa mère l'encouragea à poursuivre d'un regard.

— J'étais persuadée que c'était toi qui étais à l'origine de tout ça.

— Moi ?

— Oui. Que c'était toi qui avais poussé Sybil vers Matthew.

— Absolument pas. D'ailleurs, si tu veux tout savoir, c'est le père de Matthew qui a commencé à plaisanter sur cela, il y a très longtemps ! Tu n'étais même pas encore née qu'il tentait de persuader les enfants de se marier pour, disait-il, *unir nos domaines*. Avec ton père, ils se prenaient un peu pour deux grands seigneurs prêts à unir leurs royaumes. Cela les faisait beaucoup rire.

— J'ai du mal à les imaginer rire ensemble...

— Et pourtant ! Les choses étaient différentes à une époque et ils se voyaient souvent. Mais le temps a fait son œuvre... Cela étant dit, je ne crois pas qu'ils aient jamais été amis. Dans tous les cas, l'idée semble avoir fait son chemin dans la tête de leurs enfants et ce, sans qu'on s'en rende vraiment compte. Ce qui n'était qu'un jeu, qu'un sujet de conversation parmi d'autres est devenu quelque chose de concret. Et je crois bien qu'en réalité, c'est Sybil qui a jeté son dévolu sur Matthew et non le contraire. Il est plus âgé qu'elle mais comme toutes les filles, elle est plus maligne.

— Et plus manipulatrice.

— Peut-être. Mais dans tous les cas Matthew est facile à manipuler. Il est trop gentil.

— Et tu penses qu'il ne l'aime pas ?

Mary fit une moue dubitative.

— Qu'il l'aime ou pas n'est pas la question.

— Cela me semble pourtant essentiel !

— Et cela ne m'étonne pas de toi.

Sans faire mine de remarquer le sourire attendri de sa mère, prudemment, Laura se risqua à demander :

— Mais je ne comprends toujours pas le problème. Matthew est pourtant assez... sérieux, non ? Je ne pense pas qu'il serait un mauvais mari pour Sybil. Je dirais même, ajouta-t-elle avec un air plus gai, que c'est à lui de se faire du souci ! Pas à toi !

Après une courte hésitation durant laquelle ses yeux ne semblèrent vouloir se poser sur nul objet en particulier, Mary répondit tout en évitant consciencieusement de croiser le regard de sa fille.

— Je sais que tu te réjouis à l'idée de voir ta sœur épouser le frère de ta meilleure amie. Comment cela pourrait-il en être autrement ? Et j'aime beaucoup Matthew, là n'est pas la question. Je suis malgré tout assez mal à l'aise à l'idée de voir notre famille se mêler à celle des Wilson.

— C'est pourtant une famille respectée ! Tout le monde connaît George Wilson et Catherine est réputée pour être l'une des femmes les plus élégantes et les plus raffinées de toute la région ! Comment une mère ne pourrait-elle pas se réjouir de voir sa fille intégrer une telle famille ?

— Je vois que Sybil t'a bien fait la leçon, commenta Mary, l'air amer.

— Peut-être... Mais n'a-t-elle pas raison ?

— Dans les grandes lignes, si. Sans doute.

— Alors, en quoi cela serait-il mauvais pour notre famille de...

— Oublie cela, ma petite Laura, la coupa Mary.

S'étant levée pour se rapprocher de sa cadette, elle lui flattait à présent le haut du crâne comme elle le faisait toujours avec ses chiens lorsqu'ils étaient trop agités. Et malgré son trouble, Laura se sentit afficher le même air béat qu'avaient ces derniers lorsqu'ils bénéficiaient d'un tel traitement. Aussi ne réagit-elle pas lorsque sa mère souffla :

— Après tout, mon avis ne compte pas vraiment. Si Sybil le veut, elle l'aura et ton père semble la pousser dans cette voie, alors... Je vais monter la voir, ajouta-t-elle finalement en désignant du menton l'étage supérieur. Quant à toi, je te fais confiance n'est-ce pas ? Ne va pas loin ! Et ne rentre pas trop tard.

Laura n'essaya même pas de faire croire à sa mère qu'elle resterait à la maison car cette dernière savait très bien que sa fille filerait jusqu'à la plage dès qu'elle aurait le dos tourné et ce, malgré l'obscurité grandissante qui menaçait de compliquer son retour la maison.

Mary déposa un tendre baiser sur le front de sa fille puis s'éclipsa de son petit pas rapide et Laura ne se détendit vraiment qu'au moment où elle l'entendit monter les premières marches du grand escalier. Ce dernier menait aux chambres mais également à la bibliothèque et à la petite pièce que sa mère appelait pompeusement son *boudoir* mais qui n'était en réalité qu'un petit salon lui étant entièrement réservé et dans lequel nul n'était jamais invité. Plus jeune, Laura s'y était bien évidemment faufilée à plusieurs reprises, mue par le goût du danger et de la transgression, mais elle en gardait un souvenir amer. Sans doute s'était-elle plue à imaginer quelque chose d'extraordinaire et n'avait trouvé, au final, qu'une pièce sans attraits particuliers. Ni mystères, ni secrets. Depuis, elle avait préféré poursuivre ses explorations à l'extérieur, ne trouvant une véritable paix qu'une fois libérée des limites que les plafonds imposaient au-dessus de sa tête.

Attrapant un châle au passage, Laura sortit à son tour dans le hall mais, contrairement à Sybil et Mary, ne se dirigea pas vers l'escalier et ouvrit la porte principale de la maison avant de faire quelques pas dans la fraîcheur du début de soirée. La large allée sablée sur laquelle elle se trouvait alors menait jusqu'à la grande route qui passait à plusieurs dizaines de mètres, au nord de la maison. C'est par cette même route que l'on pouvait descendre dans la vallée et se rendre jusqu'au village le plus proche, Holyoke, et c'est aussi cette route qu'empruntait son père lorsqu'il se rendait à Manchester pour ses affaires. Si l'on partait sur la gauche, c'est à la maison des Wilson que l'on arrivait mais Laura était plus accoutumée à emprunter le chemin du sous-bois. Les rares fois où elle était passée par l'allée principale pour rejoindre Selina, elle avait eu l'impression d'arriver chez des étrangers.

Ce soir, il n'était évidemment pas question de se rendre chez son amie et Laura fila plutôt en direction de la plage. Passant les larges terrasses, elle examina vaguement les bosquets aux fleurs soignées mais dont la beauté, selon elle artificielle, ne pouvait égaler celle des fleurs qu'elle admirait au gré de ses interminables promenades. Ces sentiers finement tracés sur le sol, ces pelouses entretenues avec un soin jaloux et ce lierre qui, faute de pouvoir s'étendre de tout son soûl, dépérissait sur le mur de pierres qui clôturait le jardin, n'avaient jamais eu aucun charme à ses yeux.

Jetant un dernier regard à la maison qui était à présent bien loin derrière elle, Laura emprunta le chemin qu'elle avait si souvent pris en compagnie de son amie et auquel elle se sentait d'autant plus attachée depuis qu'elle craignait de le perdre. Car si nul n'en avait plus parlé depuis plusieurs jours, cette idée, et la conversation qui l'avait ancrée en elle, n'avaient plus jamais quitté son esprit.

Ses parents ne la surprenaient jamais tant elle les savait prévisibles. Elle connaissait la moindre de leur mimique et à l'intonation de leur voix lorsqu'ils commençaient une phrase, devinait comment cette dernière allait se finir. Ce jour-là, pourtant, sans doute pour la toute première fois de sa vie, ils l'avaient déstabilisée et elle en avait été perturbée plus que de raison. Ce n'était pas tant leur proposition – celle de partir à Londres quelque temps pour voir autre chose que des herbes folles – que l'idée même qu'ils puissent l'imaginer loin d'eux qui l'avait attristée. Croyant lui faire plaisir et exciter son imagination, ils lui avaient parlé de théâtre, de réceptions, de grands repas et de jeunes hommes en costumes élégants. Autant de visions qui, avaient-ils espéré, lui donneraient des envies d'indépendance, des idées de liberté. Ils n'avaient pas compris que ce qu'ils lui proposaient avec tant de bonne humeur et d'enthousiasme avait au contraire des airs de prison pour elle. Qu'irait-elle faire à l'opéra ou dans les musées de la capitale, si ce n'est souffrir et rêver de retour ?

Sa solitude, qu'ils avaient alors pointée du doigt comme on désignerait une amie indésirable, lui semblait pourtant la plus douce des compagnes et elle doutait fermement de sa capacité à changer des habitudes et des réflexes qui étaient en grande partie nés à cause de l'éducation qu'ils lui avaient donnée. Aujourd'hui, Sybil et elle avaient pris des chemins différents car ils s'étaient adaptés à la personnalité de chacune, moulant leurs paroles et leurs règles aux besoins et aux préférences qu'elles avaient émis au fil du temps. Après des années d'un tel traitement, il serait vain d'espérer que l'aînée des Clark se change en une créature des bois alors, pourquoi attendait-on d'elle qu'elle devienne une fille de la ville ?

Elle avait refusé, bien sûr mais, malgré ses scrupules, s'était bien gardée d'en parler à Selina qui ne rêvait justement que de Londres et de ses attraits. Sans doute son amie aurait-elle été triste de la voir partir, mais elle aurait été encore plus agacée de la voir refuser une telle opportunité. La vie était parfois mal faite, pensa Laura. Certains ont tout ce que voudraient les autres, et inversement. À moins qu'il ne soit finalement dans la nature humaine d'envier constamment son prochain.

Bien qu'elle ait résolument choisi de ne pas s'appesantir sur la question, Laura savait que ses craintes étaient en réalité bien plus complexes qu'un simple refus de quitter son décor familier. Certes, se retrouver au cœur d'une ville grouillante l'angoissait terriblement mais, au-delà de ces considérations facilement explicables, Laura tremblait à la simple idée de se confronter au regard des autres et de remettre entre leurs mains une image sur laquelle nul n'avait jamais exercé aucun contrôle. Loin d'être aussi indifférente et libre que son entourage voulait bien le croire, elle avait rapidement compris qu'elle dénoterait toujours, où qu'elle aille, quoi qu'elle fasse. Depuis qu'elle était en âge de noter les différences qui existaient entre son mode de vie et celui de ses amies, elle savait qu'elle peinerait à s'intégrer et elle n'avait pas besoin d'aller jusqu'à Londres pour imaginer quel effet elle pourrait faire au milieu d'une nuée de jeunes filles à marier. On la montrerait du doigt, on se moquerait d'elle comme on se moquait de John. On raconterait des histoires sur elle comme on en avait toujours raconté sur sa famille, les bavards se moquant bien de savoir quelle part de vérité se cachait au milieu de toutes les histoires qui circulaient.

Pour ces gens, son père, l'une des plus grandes fortunes de la région, restait un doux rêveur, un homme excentrique doté d'une femme tout aussi fantasque que lui. On la disait un peu artiste, certains étant même allés jusqu'à avancer qu'elle demandait à ses domestiques de se dévêtir pour elle, le temps de peindre un nu ou deux avant de les renvoyer à leurs casseroles. On disait aussi que leurs filles, des nymphes à la beauté surréaliste, passaient leurs journées alanguies sur les rochers qui surplombaient la baie, à moins qu'elles ne jouent les sirènes dans l'onde sans s'embarrasser d'une quelconque pudeur. Quant à la maison de la falaise, on la décrivait volontiers comme un déluge de tapis épais, de miroirs aux cadres dorés, de porcelaines fines, de lourds rideaux de velours rouge, chaque pièce semblant tout droit sortie des rêveries les plus folles. Tous ceux et celles qui y avaient travaillé au cours des deux précédentes décennies avaient beau avoir affirmé à la ronde que la demeure des Clark était, somme toute, des plus classiques – presque fade selon certains –, nul ne voulait entendre de telles vérités et leur lieu de vie restait entouré d'un mystère dont certaines grandes familles avaient aimé s'auréoler au cours du siècle précédent mais qui ne correspondait finalement que très peu au mode de vie des Clark. Qui sait si cette drôle de réputation ne la suivrait pas jusqu'aux tréfonds des salons londoniens ? Jamais elle ne saurait y faire face. Jamais elle ne saurait s'intégrer. Mieux valait, pour elle comme pour les autres, la laisser dans son milieu naturel.

Rejetant en bloc toutes les mauvaises pensées qui l'assaillaient, la jeune fille releva la tête, le regard happé par la course rapide des nuages qui se promenaient sur le ciel teinté de violet. Dans quelques minutes, la nuit aurait recouvert tout ce paysage familier et si elle faisait mine de s'attarder, elle rentrerait certainement chez elle à la pâle lumière de la lune. Mais peu lui importait, ses pieds connaissaient le chemin depuis toujours et ne se laisseraient pas troubler par le manque de luminosité.

Respirant à pleins poumons, elle ne put se retenir et esquissa quelques pas de danse avec elle-même, heureuse d'être à nouveau seule. Elle avait attendu ce moment toute la journée et peinait presque à réaliser qu'il était enfin arrivé et qu'elle était enfin tranquille. Tous ces petits détails, cette fleur qui avait éclos la veille, ce papillon aux ailes violettes, cette pierre aux reflets dorés, tout cela lui était d'autant plus précieux qu'elle en avait été privée toute la journée. Et c'est en les retrouvant, comme toujours, qu'elle réalisait à quel point ils lui avaient manqué. Plutôt que de courir sur la plage, comme elle en avait l'habitude, elle décida de savourer le moment et alla tout simplement s'asseoir au sommet de la dune, son humeur contemplative s'accordant davantage avec cette posture que ne l'aurait fait une course au bord de l'eau. Il n'y avait décidément rien, rien de plus apaisant et de plus beau que le spectacle des vagues qui s'écrasaient sur le rivage. Enfonçant voluptueusement les mains dans le sable devenu frais, Laura se jura alors, avec le plus grand sérieux du monde, de ne jamais quitter ses dunes, sa plage et de leur appartenir pour l'éternité. Quels que soient les surprises et les obstacles que lui réserverait la vie, elle saurait tenir bon et resterait là où elle devait être.

Comme rassérénée par cette douce promesse, elle entreprit de se relever sans perdre l'équilibre sur le dos de la dune, s'étira longuement comme un chat paresseux mais suspendit son geste au moment même où elle s'apprêtait à dévaler la pente jusqu'à la plage. Car dans les dernières lueurs du jour, un homme marchait, pieds nus dans l'eau, le pantalon relevé sur les mollets.

John ? Non, Matthew. Et un Matthew visiblement beaucoup moins pressé de rentrer chez lui qu'il ne l'avait annoncé un peu plus tôt, au salon.

Alors, aussi bien par souci de respecter sa solitude que par peur d'entamer une conversation avec lui, Laura détala sans demander son reste et reprit aussitôt le chemin de la maison. Ce soir, sa mère n'aurait pas à déplorer son retard au moment du repas mais ne devrait ce respect étonnant des horaires qu'à cette rencontre fortuite que Laura ferait le choix de taire. Troublée par ce que cette vision avait éveillé en elle et par la curiosité toute neuve qu'elle ressentait à son égard, elle préférerait la garder pour elle mais n'en ferait rien de particulier, se contentant d'y repenser un peu, le soir, avant de sombrer dans le sommeil lourd et sans rêves de ceux qui n'ont pas de désirs particuliers, et encore moins de regrets.

4

Juin 2011

Se retrouver seule chez sa grand-mère était une situation inédite et Alma en était à la fois légèrement inquiète et étrangement heureuse, comme peuvent l'être les enfants lorsqu'on leur confie la maison pour la première fois. En elle, bataillaient l'envie de se promener de pièce en pièce en furetant partout comme une bête curieuse et la peur de faire une grosse bêtise à chaque pas. Car malgré son récent départ, la présence de Mina restait encore palpable et Alma ne parvenait pas à effacer l'impression que la propriétaire des lieux était toujours là à l'observer, guettant chacun de ses faits et gestes et prête à bondir dès qu'elle aurait le malheur de s'intéresser d'un peu trop près à quelque chose voué à rester caché. Si, en règle générale, peu de personnes apprécient que d'autres mettent le nez dans leurs affaires, Mina avait une définition toute personnelle de ce qu'elle appelait sa *vie privée* et ne tenait pas à ce que les gens, et sa famille en particulier, aient accès à ce qu'elle considérait comme strictement personnel. Gare à celui ou à celle qui osait jeter un œil à son carnet d'adresses ou à son répertoire téléphonique, qui parcourait un courrier administratif pourtant laissé négligemment sur la table ou qui s'aventurait à ouvrir un tiroir de l'une des innombrables commodes qu'elle possédait ! Ils apprenaient à leurs dépens qu'une telle attitude n'était pas autorisée et vivement réprouvée. Enfant, lors des rares séjours qu'elle avait faits entre ces murs pendant les vacances d'été, Alma avait fauté plus souvent qu'à son tour et avait vu la si calme Mina se changer en un volcan grondant. Malgré les années, la petite fille surprise et effrayée qu'elle était alors n'était pas encore complètement effacée, la rendant hésitante quant à l'attitude à adopter. Bien que rester dans le canapé lui paraisse bien plus sûr, elle se laissa malgré tout guider par son envie du moment. Certes, Mina était excessive mais elle n'était pas folle pour autant et lui pardonnerait une excursion dans sa chambre.

Quittant la pièce et s'engouffrant dans le hall d'entrée avec la précipitation qui la caractérisait toujours, Alma manqua de percuter un vase dangereusement posé au bord d'une petite table puis suivit le court couloir qui menait aux chambres. Si celle dont elle avait hérité était une sorte de bric-à-brac à la décoration douteuse, la chambre de Mina était d'une sobriété déconcertante. Peu de meubles, si ce n'est un grand lit, une armoire comme seules les grands-mères pouvaient en posséder et une chaise sur laquelle quelques vêtements avaient été abandonnés. Aucun tableau et pas l'ombre d'une photographie pour décorer des murs qui n'en semblaient que plus blancs et plus dénudés. Confortables, les lieux n'en paraissaient pas moins austères et Alma se glissa avec soulagement dans la pièce qui jouxtait la première.

Mina avait fait le choix de l'aménager en bibliothèque dès son installation dans la maison, considérant certainement qu'exposer ses livres au salon, comme de vulgaires trophées, était réservé à ceux qui n'avaient pas de goût ou du moins pas la place de faire autrement. À l'époque, Alma n'était pas encore née et si elle savait pertinemment que Mina avait eu d'autres vies et vécu avec d'autres paysages sous les yeux, elle ne parvenait pas à imaginer sa grand-mère ailleurs que dans ce décor familier. Il lui était encore plus difficile de l'imaginer vivre aux côtés de ce grand-père qu'elle n'avait jamais connu, mort plusieurs années avant sa naissance et qu'elle ne verrait jamais qu'en photo. L'homme des clichés, le père de sa mère, si important et si accessoire à la fois, n'aurait jamais de voix, jamais de mimiques et nul souvenir ne lui serait jamais attaché. Il ne lui manquerait jamais comme lui avait manqué Mina, quant à elle bien vivante mais d'autant plus inaccessible qu'elle vivait à l'autre bout du pays. Très tôt, Alma avait compris qu'elle ne serait jamais là à la sortie de l'école, pas plus qu'elle ne viendrait l'admirer à ses spectacles de danse. Il n'y aurait pas de gâteaux d'anniversaire, pas de leçons de morale ou de punitions, pas de sourires pour la consoler des petits drames enfantins et pas de petits cadeaux achetés spontanément, sans raison particulière. Les rendez-vous avec cette grand-mère se prévoyaient, se marquaient d'une croix sur les calendriers et la plongeaient toujours dans un ravissement qui teinte toutes les occasions rares. Les retrouvailles étaient difficiles, les séparations l'étaient encore plus mais à la longue, Alma avait fini par faire le deuil de cette présence, se contentant d'envoyer des cartes et d'attendre avec impatience le prochain séjour dans la maison blanche. Les souvenirs estivaux qu'elle ramena de là-bas tout au long de son enfance restèrent longtemps auréolés d'une lumière particulière et qui devint presque irréelle avec les années, si bien qu'elle douta parfois de les avoir vraiment vécus.

C'est à ces souvenirs et à celle qu'elle était alors qu'elle avait pensé la veille en se couchant, le corps las et l'esprit ailleurs. À tous ces moments entre ces murs et dont il ne restait rien. À tout ce temps passé et aux jours qui les attendaient. En arrivant, elle avait ressenti la même gêne et la même timidité qu'alors, quand elle ne savait plus se comporter face à celle qu'elle n'avait pas vue pendant des mois. Qu'en sera-t-il cette fois ? Se hâtera-t-elle de repartir à la fin de l'été ou s'accrochera-elle à Mina comme la gamine immature qu'elle avait toujours l'impression d'être en sa présence ?

Relevant les yeux sur les étagères qui lui faisaient face, Alma revint au moment présent et, soudain consciente du changement d'atmosphère, huma l'air. Pas de doute, il y avait bien une légère odeur de renfermé entre ces murs, comme si la pièce ne prenait jamais l'air et que l'odeur douce des vieux livres était peu à peu venue saturer l'espace. Trop de livres aux pages jaunies dans un trop petit espace, trop de couvertures à moitié effacées à cause d'une exposition trop longue au soleil, trop de vieux titres, surtout, trop de poussière sur l'ensemble. À bien y regarder, le lieu aurait pu paraître abandonné par sa propriétaire s'il n'y avait pas eu un fauteuil visiblement neuf, qui trônait dans un coin de la pièce. Encore un achat que Mina devait avoir réfléchi pendant des mois, considérant, comme toujours, qu'une telle dépense à un âge si avancé était du gaspillage.

Après avoir fait un tour sur elle-même, Alma laissa ses doigts errer sur les tranches des livres, agencés sans aucune logique visible, le rangement par collection ou par auteur ne faisant visiblement pas partie des priorités de son aïeule. À moins de connaître cette bibliothèque par cœur ou d'être particulièrement chanceux, nul ne pourrait trouver un titre en particulier sans se prêter à de longues recherches et quelque chose lui disait que c'était justement le but. Après tout, une bibliothèque personnelle n'a pas à être attractive ni accessible au premier visiteur venu. Avec un petit soupir de nostalgie, Alma pensa à son ancienne bibliothèque. Si belle et si bien rangée que ses amis, inexorablement attirés par ce bel étalage de livres, passaient leur temps à lui en emprunter pour ne jamais les lui rendre ou seulement après maintes relances. Le pire dans l'histoire étant que la plupart d'entre eux ne lisaient même pas ce qu'ils avaient pioché.

Dédaignant les premiers titres sur lesquels ses yeux tombèrent, principalement des romans dont l'intrigue avait lieu dans la région et dont Mina était absolument folle, elle se mit en tête de sélectionner quelques classiques. Elle qui passait son temps à déplorer son manque de courage – car on ne s'attaque pas aux grands monuments de la littérature comme on se lance dans le premier roman de gare venu – pourrait profiter de son séjour pour pallier certaines de ses lacunes. Se rappelant le plaisir qu'elle avait éprouvé en lisant *Les Grandes Espérances*, elle attrapa deux Dickens puis les reposa presque immédiatement après en avoir feuilleté les premières pages. Impossible. C'était bien trop sordide pour son état actuel et peu adapté à la saison. Elle reviendrait aux petits orphelins victoriens plus tard, quand elle aurait le moral au beau fixe, du moins si cela lui arrivait un jour. Un Elizabeth Gaskell ? Non merci. Un Charlotte Brontë ? Lu et relu. Coincé entre un George Orwell et un Thomas Hardy, *Les Mystères d'Udolphe* sembla lui faire un clin d'œil mais Alma détourna bien vite la tête. Hors de question de mettre le nez dans une histoire de château isolé et d'événements surnaturels maintenant qu'elle avait quitté le cadre rassurant de son appartement en pleine ville. Si la maison de Mina était loin d'être coupée du monde, il suffirait d'un craquement ou deux en pleine nuit pour qu'elle imagine les lieux hantés. Trop citadine dans l'âme pour se sentir à l'aise dans un autre cadre, Alma aurait eu de la peine à imaginer qu'à sa place, beaucoup auraient trouvé plus sûre une vaste étendue campagnarde qu'une ville débordante de vie et de gens.

Non, pour sa santé mentale aussi bien que pour sa sérénité, il lui fallait quelque chose de plus insignifiant et comme il y avait peu de chance qu'un pirate vienne frapper à ses volets en pleine nuit, elle pouvait très bien tenter quelque chose du genre de *L'Ile au trésor*. Quoi de mieux pour se sentir jeune et enthousiaste que de relire un roman qu'elle avait justement lu quand elle était jeune et enthousiaste ? Replonger dans les aventures de Billy Bones, Jim Hawkins et les autres ne comportait qu'un seul risque : salir ses souvenirs d'adolescence avec son regard d'adulte, mais elle n'était plus vraiment à une désillusion près.

Le sourire aux lèvres, elle s'assit sur le fauteuil de Mina puis fit défiler les pages entre ses doigts, savourant à l'avance la douceur de ces retrouvailles. Elles étaient très fines et l'édition, sans doute beaucoup plus vieille qu'elle ne l'aurait cru de prime abord. Si, d'aventure, elle était précieuse, il faudrait qu'elle s'éloigne scrupuleusement des assiettes et de la baignoire, ses séances de lecture à table ou dans la salle de bains s'étant généralement terminées par des catastrophes plus ou moins dramatiques.

Elle s'apprêtait à cesser son petit jeu et à rejoindre sa chambre avec son butin quand une fine feuille de papier, s'échappant de l'ouvrage pour voleter doucement jusqu'au sol, lui fit suspendre son geste. Elle l'attrapa d'un geste vif et l'ouvrit tout aussi rapidement, sa curiosité légendaire l'empêchant tout bonnement de seulement songer à la reposer. L'écriture qui la couvrait de part en part était petite et sinueuse, difficilement déchiffrable mais assez claire pour qu'Alma n'ait plus guère de doute sur son contenu. Ce n'était ni une facture oubliée, ni un pense-bête mis de côté et encore moins des notes de lecture qu'on avait glissées dans l'œuvre avant de la refermer. C'était une lettre ou plutôt, un long post-scriptum écrit sur une feuille à part et *a priori* séparé – puisqu'elle ne trouva rien de plus entre les pages – de la missive auquel il avait été associé.

Le bruit d'un moteur la fit vivement sursauter avant qu'elle ne réalise que c'étaient les voisins de Mina qui rentraient chez eux à grand bruit et non sa grand-mère qui était de retour avant l'heure. Les yeux toujours rivés sur sa feuille et sur ces mots tracés à la hâte par leur auteur, elle n'en resta pas moins sur le qui-vive, assise au bord du fauteuil et prête à bondir si elle entendait la porte d'entrée claquer.

J'ai fait l'erreur de relire ma lettre avant de te l'envoyer et voilà que je me sens contrainte de reprendre la plume pour revenir sur un sujet que j'avais pourtant savamment évité pendant plusieurs pages. Je sais à quel point cela a dû t'agacer et avec quelle impatience tu as dû parcourir ces lignes dans l'espoir d'y trouver la réponse tant attendue. Je ne peux me résoudre à te laisser ainsi dans l'attente mais je ne peux répondre par l'affirmative à ta demande.

J'ai longtemps cherché les mots pour t'expliquer avant de réaliser que je n'avais en réalité pas vraiment besoin de te faire tous ces grands discours. Car, au fond, tu sais bien pourquoi et tu comprends très bien ma peine et mes réticences. Tu sais que je ne suis pas libre d'agir comme je le voudrais et tu sais par quelles épreuves je suis déjà passée. Penser à elle a parfois été une force qui m'a aidée à avancer mais la plupart du temps, elle n'a été, et n'est toujours, qu'un poids de plus, et sans doute le plus lourd de tous ceux que je traînerai à mes chevilles pour l'éternité. Le temps n'a rien apaisé, bien au contraire. Je suis devenue sa prisonnière. Car je pense toujours à elle.

Dans mes pires moments de faiblesse, je me persuade qu'elle n'est pas morte. Qu'elle n'est pas oubliée. Qu'elle n'a pas sombré dans l'eau salée. Qu'elle s'est juste perdue et qu'elle nous reviendra un jour, aussi belle qu'elle était alors. Cela me

fait mal mais d'une certaine manière, me console également. Mais si j'y songe trop, je plonge à mon tour. Mes pensées m'échappent et je me surprends à l'imaginer dans ses tout derniers instants, ses grands yeux ouverts, regardant le soleil briller dessous l'eau salée, telle une sirène venue des profondeurs de la mer. Quel spectacle cela devait être pour elle, de voir ces mille reflets dorés danser sur les vagues ! Comme elle devait trouver ça beau ! Ensuite, je pense à ce qui a suivi et mon cœur se serre. Non. Il implose à l'intérieur de moi. C'est dans ces moments-là que je comprends pour de bon qu'elle ne reviendra jamais autrement que dans mes rêves, que j'aie la force de la recevoir ou non. Ils sont les seuls que je ne peux pas contrôler, les seuls que je ne peux faire plier à la seule force de ma volonté et ils se moquent bien de savoir dans quel état ils me laisseront au réveil...
S'il t'arrivait de faire les mêmes, Helen, alors jamais tu ne me demanderais un tel sacrifice. Tu me pardonnerais au lieu de m'accabler. Et tu me pardonnerais ma lâcheté.

Arrivée au bout de la lettre, Alma replia doucement la feuille puis la glissa à nouveau entre les pages, ne pouvant se retenir, au passage, de vérifier s'il n'y avait pas autre chose. Un message, un post-scriptum au post-scriptum pouvant lui en apprendre un peu plus. Se relevant, elle alla bêtement chercher les voisins d'étagère du roman de Stevenson dans le vain espoir d'y trouver le début d'une lettre qu'elle brûlait à présent de lire en entier afin de mieux comprendre et peut-être, de pouvoir placer ces mots dans un contexte plus précis. Comme si sa grand-mère se servait de sa bibliothèque comme secrétaire, disséminant ses courriers d'ouvrage en ouvrage… Totalement ridicule ! D'autant plus que la lettre ne lui était clairement pas adressée. Si, en Helen, Alma avait bien évidemment reconnu le nom de son arrière-grand-mère, elle ne comprenait pas qui avait pris la plume et encore moins de qui il était question entre ces lignes. D'une personne décédée subitement, semblait-il, et dans des conditions troubles. Il fallait qu'elle se rendre à l'évidence : seule Mina pourrait lui en apprendre plus. Alma soupira à l'avance en s'imaginant lui expliquer laborieusement qu'elle était tombée par le plus grand des hasards sur une confession qu'elle n'aurait peut-être jamais dû lire. Certes, ce n'était pas grand-chose mais pour Mina, cette intrusion pouvait représenter beaucoup…

Après avoir fait le choix de reposer le roman là où elle l'avait trouvé, Alma décida finalement de sortir à son tour mais plus par désœuvrement que par réelle envie de prendre l'air. Elle eut un instant peur de croiser les voisins qu'elle avait entendu revenir quelques minutes plus tôt et décida qu'il serait plus prudent d'éviter de s'engager sur la petite route qu'avaient prise Mina et Alice un peu plus tôt. Elle traversa plutôt le jardin qui descendait en pente légère afin de prendre le petit chemin qui passait à l'arrière et qui menait Dieu seul savait où. Récalcitrant, le portail vert qui séparait la propriété de Mina de ce lieu de passage lui résista quelques secondes et elle dérangea plusieurs insectes tapis en s'acharnant sur la poignée. Après avoir glapi de frayeur en les chassant vivement de ses mains – on disait que toute créature terrestre avait le droit de vivre et une utilité particulière, elle n'était pas certaine pourtant que ceux-ci soient si indispensables que ça –, elle fit quelques pas maladroits.

Était-ce la fatigue accumulée ? L'impression d'être totalement décalée dans ce paysage ou tout simplement son éternelle incapacité à se détendre ? Alma se sentait terriblement gauche et raide, pas du tout à l'aise dans ses baskets de promeneuse solitaire. Il faudrait bien qu'elle se remette à courir dans les jours à venir, sous peine de perdre le moindre bénéfice de son maigre entraînement, mais rompue aux tapis de course, elle doutait de pouvoir se faire rapidement à ce sol si étrange et plein d'aspérités. Tout, ici, semblait de toute manière inédit pour elle qui connaissait mieux les parcs tristement ordonnés que cette fameuse *vraie* nature dont certains parlaient avec tant d'enthousiasme.

Au temps où ils vivaient encore ensemble, Jack et elle s'étaient maintes fois moqués de ceux qu'ils considéraient comme de doux rêveurs, voire comme des imbéciles heureux. Ces amateurs de grands espaces, ces promeneurs du dimanche qui sniffaient avec délices l'air champêtre, qui se roulaient dans l'herbe et câlinaient les arbres – du moins est-ce ainsi qu'ils les imaginaient – leur semblaient étranges. Ils préféraient le cinéma, profitant de leurs week-ends pour voir tout ce qui pouvait se voir sur grand écran. Ils préféraient traîner en ville, passer leur temps entre les cafés et les restaurants plutôt que d'aller voir ailleurs – et pourquoi auraient-ils pris cette peine ? Leur lieu de vie était si captivant, si riche en possibilités qu'il aurait fallu mille vies pour venir au bout de toutes ses merveilles ! Du moins, c'est ce qu'ils avaient cru pendant quelque temps puis, la paresse aidant, ils n'avaient plus fait grand-chose de leur temps, préférant tout simplement passer leur temps libre entre les murs d'un appartement qu'ils choyaient avec un enthousiasme que certains auraient qualifié d'exagéré. Et qui l'était, sans doute, Alma le reconnaissait amèrement. Leur maison avait été une jolie boîte dans laquelle ils s'étaient blottis avant d'en refermer le couvercle sur eux. Sans le savoir, le jeu avait alors pris une autre tournure. C'était au premier qui suffoquerait. Elle avait eu beau se démener, percer les murs pour leur aménager des arrivées d'air salvatrices, c'était lui qui avait manqué d'air le premier…

Refusant de creuser plus loin dans ses souvenirs, la jeune femme repartit d'un pas plus vif, bien décidée à ne pas se laisser une nouvelle fois envahir par l'amertume qui l'avait longtemps submergée. L'exercice physique l'ayant toujours anesthésiée, elle se mit en tête de courir sur quelques centaines de mètres, juste pour voir… Mais arrêta bien vite, cédant à la douleur qui lui brûlait les côtes. Plutôt pathétique comme tentative et peu encourageant pour la suite ! Ce n'était pas demain la veille qu'elle pourrait courir jusqu'à la mer, Mina habitant à plusieurs kilomètres de la côte.

— Même pas trente ans et une condition physique complètement pourrie ! pesta-t-elle tout haut, oubliant au passage que pendant plusieurs mois, passer de son lit à son canapé avait représenté l'essentiel de ses performances physiques.

Incapable de reprendre le chemin du retour sans tourner de l'œil, Alma s'allongea sans cérémonie sur le bord du chemin, dans une herbe qui serait bientôt brûlée par la cruauté de l'été mais qui conservait encore un moelleux qui invitait au repos. Ses yeux se perdirent dans le bleu pâle du ciel et si son regard en déviait parfois pour surveiller les alentours, elle sentit peu à peu revenir son souffle et sa sérénité. Un long moment passa durant lequel elle pensa à tout et surtout à rien. À ses parents, à Londres, à ce que Mina comptait faire d'elle dans les jours qui allaient suivre, ses songeries revenant inexorablement à la lettre qu'elle avait trouvée un peu plus tôt et qui, s'insinuant dans son esprit, menaçait de l'obséder pour de bon. Elle avait eu tort de reposer le roman comme une voleuse. Au contraire, elle aurait dû le garder, le plaquer contre son cœur, se poster sur le perron et attendre Mina de pied ferme.

Quand elle se décida enfin à rentrer, c'était avec des questions plein la tête et une terrible envie de jouer à l'enquêtrice, comme lorsqu'elle était enfant et qu'elle s'inventait des énigmes à dénouer, juste pour le plaisir de s'imaginer au cœur d'intrigues compliquées quand sa vie n'était que calme et simplicité. Elle oubliait ainsi d'autant plus facilement tous ses problèmes d'alors. Ses notes catastrophiques à l'école, sa tristesse d'enfant unique et, surtout, sa frustration terrible de se voir refuser ce chat dont elle rêvait depuis toujours et qui ne se décidait pas à tomber du ciel. Aujourd'hui, elle avait des contrariétés autrement plus complexes à gérer mais elle n'était pas encore assez vieille pour avoir oublié à quel point les chagrins enfantins sont intenses et sincères. C'était bien beau de jauger ses névroses avec philosophie, des années après les faits, mais les vivre en direct était quand même autre chose. Savoir que dans vingt ans, peut-être, à l'approche de la cinquantaine, elle trouverait ses problèmes actuels futiles ne la consolait pas outre mesure. Le fait est qu'au moment présent, elle aurait tout donné pour qu'on lui passe le cerveau au Kärcher, qu'on en nettoie les taches suspectes et qu'on en décolle les lambeaux de tristesse et d'angoisse qui restaient collés aux parois. Elle n'aurait plus à fuir des souvenirs trop envahissants. Elle les aurait totalement oubliés.

Quand elle mit à nouveau les pieds dans la cuisine, ce fut pour y trouver Mina. Cette dernière n'était pas seule, ni même accompagnée de sa chauffeuse du jour, mais d'une femme d'une bonne cinquantaine d'années qui lui lança un sourire rayonnant dès que leurs yeux se croisèrent. Alma n'y répondit pas, trop contrariée de ne pas avoir su anticiper cette présence. Si elle avait tendu l'oreille, elle aurait pu esquiver cette rencontre impromptue et aurait ainsi évité de se trouver confrontée à cette inconnue. D'ailleurs, d'où sortait-elle ? Et pourquoi continuait-elle à l'examiner avec ce ravissement étrange ?

— Comme tu as grandi !

Visiblement, elles devaient se connaître. Alma, qui n'avait jamais été une grande physionomiste, sentit son trouble s'accentuer face à tant d'enthousiasme. Toujours plantée à l'entrée de la cuisine, muette, elle passa en accéléré tous les souvenirs qu'elle avait de chez sa grand-mère sans parvenir à mettre un nom sur le visage avenant qui semblait pourtant si heureux de la voir.

Base de données : vide. Aucune information sur la femme aux cheveux courts. Pas le moindre détail, pas la moindre anecdote et encore moins de nom à associer à ces traits. En désespoir de cause, elle jeta un regard catastrophé à Mina, qui, hilare, ne lui fut évidemment d'aucune aide.

— Mon Dieu ! Tu verrais ta tête ! On dirait que tu vas tourner de l'œil, ma chérie ! Reprends-toi, Jill ne va pas te manger !

— Jill ?

— Jill Grant ! précisa la principale intéressée. Tu ne te souviens pas de moi ?

— Euh, si…

Alma avait eu tort de s'affoler en recherchant le nom de l'inconnue puisque la mention de ce dernier n'avait pas plus éclairé sa lanterne. Ce qui était encore pire. Sa tentative de donner le change ne dupa personne.

— Non tu ne te souviens pas.

— Alma, vraiment !

Jill se tourna vers Mina.

— C'est pas grave, il n'y a pas mort d'homme. La dernière fois que nous nous sommes vues, tu étais très jeune, c'est normal !

ajouta-t-elle en s'adressant cette fois à Alma qui en avait profité pour les rejoindre à table.

— Ce devait être lors de l'été 1990, juste avant votre départ, précisa Mina tout en servant d'office une tasse de thé à Alma qui grimaça.

— Mon Dieu ! C'est si loin tout ça ! pleurnicha Jill.

— Votre départ ?

Attrapant une cuillère puis un – ou plutôt deux – sucres dans le sucrier, Alma releva le nez vers l'amie de Mina.

— Ah mais tu as vraiment tout oublié ! Nous étions voisines, avec Mina !

— Jill a l'âge de ta mère, ou presque, continua Mina qui semblait bien décidée à reprendre le contrôle de la conversation. Elle venait parfois à la maison pour discuter. Vous avez dû vous croiser mais bon, les enfants font rarement attention aux adultes. Et tu n'étais pas souvent là…

— Mina gardait parfois mon petit Rory. Elle s'en occupait même à la sortie de l'école quand je ne pouvais pas aller le chercher à temps. Ta grand-mère m'a sauvé la mise à bien des reprises !

— C'était un plaisir ! Un si charmant petit garçon ! Il disait que j'étais un peu comme sa troisième grand-mère ! ajouta-t-elle avec un sourire attendri qu'Alma ne lui avait pas souvent vu. Dommage qu'on ait perdu contact avec le temps. Mais dis-moi, comment va-t-il en ce moment ? demanda-t-elle en s'adressant, cette fois, à la mère de ce dernier. Toujours prof ?

— Oh… Il va bien, commença Jill, sur un ton qu'Alma jugea peu assuré. Je ne le vois pas beaucoup ces temps-ci. Il est très occupé.

— Ça ne m'étonne pas, tiens !

Alma leva les yeux au ciel, devinant à l'avance ce qui allait suivre, soit de longues récriminations sur les jeunes – plus si jeunes, en réalité – générations qui passaient leur temps à courir partout sans jamais aller à l'essentiel. Mieux valait rebondir sur les informations données par Jill et l'interroger plus en détail sur ce fameux Rory. Il n'y avait rien de plus agréable, pour une mère, que de parler de ses rejetons et cela aurait le mérite de couper l'herbe sous le pied de sa grand-mère.

— Il donne des cours de quoi ? Et où ?

— De littérature. À Manchester. Il a beaucoup bougé ces dernières années mais j'ai l'impression qu'il va y rester pour de bon cette fois. Je suis confiante.

— Cela doit être passionnant.

Jill marqua une pause, comme si elle se montrait étonnée qu'on puisse trouver le métier de son fils passionnant, mais reprit vite contenance.

— C'est vrai. Mais j'ai souvent eu l'impression qu'il avait plus choisi ce métier par dépit.

— Je ne pense pas qu'on devienne prof par dépit…

— Non je ne veux pas dire ça mais… Il a toujours fait tellement de choses. Je crois que je l'ai toujours vu avec un projet en cours. Il écrit, il peint, il fait de la photo… Il est doué mais pas assez courageux pour choisir une voie en particulier. Je ne pensais pas qu'il se tournerait vraiment vers l'enseignement. Mais j'en suis ravie, bien entendu ! Le fait est qu'il est toujours par monts et par vaux et je suis presque certaine qu'il oublie totalement notre existence la plupart du temps. Puis, il doit tomber sur une vieille photo ou voir notre numéro oublié au fin fond de son téléphone et il se souvient qu'il a des parents. Il daigne alors venir nous voir ! Que voulez-vous ? conclut-elle avec un soupir résigné. Il est comme ça, on a fini par l'accepter !

— Eh bien en tout cas, j'aimerais beaucoup le revoir, ce garçon ! Il était vraiment très mignon, ajouta-t-elle avec un clin d'œil à l'intention d'Alma. Quel âge cela lui fait maintenant ?

— Trente-trois ans.

— Ah oui ? Déjà ? S'il est célibataire, je suis certaine qu'Alma…

— Mamina ! Tu es impossible !

De légèrement mal à l'aise, Alma était devenue passablement gênée. Ce n'était pas la première fois que sa grand-mère lui faisait un coup pareil mais elle n'avait plus dix-huit ans et avec ses réflexions idiotes et totalement déplacées, Mina allait finir par la faire passer pour une fille pathétique, à la recherche désespérée d'un nouveau jules. Non ! Pire encore : pour une fille désespérée qui avait besoin de sa grand-mère pour trouver un nouveau jules. Le summum du pathétique. Décidément, elle ne savait plus où se mettre et lança un nouveau regard outré à sa grand-mère.

Eh bien quoi ? réagit cette dernière à qui ce coup d'œil rageur n'avait pas échappé. Il n'y a pas de mal là-dedans ! Tu es célibataire et s'il l'est aussi, je ne vois pas pourquoi…

— Il ne te vient pas à l'idée que je ne cherche personne ? souffla Alma. Excusez-la, vraiment… ajouta-t-elle à l'intention de Jill qui sembla quant à elle soucieuse de dissiper immédiatement tout malentendu.

— Oh, de toute manière, Rory a quelqu'un. Une certaine… Wendy. À moins que ce ne soit Tiffany ?

Elle pouffa, visiblement amusée par sa propre approximation.

— Je dois vous paraître bien étrange, à ne pas me souvenir du prénom de sa fiancée, mais mon cher fils n'est pas connu pour la longévité de ses relations. Il est parfois difficile de suivre, surtout que nous n'en rencontrons qu'une sur trois…

— Oh ! dit Mina, clairement déçue. C'est qu'il n'a pas encore trouvé la perle rare !

Les trois femmes se turent et, fidèle à son habitude, Alma sentit une chape de plomb tomber sur ses épaules. Elle qui avait toujours interprété les silences d'autrui comme un signe flagrant de son incapacité à entretenir une conversation, se sentit à la fois coupable et incapable de relancer la discussion. Plus ce silence s'éternisait, moins elle se sentait à sa place dans la petite cuisine de sa grand-mère. Fallait-il qu'elle quitte la pièce et les laisse à leurs affaires ? Après tout, avant qu'elle n'arrive, les deux femmes discutaient certainement à bâtons rompus et il avait suffi qu'elle se mette entre elles pour les réduire au silence.

Elle jeta un coup d'œil discret à sa grand-mère qui regardait dans le vide. Pensive, le nez dans sa tasse de thé froid, Mina se désolait certainement de son manque de repartie et Jill, Jill, eh bien… Ne s'était-elle pas un peu trop vite hâtée de dire que son fils était en couple ? Un peu comme si elle avait à tout prix voulu éviter qu'Alma ne se fasse la moindre illusion à ce sujet.

Et comment lui en vouloir ? Avec ses cheveux filasse, son accoutrement ridicule et son allure de pantin désarticulé, Alma savait qu'elle était l'incarnation même de la créature maladive qu'on ne voudrait surtout pas avoir comme belle-fille.

À l'idée d'être rejetée, son ego, usé mais pas mort pour autant, eut un soubresaut. Que Jill se soit montrée enthousiaste ou non n'aurait de toute manière rien changé à l'affaire : même au mieux de sa forme, elle aurait gentiment décliné tout rendez-vous potentiel. Déjà, parce qu'il était bien trop tôt pour seulement envisager le début d'une nouvelle relation – courte ou longue – et parce que, contrairement à ce que Mina pouvait penser, Rory ne lui semblait pas vraiment l'homme idéal dont elle avait besoin. À bien y réfléchir, elle était certaine qu'il était l'un de ces intellectuels bavards et imbus de leur petite personne, qui se définissent eux-mêmes comme des artistes avec un grand A, persuadés d'avoir du talent mais en réalité, absolument incapables de se détacher de ces modèles artistiques qu'ils adulent. Professeur de littérature, peintre, écrivain… Mais encore ? Qui pouvait se targuer de cumuler autant de dons et de projets ? On ne pouvait exceller dans tous ces domaines. Ce Rory était forcément un imposteur et, sans doute, un poseur en plus d'être – ô horreur – un séducteur invétéré. À moins que sa mère n'ait sciemment embelli le tableau ? Quoi qu'il en soit, à l'écouter, il ne manquait plus que ce Rory soit un sportif aguerri, réputé pour ses tablettes de chocolat et ses biceps d'acier, pour en faire un surhomme. Très peu pour elle…

— Et toi Alma ? Que fais-tu en ce moment ? interrogea finalement Jill non sans avoir tenté, à plusieurs reprises, d'établir un contact visuel avec la jeune femme qui restait cloîtrée entre les quatre murs de sa conscience.

Alma échangea un bref regard avec sa grand-mère qui lui fit un signe d'apaisement, comme pour l'engager à répondre sincèrement à celle qui, d'une certaine manière, n'était pas tout à fait une inconnue.

— Moi ? Eh bien, pour être totalement honnête…

Déjà, comme à chaque fois qu'elle se retrouvait en situation de faiblesse, sa voix se faisait chevrotante et mal assurée. Elle l'éclaircit légèrement avant de reprendre :

— Pas grand-chose en ce moment. Disons que j'ai eu un petit passage à vide. Et... J'ai eu l'idée de venir me reposer chez ma grand-mère. L'idée était de ne pas rester seule.

C'était faux, bien sûr. Son petit passage à vide était en réalité une grosse dépression et si elle avait quitté Londres de son propre chef, c'était à la condition qu'elle se rende dans de la famille proche. Mais cela, Jill n'avait pas besoin de le savoir. Le regard de cette dernière, chargé de l'habituelle compassion qu'Alma pouvait invariablement voir apparaître dans l'œil de tous ceux qui écoutaient ses malheurs – qu'elle choisisse d'en donner une version longue ou écourtée –, se posa sur elle avec une toute nouvelle douceur. Alma n'en fut pas consolée, bien au contraire. D'une certaine manière, la gentillesse dont ils faisaient tous systématiquement preuve à son égard ne l'aidait pas à avancer, lui collant inexorablement l'étiquette de fille fragile qu'il ne fallait pas manipuler trop rudement. Elle aurait voulu que Jill lui parle de manière plus frontale, demande pourquoi, comment, en quelles circonstances. Elle aurait voulu qu'elles en parlent plus longuement ou bien alors ne voir qu'une indifférence blasée dans les yeux de celle qui lui faisait face. Mais Jill, polie et délicate, avait juste l'air désolée et avant tout désireuse de respecter sa vie privée.

Pour dédramatiser la situation, Alma se permit malgré tout d'ajouter, sur un ton qu'elle voulait léger mais qui n'avait que peu de poids au regard de sa mine défaite :

— Faire une dépression avant trente ans ne faisait pas forcément partie de mes projets mais il paraît qu'il faut savoir rester ouvert à toutes les expériences ! Au moins, ça, c'est fait !

— Vois-le comme une opportunité de repartir sur de bonnes bases, commenta sagement Mina. Alma était graphiste, précisa-t-elle à Jill, mais elle fait une petite pause dans sa carrière pour l'instant. Elle prend du recul, comme on dit, n'est-ce pas ?

Visiblement soulagée de voir la conversation prendre un tournant moins morose, Jill reprit de plus belle :

— Oh oui, je comprends tout à fait ! Parfois je me sens moi-même si fatiguée ! Et les week-ends ne suffisent pas toujours pour recharger les batteries… Et ça s'accumule, ça s'accumule ! Enfin, je ne dois pas me plaindre, je ne suis pas si mal lotie ! En tout cas, sache que tu vas être bien ici, Alma ! Et tu as des projets ? Je veux dire… Que comptes-tu faire pendant ton séjour ?

— Je ne sais pas trop encore. Je vais sans doute passer du temps avec Mamina…

— Pas tout ton temps j'espère, s'exclama cette dernière, dans un rire joyeux. Sinon dans une semaine, nous ne pourrons plus nous supporter ! Tu pourras aller à la plage et puis tu pourras également lire, tu passes ton temps à te plaindre de ne jamais en avoir le temps !

— Justement, je me suis permis d'aller voir ta bibliothèque tout à l'heure et…

— Oui ?

Les deux femmes s'étaient tournées d'un même geste vers elle, comme si cette anecdote était la plus intéressante au monde.

— Je cherchais quoi lire sans trop savoir quoi prendre. J'ai ouvert un livre mais vraiment par hasard et… je suis tombée sur une lettre.

— Une lettre ? Vraiment ? Une lettre de qui ? interrogea Jill.

Dans ses yeux, une curiosité sincère, sans arrière-pensée. Mina, elle, restait de marbre, comme si cela ne la concernait en aucune manière. Consciente de la soudaine raideur de sa grand-mère, Alma hésita à poursuivre.

— En fait, j'avais envie de relire *L'Ile au trésor* et… Je ne voulais fouiller, précisa-t-elle à l'intention de Mina qui continuait à ne pas piper mot. Mais en le feuilletant, j'ai trouvé le post-scriptum d'une lettre. Mais sans la lettre… Ce n'est ni signé, ni daté donc justement je ne sais pas vraiment de qui elle vient.

— Tu veux sans doute parler d'une lettre adressée à ma mère.

Mina, qui était allée passer sa tasse sous l'eau, venait de se rasseoir en faisant crisser sa chaise à grand bruit sur le carrelage.

— Je crois oui…

— Ah ! Du bavardage épistolaire comme on en a toutes fait,

à un moment ou à un autre ! À la différence près qu'à l'époque, c'était le seul moyen de communication.

— Mais en fait, il m'a semblé que c'était justement tout sauf du bavardage. J'ai même été assez intriguée par son contenu… Qui l'a écrite, Mamina ?

Cette dernière haussa les épaules, visiblement peu décidée à s'étendre sur le sujet.

— Sans doute une amie de ma mère. À moins qu'il ne s'agisse d'une cousine. Ce devait être avant ma naissance. Rien de bien intéressant, j'en ai peur.

— Dans ce cas, pourquoi l'as-tu gardée ?

— Oh tu sais, j'ai jeté beaucoup de photos mais ai conservé une partie de la correspondance de ma mère sans trop savoir pourquoi… C'est juste rangé ailleurs. Sans doute au grenier depuis que j'ai mis les pieds dans cette maison. Si ce mot traînait dans ce livre, seul, il est fort probable que je n'aie même jamais eu entre les mains la lettre qui lui correspondait. J'ai juste eu la paresse de le jeter ou de le ranger ailleurs… Et pour tout te dire, je ne me rappelle même pas pourquoi.

Puis elle croisa les mains sur la table, se redressant légèrement et lui adressa un sourire décontracté comme si elles avaient parlé d'une chose insignifiante, aussitôt évoquée, aussitôt oubliée.

— Mais quand même, insista Alma tout en ayant pleinement conscience de s'engager sur un terrain glissant, cette lettre est bizarre ! C'est quoi cette histoire de noyée ? Parce qu'il s'agit bien d'une noyée, non ? J'ai bien compris ?

— Une noyée, tu dis ?

Jill, totalement passionnée à présent, ouvrait grands les yeux et fixait elle aussi Mina avec un intérêt croissant.

— Quelqu'un reveut du thé ?

— Oh non, surtout pas !

— Quel cri du cœur, Alma ! Et toi ?

L'ancienne voisine refusa à son tour puis se risqua à demander :

— Est-ce que cette histoire a un lien quelconque avec la noyée que tout le monde connaît ?

— De quelle noyée il s'agit ?

Les yeux de Mina passèrent de l'une à l'autre avec une exaspération croissante.

— Vous allez arrêter avec vos questions, oui ? Vous allez me rendre complètement folle ! Et puis qu'est-ce que vous croyez ? Ce n'est pas parce que je suis vieille que je suis l'âme du village, la gardienne de toutes les histoires possibles et imaginables qui se sont passées à dix kilomètres à la ronde !

— Pourtant, pas besoin d'être l'âme du village pour avoir entendu parler de la noyée de la baie !

Alma ne put s'empêcher de rire.

— La noyée de la baie ? Vraiment ? On dirait le titre d'un vieux polar poussiéreux !

— Ne te moque pas des vieux polars poussiéreux, ma jolie ! Ils cachent de véritables trésors pour qui veut bien prendre la peine de les découvrir !

— Ne change pas de sujet, Mamina. Je suis peut-être jeune et stupide, mais pas autant que tu as l'air de le penser.

— Je ne change pas de sujet, je lutte pour le respect des polars poussiéreux !

— Oh ça va, moi aussi j'ai lu des Agatha Christie et je reconnais que c'est sympa à lire sur la plage ou alors entre deux métros. Mais quand même ! Je crois que ce pauvre Hercule Poirot ne fait pas vraiment le poids face aux Lisbeth Salander d'aujourd'hui !

— Je ne connais rien à tes Lisbeth machinchose mais je te crois sur parole.

— Je te prêterais bien mes *Millenium* mais je ne les ai plus.

— Inutile de demander qui les a gardés ?

— Oui, inutile.

Jill, qui ne comprenait plus rien à rien, entreprit de faire revenir la conversation à son sujet initial.

— En tout cas, je ne sais pas si ta lettre parle de la même noyée mais il y a bien eu un drame de ce type il y a plusieurs décennies, sur une des plages à proximité. Évidemment, plus personne n'est là pour en parler à présent mais je crois que cela fait partie des histoires qui restent. Des drames dont on se souvient. Même si finalement, plus personne ne sait pourquoi, ni comment les choses se sont passées.

Alma se tourna vers sa grand-mère :

— Et toi, tu en sais quoi, de cette histoire ?

— Rien de particulier. Mais tout cela a vaguement un lien avec ma mère.

— Mais c'est pas elle la noyée, si ?

— Mais non ! Tu le saurais quand même !

— Je ne sais rien d'elle, ou presque.

— À qui la faute ? Tu n'as jamais posé de question.

— C'est vrai, concéda Alma. Du coup je t'en pose une : qu'est-ce que ta mère vient faire dans cette histoire ?

— Maman travaillait chez l'une des deux familles qui vivaient près de cette plage. La famille Wilson, expliqua Mina.

— Elle travaillait ? C'est-à-dire ?

— Je présume qu'on peut dire qu'elle était bonne !

— Ah bon ? Ta mère était boniche chez des riches du coin ? Tu ne me l'avais jamais dit !

— Un peu de respect, je te prie ! C'est quand même de ton arrière-grand-mère que tu parles ! Si elle t'avait entendue la traiter de boniche… Crois-moi, tu aurais passé un sale quart d'heure !

Mina agitait un doigt menaçant et lui fit penser à une (vieille) maîtresse d'école des années cinquante, s'apprêtant à lui donner un coup de règle dans la paume.

— C'était une femme de caractère et puis, crois-moi, elle n'avait pas la langue dans sa poche ! Et surtout, elle n'a pas eu le choix ! Ma mère a perdu son père très jeune, à huit ans à peine et dès qu'elle a été assez vieille pour ça, sa propre mère l'a placée pour qu'elle travaille et aide la famille. Oui, je sais, je sais… Cela paraît peut-être choquant aujourd'hui mais à l'époque, c'était normal. Maman n'est pas allée à l'école plus longtemps que de raison et je ne pense pas que ça lui ait manqué, d'ailleurs. Je ne me souviens pas l'avoir entendue se plaindre ou avoir le moindre regret à ce sujet. Mais, oui, elle a été domestique dans les premières années de sa vie…

Jill, qui avait gardé le silence, écoutant religieusement sa voisine, sortit alors de sa douce passivité et se leva brusquement de sa chaise.

— Mon Dieu ! Il est presque midi et je suis là, à discuter tranquillement alors que je travaille cet après-midi ! Mesdames, je vais être obligée de vous quitter sans plus de cérémonie, j'en ai peur !

Accompagnant sa grand-mère dans ses exclamations de protestation, Alma s'inquiéta alors du trajet qui attendait l'amie de sa grand-mère :

— J'espère que vous n'avez pas trop de route à faire pour rentrer chez vous !

Elle n'eut heureusement pas le temps de se sentir vexée par les rires qui accueillirent sa question innocente car Jill, très vive, rétorqua presque aussitôt :

— Au moins vingt mètres !

— Jill habite à côté ! compléta Mina

— Mais j'avais cru comprendre…

— Je suis revenue ! Enfin, nous sommes revenus. Mon cher mari a la chance d'être en retraite. Nous avons donc réintégré notre maison que nous n'avions jamais eu le cœur de vendre ! Je crois que quelque part, j'espérais toujours revenir pour de bon et j'ai bien fait d'attendre. N'est-ce pas, Mina ?

— Hum… Je n'en sais trop rien. Je ne suis pas certaine d'avoir gagné au change, vos derniers locataires étaient adorables !

— Oh, Mina !

Jill, les deux poings sur les hanches, jouait l'outragée – bien mal en réalité, car son sourire venait démentir son ton outré.

— Oh je plaisante, bien sûr ! lui répondit l'aïeule avec un clin d'œil.

— Nous voilà donc voisines à nouveau ! Plus de trente ans après notre première rencontre !

— Dire que j'avais à peine plus de soixante ans à l'époque…

— Une vraie jeunette, c'est vrai ! Mais sincèrement, Mina, les années ne passent pas sur toi ! Tu es si énergique, si… Si étonnante ! Tu devrais faire des conférences pour partager tes secrets de longévité !

Mina grimaça, pas vraiment convaincue face à cet énième compliment sur son dynamisme.

— C'est ça, c'est ça. Des conférences de vieux, pour les vieux ! Voilà qui est particulièrement tentant mais je crois que je vais m'abstenir ! Je ne voudrais pas faire des jaloux, vous comprenez ? Tu devrais y aller, ajouta-t-elle en poussant doucement Jill vers la porte, tu étais en retard il y a cinq minutes et je ne pense pas que traîner ici arrangera tes affaires !

— Êtes-vous libres, toutes les deux, demain ? demanda Jill, tout en consentant enfin à quitter les lieux. Nous pourrions emmener Alma du côté de la baie. Pour lui montrer un peu tout ça, la plage et le reste ! Qu'en penses-tu ? Et puis ça me sortira la tête des travaux et du boulot.

Mina ouvrit la bouche pour répondre mais aucun son ne sortit de sa bouche, comme si elle hésitait sur la réponse à donner sans trouver pour autant une excuse pour refuser.

— Bien sûr ! la devança Alma. Je serai ravie de découvrir tout ça !

— Très bien, acquiesça Mina.

— Vers quatorze heures ?

— Nous t'attendrons au portail, conclut Mina avant de refermer la porte sur elle.

5

Décembre 1912

Goûtant avec soulagement le calme qui régnait dans la maison, Catherine se laissa négligemment couler dans son fauteuil de bureau en poussant un long soupir de fatigue et de frustration mêlées. Elle qui se plaignait constamment de sa solitude y trouvait étrangement un avantage en cette matinée déprimante. Sans personne pour l'observer ou pour juger son attitude, elle pouvait se permettre de prendre des postures négligées et alanguies qu'elle n'aurait jamais osé adopter sous l'œil d'autrui. Même pas devant son mari. Surtout pas devant son mari.

Tournant légèrement la tête sur la droite, elle laissa ses yeux dériver vaguement sur le paysage tronqué qu'elle apercevait par la fenêtre. De là où elle était, elle ne voyait presque rien du dehors, si ce n'est les branches des arbres qui oscillaient vivement sous un vent dont la violence l'incita à remettre sa promenade à plus tard, si ce n'est au lendemain. Elle était enfermée depuis si longtemps qu'un peu d'air glacé lui aurait pourtant fait le plus grand bien mais elle avait accordé tant de soin à sa coiffure qu'elle ne pouvait se résoudre à voir ses efforts réduits à néant en quelques minutes à peine. Elle aurait aimé être de celles qu'un peu de vent n'effraie pas mais ne pas paraître à son avantage était au-delà de ses forces. Peu importaient sa migraine latente et son impression d'étouffer entre quatre murs, elle trouverait bien de quoi s'occuper à l'intérieur, au sein de ce petit univers qu'elle maîtrisait à la perfection, qu'elle dominait de toute sa haute stature mais où nul ne semblait jamais noter sa présence. Ou son absence. Comme si elle n'était qu'un élément parmi d'autres, qu'un meuble de plus dans le mobilier en place, la principale différence entre elle et la table du grand salon étant qu'elle pouvait se déplacer seule de pièce en pièce. À moins que la différence majeure entre elles ne soit que l'une était utile et l'autre, non. Par peur, elle n'aurait jamais osé s'aventurer à poser la question à son entourage. Elle connaissait à l'avance leur réponse, ce qui ne la rendait que plus amère et plus triste.

Car trouver le temps long et être frustrée de ses moindres sources de plaisir n'étaient encore rien face à la douleur de ne pas être considérée pour tout ce qu'elle faisait au quotidien pour leur faciliter la vie à tous. C'était son rôle, son attribution naturelle pour laquelle elle n'attendait aucune aide, ce qui n'empêchait pas de souhaiter, surtout en ces temps compliqués, que quelqu'un, un jour, lui dise tout simplement *merci*. Oui, elle s'acquitterait d'autant mieux de ses tâches si elle se savait reconnue et respectée pour cela. Mais autant attendre un signe du ciel, une tempête de neige en plein été ou, plus improbable encore, un sourire de Selina.

Consciente de l'absurdité de ses pensées, Catherine ne réprima pas le sourire amer qui vint un peu enlaidir son visage fermé, car déjà terriblement soucieux. Qu'il était ridicule de penser à son apparence ou même à la reconnaissance qu'elle n'obtiendrait certainement jamais quand tout allait si mal depuis si longtemps ! Si encore les problèmes ne concernaient que sa propre personne, elle aurait pu s'y résoudre et peut-être même, l'accepter avec résignation. Elle s'en savait capable. Mais il y avait Matthew, sa fille et… Et leur image, finit-elle par s'avouer. La réputation des Wilson. Une notion devenue bêtement désuète pour beaucoup mais toujours tellement précieuse à ses yeux ! Si indispensable ! *Leur* réputation. Celle que sa mère lui avait toujours conseillé de surveiller, celle qu'elle avait essayé de forger pour ses enfants, pour sa famille. Elle les avait protégés, avait consolidé, année après année, le piédestal sur lequel elle les avait placés et ce, quitte à passer pour la femme la plus suffisante et la plus antipathique de la région. Catherine ne se faisait pas d'illusions sur son propre compte et savait très bien qu'elle n'était pas aimée au village ni ailleurs et qu'on la considérait comme une femme froide et antipathique qu'il valait mieux éviter de fréquenter. Assez lucide pour reconnaître que sa réputation n'était pas usurpée, elle n'en était pas aussi fâchée qu'on aurait bien voulu le croire, si tant est qu'on ait eu envie de se pencher sur les états d'âme de cette femme. Être aimée n'avait jamais été dans ses projets. Ce qu'elle voulait, elle, c'était être respectée et elle restait convaincue que le respect n'allait jamais sans un peu de crainte. Alors peut-être avait-elle même poussé le vice jusqu'à rechercher l'hostilité générale, cette dernière pouvant, en définitive, aussi représenter un rempart idéal derrière lequel se cacher. Certes, personne ne l'aimait, mais cela voulait aussi dire que personne ne l'aimerait jamais assez pour la prendre en pitié et cette certitude était douce à son cœur.

Refermant son dossier en cours d'un coup sec, Catherine décida d'abandonner ses factures pour le moment. Faire un tel choix, si tôt dans la journée, était terriblement puéril de sa part et totalement indigne de la maîtresse de maison implacable qu'elle avait toujours essayé d'être mais il fallait se rendre à l'évidence et baisser les armes pour aujourd'hui. Elle se connaissait assez pour savoir qu'il était vain de s'acharner pendant des heures, de se torturer jusqu'à ce que le soleil se couche : elle ne trouverait jamais d'issue pour la simple et bonne raison que la solution idéale n'existait pas. Pour survivre, il faudrait encore une fois qu'elle se résigne à faire un choix et ce choix, elle n'avait ni le courage, ni l'envie de le faire avant plusieurs jours. Alors, en attendant, elle ferait ce qu'ils faisaient tous avec tant de brio : elle regarderait ailleurs.

Vide de tout sentiment, comme étrangère à elle-même, elle s'autorisait cette lâcheté la mort dans l'âme mais se l'autorisait malgré tout. Quelques années plus tôt, quelques mois auparavant, même, elle n'aurait pu s'y résoudre mais il fallait croire que le temps affadissait tout. Les sentiments, les rêves et les exigences. Plus que tout, elle avait finalement compris qu'être irréprochable en toutes circonstances n'était d'aucune aide quand tout s'écroulait autour de soi. On pouvait bien se targuer d'être parfait, tant que l'on vivait avec des gens imparfaits, on n'était à l'abri de rien. Et George, son cher mari, avait toujours été l'imperfection incarnée.

Se levant avec la brusquerie qui caractérise souvent les esprits préoccupés, Catherine quitta finalement la pièce, s'engageant dans le long couloir qui menait aux marches qui la ramèneraient au rez-de-chaussée. Elle qui n'avait pas le cœur à croiser âme qui vive garda l'oreille aux aguets car contrairement à la maison londonienne dans laquelle elle avait grandi, sa demeure de femme mariée ne comportait pas d'escaliers pour les domestiques et elle devait donc toujours s'attendre à croiser une bonne quand elle quittait ses appartements. Dans ces cas-là, au lieu d'arborer l'air de subtile indifférence qu'elle avait toujours vu sur le visage de sa mère en de telles circonstances, elle ne pouvait jamais s'empêcher de poser des questions, de s'informer des tâches accomplies et des tâches à accomplir encore. Ces rencontres fortuites étaient évidemment devenues bien moins courantes à présent qu'elle avait donné leur congé à tous ceux et celles qui avaient été jugés superflus pour le bon fonctionnement de la maison. Un à un, elle avait dû les convoquer et si elle ne s'était pas abaissée à expliquer les vraies raisons, nul n'était dupe.

À ce souvenir, Catherine eut presque du mal à retenir un gémissement de dépit. Quelle douleur ! Quelle détresse en refermant la porte sur tout ce qui avait fait son existence ! Quelle honte aurait éprouvé sa mère si elle était encore de ce monde ! Cette femme si digne, si parfaite et à laquelle elle avait toujours cherché à ressembler, n'aurait certainement pas compris à quelles extrémités elle avait été poussée. Mais Catherine n'était pas sa mère et savait que seul un miracle aurait pu l'empêcher d'avoir à prendre les mesures qui s'imposaient. Continuer à s'endetter en maintenant son train de vie, juste pour ne pas faillir aux yeux d'autrui, était hors de question. Au cours des deux dernières décennies, elle avait vu trop de familles, des oncles, des cousins ou des amis de ses parents, s'enliser dans les dettes pour se permettre un tel déni. Quels que soient ses scrupules, elle ne pouvait décemment pas garder trois jardiniers et une femme de chambre alors que pas un jour ne passait sans qu'elle doive gérer la relance d'une facture encore impayée.

Depuis, elle s'était découvert des ressources qu'elle ne pensait pas posséder. Elle avait appris à s'habiller seule, elle s'était mise au jardinage mais refusait encore de se défaire de sa cuisinière et de son cocher, derniers vestiges d'une période qui, sur l'instant, n'avait rien eu de bénie mais qui lui semblait merveilleuse avec le recul des années. Voilà à quoi elle en était réduite : soupirer de nostalgie en pensant à l'époque où sa maison grouillait de gens débordant de tâches à accomplir.

Heureusement, de temps en temps, ses pauvres nerfs à vif étaient épargnés pendant quelques jours ou pendant une petite semaine tout au plus et elle parvenait à respirer à nouveau, oubliant presque ce qu'était devenu son quotidien. Sa sérénité reposait sur les visites de George qui revenait à elle les poches remplies de sommes faramineuses qui leur permettaient de payer leurs dettes les plus importantes, jusqu'aux prochaines urgences... D'où venaient ces fonds aussi inespérés qu'irréguliers ? Seul son mari le savait et Catherine avait renoncé depuis longtemps à poser la moindre question à ce sujet. Mieux valait ne pas savoir pourquoi, ni comment. Voilà l'une des nombreuses leçons qu'elle avait apprises grâce à lui. Et elle avait traversé bien trop d'orages pour se laisser endormir par ces petites accalmies. Elle savait qu'un beau jour, l'argent n'arriverait pas à temps et qu'il lui faudrait vendre un à un les bijoux que lui avait laissés sa mère. Elle commencerait certainement par cette broche d'émeraudes qu'elle n'avait jamais aimée mais qu'elle savait très précieuse, puis procéderait par élimination jusqu'à ce qu'il ne reste plus rien. Et là eh bien... Autant de pièces qui ne reviendraient finalement jamais à sa propre fille, bien qu'elle soit certainement la seule à s'en lamenter, Selina n'ayant jamais manifesté le moindre intérêt pour ce qu'elle considérait comme terriblement superficiel. Elle pouvait se montrer si irrespectueuse, si blessante ! Dans ces moments-là, elle ressemblait tellement à son père ! Mais dans ce qu'il avait de plus mauvais, bien entendu !

Arrivée en haut des marches, Catherine posa sa main glacée sur le bois chaud et doux de la rampe d'escalier. Plus jeune, Selina avait l'habitude de l'escalader, de s'y suspendre sous l'œil complaisant de son frère qui, plutôt que de l'en dissuader, faisait le guet pour éviter la moindre intervention parentale. Il y avait eu des chutes mais jamais de pleurs, sa cadette se relevant toujours aussi prestement qu'elle était tombée, vexée mais prête à recommencer à la moindre occasion.

Où pouvait-elle être à présent ? Chez les voisins ou cachée dans une pièce de la maison pour *avoir la paix* comme elle le disait avec tant d'amabilité ? Et son frère ? Était-il en pleines études ou déjà mollement accoudé à la table d'un café ? S'il n'avait jamais brisé la belle confiance qu'elle avait mise en lui, elle le pensait un peu trop rêveur pour s'illustrer de quelque manière que ce soit.

Posant le pied sur la première marche, elle jeta un coup d'œil dégoûté à ses petites pantoufles d'intérieur. Totalement défraîchies, elles auraient dû être jetées depuis longtemps mais là encore, c'était un luxe qu'elle ne pouvait décemment s'offrir malgré les allégations nonchalantes de George qui, la veille encore, avait affirmé qu'elle *faisait des histoires pour pas grand-chose.*

Catherine sentit un frisson de colère lui remonter l'échine alors qu'elle repensait à leur dernière conversation et sa main se crispa un peu plus sur la rambarde. Oh, elle connaissait parfaitement ses torts. Il y avait bien longtemps qu'elle ne savait plus s'adresser à lui autrement qu'en plaintes et elle ne pouvait lui reprocher de ne pas avoir la patience nécessaire pour l'écouter mais elle lui en voulait tellement… Pas un instant elle n'avait cru pouvoir être écoutée et c'est presque avec satisfaction qu'elle l'avait vu balayer ses questions et ses réclamations d'un revers de main. Déjà lassé de la voir revenir sur un sujet qu'il tenait à distance depuis longtemps, il ne voulait pas entendre parler de ceux qui venaient frapper à leur porte presque quotidiennement pour réclamer un dû qu'elle ne pouvait pas leur donner. À court d'arguments, elle avait fini par ne plus leur répondre du tout, consciente qu'ainsi, elle entretenait leur ressentiment.

— Tu n'as qu'à tous les renvoyer d'où ils viennent et puis voilà ! Sincèrement, je doute qu'ils soient aussi offensifs que tu veux bien me le faire croire ! Tu as vraiment le don de transformer l'événement le plus insignifiant en un véritable drame. N'ont-ils pas autre chose à faire qu'aller harceler les bonnes femmes du coin ?

— Moi ? Tu me considères comme une vulgaire bonne femme du coin ? On vient nous réclamer de l'argent de tous les côtés et tu oses dire que c'est insignifiant ?

Manquant s'étouffer sous l'affront, Catherine avait jeté un œil triste aux tissus des rideaux et des fauteuils, totalement fanés, songeant avec malaise aux gages de la cuisinière qui n'avaient pas été payés depuis six mois. Quant au logeur de Matthew qui envoyait des relances pour qu'enfin, le loyer de la chambre lui soit payé, mieux valait ne pas en parler sous peine de provoquer la fureur de son mari. Plus que tout, elle craignait qu'il n'en profite pour le faire revenir pour de bon sous leur toit. Matthew ne s'en remettrait pas.

Alors qu'elle rêvait d'attraper le premier bibelot venu pour l'envoyer se fracasser sur le manteau de la cheminée, elle préféra afficher un calme olympien qui aurait au moins le mérite de déstabiliser celui qui lui faisait face.

— Oublie ce que je viens de te dire, souffla-t-elle avec une grimace qui tint lieu de sourire. Je m'arrangerai le moment venu.

— Et comment ça, je te prie ?

Il s'était à présent tourné vers elle, intrigué comme elle l'avait espéré, surpris par ce changement de physionomie. Et inquiet, aussi. Car les coups retenus et différés n'en sont que plus violents lorsqu'ils tombent enfin. Sans doute se méfiait-il d'elle autant qu'elle se méfiait de lui.

— J'improviserai.

— Je n'y crois pas une seconde, répondit-il tout en haussant les épaules.

Puis il s'était détourné, affichant à nouveau son habituelle légèreté, celle-là même qui l'avait tant séduite au début de leur mariage pour finalement lui devenir totalement insupportable. Cette désinvolture, que certains auraient qualifiée de frivolité, d'autres en profitaient à présent. Sans doute entretenait-il au moins une maîtresse en ville, à moins qu'il n'en ait plusieurs sous sa coupe. Une pour chaque jour de la semaine, solution idéale pour ne jamais se lasser d'aucune. Jalouse, elle ne l'était plus depuis longtemps mais n'en était pas moins humiliée et terriblement amère. Peu lui importait cependant qu'il passe son temps entre d'autres bras, l'essentiel était qu'il revienne assez souvent pour sauvegarder les apparences. Et qu'il lui donne de quoi payer leurs factures. Voilà à quoi était réduite sa vision du mariage : de l'argent et de la figuration.

— Madame ?

Catherine sursauta lorsque ses yeux croisèrent ceux de la jeune femme qui lui barrait le passage. Perdue dans ses pensées, elle avait commencé à descendre la volée de marches sans se rendre compte qu'une personne était venue à sa rencontre. Pourvu qu'elle n'ait pas parlé à voix haute et que la jeune Margaret n'ait pas eu le temps de voir la détresse qui n'avait pas manqué de s'afficher sur son visage. Suspendant son mouvement, elle releva les yeux sur la petite bonne qui la regardait toujours. À son service depuis peu, elle semblait pleine d'espoir et, en même temps, inquiète de la conversation qui allait suivre.

— Que se passe-t-il ? Et pourquoi prendre un air aussi dramatique ? Alors, parle ! Qu'as-tu à me demander ? À moins que tu n'aies quelque chose à te reprocher ? Je n'ai jamais puni qui que ce soit pour avoir cassé un vase !

Elle eut un bref éclat de rire voué à démontrer à Margaret qu'elle était parfaitement détendue et sympathique. Malgré son inexpérience et son jeune âge, la jeune femme ne fut évidemment pas dupe et c'est d'une voix chevrotante d'émotion qu'elle se lança.

— En fait je… Je voudrais vous présenter ma démission.

— Ta démission ?

Les yeux exorbités par la surprise, Catherine fit un pas en arrière et manqua de perdre l'équilibre, ce qui n'échappa pas à Margaret. D'un bond, elle se précipita sur elle et l'agrippa par le bras afin de prévenir sa chute. Une fois sa stabilité rétablie, Catherine fronça légèrement le nez au contact de cette petite main qui s'était refermée sur sa peau et dut se retenir de ne pas repousser violemment sa propriétaire. Si elle ne supportait décidément pas qu'on la touche, elle ne pouvait pas se permettre de faire dégringoler ses domestiques dans les escaliers. Or, elles étaient toujours toutes deux plantées au milieu des marches.

Un ange passa puis Margaret relâcha d'elle-même son étreinte, reprenant dès lors une distance respectueuse sans oser pour autant poursuivre leur conversation.

— Où est Selina ?

— Au salon.

Après avoir fait signe à Margaret de la suivre jusqu'au palier supérieur pour se protéger des oreilles souvent indiscrètes de sa fille, Catherine tenta de reprendre le contrôle des événements. Durant cette courte pause, elle avait eu le temps de préparer sa défense et était bien décidée à garder la jeune femme sous son toit, quitte à la manipuler un peu.

— Margaret, commença-t-elle alors d'un ton doucereux. Tu fais un excellent travail ici. T'ai-je déjà dit à quel point tu m'es devenue indispensable ?

Margaret secoua la tête.

— Eh bien j'ai eu tort. J'apprécie beaucoup tous les efforts que tu as faits pour répondre à mes demandes et je suis d'autant plus étonnée que tu veuilles déjà nous quitter.

Se balançant frénétiquement d'un pied sur l'autre, la petite bonne semblait à présent se tortiller comme une anguille tout juste tirée hors de l'eau. Puis, semblant subitement reprendre confiance en elle, elle débita le reste de son discours d'une voix forte qui sembla la surprendre elle-même :

— Mrs. Martins passe son temps à me hurler dessus dès qu'elle me voit en cuisine, elle veut que je l'aide à préparer les repas mais Madame, ce n'est absolument pas mon rôle, je ne sais pas faire et en plus, en plus…

— Oui ?

— On m'a dit que je n'étais pas assez payée pour ça, avoua-t-elle finalement, sans plus oser lever le regard sur son employeuse. Je fais trop de choses pour trop peu. Je ne peux pas accepter ça. Je suis désolée.

Catherine réprima un rire sans joie et conserva ce visage glacé, ce visage pâle et inerte qu'elle arborait en toutes circonstances. Un visage sans émotions, sans colère ni bienveillance et face auquel ses interlocuteurs ne savaient jamais vraiment comment réagir. Un instant, elle avait presque trouvé Margaret touchante. À présent, elle la trouvait juste aussi agaçante que les autres avec leurs petites exigences, leurs petites revendications… Autant de réclamations auxquelles sa propre mère, malgré sa perfection, n'aurait jamais su répondre. Et comment s'en étonner ? À son époque, les domestiques se contentaient d'obéir ou de se faire renvoyer. Ils ne parlaient pas de démission.

Catherine s'apprêtait à répondre lorsque la jeune femme, rendue fébrile par ce long silence, crut bon de reprendre la parole.

— Ce n'est pas moi qui dis ça. C'est Helen.

À l'évocation de ce nom trop bien connu, le sang de Catherine ne fit qu'un tour.

— Helen ? Notre ancienne bonne ?

— Oui. Elle m'a demandé combien j'étais payée puis elle m'a dit qu'elle était presque payée le double à son époque. Et que je ne devais pas me laisser faire.

— Te laisser faire… quoi ?

— Me laisser exploiter.

— Et que faudrait-il faire pour que tu choisisses de rester ? Hormis le fait d'augmenter ton salaire, ce qui est strictement impossible.

Catherine regarda l'information monter lentement au cerveau de la jeune fille, la vit tournoyer entre ses deux oreilles puis prendre tout son sens. La réponse ne tarda pas :

— J'aimerais avoir tous mes dimanches. Et ne plus avoir de travaux de couture.

— Très bien. Tu peux considérer que c'est d'accord.

Elle ne prit pas la peine d'écouter les remerciements qui ne trouvèrent que son dos comme interlocuteur et partit s'enfermer dans sa chambre. C'était l'endroit où, elle le savait, personne ne viendrait la déranger sous peine de déclencher sa fureur. C'était une règle tacite dans la maison, une règle que les domestiques comme les membres de sa famille connaissaient parfaitement.

Elle commença par faire des allées et venues dans la pièce avant de traîner son fauteuil jusqu'à la fenêtre et de s'abîmer dans la contemplation du décor. Toujours le même. Toujours ces mêmes arbres et là derrière, invisible depuis sa fenêtre, la mer à perte de vue. Le vent avait encore gagné en intensité et les vagues devaient à présent battre le rivage avec une force phénoménale. Catherine était quasi certaine que cette folle de Laura

Clark devait être aux premières loges, menant sa vie de bohème comme elle l'entendait, indifférente aux regards et aux jugements d'autrui. Elle aurait tant voulu soustraire Selina à son influence tout comme elle aurait aimé que sa fille ne s'attache pas à cette petite révolutionnaire d'Helen. Encore une fille qui ne savait pas où était sa place et qui se permettait de donner des conseils saugrenus à celles qui, comme Margaret, manquaient cruellement de caractère.

Avait-elle un jour été aussi sotte ? Elle aimait croire que non. Avait-elle un jour su apprécier la vie ? Avait-elle vraiment été un jour sereine ? Avait-elle jamais été de ces femmes à l'air ravi et calme, sans peine et sans crainte du lendemain ? Ou bien sa vie n'avait-elle été qu'une suite de crispations et de contrariétés sans fin ?

Non, concéda-t-elle en son for intérieur, malgré son envie de noircir le tableau, les choses n'avaient pas toujours été ainsi. Elle avait été heureuse dans le passé, elle le savait. Elle s'était déjà sentie pleine de vie, confiante, et le fait que cela ne soit plus qu'un vague souvenir ne devait pas l'en faire douter. Après tout, elle avait eu de bons moments. Elle avait eu des parents agréables, une enfance choyée et le mariage dont elle avait toujours rêvé… Elle se souvenait de la naissance de Matthew mais surtout de celle de Selina, dix-huit ans plus tôt, comme de moments de grande fébrilité et, à la fois, de grand bonheur.

Tellement de bonheur ! À cette pensée, son cœur fit comme un bond dans sa poitrine. Les années n'avaient rien enlevé à la joie terrible qu'elle avait ressentie quand elle avait serré à nouveau un petit être plein de vie dans ses bras. Après l'épreuve qu'elle avait affrontée quelques années auparavant, sa fille était bien plus qu'un petit miracle, elle avait été la promesse d'un nouveau départ. Selina avait été un bébé si facile, si calme et si avide d'amour… Qui aurait pu croire que, moins de deux décennies plus tard, les choses seraient devenues si difficiles entre elles ? Perdrait-elle le peu d'estime que sa fille lui accordait quand elle apprendrait qu'ils n'avaient plus un sou et que son seul espoir de mener un train de vie correct serait de faire un mariage décent ?

Les yeux perdus dans le vague, Catherine n'avait pas vu les

nuages s'amonceler dans son champ de vision. Elle y aurait vu un mauvais présage de plus, la promesse d'un lendemain encore plus sombre que la sombre journée qu'elle vivait depuis les premières lueurs du matin. Plus que jamais indifférente au monde qui tournait autour d'elle, elle ne voyait plus rien et n'entendait pas les grosses gouttes de pluie qui tombaient frénétiquement du ciel et s'écrasaient mollement sur le sol glacé, ni même les pas vifs de Margaret qui se précipitait à l'extérieur pour ramasser le linge qu'elle avait étendu sur les cordelettes malgré les basses températures, à l'arrière de leur grande et imposante maison de briques rouges.

Elle aurait pu faire mieux mais elle n'était pas la seule fautive, loin de là, le grand coupable de l'histoire étant George. George et ses erreurs de gestion, son manque de sérieux, sa nonchalance, ses dépenses, aussi, qu'il continuait de faire comme si leur situation n'était pas devenue si critique. Plus que jamais en cette matinée, elle lui en voulait pour ce naufrage et pire encore, elle lui en voulait de l'avoir tenue à l'écart de leurs problèmes pendant des mois entiers. Peut-être même des années, qui sait quand avait réellement commencé le naufrage ? Même aujourd'hui, elle peinait à vraiment saisir leur situation financière qui, elle en était consciente, n'avait pas pu se dégrader en un claquement de doigts. George avait dû travailler très dur à sa perte et patiemment marcher dans les pas de son père, se chargeant de défaire l'ouvrage que plusieurs générations antérieures s'étaient chargées de tisser.

Il aurait pu lui mentir pendant des années encore si elle n'avait finalement cédé à une envie qui la taraudait depuis longtemps, celle d'explorer le bureau de son mari pour trouver les réponses aux questions qu'elle ne prenait même plus la peine de formuler à haute voix. Ses recherches n'avaient pas été vaines et lui avaient permis de trouver un billet, un mot écrit à la va-vite. Rien de bien détaillé, rien de bien évident mais juste de quoi lui faire comprendre qu'elle ne devait d'avoir encore à manger sur sa table qu'aux prêts que Paul Clark consentait à son mari. Plus que la douleur de les savoir réduits à une telle extrémité, la honte d'être redevable à son voisin l'avait comme brûlée de l'intérieur.

Catherine n'avait pas pleuré car elle savait les larmes vaines. Sentant ses jambes lui manquer, elle n'en avait pas moins été contrainte de s'asseoir dans le profond fauteuil de son mari. Dans un état second, l'esprit en ébullition et le cœur battant, elle en avait longuement caressé les accoudoirs de cuir. Défraîchis à cause des frottements répétés, ils avaient été polis par des années d'usure et tant d'heures passées à rédiger, compter, réfléchir.

Et préparer scrupuleusement des mensonges destinés à la maintenir dans l'illusion ?

À cette pensée, elle avait senti la colère lui tordre les entrailles, un sentiment vite dépassé par une peur profonde, la seule qui compte vraiment : celle de l'avenir. Ils semblaient déjà si enfoncés dans les dettes qu'il serait certainement impossible de rétablir la situation avant des années… Du moins si cela était encore possible ! Si elle devait croire ce qu'elle avait lu – et ces quelques mots ne laissaient finalement pas beaucoup de place aux fausses interprétations –, son mari devait une très forte somme à Paul. Pire encore : ce versement n'était assurément par le premier et Dieu seul savait la totalité de leur dette envers leur voisin !

Mary était-elle au courant ? Si elle ne l'était pas, c'était que son mari était aussi cachottier que le sien. Et si elle l'était… eh bien, elle devait certainement s'en réjouir depuis son immonde salon jaune ! Cela n'aurait pas étonné Catherine qui avait toujours été intimement persuadée que les grands sourires de sa voisine cachaient bien plus qu'une simple bienveillance. Car malgré la proximité de leurs maisons et les liens qui unissaient leurs enfants, elles ne s'étaient jamais vraiment entendues. À un moment donné, avec un peu d'effort, peut-être auraient-elles pu devenir amies mais c'était trop tard pour cela et ce, depuis longtemps. Elle devait le reconnaître, elle n'avait rien fait pour paraître sympathique mais elle avait déjà tant de soucis à l'époque ! Quand elle avait eu l'esprit plus léger et fait mine de se rapprocher d'elle, Mary s'était faite plus froide et elles s'étaient éloignées pour de bon.

Coupant court au ressassement d'idées noires, Catherine émergea finalement de sa chambre et reprit les escaliers, constatant avec soulagement que Margaret ne l'y attendait pas cette fois. Elle retrouva sa fille au salon, ainsi que la petite bonne le lui avait indiqué. Indifférente à son entrée, la jeune fille lisait, comme à l'accoutumée, les jambes repliées sous elle, l'air concentrée. Catherine savait très bien que son immobilité et son détachement affiché n'avaient qu'une seule et même raison d'être : lui faire comprendre qu'elle n'était pas d'humeur à discuter. C'était fort dommage car *elle*, de son côté, n'était absolument pas d'humeur à respecter ce message, si subtil soit-il.

Faisant quelques pas dans la pièce, elle alla donc se poster dans un fauteuil, juste en face de Selina, et attendit que cette dernière daigne enfin lever les yeux sur elle. Ce qui n'arriva évidemment pas. Son regard, qui cherchait les yeux de sa fille, eut alors le temps de s'attarder sur ses cheveux, d'un blond vénitien tirant sur le cuivre clair, sévèrement remontés en un chignon très strict qui lui donnait l'air plus âgée et qui l'enlaidissait également beaucoup.

Quelle triste figure ! Quel manque de légèreté et de fraîcheur ! Catherine soupira intérieurement devant ce qu'elle considérait comme un bien triste spectacle. Selina deviendrait peut-être une femme élégante et gracieuse mais pour l'instant, elle était encore trop engoncée dans les rondeurs de l'enfance. Cette silhouette trop lourde pour une jeune fille de dix-huit ans et ce teint pâle de ceux qui fuient trop souvent l'air frais l'agaçaient terriblement, si bien qu'elle en venait presque à trouver belle la longiligne Laura. Frêle comme un roseau, gracieuse, élancée, elle ne rendait sa fille que plus pataude à ses yeux et les voir côte à côte était une vraie torture. Bien heureusement, cela n'arrivait que rarement.

Face à une telle image, un seul constat s'imposait : Selina se laissait aller, c'était évident. Mais comment lui en vouloir ? Ici, il n'y avait rien pour elle, aucun public pour la stimuler et surtout, aucun jeune homme pour lui donner envie d'être un peu plus coquette. Suivant le cours sinueux de ses pensées, Catherine demanda subitement :

— Souhaiterais-tu aller en ville ? Pour quelques semaines ? Voire quelques mois ?

Trop surprise par la question pour jouer plus longtemps l'indifférence, Selina releva brusquement la tête et répondit d'un air ahuri :

— Londres ?

Parlez de *ville* à une jeune fille d'aujourd'hui, et elle ne pensera qu'à la capitale, soupira intérieurement Catherine. Comme si l'Angleterre se résumait à Londres ! L'aurait-elle voulu, elle n'aurait de toute manière pas pu lui proposer un tel séjour, leurs finances ne leur permettant certainement pas d'engager de tels frais de voyage. Un *détail* évidemment impossible à évoquer sans entrer de longues explications désagréables.

— Non, en réalité je pensais plutôt à Manchester.

— Ah, répondit Selina, remettant d'emblée le nez dans son livre, clairement déçue.

— Je suis certaine que ta tante accepterait de t'accueillir chez elle si tu savais te rendre un peu agréable… Un peu de bonne humeur, un air enjoué, un sourire de temps en temps…

En affirmant cela, Catherine s'avançait un peu car la sœur de George n'avait jamais fait preuve d'une grande hospitalité et dernièrement, les liens familiaux s'étaient un peu distendus, son mari ayant certainement essayé de soutirer quelques centaines de livres. Qu'importe, si Selina était d'accord, il y aurait toujours moyen de lui trouver un toit décent le temps qu'elle change d'air et qu'elle se dégotte un mari. Là encore, un *détail* qu'il valait mieux éviter d'évoquer trop frontalement sous peine d'avoir affaire au courroux de la demoiselle à marier.

— Mmm, commença Selina, l'œil éteint. Sincèrement je ne sais pas trop. Il n'y a rien à faire à Manchester et je ne pense pas que j'aurai le courage de me montrer agréable, comme tu dis ! C'est bien trop compliqué pour une fille comme moi ! ajouta-t-elle sur un ton qu'elle voulait certainement provocant.

— Qu'entends-tu par une fille comme *toi* ? Certes, tout le monde sait que tu n'es pas la douceur même mais avec un peu d'efforts, même la créature la plus imbuvable peut se faire tolérer.

— Je parlais plutôt du fait que je ne suis ni futile, ni maniérée et qu'à mes yeux, discourir sur la meilleure manière de porter un chapeau relève de la torture pure et dure. D'ailleurs, je ne pense pas m'être plainte ces derniers temps. Suis-je à ce point dérangeante que vous cherchiez à m'envoyer au loin ?

— Absolument pas. Mais je m'inquiète pour toi. Est-ce un mal ? Préférerais-tu que je ne fasse pas mine de te remarquer ? Que je passe devant toi en t'ignorant constamment ?

— Parfois, je me demande si cela ne serait pas préférable.

— Vraiment ?

Comprenant qu'elle ne s'en tirerait pas à bon compte et que la conversation risquait de s'éterniser, Selina glissa un marque-page dans son livre avec un petit soupir, comme si abandonner sa lecture le temps de leur échange était le plus grand des sacrifices et reprit :

— Tante Elizabeth ne m'apprécie guère et la dernière fois, elle a passé son temps à m'expliquer à quel point j'étais une fille étrange. Une vraie petite sauvage selon elle ! Tout ça parce que j'ai cassé quelques tasses pendant mon séjour. Presque rien ! Je crois qu'elle trouve mon éducation très mauvaise. Qu'en pensez-vous maman ? Êtes-vous du même avis ?

Jetant un coup d'œil amusé à sa mère qui avait pâli, elle se replongea finalement dans son livre, sans doute dans l'espoir de la voir capituler. Mais Catherine n'était pas encore prête à la laisser en paix.

— Que lis-tu ?

— Un livre très intéressant.

— Et sur quel sujet, je te prie ?

— Oh… Sur des choses et d'autres. Rien qui puisse t'intéresser, j'en ai peur. D'ailleurs, ajouta-t-elle tout en sautant sur ses pieds, j'allais arrêter. Il est grand temps que j'aille prendre l'air.

Leurs regards se tournèrent de concert vers la fenêtre dégoulinante de pluie.

— Avec un bon manteau, cela devrait…

— Non, non. Tu ne sors pas par ce temps. Je ne tiens pas à te veiller pendant des jours parce que tu seras tombée malade.

D'un geste vif, elle attrapa Selina qui s'apprêtait à passer devant elle pour quitter la pièce.

— Donne-moi ça.

Les doigts de Selina restèrent crispés sur le livre qu'elle tenait toujours à la main mais elle ne put longtemps résister à la poigne de sa mère qui s'empara triomphalement de son butin.

— *Notes on Nursing*. Très bien. D'où sors-tu cela ? Pas de chez Laura je présume ? Je n'imagine pas Mary lire de telles choses. Quoique, on n'est jamais sûr de rien…

— Il m'a été prêté.

— Par ?

— Par une amie.

— Et laquelle, je te prie ? Si ce n'est pas Laura, ce doit être…

Elle n'eut pas besoin de prononcer le nom de son ancienne bonne pour comprendre qu'elle était à l'origine du prêt.

— Je savais que c'était une dévergondée, souffla-t-elle sur un ton perfide, mais je pensais que le mariage l'avait au moins remise dans le droit chemin… Et maintenant j'apprends qu'elle te confie des lectures inappropriées pour ton jeune âge ?

— Ce ne sont pas des lectures inappropriées.

Bon gré mal gré, Selina avait quitté le pas de la porte et s'était rapprochée de sa mère dans le but clairement affiché de récupérer son livre. En réponse, Catherine le plaqua dans son dos et fit quelques pas en arrière.

— Et ce livre est à cousine, crut-elle bon d'ajouter. Pas à elle.

— Ah ! Voilà qui me rassure grandement ! clama Catherine sur un ton faussement enjoué. Si ce n'est que sa cousine, tout va pour le mieux alors !

L'esprit en ébullition, elle sentait ses ongles s'enfoncer dans la couverture dure de l'ouvrage, y laissant certainement des marques durables. Mais qu'importait. Ni Selina, ni cette fameuse cousine ne reverraient jamais ce livre qu'elle jetterait au feu le soir venu sans même prendre la peine parcourir son contenu. Il était dommage, pensa-t-elle avec une moue dégoûtée, qu'elle ne puisse pas faire de même avec les étranges projets de sa fille. D'abord inquiète à leur sujet, elle avait fait le choix de ne pas les prendre au sérieux mais quelque chose dans le regard de Selina, une lueur qu'elle n'avait encore jamais vue, lui permit de comprendre qu'elle n'était pas au bout de ses peines et que sa fille était tout sauf une enfant qui agissait uniquement pour la contrarier. Elle croyait vraiment en ces histoires d'infirmière.

Et il fallait que cela cesse sans tarder. Elle allait s'occuper de sa fille comme elle le méritait dans les semaines à venir, la veillerait avec attention et la remettrait dans la voie qu'elle n'aurait jamais dû quitter.

— Tout cela est une perte de temps. Tu ne…

Mais elle ne termina jamais sa phrase, pas plus qu'elles ne terminèrent cette épineuse conversation car une voiture remontant l'allée à grand train les fit toutes deux se précipiter à la fenêtre. Le cœur de Catherine s'emballa à cette vue, ce genre d'arrivée tonitruante n'étant jamais synonyme de bonne nouvelle. Ce n'était assurément pas George, qui ne devait rentrer que le lendemain et qui n'avait, de toute manière, pas l'habitude de faire des entrées aussi fracassantes. Alors, qui ? Qui était assez pressé, ou assez fou, pour oser pénétrer ainsi dans leur propriété comme s'il avait tous les démons de l'enfer à ses trousses ?

Malgré l'angoisse qui lui serrait le ventre, Catherine se dirigea d'un pas vif vers la porte d'entrée, Selina dans son sillage, au moment même où une main puissante commençait à tambouriner à tout rompre. L'urgence était réelle et Margaret était trop loin, sans doute dans l'un des étages supérieurs, si bien qu'elle se décida à ouvrir elle-même, même si cela allait contre ses préceptes.

— Mrs. Wilson ? demanda l'homme encapuchonné qui lui fit alors face dans l'encadrement de la porte.

— C'est moi. Mais que…

— Votre fils est dans la voiture.

Elle eut un instant de flottement.

— Mon fils ?

— Matthew Wilson. Il s'agit bien de votre fils ?

Les yeux de Catherine se posèrent sur le visage impassible de l'homme, s'attardèrent sur la voiture stationnée un peu plus loin puis revinrent sur son visiteur.

— Est-il mort ?

Dans son dos, la voix de Selina, suraiguë, avait mis les mots sur la pensée qui tournait dans sa tête sans qu'elle ait osé la formuler, même en esprit. Cela lui remit les pieds sur terre.

— Mais non, idiote. Aucun mort n'est aussi pressé de rentrer chez lui. Il a dû se faire renvoyer et n'ose pas sortir de voiture.

Bravant la pluie, elle s'élança à l'extérieur et en deux pas, fut devant la portière. L'homme, qui l'avait suivie sans qu'elle note sa présence, resta à distance respectable.

Elle s'attendait à croiser la mine dépitée de son grand fils. Elle savait pertinemment comment les choses se passeraient. Il ferait mine d'être mort de honte, elle lui ferait la morale mais elle lui pardonnerait tout et le lendemain, ils seraient à nouveau bons amis. Ce renvoi serait peut-être même un coup de chance, un signe du destin. Matthew pourrait épouser Sybil et ils reviendraient vivre tous deux à la maison. La dot de la voisine servirait à redorer leur blason et ils couleraient des jours heureux. Elle arrivait presque à y croire…

Mais Matthew ne releva pas les yeux sur elle, pas plus qu'il n'esquissa un geste pour la saluer. Son grand corps enroulé dans la couverture, avachi dans un coin, il semblait totalement amorphe.

— C'est la tuberculose Madame, commenta l'homme, imperturbable. Il a été jugé préférable de l'éloigner de ses camarades avant que la maladie ne se propage dans tout l'établissement. Votre fils est très faible mais nous craignions une épidémie et… Son logeur l'a refusé. Il dit que sa chambre n'a pas été payée depuis des semaines et que…

Catherine ne le laissa par terminer sa phrase et ne lui accorda plus aucune attention. Se précipitant sur son fils comme une furie, elle le serra de toutes ses forces entre ses bras. Puis, appelant Margaret et Selina qui, interdites, observaient la scène depuis le seuil de la maison, elle leur ordonna de l'aider à le porter sur son lit.

6

Juin 2011

Si Alma n'avait pas fait la route en compagnie de son micro-ondes ou de sa machine à café, elle avait glissé son ordinateur portable dans ses bagages et ce soir-là, assise sur le lit de la petite chambre bleue dans laquelle Mina l'avait installée, elle entreprit de consulter sa boîte mail pour la première fois depuis bien longtemps.

Un peu plus de vingt-quatre heures plus tôt, en remplissant fébrilement le coffre de son véhicule, elle n'avait évidemment pas imaginé pouvoir se connecter depuis la chambre qu'elle occupait chez sa grand-mère mais force était de constater qu'elle avait eu tort : elle n'aurait pas à squatter la table d'un café pendant des heures ou à aller pleurnicher auprès d'un voisin pour la simple et bonne raison que sa nonagénaire de grand-mère disposait de son propre réseau wifi. Bien loin d'éprouver les appréhensions que ressentaient souvent les personnes de sa génération à l'égard des nouvelles technologies, Mina avait en effet insisté pour être connectée et, à ses heures perdues, traînait sur la toile à la recherche de nouvelles idées de lecture, des résultats des courses hippiques – elle s'était prise de passion pour les paris dans son grand âge – ou de la meilleure recette de sablés au citron.

Inespérée, cette connexion tombait donc à point nommé. À moins qu'elle n'arrive tout simplement trop tôt ? Certes, Alma aurait très bien pu consulter ses messages depuis son smartphone mais elle l'avait condamné au silence depuis de nombreux jours. Histoire d'avoir la paix, tout simplement. Ce besoin d'entrer en contact avec le reste du monde semblait s'être rallumé maintenant qu'elle était trop loin pour accepter toutes les propositions de sorties qu'on aurait pu lui proposer. Elle avait désormais une excuse toute trouvée pour les décliner sans passer pour une sauvage. Amère, Alma réalisa bien vite que ses angoisses étaient pourtant bien illégitimes. Malgré les centaines de messages qui l'attendaient – et qui semblèrent lui sauter au visage au moment de sa connexion –, pas un seul mail intéressant et, évidemment, pas une seule invitation. De quoi lui remettre immédiatement les idées en place.

Bien sûr, elle n'avait pas été oubliée pour autant et au milieu de la masse de spams, elle trouva bien quelques noms d'amis ou de vagues connaissances qui ne lui avaient plus accordé beaucoup d'attention au cours des derniers mois et qui s'inquiétaient soudain de ne plus avoir de ses nouvelles. Tous ces gens qui n'avaient jamais été là, qui étaient toujours trop occupés par leur propre vie, se découvraient une conscience sur le tard. Comme si, à présent que le mal était fait, l'envoi d'un mail, d'un like sur Facebook ou d'un SMS paresseux pouvaient compenser une absence prolongée… Alma leur en voulait terriblement de leur égoïsme et de leur indifférence et s'en voulait de leur en vouloir. Ils n'avaient fait que suivre le cours de leur existence. Ils n'avaient fait que tourner autour de leur propre nombril comme elle avait, un temps, tourné autour du sien. Aussi ne s'étonna-t-elle même pas du contenu de leurs messages où, après l'avoir plainte longuement et avoir déversé de longues tirades sur la fragilité de l'existence, ils évoquaient leurs propres inquiétudes et leurs petits problèmes. Ainsi, Joe lui racontait ses déboires au bureau, Stella se plaignait d'être rentrée de ses vacances à Los Angeles, Martha s'extasiait des progrès de ses enfants… autant de sujets qui, à ce moment précis, indifféraient complètement Alma. Était-ce du cynisme ? Ou alors se laissait-elle grignoter par la mauvaise humeur ? Elle n'arrivait plus à s'intéresser à eux et ne se sentait nullement touchée par toutes ces marques de sollicitude qu'elle trouvait fausses et vides. Tous, autant qu'ils étaient, ne l'intéressaient plus. Tous, autant qu'ils étaient, lui avaient écrit mais ce n'étaient pas leurs mots qu'elle avait espérés, elle le savait bien. C'étaient ceux de Jack. Encore et toujours lui. Car en remontant le temps et la liste des mails accumulés au cours des dernières semaines, elle avait espéré, sans même oser se l'avouer, voir son adresse mail apparaître entre deux publicités. En vain. Rien de rien. Pas le moindre message, même le plus insignifiant qui soit. Elle en avait été mortifiée, preuve que malgré les allégations de sa psy, elle n'avait pas encore tourné toutes les pages de son passé.

Alma s'appuya un peu plus confortablement contre les oreillers, songeuse. Où pouvait-il bien être à ce moment précis ? Et surtout, avec qui ? Était-il avec cette grande brune qu'elle avait aperçue sur l'une des photos publiées par un ami commun ? Cette fille, bien trop jolie pour être honnête avec cette trop grande bouche pleine de dents trop blanches ? D'un clic, elle avait enregistré le cliché sur son ordinateur et avait passé de longues minutes à les observer, souriants, figés sur son écran, beaux… Amoureux ? Elle avait étudié leur posture, zoomé sur leurs yeux sans rien trouver de probant. Cette fille aurait pu être une collègue de bureau comme sa future femme, rien ni personne ne pouvait lui permettre d'en savoir plus sans qu'elle ne dévoile un intérêt que beaucoup auraient qualifié – et avec raison ! – de maladif. Prétendre le contraire aurait été mensonger. Elle avait encore envie de savoir ce qu'il devenait, où il dormait, avec qui il couchait, elle aurait voulu connaître ses projets, savoir s'il avait acheté un nouveau vélo ou s'il s'était laissé tenter par le tatouage dont il rêvait depuis au moins cinq ans. Elle aurait tout voulu savoir et à la fois, aurait été soulagée de ne plus jamais entendre parler de lui. Mais les réseaux sociaux et surtout Facebook, vil tentateur, étaient devenus un cimetière géant pour son cœur brisé, des lieux où elle venait entretenir sa peine.

Se redressant vivement, Alma ferma sa boîte mail d'un clic rageur sans répondre à quiconque et revint sur le bureau de son ordinateur. Elle ne savait absolument pas quoi y faire. Elle ne savait d'ailleurs pas quoi faire tout court et il lui était difficile de croire qu'un jour pas si lointain, elle se plaignait auprès de qui voulait l'entendre de ne pas avoir une minute à elle. Maintenant qu'elle en avait trop, elle trouvait le temps désespérément lent, comme s'il s'était étiré à mesure que ses journées se vidaient de ses activités. Quelques mois plus tôt, elle aurait automatiquement ouvert ses anciens dossiers de photos pour tromper l'ennui et aurait passé la soirée à pleurnicher devant ces clichés qu'elle avait pris, contemplés, collectionnés au fil des années qu'elle avait passées avec lui et qui retraçaient toutes les étapes de ce qui avait été leur vie à deux. Leurs années d'études, leurs soirées étudiantes, celles qu'ils passaient entassés dans des appartements minuscules et enfumés, leurs vacances entre amis dans des campings minables mais d'où ils avaient pourtant rapporté leurs meilleurs souvenirs…

Puis, la suite logique avec, à mesure que les années passaient, un peu moins d'amis sur les photos mais seulement eux deux, sous toutes leurs coutures. Elle en blonde puis en brune, les cheveux courts ou bien terriblement longs, les yeux noyés sous le khôl puis plus naturelle, cheveux au vent, taches de rousseur apparentes. Lui, l'air gamin, les cheveux ébouriffés, les yeux d'un marron pétillant sous la lumière de l'été, plus foncés les jours d'hiver, barbu, très barbu puis rasé de près, en pull, tee-shirt, chemise cintrée, avec ou sans lunettes. Eux, enfin, lors de leur dernier été passé ensemble à Rome, la ville des amoureux qui, pour eux, n'en aurait jamais que le nom. Car avec un peu de recul, c'était peut-être justement là-bas, quelque part entre la fontaine de Trévi et le Panthéon, qu'ils avaient compris que non, un cadre idyllique et trois glaces italiennes par jour ne suffiraient pas à leur rendre leur bonne humeur et qu'il fallait un peu plus que des rues pavées et des peintures vieilles de plusieurs siècles pour qu'ils s'extasient à nouveau côte à côte. Et si, sur le moment, revenir à Londres avait été un soulagement, la suite s'était avérée moins agréable…

Secouant la tête avec vigueur, Alma refusa d'y penser une nouvelle fois. Ce n'était ni le moment, ni l'endroit. Elle se devait d'être plus forte à présent, au-dessus de tout ça comme le jour où, fraîchement rentrée de l'hôpital, encore abrutie par les médicaments, elle avait envoyé tous ces albums à la corbeille sans même réfléchir à leur contenu, sans songer aux paysages et aux jolis monuments qui s'y trouvaient également, ne pensant qu'à leurs visages et à la peine qu'elle éprouvait en réalisant que tout cela était fini. Terminé. Pour toujours et à jamais. Et pour de bon, cette fois. Mais s'il était facile de cliquer sur *supprimer*, on ne se séparait malheureusement pas de ses souvenirs avec autant de facilité et les images dans sa tête avaient continué à l'accompagner des nuits durant.

On lui avait conseillé d'écrire sur tout ça et de faire sortir, d'une manière ou d'une autre, tout ce qui lui tenait à cœur ou qui continuait à l'empoisonner. Mais elle n'avait jamais pu aligner deux mots sur le sujet et chaque tentative s'était soldée par de longs instants frustrants à fixer le curseur qui clignotait, clignotait, clignotait sans fin sur la page blanche. Ces derniers mois, la seule fois où elle s'était sentie inspirée, c'était pour écrire une lettre à Jack, une longue missive pathétique et misérable qu'elle n'avait heureusement jamais envoyée.

Un petit bip vint la faire sursauter et lui indiqua qu'une personne lui avait envoyé un message instantané sur Facebook. D'un coup d'œil, elle découvrit qu'il s'agissait de Caroline, sans doute la fille qu'elle préférait sur terre. Indissociable de son rouge à lèvres écarlate et de ses boucles d'oreilles qui cliquetaient. Qui parlait trop, fumait trop, se foutait (vraiment) du regard des gens et qui, à bout de bras, l'avait extirpée de la vase dans laquelle elle se noyait. Malgré tout, et en bonne mauvaise amie qu'elle était, elle ne donnerait pas suite. Caroline était trop frontale, trop directe et… Elle n'avait pas le courage de lui parler sans fard. Elle voulait la paix, le silence. Après avoir refermé son ordinateur, l'avoir fourré sous son lit et éteint la lumière, elle se glissa entre ses draps avec des gestes lents, et tenta de se détendre ou, du moins, de profiter du calme ambiant. Certes, la vieille couverture était un peu rêche mais les draps sentaient la lessive et c'était tout ce dont elle avait besoin à présent. De draps propres, d'un lit rien que pour elle et de la présence rassurante d'une personne aimée dans la chambre voisine.

Le lendemain, le soleil était une nouvelle fois au rendez-vous mais le relatif bien-être qui avait accompagné Alma à l'entrée de la nuit s'était apparemment évaporé en même temps que l'obscurité. Elle avait mal dormi, ayant été malmenée par des rêves étranges et une série de cauchemars aussi brefs que perturbants mais dont elle ne se souvenait déjà presque plus. La perspective de commencer une nouvelle journée sans caféine lui fut alors subitement intolérable. Certains pouvaient tuer pour leur carré de chocolat quotidien, elle éprouvait un sentiment quasi similaire pour la caféine, une particularité qui avait bien souvent poussé sa mère à la surnommer Lorelai en référence à *Gilmore Girls*. C'était leur série fétiche, leur plaisir coupable, et elles avaient dévoré bien des épisodes depuis le canapé de la maison familiale. Outre le fait qu'elles avaient une passion commune, Alma avait toujours adoré ce personnage. Lorelai était belle, Lorelai était drôle et Lorelai avait une fille super intelligente, affublée d'un prénom de garçon. Rory. Comme le fils de Jill, maintenant qu'elle y pensait.

Maussade, Alma finit malgré tout par s'extirper du lit, s'avança jusqu'à la cuisine et éprouva un vif soulagement en réalisant que Mina avait quitté la maison avant son réveil. Pas de petit mot, bien sûr, mais un silence évocateur. Cela laisserait le temps à la mauvaise humeur qui semblait avoir profité de la nuit pour se couler dans ses veines de s'évaporer. Une question de trop, une nouvelle explication sur les bienfaits du thé vert et elle aurait été capable de… De quoi après tout ? De pas grand-chose, surtout ! Se laissant tomber mollement sur la première chaise qu'elle aperçut, elle posa les yeux sur la pendule, au-dessus de la porte. Étrange, cette dernière lui indiquait qu'il était plus de dix heures du matin, une information confirmée par le four et le micro-ondes. Alma n'en croyait pas ses yeux. C'est simple, pensa-t-elle, tout en fourrageant dans un placard – dans un des rêves de la nuit, elle y avait trouvé un vieux pot de café soluble mais la réalité était décevante : il n'y avait rien qui vaille là-dedans –, la dernière fois qu'elle s'était réveillée aussi tard, elle avait la grippe. Portant subitement la main à son front, Alma soupira de soulagement en découvrant qu'il était parfaitement frais. Pas de maladie en vue. Juste le début de la fin. Bientôt, elle se lèverait à midi et finirait par passer toute sa journée au lit. Après tout, la vie ne valait pas la peine d'être vécue sans café.

Observant son sachet infuser dans l'eau chaude, Alma sentit son humeur chagrine gagner en intensité. Soudain, elle eut envie d'être de retour en ville. Elle aurait pu aller se chercher un cappuccino immense, avec triple dose de mousse, et un donut bien gras, bien dodu, avec un glaçage rose qui colle un peu aux doigts et des vermicelles de couleur sur le dessus. Et elle aurait mangé ça... Alma secoua la tête, consciente de la bêtise de cette image. Si elle avait été chez elle à ce moment précis, elle aurait juste avalé un expresso avant de grignoter des restes de biscuits secs au fond d'une boîte en métal. Jamais elle n'aurait eu la force de quitter son appartement pour quelque chose d'aussi futile qu'un petit déjeuner même pas équilibré.

Se sentant à nouveau étouffer sous le poids de sa contrariété, Alma préféra attraper sa tasse pour la boire à l'extérieur, considérant qu'une terrasse un peu sale valait toujours mieux qu'une cuisine minuscule. Déverrouillant la porte-fenêtre, elle fit quelques pas sur les dalles fraîches et dédaigna finalement la table pour s'avancer jusqu'à la limite du gazon. Bien des repas en famille y avaient été organisés au cours des décennies précédentes et Alma s'y revoyait toute petite, plus grande puis adolescente, flanquée de ses parents et de l'air maussade qui ne quittait alors jamais son visage de jeune fille râleuse. Alors qu'elle lui en avait toujours voulu pour cela, elle se sentit subitement heureuse que Jack n'ait jamais mis les pieds chez Mina. Il était rassurant de réaliser qu'il y avait encore des lieux familiers qui n'étaient pas rattachés à lui, d'une manière ou d'une autre.

La tasse toujours à la main, le nez levé en direction du doux soleil de début juin, Alma ne se contenta pas d'arpenter la terrasse et continua tout naturellement sa promenade matinale dans le jardin sans prendre garde à sa tenue trop légère et à sa chevelure rendue un peu hirsute par son sommeil agité, l'ensemble lui donnant un peu des airs d'adolescente attardée. L'idée même de faire attention à son apparence ne lui serait de toute manière pas venue à l'esprit tant elle s'imaginait seule au monde. De toute manière, elle n'était pas là pour plaire.

D'un pas de flâneuse, elle alla jusqu'au fond de cette platebande de pelouse, un jardin bien plus long que large en réalité, et s'appuya nonchalamment au petit portail qu'elle avait ouvert la veille. Si elle avait été sûre d'avoir du temps devant elle, elle aurait pu passer une autre tenue et partir, comme la veille, explorer les chemins aux alentours mais Mina, qui semblait quitter la maison tous les matins, ne lui avait donné aucune information sur l'heure de son retour. Elle la connaissait assez bien pour savoir que sa grand-mère attendait qu'elle soit prête dès qu'elle daignerait passer la porte d'entrée, d'autant plus qu'elles avaient rendez-vous avec Jill en début d'après-midi. Si elle leur faussait compagnie, Mina la passerait à la moulinette dès qu'elle en aurait l'occasion.

Laissant ses pas la ramener au niveau de la terrasse, Alma fit demi-tour et s'apprêtait à passer un long, long moment sous la douche – Mina n'étant pas là pour toquer rageusement à la porte, autant qu'elle en profite pour utiliser toute l'eau chaude – quand un chat, ou plutôt un chaton bien nourri, marchant dans ses pas, tenta de la rejoindre en miaulant plaintivement. Blanc, son pelage semblait être fait de coton brut, à l'exception de sa patte avant gauche sur laquelle était enfilée comme une courte chaussette noire. Bien évidemment, elle le trouva adorable. Et bien évidemment, elle décida qu'il devait être à elle. C'était décidé, elle serait son humaine de compagnie – et non le contraire – et elle veillerait à ce qu'il ait un fan-club d'adorateurs sur les réseaux sociaux. Il lui suffisait de l'attraper pour qu'il éprouve un coup de foudre similaire à celui qu'elle venait de ressentir pour lui et le tour serait joué.

Sans esquisser le moindre mouvement, de peur de l'effrayer, elle le regarda donc venir à elle sur ses courtes pattes, frémissant comme s'il avait hâte de se jeter dans ses bras. Ce qu'il ne fit évidemment pas. Une fois arrivé à ses pieds, il se contenta de se laisser caresser avec l'indifférence complaisante qu'ont parfois les chats trop choyés puis, alors qu'elle commençait à y prendre goût – et qu'elle faisait preuve d'une familiarité qu'il sembla juger inconvenante –, le chaton reprit finalement sa route en direction de la courte haie qui séparait les jardins de Mina et de Jill.

Amusée mais surtout très déçue de voir que même les chatons les plus mignons refusaient de rester un peu avec elle, Alma le suivit des yeux puis s'avança un peu afin de voir jusqu'où il était parti. Parfois, le charme ne faisait pas tout et il fallait insister. S'il n'était pas encore trop loin, elle parviendrait peut-être à l'attirer à nouveau de son côté. La haie lui arrivait au niveau du nombril et semblait plutôt piquante. Elle ne pouvait espérer s'y appuyer ni même l'enjamber sans se rompre le cou et d'ailleurs, elle n'aurait plus eu aucune raison de le faire puisque le fuyard avait bel et bien disparu, tel le lapin blanc d'Alice.

— Je peux vous aider ?

Sous le coup de la surprise, Alma envoya valser sa tasse encore presque pleine qui, heureusement pour elle, se contenta de rebondir sur l'herbe avant de recracher un contenu que la terre se hâta d'avaler. Comprenant vaguement que le propriétaire de cette voix l'observait peut-être depuis plus longtemps qu'elle n'aurait voulu l'imaginer, elle n'osa pas immédiatement relever la tête vers lui. Le souvenir de son reflet, qu'elle avait croisé l'espace d'une seconde dans une vitre, lui revint soudain en mémoire et elle aurait voulu pouvoir foncer ventre à terre jusqu'à la maison pour s'y cacher. Non, elle n'était pas là pour plaire mais paraître à son désavantage n'avait jamais fait partie de ses projets. Surtout pas devant un inconnu. Malheureusement pour elle, à moins d'avoir quatre ans ou d'être complètement fêlée, ce n'était pas tout à fait le genre de comportement qu'elle pouvait adopter.

— Bonjour ? Il y a quelqu'un sous ces cheveux ou alors ai-je affaire à une goule en quête de chair fraîche ?

Alma retint un hoquet de surprise. Une goule ? Avait-elle bien compris ou était-elle plus fatiguée qu'elle ne le pensait ?

— *Tokyo Ghoul* ? Non ?

L'inconnu semblait attendre une réaction, un mot, ne serait-ce qu'un mouvement de sa part mais elle s'en sentait subitement incapable, concentrée comme elle l'était sur les battements chaotiques de son cœur. Sans doute avait-elle l'air d'un lapin pris dans les phares d'une voiture. Ou d'une fille un peu simplette. Oui voilà, rester plantée là, le regard braqué sur la tasse vide à ses pieds, finirait certainement par la faire passer pour une débile profonde. Il fallait qu'elle réagisse. Elle se baissa alors avec le plus de grâce possible afin de ramasser son mug puis releva la tête en gratifiant l'inconnu d'un sourire un brin étonné. Un peu comme si elle venait juste de daigner remarquer sa présence.

— Je ne connais pas.

— C'est un manga.

— Je n'en lis pas. Je crois que j'ai passé l'âge depuis une bonne quinzaine d'années.

— Vraiment ?

Il sembla la jauger puis haussa les épaules avec philosophie.

— Je ne savais pas que Mina louait son cottage à des touristes. Je suis Rory. Le fils des voisins.

Alma tiqua. Alors c'était donc le fameux artiste-professeur-beau-gosse-et-séducteur-de-ses-dames qui se tenait devant elle par le plus pur des hasards ! Vraiment ? Alma ne parvenait pas à y croire. Sans savoir vraiment pourquoi, elle se l'était imaginé comme une sorte de clone de Matthew Goode. Grand, très mince, doté d'un sourire ravageur et d'une aura super sexy. Sans oublier, pour compenser, ce petit côté sympa et vaguement familier qui te donnait l'impression (illusoire) que cet Apollon des temps modernes était (presque) accessible et que tu pouvais (presque) espérer, un jour, le mettre dans ton lit.

Force était de constater que Rory Grant n'avait pas grand-chose à voir avec l'acteur, si ce n'est, peut-être, le sourire (ce qui était déjà beaucoup). Ses yeux étaient d'un bleu particulièrement pénétrant et il avait un teint de porcelaine qui aurait fait pâlir d'envie n'importe quelle jeune fille mais ce regard acier et cette carnation de reine des Neiges étaient associés à des cernes marqués qui lui donnaient un air que Mina aurait sans doute qualifié de *pas très frais*. Malgré cela il faisait jeune, très jeune même, une impression sans doute renforcée par son visage glabre et par sa taille qu'Alma jugea d'emblée peu importante pour un homme. Un mètre soixante-quinze à tout casser… Et encore, à peine ! Pas vraiment le genre de stature par laquelle elle se sentait attirée.

— Je ne suis pas une touriste, répondit-elle sur un ton tout aussi calme. Et je ne vois pas pourquoi Mina louerait sa maison. Où irait-elle à son âge ?

Comme soulagé, il sembla se détendre et, un léger sourire aux lèvres, lui tendit la main au-dessus de la haie. Toute sa réserve semblait s'être envolée en constatant qu'elle était indirectement du coin et non pas une étrangère sortie de nulle part, du moins c'est ainsi qu'elle interpréta son geste. En croisant son regard espiègle, elle réalisa soudainement qu'avec sa chevelure rebelle, il avait l'attitude parfaite pour incarner le bad boy romantique dans un groupe de rock-à-minettes. Cela la fit sourire à son tour.

— Tu es de la famille de Mina alors ?

— Sa petite fille.

— Ah oui bien sûr ! J'aurais dû y penser !

— J'ai rencontré ta mère hier, elle est restée un moment à parler avec nous.

— Et j'imagine que vous avez dû la pousser dehors pour qu'elle vous laisse enfin tranquilles ? Je ne connais pas pire bavarde que ma mère.

— Ça s'est à peu près passé comme ça, oui.

— Pas étonnant qu'elle s'entende bien avec Mina alors !

Ils échangèrent un regard entendu.

— J'ai cru comprendre que tes parents étaient de retour depuis peu ? Ils doivent en être particulièrement contents, non ?

— Contents ? Oh oui je crois !

Il fit un large geste de la main, désignant vaguement la maison qui se trouvait derrière lui :

— Ils ont emménagé dans cette maison au début de leur mariage. J'ai grandi ici. Puis quand mon père a changé de poste, mes parents ont loué la maison. Ils auraient pu la vendre pendant toutes ces années mais je crois qu'ils n'avaient jamais perdu espoir de revenir. Ils se sont mis en tête de la rénover un peu et alors je suis venu aider mon père à repeindre la cuisine. Entre autres. Et je suis vraiment enthousiaste à cette idée, comme tu peux l'imaginer.

Il eut un rire qui traduisait un amusement sincère mais dans lequel Alma crut déceler comme une note de découragement. Le silence s'installa à nouveau mais cette fois, Alma ne paniqua pas malgré le regard qu'il posait toujours sur elle, un peu trop fixe et un peu trop intense pour qu'elle ne désire pas s'y soustraire sans tarder. Si elle laissait leur conversation mourir de sa belle mort, il finirait par tourner les talons et elle pourrait retrouver l'obscurité rassurante de la maison. Plus le temps passait et plus elle se trouvait de points communs avec ces animaux cavernicoles très blancs et quasi aveugles pour certains, qui se terraient dans l'ombre, n'en sortant qu'en de rares occasions.

— Eh bien, je… commença-t-elle, dans l'espoir d'amorcer sa fuite.

Mais il ne semblait pas prêt à la laisser ramper jusqu'à sa tanière. Du doigt, il attira finalement son attention sur la tasse vide qu'elle tenait toujours à la main.

— Je suis désolé. Je t'ai fait peur.

— Oh ça ? Ce n'est pas grave. Ce n'était que du thé.

Il éclata de rire comme si elle venait de lui raconter la meilleure blague de l'année.

— *Que* du thé ! Vraiment ? Si ma chère grand-mère t'avait entendue, elle t'aurait fait la leçon pendant des heures ! Pour elle, c'était un breuvage sacré ! Le breuvage des dieux, des anges, tout ce que tu veux…

— Je n'ai rien contre le thé à la base. Mais il est devenu la boisson du démon. Le démon étant Mina, bien entendu…

Rory arqua les sourcils en guise d'interrogation et Alma lui fit un résumé rapide de tous ses malheurs. Elle insista lourdement sur la cruauté de son sevrage forcé, précisant qu'elle en ressentait même physiquement les désagréments. Au lieu de compatir ou même d'adopter l'air poli et indifférent qui aurait dû être le sien devant une histoire aussi peu passionnante, elle l'entendit murmurer :

— C'est bien ce que je pensais… Une goule[1]…

Et sans lui laisser le temps de répondre, il se pencha légèrement en avant et attrapa sa tasse avant de lui tourner le dos et de disparaître dans ce qui devait certainement être la cuisine – à moins qu'il ne s'agisse du salon ? – de ses parents. Décontenancée, Alma hésita sur l'attitude à adopter. Devait-elle rester piteusement devant cette haie ou bien rentrer chez Mina ? Venait-elle de se faire tout bonnement piquer son mug par le fils des voisins ? Et comment allait-il pouvoir expliquer une chose aussi bizarre à Mina ? Heureusement, il revint en un clin d'œil et lui tendit sa

1. Dans le manga *Tokyo Ghoul*, les goules se nourrissent de chair humaine mais également de café.

tasse, pleine à ras bord de café, ainsi qu'un pain à la cannelle aux dimensions impressionnantes.

— Je t'ai mis un triple expresso, déclara-t-il. Il te faut bien ça. Et puis j'ai également pris la liberté de t'apporter ça, ajouta-t-il en désignant la pâtisserie. C'est ma mère qui les fait. Ça lui fera plaisir de savoir que tu y as goûté.

— C'est gentil mais je n'ai pas vraiment faim…

— Ça tombe bien car ce genre de chose ne se mange pas par faim mais plutôt par plaisir ! Allez ! Ne te fais pas prier sinon je t'en apporte un deuxième en punition !

Alors, rendue docile par la reconnaissance qu'elle éprouva en sentant les arômes de sa boisson chaude lui remonter jusqu'au nez, Alma consentit à mordre dans sa pâtisserie et alterna les bouchées avec de petites gorgées de café.

C'était vraiment divin.

— Vraiment, merci ! Tu sauves ma matinée !

Il rit à nouveau puis lui fit une espèce de révérence.

— À ton service princesse ! Je te souhaite une bonne journée !

Puis, sans rien ajouter, il lui tourna à nouveau le dos et disparut pour de bon. Elle resta encore un instant devant la haie, estomaquée par cette dernière réplique avant de réaliser qu'elle devait le surnom employé à l'inscription imprimée en gros (et en rose fluo !) sur le devant de son pyjama. La honte…

Quelques heures plus tard, Alma était à l'arrière de la voiture de Jill, cramponnée à son accoudoir avec la fébrilité d'une vieille femme peu habituée aux moyens de locomotion modernes. Assise aux côtés de la conductrice, Mina semblait quant à elle totalement détendue, babillant avec flegme et légèreté comme si elles ne risquaient pas leur vie à chaque carrefour. Car si Jill semblait être une femme pleine de bon sens, sa santé mentale n'était plus vraiment une évidence une fois qu'elle était au volant et Alma le découvrait à ses risques et périls.

Le doute s'était insinué en elle dès le démarrage, étrangement brutal, mais ce qu'elle avait pris pour un simple raté s'était peu à peu mué en certitude : Jill roulait selon un code de la route qui lui était propre et il était étonnant, si ce n'est miraculeux, qu'elle n'ait pas eu d'accident grave avant aujourd'hui. Incapable de tenir sa route et de rester sur sa voie, elle empiétait constamment sur celle d'à côté et frôlait dangereusement tous les véhicules qu'elle croisait, ces derniers protestant à grands coups de klaxon, autant de manifestations de colère qu'elle semblait ignorer avec une confiance qui avait des accents de naïveté. Toutes ces inepties au sujet des anges gardiens ou de ces fameuses bonnes étoiles étaient peut-être vraies, après tout ! Ou alors Jill pouvait tout simplement se targuer d'avoir une chance insolente car si elle semblait constamment prête à foncer dans le mur, elle l'évitait avec brio la seconde d'après.

De plus en plus recroquevillée sur son siège avec l'étrange sensation d'avoir à nouveau cinq ans, Alma avait malgré tout fini par prendre son mal en patience – ne pas regarder la route était encore préférable à trop de vigilance, mieux valait ne pas voir la mort arriver plutôt que de ne pas pouvoir agir pour l'éviter – quand Mina reprit subitement le cours du récit qu'elle n'avait pas voulu continuer la veille, au grand dam de sa petite-fille. Tout au long de la soirée, Alma avait eu beau réclamer, exiger et faire appel à tout son potentiel de séduction – apparemment très faible –, sa grand-mère n'avait pas flanché.

— Aussi étrange que cela puisse paraître, commença cette dernière, le nez collé à la vitre, peu de touristes connaissent l'existence de cette route, surtout depuis qu'ils ont ouvert le grand axe, légèrement plus à l'ouest. C'était il y a une bonne dizaine d'années. Peut-être plus, d'ailleurs. Je crois que je perds un peu la notion du temps.

— Mais elle mène pourtant sur la côte, n'est-ce pas ? demanda Alma tout en essayant de décontracter ses épaules de plus en plus tendues par le stress du trajet.

— Oui mais la plage qui se trouve au bout n'a jamais eu beaucoup de succès. Les gens préfèrent les étendues bien propres, bien lissées qui sont un peu plus loin. Et d'ailleurs, je ne crois pas qu'elle soit dans les guides touristiques. Les gens sont perdus, non, sans leurs petits guides ?

Alma pensa à tous les pays qu'elle avait visités, le nez collé dans les différentes rubriques de son *Lonely Planet* et ne répondit pas.

— Il faut dire que cette plage n'a rien de paradisiaque, ajouta Jill.

— C'est-à-dire ?

Tout en discutant, la conductrice avait négocié un virage serré avec une douceur presque étonnante de sa part et Alma, qui ne pouvait malheureusement pas s'empêcher de jeter un œil sur la route, s'était retenue d'applaudir de soulagement.

— Disons qu'elle est assez sauvage ! Et qu'elle est pleine d'algues vertes ! C'est dégoûtant ! Et ça en rebute plus d'un, moi la première !

— C'est à cause de la pollution ! clama Mina tout en faisant part de son appréciation avec un claquement de langue évocateur.

Alma s'attendait presque à ce que sa grand-mère leur fasse un cours sur les origines de ces fameuses marées vertes mais rien ne vint. Elle reprit donc la parole, de peur qu'elle ne se taise pour de bon.

— C'est pour ça que maman ne m'a jamais emmenée là-bas ?

— Précisément !

— Pourquoi cela ? interrogea Jill dont le regard délaissa un moment la route – un trop long moment aux yeux d'Alma – pour se poser sur la jeune femme à travers le miroir du rétroviseur.

— La mère d'Alma a toujours été persuadée que la nature est un univers hostile, ricana Mina. Elle a peur des araignées, peur des chats, peur des fourmis, peur des abeilles, des poissons et j'en passe ! Alors, mettre un pied dans les algues ! Je pense qu'elle préférerait encore qu'on lui coupe tous les orteils en prévention des maladies qu'ils risqueraient d'attraper !

— Comme mon Rory, alors, commenta Jill. Marcher pieds nus dans l'herbe représente à peu près le paroxysme de son sens de l'aventure !

Une autre qu'Alma aurait sans doute sauté sur l'occasion pour raconter sa rencontre au-dessus de la haie avec le fameux aventurier du dimanche mais pour une raison qu'elle n'aurait pu expliquer, elle préféra garder le silence sur le sujet. Jill, qui devait pourtant avoir vu son fils depuis leur conversation matinale, n'en avait pas dit plus de son côté, preuve que Rory n'avait peut-être pas jugé nécessaire d'évoquer le sujet avec elle. Après tout, Alma ne pouvait guère lui en vouloir : rencontrer une caféinomane en pyjama ne faisait pas forcément partie des anecdotes que l'on mourait d'envie de raconter. À moins qu'il n'ait tout simplement oublié son existence à peine les talons tournés…

Au lieu de revenir sur sa rencontre, elle demanda plutôt :

— Jill, est-ce que vous avez un chat ?

— Un chat ?

— Oui… J'ai vu un chaton blanc ce matin et il a filé chez vous comme s'il connaissait le chemin. Je me demandais si…

— Oh non, mon mari et moi ne sommes pas fans de chats, loin de là même… Mais si tu dis vrai, Rory mettra la main dessus sans tarder.

— La main dessus ? Mais pour en faire quoi ? demanda Alma, vaguement inquiète à l'idée de ce que pourrait subir celui sur lequel elle avait jeté son dévolu.

— Pour en faire quoi ? Eh bien pour jouer, j'imagine ! répondit finalement Jill sur un ton hésitant, parlant de son grand fils comme d'un gamin de deux ans. Il n'a jamais pu résister aux bêtes et si je n'avais pas été là, la maison se serait transformée en vrai refuge pour animaux bizarres. Aujourd'hui, il a un chien à trois pattes, deux chats noirs borgnes et, le pire dans l'histoire, c'est qu'il les a spécialement choisis pour cela ! Récupérer tous ceux dont plus personne ne veut, qu'il dit… Quelle idée !

Se désintéressant un instant de la conversation et de la conduite de Jill, Alma laissa son regard vagabonder derrière la vitre. Depuis leur départ, le paysage avait subitement changé et les zones résidentielles avaient peu à peu laissé la place à de grands espaces plus verdoyants, preuve que l'on se rapprochait du littoral et que la nature reprenait finalement ses droits. Sa grand-mère n'avait donc pas menti : loin d'être envahi de promeneurs comme certaines localités, le lieu semblait délaissé par le genre humain, comme si les gens, ayant trouvé mieux ailleurs, ne le considéraient pas comme digne de leur intérêt. Le coin était donc tranquille, terriblement tranquille et donc, propice aux promenades en solitaire, ce qui enthousiasmait à l'avance la jeune femme. Elle reviendrait, c'était certain. Et seule, cette fois.

Le trajet avait duré quinze minutes à peine mais Alma avait l'impression d'être partie depuis des heures et déplia ses longues jambes avec un plaisir non feint une fois qu'elle put sortir de voiture. Après que Mina se fut également extirpée tant bien que mal de l'habitacle, Jill verrouilla les portières et se mit en tête d'escorter ses passagères le long du chemin qui montait en pente douce jusqu'à la cime de la colline en contrebas de laquelle elles s'étaient garées.

— J'aurais bien voulu monter jusqu'en haut, commenta-t-elle en guise d'excuse, mais ma pauvre voiture n'aurait pas tenu le coup. Le terrain est beaucoup trop accidenté à partir d'ici ! J'espère que ça ira, Mina ?

La principale intéressée acquiesça d'un air vaguement agacé, comme si la question relevait plus de l'affront que de la gentillesse. Marchant d'un pas lent, son bras gauche armé d'une canne, le droit appuyé avec fermeté sur celui d'Alma qui l'aidait à assurer son équilibre sur un sol aux multiples obstacles, elle commença sans préambule un récit qui ne se termina qu'à la toute fin du sentier.

— Ma mère est née à Manchester, tout comme son frère, même si ses parents étaient originaires d'ici. À l'époque, soit à la fin du dix-neuvième siècle pour être plus précise, Holyoke n'était qu'un tout petit village sans importance, vraiment loin de tout, loin de Londres et même, pour les gens comme ma famille, loin de Manchester et de toute son agitation industrielle. C'est pour cela que tout le monde finissait, à un moment ou à un autre, par partir pour la grande ville.

— Manchester *alias* Cottonopolis, ricana Jill. *La* ville pour qui voulait se lancer dans les affaires ou avoir l'assurance de trouver un emploi, même mal payé !

— Exactement ! concéda Mina. Il y avait beaucoup de travail là-bas et au début de mon histoire, les filatures de coton employaient encore la majorité des individus en âge de travailler. C'était avant la Grande Guerre, avant le déclin, avant les morts, avant que le travail vienne à manquer ! Mon grand-père, Thomas, a perdu la vie dans une de ces usines. Un banal accident comme il en arrivait souvent en ce temps-là. Les machines…

Elle grimaça, semblant chercher ses mots, puis reprit :

— Elles ont toujours été les alliées des patrons. Est-ce que vous avez lu *Shirley*, de Charlotte Brontë ?

Alma, comme Jill, secouèrent la tête en signe de négation.

— Eh bien, au début du roman, un des personnages, un patron de filature, fait venir les siennes de nuit, pour éviter les émeutes de ses ouvriers. Mais sa discrétion ne paye pas et ses chariots lui reviennent complètement vides de leur chargement.

— Pourquoi ?

— Parce que les ouvriers les avaient détruites en route, comme cela arrivait souvent. Car certains d'entre eux perdaient leur travail à cause d'elles ! C'était le début de la fin ! Aujourd'hui, rien ne nous paraît plus logique que de laisser les machines faire les choses à notre place mais à l'époque, c'était inédit. Mais ils avaient perdu le combat d'avance. À cause d'elles, certains ont perdu leur place, les autres, des morceaux de leurs corps et parfois même la vie. Tout bonnement ! Il faut dire qu'il n'y avait pas toutes les normes de sécurité qu'on a aujourd'hui. Tant que ça marchait, on ne se posait pas plus de questions que nécessaire !

— Ne leur ont-elles pas aussi rendu le travail un peu plus facile malgré tout ? avança Jill tout en se penchant pour attraper une fleur jaune dont Alma ne connaissait pas le nom.

— Peut-être bien ! Mais les inconvénients étaient si nombreux qu'ils ne prenaient guère la peine de voir le côté positif ! Tout ce qu'ils savaient, c'est qu'elles les avaient mis au chômage ou qu'elles pouvaient les happer comme de simples morceaux de viande. Puis quand ils ne se blessaient pas, ils avaient toutes les chances de mourir à cause de leurs poumons malades ! Vous ne vous imaginez pas toutes les cochonneries qu'on pouvait respirer là-bas ! C'était une mort lente… une mort affreuse ! Et je ne parle même pas des ouvriers qui travaillaient dans l'industrie chimique !

Elle fit une petite pause, s'appuya un peu plus lourdement sur Alma.

— Mon grand-père à moi a choisi la voie la plus rapide et s'est littéralement fait avaler par la ferraille. Une bête réparation qui a mal tourné et le temps qu'ils arrêtent l'engin pour le sauver, c'était trop tard… Alors Jane, ma grand-mère, a fui la solitude et est finalement revenue ici, dans le village de son enfance, avec Helen et Ernest, son fils. Mon oncle.

— Tu l'as connu ? demanda doucement Alma.

— Ernest ? Non, pas vraiment. J'étais à peine né quand il est parti au front et il n'est jamais revenu.

— Il est mort au combat ?

— On ne sait pas. Sans doute. Il a disparu, tout bonnement même si certains ont assuré l'avoir revu, des années plus tard, dans la région. Le mystère est resté entier mais peut-être était-il devenu fou comme tous ces pauvres bougres et qu'il n'a jamais retrouvé le chemin de la maison. Tu sais, à l'époque, on n'avait pas encore tous les moyens qu'il y a aujourd'hui ! On pouvait disparaître plus discrètement, on pouvait cacher plus facilement certaines choses… Maintenant, avec internet, on peut enquêter sur la vie d'un inconnu à l'autre bout de la planète et tout apprendre de lui en quelques clics !

Alma retint un sourire. Elle ne s'habituerait jamais à entendre sa grand-mère parler des joies d'internet et dans sa bouche *en quelques clics* semblait tellement incongru !

— Quand Helen a eu onze ans, elle est rentrée, comme bonne, chez les Wilson, sans doute la famille plus réputée du comté, mais peut-être à tort… C'était une vieille famille de la région, oui, mais surtout une immense fortune gâchée par plusieurs générations d'hommes joueurs, paresseux, outrageusement dépensiers ! George Wilson, celui chez qui Helen a travaillé, ne valait pas mieux que ses ancêtres et malgré une affaire *a priori* solide, il a fini par précipiter pour de bon sa famille dans la ruine mais ça… C'est une autre histoire !

— Ta mère y est restée longtemps ? interrogea Jill qui marchait le nez en l'air, semblant absorber le soleil par tous les pores de sa peau.

— Oh, environ quatre ans. Entre-temps, elle a rencontré mon père et elle est tombée enceinte de Daniel. Ça a fait toute une histoire à l'époque… Vous comprenez, ils n'étaient pas mariés et en 1912, cela faisait vraiment mauvais genre !

— Elle s'est fait renvoyer ?

— Bien évidemment ! Elle a caché sa grossesse le plus longtemps possible et elle a fini par être découverte mais elle a proposé de partir elle-même avant d'être officiellement mise dehors. Bien sûr, Mrs. Wilson a fait tout un cinéma pour qu'au village, on comprenne bien qu'elle ne cautionnait pas de tels comportements. Je ne pense pas qu'elle ait facilité la vie de ma mère à ce moment-là ce qui est, il faut bien le dire, plutôt cruel de sa part. Pas de solidarité féminine à l'époque ! Enfin, pas entre une patronne et son employée de maison en tout cas !

— Helen est revenue chez sa mère ?

— Oh non. Elle s'est installée chez Jim.

— Ils se sont mariés ?

— Oui ! Ils n'avaient que trop attendu, ajouta-t-elle avec un sourire. Elle était enceinte de six mois lorsqu'il lui a mis la bague au doigt. Le pasteur a fermé les yeux…

— Et elle t'a raconté, comment… Enfin, comment c'était là-bas ? hésita Alma.

— Chez les Wilson ? Oh pas plus que ça. Maman a toujours été assez discrète sur son passé. Mais je sais qu'elle était longtemps restée en très bons termes avec Selina, la fille de la maison. Elles avaient presque le même âge et Selina est souvent venue la voir au village quand elle a quitté son poste.

— Ah oui ? Et sa mère était d'accord ?

— Pas vraiment, non. Mais selon Helen, Selina n'en faisait toujours qu'à sa tête !

Chemin faisant, elles étaient toutes trois arrivées en haut de la colline.

Sur leur droite, une longue voie mal entretenue – et qui menait autrefois directement au village selon Mina – passait devant ce qui semblait une propriété privée abandonnée depuis des décennies. Sur leur gauche, une large allée, plus sauvage encore, descendait en pente douce vers un terrain plat qui s'étendait à perte de vue. Déjà sensible à l'air marin qui picotait ses narines, Alma devina que la plage se trouvait en contrebas de ce dernier.

— Mais il n'y avait pas que Helen et Selina dans l'histoire, reprit Mina. Il y avait deux autres filles. Une plus jeune et une plus âgée. Deux sœurs ! Elles vivaient ici, ajouta-t-elle en désignant la large plate-bande. Leur maison a brûlé, une nuit.

— Un accident ? demanda Alma, plus que jamais captivée.

— On le dit. Certains parlent plutôt d'un acte délibéré.

— On aurait mis le feu à la maison exprès ?

Mina haussa les épaules puis leur intima l'ordre de poursuivre leur route, ce que, dociles, elles firent sans se faire prier. Elles s'engagèrent alors dans ce qui n'était plus qu'un pré mais qui, jadis, aurait très bien pu être une allée majestueuse menant à un jardin aux contours soignés. À moins qu'elles ne soient en réalité en train de marcher sur les anciennes fondations d'une maison dans laquelle des gens avaient ri, mangé, dormi, aimé… et peut-être souffert le martyre ? L'imagination d'Alma fonctionnait à cent à l'heure mais par peur de rompre le charme de la balade ou de freiner le récit de sa grand-mère, elle se contenta de garder un silence respectueux.

— Je ne pourrais dire le nombre de fois que j'ai emprunté ce chemin, gloussa Jill.

— Toujours en bonne compagnie je présume ? ricana Mina.

— Bien sûr ! C'était un peu le lieu où venir traîner avec son petit ami à mon époque ! Ah, ces promenades sur la plage, loin de tout et de tous ! soupira-t-elle. Mais c'était avant mon mari, bien entendu !

Puis, jetant un coup d'œil sur la droite, elle désigna de la main le long grillage qui séparait le terrain qu'elles foulaient de la propriété aperçue un peu plus haut :

— Je peux me tromper mais tout ça… Ce n'était pas là, avant. Si ?

— Non, je crois qu'il y a eu des intrusions dans la maison il y a quelques années, du moins dans ce qu'il en reste. Je ne sais pas du tout dans quel état elle est à présent. Mais les propriétaires actuels ont préféré tout clôturer pour dissuader d'autres squatteurs.

— La maison ?

— Oui ! Justement celle qui était aux Wilson et dans laquelle a travaillé Helen.

— Oh j'adorerais visiter une maison vide ! J'aimerais trop faire de l'urbex ! J'ai vu des photos qui…

Alma faisait déjà mine de revenir sur leurs pas pour observer la maison de plus près mais Mina la coupa dans son élan.

— C'est ça ! Passer entre les lattes d'un plancher pourri, se faire à moitié ensevelir sous des gravats, rencontrer des rats… Quel loisir charmant, vraiment !

— Dans ce cas, je vais juste me rapprocher un peu.

— Inutile ma petite, tu n'y verras rien. La maison se trouve derrière un petit sous-bois. Il faudrait pouvoir rentrer dans la propriété pour apercevoir le bâtiment. Et ça, impossible de le faire sans l'accord des propriétaires ! Ou alors, c'est à tes risques et périls et j'ose espérer qu'à ton âge, tu ne te laisseras pas tenter par ce genre d'aventure !

— Et qui sont les actuels propriétaires ?

— Aucune idée !

— Peut-être est-elle toujours à la famille Wilson ?

— Je ne pense pas qu'un seul membre de cette famille soit encore de ce monde, commenta Mina d'un air songeur. Mais ma foi, on ne sait jamais avec ces choses-là ! Regardez-moi ! Je devrais être morte mille fois et pourtant, je suis toujours là !

— À l'entendre, on dirait qu'elle est trois fois centenaire, souffla Jill à Alma, avec un clin d'œil complice.

Elles étaient à présent arrivées au bout du vaste terrain vague et Alma commençait à s'inquiéter quant à l'état de fatigue de sa grand-mère. Elles riaient constamment de *son grand âge* mais était-il bien malin d'aller si loin avec une femme de plus de quatre-vingt-dix printemps ? Mina était si vive qu'elle oubliait souvent qu'elle avait également ses faiblesses et si se rendre jusqu'à la plage était une chose, encore fallait-il en revenir et elle doutait qu'elle en trouve la force. Il fallait qu'elle se montre raisonnable et qu'elle accepte d'arrêter la promenade avant que cela ne devienne trop compliqué. Pourtant, le petit sentier qu'Alma apercevait à présent et dont les herbes couchées indiquaient un passage récent – il y avait donc encore des personnes qui se promenaient ici – invitait à la flânerie et seule, elle s'y serait certainement précipitée d'un bon pas afin de rejoindre la plage. Relativement étroite, cette dernière s'étendait sur la droite aussi loin que le regard pouvait porter et l'attirait terriblement.

— Tu vois ce tas de roches, tout là-bas ?

Alma suivit le doigt de Mina et distingua en effet un amoncellement de rochers sombres qui émergeaient de l'eau pour s'avancer sur le sable.

— C'est là qu'on a retrouvé la noyée dont parle la lettre que tu as lue.

— Celle dont tu parlais hier ?

— Elle-même. Ce fut un véritable drame ici. On l'avait cherchée pendant des heures et des heures. Et ma mère était même venue participer aux recherches aux côtés de Selina. Puis on a retrouvé le corps juste avant que la nuit ne tombe.

— Quelle horreur, frissonna Jill.

— Mais c'était juste un accident, n'est-ce pas ? avança Alma. Se noyer, cela arrive. Une crampe, un malaise, quelque chose du genre…

— C'est vrai, acquiesça Mina. Et les prouesses en natation ne sont pas forcément compatibles avec les capacités d'un esprit perturbé.

— Que veux-tu dire ?

— Les courants étaient mauvais ce jour-là. Du moins, c'est la raison officielle donnée à cette noyade. Mais selon les dires d'Helen, pas forcément la seule…

Alma lui fit signe de continuer mais se heurta à un haussement d'épaules indifférent.

— Je ne me souviens pas forcément des détails, c'est si vieux tout ça ! Mais sans dire que notre noyée n'avait pas toute sa tête, ma mère disait qu'elle avait pris des risques inconsidérés en partant nager seule. Elle était un peu fragile, un peu… Perdue.

— Helen la connaissait ?

— Oui, forcément. Maman n'était qu'une domestique mais en devenant amie avec Selina, elle avait forcément noué quelques liens avec leurs voisines.

— Donc il est possible que l'auteure de cette lettre soit Selina ?

— Il se peut.

— Mais pourquoi avait-elle écrit à ta mère si elles habitaient à deux pas l'une de l'autre ?

— Oh tu sais, après il y a eu la guerre et son lot de changements. Mes parents ont quitté la région juste avant qu'elle n'éclate et ma mère y est revenue seule, quelques années plus tard. En ce temps-là, on avait déjà oublié cette histoire de noyée, il n'y avait bien qu'une ancienne amie pour y penser encore. Il y a eu tant d'autres drames puis tant d'autres plaies à soigner ! L'histoire de la noyée de la baie a été effacée des mémoires pour ressortir de temps en temps, même chez les plus jeunes générations, n'est-ce pas Jill ?

— Oui, Rory et ses amis ont eu leur phase, en leur temps.

— Les habituelles légendes régionales, les histoires de fantômes, tout ça... Des bêtises de ce genre !

Mina fit un geste vague de la main puis précisa :

— Celle du fantôme de la noyée est sans doute la plus connue. Notre pauvre noyée errerait les nuits de pleine lune sur la plage et demanderait justice pour le crime dont elle a été la victime.

— Parce qu'il s'agit d'un crime ?

Mina secoua la tête, amusée.

— Non. Du moins, sans doute que non. Mais l'histoire d'une mort accidentelle n'a aucun intérêt tandis qu'une jeune femme victime de son bourreau et noyée dans les flots a quelque chose de plus... De plus évocateur ! Du moins pour les esprits macabres.

— Et l'incendie ?

— Un accident, je te l'ai dit ! À moins que ce ne soit une malédiction, comme certains ont toujours été prêts à le croire. Deux drames en si peu de temps, cela paraît beaucoup pour être dû au hasard, non ?

— Brrrr.

Jill mima un tremblement.

— Moi, ce genre d'histoire, ça me glace !

— Tu crois aux malédictions, Jill ? demanda Alma avec un sourire moqueur.

— Pas du tout ! Mais je me mets à la place de ces pauvres gens ! Vivre heureux dans un tel paradis et tout perdre !

— Ils n'ont pas forcément tout perdu, commenta à son tour Mina tout en lui indiquant qu'elle souhaitait faire chemin inverse. En tout cas, quelles que soient les souffrances par lesquelles sont passés ces gens, elles sont terminées à présent. Et je trouve cette idée plutôt rassurante, pas vous ?

Jill haussa les épaules et Alma ne répondit pas, étrangement émue par les sentiments qui se bousculaient, comme à chaque fois que la peine ressurgissait en elle alors qu'elle croyait l'avoir vaincue. Il suffisait parfois de peu de chose, parfois même, d'un souvenir heureux, pour qu'elle se sente glisser à nouveau dans la mélancolie. Ce lieu, cette maison brûlée et cette histoire de noyée l'avaient mise dans un drôle d'état d'esprit. C'était dur et pourtant précieux car il y avait bien longtemps qu'elle ne s'était pas apitoyée sur autre chose que sur elle-même.

7

Décembre 1912

Depuis la veille, plus rien n'allait dans la maison et Mary devait constamment lutter contre son envie de hurler. Tout lui échappait encore une fois. Tout glissait entre ses doigts, entre les poings serrés qu'elle brandissait à nouveau – mais seulement en esprit, malheureusement – à la face du monde. De son monde qui se délitait. Une seule journée avait suffi pour mettre à mal sa belle assurance et désormais, le temps serait à l'amertume et aux regrets. Si elle savait pertinemment qu'il était toujours plus facile de juger son comportement passé à la lumière des événements présents, Mary ne pouvait se retourner sur les mois passés sans s'en vouloir atrocement. Elle aurait dû réagir, se montrer plus solide, camper sur ses positions et ne pas se laisser convaincre par la douce torpeur qui s'était insinuée en elle. À présent, un peu tard cependant, elle comprenait ses erreurs et surtout, sa naïveté. Vraiment, n'aurait-elle pas dû rester sur ses gardes ? N'aurait-elle pas dû profiter de cette belle accalmie pour envoyer Sybil ailleurs, dans un environnement nouveau où elle aurait pu s'imaginer une nouvelle vie ? Mais non, évidemment que non. On n'imagine jamais replonger quand on est enfin parvenu à remonter à la surface et, bercée par la douceur des derniers mois, de longues semaines de calme et de sérénité, elle avait tout simplement cru sa béatitude éternelle. Elle avait voulu en profiter, tout simplement, et la paresse – celle qui empêche d'ouvrir les yeux et d'agir – avait pris le pas sur sa vigilance endormie pour un temps. Elle avait même osé penser, un moment, que tout cela lui était dû. Après tant de heurts, d'angoisses et – sans avoir peur des mots – de souffrances, n'avait-elle pas enfin droit à un peu de bonheur, elle aussi ? Tout irait pour le mieux, désormais, tout irait enfin pour le mieux... Quelle prétention elle avait eue ! Quelle bêtise ! Le retour à la réalité n'en avait été que plus difficile et depuis, Mary évoluait dans un équilibre instable qui l'épuisait aussi bien moralement que physiquement.

— C'est la phtisie, avait déclaré la vieille Mrs. Brown en revenant de chez les Wilson où Mary, cédant aux suppliques de Sybil, avait finalement accepté de l'envoyer malgré l'heure tardive.

Ces mots, aussi sobres et simples soient-ils, résonnaient encore dans sa tête comme une douce rengaine s'ancrant toujours un peu plus dans son esprit.

Leur vieille cuisinière était revenue très vite de la propriété voisine, sans doute bien plus vite que ses vieilles jambes ne pouvaient la porter, comme chassée par un mal qu'elle ne souhaitait pas côtoyer plus longtemps que nécessaire. Ils l'avaient tous assaillie de questions en même temps, mêlant leurs voix en une cacophonie où celle de Sybil, suraiguë, supplantait toutes les autres. Non, avait alors répété la brave femme, elle n'avait pas vu Selina mais s'était entretenue avec la bonne de la maison, la petite Margaret, qui lui avait donné le premier diagnostic du médecin, appelé en urgence. Le visage grave, Mrs. Brown avait ajouté que le cocher des Wilson avait été envoyé à Manchester pour ramener Mr. George à la maison et tout, dans sa physionomie, indiquait clairement qu'elle ne croyait absolument pas à une issue heureuse. À son âge, elle avait vu trop de personnes en bonne santé mourir du jour au lendemain pour croire au rétablissement de Matthew. Ce garçon, elle l'avait toujours trouvé un peu trop frêle, pas assez solide pour un jeune homme de son âge, un triste verdict que partageait Mary même si elle ne l'aurait avoué à Sybil pour rien au monde. Devant sa fille, elle se devait d'être forte et confiante. Il fallait qu'elle encourage et qu'elle console, qu'elle mette un filtre entre ses propres pensées et les mots qui sortiraient de sa bouche. Elle pria pour que Laura ait la décence de se taire et n'aggrave pas les choses en prononçant des mots durs. Heureusement, sa cadette restait interdite et immobile dans un coin de la pièce, semblant hésiter entre la fuite et un intérêt certain pour la suite des événements.

Alors qu'elle peinait à reprendre ses esprits et à trouver des paroles qui réconforteraient sa fille aînée, Paul s'était déjà avancé vers Sybil afin de l'entourer de ses bras rassurants. Docile, cette dernière avait posé sa joue contre son torse et la scène, rare – si ce n'est inédite – troubla un peu Mary.

— Une banale tuberculose, avait-il commenté sur un ton décontracté et avec un sourire confiant qui sonnait terriblement faux dans le pessimisme ambiant. Je sais, le mot fait peur mais cela se soigne bien. Ne te fie pas à l'air catastrophé de la vieille Susan ! Nous sommes en 1913 ! On ne meurt pas comme ça à présent ! Nos médecins sont modernes ! Notre médecine l'est tout autant et ton cher Matthew est jeune. Il s'en sortira. Ce n'est pas aussi dramatique que tu veux bien le penser. N'est-ce pas, Mary ?

Un court instant, Mary croisa son regard au-dessus du visage déchiré de Sybil et cela lui suffit pour comprendre que malgré son assurance feinte, il avait tout comme elle saisi la gravité de la situation. Inquiet par la mine attristée de Susan, il recherchait à présent en elle la confiance qu'elle aurait voulu trouver en lui. Elle ne répondit pas, si ce n'est par un vague sourire que Sybil ne put voir.

Toujours silencieuse et calme, Laura ne s'était pas levée du fauteuil où elle avait consenti à s'asseoir en fin d'après-midi alors qu'ils attendaient tous la venue de Selina. Convive régulière, cette dernière était attendue pour partager leur repas ce même soir et elle avait été la première surprise du retard de son amie qui s'arrangeait généralement pour arriver à l'heure, si ce n'est longtemps à l'avance. L'étonnement avait vite fait place à l'impatience et elle était sur le point d'aller à sa rencontre quand elle l'avait vue surgir au pas de course du fond du jardin. Ne pas la voir répondre à son signe de la main lui avait tout d'abord semblé de mauvais augure. Selina s'était-elle encore disputée avec sa mère ? Avec son air de fugitive et les grosses larmes qui coulaient sur ses joues pâles, elle semblait bouleversée plus que de raison.

À bout de souffle, Selina se laissa entraîner depuis l'allée jusque dans le hall d'entrée de la maison mais refusa de s'asseoir sur la chaise que Laura avait traînée jusqu'à elle. Fébrile, elle resta debout au milieu de la famille Clark qui commençait à s'agiter autour d'elle. Il leur fallut une éternité pour comprendre ce que Selina tentait de leur raconter, du moins est-ce l'impression qu'ils en gardèrent. Matthew était rentré, avait-elle soufflé entre deux sanglots et c'était grave ! Puis elle s'était longuement excusée de ne pas pouvoir rester avec eux et de leur fausser compagnie au dernier moment, comme si cela avait la moindre importance à présent, et s'était enfuie à toutes jambes sans rien ajouter.

C'est à partir de ce moment-là que la crise avait commencé. Le sang de Mary s'était glacé dans ses veines en entendant le cri de Sybil qui venait de tomber à genoux. La dernière fois qu'elle avait entendu ce cri, il y avait eu du verre brisé, un bras en sang et beaucoup, beaucoup de nuits blanches.

Négligeant son sommeil, comme lorsque ses petites étaient malades, Mary avait veillé son aînée toute la soirée et pendant les premières heures de la nuit. Comme à l'accoutumée avec elle, en cas de choc intense, une courte crise de tétanie avait suivi une première crise de nerfs, plus violente que jamais, puis Sybil s'était finalement effondrée dans son lit, comme étrangère à son propre corps. Mary n'avait pas pris le temps de se demander si ce subit silence était préférable aux hauts cris qu'elle avait poussés et avait profité de cette accalmie pour s'affaler au fond du fauteuil qu'elle s'était fait apporter un peu plus tôt. Plus de deux années étaient passées sans qu'elle ait eu à adopter ce rôle de garde malade mais elle réalisa avec un peu d'amertume que la situation lui était malgré tout tristement familière. Combien de fois s'était-elle trouvée là, seule dans le silence de la nuit, à veiller tard afin que les autres puissent trouver le repos ? Sans doute des dizaines et des dizaines de fois. À quoi bon compter après tout ? Elle ne faisait que faire ce qu'on attendait d'elle.

Elle se devait de faire ce qu'on attendait d'elle. D'ailleurs, l'aurait-elle voulu, il n'y aurait eu personne pour prendre sa place en ces tristes circonstances. Laura était trop jeune et Susan évitait depuis longtemps tout contact rapproché avec l'aînée de la famille. Comment lui en vouloir ? Ils étaient nombreux à partager le même avis sur la jeune femme et les commentaires à son sujet n'avaient jamais rien eu d'élogieux.

Totalement folle. Mal élevée. Hystérique. Impolie. Dangereuse. Autant de qualificatifs qui avaient suivi Sybil depuis sa plus tendre enfance et contre lesquels elle n'avait pu lutter. Car l'amour d'une mère ne fait pas toujours le poids face à la cruauté des regards du monde. Nul ne savait, comme elle, à quel point Sybil pouvait être douce, intelligente et touchante lorsqu'elle voulait bien faire l'effort de s'ouvrir à autrui. Nul ne savait quels tourments l'habitaient et quelles qualités sommeillaient en elle. Tous se contentaient de ne retenir que le pire, que le plus spectaculaire et le plus pathétique, forgeant une bien triste réputation à sa fille. Ces jugements qu'elle méritait en partie, cependant, ne lui avaient jamais paru aussi durs et inquiétants que depuis peu, le mariage avec Matthew, autrefois complètement abstrait, se faisant de plus en plus concret. Si elle se mariait, Sybil lui échapperait pour de bon et sans son œil vigilant, qui sait ce que l'avenir réserverait à son aînée ?

S'il ne se passait pas une semaine sans qu'elle ne remercie le ciel de lui avoir envoyé une fille aussi calme et modérée que Laura, elle n'avait jamais éprouvé une telle gratitude pour son aînée. Dès ses premières années, Sybil s'était en effet démarquée par son incapacité à gérer ses émotions, par son irritabilité et sa sensibilité extrême, autant de traits de caractère que Mary avait d'abord mis sur le compte de son jeune âge. Car quel enfant ne faisait pas de caprice ? Elle espérait qu'avec du temps et un peu de patience, Sybil apprendrait à mettre des mots sur ses sentiments qui pourraient alors être exprimés autrement qu'avec des cris et des coups. Cruel, le temps n'avait rien changé à l'affaire. Il avait même insufflé une toute nouvelle intensité à ces crises qui, bien que de plus en plus espacées, n'en étaient pas moins violentes et traumatisantes pour la famille tout entière.

Contrainte de s'éloigner de sa famille pour préserver sa fille de leurs constats navrés et moralisateurs, Mary avait également peu à peu perdu les amies avec qui elle avait réussi à garder un lien malgré la distance. Certes, vivre en pleine campagne a ses inconvénients mais également ses avantages, surtout lorsque l'on souhaite tenir son enfant à l'écart du monde, de ses trépignements et de ses jugements.

Sa propre prise de conscience ne s'était faite que sur le tard car après l'excuse de l'âge, celle du caractère avait été toute trouvée. *Sybil n'est qu'une enfant à la personnalité difficile*, aimait-elle à dire, *certes un peu trop colérique pour son âge et pour son sexe, mais ce sont des choses qui passeront avec le temps*. Plus tard, elle avait d'abord refusé toutes les propositions de traitement léger. Quant aux possibilités de séjour dans les établissements thermaux ou d'internement – car c'est bien ce que certains, à son grand désarroi, étaient allés jusqu'à lui proposer –, cela était tout simplement hors de question ! À ses yeux, Sybil serait toujours trop jeune et trop fragile pour quitter la maison, qui plus est pour de tels lieux. Qui sait si la présence de malades sévères n'allait pas renforcer son mal au lieu de la guérir ? Quant aux traitements médicamenteux, ils lui semblaient tout simplement trop lourds. Loin de la maison, loin de l'univers qu'elle connaissait, Sybil serait, de toute manière, trop malheureuse. Or son bien-être comptait justement plus que tout pour son équilibre. Définitivement et sans concessions, le confort de sa fille passerait avant tout. Avant son confort à elle. Avant les vases de la maison qu'elle envoyait valser contre les murs, avant les vitres, qu'elle pouvait briser rien qu'en y passant la main, avant même la sérénité de leur vie de famille. Mary savait qu'en résistant et en gardant Sybil près d'elle, elle les avait tous condamnés mais elle n'avait pu faire autrement.

Consciente de tout, de ses faiblesses comme de ses plus grandes forces, elle n'en voulait pas à Paul pour son détachement, pas plus qu'elle ne blâmait sa belle Laura de partir à travers champs. *Chacun part prendre l'air à sa manière*, avait-elle coutume de penser quand elle les voyait s'échapper loin d'elle. Paul partait pour ses longs voyages, en France ou bien plus loin encore. Laura vivait à sa guise, ne racontant que ce qu'elle voulait bien raconter, libre de tout dans un environnement qu'elle disait infini mais que Mary trouvait pourtant de plus en plus limité. La mer, qui incarnait pour beaucoup le voyage, l'ouverture et l'infini des possibles, prenait des airs de barrière à ses yeux blasés. Une immensité bleue, à la fois changeante et terriblement lassante, où il n'y avait rien à voir et surtout, jamais rien à faire. Non, pour elle ne restaient que ces livres, qu'elle ouvrait, parfois sans jamais les finir. Quant à ses pinceaux, il y avait des années qu'elle ne les touchait plus et elle avait passé depuis longtemps le stade où, se berçant d'illusions, elle essayait de croire qu'elle s'y remettrait un jour.

Sybil poussa un grand soupir et se retourna dans son sommeil. Se redressant dans son fauteuil, Mary se tint à nouveau aux aguets. Aurait-elle la force de répondre si sa fille lui posait la moindre question ? Arriverait-elle à donner à sa voix l'inflexion rassurante et positive que Paul avait réussi à adopter un peu plus tôt ? Étaient-ils tous repartis pour une série de journées chaotiques et tristes, seulement rythmées par les hauts et les bas de son moral ? Et si Matthew était vraiment malade ? Et s'il mourait ? À quoi pourraient-ils se raccrocher ?

En vieillissant, les crises de Sybil s'étaient espacées jusqu'à devenir beaucoup moins fréquentes et les médecins avaient peu à peu déserté leur maison. Dès lors, leur fille était devenue un de ces volcans endormis que l'on côtoie avec une familiarité teintée d'inquiétude. À sa manière, Matthew avait certainement joué un rôle dans cette amélioration notable, Mary ne pouvait le nier, malgré toutes ses réserves. Elle savait qu'il l'avait parfaitement compris. Son attention et sa gentillesse étaient ce dont leur fille avait le plus besoin et, si Mary ne voulait pas de ce mariage, elle ne pouvait se résoudre cependant à séparer sa fille du seul être sur terre capable de l'apaiser.

Mais s'il mourait… Eh bien Sybil perdrait peut-être sa seule chance d'avoir une vie normale.

Une fois convaincue que sa fille était endormie, Mary se risqua enfin à quitter la chambre. Prenant garde à ne pas faire craquer le fauteuil à cause d'un changement de position trop soudain, elle se releva en douceur et, d'un pas qu'elle espérait léger, se glissa rapidement jusqu'à la porte. Une dernière pause sur le seuil la convainquit du sommeil profond de sa fille et elle referma la porte derrière elle en prenant garde à ne pas la faire grincer sur ses gonds. Maintenant qu'elle était endormie, sa fille n'avait plus besoin d'elle et si elle se réveillait en pleine nuit, ses cris se chargeraient de la prévenir. Quant au lendemain... Demain serait un autre jour, il était inutile d'y penser maintenant.

Délivrée de sa culpabilité, elle descendit les deux volées de marches et réalisa avec plaisir que, contrairement à son habitude, son mari l'avait attendue et n'avait pas encore rejoint la chambre conjugale. Malgré les températures très fraîches pour la saison et malgré la nuit qui avait encore une fois avalé la moindre parcelle de lumière terrestre, Paul s'était réfugié à l'arrière de la maison, sous le porche. Immobile, il semblait si profondément plongé dans ses pensées que Mary, qui pensait le surprendre, sursauta quand il prit la parole à son approche.

— J'ai vu George. Il fumait sur sa terrasse et est venu à ma rencontre dès qu'il m'a vu.

— George ? Il est déjà là ? Comment est-ce possible ?

— Le hasard, ma chère. Seulement un heureux hasard. Il était en route avant même de savoir les nouvelles. Il est donc arrivé chez lui bien avant l'heure où on l'espérait.

Se rapprochant de son mari, Mary s'appuya légèrement contre son épaule. Cloîtrée dans la chambre, elle avait rêvé d'air frais mais se sentait étrangement lasse à présent qu'elle était dans le froid piquant.

— Je ne pensais pas que tu irais ce soir, avança-t-elle doucement. Tu n'aurais pas dû partir. J'aurais pu avoir besoin de toi.

— Je suis parti seulement quand j'ai compris que tout était plus calme là-haut. Je me devais d'y faire une visite, au moins pour m'assurer qu'ils n'avaient besoin de rien. Cela aurait été impoli de notre part de ne pas nous déplacer en personne. Bien sûr, Laura voulait y aller mais j'ai tenu bon.

— Cela ne m'étonne pas d'elle. Tu as bien fait.

— Évidemment, je n'ai pas vu Catherine. Elle n'a pas daigné descendre me saluer mais je n'en attendais pas tant. Je crois d'ailleurs que personne au monde n'aurait pu lui faire quitter le chevet de son fils. Il paraît qu'elle a à peine accepté de laisser le médecin s'approcher… Comme si elle se pensait plus apte à le soigner que lui ! Imagine un peu dans quel état elle doit être !

Mary voyait parfaitement mais ne ressentait nulle envie d'imaginer plus en détail quels sentiments devaient animer Catherine à ce moment précis.

— Et comment va-t-il ? osa-t-elle finalement demander. Je veux dire, comment va Matthew ? Est-ce qu'il…

— George n'a pas voulu se prononcer mais il m'a semblé complètement démuni. J'avoue que je ne l'ai jamais vu comme ça… Même quand… Enfin, il n'avait plus rien de l'aplomb que nous lui connaissons ! Et puis quel mutisme ! Cela lui ressemble tellement peu ! Il en avait même délaissé son cigare !

Mary essaya d'imaginer George tel que son mari le décrivait, un George éteint, silencieux et débarrassé du halo de fumée qui l'entourait la plupart du temps, mais elle n'y parvint tout simplement pas.

— Lui as-tu proposé d'héberger Selina, ici ? lui demanda-t-elle finalement en serrant les pans de son châle sur son cœur.

Elle n'avait pas la résistance de Paul et les longues heures passées à consoler Sybil avaient usé les quelques forces qui lui restaient. Si elle sentait la chaleur du corps de Paul sur son côté gauche, le droit était désespérément glacé.

— Bien sûr. Mais Selina a refusé.

— Oh ! Mais pourquoi ?

— À ton avis ? Elle ne veut surtout pas s'éloigner de son frère.

— Mais il est terriblement contagieux ! C'est de la folie !

— Elle le sait mais tu la connais aussi bien que moi : si elle a décidé de rester, elle restera.

— Pourvu qu'elle ne s'improvise pas garde malade…

— Je crois que c'est justement son but.

Mary fit un pas de côté et ils se regardèrent alors longuement, inquiets par la situation mais ne pouvant réprimer un soupçon d'amusement en pensant à la drôle d'infirmière que ferait Selina. Surtout si Catherine se trouvait constamment dans les parages.

— Et là-haut ?

Pointant le doigt vers la chambre de Sybil, Paul sembla retenir un soupir et malgré sa question, écouta à peine le récit des dernières heures. Malgré tout l'amour qu'il avait pour sa fille, Mary savait à quel point ces crises de nerfs l'agaçaient. Pire : il en avait extrêmement honte et les redoutait plus que tout. Tout comme elle, il n'avait jamais cru aux diagnostics des médecins mais non pas parce qu'il ne voulait pas voir en elle une malade, juste parce qu'il considérait que ces terribles manifestations de colère n'étaient que le reflet d'une personnalité égoïste et trop gâtée. Mary avait eu beau essayer de lui faire comprendre qu'une jeune fille colérique se serait contentée de bouder pendant quelques heures, il ne semblait pas voir de différence entre ce genre de caprice et les explosions de Sybil.

En se montrant terriblement égocentrique et trop soucieuse de l'opinion d'autrui, cette dernière n'avait de toute manière jamais rien fait pour stimuler la bienveillance paternelle. Rien n'y faisait et Paul s'était toujours senti plus proche de Laura. Sans paraître s'en rendre compte, ils avaient même tous deux développé une certaine ressemblance, semblant être faits du même bois et étant animés par le même besoin de solitude et de liberté. Était-ce Laura qui avait calqué une part de sa personnalité sur celle de son père ou Paul qui, pour se rapprocher de sa cadette, s'était à nouveau laissé aller à sa fantaisie d'enfant ? Coincée entre ces deux rêveurs et la boule de nerfs qu'était Sybil, Mary s'était posé mille et une questions avant de se résoudre à rester en décalage. Mais cette vie lui convenait malgré tout. Oh oui, cette vie était faite pour elle et elle ne l'aurait échangée contre nulle autre. Il lui suffisait d'observer Laura en train de courir à l'avant de la maison, poursuivie par leurs chiens, ou d'écouter Sybil jouer un air de piano… Il lui suffisait de croiser le regard complice de Paul, de sentir sa main se poser sur son épaule pour savoir qu'elle était exactement à la place où elle devait être. Leur grande maison qui surplombait la plage était *sa* maison, l'univers pour lequel elle avait quitté sa vie de jeune fille timide.

Elle l'avait compris dès le premier jour, quand la voiture s'était arrêtée devant la porte par laquelle elle passerait désormais chaque jour. Il avait suffi d'un regard et elle avait vu sa vie future se refléter dans la peinture toute neuve de la façade, dans ces vitres lavées de frais, en imaginant chaque détail par anticipation. Et si elle s'était trompée sur certains points, elle avait obtenu l'essentiel.

Avec une tendresse toute particulière, elle se revit telle qu'elle était alors. Jeune et terriblement naïve. Si innocente qu'elle avait dû mettre les pieds dans sa nouvelle demeure pour réaliser à quel point son mari était un homme riche. Bien sûr, avant, il y avait eu tous ces cadeaux, la jalousie de ses amies, la satisfaction de sa mère, ces endroits luxueux où il l'avait emmenée, ces robes magnifiques auxquelles elle n'aurait osé rêver avant de le rencontrer et qu'elle découvrait, toute frémissante, cachées sous d'épaisses couches de papier de soie. Ces colis qu'il lui faisait envoyer à toute heure de la journée l'avaient pourtant moins séduite que la présence de Paul lui-même et elle se serait volontiers débarrassée de ses cadeaux pour avoir la chance de passer un peu plus de temps avec lui. Car, déjà, à l'époque, se dessinaient les prémices de celui qu'il deviendrait par la suite, un homme certes doux et généreux, un homme que beaucoup de femmes lui auraient envié, mais un homme constamment absent. Les années qui passaient, les crises de Sybil, les fantaisies de Laura n'y avaient rien fait et Mary avait évolué en solitaire, le laissant voguer au hasard de ses envies et de ses obligations professionnelles. Avait-il une maîtresse ? L'aimait-il encore ? Aurait-il été plus présent s'il avait eu un fils ? Autant de questions qui resteraient pour toujours sans réponse, faute d'avoir été posées. Car elle ne lui reprochait rien, ne l'interrogeait sur rien. Les bons jours, elle se contentait humblement de ce qu'elle avait et les mauvais, eh bien, elle tentait de s'en contenter. Il y avait de toute manière bien longtemps qu'elle n'était plus en position de donner la moindre leçon.

Les Wilson ne donnèrent que peu de signes de vie pendant les quatre semaines suivantes mais les contacts ne furent pas complètement rompus pour autant. Dès le lendemain de la triste nouvelle, des mesures avaient été prises pour rassurer Sybil et deux fois par jour, tôt le matin puis en fin de journée, Martha, leur bonne, était envoyée aux nouvelles. Elle en revenait avec ce même air sombre plaqué sur le visage et généralement avec le même diagnostic : l'état de Matthew demeurait stationnaire et s'il n'était toujours pas sorti d'affaire, il n'allait pas plus mal que la veille ce qui était, en soi, un soulagement.

Un temps tenue à l'écart des pronostics les plus alarmistes, sa fiancée avait finalement été autorisée à le voir. Seulement quelques minutes, avait lourdement insisté Mary, juste le temps de te tranquilliser et de retrouver le sommeil. *Et d'enfin laisser ta mère dormir*, pensa-t-elle sans toutefois l'ajouter à ses réflexions. Car avec son air éternellement triste, ses cernes et ses joues creusées par le manque d'appétit, Sybil faisait peine à voir et elle n'avait pas le cœur à l'abattre plus que de raison avec des mots désagréables.

— Matthew ne va guère mieux ! s'était exclamé Paul suite à cette première visite, je suis même étonné que Sybil ait été autorisée à s'y rendre. Une fois sur place, je n'ai pas voulu jouer les rabat-joie car cela aurait compliqué les choses mais je crains de n'avoir pas su cacher mon inquiétude !

— Et Selina ? interrogea Laura qui n'en pouvait plus d'être séparée de son amie.

— Je ne l'ai pas vue, répondit son père, elle se reposait à l'étage. Mais elle va bien, je t'assure.

— Quand pourrai-je la voir ?

— Bientôt.

— Bientôt ? Mais quand ?

— Pour le moment, mieux vaut éviter les allées et venues là-bas. Tu peux quand même comprendre que ta sœur passe avant tout, non ?

Un peu plus tôt dans la journée, Mary avait enfin cédé aux suppliques de sa fille aînée mais avait lourdement insisté pour que Paul l'accompagne et qu'il s'assure qu'elle ne s'enferme pas à double tour avec Matthew. C'était, avait pensé Mary, exactement le genre de lubie que Sybil pouvait se mettre en tête et d'ici à ce qu'ils arrivent à l'en déloger… C'était trop dangereux pour elle comme pour le malade qu'il valait mieux laisser en paix. Faire comprendre que cette visite se ferait sous la surveillance paternelle n'avait pas été une mince affaire mais Mary parvenait toujours à lui faire entendre raison. Ils étaient donc partis tous deux en début d'après-midi, Paul retenant sa fille par l'épaule pour l'empêcher de trop presser le pas.

— Il est devenu si maigre ! reprit alors Paul, après avoir voluptueusement rejeté la fumée de sa cigarette. C'est vrai qu'il n'a jamais été particulièrement épais mais un coup d'œil suffit à comprendre à quel point ces dernières semaines ont dû être difficiles pour lui. Je t'assure, c'était éprouvant.

— Mais à part son aspect physique, comment était-il ? As-tu pu discuter avec lui ?

— Oh, répondit Paul avec un sourire entendu, j'ai en effet pu discuter avec lui mais fort peu de temps car une jeune personne était plus empressée que moi de prendre de ses nouvelles ! J'ai préféré les laisser un peu seuls.

— Oh Paul ! Tu m'avais promis !

— Pas longtemps, pas longtemps du tout je t'assure ! Mais il me semblait cruel de rester dans leur dos, à les observer comme… une vieille matrone !

— Mais quand même ! Tu aurais pu…

— J'étais derrière la porte. Cesse donc de t'en faire. Sybil va bien.

L'entourant de ses bras, il la pressa doucement contre son torse en un geste possessif qu'elle aimait tant mais qu'il lui offrait trop peu souvent à présent. Elle eut à peine le temps de s'imprégner de la chaleur de son corps que, déjà, Paul la repoussait tendrement et allait rejoindre son fauteuil préféré, placé dans l'axe direct de la cheminée.

— Je n'en suis pas si certaine. Elle avait une mine totalement défaite en revenant tout à l'heure. Elle est partie s'enfermer dans sa chambre sans même répondre à mes questions.

— Rien de plus normal. Mais elle va s'en remettre. Je crois que notre chère fille n'est pas très satisfaite du teint jaunâtre de son futur mari. Elle craint sans doute que cette teinte ne s'accorde pas avec sa garde-robe ! ajouta-t-il avec un rire.

— Vraiment, Paul...

— Oui ?

— Je ne trouve pas ça très drôle.

— Dans ce cas, je te prie de m'excuser. Et concernant ma proposition de tout à l'heure ? demanda-t-il après quelques secondes de silence. As-tu eu le temps d'y réfléchir ? Puis-je espérer que la journée t'ait porté conseil et que tu aies changé d'avis ?

Mary eut un instant de flottement, encore trop préoccupée par le comportement de sa fille aînée pour comprendre où Paul voulait en venir, puis se rappela soudain leur conversation de la matinée.

— Tu sais très bien ce que j'en pense ! répondit-elle alors d'une voix usée par la fatigue. Et pour te répondre, non, je n'y ai pas réfléchi durant la journée et ce, pour la simple et bonne raison que je ne souhaite pas revenir sur la question. Je n'ai pas besoin d'une seconde bonne, Martha s'en sort très bien.

— Je ne comprends pas pourquoi tu t'entêtes et j'en suis presque à me demander pourquoi je t'écoute à ce sujet...

— Peut-être parce que tu n'es jamais là et parce que je reste la mieux placée pour gérer les questions domestiques ?

Il lui jeta un regard où pointait un peu d'étonnement, comme s'il ne comprenait pas vraiment la raison de son agacement. Sans doute se considérait-il comme un mari parfait, hors de portée de tout reproche. Et à bien des égards, c'était le cas, réalisa-t-elle avec une certaine honte. Elle se montrait parfois bien ingrate...

— Je ne t'ai pas tout dit ce matin, reprit Paul. Mrs. Brown n'est plus toute jeune et...

— Tu ne veux quand même pas la congédier ? Elle travaille pour nous depuis quinze ans et...

— Mais non ! la coupa Paul.

Cette fois, c'était lui qui s'agaçait. Elle le laissa reprendre.

— Martha doit souvent l'aider au détriment de ses propres tâches. Elle prend du retard et certains jours, peine à s'en sortir. Ne l'as-tu pas remarqué ?

— Non.

— Non ? Eh bien quelqu'un l'a noté et…

— Qui ça ?

— Laura.

— Laura ?

— Laura enquête, Laura observe. Tu le sais bien.

— Et elle a remarqué que Martha prenait du retard parce qu'elle passe trop de temps en cuisine ?

— C'est tout à fait ça.

— Et dans ce cas, puis-je savoir ce que Laura a décidé ? Faut-il engager une seconde bonne ou une aide de cuisine ?

— Mary, voyons ! Ne sois pas injuste avec elle. Elle voulait juste aider.

— Je peux le concevoir. Mais ce n'est pas à elle de décider si nos domestiques sont employés à bon escient. Si Sybil se permettait de faire de telles remarques…

— Que veux-tu dire ?

— Que si c'était Sybil qui avait tenu ce genre de discours, tu lui aurais conseillé de se mêler de ce qui la regardait.

— Où vas-tu chercher une idée pareille ? souffla-t-il d'un air effaré. Je suis ouvert à toutes les réflexions sensées, quelle que soit leur origine. Alors, si Sybil m'avait parlé des problèmes de Martha, je…

— Tu l'aurais écoutée ?

— Bien sûr !

— Vraiment ?

— Oui ! Mais encore aurait-il fallu qu'elle ouvre les yeux sur ce qui l'entoure, ce qui n'est absolument pas son genre, j'en ai bien peur…

Mary fit le choix de ne pas relever.

À l'évidence, Paul ne se rendait pas compte des différences flagrantes qu'il avait instaurées au fil du temps entre ses filles, passant de longues heures avec Laura et ne prenant que rarement la peine de s'intéresser aux loisirs et aux progrès de Sybil. De cette défection était sans doute né le lien très fort qui l'unissait elle-même à son aînée. Comme si, d'une certaine manière, elle avait éprouvé le besoin de compenser l'indifférence d'un père en offrant doublement son amour à celle qui en avait tant besoin… Mais là encore, elle ne pouvait le lui reprocher, ni le lui expliquer sans risquer de mettre à mal le bel équilibre dont ils profitaient tous deux. Et elle aimait trop ces moments qu'ils passaient ensemble, seul à seule, pour oser évoquer les sujets qui fâchent. Oui, elle aimait trop ces moments où ils se comprenaient sans même prononcer un mot. Elle avait plaisir à se dire qu'ils s'aimaient encore assez pour être arrivés à ce stade bien particulier, celui où les longs échanges d'idées ne sont plus vraiment nécessaires pour communiquer. Elle trouvait ça beau et émouvant, ces années de vie commune, cette connivence conjugale, ce lien qui les unissait. Par-dessus tout, elle aimait leurs longs silences car ils étaient dénués de ces regrets, de ces rancunes et surtout, de toute cette culpabilité qui n'auraient pas manqué de ressurgir s'ils avaient été traduits en mots. Ces silences étaient parfois lourds, parfois ennuyeux mais, plus que tout, ils étaient confortables. Et Mary aimait son confort.

8

Juin 2011

Durant les trois jours qui avaient suivi leur excursion à la plage, Mina et Alma n'avaient reparlé ni d'Helen, ni du mystérieux incendie et encore moins de la noyée, la jeune femme ne se sentant pas encore le courage de pousser plus loin ses investigations, principalement à cause de l'attitude de sa grand-mère qui semblait clairement désireuse de laisser ce sujet en suspens. Un coup d'œil excédé, quelques paroles vives et un haussement d'épaules plus tard, Alma avait finalement préféré ménager la qualité de leurs rapports, remettant à plus tard leur conversation. Lui restaient également en tête les conseils de sa mère quant à la susceptibilité de l'occupante des lieux. Mina n'était plus *toute jeune*, comme disaient les gens, et son grand âge méritant quelques égards, mieux valait la laisser en paix.

Une chose état sûre cependant : Alma n'arrivait pas à s'extirper le sujet de la tête et y pensait constamment. Dans son lit avant de s'endormir, aux caisses du supermarché dans lequel Mina l'avait envoyée tout en lui recommandant d'éviter scrupuleusement le rayon café ou même durant le barbecue improvisé qu'elles avaient partagé avec Jill et son mari le lendemain de leur balade. Sa grand-mère lui avait proposé de se joindre à eux avec toute la circonspection dont elle pouvait faire preuve, comme si elle craignait qu'un trop grand empressement ne se solde obligatoirement par un non retentissant. Or Alma ne pouvait s'en cacher : il était hors de question qu'elle passe sa soirée seule pendant que sa grand-mère festoyait quelques mètres plus loin. Bien sûr, elle n'en eut pas moins peur, en mettant les pieds chez les fameux voisins, tant elle était convaincue d'être incapable d'avoir une véritable conversation avec une personne extérieure à sa famille. Elle découvrit que c'était faux. Et qu'elle pouvait même se faire apprécier. Un court instant, cependant, et malgré sa bonne humeur inédite, elle s'était sentie cruellement déçue en réalisant que Rory ne serait pas présent à la table de ses parents. Un désarroi d'autant plus ridicule – après tout, ils ne se connaissaient pas – qu'il n'avait été question de lui à aucun moment. Qu'avait-elle été imaginer ? Qu'il passait sa vie chez papamaman ? Tout le monde n'avait pas une vie aussi vide que la sienne et Rory Grant avait sans doute mieux à faire que de passer son temps dans un coin aussi tranquille. Sans doute avait-il quelque tableau à peindre ou quelque roman à écrire. À moins qu'il ne consacre quelques heures de son temps d'artiste à corriger des copies d'élèves appliquées qui rêvaient certainement d'être la nouvelle muse de ce prof quelque peu… décalé ? Car plus elle y pensait et moins elle arrivait à l'imaginer en train de discourir devant un tableau noir. Il semblait tellement atypique pour un tel rôle…

En rencontrant son père, Stephen, Alma avait dans tous les cas très vite compris d'où lui venait son air nonchalant. S'il était évidemment plus marqué par le temps, le visage du mari de Jill avait la même malice et les mêmes yeux gris acier la fixaient avec une bonhomie clairement affichée.

— Alors c'est toi, Alma ! clama-t-il en lui donnant une solide poignée de main. Jill m'a parlé de toi ! Mais j'avoue que je n'ai pas le moindre souvenir de ta petite personne ! Il faut croire que tu ne m'as pas marqué.

— Oh, Stephen ! glapit Jill, visiblement désolée par la franchise de son mari. Quand même ! Tu pourrais faire un effort…

— Il n'y a pas de mal ! la rassura Alma tout en la gratifiant d'un sourire. Moi-même, je ne brille pas spécialement par ma bonne mémoire.

— Je suis tout pardonné alors ?

— Mais oui.

Le début du repas la laissa un peu en plan, les convives ayant visiblement pris le parti de parler de personnes qu'elle ne connaissait pas. S'il lui était difficile de s'intéresser aux frasques de parfaits inconnus et si elle ne comprenait pas vraiment les véritables enjeux des affaires qui étaient évoquées devant elle, Alma se laissa bien vite bercer par la conversation. Elle se sentit alors passer dans ce que Jack appelait son *mode écran de veille.* Là, mais pas là. Prête à réagir à la moindre sollicitation mais peu concernée par ce qui se passait autour. Après tout, c'était juste agréable d'être là, dehors, présente au milieu des gens mais sans éprouver cette pression sociale qui impose de participer coûte que coûte aux échanges sous peine de passer pour quelqu'un d'inintéressant. Malheureusement, que ce soit par politesse ou tout simplement par gentillesse, Stephen n'entendait pas la laisser ainsi de côté :

— Arrêtons là immédiatement, Mesdames, car je crois que nous avons perdu Alma !

Puis, se tournant plus franchement vers elle, il lui demanda :

— Dis-moi, qu'as-tu fait depuis ton arrivée ? Est-ce que tu es allée faire un tour en ville ?

— À vrai dire, pas encore.

— Ah oui ?

— Alma préfère rester avec moi, commenta Mina, car elle craint d'être totalement désorientée par la folle variété des activités à faire en ville. C'est vrai qu'on ne sait plus où donner de la tête.

— Tu exagères, Mina. Il y a quand même des choses à faire ici. Tiens, il y a une chorale, par exemple.

— Qui cesse toute activité à la fin du mois de mai.

— Nous avons quelques restaurants très sympathiques.

— Fermés, pour la plupart. Du moins, pour le moment.

— Dans ce cas, la bibliothèque, elle, est ouverte toute l'année. Elle n'est pas si mal et…

— Alma préfère aller fouiller dans la mienne, n'est-ce pas ?

Stephen haussa un sourcil surpris et la principale concernée, faisant mine de ne pas relever, garda un silence religieux.

— Si tu veux, j'ai une mission à te confier.

Alma jeta un regard inquiet au mari de Jill. Étant donné le contexte, elle allait avoir du mal à refuser sans se montrer impolie et ce, même si elle se méfiait grandement de ce genre de proposition. La dernière fois qu'on lui avait confié une mission, elle s'était trouvée embrigadée dans un déménagement qui n'en finissait plus. Elle avait cassé un miroir, s'était tordu une cheville et s'était fait sermonner par un habitant de l'immeuble à cause d'un stationnement jugé inconsidéré ou plutôt *digne d'une vraie connasse*, si elle se rappelait bien les mots du locataire en question.

— Qu'est-ce que tu veux lui demander ? interrogea Jill, elle aussi inquiète.

— Rien de particulier. Il y a une pâtisserie qui a ouvert dans le centre du village et notre cher fiston m'avait demandé d'y passer. Par curiosité. Ça s'appelle La Boîte à sucre.

— Et tu ne peux pas y aller toi-même au lieu d'envoyer cette pauvre petite ?

— Je ne suis pas une pauvre petite… marmonna Alma d'une voix faible.

— Je n'ai pas eu le temps d'y passer.

— C'est vrai que les retraités sont toujours des gens extrêmement occupés ! railla Jill tout en repartant dans la maison avec un plat vide.

— Plus occupé que jamais à vrai dire ! affirma-t-il avec une certaine fierté. Surtout avec l'emménagement ! Je suis même en train de repeindre la cuisine !

— Oui je sais, répondit machinalement Alma avant de se mordre les lèvres.

— Ah oui ?

Stephen arqua à nouveau un sourcil pour manifester son étonnement tout comme l'avait fait Rory quelques jours plus tôt. En cet instant, ils se ressemblaient plus que jamais. Encore une fois, Alma ne répondit pas, se contentant de rire bêtement.

— Bref ! Est-ce que ça te dit d'y aller pour moi un de ces jours ? Tu y vas, tu grignotes un truc, tu prends quelques photos et le tour est joué !

— Pourquoi des photos ?

— Bah parce que c'est bien, non ? Vous les jeunes, vous passez votre temps à tout prendre en photo. Donc prends des photos.

— Mais pourquoi ça l'intéresse ?

— C'est une pâtisserie vegane, voilà pourquoi. Exactement son genre.

— Une quoi ? demanda soudainement Mina, sur le point de s'étouffer avec ce qui était une énième brochette.

Alma avait toujours trouvé fou qu'un corps si maigre puisse autant manger. Après tout, c'était peut-être ça, le secret de sa longévité. Beaucoup de bouffe et surtout, beaucoup de viande. Pas vraiment dans le genre de Rory, donc.

— Une pâtisserie qui n'utilise pas d'ingrédients d'origine animale, lui expliqua patiemment Jill qui était revenue avec une nouvelle bouteille de vin.

— Pas d'œufs, pas de lait, pas de beurre… énuméra Stephen sur un ton léger comme s'il récitait une comptine.

— Pffff.

Mina postillonna copieusement dans son assiette, se tamponna les lèvres avec sa serviette et conclut sur un ton docte :

— Ça promet d'être bien dégueulasse !

Plus tard, à nouveau livrée à elle-même – Mina ayant retrouvé son lit plus tôt qu'à l'accoutumée –, Alma se planta une fois de plus devant l'écran de son ordinateur. Elle en fut à la fois heureuse et tristement étonnée. Le constat était simple : elle pouvait très bien traverser la moitié du pays, changer de ville, changer de statut amoureux, changer de taille de jean et changer d'habitudes alimentaires (mention spéciale au café, grand absent, obsession du moment), elle se retrouvait invariablement à finir ses journées face à un écran. Est-ce que c'était si mal que ça, après tout ? Sans donc aurait-il mieux fallu se plonger dans un roman mais elle n'osait plus fureter chez Mina et si traîner en ligne était à la fois terriblement chronophage et beaucoup moins favorable à son activité cérébrale, cela avait au moins le mérite de lui *vider la tête* (même si, dit comme ça, cela lui paraissait plus inquiétant que réellement positif).

Se connecter à Facebook lui fit à nouveau penser à Caroline et elle se décida à consulter le message qu'elle lui avait envoyé quelques jours plus tôt, le fameux soir où elle avait préféré l'ignorer. Elle ne s'attendait pas à un énième mot de bon rétablissement ou à ces inepties du genre *On ne se voit pas souvent, c'est vrai, mais je pense fort à toi dans ces moments difficiles.* Fidèle à elle-même, Caroline avait gentiment glissé un *Fais pas la morte et écris-moi !* que certains auraient trouvé de fort mauvais goût, d'autant plus qu'elle-même n'était pas un modèle de régularité. Caroline faisait en effet partie de ces charmantes et absolument délicieuses personnes capables d'acheter un téléphone au prix d'un Londres-Sydney mais qui, étrangement, ne répondaient JAMAIS quand on avait le malheur de leur téléphoner. Même chose pour les SMS, ceux qui s'y risquaient encore attendaient leurs réponses pendant des jours et la plupart attendraient encore longtemps. Pas de volonté de filtrage là-dedans ni de besoin de snober autrui, juste beaucoup de décontraction. Car ce qui n'était pas urgent pouvait attendre et, pour Caroline, bien peu de chose pouvait se ranger dans la catégorie des affaires pressées. Néanmoins, les plus aguerris savaient ce que les moins coriaces n'imaginaient même pas : Caroline était toujours disponible *via* messagerie instantanée. Ainsi, elle pouvait très bien avoir complètement ignoré tes appels de détresse deux minutes plus tôt et te répondre en ligne sans même s'en excuser (Caroline ne s'excusait jamais).

T'es là ma Caro ?

Oui je me lève à l'instant !

Il est 22 h 00 ! ?

C'est les vacances ma belle.

Et tu t'es donc calée sur un autre fuseau horaire ?

C'est ça ! Alors quoi de neuf ? Tu t'habitues à la vie sans métro, sans Starbucks et sans wifi ?

Mina a le wifi. Tu la prends pour qui ?

Sérieusement ? Ta grand-mère est flippante. À quoi ça peut lui servir ? Je suis sûre que c'est pour draguer en ligne.

Je lui demanderai si elle a déjà fait quelques conquêtes.

Pas sûr qu'elle trouve ça drôle.
Fais gaffe ! Tu vis chez elle, elle pourrait t'en faire baver si elle voulait.

Bah, je ne risque pas grand-chose.

Elle me fait déjà vivre un enfer.

Alma lui raconta les dernières lubies de Mina et un sujet en entraînant un autre, elle ne put s'empêcher de lui raconter comment Rory l'avait sauvée de son sevrage de caféine.

Ah ah ! Je vois que tu n'auras pas fait autant de bornes pour rien ! Je pensais que tu t'étais installée dans un quartier pour les seniors mais on dirait que non !

Et alors ? Ça ne change rien.
D'ailleurs, il ne vit pas ici et je m'en fous franchement.

D'accord. Si tu le dis.

Et le plus drôle, c'est que j'ai son numéro maintenant !
Sauf qu'il n'est pas au courant !

Comment ça ?

Sa mission photos expliquée, Alma avait conclu avec résignation :

Il va me prendre pour une folle.

Tu sais, on n'a plus seize ans et avoir le numéro de quelqu'un, à ton âge, ne devrait plus te faire frétiller comme ça !

Mais je frétille pas !

Mais si !

Mais non !

Quand leurs chemins virtuels se séparèrent, Alma était plus agacée que jamais et Caroline, visiblement amusée. Elle avait sans doute cherché à la taquiner, juste pour le plaisir de la faire réagir, le pire étant qu'Alma avait un peu trop pris les choses à cœur. Elle résolut de ne plus jamais parler de Rory à Caroline, même sous la torture. Ensuite, pour se calmer les nerfs, elle passa une partie de la nuit à comparer les meilleurs rouges à lèvres du marché et en commanda six qu'elle fit livrer chez Mina.

Le lendemain matin, Mina frappa à la porte de sa chambre sur le coup de neuf heures, soit à peine quatre heures après qu'elle soit enfin parvenue à s'endormir. Après avoir perdu de belles heures de sommeil en occupations diverses mais toutes aussi futiles les unes que les autres, son sommeil avait encore une fois été tout, sauf réparateur et c'est avec un sentiment proche de la panique qu'elle vit sa grand-mère se diriger vers sa fenêtre et ouvrir en grand les volets.

— Allez ! Debout là-dedans ! La journée est magnifique ! Tu dois m'aider à trier mes livres et après tu dois aller à la pâtisserie pour Rory !

— Tu voudrais me faire rester au lit que tu ne ferais pas les choses autrement. J'ai pas envie ! J'irai un autre jour. Et pourquoi tu as besoin de moi pour trier tes livres ? Je croyais que tu ne voulais pas que je les touche.

— Eh bien j'ai changé d'avis.

— Ça ne peut vraiment pas attendre ?

— Pourquoi ? Tu as mieux à faire ?

— Non, concéda Alma tout en passant à la station assise.

— Eh bien voilà. Tu iras ! Et moi, pendant ce temps, j'irai à la foire aux livres avec Alice. Elle vient me chercher dans deux heures. J'ai promis de lui trouver quelques livres à vendre pour son association. Mais j'ai constamment remis cette triste tâche à plus tard et là, je suis au pied du mur.

Se frottant vigoureusement les yeux de ses poings fermés, Alma tenta tant bien que mal de reprendre contact avec le monde extérieur et se laissa finalement guider jusqu'à la terrasse où Mina lui avait préparé son petit-déjeuner. Sans café, bien sûr.

La douceur de l'air parvint malgré tout à effacer le voile opaque qui obscurcissait son regard. Ça sentait l'herbe fraîchement coupée et les fleurs qui entouraient la maison, baignées de soleil, exhalaient déjà leurs doux parfums. Dans quelques semaines, peut-être seulement quelques jours, une chaleur implacable viendrait s'abattre sur les lieux et l'air se ferait alors plus sec, plus oppressant. Rien ne valait la beauté des premiers jours de juin. Outre sa méfiance quasi instinctive à l'égard des rayons cuisants du soleil, Alma n'avait pas hâte de voir les fleurs se faner, l'herbe verte devenir jaune et craquante sous ses pas. Car, inexorablement, après l'été viendrait l'automne et le mois de septembre entraînerait avec lui son lot de questions.

Passer l'été à flemmarder était acceptable – les enfants le faisaient bien ! – et au milieu des autres vacanciers, elle pourrait très facilement se bercer d'illusions et s'imaginer reprendre le travail et une vie normale sitôt la rentrée arrivée. Mais dès septembre, elle se retrouverait juste face à elle-même et ne pourrait plus se cacher derrière les rayons du soleil. De plus, elle savait pertinemment qu'elle ne pourrait guère s'imposer plus longtemps chez Mina – même si sa grand-mère disait le contraire, elle savait que les personnes âgées avaient leur train-train et qu'elle représentait certainement un gros grain de sable dans la mécanique bien huilée de ses journées. Or, elle ne se voyait pas rentrer à Londres pour autant. Comme tant d'autres, elle s'était parfois plainte d'avoir une vie trop cadrée, déjà toute tracée, mais ce petit ordre bien confortable lui manquait presque à présent. Les possibilités étaient infinies et pourtant, tristement réduites à cause de son champ de vision délibérément rétréci. Parfois, un sursaut de bonne volonté la traversait et elle pensait à un déménagement. Savoir si elle déménagerait dans la même ville, en dehors de cette ville ou même en dehors du pays restait à définir. Elle aurait aimé avoir le caractère et le courage nécessaires pour s'installer ailleurs. Partir vivre à Berlin ou à Barcelone lui semblait absolument idyllique mais tout en elle freinait des quatre fers à cette idée. En tout cas, pas seule… En ces temps où les féministes clamaient plus que jamais le droit des femmes à vivre leur vie comme elles l'entendaient et de manière strictement autonome, Alma ne se sentait pas l'âme indépendante et elle en avait un peu honte. Non pas qu'elle ait besoin d'un homme pour décider pour elle, elle éprouvait juste le besoin d'avoir quelqu'un à ses côtés pour partager ses projets. Évoluer seule, construire un avenir en solitaire lui semblait terriblement triste. On n'oublie certainement pas en quelques mois des automatismes acquis pendant des années…

— Hé ! Tu m'écoutes ?

Les mains sur les hanches, plantée devant la table où Alma lézardait, la tête ailleurs, Mina la regardait avec sévérité. À voir sa mine outrée, elle devait certainement lui parler depuis un moment et venait de remarquer que le silence de son interlocutrice était tout, sauf attentif.

— Alors comme ça, tu me laisses parler comme une vieille folle dans mon coin ?

— Oh désolée, Mamina. Mais je me réveille à peine et tu me parles de choses… Je n'arrive pas à suivre. Mais je t'en prie, je t'écoute maintenant.

— Je te demandais juste si tu avais fini ?

Du doigt, elle désigna les reliefs du repas qu'Alma venait d'avaler à la va-vite. Et comme cette dernière acquiesçait, les deux femmes passèrent immédiatement dans la chambre de Mina avant de pénétrer dans la pièce qui en dépendait directement. Cette fois, la jeune femme ne ressentit aucune gêne en y mettant les pieds puisque c'était avec l'aval de sa propriétaire.

La dernière fois, elle n'avait pas vraiment pris la peine de détailler le décor mais ces murs ne présentant guère d'intérêt, puisqu'ils étaient couverts de rayonnages, elle s'absorba plutôt dans la contemplation du jardin. Contrairement à la cuisine, au petit salon et à sa propre chambre, la bibliothèque de Mina donnait directement sur ce dernier et elle ne put se retenir d'ouvrir la fenêtre pour faire entrer plus franchement la douceur de la matinée.

— Ferme ça, malheureuse !

Penaude, elle se retourna vers Mina qui avait déjà noué un foulard sur ses cheveux – ce qui ne présageait rien de bon – et referma aussi sec.

— La poussière ! clama Mina avant d'attraper un des cartons qui traînaient dans un coin. C'est l'ennemie des livres et elle rentre par brassées chaque fois qu'on ouvre ! J'essaie de tenir cette pièce à peu près propre !

— Tu te fous de moi ?

Alma passa un doigt circonspect sur l'une des étagères mais ne fit aucun autre commentaire sur le dépôt gris qui s'y colla.

Visiblement, Mina manquait de recul quant à l'état de cette pièce. À moins que l'explication ne réside tout simplement dans le fameux *à peu près* dont elle venait de faire mention. Qu'importait après tout, Alma n'était pas là pour passer un coup de plumeau. Du moins, pas tout de suite... Voyant Mina s'agenouiller gauchement pour accéder aux étagères inférieures, elle l'attrapa par le bras et la força à s'asseoir sur le fauteuil qui avait accueilli son propre postérieur durant sa lecture interdite. Puis, déterminée, elle désigna d'une main autoritaire les murs entièrement tapissés de livres.

— Toi, tu vas rester ici et moi, je vais faire ce que tu me dis. Profites-en ! Cela ne durera pas !

— Mais non. À deux, on ira plus vite !

— Je ne crois pas non ! Vu les dimensions de la pièce, on risque plutôt de se piétiner mutuellement avant de piétiner les livres et ce n'est pas le but... Alors dis-moi, je commence par où ?

— Peut-être par là-bas, commença Mina.

De son doigt tendu, elle indiqua le mur qui se trouvait face à elle et Alma s'y rendit à la vitesse de l'éclair, de peur que sa grand-mère ne change d'avis.

— J'ai quelques trucs à l'eau de rose là-bas. Pas vraiment mon genre ! Inutile de t'attarder sur les titres.

— Roh, assume ! Tout le monde a bien un Barbara Cartland ou deux dans sa bibliothèque et on n'en fait pas toute une histoire...

— Barbara Cartland ? Cette momie fardée jusqu'au milieu du front ? Avec ses tenues improbables du pire rose fuchsia ?

— D'accord, concéda Alma, ce n'était pas toujours du meilleur goût mais elle reste un classique pour bien des lectrices, alors tu peux les donner sans souci, je suis certaine qu'ils trouveront une nouvelle maison en un clin d'œil !

Elle agrippa toute une flopée de romans à la couverture délicieusement kitsch – ce n'étaient que jeunes femmes alanguies dans les bras musclés d'hommes au torse dévêtu... Des visuels assez ridicules et à la fois terriblement efficaces, elle devait l'avouer malgré elle.

— T'as vu ? C'est drôle, non ? Elles sont toujours blondes et mignonnes. Les hommes toujours grands et bruns. Et ils sont toujours beaux, bien entendu.

— Bien évidemment ! ironisa Mina. Seuls les gens beaux et sveltes peuvent vivre de grandes histoires d'amour, c'est bien connu.

— Mouais. En tout cas, ce sont eux qu'on a envie de voir sur les couvertures des romans. Et ça, tu donnes ?

Alma s'était tournée vers une série d'ouvrages sur la région. Tout droit sortis des années quatre-vingt, ils ne devaient plus intéresser grand monde si ce n'est leur actuelle propriétaire.

— Non, ça tu ne touches pas ! Et mes Agatha Christie non plus !

— Bien sûr ! Jamais je n'aurais osé faire une chose pareille. Je ne voudrais pas manquer de respect à sainte Agatha ! Et eux ?

Alma agrippa le premier tome d'une série qu'elle avait lue et relue durant son adolescence, soit les aventures – et surtout les épreuves ! – d'une famille canadienne, les Whiteoak, du milieu du XIXe siècle au milieu du XXe. *Jalna.* Des vies sur plusieurs générations avec leurs joies et leurs peines, leurs jalousies, leurs morts, leurs naissances et leurs secrets. Une histoire passionnante ! Et tout cela en seize volumes d'intérêt inégal selon elle, les plus intéressants d'entre eux se situant principalement au début de la série. Mina en avait toujours été une grande fan et possédait ces Mazo de la Roche en trois exemplaires différents ce qui faisait, ni plus ni moins, quarante-huit volumes en tout.

— Plus une intégrale en quatre volumes !

— Et t'es fière ?

— Bien sûr ! C'est une collection tout à fait respectable !

— Mais une collection qui prend de la place !

— Est-ce que je m'en plains ? Pas du tout ! J'ai toute la place qu'il me faut ici !

— Ça me semble plutôt encombré mais si tu dis que ça va, c'est que ça va !

Alma avait toujours été partisane du tri par le vide et si elle possédait jadis elle aussi une bibliothèque bien garnie, les romans dont elle était propriétaire connaissaient une sorte de cycle et finissaient toujours par être donnés ou revendus, tous sauf quelques classiques tels que *Jane Eyre*, *Les Hauts de Hurlevent*,

Rebecca et bien sûr les aventures en deux tomes de l'increvable Bridget Jones, héroïne des temps modernes qui supportait elle aussi plutôt bien le passage du temps.

— Montre-moi plutôt ceux-là s'il te plaît ?

Mina feuilleta un instant quelques ouvrages aux pages jaunies, jeta un coup d'œil à la page de garde et conclut, visiblement contrariée :

— C'est bien ce que je pensais, ils ne sont pas à moi. On me les avait prêtés et je ne les ai jamais rendus. Jamais lus non plus, d'ailleurs ! Aller hop, dans la boîte !

Alma retint le geste de sa grand-mère qui, s'étant finalement levée, s'était empressée de faire dégringoler les bouquins dans le carton qui leur était destiné.

— Tu ne vas quand même pas donner des livres qui ne sont pas à toi ?

— Oh là là ! s'écria Mina. La brigade de l'honnêteté est de sortie, on dirait ?

— C'est qui, cette Emily ?

Alma avait attrapé le premier roman qui lui était passé sous la main, prenant de court une Mina qui, dépitée, avait finalement réintégré son fauteuil.

— Une vieille amie ! Non ! se reprit-elle finalement. Une vieille connaissance ! Je la connais à peine.

— Pourquoi tu as toujours ses livres ? Vous ne vous voyez plus ?

— Non ! Et depuis plus d'un siècle !

— Si peu !

— Comme tu le dis ! Et puisque tu t'offusques à l'idée qu'ils trouvent une nouvelle maison, je vais les laisser sur cette étagère et on n'en parlera plus !

— Tu pourrais les lui rendre, maintenant que tu as remis la main dessus.

Sa grand-mère lui jeta un regard courroucé puis ses yeux se posèrent finalement sur la montre qu'elle portait au poignet, son unique bijou.

— Alice ne va pas tarder, il faut qu'on termine ça dans la minute, ma petite ! Fais ce que tu veux avec ces vieux bouquins, ma foi, ça ne me regarde plus. Tu peux même les ramener à cette vieille folle si cela te chante.

— Pourquoi pas. J'irai en revenant de la pâtisserie. Elle vit où ?

— Eh bien elle habite à deux pas de là où nous sommes allées avec Jill l'autre jour. Au lieu de prendre à droite et de te garer au bout du chemin comme nous l'avons fait, tu continueras sur la gauche. Il y a un petit groupe de maisons, une sorte de petit hameau sans nom. Elle habite dans celle aux volets bleus. Son nom est Emily Hardy. Inutile de frapper, elle est chez son fils en ce moment. Dépose les livres sous l'auvent, dans un sac, ça suffira. Elle les trouvera en rentrant chez elle, du moins si cette vieille taupe sait encore ouvrir les yeux !

— Dis donc ! Pour quelqu'un que tu n'as pas vu depuis cent ans, tu m'as l'air bien au courant de son emploi du temps ?

Pour toute réponse, Mina haussa les épaules.

Sa grand-mère étant partie, Alma sauta sous la douche et laissa l'eau fraîche achever de la réveiller. Le jet ne valait certainement pas celui de la douche dernier cri que Jack et elle s'étaient offerte une éternité plus tôt, mais cela faisait parfaitement l'affaire pour qui voulait effacer les traces d'une mauvaise nuit. Une fois sortie de la cabine, elle s'enveloppa dans une grande serviette d'un jaune passé et élimina du plat de la main les traces de buée afin de s'observer dans le miroir. Si elle se sentait plutôt bien, il n'y avait pas de miracle en vue et elle avait toujours l'air d'être fraîchement sortie d'une essoreuse. Sa peau, autrefois laiteuse, avait toujours cette teinte légèrement translucide, voire carrément blême, qui lui donnait l'air d'une malade et si ses pommettes lui semblaient moins saillantes et ses joues, peut-être un peu moins creuses, elle n'avait pas la bonne mine qu'une fille de son âge était censée avoir.

Peu désireuse de pousser plus loin l'examen de son reflet, Alma passa dans sa chambre et entreprit de faire l'inventaire du contenu de sa valise. Le soleil clinquant de ce début de journée lui conseillait vigoureusement d'abandonner son éternel pull déformé sous peine de se transformer en éponge vivante d'ici quelques heures. C'est Mina qui allait être contente, mais elle en tremblait déjà.

Dans quelle drôle de dimension avait-elle sombré pour que dévoiler le moindre centimètre carré de peau lui devienne insupportable ? Réprimant une grimace en constatant le cruel manque de choix qui s'offrait à elle, elle mit de côté la version rouge de son pull informe fétiche et repoussa aussi le jean qui allait de pair (doté d'immenses trous au niveau du genou). Dépitée, elle jeta un long regard désolé aux deux shorts de baroudeuse jetés au dernier moment dans la valise. Pas du tout son genre. Sans doute avait-elle eu le projet vague de les porter lors de longues randonnées en solitaire (pour une redécouverte de soi à la Cheryl Strayed dans *Wild* ?). Ridicule, tout comme la ribambelle de tee-shirts de couleurs variées. Des fameux basiques oui, mais surtout des basiques moches. À côté d'une paire de sandales dépérissait une longue robe moulante à l'imprimé marinière, typiquement le genre de modèle sur lequel elle pouvait craquer en magasin mais qu'elle n'avait jamais osé porter par la suite. À moins que Caroline ne lui ait tout simplement glissé le vêtement de force dans son panier, sans qu'elle ose lui dire qu'elle ne la mettrait pour rien au monde. D'ailleurs, elle avait dû l'oublier car l'article possédait encore l'étiquette-de-la-honte que connaissaient bien toutes les acheteuses compulsives. Celle qui prouve que tu es un peu trop enthousiaste de la carte bleue sans être capable de tenir tes engagements vestimentaires. Cela dit, de cette mauvaise habitude pouvait également ressortir quelques bonnes surprises. Qui n'a jamais rêvé de tomber, par hasard, sur une jolie robe neuve en ouvrant son dressing (ou sa valise en l'occurrence ?). Elle était parfaite, très cliché. Oui, c'était la robe idéale pour jouer la touriste en bord de mer, en début d'été.

Alma arracha l'étiquette d'un coup de dents particulièrement décidé, l'enfila et s'admira dans le miroir d'un air appréciateur qui l'étonna elle-même. Même trop mince car délestée de ses anciens kilos en trop, sa silhouette actuelle correspondait à présent plus à ce à quoi on pouvait espérer ressembler avec une telle robe sur le dos. N'empêche qu'elle, elle se trouvait un brin décharnée. Certes, Alma n'avait absolument rien contre les reines de minceur, elle avait même toujours été assez admirative de ces corps secs, aux courbes nettes et aux contours dessinés mais en avait fait le deuil depuis de nombreuses années, convaincue qu'un gouffre existait entre ces corps sveltes et sa propre carcasse. Ce n'était tout simplement pas elle. Ce matin, c'était une inconnue qui la contemplait dans le miroir et cette impression d'étrangeté dépassait même le relatif plaisir de ne pas se sentir étriquée dans un morceau de tissu payé bien trop cher et sans doute, d'une qualité douteuse. Soudain, son pull lui manqua terriblement et elle eut envie de se lover dans sa chaleur réconfortante. Seule la peur de passer pour une fille bizarre l'empêcha de se changer avant de partir en ville.

En se garant sur un parking qu'elle estima central, Alma ne se sentait donc pas particulièrement à l'aise et regrettait un peu, voire énormément, sa proposition de la veille. Après tout, Stephen n'était pas si occupé que cela – au moment de partir, elle l'avait tout de même vu affalé dans son jardin, le nez plongé dans un journal – et il aurait parfaitement pu répondre à la demande de son fils sans que son intervention soit nécessaire. D'ailleurs, qu'est-ce que c'étaient que ces demandes absolument ridicules ? Si Rory s'intéressait tant à cette pâtisserie, il pouvait bien y aller seul et faire son petit reportage photo sans l'aide de quiconque ! Consciente de sa mauvaise foi, Alma râla, pesta puis finit malgré tout par descendre de voiture et faire quelques pas dans une rue plus que tranquille.

Elle qui pensait ne se souvenir de rien se sentit rapidement envahie par un sentiment étrange que l'on éprouve parfois lorsque l'on arpente des lieux plus souvent vus en photo qu'en réalité. Pourtant, elle était déjà venue ici, elle se souvenait très vaguement de cette petite place carrée et elle avait certainement joué parmi ces massifs de fleurs dans ce qui lui semblait être une autre vie. C'était flou et lointain mais elle ne se sentit pas moins ragaillardie par ce souvenir. Il lui donnait l'impression d'avoir une petite histoire, un petit lien avec une ville au sein de laquelle elle se sentait du coup beaucoup moins étrangère. Mais là s'arrêtait son envie d'appartenance : s'imaginer vivre dans une bourgade aussi pauvre en boutiques et en animations lui semblait fou. Jamais elle n'arriverait à s'y faire et à ne pas regretter tous les avantages d'une ville où il y avait toujours quelque chose à faire.

Dans le cas présent, ce calme et ce relatif dénuement allaient jouer en sa faveur : si elle avait craint de ne pouvoir trouver l'établissement qu'elle cherchait, ses doutes s'étaient immédiatement envolés en apercevant la devanture du bout de la rue. Ça ne pouvait être que là ! D'un rose pastel terriblement voyant au milieu d'une large façade de pierres, la pâtisserie-salon de thé vegan ressemblait à un chewing-gum à la fraise géant, collé à la va-vite sur un mur. Alma ne connaissait pas sa propriétaire mais elle était presque certaine que la pâtissière en question n'avait pas encore fait le deuil des maisons de Barbie de son enfance. Dans tous les cas, il était certain que l'endroit allait attirer toutes les petites filles du secteur – et peut-être même les fans (assumées ou non) d'une certaine Barbara.

Une fois qu'elle se fut rapprochée, Alma jeta un œil plus attentif à la vitrine, laissant ses yeux dériver des piles de cookies aux tartes au chocolat ou au citron en passant par un gâteau à l'orange (garanti sans gluten) ou par une apple pie qui semblait l'appeler de toutes ses forces. Sortant son téléphone de son sac, elle fit discrètement une photo puis se dirigea vers l'entrée. Devant la porte, une jolie ardoise indiquait que la pâtisserie proposait également une belle variété de cheesecakes, de thés et de cafés, ce qui acheva de la convaincre de l'intérêt de sa mission. Puisqu'on l'avait quasiment forcée à se rendre jusque-là, elle allait en profiter pleinement pour ficher en l'air les bienfaits de son sevrage.

À l'intérieur, tous les murs étaient peints dans un rose pastel d'une douceur obsédante, à l'exception de celui du fond, certainement réalisé en briques de parement d'une teinte très claire qui lui rappela celles que Jack avait posées chez eux quelques années plus tôt. Un parquet miel courait jusqu'au bout de la pièce où se trouvait un large comptoir décoré de vases remplis de fleurs blanches et, bien entendu, de plusieurs de ces magnifiques cloches en verre qu'Alma avait toujours trouvé si esthétiques et qui laissaient apparaître des pâtisseries qui, même d'ici, semblaient toutes plus appétissantes les unes que les autres. Derrière le comptoir, une large étagère blanche complétait le tableau. Elle couvrait tout le mur et semblait crouler sous le poids d'innombrables boîtes à thé en fer-blanc. À leur vue, Alma réprima un frisson.

Au tintement de la petite clochette, une jeune femme brune était sortie de derrière un rideau – rose, lui aussi. La trentaine, moulée dans un jean slim qui ne laissait subsister aucun doute sur ses formes pulpeuses, elle portait un tablier (rose, évidemment) sur un tee-shirt blanc tout simple. Elle avait relevé ses cheveux en un chignon vague et n'avait, en guise de maquillage, qu'une touche de mascara associé à un rouge à lèvres écarlate : en somme, elle était divine sans s'être visiblement donné la peine de se faire belle. Exactement le genre de fille qu'Alma aurait aimé détester au lycée mais qui, en plus d'être totalement populaire et abonnée aux notes les plus hautes, se révélait bien souvent si adorable qu'on ne pouvait (presque) pas se résoudre à la maudire.

Avec un sourire et un « Bienvenue à la Boîte à sucre ! » retentissant, elle l'invita à s'asseoir où elle le souhaitait – et pour cause : le salon était complètement vide.

— Vous n'êtes pas d'ici vous ? Je me trompe ?

— Pas vraiment, concéda Alma tout en jetant un œil expert sur la carte.

Si la prise de décision n'avait jamais été son fort, elle se révélait, en règle générale, beaucoup plus prompte à choisir son menu dès qu'elle mettait les pieds au restaurant ou, en l'occurrence, dans un salon de thé.

— Un latte s'il vous plaît, avec un expresso et un grand verre d'eau !

Liv sourit mais ne fit aucun commentaire.

— Et rien à manger avec toutes ces boissons ?

— Hum si ! J'allais y venir. Je vais prendre… un cheesecake à la framboise.

— Très bon choix ! Il est délicieux ! Ce n'est pas très modeste de ma part, j'avoue, mais c'est pourtant vrai !

Elle eut un petit rire et coinça une mèche de cheveux récalcitrante derrière son oreille.

— La pâte est très légèrement cacaotée, le topping est réalisé avec des framboises fraîches et bio, bien entendu, et c'est une recette entièrement crue !

Elle avait l'air fière d'elle et contente de parler de ses réalisations mais Alma, l'estomac dans les talons – sans doute à cause de tout ce rose qui donnait envie de sucre – l'aurait volontiers renvoyée directement au comptoir pour aller chercher sa commande. Le papotage, d'accord, mais *après* les choses sérieuses !

Heureusement, Liv – puisque c'était son nom – partit s'activer en cuisine et revint rapidement avec un joli plateau chargé d'une composition qu'Alma s'empressa de prendre en photo.

— Je vois que je ne suis pas la seule accro à Instagram ! lança Liv avec un clin d'œil complice.

Puis elle la laissa face à sa tasse et son assiette.

Alma commença par l'expresso qu'elle avala d'une traite puis trempa ses lèvres dans le latte onctueux de Liv où, contrairement à ses craintes, elle ne décela aucun arrière-goût de lait de soja. Le cheesecake était quant à lui parfait, crémeux, frais, sucré mais pas trop, gourmand mais pas écœurant. Elle qui, d'habitude, n'arrivait jamais à terminer sa part se surprit à en venir à bout en quelques coups de cuillère seulement.

— Tout se passe bien ?

Liv avait glissé vers elle avec tant de discrétion qu'Alma ne l'avait même pas entendue arriver. Généralement, elle détestait quand les vendeuses ou les serveuses venaient lui tenir la jambe quand elle n'aspirait qu'à un peu de solitude mais la propriétaire semblait si désireuse de récolter ses impressions qu'elle oublia immédiatement tous ses *a priori*.

— Parfait ! répondit-elle tout en reposant la cuillère dans l'assiette. J'ai avalé tout ça comme si je n'avais pas mangé depuis dix jours, c'est bon signe !

— Super alors ! J'en suis ravie ! Nous venons d'ouvrir et c'est vraiment important pour nous d'avoir les retours de nos premiers clients. Positifs ou négatifs, d'ailleurs ! Dans le cas de ce cheesecake, c'est une recette personnelle que j'essaie constamment d'améliorer.

— Je l'ai tout simplement trouvé délicieux ! Vous devez être un peu magicienne !

Liv rit franchement puis répondit avec une modestie certaine :

— Il y a eu beaucoup d'erreurs et de crises de nerfs avant d'obtenir ce résultat mais merci beaucoup ! Ça me fait plaisir !

— Quant à la déco, tout ce rose… Je n'étais pas forcément convaincue au début mais je trouve ça plutôt mignon en fait.

— Ah ça… C'est la touche de Sally ! Ma compagne et associée ! ajouta-t-elle pour répondre à la question muette d'Alma. Elle voulait que notre salon de thé soit particulier et je crois que c'est plutôt réussi ! Si on n'a rien contre la guimauve, bien entendu !

Elles discutèrent encore quelques minutes puis Alma se décida à payer. Tandis que Liv allait chercher de la monnaie dans l'arrière-boutique – elle n'était pas encore au top de l'organisation, selon ses propres dires –, elle dégaina une nouvelle fois son téléphone de manière à faire quelques clichés du salon vu du comptoir puis des cloches en verre, sans oublier les innombrables boîtes à thé.

— Eh bien ! C'est un vrai reportage photos, à ce que je vois !

Liv était revenue avec sa monnaie et l'observait mitrailler sa boutique avec une certaine perplexité.

— Vous êtes critique culinaire ou quoi ? Ou alors vous tenez un blog sur les pâtisseries de la région ?

Son ton se voulait léger mais une légère inquiétude planait malgré tout, comme si Liv craignait qu'Alma ne diffuse ses photos sur un site du genre lesplusmauvaisespatisseriesdangleterre.com ou fuyezcetteadresse.gb. Si elle voulait revenir dans cette boutique et approfondir sa connaissance de la carte, il fallait qu'elle joue franc jeu. Elle avoua donc, penaude :

— En fait je n'ai pas de compte Instagram.

Liv éclata une nouvelle fois d'un rire clair :

— Alors tu es une espèce en voie de disparition !

— Je sais ! répondit Alma sur un ton tout aussi léger.

— Et donc ces photos, c'est pour… Tes souvenirs personnels ?

— En fait, je les prends pour quelqu'un…

— Ah oui ?

— Pour un ami qui ne peut pas venir ici, du moins pas tout de suite !

Liv écarquilla les yeux dans une attitude qui, Alma le découvrirait plus tard, lui était familière.

— Je croyais que tu n'étais pas du coin ?

— Non, enfin si ! Je… Je suis chez ma grand-mère et j'ai promis aux parents de Rory de prendre quelques photos pour lui.

— Rory ? Rory Grant ?

— Euh oui… Tu le connais ?

— Si je le connais ? C'est un ex ! Du temps du lycée ! ajouta-t-elle, anticipant la question qu'Alma n'aurait pourtant pas osé poser. Quand, pauvre de moi, je croyais encore que les hommes étaient la seule option possible ! Dieu merci, j'ai fini par ouvrir les yeux !

Elle fit une pause pour observer les deux petites mamies qui, se croyant discrètes, passaient et repassaient devant la vitrine afin d'en observer le moindre détail tout en ayant l'air de ne pas s'y intéresser du tout. Alma devina qu'elles devaient se retenir à grand-peine de coller le nez contre le verre afin de mieux y voir. Seule la présence des deux jeunes femmes devait les en dissuader.

— Je crois qu'on va avoir un peu de mal à se faire accepter par ici, commenta Liv. Regarde-moi ces curieuses ! Et dire qu'il leur suffirait de venir prendre un thé, juste un thé, pour tout voir sans faire ce cinéma…

Elle esquissa un petit salut de la main afin de montrer aux promeneuses qu'elle avait saisi leur manège. Elles lui répondirent d'un hochement de tête contraint puis s'éclipsèrent aussi rapidement qu'elles pouvaient le faire.

Après un gros soupir, Liv reporta son attention sur Alma.

— Alors comme ça, tu es une amie de Rory ?

— Oui, s'entendit-elle répondre sans trop savoir d'où venait cette affirmation catégorique.

— OK ! Je ne savais pas. Du moins, je ne risquais pas de savoir. J'en ai un très bon souvenir. Un très gentil garçon, ce Rory. Vraiment canaille à l'époque mais très gentil ! On a plus ou moins gardé contact *via* internet mais tu sais comme c'est… T'as 350 amis sur Facebook et puis tu n'en connais plus aucun ! Mais je serais ravie de le revoir à l'occasion ! Ce serait bien qu'il vienne lui-même plutôt que d'envoyer une enquêtrice !

— Je lui en reparlerai.

Au moment de partir, Liv lui proposa de venir passer la soirée du lendemain soir chez elles, à l'étage, avait-elle précisé en pointant du doigt le plafond. « Amène du vin ! » Là encore, Alma s'était surprise à dire oui sans trop savoir comment ou pourquoi.

Une fois revenue dans sa voiture, elle prit quelques secondes pour envoyer les photos à Rory – pourquoi attendre ? – et les accompagna d'un message qu'elle espérait sobre et sans chichis mais qu'elle tapa d'une main tremblante. Puis elle posa le portable sur le tableau de bord et s'enfonça au fond de son siège, attendant fébrilement une réponse qui ne vint évidemment pas. Du moins pas dans les cinq minutes qui suivirent – une vraie éternité pour elle !

Bon. Évidemment. Il n'allait pas se ruer sur son téléphone pour s'extasier sur des clichés sans doute flous. Elle devait arrêter de réagir comme une midinette.

L'escale sucrée étant terminée, il fallait qu'elle aille jusque chez Emily Hardy et qu'elle dépose les livres, ensuite elle pourrait rentrer et faire le lézard sur la terrasse jusqu'à la fin de la journée.

Sur le chemin, son téléphone sonna, indiquant l'arrivée d'un message.

Rory ?

Incapable d'attendre mais trop sérieuse pour lire ses SMS en roulant, elle se gara immédiatement sur le bas-côté pour consulter son téléphone mais… c'était juste Mina qui l'informait qu'elle ne renterait pas pour le repas de midi et qui lui expliquait avec force détails ce qu'elle pouvait manger et comment le faire le réchauffer. *Bientôt, elle m'expliquera comment allumer le four ou comment faire des pâtes !* soupira-t-elle. Puis elle reprit la route de la plage.

9

Février 1913

Qu'il était beau !

Assise au pied du lit de son fiancé, le regardant amoureusement de ses grands yeux noirs, Sybil ne parvenait pas à se détacher du merveilleux spectacle qu'il incarnait à ses yeux. Elle ne se lasserait jamais de l'observer, s'attardant sur chaque détail, chaque particularité d'un visage qui, pour elle, incarnait à lui seul la notion de bonheur. Car même malade, même amaigri, Matthew restait le même. Calme, doux… De cette douceur que Laura avait toujours confondue avec le profond manque de caractère qu'elle lui reprochait. À quoi le comparait-elle déjà ? À un chaton peureux ? À un lapin toujours prêt à détaler ? Ridicule ! Elle n'avait rien compris, ne comprenait de toute manière jamais rien. À quoi bon seulement se fatiguer à lui faire comprendre que ses taquineries étaient tout sauf drôles ?

Discrètement, la jeune femme poussa un grand soupir. Elle aurait beau essayer de se convaincre que tout cela était sans importance, jamais elle ne parviendrait à se détacher vraiment des paroles acerbes de sa petite sœur. Elle ne comptait plus leurs disputes à ce sujet, c'était inutile, mais chaque parole, chaque moquerie s'incrustaient profondément dans son cœur. Elle ne pardonnait pas, n'oubliait rien, se contentant d'accumuler en elle contrariété et rancœur. Bien sûr, elle en voulait à Laura de s'attaquer ainsi à l'objet de son affection mais elle regrettait aussi l'époque bénie de leur entente réciproque, période désormais révolue, justement à cause de ces moqueries incessantes. Jadis, ils avaient tous les quatre passé de merveilleux moments entre frères et sœurs mais les courses-poursuites le long de la plage et ces jeux sans fin qu'ils partageaient tous avec bonheur étaient terminés depuis bien longtemps…

Dans ces regrets, nulle nostalgie cependant. Sybil faisait parfaitement la part des choses et pleurer ces moments passés ne l'empêchait pas de garder à l'esprit que le temps de l'enfance était terminé pour de bon. Elle aspirait à une nouvelle vie, une vie de femme, une vie d'épouse et peut-être, l'espérait-elle, une vie de mère. Elle ne pouvait s'imaginer continuer plus longtemps cette existence si insignifiante, entre ses parents et sa sœur. Cette sœur qui n'en faisait jamais qu'à sa tête et qui semblait avoir droit à toutes les fantaisies quand elle, était surveillée comme le lait sur le feu… Elle n'en pouvait plus. Certes, elle savait pertinemment quelles circonstances passées lui valaient ces coups d'œil inquiets mais elle s'était montrée plus sage et plus raisonnable depuis quelques mois, cela ne suffisait-il pas ? Ne pourrait-elle pas, elle aussi, acquérir un peu de cette nonchalance dont Laura s'était fait une spécialité ? S'il n'y avait pas eu tous ces regards braqués sur elle et ces responsabilités reposant sur ses épaules d'aînée, elle aussi aurait pu se montrer légère et aimable. Mais on semblait tout attendre d'elle sans rien attendre de Laura qui pouvait vagabonder à sa guise quand elle restait au salon, avec sa mère, à faire la conversation à des inconnus dont elle n'avait que faire. C'était elle aussi qui devait aider sa mère à tenir une maison qui n'était pas la sienne et à remplir une série de tâches qui auraient pu être prises en charge par des domestiques, du moins si ses parents daignaient en engager… Bien souvent, Sybil s'était demandé s'ils limitaient l'accès à leur maison par crainte des ragots que ces employés ne manqueraient pas de rapporter au village, autant de racontars qui la concerneraient, *elle*, la plupart du temps, bien entendu. Ils pensaient certainement la protéger en la coupant du reste du monde mais à la longue, ils ne la rendraient que plus incapable de se fondre dans ce monde, justement.

Sybil se leva du fauteuil où elle avait pris place plus d'une heure plus tôt et dans lequel elle se sentait s'éteindre. Quel ennui, vraiment ! Une fois postée à la fenêtre, elle vérifia si Matthew avait levé les yeux sur elle mais il ne semblait pas s'intéresser à elle et gardait les yeux résolument rivés sur sa lecture du moment. Comme si elle n'était rien. Comme si elle était une simple bonne dont le rôle se résumait à réajuster ses oreillers et à veiller à ce qu'il s'hydrate suffisamment. Comme si elle était sa sœur, tout simplement. Sauf qu'elle n'était pas sa sœur et qu'il pourrait, s'il le voulait bien, se montrer un peu plus agréable avec elle… Envahie par la contrariété, elle soupira à nouveau – bruyamment, cette fois – mais, n'obtenant aucune réaction particulière, se retourna finalement vers le paysage et posa son front sur le carreau frais.

Une semaine plus tôt, elle avait sauté de joie en apprenant qu'elle pourrait jouer à la garde-malade tous les après-midi. Elle y avait vu une occasion inespérée pour passer du temps avec lui, oubliant, au passage, qu'il sortait d'une longue et éprouvante maladie. Sept jours plus tard, à peine, elle regrettait un peu ses nouvelles obligations tout en se maudissant d'éprouver des sentiments aussi vils. Faisant volte-face, elle posa à nouveau les yeux sur Matthew qui restait stoïque sous ses couvertures, son livre comme un paravent entre lui et le monde. Entre lui et elle. Bien que découragée par son mutisme, elle ne tenait pas vraiment à savoir s'il avait conscience de son comportement et s'il évitait soigneusement toute conversation, préférant mettre sa froideur sur le compte de la fatigue et de la lassitude qu'il ressentait sans nul doute. Elle ne pouvait le lui reprocher.

Tout en réintégrant son siège avec une lenteur résignée, Sybil se rappela avec douleur les jours qui avaient suivi l'annonce qui avait bouleversé son quotidien. Avant d'apprendre la triste nouvelle, elle pensait avoir été déjà bien malheureuse mais en réalité, elle ne savait pas encore ce qu'était la vraie souffrance. Cette fois, cela avait été souffrance décentrée, une souffrance qui ne venait pas de l'intérieur d'elle mais d'une source externe. Cette souffrance, elle ne l'avait pas sentie naître, enfler puis exploser en elle. Elle était arrivée d'ailleurs, l'avait prise par surprise et lui avait coupé le souffle. Oui, elle en était convaincue à présent, avant cette souffrance-là, elle avait été bien tranquille. Depuis, elle tremblait à chaque accalmie, de peur d'être à nouveau atteinte par son souffle destructeur.

Ce fameux soir, elle espérait la venue de Selina avec impatience, non pas parce qu'elle appréciait particulièrement celle qui serait bientôt, du moins l'espérait-elle, sa belle-sœur, mais parce qu'elle avait une faveur à lui demander. S'étant mis en tête de trouver un cadeau pour le prochain anniversaire de Matthew, elle n'avait rien trouvé de mieux que de lui offrir de nouveaux livres. Puisqu'il aimait tant lire, pourquoi ne pas encourager ce passe-temps avec quelques nouveautés ? Mais son inexpérience dans ce domaine l'empêchait de trouver les titres susceptibles d'intéresser le jeune homme, un problème qu'aurait pu résoudre Selina, du moins, si elles avaient eu l'occasion d'en reparler. Depuis le retour de son frère, la jeune femme n'était pas venue les voir une seule fois mais, loin de s'en offusquer, Sybil la respectait au contraire pour cela. Car si Selina n'accordait aucune importance à ce qui lui semblait, à elle, totalement vital, comme les robes ou le piano, au moins possédaient-elles un centre d'intérêt commun, et non des moindres : leur amour pour Matthew. D'une certaine manière, n'était-ce pas l'essentiel ? Ainsi, sans doute auraient-elles pu être les meilleures amies du monde, du moins si sa voisine s'était montrée un peu plus aimable et un peu plus agréable à regarder. Elle était si austère ! Même Laura, avec ses cheveux éternellement emmêlés, ses taches de rousseur et ses robes blanches vaporeuses, totalement passées de mode depuis une décennie au moins, pouvait avoir son charme alors que Selina semblait cantonnée aux tenues strictes et tristes que n'aurait pas reniées la pire des bigotes…. Bien heureusement, son cas n'était pas encore désespéré. Quand elles seraient sœurs, elle lui en toucherait un mot et elle saurait l'aider à revoir tout ça. Oui, c'était certain. Ce mariage ferait plus que l'unir à Matthew, il lui permettrait de renouer des liens plus étroits avec sa voisine de toujours – et tant pis si cela devait rendre Laura jalouse ! Elle n'aura qu'à aller se consoler entre les vagues et les champs, puisqu'elle les aimait tant !

Bien sûr, ce mariage lui imposerait également de composer avec la froide Catherine Wilson mais, là encore, elle ne se faisait pas beaucoup de souci, et pour cause ! Si elle avait continué à instaurer une certaine distance entre elles, la mère de Matthew se montrait parfois presque amicale envers elle. Ne l'avait-elle pas invitée à prendre le thé, quelques semaines plus tôt ? Ne lui avait-elle pas confié toutes ses craintes au sujet de sa fille cadette, totalement irrécupérable à ses yeux ? Lors de cette entrevue, elle n'avait retenu ni ses soupirs, ni ses paroles amères pour fustiger Selina et Sybil avait reçu ces marques de confiance à leur juste valeur. D'un vif hochement de tête, elle avait acquiescé à chaque réplique, voulant manifester son accord avec une bonne volonté qui, elle l'espérait, serait touchante ou du moins engageante aux yeux de Catherine. Très droite dans son fauteuil à oreilles, plus que jamais soucieuse de plaire et prenant garde à chacun de ses gestes, Sybil ne s'était jamais sentie aussi adulte qu'en cet après-midi-là.

— La modestie et la retenue sont des qualités notables de nos jours, avait finalement conclu la mère de Selina, mais une jeune fille de son âge ne devrait pas manifester une telle pudeur ! Ses cols montants, ses manches longues en toutes saisons... Pourquoi se couvrir ainsi ? Parfois... Parfois j'ai l'impression qu'elle se prépare à entrer dans les ordres !

Sybil l'entendit distinctement murmurer un « Cela serait pourtant mille fois préférable ! » qui l'intrigua mais plutôt que de relever la phrase et de risquer une impolitesse impardonnable, elle préféra interroger obligeamment son hôtesse.

— Ne tient-elle pas compte de vos conseils à ce sujet ? À sa place, je ferais en sorte d'écouter ma mère car qui sont nos mères, si ce n'est des guides en lesquels nous fier aveuglément ?

— Oh... Selina n'est pas aussi sage que toi et elle n'a que faire de mes conseils. Au contraire ! De plus, elle a un argument de taille...

— Lequel ?

— À ses yeux, il est inutile de faire des efforts de toilette car elle ne voit personne de la journée. À part sa famille et bien sûr, ta sœur et toi, ce qui représente apparemment bien peu à ses yeux.

— Si évoluer dans un cercle réduit était une excuse valable, nous serions toutes en haillons ! Or, je ne vois que des femmes élégantes dans cette pièce !

Elles échangèrent un sourire entendu, puis Catherine reprit :

— Je ne sais pas de qui elle tient cette lubie. Son père a toujours accordé une grande importance à sa mise, en toutes circonstances, et je pense, moi aussi, soigner mon apparence. Non pas par vanité ou par prétention, bien entendu ! Mais simplement parce qu'à mes yeux, faire attention à soi-même est avant tout une question de respect et ce, aussi bien pour les autres que pour sa propre personne !

Tout, depuis son visage au teint parfait jusqu'à ses souliers délicats en passant par son corsage orné de perles confirmait ce sens de l'élégance et de la féminité. Sybil ne pouvait s'empêcher de noter chaque détail de sa tenue, mémorisant le chatoiement d'un tissu, la brillance d'une bague, l'exquise harmonie de l'ensemble la plongeant dans un ravissement difficile à expliquer. Elle ne l'aurait avoué pour rien au monde mais pourtant, si elle aimait sa mère de tout son cœur, c'était pour de bon Catherine Wilson qu'elle prenait en modèle et à elle qu'elle aurait voulu ressembler.

— Pourquoi ne pas envoyer Selina à Londres ? proposa-t-elle subitement, comme traversée par un éclair de lucidité. Je ne pense pas me tromper en disant que vous y avez de la famille ? Matthew m'a parlé d'une tante…

— Oui, en effet. Mais…

— Selina ne pourrait-elle pas y faire un séjour ?

Les traits de Catherine se figèrent un court instant et Sybil eut la désagréable impression de s'être mêlée de ce qui ne la regardait pas. À son grand soulagement, son interlocutrice répondit pourtant obligeamment.

— Londres ? Oh non, certainement pas. Selina est si indisciplinée ! J'aurais trop peur qu'elle rejoigne ces suffragettes dont on parle partout… Ce serait tout à fait son genre. Non, vraiment, pas Londres ! Quant à Manchester, elle ne souhaite pas y aller. Si elle avait accepté, elle y serait partie immédiatement et Matthew aurait eu plus de temps libre lors de ses prochaines vacances. Nous aurions pu, disons, discuter de certaines choses tous ensemble…

Elles échangèrent un nouveau regard complice.

Sybil avait parfaitement saisi l'allusion. Elle aurait tant aimé que Selina quitte le devant de la scène et lui laisse un peu plus de place ! Par le passé, par pur égoïsme, elle avait plus d'une fois accaparé son frère en l'empêchant de passer tant de bons moments avec elle ! Bien sûr, il aurait pu se défaire de cette petite sœur envahissante mais il était évident qu'il ne souhaitait pas lui faire la moindre peine. Il était si gentil, si soucieux des sentiments d'autrui ! C'était une personne incroyablement bonne et honnête, quelqu'un dont elle prendrait plaisir à s'inspirer à l'avenir. Elle était fière de penser qu'un jour, elle serait la femme d'un tel homme même si parfois, elle aurait aimé qu'il soit doté d'un caractère un peu plus affirmé.

La pendule de l'entrée sonna trois heures et la ramena soudainement au présent. En face d'elle, Matthew n'avait toujours pas esquissé le moindre geste. Elle n'y tenait plus : s'il persistait encore à l'ignorer, elle finirait par hurler de dépit ou par se lever brusquement et claquer la porte derrière elle, soit par faire exactement le genre de chose qu'on attendait d'elle.

— Matthew ?

— Hum… Qu'y a-t-il, Sybil ? répondit-il en relevant à peine la tête de son roman, visiblement peu enthousiaste à l'idée d'entamer une conversation avec elle.

— Je me demandais… N'y vois pas de critique de ma part mais… Est-ce bien raisonnable de te plonger ainsi dans la lecture ? Voilà plus d'une heure que tu fixes ce livre et je crains que tu ne sois pas encore assez en forme pour rester concentré si longtemps. Il serait peut-être préférable de…

— Non. Je me sens très bien ! répondit-il avec un sourire qui vint atténuer l'agacement qui perçait pourtant dans le ton de sa voix. Ne t'inquiète donc pas pour moi, poursuivit-il après une courte pause, je vais bien mieux. Et j'ai vraiment besoin de me changer les idées. Crois-le si tu veux mais je ne peux plus supporter cette chambre ni même ce lit que je n'ai pas quitté depuis quoi… Cinq semaines ?

— Presque deux mois, en vérité.

— Deux mois !

S'absorbant dans ses réflexions, Matthew parut d'abord étonné puis vaguement morose à l'idée du temps qu'il avait perdu.

— Et mère qui voudrait que je reste alité encore quelques semaines ! reprit-il sur un ton rageur en se redressant vivement sur ses oreillers. Elle est totalement folle ! Je vais finir par… Par étrangler quelqu'un !

— Vraiment ?

Loin de sembler choquée ou même inquiète, Sybil éclata alors d'un rire cristallin pour lequel elle s'était longuement exercée dans le passé. La frontière entre être malicieuse et avoir l'air bête était, à ses yeux, aussi fine qu'une moustache de chat et s'il y avait bien une chose qu'elle ne tolérerait jamais, c'est d'avoir l'air stupide.

— Tu ne m'en crois pas capable ?

Maintenant, c'est lui qui avait l'air contrarié, comme si douter de sa capacité à supprimer un de ses semblables était le pire affront qu'elle puisse lui faire. Pensive, Sybil baissa les yeux en direction du sol avec un air timide qui n'aurait trompé personne puis, les relevant vivement vers Matthew, susurra :

— Oh, loin de là ! Au contraire, je te crois capable de tout !

Qu'avait-elle espéré ? Elle ne le savait pas elle-même mais cela ne l'empêcha de ressentir une vive déception lorsqu'il fit mine de balayer le sujet d'un revers de la main.

— Il n'empêche que ma mère est complètement folle.

Très bien, puisqu'il persistait à parler de sa mère, elle allait jouer le jeu de la belle-fille parfaite.

— Je te trouve dur avec elle, lança-t-elle sur un ton impérieux. Tu devrais avoir honte de ton égoïsme. Après tout, en te demandant dc garder le lit, elle ne pense qu'à ton bien-être. Est-ce que tu crois que cela l'amuse de jouer les infirmières ?

— Oh, pour ça j'ai Selina.

— Eh bien justement, où est-elle ?

— Pourquoi ? Tu veux déjà me quitter ?

— Non. Mais…

— Mais quoi ?

— Rien. Rien du tout. Je veux juste que tu guérisses.

— Ah ça, tout le monde le monde le veut, mais moi plus que

les autres ! Je ne supporte pas d'être le centre de toute l'attention, ni de faire des histoires. Crois-moi, si j'avais pu, je serai resté à l'université mais mon logeur n'a pas voulu de moi.

— Quoi de plus normal ? Il n'allait pas garder un cas aussi grave que le tien sous son toit.

— Non, il y avait quelque chose d'autre. Est-ce que…

Il sembla hésiter à poursuivre, l'évaluant de son regard clair comme un adulte jaugerait un enfant, cherchant à déterminer les capacités de ce dernier à entendre, ou non, la suite de ses propos. D'un hochement de tête agacé, elle l'incita à reprendre sans tarder.

— Est-ce que tu aurais entendu parler de quoi que ce soit ?

— À quel sujet ?

— Tu le garderas pour toi ?

— Oui, si tu me le demandes, je serai une tombe.

— Ma chambre n'avait pas été payée depuis des semaines. Ma mère n'oublierait jamais une chose pareille. J'ai donc peur que le problème ne soit plus général. Je n'ose pas en parler à Selina et j'ai peur d'évoquer le sujet avec ma mère.

— Et ton père ?

Il ricana avec amertume, ferma les yeux et s'enfonça un peu plus dans les oreillers. Il était à présent à moitié avachi et ne put pas voir le rouge qui colorait les joues de la jeune fille. Comme tous les gens qui n'en ont jamais manqué, Sybil Clark détestait parler d'argent, qui plus est avec Matthew. Elle aurait voulu pouvoir lui dire que bientôt, tout ce qui était à elle serait à lui et qu'elle en serait heureuse mais craignit de blesser un peu plus sa fierté masculine. Au lieu de ça, elle toussota pour attirer son attention puis lui décocha son plus grand sourire, celui qui creusait des fossettes dans ses joues et qu'elle savait irrésistible. Il lui sourit en retour et elle en profita pour demander sur un ton léger :

— Que lisais-tu avant que je t'interrompe ?

Tout à son entreprise de séduction, Sybil se savait terriblement hypocrite : en réalité, elle se souciait fort peu des lectures de Matthew et n'avait qu'un goût très modéré pour les livres, une particularité qui, pour une fois, la rapprochait de Laura puisqu'elle non plus n'avait pas ouvert le moindre ouvrage depuis une éternité. Les choses étaient bien différentes chez les Wilson et à l'avenir, elle devrait sans doute souvent faire dévier leurs conversations sur le sujet afin de garantir la paix dans son ménage.

— *L'Ile au trésor*. De Robert Louis Stevenson… ajouta-t-il devant l'air ahuri de Sybil.

— Et… Cela parle d'un trésor je présume ?

— Plutôt d'une carte au trésor.

— Ah bon. Et euh… Est-ce que c'est une lecture enrichissante ?

— Enrichissante, je ne sais pas ! En tout cas, c'est plutôt captivant oui ! Mais je connais déjà l'histoire.

— Dans ce cas, pourquoi le relire ?

— Par plaisir, j'imagine ! Relire un livre que l'on a aimé, c'est comme retrouver de vieux amis ! Mais tu ne peux pas comprendre…

À ces mots, Sybil rougit, embarrassée.

— Il est vrai que je ne lis pas beaucoup…

— N'en sois pas honteuse, les livres n'apportent pas que du bon…

— Que veux-tu dire par là ?

— Eh bien… Les romans sont si fantastiques que la vie, par comparaison, peut parfois paraître bien fade. Et bien ennuyeuse ! ajouta-t-il avec un sourire triste.

— Tu dis cela parce que tu es malade et déprimé. La vie peut aussi être fantastique et pleine… Pleine de bonnes choses ! se sentit-elle obligée de rétorquer tout en rougissant à nouveau devant le vide de ses déclarations.

Conscient du malaise qui s'était soudain instauré entre eux, Matthew ne chercha pas à la contredire et se contenta de garder le silence.

Ce jour-là, elle avait quitté cette chambre sans tarder, en apparence pleine d'entrain mais en réalité passablement chagrine. Malgré son humeur maussade, elle n'en restait pas moins persuadée que la petite distance qui s'était instaurée entre eux finirait vite par s'estomper. Certes, son fiancé avait l'air plus mélancolique et plus rêveur qu'à l'accoutumée mais cela n'avait certainement aucun rapport avec elle. Après tout, n'était-il pas malade et forcé de garder la chambre ? N'importe qui, à sa place, se serait montré désagréable et colérique alors qu'il n'était que patience et résignation. Il ne fallait donc pas qu'elle s'étonne des petites variations dans leur entente. Il ne fallait pas, non plus, qu'elle se concentre trop sur le sentiment de panique qu'elle sentait poindre en elle chaque fois qu'elle réalisait que non, elle ne connaissait finalement pas autant Matthew qu'elle avait bien voulu le croire. De là à remettre en question toutes les dernières années et tout ce qu'elle avait cru voir en lui, il n'y avait qu'un pas qu'elle ne se déciderait pourtant jamais à franchir. Il finirait bien par guérir, elle en était certaine à présent et comme par magie, tout rentrerait dans l'ordre. Les choses ne pouvaient en être autrement.

Mais à son grand désarroi, le malaise ne s'estompa pas et, jour après jour, elle quittait la demeure des Wilson toujours un peu plus inquiète que la veille. Elle continuait à apprécier ces moments à deux – elle l'aimait tant qu'elle pourrait affronter n'importe quel obstacle pour le plaisir d'être avec lui – mais, d'une certaine manière, commençait aussi à les redouter un peu.

Jusqu'à ce jour, elle n'avait jamais douté de son emprise sur Matthew. Laura, qui l'accusait de minauder, s'était souvent moquée des poses et des attitudes qu'elle adoptait lorsque son fiancé était à proximité mais Sybil savait que ces gestes, d'une douceur et d'une féminité calculée, avaient maintes fois retenu l'attention du jeune homme et c'était tout ce qu'elle voulait. Oui, c'était tout ce qu'elle attendait, tout ce qu'elle désirait : être vue, être admirée, être aimée. Et Matthew s'était toujours plié à ce petit jeu. Alors pourquoi se sentait-elle à présent si embarrassée lorsque ses yeux se posaient sur elle ? Pourquoi avait-elle soudain l'impression de ne plus du tout être à la hauteur ? Elle se sentait jugée et parfois, honteuse d'elle-même.

De plus, elle aurait préféré mourir mille fois plutôt que de l'avouer à sa sœur ou même à sa mère mais, devenant bien plus que des sujets d'inquiétude, les après-midi passés avec Matthew avaient peu à peu commencé à l'ennuyer profondément. Son flegme, son manque de conversation, son manque d'intérêt pour elle, tout cela l'agaçait au plus haut point. Elle ne comprenait pas comment il pouvait la repousser et l'ignorer, elle qui prenait du temps pour lui ! Se doutait-il à quel point la situation était désagréable pour elle ? N'était-ce pas injuste ? Et tout simplement totalement impoli ? Et ces livres qu'il lisait sans cesse ! On n'avait pas idée de rester le nez plongé dans ces pages quand sa fiancée était dans la pièce !

Un matin, découragée à l'avance par ce qui l'attendait, elle avait prétexté une migraine pour repousser sa visite d'une journée puis elle avait inventé d'autres obligations et des occupations pressantes pour écourter les heures qu'elle passait à son chevet. Si on lui avait répété, et répété encore que mentir était mal, à ses yeux, s'arranger avec la vérité pour assurer son bien-être n'était pas un crime. Après tout, Matthew n'était pas si seul et sa sœur restait avec lui la plupart du temps. Ne lui avait-il pas assuré qu'elle était libre de faire ce qu'elle voulait ? Si elle fut d'abord soulagée par ce manège, après quelques jours, elle ne savait plus trop si elle devait se réjouir ou bien s'attrister de voir Matthew accepter ses excuses avec autant de complaisance. N'aurait-il pas pu, au moins, avoir la décence de prendre un air attristé ?

Arriva le moment où, à cours de bonnes idées pour éviter ce à quoi elle s'était pourtant engagée elle-même, elle se mit tout simplement en tête d'envoyer sa sœur au chevet du malade. Jusque-là, loin d'être indifférente à la guérison de son voisin, Laura ne s'était pourtant pas sentie obligée d'aller lui rendre visite, préférant profiter de Selina pendant les quelques heures de liberté que celle-ci s'accordait plus volontiers depuis que son frère avait été déclaré sorti d'affaire. Si nul ne s'en était étonné sur l'instant, Sybil avait décidé de jouer la carte de la culpabilisation. Usant de tous les trésors d'inventivité qu'elle possédait alors, elle parvint si bien à retourner l'esprit de Laura que cette dernière, rendue d'autant plus morose par le temps détestable qui avait détrempé les sentiers, accepta assez facilement de passer du temps avec le malade. Le pacte était clair entre elles : une ou deux heures, pas plus !

En la regardant s'éloigner sous la pluie, Sybil s'était sentie aussi triomphante que coupable. N'aurait-elle pas dû dépasser sa paresse et se montrer un peu plus raisonnable ? Comme souvent, cependant, l'autosatisfaction l'emporta. Certes, elle avait failli à ses devoirs mais elle avait malgré tout envoyé un peu de compagnie à Matthew, ce qui prouvait finalement l'étendue de sa mansuétude. Son père, qui l'avait si souvent accusée de ne penser qu'à elle, serait bien embêté s'il réalisait à quel point elle s'était montrée soucieuse du bien-être d'autrui. Le fait qu'elle se soit en réalité délestée de ses obligations sur sa sœur ne lui vint pas à l'esprit et elle s'immergea avec plaisir dans le premier mouvement d'une sonate de Chopin, sa nouvelle lubie. Le temps passa, les heures défilèrent et l'étonnement fit bientôt place à une véritable angoisse. Laura ne pouvait avoir passé l'après-midi entier avec Matthew de son propre chef. Il y avait forcément eu quelque chose, un problème avec le malade ou même avec Catherine Wilson, qui sait ? À moins que Selina l'ait retenue plus longtemps que de raison ? Mais Laura avait promis de rentrer au plus vite pour donner des nouvelles fraîches. Elle allait l'entendre, cette petite cruche, dès qu'elle daignerait remettre un pied à la maison !

Se précipitant dans le hall d'entrée dès qu'elle entendit Laura passer le seuil de la maison, Sybil repoussa la porte du salon avec tant de vigueur qu'elle heurta violemment le mur. La coupable et le chien qui était entré sur ses talons sursautèrent. L'attrapant rudement par le collier, Sybil le remit dehors pendant que Laura se débarrassait d'un manteau ruisselant de pluie.

— Que s'est-il passé ? lança finalement l'aînée, incapable de garder le silence une seconde de plus.

D'une main impatiente, elle retint sa sœur qui, enlevant ses petites bottines de marche sans prendre la peine de s'asseoir, vacillait dangereusement et menaçait de tomber la tête la première au milieu du capharnaüm qu'elle venait de créer dans l'entrée.

— À quel sujet ? demanda-t-elle finalement, non sans avoir remercié sa sœur pour son aide.

— À ton avis ? Tu devais rester une heure, deux au grand maximum, et te voilà seulement de retour ? Tu étais avec Selina ?

— Absolument pas. J'étais avec ton cher fiancé.

— Et comment va-t-il ?

— Ton fiancé se porte comme un charme, rassure-toi !

Comme un petit chien inquiet à l'idée de quitter sa maîtresse, Sybil suivit sa sœur jusque dans les cuisines où Laura se fit servir un thé par Susan avant de revenir jusqu'au salon non sans avoir répandu, en route, la moitié de sa tasse.

— Mais quoi d'autre ? insista Sybil tout en prenant place face à sa sœur qui s'était installée confortablement dans un fauteuil. J'ai vraiment cru qu'il était arrivé quelque chose de grave et que tu n'avais pas osé partir !

— S'il était arrivé quelque chose de grave, je t'aurais fait appeler ou je serais venue. Qu'es-tu allée imaginer ?

Reposant sa tasse sur une table basse, elle allongea le cou et scruta la pièce :

— Mais où est mon petit Willy ? Il est pourtant entré avec moi à l'instant !

— Je l'ai mis dehors dès qu'il a mis une patte dans l'entrée. Ce chien empestait l'humidité.

— Mais je lui avais promis un séchage en bonne et due forme ! Et toi tu le remets dehors ! Il va m'en vouloir !

— Crois-moi, il t'a déjà oubliée. Les chiens ne réfléchissent pas plus loin que leur gamelle.

— Tu ne comprends jamais rien.

— Non, bien sûr, je ne comprends jamais rien. Et toi, tu comprends toujours tout, ironisa Sybil avec un sourire amer. Tu es si fine, si supérieure ! Comme Matthew a dû s'ennuyer avec toi ! Peut-être devrais-je aller voir s'il n'a pas besoin d'un peu d'aide pour se remettre de son après-midi à tes côtés !

— Je suis vraiment navrée de te contredire, ma grande sœur adorée, mais figure-toi qu'il avait l'air plutôt content, au contraire ! Quand je l'ai laissé, il avait le sourire aux lèvres. Nous avons beaucoup parlé, beaucoup ri. Toi qui disais qu'il était toujours maussade et presque muet ! Ne te serais-tu pas trompée de chambre toutes les fois où tu lui as rendu visite ? N'y a-t-il pas un autre rouquin au teint pâle qui vit dans la pièce d'à côté ? Celui que j'ai vu m'a semblé plus similaire au Matthew que nous connaissons !

Elle fit une moue dubitative, puis reprit :

— Quoique ! En réalité, celui avec qui j'ai passé l'après-midi m'a semblé bien plus sympathique que le Matthew dont je me souvenais ! Plus agréable, plus drôle même ! Je ne savais pas que

Matthew savait rire. On en apprend tous les jours. Après tout, c'est peut-être bien moi qui me suis trompée de porte, qui sait ?

— Il riait ? Il a parlé ? Vraiment ? Et Catherine ?

Si Sybil avait espéré, un instant, cacher son étonnement, il était trop tard pour jouer l'indifférence à présent et les questions se bousculaient, reflet d'un effarement que Laura ne pouvait ignorer.

— Elle n'était pas là aujourd'hui mais sortie en ville avec Selina. Selon Matthew, elles allaient revenir tard et il était d'autant plus heureux que je sois là.

— Je comprends mieux pourquoi tu es restée si longtemps.

— Que veux-tu dire ?

— Eh bien, commença Sybil, hésitante, leur absence t'a permis de rester plus longtemps, voilà tout. Sinon son attention aurait vite dévié de ta personne.

— Tu considères donc que je suis à ce point inintéressante ?

— Non. C'est juste que…

— Que quoi ?

— Que tu ne t'entends pas avec Matthew, voilà tout !

— C'est vrai, concéda Laura, pas vexée pour un sou. Du moins c'est ce que je pensais. En réalité, je me suis rendu compte qu'avant aujourd'hui, je ne lui avais encore jamais vraiment parlé !

Sybil pouffa, mauvaise.

— Vous vous parlez depuis que tu es en âge de le faire !

— Oui, mais jamais comme ça ! Jamais seuls tous les deux ! Depuis des années je le fuyais sans même m'en rendre compte et je crois que j'ai loupé bien des moments agréables ! Oui, finalement, tu n'as pas des goûts si étranges. J'arrive un peu mieux à comprendre ce que tu lui trouves ! Mais une question perdure…

— Laquelle ?

— Que te trouve-t-il, à toi ?

Si elle avait espéré provoquer la moindre réaction chez sa sœur, Laura fut déçue car Sybil ne fit pas un geste ni ne proféra une parole pour contester ce qui n'était, en réalité, qu'une taquinerie sans conséquences. Dégageant son visage d'une longue mèche de cheveux rebelle, Laura tenta de lui redonner le sourire.

— Allez, ne t'inquiète pas, Sybil ! Ne fais pas cette tête ! Je suis sûre qu'il était de mauvaise humeur la dernière fois que tu l'as vu mais les choses vont aller mieux maintenant, j'en suis certaine ! Vous allez vous réconcilier !

— Mais nous ne sommes pas fâchés ! À moins que… Il t'a dit quelque chose ? S'il t'a dit quoi que ce soit à mon sujet, tu dois me le dire !

Maintenant, la colère et l'inquiétude se lisaient clairement sur le visage de la jeune femme, vieillissant ses traits et la faisant paraître plus instable que jamais. Comme prête à se fendiller.

— Rien du tout ! Nous n'avons pas parlé de toi, répondit vivement Laura dans l'espoir d'éviter la crise.

Plus vite elles cesseraient cette conversation, mieux cela vaudrait pour l'une comme pour l'autre. Les mots lui avaient cependant échappé un peu trop rapidement et ce n'est qu'en les prononçant qu'elle comprit quels ravages ils avaient fait sur sa sœur. Comme fauchée en plein vol, Sybil avait l'air plus mortifiée que jamais.

— Nous étions trop occupés à lire, crut-elle bon d'ajouter, comme si la précision pouvait atténuer l'affront.

Cette fois, Sybil manqua s'étouffer :

— Vous avez lu ? Tu veux dire : *il* a lu !

— Non, j'ai lu aussi ! Enfin, disons qu'il m'a fait la lecture, ce qui est presque la même chose, n'est-ce pas ? Il aurait quand même été dommage qu'il lise dans son coin et que je le regarde faire.

— En effet.

— Et après cela, nous avons joué aux échecs.

— Tu joues aux échecs ?

— Non. Mais maintenant oui ! Je trouve que Matthew explique plutôt bien et il dit que je suis assez douée. Qui aurait pu croire ça ? J'y retourne demain pour continuer les leçons ! Figure-toi que c'est une excellente activité pour les jours de pluie ! Et il va pleuvoir encore quelques jours, j'ai rencontré John sur le retour et il me l'a affirmé.

Sybil haussa les épaules avec dédain. John, l'idiot du village. Voilà bien le genre de personne avec qui sa sœur s'entendait à merveille. Ce qui rendait sa connivence avec Matthew d'autant plus étonnante.

— Tu y retournes demain ? demanda-t-elle finalement. Quand exactement ?

— En début d'après-midi.

— Oh…

— Ça ne te dérange pas ? Tu m'as dit que tu t'y ennuyais et j'ai pensé bien faire. Mais je peux annuler notre rendez-vous si tu préfères, cela n'avait rien d'officiel. Il me suffira d'y passer demain matin.

— Je t'en prie, n'en fais rien ! Je suis ravie que tu te sois bien amusée chez les Wilson, j'étais persuadée que ce serait une vraie torture pour toi. J'irai le matin.

À partir de ce jour-là, et sans vraiment s'en rendre compte, Sybil céda peu à peu sa place à sa sœur. Chaque fois qu'elle la voyait partir au pas de course en direction de chez les Wilson, elle peinait à retenir le sursaut de jalousie qui assaillait alors son cœur et qu'elle ne parvenait à calmer qu'au prix de grands efforts. Elle se répétait inlassablement la même rengaine. Qu'il était inutile, voire ridicule, de craindre Laura qui était tout sauf une rivale car elles n'évoluaient pas dans la même cour. Elle ne pouvait se méfier d'une personne aussi insignifiante qu'elle… Et si Matthew se montrait agréable envers elle, c'était avant tout pour l'amour de sa sœur Selina, grande amie de Laura. Oui, tout cela, ces rendez-vous, ces conversations et le reste n'étaient finalement qu'un échange de bons procédés, des relations quasi diplomatiques avant tout pensées pour assurer le bon fonctionnement de l'ensemble. Alors, quelles que soient ses angoisses, Sybil parvenait toujours à retrouver son calme. Laura et Selina pouvaient bien croire tout ce qu'elles voulaient et profiter de Matthew si elles le souhaitaient. Un jour prochain, il serait à elle. Rien qu'à elle.

10

Juin 2011

Alma marchait sur le bord de la route, son sac de livres serré contre son cœur. Sans s'expliquer vraiment pourquoi, peut-être avant tout dans un souci de discrétion, elle s'était garée bien avant le petit hameau dont Mina lui avait parlé. Elle avait dans l'idée qu'une femme arrivant seule, à pied, avait bien plus de chance de passer inaperçue qu'une personne roulant au pas puis s'arrêtant devant le portail d'un jardinet. Si Emily Hardy était en vacances, des voisins bien intentionnés pouvaient très bien s'être donné pour mission de faire un compte rendu détaillé des allées et venues dans le secteur et quelque chose, dans la voix de Mina et dans son attitude, l'avait convaincue de l'importance de se montrer discrète.

La maison d'Emily se dressait au bout du hameau, légèrement à l'écart de ses voisines, mais leur était similaire en tout point de par sa construction et la beauté de sa façade en pierres blanches. L'amie de Mina ou plutôt la *connaissance de Mina*, pour reprendre ses termes, semblait être une professionnelle du jardinage et une amoureuse des fleurs. Alma contempla avec admiration les massifs de pivoines qui s'étalaient devant ses yeux, derrière la petite barrière en bois blanc. Superbes et majestueuses, elles tendaient leurs corolles vers le soleil et leurs nuances, du rouge au rose orangé, donnaient une touche très romantique au jardin. *Trop joli*, se dit Alma tout en prenant une photo. Quand elle serait vieille et qu'elle aurait une maison au milieu de nulle part, elle aurait les mêmes fleurs mais également le même petit portail de bois et la même petite allée en pierres plates.

Se décidant finalement à pénétrer dans la propriété, elle rentra un peu la tête dans les épaules et, telle une gamine de quinze ans sur le point de faire un mauvais coup, alla jusqu'à la porte d'entrée et se mit en quête d'un endroit idéal pour cacher son sac. Si possible à l'écart de la pluie et des yeux des passants, bien qu'il soit fort peu probable que l'on cherche à voler quelques vieux bouquins. Alors qu'elle s'apprêtait à glisser tout bonnement son sac sous un petit banc en fer forgé, la porte d'entrée s'ouvrit brusquement sur une vieille dame potelée, vêtue d'une tunique en lin blanc et de leggings aux motifs aztèques. Une tenue pas vraiment conforme à l'idée qu'Alma se faisait de la garde-robe d'une vieille dame.

— Ah ! clama la propriétaire des lieux. Il me semblait bien avoir vu des ombres derrière le rideau !

Alma lui trouva l'air sympathique et détendue alors qu'en une telle situation, bon nombre de personnes se seraient contentées de se montrer suspicieuses, voire carrément agressives. Mais après tout, les choses étaient peut-être différentes à la campagne ou alors cette dame aimait particulièrement la compagnie.

— Excusez-moi, ajouta-t-elle en désignant sa tenue, j'étais en pleine séance de yoga !

— Oh ! Je… C'est moi qui m'excuse ! Je suis venue… Tenez !

Elle lui tendit le sac qu'Emily ouvrit sans faire de chichis.

— Qu'est-ce que c'est que… Grands dieux ! Je n'avais pas vu ces livres depuis… Je ne préfère pas le dire à une jeunette comme vous ! Mais d'où…

— Je suis la petite fille de Mina…

— Mina ?

Emily Hardy fit un pas en arrière puis examina Alma d'un œil de connaisseuse avant de déclarer :

— Vous ne lui ressemblez pas du tout. Mis à part la couleur des cheveux, bien entendu ! Enfin, avant que le temps ne vienne faire son œuvre…

— Oh vous savez, j'ai déjà quelques cheveux blancs ! Quelques-uns devant, d'autres derrière…

— Si vous pouvez encore les compter, c'est que vous n'en avez pas tant que ça ! Allez, rentrez !

Emily saisit fermement son invitée par le bras afin de la conduire à l'intérieur sans lui donner la moindre chance de refuser. Alma, qui avait espéré s'éclipser aussi rapidement qu'elle était arrivée, se sentit comme happée et ne put résister à cette poigne d'acier terriblement autoritaire. Elle s'en voulut de se montrer aussi bêtement passive et ce, juste par peur d'être impolie ou simplement désagréable. À sa place, d'autres se seraient contentés de dire non et auraient tourné les talons. Le souci était qu'elle avait justement beaucoup de mal à le dire, ce *non* salvateur. Se retrouver coincée était finalement le moindre de ses problèmes car déjà se profilait à l'horizon le visage furieux de Mina. Quand elle apprendrait qu'elle était entrée chez Emily, sa grand-mère ferait certainement un tapage de tous les diables et jamais plus elle n'accepterait de lui reparler d'Helen ou de la noyée. Elle ne pouvait risquer une telle chose... Ne restait plus qu'à mentir et à croiser les doigts. Après tout, maintenant qu'elle était l'amie officielle de Rory, Alma pouvait également affirmer ne pas avoir croisé Emily. Elle n'était plus à un mensonge près...

Alors qu'elle tentait de reprendre ses esprits, déjà à moitié engloutie dans un large fauteuil à carreaux vert et rouge, Emily avait filé en cuisine pour préparer un thé dont Alma n'avait pas du tout envie mais dont elle accepterait malgré tout une tasse, comme toujours.

— Alors ? Dis-moi tout ma petite ! lui lança l'amatrice de yoga tout en prenant finalement place en face d'elle.

Elle était allée couper la musique japonisante qui s'élevait du côté de sa véranda et avait passé une paire de lunettes à la monture délicieusement vintage.

— Que me vaut le plaisir de ta visite ?

— J'étais juste venue déposer ces livres...

Alma pouffa, gênée à l'avance par ce qu'elle allait avouer, puis se lança :

— En fait, Mina m'avait assuré que vous ne seriez pas là et que je pourrais vous rendre tout ça...

— Sans avoir l'immense plaisir de me rencontrer ?

— En toute discrétion, concéda Alma.

Emily resta un instant pensive, le sourire aux lèvres puis lança :

— En tout cas, je suis surprise ! Et heureuse que Mina se soit souvenue de ça. J'ai l'habitude de passer l'intégralité du mois de juin chez mon fils. C'est un rituel pour nous, ajouta-t-elle pour répondre à la question muette d'Alma. Je suis du 6 et lui, du 17. Plutôt que d'entreprendre deux fois le voyage, je m'installe chez lui pour fêter nos anniversaires en bonne et due forme !

— Où vit-il ?

— En Écosse, ma chère ! J'aime tant y aller ! Mais cette année… Je suis rentrée plus tôt qu'à l'accoutumée.

Alma hésitait, ne sachant pas vraiment s'il était de bon ton de la questionner sur la raison de ce retour précoce mais Emily semblait particulièrement en verve et elle n'eut pas besoin de lui soutirer de nouvelles informations.

— Mon fils vient d'être père pour la cinquième fois ! clama-t-elle. Oh je sais, je sais. Je vois à ta tête que tu es en train de faire des estimations, que tu calcules pour savoir quel âge peut bien avoir le fils d'une vieille folle comme moi mais je vais t'éviter cette peine : mon fils a soixante ans !

Alma ne savait plus s'il fallait l'en féliciter ou, au contraire, l'en blâmer.

— Sa nouvelle femme doit être à peu près aussi jeune que toi ! Si c'est pas malheureux !

Alma s'attendait à écouter sagement l'éternelle critique de la belle-fille que l'on trouvait toujours trop ci ou trop ça mais Emily lui servit en réalité un tout autre discours :

— Quelle tristesse pour une jeune femme d'aller se coincer avec un vieux grincheux de cet âge-là ! N'a-t-on pas idée ! Toi, tu ne te verrais pas avec un homme de soixante ans, si ?

— Euh…

Alma eut une pensée émue pour Mads Mikkelsen et Colin Firth avant de réaliser qu'ils étaient plus proches de la cinquantaine que de la soixantaine et répondit finalement par un laconique :

— Non, c'est sûr…

— Enfin ! Tout ça pour dire que je suis à nouveau grand-mère !

— Ça n'a pas l'air de vous réjouir tant que ça, avança Alma.

— Oh tu sais…

Emily fit un geste vague de la main.

— À mon âge, on les confond tous !

Mais dans son regard, Alma vit malgré tout qu'elle était contente à l'idée de compter un membre de plus dans sa petite famille.

— Mais toi, reprit-elle subitement, revenons à toi ! Tu es donc chez Mina ?

— Pour l'été, oui !

— Oh quel bonheur ! Elle doit être tellement heureuse !

— Je crois… Enfin j'espère ! Elle ne m'a pas encore mise dehors.

— Mais que vas-tu faire ? Il n'y a rien ici et il est peut-être un peu tôt pour la plage ? À moins que tu ne sois amatrice de bains glacés… Il paraît que c'est bon pour la peau.

— C'est drôle, tout le monde me dit que je vais m'ennuyer. Mais en fait, c'est ce que je suis venue chercher.

— L'ennui ?

— Plutôt le repos. Mais je crois que dans ma tête, c'est un peu la même chose. Non ?

— Hum, pas vraiment. En fait, je crois que l'on choisit l'un par nécessité et que l'autre est une émotion que l'on subit.

— Et la paresse ? Il se pourrait que je sois paresseuse.

— Ah ça ! Tout ce qu'on m'a appris, c'est qu'il s'agit du moins grave des péchés ! Moi c'est plutôt ma gourmandise qui me vaudrait les flammes de l'enfer.

Pensant lui mettre l'eau à la bouche, Alma crut bon de lui raconter son expédition du matin mais, agitant les mains devant elle tout en grimaçant comme si elle se trouvait devant les pâtisseries de Liv, Emily la détrompa rapidement sur l'intérêt qu'elle y portait.

— Oh ne m'en parle pas ! J'y suis passée pas plus tard qu'hier figure-toi. J'aime beaucoup cette petite et j'aime beaucoup ses parents mais ce qu'elle sert dans son salon de thé, eh bien… c'est bien trop chimique pour moi !

— Chimique ? interrogea Alma tout en refusant de la main une nouvelle tasse de thé.

— Mais oui ! Tous ces glaçages roses, bleus, vert prairie ! C'est terrible ! C'est ça la pâtisserie, de nos jours ? Mais qui a envie de manger un gâteau violet, franchement ? C'est bon pour les enfants, tout ça !

— Il n'y a pas que des cupcakes vous savez…

— Hum… Peut-être, peut-être. Mais je suis trop vieille pour vivre de telles aventures culinaires je crois !

Alma allait se lever pour prendre congé quand Emily reprit, tout en reposant vivement sa tasse sur une soucoupe assortie :

— Doux Jésus ! Ça m'y fait penser ! J'oubliais d'amener mes caramels !

La jeune femme la vit disparaître à l'autre bout de la maison et en revenir avec une assiette remplie de caramels mous, certainement faits maison au vu de leur gabarit improbable pour ne pas dire énorme.

— Goûte-moi ça !

— Merci, mais pas tout de suite. Plus tard.

— Non, non, prends-en un maintenant ! Allez !

Lui brandissant l'assiette sous le nez, Emily semblait si enthousiaste qu'Alma ne put refuser. Aucune excuse ne lui semblait de toute manière valable et il était trop tard pour prétendre être diabétique, l'anecdote sur le cheesecake l'ayant privée de toute crédibilité sur ce chapitre. Elle attrapa le caramel qui lui paraissait le moins impressionnant de tous et l'enfourna immédiatement dans sa bouche. La douceur du sucre vint envelopper ses papilles et lui envoya comme des petites ondes de plaisir jusqu'au cerveau. Puis, très vite, ce fut l'« effet surdose » qu'elle connaissait bien, et l'écœurement débarqua à son tour.

— Alors ?

Avide d'un verdict, Emily ne l'avait pas quittée des yeux. Alma aurait bien voulu lui répondre mais dû se résoudre à patienter quelques secondes pour cause de mâchoires scellées par le sucre.

— Hum… Très bon ! Mais très sucré !

Rassurée, Emily décida de se rasseoir, avala une nouvelle gorgée de thé et déclara, implacable :

— Tu en rapporteras chez toi.

Alors qu'elle ne savait plus quoi dire pour relancer la conversation ou pour amorcer sa fuite, un chat jaillit à la fenêtre et se mit à miauler tout en posant sa patte avant bien à plat sur le carreau. Nul n'aurait pu croire qu'il venait tout juste d'apparaître car son désespoir, immense, donnait l'impression qu'il attendait depuis plusieurs jours.

— Et voilà Anna Karénine, la féline de ces lieux, indiqua Emily tout en se levant pour ouvrir à une chatte angora des plus dodues qui, royale, traça son chemin dans le salon sans même lui accorder un regard. Dieu lui préserve de connaître le même destin que son héroïne éponyme !

— Il n'y a pas de voie ferrée dans le secteur, si je ne me trompe pas.

— Heureusement non ! Par contre, il y a un peu trop de Vronski dans les parages et j'en ai assez de me retrouver avec des chatons ! Certes, Rory les a tous placés mais ça devient compliqué.

Rory ? Encore lui ? Le sang d'Alma ne fit qu'un tour.

— Le fils de Jill ?

— Lui-même ! C'est lui qui m'a amené mon Anna il y a deux ans. Elle était dans un sale état, c'est rien de le dire, mais comme il ne pouvait pas la garder lui-même, il a pensé à moi. J'ai dit oui ! Que voulez-vous, je suis faible mais je ne le regrette absolument pas !

— Pourquoi ne l'a-t-il pas gardée ?

— Hum…

Emily fit mine de réfléchir un instant.

— Sa copine était allergique je crois. Et puis en ville, c'est compliqué d'avoir trop d'animaux, vous ne pensez pas ? Où vivez-vous ?

— À Londres.

Emily grimaça.

— Je n'aime pas trop cette ville. Elle est sale et bruyante. Les rares fois où j'y suis allée, j'étais à deux doigts de me jeter sous un bus pour abréger mes souffrances !

— Vous avez toujours vécu ici ?

— Oui ! Enfin pas exactement toute ma vie, moi aussi je suis partie voir le monde mais je suis revenue après mon divorce. Je suis née ici, dans cette maison. Bâtie par mon grand-père ! Mon père s'y est installé plus tard, avec ma mère. C'est tellement loin, tout ça !

Elle soupira avec nostalgie.

— Bien sûr, j'ai d'abord habité dans une maison du coin puis je suis revenue ici pour soigner papa après la mort de maman. Et puis voilà !

Elle leva les bras au ciel, comme résignée :

— Le temps passe vite, vous savez ! On croit toujours qu'on a tout le temps, qu'on pourra faire ci ou ça puis on se laisse bercer par les années sans rien faire. J'ai cru que j'allais avoir le temps de vivre mille vies et me voilà à mon tour, vieille et seule dans cette maison comme mon père et mon grand-père avant moi !

— C'est triste...

— Je ne sais pas si c'est triste mais en ce qui me concerne, je suis loin d'en être déprimée. Après tout, j'ai eu une belle vie, bien remplie et je crois que je suis à peu près passée entre les gouttes. M'occuper de mon père n'a pas été une sinécure, ça c'est certain ! J'ai vraiment cru que j'allais lâcher la corde à bien des moments ! D'autant que, vous savez, ajouta-t-elle sur le ton de la confidence, mon père était un homme adorable, vraiment, mais il n'était pas comme tout le monde. Il était un peu... Un peu simple. Pas bête au fond, loin de là, mais très particulier.

— Ah ?

Alma ne savait pas quoi ajouter, si ce n'est qu'elle était désolée pour elle, mais quelque chose dans le regard d'Emily la convainquit que cette dernière n'avait pas vraiment besoin qu'on lui serve un discours aussi convenu.

— Il n'avait pas fait d'études, n'était jamais parvenu à lire correctement. Les moins mauvaises langues disaient qu'il n'était pas une lumière, les pires, qu'il était l'idiot du village mais quand on le connaissait bien, on savait qu'il avait une autre intelligence. L'intelligence du cœur.

Elle rit un peu puis ajouta, penaude :

— C'est bête ce que je dis, hein ?

— Non. Je vois ce que vous voulez dire.

— Mon père était travailleur, très sérieux. Il a toujours fait ce qu'il avait à faire mais il avait juste... Il avait juste besoin qu'on lui dise ce qu'il fallait faire. Il avait des moments de flottement un peu inquiétants.

— Ça a dû être compliqué quand vous étiez enfant.

— Pas vraiment, en réalité. Il n'a jamais fait beaucoup d'histoires. C'était maman qui veillait au grain de toute manière, elle pensait à tout, toujours ! Elle s'est toujours bien occupée de lui et j'ai pris sa suite. Nous avons vécu dans une belle entente jusqu'à la fin. Je ne suis pas certaine que toutes les familles connaissent une telle harmonie.

— Non, c'est sûr...

— Il ne m'en a voulu qu'une seule et unique fois.

— Quand ça ?

— Quand je lui ai annoncé que j'étais enceinte d'Edward. Il a... Il est devenu fou de rage. Je ne l'avais jamais vu comme ça et je ne l'ai jamais revu me faire une telle scène après ce jour.

— Mais pourquoi ?

Elle soupira, visiblement troublée à l'évocation de ces vieux souvenirs.

— Je crois qu'à ses yeux, avoir des enfants équivalait à ouvrir la porte aux problèmes.

Emily ricana doucement avant de reprendre :

— Avec du recul, je me demande s'il n'avait pas un peu raison, au fond ! Quand je pense à toutes les nuits blanches que j'ai faites à cause de mon fils, à toutes les disputes, à toutes les inquiétudes ! J'aurais pu m'épargner bien des peines !

— Mais il y a aussi de bons souvenirs, non ?

— Oui, évidemment. Heureusement d'ailleurs ! La réaction de mon père était totalement disproportionnée mais cela correspondait au personnage qu'il était. Et puis je crois surtout que ma grossesse lui a rappelé d'anciennes choses un peu compliquées. Il avait déjà très mal vécu celle de ma mère également, elle me l'avait confié en secret.

— Quel genre de souvenirs ?

— Sans doute de bien mauvais souvenirs. Liés à sa jeunesse !

Elle fit une pause, caressa les franges d'un plaid à carreaux puis se lança à nouveau :

— Mon père était facilement impressionnable et il faisait souvent d'étranges associations. La guerre a fait ses ravages dans son esprit, même s'il n'a pas été mobilisé. Avant cela, il y avait eu le drame qui avait touché une famille du coin, une famille qu'il connaissait bien et qui avait déjà eu ses propres soucis… L'aînée était totalement folle selon ses dires. Une vraie furie ! Le genre de personnalité fragile et désaxée, vous voyez ? Je crois qu'il avait de tristes images en tête et qu'elles l'ont poursuivi toute sa vie !

— Est-ce que ce drame, ce serait… Une histoire d'incendie ?

Alma hésita. Depuis la découverte de la fameuse lettre, elle avait l'impression que tout voulait la mener aux maisons de la plage. À moins que, obsédée comme elle l'était, elle ne voie des liens qui n'avaient pas lieu d'être. Étant donné sa capacité à imaginer tout et n'importe quoi, cela ne serait pas impossible.

— Oui, précisément. C'était une maison tout près d'ici, vers la plage. Elle a brûlé en pleine nuit. L'incendie n'a pas pu être maîtrisé.

— J'y suis allée avec Mina.

— Ah ! Je vois que tu as commencé tes explorations ! Ta grand-mère t'a-t-elle expliqué…

— Oh, elle m'a expliqué l'histoire de la noyée oui, répliqua la jeune femme avant de se rendre compte qu'elle avait répondu un peu trop vivement, coupant la parole à Emily.

La vieille femme, qui semblait avoir été sur le point de se lancer dans un long récit, s'arrêta brusquement et répondit un laconique « Oh je vois » qui frustra Alma.

— Quel était le lien de votre père avec les occupants de cette maison ? demanda-t-elle dans l'espoir d'obtenir quelques informations supplémentaires.

— Oh… Papa était ami avec une jeune fille, une certaine Laura. Une fille si joyeuse, si pleine de vie ! Il l'adorait et à l'écouter, on comprenait bien pourquoi !

Laura… Alma répéta mentalement le prénom, s'y accrochant avec espoir. Mina n'avait pas donné le moindre nom et connaître celui de l'une des jeunes filles était sans doute l'information la plus concrète qu'elle ait eue jusque-là. Elle s'apprêtait à poser une nouvelle question quand Emily fit un petit geste vague tout en déclarant.

— Mais c'est bien vieux tout ça ! Peu importe ! Il fait trop beau pour se plonger dans un passé aussi triste, vous ne pensez pas ?

Ne voyant pas spécialement le rapport, Alma ne chercha cependant pas à poursuivre la conversation. Mrs. Hardy semblait affable mais quelque chose, dans son maintien et dans le ton qu'elle employait parfois, laissaient penser qu'elle ne manquait pas de caractère, ni d'autorité. Pas étonnant que ça n'ait pas collé avec Mina… Deux personnalités pareilles ne pouvaient que se percuter violemment.

De digression en digression, comme cela arrive parfois entre amis de longue date, elles discutèrent ensuite de tout et de rien, reparlèrent des gâteaux de Liv, puis des fleurs qu'Alma avait admirées en arrivant. Emily lui fit quelques confidences sur ces voyages jamais faits mais qu'elle aurait tant aimé faire.

— Le Japon ma chère, le Japon ! lui répéta-t-elle à plusieurs reprises. J'aurais adoré marcher dans les rues de Tokyo, cela doit être si… pittoresque !

Alma réprima un fou rire en imaginant Emily déambuler au milieu de la foule et des écrans de Shibuya puis fit mentalement la liste des lieux qu'elle-même voulait visiter sans jamais prendre le temps d'organiser la moindre excursion. Si elle n'avait malheureusement pas vraiment les moyens de partir au bout du monde tous les quatre matins, elle devrait bien pouvoir rayer une destination de sa liste de « vacances rêvées », non ? Et si elle profitait de sa solitude présente pour réaliser l'un de ces rêves ? Elle se voyait déjà, fringante trentenaire, débarquant à l'aéroport de Los Angeles ou à celui de Séoul, sautillante et plus que jamais prête à se perdre dans ces rues étrangères !

Comme si elle lisait dans ses pensées, Emily se risqua à lui poser la question fatidique :

— Et ensuite ? À la fin de tes vacances, qu'as-tu prévu de faire ?

Un peu plus tôt, Alma lui avait confié avoir quitté son emploi sans s'étendre particulièrement sur les raisons de ce départ.

— Oh, je ne sais pas encore, souffla-t-elle tout en jouant avec les oreilles d'Anna Karénine qui était montée sur ses genoux quelques minutes plus tôt. Des fois ça m'angoisse et puis de temps en temps, je me dis que je trouverai bien. Il y aura forcément des opportunités à saisir, des gens qui me tendront la main à un moment donné.

— C'est bien ! Tu es confiante ! C'est la meilleure attitude à avoir, du moins à mon sens ! Je suis certaine que notre état d'esprit influe sur notre destin et si tu es prête à toutes les opportunités, tu ne pourras jamais être déçue par la vie !

Alma aurait aimé avoir de telles certitudes mais ne prit pas la peine de revenir sur ses belles déclarations. Dernièrement, elle le savait pertinemment, se plaindre était devenu une de ses spécialités et elle ne tenait pas vraiment à ce que ses nouvelles connaissances gardent d'elle une image d'éternelle pleureuse.

Au moment des au revoir, juste avant qu'elle ne quitte la pièce pour pénétrer dans le hall d'entrée, l'œil d'Alma fut attiré par une commode aux dimensions imposantes et sur laquelle une multitude de cadres photo avaient été disposés. Si Mina semblait allergique à ce genre de souvenirs, Emily leur accordait une importance de taille. L'absence de poussière et de traces de doigts indiquait tout le soin et l'attention que leur propriétaire devait leur accorder, supposition renforcée par son empressement à rejoindre Alma devant ces derniers.

— J'adore les vieilles photographies, murmura-t-elle. Celles-ci, c'est un peu la collection de toute une vie, ajouta-t-elle en effleurant certains cadres du bout des doigts. Tenez, ici, ce sont mes parents. Peu après leur mariage.

Sur la photo, un grand homme maigre. Sa posture, très raide et crispée, contrastait tout particulièrement avec l'attitude décontractée de celle qui était à ses côtés. Petite, extrêmement souriante, elle semblait auréolée de bonheur. Alma ne pouvait détacher ses yeux de cette femme, bien que la contempler déclenche chez elle un drôle sentiment de jalousie. Avait-elle jamais eu cet air si épanoui ?

— Et là, c'est moi !

Alma sourit en découvrant le bébé dodu qu'avait été Emily. Voir des clichés aussi anciens avait une portée magique et excitait son imagination. En les examinant, elle avait l'impression de pouvoir s'affranchir des limites du temps. Qu'il était troublant, et d'une certaine manière, cruel, d'imaginer le chemin parcouru entre cette photo de nourrisson et la femme qui se tenait à ses côtés !

— Tu reconnais ta grand-mère ?

Cette fois, Emily lui tendait un cliché plus récent mais visiblement déjà vieux de plusieurs décennies.

— Oh, oui je la reconnais ! Mais vous avez l'air tous si abattus là-dessus !

— C'était après l'enterrement de ma mère.

— L'enterrement de votre mère ?

— Oui, maman est morte cette année-là, peu après ton arrière-grand-mère d'ailleurs. Ce fut très long, très douloureux. L'une des pires périodes de ma vie. Un cancer particulièrement cruel…

— Mais…

La moue d'Alma ne laissait planer aucun doute quant à son incompréhension.

— N'est-ce pas étrange de faire une photo dans de telles circonstances ? Enfin, généralement, ce n'est pas forcément le genre de moments qu'on a envie d'immortaliser, non ?

— Je ne sais pas… Aujourd'hui, j'aurais tendance à penser ainsi moi aussi mais sur l'instant… Nous étions tous là, tous réunis. Tu comprends ? Ce n'était pas si fréquent. C'est peut-être justement la raison d'être de cette photo : se souvenir que dans un moment pareil, nous n'étions pas seuls.

— Mais qu'est-ce que ma grand-mère fait là ?

— Maman et elle s'étaient beaucoup rapprochées à la fin. Elles discutaient beaucoup.

— De quoi ?

— Oh…

D'un geste, Emily l'invita à rejoindre la porte d'entrée.

— Du passé, de la vie. De tout et de rien ! Maman avait été sage-femme pendant des années, elles avaient, comme qui dirait, des connaissances en commun.

De tout et de rien, vraiment ?

Comme la vieille dame manifestait des signes d'impatience, Alma doutait de la prétendue insignifiance de ces conversations mais fit le choix de ne pas insister. Elles se quittèrent rapidement, se promettant de se revoir très vite.

La jeune femme s'éloigna tranquillement, son sachet de caramels à la main, convaincue d'avoir agréablement occupé sa matinée mais pressée de revenir auprès de Mina qui était peut-être déjà rentrée de sa vente de livres. Avec un peu de chance, tout son stock aurait été écoulé et elles n'auraient pas à retourner dans la petite pièce étouffante.

Avant de démarrer, elle attrapa son téléphone, qu'elle avait sciemment laissé derrière elle et découvrit qu'elle avait reçu le message tant attendu.

Je ne vois pas qui vous êtes, cessez donc de m'importuner avec vos photos s'il vous plaît !

Rory avait répondu mais pas comme elle l'espérait et évidemment, il avait oublié qui elle était.

Mais si, la fille au chat ! Le café ! Mina !

Elle tapa à toute allure, fit des fautes qu'elle ne vit pas sur le moment mais qu'elle corrigea dans les messages suivants pour, finalement, se demander, un peu tard cependant, si Rory ne se moquait pas tout simplement d'elle. Elle lisait et relisait ses messages, se sentant de plus en plus ridicule et pathétique quand il se décida enfin à abréger ses souffrances.

La maison était silencieuse quand elle poussa la porte d'entrée. Pensant à tort que Mina était absente, Alma fit quelques pas dans le salon, hésitant quant à la suite des événements. Devait-elle s'affaler devant son ordinateur ? Mina vérifierait sans doute si elle s'était préparé un repas en bonne et due forme mais l'examen express qu'elle fit du frigo ne lui donna nulle inspiration. Après tout, elle avait sans doute eu sa dose de calories avec ce qu'elle avait ingurgité dans la matinée. Résolument, elle quitta la cuisine pour rejoindre le salon et attrapa au passage son portable, laissé dans l'entrée. Assise dans le canapé, dos à la porte, elle relut une nouvelle fois le SMS qui l'avait à la fois rassurée et davantage catastrophée.

Je vois très bien qui tu es, princesse ! Je plaisantais. Et merci !

Quelques mots d'un inconnu, rien du tout en définitive… Alors pourquoi fallait-il que cela prenne tant d'importance à ses yeux ? Elle était vraiment pathétique. Digne de ces cruches d'émissions de téléréalité, les tatouages et les rajouts capillaires en moins. Sûr que de son côté, il avait dû la trouver bien ridicule à prendre son message au premier degré et à s'expliquer comme une petite godiche au lieu de rentrer dans son jeu… Si elle avait eu la moindre chance de l'intéresser, elle venait de griller toute opportunité de mieux le connaître. Est-ce que c'était grave ? Elle ne l'avait pas trouvé si beau que ça, de toute manière… Non, il n'était pas du tout son style. Elle préférait les grands barbus, les baraqués. Du genre viking des temps modernes. Songeuse, elle se demanda quel genre de fille il pouvait aimer, lui. Les brunes ? À moins qu'il ne soit plutôt branché blondes ? Oui, c'est ça, il devait aimer les blondes. Les blondes bien foutues. Avec des tatouages et des rajouts.

— Où étais-tu passée ?

À mille lieues de se douter des pensées qui traversaient l'esprit de sa petite fille, Mina venait d'apparaître dans l'encadrement de la porte, un magazine à la main, une tasse de thé vide dans l'autre. Alma eut tout juste le temps de dissimuler ses caramels sous un des nombreux coussins du canapé puis, un grand sourire penaud aux lèvres, se retourna et déclara :

— J'ai passé la matinée à manger ! Je vais exploser !

— Tu as rendu les livres ?

— Oui, chef !

— Rien de nouveau à raconter ?

— Rien de particulier. J'ai pris mon temps, ça m'a fait du bien !

— Et tu ne m'as rien ramené ?

— Hein ?

— De la pâtisserie !

— Euh non…

Sous le coup d'une colère feinte, Mina lui balança son magazine au visage. Alma l'évita de justesse avant d'éclater de rire. Elle visait bien, sa chère grand-mère ! Et elle avait décidément des talents indéniables en bien des domaines, notamment dans celui de cacher les secrets. Elle faillit presque lui demander des précisions sur sa relation avec Emily et sur la nature des conversations qu'elle avait eues avec la mère de cette dernière mais s'arrêta juste à temps. Elle ne pouvait poser de telles questions sans révéler d'où elle venait et elle n'avait pas vraiment le cœur à lancer une dispute.

— Alors tu seras bien obligée d'y retourner parce que malgré ma peur, je veux goûter ! clama Mina. Pourquoi pas pour ton anniversaire ? C'est dans trois jours à peine et nous n'en avons même pas encore parlé ! Nous ferons un petit repas pour l'occasion.

— Oh, non. Je ne préfère pas…

— Mais ce n'était pas une question, ma petite ! Fais-moi un peu confiance pour changer.

11

Avril 1913

Mettant brusquement pied à terre, Selina laissa sa bicyclette tomber mollement sur l'épais tapis d'herbe qui bordait la route. Hors d'haleine, la nuque humide de transpiration, elle prit finalement le parti de la rejoindre sur le sol pour une pause qu'elle estimait bien méritée. S'asseoir ainsi n'était certainement pas digne d'une jeune fille bien élevée, elle le savait pertinemment, mais c'était bien la dernière de ses préoccupations. Elle avait si mal aux mollets qu'elle se sentait incapable d'aller plus loin pour l'instant. Le reste ne comptait plus vraiment.

C'était toujours dans ce genre de situations, celles où elle sortait de son antre pour marcher quelques heures ou, comme aujourd'hui, où elle allait au village à vélo, qu'elle regrettait de ne pas être plus vive et de ne pas avoir l'endurance de Laura. Sûr que son amie, elle, n'aurait pas fait une pause au milieu de cette côte ! Au contraire, elle aurait voleté jusqu'à la cime et à présent, elle serait déjà bien loin sur le sentier qui coupait à travers champs pour mener jusqu'à chez elles. Selina le regrettait, oui, mais n'en était pas surprise pour autant. Depuis longtemps, elle avait compris que ce qui lui semblait difficile, presque insurmontable, n'était souvent qu'une broutille pour certaines personnes. Mais n'était-ce finalement pas l'histoire de sa vie tout entière ? Faire compliqué quand, pour certains autres, tout paraissait si simple, si linéaire. Être si empotée, si imparfaite pouvait être terriblement rageant parfois mais elle avait bon espoir de s'en sortir, un jour très prochain, et d'enfin obtenir ce qu'elle souhaitait.

Soupirant d'aise à cette idée, la jeune fille se laissa finalement tomber dans l'herbe et, allongée sur le sol encore très frais de ce début d'avril, repensa avec plaisir à ses dernières aventures, un peu étonnée d'avoir encore une fois fait preuve de tant d'audace. Quitter la maison, seule, et se rendre au village n'était pas, à proprement parler, une promenade interdite mais ce genre d'excursion n'était pas non plus conseillé, ni même encouragé par sa mère qui préférait largement la voir rester dans l'enceinte de la maison. C'était là tout le paradoxe : Catherine voulait la voir sortir de sa chambre mais seulement dans les limites qu'elle lui imposait. À ses yeux, il n'y avait rien ni personne de valable pour sa fille au village, et la maison d'Helen faisant évidemment partie des adresses à éviter coûte que coûte sous peine de subir la fureur maternelle.

Selina se souvint alors des réticences de sa mère lorsque cette dernière avait fini par comprendre quels liens unissaient sa fille à la jeune domestique. Loin d'être aussi égoïste et aussi butée qu'elle en avait l'air, la jeune femme avait parfaitement compris ces réserves qu'elle considérait à la fois comme indignes et logiques. Dans le monde où sa mère avait évolué, les domestiques et les familles qui les employaient n'avaient jamais entretenu que des liens strictement professionnels. Il y avait parfois des tensions entre les deux mondes mais aussi de belles ententes et, dans le meilleur des cas, un respect mutuel. Cependant, dans tous les cas, on ne se mélangeait pas. Alors, comment aurait-elle pu espérer une autre réaction ? Comment aurait-elle pu recevoir la moindre bénédiction ? D'emblée, essayer de lui faire comprendre son point de vue lui avait paru vain : si elles étaient du même sang, elles n'étaient pas du même monde. Elle tendait les mains vers un avenir qu'elle imaginait à son image, tandis que sa mère restait tournée vers un passé qui n'avait plus lieu d'être et qui, bientôt, disparaîtrait complètement.

Lorsque le secret d'Helen avait été éventé et qu'elle avait dû retourner au village pour épouser Jim, Selina s'était sentie terriblement abandonnée. Sa mère aurait aimé qu'elle l'oublie en la voyant passer le pas de la porte mais cette employée était bien plus qu'une amie de circonstance. Pour Selina, elle était une fenêtre ouverte sur le reste du monde. En partant, la jeune femme avait coupé le lien que Selina chérissait tant mais c'était sans compter sur sa volonté et ce désir qui n'avaient fait qu'augmenter au cours des derniers mois : partir à son tour.

Si elles se voyaient toujours avec plaisir, leurs rendez-vous n'en étaient pas moins devenus très compliqués, Selina devant constamment fuir la surveillance maternelle tandis qu'Helen, accaparée par son fils et toutes ses nouvelles tâches de femme mariée, manquait souvent de temps. Ces dernières semaines, les nombreuses absences de Catherine leur avaient pourtant grandement facilité la tâche et Selina avait rapidement pris ses petites habitudes. Ces jours-là, elle n'avait qu'à attendre que sa mère monte en voiture pour, à son tour, prendre le large. Les premiers temps, prudente, elle s'était efforcée de rentrer le plus tôt possible. Puis elle avait pris de l'assurance et avait peu à peu allongé ses visites jusqu'à tenter le diable en reprenant la route de plus en plus tardivement – bien que toujours assez tôt pour sauvegarder les apparences. Chaque fois qu'elle réintégrait sa chambre *in extremis*, se jetant sur son lit comme si elle n'en avait pas bougé de la journée, elle se lamentait sur la tristesse de sa situation. Tant de cachotteries, de kilomètres parcourus dans la tension, juste pour voir une amie ? Pourtant, ces rendez-vous valaient la peine qu'elle se presse et qu'elle prenne des risques.

Selina bascula sur le ventre et vint poser son menton sur la paume de sa main ouverte. Elle avait tout son temps aujourd'hui pour flemmarder en chemin et c'était aussi bien. Cette fois, Helen n'était pas seule mais avec sa cousine, Jane, qui avait la chance de suivre une formation à l'école Nightingale et avec qui la jeune fille avait déjà échangé de longues lettres. Elle venait de Londres. De l'El Dorado de Selina. Celui dont elle rêvait sans cesse et qui l'empêchait pourtant de trouver le sommeil. En parler avec Jane n'avait pas rendu son projet plus concret, il l'en avait même un peu éloignée – car jamais, jamais sa mère ne laisserait ce rêve devenir réalité – mais elle s'était laissée bercer par la perspective de vivre une autre vie. Des projets dont elle ne pouvait malheureusement parler à personne pour l'instant. Pas même à Laura…

Laura. Elle lui avait si peu parlé ces dernières semaines. Elles avaient si peu échangé sur leurs états d'esprit réciproques qu'elle avait parfois eu l'impression de vivre à mille lieues de celle qui partageait jusqu'il y a peu chaque petit événement de son quotidien. Nulle dispute, nulle incompréhension n'étaient pourtant venues entacher leur relation, les opportunités se chargeant de les éloigner doucement l'une de l'autre sans qu'elles n'y prennent tout à fait garde. Trop occupée par ses propres projets et par son envie de quitter la maison dès que cela s'avérerait possible, Selina ne s'était pas demandé pourquoi Laura s'était prise d'affection pour son frère, se contentant de noter que leurs rôles s'étaient presque inversés. À présent, son amie restait cloîtrée entre quatre murs et elle, partait par monts et par vaux dès qu'elle en trouvait le moyen. Avec le recul, la situation lui paraissait d'autant plus étrange qu'elle était inédite. Que Sybil en ait assez de passer de longs après-midi oisifs face à un Matthew qui ne consentait pas à lui faire la moindre conversation, elle pouvait presque le comprendre pour avoir elle aussi fait les frais de ce comportement glacial. Mais que Laura se plie d'aussi bonne grâce aux ordres de sa sœur, qu'elle abandonne ses promenades pour aller s'enfermer… C'était plus que bizarre : incompréhensible ! Surprenante ou pas, la situation convenait en tout cas très bien à Matthew qui se remettait vite, bien plus vite que tous n'auraient pu s'y attendre au vu de son ancien état. S'il fatiguait plus rapidement qu'auparavant, il sortait malgré tout plus souvent et profitait de sa petite guide du moment. Ils n'allaient jamais loin, certes, mais assez cependant pour perdre de vue la façade de la maison et c'était un gros poids en moins de le voir à nouveau si vaillant. À bien y réfléchir, et à condition de ne pas se montrer trop exigeante, tout allait plutôt bien pour eux en ce moment.

Immergée dans le flot de ses pensées, Selina avait à peine accordé un coup d'œil à la voiture qui, débouchant à l'horizon, s'était peu à peu rapprochée d'elle et qui, bientôt, la dépasserait dans un courant d'air bienfaisant. En plein été, elle aurait été couverte de poussière mais, Dieu merci, les routes étaient encore imprégnées de l'humidité hivernale et sa robe n'en souffrirait pas.

Inutile, donc, de prendre la peine de se relever avant qu'elle ne passe et si, d'aventure, quelqu'un la voyait sur le bas-côté et le rapportait à sa mère… eh bien tant pis, elle saurait se défendre en temps et en heure ou nier, tout simplement. Elle pratiquait le mensonge avec toujours plus d'inventivité, et saurait se tirer de toutes les situations désormais. Un rouage se débloqua pourtant dans son esprit lorsqu'elle réalisa que la voiture, bien loin de poursuivre sa route, s'était tout bonnement arrêtée à son niveau. Elle comprit alors, un peu tard, que c'était bel et bien sa mère qui passait la tête par la fenêtre.

— Monte ! lui lança-t-elle d'une voix impérieuse.

— Je suis à vélo, je ne peux pas, répondit Selina, penaude et beaucoup moins convaincue par sa force de caractère qu'une minute plus tôt.

— Cela ne m'intéresse pas, monte ! Laisse-la de côté, je la ferai chercher plus tard.

Avec des gestes infiniment lents, comme si elle voulait repousser au maximum le moment où il lui faudrait rejoindre sa mère, Selina alla chercher son fidèle destrier puis le conduisit jusqu'aux fourrés. En le laissant là, couché sur les herbes folles, elle eut l'impression d'abandonner un animal à son triste sort. Peut-être avait-elle surtout le pressentiment que cette promenade était la dernière qu'ils allaient faire ensemble, le visage de sa mère, qui l'observait depuis la voiture, lui promettant bien des pénitences.

C'est dans un silence de mort qu'elle monta finalement en voiture et c'est un silence tout aussi pesant qui plana entre elles durant tout le reste du chemin. Selina n'en fut pas surprise. Elle connaissait assez sa mère pour savoir qu'elle réservait les hauts cris à plus tard. Elle attendrait qu'elles soient rentrées et enfermées dans le petit salon, ou même dans sa propre chambre, pour exiger des explications et lui faire la morale pendant un long, long moment. À moins que la présence de Matthew ne l'empêche de se prêter à ses éternelles réprimandes ? Rien n'était moins sûr, cependant : Catherine Wilson manquait de temps mais elle en trouvait toujours pour châtier ceux qui le méritaient. Et les regards furieux qu'ellé lançait de temps en temps à sa fille valaient toutes les menaces du monde.

Selina cherchait à mettre au point sa défense quand, déjà, la voiture s'arrêta au niveau des marches du perron. Trop tard pour réfléchir. Dans sa colère, Catherine Wilson n'attendit même pas que son cocher vienne l'aider à mettre pied à terre. Elle sauta sans plus de cérémonie sur le gravier de l'allée et encouragea sa fille à faire de même.

— Selina ? Suis-moi je te prie !

Les mains moites et d'humeur de moins en moins téméraire, la jeune fille finit par se décider à sortir à son tour. L'espace d'une seconde, elle croisa le regard délibérément indifférent du cocher qui était à présent descendu de son siège. Il était l'un des vestiges de leur vie d'avant car si, au cours des derniers mois, sa mère avait renvoyé plusieurs bonnes et les jardiniers, elle n'avait pu se résoudre à se séparer de son cocher. Elle se figurait sans doute que tout cela était passé inaperçu ou, du moins, que ses enfants n'en avaient pas compris la raison mais Selina savait parfaitement que ces renvois successifs n'étaient dus qu'à un besoin urgent de faire des économies. Matthew avait lui aussi ses doutes, ainsi qu'il le lui avait récemment confié, et espérait, tout comme elle, que ces tristes désagréments le sauveraient du destin qu'on avait tracé pour lui. Son frère n'avait pas plus envie de marcher dans les pas de leur père qu'elle, de répondre aux souhaits de sa mère.

Une fois qu'elles furent parvenues dans le salon donnant sur les terrasses et que sa mère eut refermé les portes sur elles, la conversation tant redoutée commença. Selina s'était délibérément blottie contre la douceur d'un sofa, persuadée qu'être assise lui donnerait une contenance – après tout, on n'avait jamais l'air aussi bête que debout, les bras ballants – mais c'était une erreur. À présent, elle se sentait comme prisonnière de son siège mais n'osait pas pour autant se lever, de peur que ses jambes ne vacillent, prouvant par là sa fébrilité.

— Peux-tu m'expliquer ce que tu faisais sur le bord de la route comme une vulgaire bohémienne ? Qu'ai-je donc fait pour mériter une telle provocation ?

Ce ton, très calme, était bien plus effrayant pour Selina que ne l'auraient été de hauts cris d'indignation. Elle savait d'expérience que cette réserve calculée était le reflet d'une rage intériorisée mais qui serait d'autant plus violente lorsqu'elle exploserait. Et elle exploserait tôt ou tard, d'une manière ou d'une autre.

— Cela va peut-être te sembler étonnant mais toute ma vie n'est pas conditionnée par ton regard. Mes faits et gestes ne sont pas dictés par le besoin, ou non d'ailleurs, de te déplaire ! Et puis je crois qu'il est inutile de faire tant d'histoires pour si peu.

— Pour si peu ? Vraiment ? Aller contre les règles fixées par ta mère, lui mentir et en plus de tout cela, te pavaner dans l'herbe comme…

— … comme une bohémienne, oui je sais.

— Je te répète encore et toujours les mêmes choses, à longueur de journée. Je fais en sorte de faire de toi, et Dieu sait à quel point c'est difficile, une jeune femme prête au mariage et…

— Dans ce cas, je peux te rassurer sur un point : je ne compte absolument pas me marier.

— Oh non, Selina, ne pars pas dans cette voie-là ! Pas aujourd'hui !

— Aujourd'hui, hier, demain… Qu'est-ce que cela change ? Je te l'ai déjà dit – et moi aussi je suis capable de répéter encore et toujours les mêmes choses s'il le faut : je ne veux pas d'un époux. Et encore moins d'un homme que tu auras choisi pour moi ! Je ne me fais guère d'illusions, je sais que tu ferais en sorte de trouver le pire qui soit juste pour me punir !

— Alors c'est ce que tu penses de moi ? Tu crois vraiment que mon rôle est de menacer, puis de punir ?

— N'est-ce pas le cas ? Je n'ai pas eu de conversation normale avec toi depuis ce qui me semble être une éternité. Quelles que soient les circonstances, cela vire toujours aux reproches et aux remontrances. Et après, voilà que tu t'étonnes que je fuie ta présence ? Si j'avais le choix, crois bien que je ne serais pas là !

Totalement remontée à présent, Selina se sentait prête à dépasser les bornes qu'elle avait toujours pris la peine de dresser mentalement. Mais elle avait oublié, ne serait-ce qu'une poignée de minutes, qu'il y avait plus fort en face d'elle. Pour toute réponse, et comme à chaque fois qu'elle voulait marquer sa supériorité sur autrui, sa mère se mit tout simplement à rire. Elle rit franchement, elle rit à gorgée déployée, elle rit avec un faux entrain, juste pour montrer à Selina que son jugement ne comptait pas. Puis elle traversa la pièce à grands pas, se pencha vers elle et lui attrapa le menton de sa main ferme.

— Si j'avais le choix, je ne serais pas là non plus. Tu crois que tout nous oppose mais en réalité, nous sommes toutes les deux dans la même situation inextricable.

— Comment ça ?

— Tu crois que tu peux faire la fine bouche, Selina ? Que tu peux refuser tout ce qu'on te proposera ? Que tu es en droit de repousser le premier qui t'acceptera ? Mais reviens donc sur terre un instant. Est-ce que tu t'es vue, ma chérie ? Combien de jeunes femmes autrement plus belles, plus agréables et plus riches que toi n'ont jamais trouvé de mari ? Évidemment, tu n'as rien vu, rien compris mais nous avons des dettes, beaucoup de dettes. Il vaudrait mieux te marier maintenant, tant que les apparences sont sauves. Plus tard, ce sera trop tard…

— Mais tu ne comprends rien ? Je te dis et je te répète que je ne veux pas me marier ! Et je n'ai que faire de l'argent ! Je veux juste partir d'ici ! Vivre ma vie comme je l'entends !

D'un mouvement de tête vif, Selina avait dégagé son visage de la poigne maternelle mais Catherine ne semblait pas la délaisser pour autant et restait plantée devant elle.

— Et si tu ne te maries pas, qu'est-ce que tu feras ?

— J'étudierai !

— Encore cette histoire d'infirmière ? Cette folie n'aura donc jamais de fin ? Ne cesseras-tu donc jamais de ne penser qu'à ta petite personne ? Nous allons peut-être être obligés de quitter cette maison et tu ne penses qu'à ta petite vie !

— Quitter la maison ?

Selina se félicita d'être restée assise, sinon elle aurait sans doute senti ses jambes se dérober sous elle. Toute la colère qui bouillait en elle venait de retomber instantanément au profit d'une panique terrible. Elle fut la première à être surprise par sa réaction. Après tout, ne venait-elle pas de dire qu'elle souhaitait quitter ces lieux plus que tout ? Elle qui attendait un signe du destin, ne venait-il pas de se manifester de la manière la plus évidente ? Force était de constater que, malgré ses envies d'ailleurs, elle ne s'était jamais imaginé partir pour toujours. Le jour de son départ, c'était *elle*, et elle seule qui devait faire ses valises, pas la famille entière ! Elle devait être libre de revenir quand elle le souhaitait, elle… Non, jamais ! Jamais elle ne tolérerait qu'une autre qu'elle vive dans la chambre dans laquelle elle avait grandi !

— Sommes-nous pauvres ? demanda-t-elle alors, d'une voix paniquée.

— Pauvres ? ricana Catherine en retour. Non, nous ne sommes pas pauvres. Nous ne serons jamais pauvres. Mais sans doute plus assez riches pour rester ici. La maison est trop grande, elle est trop difficile à entretenir. Elle demande vraiment bien trop de soins à présent et avec Matthew qui n'est plus jamais là et toi qui passes ton temps dans ta chambre… Quel intérêt de rester ici ? Une chambre en vaut bien une autre. Ici ou ailleurs, qu'est-ce que cela change ?

— Mais je ne peux pas partir ! Et Laura ? Elle va mourir de chagrin si je m'en vais !

Catherine eut un rictus de mépris.

— Laura va peut-être passer son existence entière ici, ma pauvre enfant ! Si tu attends qu'elle quitte sa maison pour partir de cette chez toi, tu mourras entre ces murs !

Des idées contradictoires tournoyaient dans l'esprit de Selina. Elle se sentait triste, accablée, choquée même mais en même temps, une petite lumière venait de s'allumer en elle. Partir ? Mais…

— … partir pour où ?

— Sans doute pour Liverpool. C'est une ville, disons, assez intéressante pour nous. Proche et à la fois assez éloignée pour nous permettre de ne pas être trop encombrés par notre passé.

— Nous fuyons quelque chose ?

— Absolument pas ! Selina, ne va pas t'imaginer n'importe quoi ! Nous ne fuyons rien. Comprends juste que je n'ai nulle envie de croiser d'anciennes connaissances tous les quatre matins. Dans tous les cas, je te saurais gré de ne pas parler de tout cela à ton frère, il est encore trop fragile. Et cela est également valable pour Laura, bien entendu !

Selina hocha la tête, mimant un oui sans être pourtant certaine de savoir tenir sa langue, le moment venu. Comment taire un pareil secret ? Partir signifiait tellement de choses !

— Si nous quittons la maison et si nous manquons d'argent, pourquoi ne pas me laisser faire ce que je souhaite ? Nul ne se préoccupera de savoir où je suis ! Vous pourrez toujours dire que je suis dans de la famille à Londres ! Ici, tout le monde aurait su où j'étais mais là-bas, personne ne cherchera à connaître la vérité ni ne s'occupera de moi !

— Mais *moi* je saurais où tu es ! Je saurais à quoi tu occupes ton temps et j'en mourrais de honte ! N'insiste pas, tu n'as rien à faire là-bas. Et même si j'étais d'accord… Si ton père et moi-même étions d'accord, se reprit-elle, t'envoyer à Londres nous coûterait bien trop cher. Nos comptes ne seront pas complètement vides, certes, mais pas assez remplis pour nous permettre de telles folies.

— Eh bien dans ce cas, nous pourrions demander de l'aide à…

— Les Wilson ne demandent pas d'aide !

— Peut-être pourrais-je obtenir une bourse ? Les élèves les plus méritantes peuvent parfois y prétendre et…

— Les Wilson ne profitent pas de la charité d'autrui !

— Eh bien les Wilson sont des imbéciles ! Je ne veux plus en faire partie !

Debout face à celle qu'elle détestait à présent plus que jamais, Selina reçut la claque la plus retentissante de son existence. Ce fut le choc, plus que la douleur, qui lui coupa un instant le souffle puis elle aspira bruyamment une goulée d'air et la colère, vrombissante, vint lui brouiller les idées. Cette colère, presque réconfortante de par sa familiarité, la poussa hors de la pièce d'un mouvement vif. Plus tard, en repensant à ce moment cuisant, elle ne se revit pas quitter le salon, pas plus qu'elle ne se vit claquer la porte derrière elle. Seul le vacarme de son départ, suivi du silence de l'extérieur, lui resta en mémoire. Car si son premier réflexe fut de grimper les marches de l'escalier jusqu'à sa chambre, au dernier moment une soudaine impulsion la poussa plutôt à se diriger vers la porte d'entrée et, sans même avoir compris pourquoi, ni comment, Selina se retrouva dehors, sans but aucun si ce n'est celui de fuir.

En cette fin d'après-midi, le ciel n'avait plus rien de radieux et quelque chose dans l'air lui rappela soudain que l'hiver n'était finalement pas si loin. Une petite bourrasque lui arracha même quelques frissons mais pour rien au monde elle n'aurait fait machine arrière. De peur que sa mère n'ait finalement la lubie de la suivre, elle pressa même le pas et partit en direction de la plage.

Depuis quelques années, Selina n'allait plus à la plage seule et ce, pour la simple et bonne raison qu'elle n'aurait pas su quoi y faire. Loin de l'énergie de Laura, elle perdait tout esprit d'initiative et elle restait si concentrée sur ses rêves citadins que rien ne semblait trouver grâce à ses yeux. Mais ce soir-là, malgré la teinte violacée du ciel, malgré ce calme obsédant qui l'avait si souvent oppressée, malgré la lassitude qu'elle éprouvait à l'idée d'errer dans des lieux qu'elle connaissait par cœur depuis tant d'années, Selina ne put pourtant pas s'empêcher de trouver la nature merveilleusement belle. L'air était si doux, le vent si délicat, les couleurs si harmonieuses ! Était-ce parce qu'elle pensait devoir les quitter bientôt que tous ces petits détails lui sautaient à présent au visage ? Même la marche, qu'elle détestait tant en temps ordinaire, avait l'avantage de calmer ses nerfs à vif et elle sentait bien que certaines de ses tensions s'atténuaient à mesure que ses pas l'éloignaient de sa mère. Rien de miraculeux cependant : il lui faudrait sans doute marcher jusqu'à l'épuisement pour seulement espérer retrouver un peu de sérénité. Et même cela, elle n'en avait pas le droit car, colère ou pas, dispute ou non, il lui faudrait bien rentrer à un moment ou à un autre et cette idée lui était intolérable.

Résolue à ne pas se faire remarquer, elle ne passa pas au milieu du jardin des Clark, se contentant de le longer avec précaution. Ce soir, rencontrer Sybil ou même Mary était au-dessus de ses forces et elle n'était pas certaine que Laura soit déjà rentrée de son rendez-vous avec Matthew. Et même si elles avaient pu se voir, de quoi auraient-elles bien pu parler puisqu'elle devait taire ce qui la perturbait tant ?

Selina soupira profondément, au comble de la contrariété. Peu importait, finalement, qu'elle puisse en parler à Laura ou non, elle n'aurait certainement rien compris à la situation. Ce genre d'enjeu la dépassait complètement car elle était restée si... Si enfant ! Si loin des préoccupations qui l'accaparaient, elle, avec tant d'intensité ! Il leur avait toujours été facile de s'entendre et de s'accorder quand tout allait pour le mieux mais c'était dans les situations compliquées ou désespérées que leurs différences étaient les plus criantes. Après tout, sa mère avait peut-être raison sur certains points. Laura était peut-être condamnée à rester éternellement coincée entre sa plage et sa maison. Sans doute s'en satisferait-elle sincèrement mais elle... il lui fallait autre chose ! Il lui fallait quelqu'un capable de lui donner l'impulsion nécessaire, quelqu'un pour l'aider à atteindre son but. Depuis des semaines entières, elle brûlait d'en parler à Matthew mais n'avait pas encore pu s'y résoudre, par crainte d'être une nouvelle fois sermonnée. Son frère l'adorait, elle le savait mais il était trop raisonnable et se rangerait peut-être derrière le verdict de leur mère. S'il se moquait d'elle, ne la prenait pas au sérieux et s'il refusait tout bonnement de l'appuyer dans ses projets, elle saurait qu'il faudrait abandonner la lutte. Et alors, que ferait-elle d'elle ? Elle n'aurait plus qu'à se laisser couler au fond de l'eau, qu'à s'enterrer sous des tonnes de sable ou qu'à vivre comme une folle au milieu de la forêt.

Une fois arrivée au bout du sentier, Selina s'était engagée sur la plage avec l'énergie du désespoir, marchant dans le sable avec la fureur de ceux qui ne savent pas vraiment pourquoi ils avancent et pour qui s'arrêter reviendrait à capituler. Ce n'est qu'une fois arrivée au chien de pierre qu'elle fit brusquement volte-face, vidée de son énergie et déjà prête à retourner à la maison qu'elle avait quitté avec tant de colère. Elle s'était donné jusqu'à leur ancien point de rendez-vous pour peser le pour et le contre et savait à présent que Matthew était son seul espoir. Quand il repartirait pour Manchester, car il finirait bien par repartir, elle partirait avec lui. Ce serait un commencement. S'il le fallait, elle s'habillerait en homme et personne n'y verrait la moindre supercherie. Après tout, sa mère n'avait-elle pas passé ces dernières années à lui répéter qu'elle manquait de féminité ?

Convaincue de l'excellence de cette décision, elle traversa la plage en sens inverse, grimpa sur les dunes puis allait s'élancer sur le sentier qui remontait jusque chez les Clark quand son œil fut attiré par un mouvement sur sa droite. Un animal ? Si c'était un animal sauvage perdu hors de ses bois et hargneux, elle se ferait sans doute déchiqueter. Si c'était l'un des chiens des voisins, elle se ferait déchiqueter également, car elle n'avait jamais été très amie avec les molosses baveux des Clark et ils le lui rendaient bien. Médusée, elle stoppa immédiatement sa course, incapable de poursuivre.

Là, à moitié caché par les hautes herbes qui bordaient les dunes, un couple était allongé sur le sable et s'embrassait passionnément, indifférent au jour qui déclinait et à la petite brise glaciale qui montait à présent de la mer. Selina n'était pas aussi innocente que sa mère aurait bien voulu le croire et savait qu'elle aurait dû immédiatement détourner le regard et ne pas espionner ainsi ces ébats amoureux mais quelque chose en elle la poussait à observer, à examiner ceux qui se livraient ainsi sans pudeur au regard d'autrui. Comme mue par une puissance extérieure, elle fit quelques pas vers eux sans même y prendre garde, aimantée, tandis qu'eux continuaient à vivre comme s'ils étaient seuls au monde… Pourtant *elle* était aussi là. Elle allait malgré tout poursuivre son chemin quand l'éclat d'une chevelure capta son regard. Puis ce fut une étoffe familière, un vague air, le profil d'un visage à moitié dissimulé, autant d'indices qui l'empêchèrent finalement de reprendre sa route comme elle aurait voulu le faire. Comme elle aurait dû le faire si elle en avait été capable à temps. À présent, elle ne pouvait que rester figée sur place tandis que le monde, autour, continuait de suivre son cours. Les nuages couraient dans le ciel, les vagues s'écrasaient sur le rivage, une fourmi escaladait sa bottine et le jeune homme, comme s'il avait enfin senti le regard posé sur son visage, venait de relever la tête dans sa direction.

Le regard qu'elle croisa lui donna alors la confirmation de ce qu'elle avait craint au premier coup d'œil. Non, ce soupirant passionné n'était pas un garçon du village en escapade avec sa petite fiancée. Ce n'était pas un mauvais garçon venu prendre un peu de bon temps à l'abri des regards. Ce garçon, c'était Matthew. Et celle qui, l'ayant aperçue à son tour, cherchait à s'extirper de son étreinte tout en remontant la manche de sa robe, c'était… Laura.

— Selina !

Ce fut la voix de Matthew qui la décida finalement à quitter son poste d'observation. Pour la seconde fois de la journée, elle prit ses jambes à son cou et déguerpit sans demander son reste, choquée comme elle ne l'avait encore jamais été. Cette journée était décidément l'une des pires de sa vie.

12

Juin 2011

Elle rentra à l'heure où les premières lueurs du soleil viennent timidement percer l'obscurité. À l'heure où le ciel passe du noir le plus profond au mauve puis à l'orange et au rose pour finalement revenir à ce gris terne qui caractérise toujours le début du jour dans ce coin du pays.

En entrant chez Mina sur la pointe des pieds, grimaçant d'angoisse à chaque fois qu'une porte faisait un peu trop de bruit en se fermant, Alma avait l'impression d'être projetée quinze ans en arrière et d'être redevenue une adolescente indocile qui, ayant fait le mur, tentait de réintégrer sa chambre le plus discrètement possible. Elle aurait été désolée de réveiller Mina au petit matin mais son extrême discrétion n'était pas seulement due à sa délicatesse. En réalité, elle ne tenait pas particulièrement à ce que sa grand-mère sache qu'elle était rentrée aussi tard – ou aussi tôt, question de point de vue – car cette découverte aurait forcément été accompagnée d'une série de questions qui l'auraient obligée à raconter chaque détail d'une soirée qu'elle avait envie de garder pour elle, tout simplement.

Elle atteignit enfin sa chambre et se glissa en sous-vêtements entre ses draps sans prendre la peine de se démaquiller ni de se laver les dents. Une vraie rebelle, pensa-t-elle en souriant dans le noir. Ou alors plutôt une grosse dégueulasse, comme aurait sans doute commenté Jack pour qui aller se coucher sans avoir au moins pris une douche était tout à fait inconcevable. Pas étonnant qu'il ne comprenne pas vraiment comment elle pouvait faire l'impasse sur ce qu'il considérait comme un véritable impératif.

Comme si laisser quelques traces de mascara sur l'oreiller était une déchéance honteuse…

Ce matin, son manque de motivation évident n'était pourtant pas dû à une envie de sombrer immédiatement dans le sommeil. Elle avait juste la tête trop pleine pour suivre sa routine habituelle et éprouvait le besoin de la poser sur un oreiller et de la laisser se vider doucement de trop de visages, de trop de voix, de trop d'images qui s'entrechoquaient dans sa mémoire. Car la soirée avait été pleine de rires, pleine de mots, pleine de paroles échangées et le tout dansait encore dans son esprit. Il y avait bien longtemps qu'elle n'avait pas participé à une soirée aussi…

Aussi légère ? Aussi drôle ?

Depuis la fin de la faculté, ses sorties s'étaient espacées jusqu'à prendre un caractère exceptionnel. À peine allait-elle boire quelques verres avec des amis, qu'elle voyait de moins en moins. Rien à voir avec cette ambiance bon enfant qui avait perduré jusqu'au petit matin.

Quelques heures plus tôt, elle avait pris la route tout en assurant à Mina qu'elle ne boirait pas plus que de raison.

— Car tu prends le volant, lui avait répété son aïeule, et tu connais peu les routes ici, elles peuvent être traîtres !

Parce que si je les connaissais, tu m'aurais autorisée à rentrer complètement bourrée, Mamina ?

Les bras croisés sur la poitrine, sa grand-mère était restée sur le perron, la regardant monter en voiture puis s'éloigner sur la route sans esquisser le moindre geste d'au revoir. Comme si elle était moyennement enthousiaste à l'idée de la voir partir. Un comble quand on se souvenait que, quelques jours plus tôt, c'est justement elle qui insistait pour qu'elle sorte !

Maintenant qu'elle n'était plus soumise à ce regard lourd de reproches (*oui, mais lesquels ?*), Alma pouvait à nouveau respirer et se concentra sur la soirée à venir. Déclarer qu'elle était légèrement inquiète quant à la suite des événements n'était pas peu dire car après tout, elle allait vers l'inconnu, ne connaissant personne, pas même Liv en réalité, ce qui aurait suffi à la mettre dans tous ses états en temps normal. Mais ce soir, plus que tout, elle craignait aussi les questions. Sur elle, sur sa vie à Londres, sur Rory aussi, puisqu'elle s'était engluée dans un mensonge ridicule dont elle ne pouvait à présent plus sortir sans passer pour une fille complètement ridicule ou carrément bizarre… Ce qu'elle était peut-être, il fallait bien se l'avouer.

C'est remplie de ces appréhensions qu'elle se gara sur le même parking que la veille, prenant un temps infini pour s'extirper de voiture, attraper sa bouteille de vin, récupérer son sac à main – elle garderait son téléphone dans sa poche pour se donner une contenance si, d'aventure, personne ne lui adressait la parole, sait-on jamais – et enfin pour s'engager dans la rue où se trouvait la pâtisserie.

De nuit, le petit centre-ville semblait encore plus calme, encore plus déserté. Selon Mina, les choses changeraient dès l'arrivée du mois de juillet et des estivants qui prendraient d'assaut les boutiques locales. Une prédiction sans doute fondée mais difficile à croire pour la jeune femme qui trouvait presque ce calme oppressant. Où étaient donc les gens ?

— Ah te voilà ! s'écria Liv en lui ouvrant la porte avec un sourire éclatant.

Alma venait de grimper la volée de marches en courant, oubliant de respirer entre-temps, ce que Liv ne manqua pas de remarquer.

— T'as couru pour venir nous voir ? C'est vraiment trop mignon ! D'ailleurs, je ne veux pas te mettre la pression mais nous n'attendions plus que toi, donc tout le monde est là !

Sans avoir le temps de proférer la moindre parole, Alma fut entraînée dans un couloir étroit aux murs blancs puis déboucha dans une pièce où une grande tablée digne des anniversaires enfantins les plus somptueux avait été dressée pour l'occasion. Habituée aux soirées bondées dans des appartements aux dimensions ridicules, elle fut étonnée par cet intérieur vaste et convivial où Liv avait réussi à caser un immense canapé, un fauteuil, une table basse et surtout, une variété impressionnante de plantes de toutes dimensions.

— J'espère que tu aimes le sucré parce que ce soir c'est pâtisseries et bière. Ou vin, pour ceux qui veulent.

Elle plissa les yeux, soudain dubitative.

— Je ne t'avais pas prévenue ?

— Euh non. Mais c'est pas grave.

— Nous sommes partis du fait que le moment le plus agréable du repas, c'est celui du dessert. On attend tous ça, non ? Alors nous avons décidé de faire un repas entièrement constitué de desserts ! Comme ça, il n'y a rien à attendre et on profite dès le début ! Autant gagner du temps. Puis franchement, les soirées pizzas, on a passé l'âge, non ?

Tout en avançant dans la pièce, Alma eut une pensée pour Caroline et ses longs discours sur les méfaits du sucre sur les dents. En dentiste passionnée par les cas les plus alarmants – et les moins ragoûtants, au vu des récits fort détaillés qu'elle lui faisait souvent –, son amie avait toujours mille et une petites anecdotes et aurait certainement fait un malaise devant un tel étalage de douceurs. Pour elle, les bonbons étaient diaboliques, le chocolat, un suppôt de Satan et les inventeurs du soda auraient dû être enfermés pour crime contre l'humanité. Du menton, elle désigna la montagne de gâteaux et de sucreries :

— Tu as tout fait toi-même ?

— Oh non ! ricana Liv. Jamais de la vie ! Tout le monde a travaillé.

Malgré le brouhaha des voix et le léger fond musical, Liv n'eut pas à élever la voix pour retenir l'attention de l'assemblée : ainsi que la jeune femme l'avait annoncé, ils l'attendaient tous de pied ferme et tendaient déjà l'oreille, attendant que Liv accepte enfin de faire les présentations d'usage.

— Voilà Alma ! Je vous en ai parlé. Elle ne connaît personne ici alors soyez sympa avec elle, ne lui faites pas peur, sinon vous aurez affaire à moi ! Je vous laisse le soin de vous présenter pendant la soirée, elle retiendra mieux vos prénoms si vous ne lui sautez pas tous dessus en même temps !

Puis, après avoir exercé une légère pression dans son dos afin de l'engager à avancer un peu plus, elle l'abandonna à son sort et partit sermonner une petite brune qui avait eu l'idée incongrue d'allumer une cigarette.

Alma se dirigea vers le premier fauteuil vide qui se présenta à elle – il était rose, bien entendu –, se demandant si elle n'aurait pas dû, au préalable, se munir de quelque chose à boire pour survivre à l'atmosphère torride qui régnait dans l'appartement. Plus tard, elle apprendrait que les fenêtres restaient résolument closes pour éviter que le voisin – celui d'en face, de l'autre côté de la rue – ainsi que le précisa Liv – n'aille encore faire quelques histoires monumentales à cause du bruit des conversations.

— Il a déjà fait des pieds et des mains pour nous empêcher de reprendre le local. Tu comprends, il avait peur que la boutique entraîne un peu trop de remue-ménage dans le coin. Alors quand il a su qu'on s'installait au-dessus, je crois qu'il a décidé de ne rien nous passer. Sally a essayé de le soudoyer en cookies mais rien n'y a fait. Ce qui ne l'empêche pas de les dévorer, bien entendu…

Alors qu'elle s'apprêtait à se relever, une grande blonde aux jambes d'une finesse incroyable anticipa son désir et lui tendit un verre.

— Tiens. Je m'excuse pour Liv, elle manque à tous ses devoirs et je ne sais pas du tout où est passée Sally. Sans doute en train de raconter sa vie ou de se brûler une énième fois à la plaque du four ou un truc du genre. Elle fait partie des gens étranges qui oublient qu'un four, c'est chaud. Marrant hein ? D'ailleurs, je ne te conseille pas de regarder ses mains, c'est un vrai massacre. À croire qu'elle aime ça ? Des fois, je me demande… Cette fille est un peu folle sur les bords, je crois ! Mais bref, moi c'est Juliet.

Puis elle fit une pause, se contentant de planter ses yeux dans ceux d'Alma et attendant visiblement un signe de vie de cette dernière ou au moins, juste un mot. Juliet appartenait visiblement à ce genre de bavards qui débitent une série de phrases pour se taire tout aussi subitement avant de procéder à une nouvelle salve de mots.

— Merci.

Alma but une gorgée, puis deux, puis trois et termina tout bonnement son verre sous le regard presque attendri de sa voisine de fauteuil.

— Et à part ça ? continua cette dernière. Je me demande bien comment tu as fait pour atterrir ici ? Il paraît que t'es là pour un moment ? Comment trouves-tu le coin ? Liv m'a dit que tu es passée à la boutique l'autre jour ? C'est joli, hein ? Bon, pour ma part, j'aime pas du tout le rose mais c'est joli quand même.

— Juliet ! Tu te tiens bien hein ? J'espère que tu n'es pas déjà en train de tenter de la mêler à tes manigances ? Ne te laisse pas embrigader, Alma, ajouta la voix en direction de la jeune femme, ne sois pas aussi faible que moi ! Une fois que cette fille a senti la moindre faiblesse, elle ne te lâche plus jamais ! Moi je suis foutu à vie maintenant.

Juliet posa sa main sur l'avant-bras d'Alma.

— Ne l'écoute pas ! Il est juste jaloux !

— Jaloux, moi ? Mais de quoi ?

Également blond comme un enfant qui aurait joué au soleil tout l'été, celui qui les avait interpellées vint finalement s'asseoir en tailleur aux pieds d'Alma.

— Je suis Thomas, son frère. Et je ne suis jaloux de personne.

— Nous sommes jumeaux, précisa Juliet. Comme tu le vois, j'ai hérité de l'intelligence et de la beauté. Il a eu le reste.

— Cette créature, reprit-il en désignant sa sœur de la main, s'est incrustée dans ma vie dès le plus jeune âge. Au moment où la plus grande majorité des humains bénéficie de la fameuse sérénité *in utero*, moi je devais déjà la supporter. Et bien évidemment, elle ment, c'est moi qui ai eu la beauté et l'intelligence. Elle, elle a juste hérité d'un sacré don pour emmerder son monde !

Loin de s'offusquer, Juliet éclata de rire puis prit Alma à parti :

— Il râle, il râle mais sans moi, sa vie aurait été bien triste !

— Elle aurait surtout été plus calme, oui !

Thomas avala une gorgée de sa bière avant de reprendre, ignorant sa sœur et visiblement désireux de se faire plaindre :

— Tu sais où je vais demain matin, aux premières heures ? Hein ? À un rassemblement contre la chasse à courre ! Un samedi matin, alors que j'aurais pu faire, je ne sais pas… Tiens ! Dormir par exemple !

— Mais ce n'est pas déjà interdit ? avança Alma, hésitante. Il me semblait qu'il y avait une loi qui…

— Bah si ! clama Juliet. Mais ces salauds de chasseurs s'en foutent royalement ! Elle a été votée en 2004 ! Il y a une éternité ! Mais ça ne les empêche pas de continuer comme si de rien n'était. Avec Thomas, nous faisons partie de ce qu'on appelle les saboteurs !

— On se tient dans les fourrés pendant des heures, compléta ce dernier. Frigorifiés dans nos baskets trempées puis...

— Vous les attaquez ?

Juliet éclata de rire :

— Non ! Nous les filmons pour prouver leur culpabilité.

— Et la plupart du temps, ça ne sert à rien du tout !

La jeune femme étendit la jambe, faisant mine de donner un coup de pied à son frère.

— L'important, c'est d'y aller ! De faire quelque chose de bien. Ça te dit Alma ?

— Euh je suis désolée, j'ai promis à ma grand-mère de rester avec elle demain. C'était un peu la condition pour qu'elle me laisse sortir ce soir... OK, ajouta-t-elle devant leurs mines étonnées, j'exagère peut-être un peu mais je lui ai dit que si je l'abandonnais ce soir, c'était pour mieux rester avec elle demain. Alors si je lui fais faux bond, j'ai peur qu'elle m'en veuille.

L'excuse était un peu trouble mais semblait avoir fonctionné.

— C'est vraiment dommage ! commenta Juliet.

— Oh oui, vraiment dommage ! renchérit Thomas avec un air exagérément déçu.

— Tu es la petite-fille de Mina, c'est ça ?

— Oui. Tu la connais ?

— Oh non !

Juliet secoua la tête et ses cheveux ondulèrent comme une vague dorée.

— C'est pas parce qu'on habite un trou perdu qu'on se connaît tous, hein ? Faut pas croire. Mais c'est ce que m'a dit Liv tout à l'heure. Elle m'a également dit que tu étais une amie de Rory ?

Alma attrapa son verre et fut désolée en remarquant qu'il était déjà vide. Qu'à cela ne tienne, elle fit semblant d'en boire une gorgée pour se donner une contenance puis répondit :

— Rory ? Oui. Enfin... On ne se voit pas souvent.

— Le contraire m'aurait étonné ! Personne ne voit Rory souvent !

Avec une moue critique – et peut-être un peu amère –, Thomas avait tendu la main vers la table basse pour attraper quelques sablés. Il en grignota un du bout des lèvres, sans gourmandise – « je fais attention à ma ligne », crut-il bon de préciser – puis reprit :

— Ce n'est pas un hasard s'il est parti d'ici dès qu'il a pu alors que nous sommes nombreux à être restés. Il a toujours été pressé de prendre le large !

Quel adolescent avait-il pu être ? Pourquoi semblait-il fuir ses amis d'adolescence tout en conservant malgré tout quelques liens avec eux ? Personne ne semblait l'avoir oublié et pourtant, il n'était pas là et ne l'avait visiblement pas été depuis bien longtemps. Alma sentait toute une série de questions naître dans son esprit mais se rappela au dernier moment qu'elle ne pouvait malheureusement pas les poser, sous peine de révéler son mensonge. Quelle véritable amie pouvait ignorer de telles choses sur le parcours de celui qu'elle était censée connaître sur le bout des doigts ? Il ne lui restait plus qu'à espérer que Thomas soit aussi bavard que sa sœur et finisse par lui donner quelques informations. Les gens amers sont souvent de grands bavards qui n'attendent qu'une chose : qu'on les mette sur les rails de leur rancune.

— Comme tout le monde, non ? interrogea-t-elle. Tout le monde a envie d'aller voir ailleurs à un moment donné. Pourquoi lui en faire des reproches ?

— À l'origine, il est parti parce que ses parents avaient déménagé, expliqua Juliet. On ne peut pas vraiment dire que c'est sa faute…

— OK mais il est parti à quelques heures d'ici. Pas le bout du monde quand même !

— Il est revenu souvent, arrête un peu…

Contrairement à son frère, Juliet ne semblait guère portée sur la critique et il suffisait de jeter un œil à son air serein pour comprendre qu'elle ne tenait pas à accabler Rory.

— Maintenant que ses parents sont de retour dans la région, on aura peut-être l'occasion de le revoir un peu, avança-t-elle, hésitante.

— Ouais, c'est ça ! Encore faudrait-il qu'il prenne la peine de nous contacter. De toute façon, je m'en fous totalement. Ça fait bien longtemps que j'ai fait une croix sur lui.

Thomas grimaça, visiblement peu convaincu.

— Mon frère fait le malin mais en fait, c'est un gros rancunier, expliqua Juliet. Il essaie de jouer au petit malheureux, abandonné par son copain préféré mais en fait, il a continué à voir Rory bien longtemps après qu'il soit officiellement parti du coin. Mais… Rory a vite eu sa vie ailleurs et on va dire que le petit cœur sensible qui me sert de frère s'est alors rendu compte qu'il était le seul à vouloir se battre pour que cette amitié perdure.

— Oh, souffla Alma. Il n'y a rien de pire que ça !

C'est faux ! pensa-t-elle au même moment. *Le pire, c'est quand un tel déséquilibre apparaît au sein d'un couple.*

Plus tard, elle eut l'occasion de discuter longuement avec Sally, la copine de Liv, et comprit que sa maladresse en cuisine n'était finalement pas un hasard : elle était un peu la tête pensante de leur affaire tandis que Liv était la créative du duo.

— C'est un vrai pari pour nous de nous installer ici. Et la connerie du siècle pour certains.

— On vous a dit ça ?

— Oui, bien sûr. Peut-être pas en ces termes, mais c'était l'idée.

— En même temps, hasarda Alma, peu désireuse de passer pour la rabat-joie de service, ce n'est pas tout à fait le genre de boutique qu'on pense trouver dans une si petite ville.

— Peut-être bien que non, en effet. Mais est-ce que ça n'aurait pas été encore plus fou de s'installer dans une grande ville où la concurrence est terrible ? Après tout, le veganisme est totalement à la mode dans les grandes villes, déclara Sally en mimant des guillemets sur le terme « mode ». On trouve pas mal de restos qui se sont engouffrés dans la brèche. Bien sûr, il y en a des sincères dans le lot, des gens avec une vraie implication, mais il y a aussi beaucoup d'opportunistes qui font juste ça parce que ça marche. Dans les petites villes comme la nôtre, c'est bien plus rare. Nous voulions de toute manière ouvrir notre propre pâtisserie depuis un moment et au vu de nos convictions, nous ne nous voyions pas ouvrir une pâtisserie traditionnelle ! On a pris le risque. Et si on doit se planter… eh bien on se plantera en beauté mais sans avoir à rougir de notre aventure.

Ensuite, Alma l'écouta religieusement lui expliquer ses choix alimentaires, un peu honteuse, finalement, de manger sans réfléchir à ce qu'elle avait dans son assiette et surtout, sans remettre en question des habitudes bien ancrées. À écouter Sally, tout envoyer valser était à la portée de chacun mais la jeune femme n'en restait pas moins sceptique. Pourrait-elle un jour faire une croix sur ses pizzas quatre fromages et sur ses sushis ? De telles pensées étaient tout sauf constructives mais elle n'y pouvait rien : c'étaient ses premières angoisses sur la question.

Au vu du menu, Alma ne s'était pas attendue à ce qu'ils passent à table et pourtant, un peu plus tard, Liv annonça finalement le rassemblement autour de cette dernière.

— Je vais apporter ma fontaine à chocolat et il est absolument IN-TER-DIT d'en mettre partout ! Vous avez compris ? Demain j'ouvre tôt et j'aurai autre chose à faire que nettoyer vos conneries !

— Elle ment ! lui souffla Sally quand elles allèrent chercher les fruits coupés et les bonbons en cuisine. Nous n'ouvrons pas demain matin mais nous voulions éviter de consacrer l'un de nos rares samedis matin tranquilles à la mission « Renards en détresse » de Juliet…

Elle pouffa.

— Je sais, c'est pas très sympa pour les renards. Mais la dernière fois, j'ai attrapé un rhume carabiné à force de patauger. Ces bois sont terriblement humides ! Et puis, la saison de la chasse est terminée depuis un moment, je ne comprends pas trop l'intérêt… Mais faut pas chercher. Cette fille est folle.

— C'est marrant, elle m'a dit la même chose sur toi il y a quelques minutes.

Sally haussa les épaules, philosophe :

— Alors ce sera à toi de décider laquelle est la plus folle des deux !

Après le remue-ménage des chaises bruyamment traînées sur le parquet et les lamentations théâtrales de ceux qui, ayant oublié leur verre à moitié plein près du canapé, se trouvaient obligés de se relever à peine s'étaient-ils assis, un silence confortable retomba sur toute l'assemblée.

Être assise au milieu d'eux dans le coin salon lui avait donné l'impression qu'ils étaient bien plus qu'une dizaine mais Alma réalisa finalement qu'ils étaient seulement neuf. Il y avait Liv, Sally, les jumeaux, un cousin de Liv – un certain Tom, à moins que ce ne soit Tim ? Dans le doute, Alma se garda bien de l'interpeller – mais également un couple qui habitait deux rues plus loin et enfin, une certaine Charlotte, une fille un peu boulotte qu'Alma catégorisa, à tort, parmi les gens « pas très causants » mais qui se révéla en réalité une véritable pipelette. Le hasard fit qu'elles furent assises l'une à côté de l'autre tout le reste de la soirée.

— Alors tu connais Liv depuis longtemps ? lui demanda Alma avant de tendre sa brochette de chamallows sous le chocolat.

— Depuis la maternelle, répondit très aimablement la jeune femme, non sans avoir, au préalable, indiqué à Alma qu'elle avait du chocolat sur la joue.

— Ah oui ? Carrément ?

— Carrément !

— Waouh ! J'aurais aimé garder une amie aussi longtemps !

— Pourquoi ? C'est pas le cas ?

Alma pensa furtivement à ses amis de l'école élémentaire, à ceux du collège puis du lycée, à tous ces visages qui avaient eu une importance folle à un moment donné de sa vie mais qui, malheureusement, ne voulaient plus dire grand-chose pour elle à présent.

— Pas vraiment.

— Pourquoi ?

— J'imagine qu'on ne devait pas s'apprécier assez pour se sentir obligées de garder contact. En même temps, il faut bien faire de la place aux nouveaux. Imagine si on restait ami avec toutes les personnes qu'on rencontre au cours d'une vie entière.

— Ouais, il y aurait du monde aux anniversaires !

— Et on passerait son temps au téléphone ou chez les uns et les autres. Ce serait insupportable.

— C'est vrai ! Mais ici, c'est un peu différent tu vois ! Si tu ne gardes pas contact, t'es foutu ! Parce que les gens de notre âge sont pas légion ! Tous ceux que tu vois là sont les derniers, tu comprends ?

— Les derniers ?

— Les derniers de notre génération ! Tous les autres sont partis dès qu'ils ont pu et on ne peut pas le leur reprocher. Il n'y a rien ici, rien qui vaille la peine de rester. À par le bord de mer, peut-être… Et encore, seulement en été. Certains trouvent la mer belle, même en hiver, mais je trouve ça terriblement déprimant. À chaque fois, ça me rappelle trop que l'été nous a faussé compagnie.

— Et alors, pourquoi tu restes, toi ?

— Pour le boulot. Et puis parce que je ne saurais pas où aller. Et puis aussi parce que je râle tout le temps mais qu'en réalité, j'adore vivre ici. Plus précisément, j'adore le fait qu'il ne se passe jamais rien, tu vois ce que je veux dire ?

Un petit sourire vint naître sur les lèvres d'Alma. Elle voyait parfaitement. Depuis qu'elle était chez Mina, elle se sentait protégée par l'insignifiance des lieux, par la tranquillité du paysage, par… la douceur de l'air, tout simplement. Elle pouvait sortir dans la rue sans toujours se demander si elle n'allait pas croiser quelqu'un d'agressif ou manquer de se faire renverser par un bus. Ici, elle était tranquille et cette tranquillité était à double tranchant : gentiment ennuyeuse, mais gentille quand même…

Elle sourit plus franchement.

— Depuis que je suis ici, j'ai l'impression que rien de grave ne peut m'arriver.

— C'est tout à fait ça ! répondit Charlotte avec un air malicieux. Il ne t'arrivera rien de mal ! Mais rien de bien non plus, ajouta-t-elle après une courte pause. Mais une vie tranquille peut aussi avoir ses avantages…

— À t'entendre, on est comme pris d'un doute !

— Oh non, détrompe-toi, je suis très bien ici. C'est juste que parfois…

Elle soupira bruyamment :

— Parfois, c'est juste un peu dur de se lever et d'aller bosser en se disant que la journée qui commence sera similaire à celle de la veille. Et que celle de demain sera sur le même modèle…

— Tu sais, ça, c'est pareil partout. Et pour tout le monde.

— Ça dépend des boulots.

— Et tu fais quoi ?

— Archives et bibliothèque.

— Archives et bibliothèque ? pouffa Alma. Ici ?

À cette question, le visage de Charlotte se ferma et Alma se sentit complètement catastrophée. Quelques mots de trop et voilà qu'elle passait pour une Londonienne complètement snob. Ce qu'elle n'était évidemment pas. À moins que…

— Tu sais, répliqua alors Charlotte d'une voix froide, ce n'est pas parce qu'on vit ici qu'on ne sait pas lire. Et puis, il ne faudrait peut-être pas penser que vous avez le monopole de la culture à Londres… On est assez bien pour avoir une bibliothèque, quand même !

— Je ne voulais pas dire… Enfin… Je voulais dire que j'étais étonnée qu'il y ait une bibliothèque ici… Enfin… pas parce que vous n'en méritez pas une mais j'avais l'impression… D'ailleurs en fait, je le savais, maintenant que j'y pense, on m'en a déjà parlé. Mais c'est très bien, hein ! Tant mieux ! J'imagine que tu dois avoir plein de choses à faire, plein de responsabilités…

Indifférente à ses vaines tentatives pour se racheter, Charlotte restait silencieuse et ce silence plongea Alma un cran plus profond dans la détresse. Sa gorgée de vin sembla faite de ciment et elle eut le plus grand mal à la faire passer dans sa gorge. Il fallait vraiment qu'elle arrête l'alcool et qu'elle passe à l'eau pour de bon.

— Oh Alma ! Tu verrais ta tête ! Je plaisante voyons !

Charlotte lui tapota chaleureusement l'épaule.

— Je te taquinais ! T'as raison, tout le monde se fout de notre bibliothèque. Je n'y vois que les petits vieux, quelques gamins et puis les étudiants qui sont de passage chez leurs parents pour les vacances. Le reste du temps… Enfin, ça me laisse de longues heures pour écrire. J'écris un recueil de nouvelles, tu sais ? Je me suis inspirée des faits divers que j'ai lus dans les vieux journaux du coin. Des histoires qui se déroulent avant et après la Première Guerre mondiale, le but étant de… Enfin tu vois ? Pas forcément de montrer que la guerre a tout foutu en l'air mais de dépeindre les lieux avant et après ce drame collectif.

— Ça a l'air… intéressant ! souffla Alma.

Et un peu déprimant, pensa-t-elle tout bas.

— Je vais l'appeler *Guerre et Paix*.

L'air si satisfait et fier qu'arborait la jeune femme disparut brusquement lorsque Thomas décida de mettre son grain de sel.

— Ça, c'est déjà pris Charlotte ! Tu le savais ?

Du coin de l'œil, Alma avait remarqué qu'il les observait depuis une bonne minute, sans doute alerté par le long silence qui avait ponctué un échange auparavant vif et amical.

— Je sais ! rétorqua-t-elle d'un air outré. Mais c'est injuste ! Un vieux gars a décidé d'appeler son roman comme ça il y a cent ans et du coup, je n'ai pas le droit de faire de même ? Vraiment ? Où est la logique dans tout ça ?

— Ton vieux gars a quand même écrit l'un des plus grands classiques de la littérature russe !

— Et tu vas vraiment me faire croire que tu l'as lu ?

Thomas haussa les épaules.

— Bien sûr que non ! Tout le monde en parle mais ça fait bien longtemps que plus personne ne le lit vraiment ! Je ne connais personne qui en ait lu plus de quelques pages en diagonale et ceux qui assurent le contraire mentent de manière honteuse. On continue de l'éditer jusque parce que ça fait bien dans une bibliothèque, rien de plus !

Et ils ricanèrent de concert, visiblement déjà un peu éméchés.

— Ça me fait penser au chat d'Emily, Anna Karénine. Je crois qu'elle est une vraie fan de Tolstoï. Elle, elle l'a lu, c'est sûr !

— Un chat qui lit du Tolstoï, c'est plutôt original ! s'écria alors Thomas, visiblement enchanté par cette image.

Alma se sentit obligée de préciser ce que c'était Emily qui l'avait lu et non pas son chat, ce qui fit grimper l'hilarité du jeune homme d'un cran.

— Emily ? Tu parles de la femme qui habite près de la plage ?

C'était la première fois que le cousin de Liv lui adressait la parole.

— Oui, je devais aller lui rendre des livres. Puis finalement je suis restée un peu avec elle, on a discuté de tout et de rien.

— Ah ouais ? Vraiment ?

— Pourquoi ? Ça te pose un problème ?

Il s'empara lui aussi d'un pic, y empala quelques bonbons aux couleurs vives et entreprit de les inonder de chocolat grâce à la fontaine qui bloblotait toujours gaiement au milieu de la table. Alma se laissa un instant hypnotiser par le spectacle avant de reporter son attention sur l'autre convive.

— C'est juste que je trouve ça étrange. Tu ne la connais pas, elle ne te connaît pas… Et tu rentres chez elle, comme ça, pour boire le thé ?

— C'est elle qui m'a demandé d'entrer. Elle n'avait rien d'un tueur en série, je n'ai pas spécialement hésité. Et pour être totalement honnête, puisque tu as l'air d'être d'une nature étrangement suspicieuse, c'est elle qui m'a presque forcée à entrer. Je n'ai fait que me montrer polie.

Le cousin de Liv, qui avait finalement abandonné ses bonbons dans un coin de son assiette, la regardait à présent d'un air dubitatif. Plus pour se donner une contenance que par réelle faim, Alma attrapa un cupcake au chocolat qui traînait sous son nez, enfonça ses doigts dans un glaçage ramolli par la chaleur ambiante et tenta, tant bien que mal, de le porter à sa bouche tout en conservant toute sa dignité. Elle y parvint presque, happant du bout des lèvres l'amas chocolaté qui était resté collé le long de son index. À peine l'avait-elle avalé qu'elle le regrettait déjà, ce qui ne l'empêcherait pas de continuer à s'empiffrer jusqu'à son départ, tout comme le reste de l'assemblée.

— En fait, pour être encore plus honnête, à l'origine je voulais surtout aller faire un tour sur la plage. J'y étais allée avec ma grand-mère et la mère de Rory quelques jours plus tôt et j'étais intriguée.

— Par quoi ?

— Par l'histoire de ceux qui y vivaient. Par la maison disparue mais aussi par l'autre, à côté, à laquelle on ne peut pas accéder d'ailleurs.

— À moins d'être complètement dingue ! déclara Charlotte. Certains ont tenté leur chance là-bas, juste pour voir, et ils ne sont jamais revenus !

— Sérieusement, Charlotte ? Thomas avait manqué s'étouffer avec le contenu de son verre. Tu crois à ces bêtises ? Mais c'est juste des conneries inventées pour faire peur aux filles à la fin des soirées, c'est tout !

La bibliothécaire haussa les épaules.

— Je n'étais pas sérieuse.

— Si, tu l'étais ! T'étais totalement sérieuse !

— Non !

Boudeuse, Charlotte détourna sciemment la tête, feignant de ne plus le voir.

— J'ai trouvé une lettre chez ma grand-mère, reprit Alma, désireuse de mettre fin à une conversation un peu gênante pour sa nouvelle amie. Enfin, c'était une lettre adressée à mon arrière-grand-mère et que ma grand-mère a conservée.

— Et cette lettre parle de la maison ? demanda Charlotte, qui ne boudait déjà plus.

— Pas vraiment en réalité ! Mais elle parle d'une noyée et cela m'a pas mal captivée, si bien que j'ai plus ou moins forcé Mina à m'emmener sur les lieux.

— Ahhh d'accord !

Tim – ou Tom – eut un sourire vaguement condescendant :

— Je m'étais imaginé que tu y étais allée avec un but précis ou je ne sais quoi ! Mais en fait, c'est juste ces vieilles baraques qui t'intriguent ! Crois-moi, tu n'es ni la première, ni la dernière ! Tous les ados du coin sont déjà allés se promener par là-bas, juste pour voir, comme on dit… C'est pas pour rien qu'ils ont barricadé la maison qui tient encore debout ! Les visiteurs étaient devenus un poil intrusifs à ce qu'on dit ! Certains se sont fait peur, d'ailleurs… Les histoires de Miss Tolstoï ne sont peut-être pas si folles, qui sait ?

Il ménagea une pause, s'assurant qu'il avait obtenu l'attention de tous, mais Thomas lui gâcha son effet.

— Toi aussi t'y mets, Tim ? À ton âge, franchement ! C'est de vous gaver de sucre qui vous fait régresser ou quoi ?

C'était donc Tim et pas Tom. Pas sûr qu'elle s'en souvienne bien longtemps.

— Moi, ma sœur y est allée l'été dernier, avec son petit ami.

Cette fois, c'était Diane, la presque-voisine de Liv et Sally, qui avait pris la parole.

— Et ? demanda Liv.

— Ben rien. Ils ont rien vu.

— Étonnant ! ironisa Thomas.

— Mais…

Tous les regards se braquèrent à nouveau sur Diane :

— Elle s'est quand même sentie super mal à l'aise. Elle avait l'impression qu'il y avait une présence étrange près de ces roches, sur la plage…

— Évidemment ! De nuit, dans un endroit isolé de tout avec, en plus, ce genre d'histoires flippantes en tête, on est prêt à imaginer n'importe quoi. À voir n'importe quoi. C'est de l'autopersuasion. Il m'en faudra bien plus pour prendre tout ça au sérieux ! D'ailleurs, qu'est-ce que je raconte ? Je ne prendrai pas ça au sérieux, quoi qu'on en dise, quelles que soient les anecdotes qu'on me raconte. C'est juste du vent ! Même ces histoires de mauvaises ondes : je n'y crois pas une seconde. Les lieux n'ont pas d'âme, pas de personnalité, pas d'histoire – du moins, pas d'autres histoires que celles qu'on veut bien leur donner. Comment pourraient-ils transmettre quoi que ce soit ?

— Franchement, je ne serais pas si catégorique à ta place, avança Juliet tout en jetant un regard excédé à son frère qui secouait la tête, plus dubitatif que jamais. Les lieux ont une âme et ils nous touchent à leur manière. On peut se rappeler une rue, une maison, un endroit précis toute notre vie parce qu'ils ont un lien particulier avec notre histoire. Ils ont un pouvoir sur nous.

Elle posa sa paume ouverte sur son cœur tandis que Thomas levait les yeux au ciel.

— Mais je suis convaincue que nous avons *également* un impact sur les lieux dans lesquels nous avons vécu. Ce n'est même pas une histoire de bonnes ou de mauvaises ondes, bien que je sois certaine que tous autant que nous sommes ici, ce soir, nous avons déjà ressenti ce genre de chose en arrivant dans un appartement vide, par exemple. Et je ne parle pas des maisons où il y a eu des meurtres ou des gens qui se sont pendus, ajouta-t-elle tout en glissant un regard entendu à son frère qui ouvrait déjà la bouche pour protester. Ce que je veux dire, c'est qu'il s'est certainement passé des choses tristes là-haut et qu'une personne a perdu la vie sur cette plage. Ce n'est peut-être pas étonnant que ta sœur s'y soit sentie mal à l'aise à la nuit tombée. Après, ces histoires d'esprits qui se baladent… C'est à chacun de voir ce qu'il est prêt à croire ou non. Que croyez-vous, vous ? Et si on allait tous voir ça de plus près histoire de voir qui a raison ?

— Bon Dieu, souffla Thomas. Est-ce que ce n'est pas comme ça que les films d'horreur les plus débiles commencent ? Par une proposition à la con, proférée par une blonde sans cervelle ? Et on sait tous comment ça se termine. Si on t'écoutait, dans une heure à peine, on se retrouverait à courir sur cette foutue plage en hurlant de trouille avec tous les démons de l'enfer aux trousses ! Mais heureusement, je sais que je serai l'un des derniers à y passer…

— Pourquoi ? demanda Sally.

— Parce que je suis *le* beau gosse de la soirée. Et le beau gosse est toujours celui qui reste le plus longtemps à l'écran !

— Pas forcément ! répondit sa sœur. Parfois, le beau gosse est également le plus demeuré de la bande et il se fait éliminer tout de suite !

— De toute manière, déclara Liv tout en posant une main sur son ventre, moi je ne bouge pas d'ici. Je n'aurai le courage de courir nulle part ailleurs que dans mon lit. Et encore… Je vais devoir m'y traîner sur les coudes ! J'ai l'impression d'avoir mangé pour six mois… le sucre court littéralement dans mes veines ! Rappelez-moi un truc : qui a eu l'idée de faire un tel repas, déjà ?

La soirée s'éternisa puis, peu à peu, comme par un accord tacite, les invités quittèrent l'appartement pour retourner à leurs vies. Avant de sauter dans sa petite voiture bleue, Charlotte fit promettre à Alma de passer lui rendre visite à la bibliothèque pour voir ce qu'elle pouvait faire au sujet de sa lettre et de son histoire de noyée.

— Il existe peut-être un vieil article ou un document sorti d'on ne sait où et qui pourra te mettre sur la bonne voie, si ça t'intéresse d'en savoir plus !

Juliet, quant à elle, ne perdit pas de temps pour revenir à l'assaut :

— Si tu n'es pas dispo demain, viens le week-end prochain. On va à un rassemblement pour la sauvegarde des hérissons. Enfin presque. Je tiens un stand pour sensibiliser les gens à cette cause et il y a du travail. À seulement deux heures d'ici ! Viens avec nous ! On passera te chercher !

— Oui, on viendra à l'aube parce que toutes les journées pourries commencent toujours trop tôt, sinon elles ne seraient pas totalcmcnt pourrics ! ajouta Thomas.

Trouve une excuse, vite ! lui souffla-t-il en aparté.

Juliet fit mine de lui donner un coup sur le museau puis se tourna à nouveau vers Alma.

— Tu savais qu'ils étaient plus de 700 000 à mourir chaque année en Europe ? Et pourquoi ? Mais à cause de nous, bien sûr ! À force d'étendre nos villes, nous grignotons peu à peu sur leur habitat naturel et…

— Je suis sûr qu'Alma brûle de connaître l'histoire de ces malheureux hérissons mais il est tard et je te signale que c'est moi qui te ramène…

— Je viendrai ! assura Alma pour couper court à la conversation.

— Génial !

— Malheureuse ! Tu es perdue ! s'écria Thomas tout en lui faisant un clin d'œil.

Ils s'éloignèrent dans la nuit et Alma sauta mollement dans sa voiture, alourdie par trop de gâteaux. Dans un état pareil, souffler dans tous les éthylotests de la planète ne poserait aucun problème mais mieux valait ne pas croiser une brigade de la glycémie sur le chemin du retour… Elle imagina alors se faire courser par des flics du sucre qui, armés de Dextro, décideraient si, oui ou non, elle avait fait trop d'abus… puis secoua la tête. Il fallait *vraiment* qu'elle arrête les sucreries, ça lui montait au cerveau.

13

Mai 1913

Telle une aveugle se découvrant pour la première fois, Laura s'examinait consciencieusement dans le miroir de sa chambre. Son immobilité, alors quasi parfaite, aurait stupéfié toute personne la connaissant car elle semblait presque contre nature pour une âme aussi vive que la sienne. Ainsi postée devant la glace, le menton légèrement relevé en un air de défi, elle n'était plus vraiment elle-même et ressemblait d'autant plus franchement à une créature affectée et vaniteuse, à la recherche d'une nouvelle expression séduisante à arborer en société. En réalité, Laura ne s'admirait pas mais, plongée au fond de ses propres yeux, cherchait à savoir si son visage trahissait son trouble et surtout, sa toute nouvelle personnalité de dissimulatrice. Si, ces derniers temps, elle avait souvent eu l'impression que ses mensonges se lisaient clairement sur ses traits, ce long examen lui avait au moins permis de se rendre à l'évidence : rien, absolument rien ne transparaissait. Nul ne pouvait voir ce qui se passait en elle, nul ne pouvait seulement imaginer dans quelle direction tendaient ses pensées. En l'observant, en croisant son regard si franc, on ne verrait jamais qu'une extrême jeunesse. La fine ossature de son visage, sa peau pâle, tachetée de taches de rousseur, s'harmonisaient toujours aussi bien avec sa chevelure brune et ses yeux noisette semblaient exempts de culpabilité. Ainsi, et contrairement à ses craintes les plus vives, le Mal auquel elle avait ouvert les bras n'avait pas encore complètement corrompu son être… À moins qu'on puisse vivre dans le mensonge sans que ses fautes ne viennent altérer son apparence ? Elle qui avait toujours pensé que les mauvaises actions se lisaient sur les visages ne voulait pas en croire ses yeux. Fallait-il en conclure qu'elle ne faisait rien de mal ? Qu'elle était dans son droit ?

La jeune fille fit quelques pas en arrière, contemplant sa silhouette élancée dans son intégralité, examinant d'un œil vague les contours de sa taille fine et de sa poitrine désespérément plate. En comparaison, Sybil était tellement plus attirante avec ses formes féminines, son air si soigné, son élégance. À côté d'elle, Laura avait toujours eu l'impression de n'être que le brouillon d'elle-même, une version non achevée en attente d'améliorations qui tardaient à arriver. Si elle s'était toujours interdit de s'attarder sur de tels détails, et encore plus d'en parler, elle n'était jamais réellement parvenue à se détacher de cette impression d'injustice que son physique lui inspirait. Alors, comment était-il possible qu'il l'ait choisie, elle ? Comment était-il possible qu'elle ait osé poser les yeux sur lui alors qu'elle se sentait si imparfaite ? Elle devait le reconnaître à présent : tout cela, toutes ses réserves et toutes ses fausses idées sur ce qu'elle aurait dû être ou dire n'avaient finalement eu aucune importance.

Laura soupira, se détournant un instant de son reflet pour regarder sa robe, mollement étalée sur son lit. Elle était simple, comme elle, quotidienne, sans dentelles, sans froufrous. C'était son armure, son déguisement. Celui qu'elle devait porter tous les jours pour ressembler à celle qu'elle devait être, soit celle qui ne se souciait ni de son apparence, ni des gens autour et encore moins des hommes. Elle la dédaigna encore un peu, préférant aller admirer le paysage.

Le parquet était tiède sous ses pieds quand elle alla se poster à la fenêtre. Il avait été chauffé par le soleil du matin et semblait si accueillant qu'elle ne put résister à l'envie de s'y allonger un instant. Il ne valait pas le sable de sa plage adorée mais il était toujours préférable à ce lit où elle perdait des nuits entières à fixer le plafond, des questions plein la tête. Devrait-elle se résoudre à rester à jamais dans l'attente de la révélation ? Devait-elle accepter de ne jamais comprendre ? Et au fond, était-ce si important ? Cet élan, qui les avait poussés l'un vers l'autre, n'avait peut-être pas de raison d'être, pas d'origine logique et explicable. Seul comptait ce qui les liait aujourd'hui. Seul comptait cet amour qui la stupéfiait, l'effrayait en même temps qu'il lui avait donné un nouvel élan. Était-ce parce qu'avec lui, elle s'était découverte différente ? Parce qu'il avait su réveiller en elle ce que personne n'avait vu ? Elle qui s'était cru uniquement réduite à ce rôle de petite sauvageonne – rôle qu'elle avait endossé avec une bonne volonté certaine – avait finalement compris qu'elle pouvait être plus que ça. Qu'elle aussi pouvait savoir des choses, qu'elle était capable de comprendre le monde et que ses avis pouvaient être écoutés, et respectés pour ce qu'ils étaient. À sa manière, il avait été le premier à l'écouter pour de vrai alors que tous les autres s'étaient contentés de sourire sans vraiment la prendre au sérieux. Elle ne pensait pas en souffrir et pourtant, à présent, elle savait qu'elle en avait souffert. Le comprendre, prendre conscience de tout cela était phénoménal. Inouï, même ! D'autant plus que tout cela était inespéré et non prémédité ! Si inattendu !

Elle n'en revenait pas de l'audace qu'ils avaient eue, de ces baisers échangés furtivement derrière une porte que personne ne prenait jamais la peine d'ouvrir. Et pourquoi les aurait-on surveillés, après tout ? Elle n'était que Laura, la petite fille qui s'intéressait plus aux oiseaux qu'aux hommes. Il n'était que Matthew, un homme au caractère trop doux pour être vraiment respecté, trop pâle et convalescent. Nul ne s'était méfié et tout le monde avait trouvé leur petit arrangement bien pratique, trop pratique, sans doute, pour faire l'objet d'une réflexion plus approfondie. Selina n'y voyait rien de mal et en profitait pour aller retrouver Helen et parler de Dieu seul savait quoi. Sybil n'y voyait rien de mal parce qu'elle n'avait plus à supporter son fiancé grincheux et pouvait rêver à des temps meilleurs. Catherine n'y voyait rien de mal non plus puisqu'elle disparaissait des journées entières tout en ayant l'assurance que son fils ne serait jamais seul. Toutes autant qu'elles étaient, trop concentrées sur leurs propres problèmes, leurs propres envies, n'avaient rien vu et rien compris. Loin d'être insignifiante, leur indifférence avait permis de réunir deux êtres qui semblaient n'avoir rien en commun. Personne n'aurait pu prévoir ce qui allait suivre, pas même elle.

Les premiers jours, c'étaient l'amusement et, surtout, le plaisir de rompre la routine avec une nouvelle occupation qui l'avaient séduite. L'hiver ne valait rien pour elle, toute occupation imprévue était donc la bienvenue, à condition qu'elle lui permette de s'éloigner de sa sœur. Et c'était justement cette dernière qui l'avait poussée à faire le chemin une première fois. C'était elle qui les avait poussés dans les bras l'un de l'autre car sans elle, sans cette demande initiale, elle n'aurait jamais osé ni même pensé aller passer quelques heures auprès du frère de Selina. Pourquoi l'aurait-elle fait ? Elle ne se souvenait de lui que comme d'un garçon un peu morne, sans surprise et surtout, sans caractère. Celui dont elle se souvenait et qu'elle croyait connaître n'aurait jamais pu faire battre son cœur un peu plus fort et croiser son regard n'aurait jamais pu allumer un tel trouble en elle. Très vite, pourtant, la seule mention de son nom avait commencé à lui faire perdre ses moyens. Les conversations les plus classiques devenaient terriblement gênantes à ses yeux. Il suffisait que Sybil parle de lui au cours d'un repas ou que l'un ou l'autre lui pose la question la plus insignifiante sur le jeune homme pour qu'elle sente ses joues se colorer violemment, si bien que sa mère, inquiète de ces subites rougeurs, avait fini par lui interdire de rester trop longtemps au soleil.

— Même toi, Laura, tu n'es pas à l'abri d'une insolation ! Tu devrais faire plus attention !

Certains soirs, elle se persuadait qu'elle n'irait pas le lendemain, qu'elle se réserverait sa journée, mais chaque début d'après-midi la trouvait sur le seuil de cette chambre qu'elle connaissait à présent par cœur et dans laquelle elle entrait comme chez elle. Dès qu'il la voyait en franchir la porte, il lui faisait signe de le rejoindre au plus vite et ils reprenaient leur discussion là où ils l'avaient laissée la veille. Elle devait le reconnaître : leurs rendez-vous quotidiens étaient devenus le point central de son existence. Le reste – les gens, la plage, sa mère et même les plaintes de sa sœur : plus rien ne comptait et elle accomplissait les tâches sans s'en rendre compte, l'esprit captivé par des sujets beaucoup plus passionnants que ceux qui l'occupaient auparavant.

La vie pouvait être étonnante, étrangement étonnante et Matthew, non moins étonnant. Passer du temps à ses côtés lui avait permis de comprendre à quel point il était finalement loin des petites étiquettes dont elle l'avait affublé au cours des années précédentes. Il en était même parfois si éloigné qu'il lui donnait souvent l'impression qu'elle ne le connaissait pas du tout en réalité. Il y avait toujours un mot, toujours une attitude qui lui donnaient à découvrir un homme différent de celui qu'elle s'était imaginé pendant des années. Il lui avait fallu du temps et surtout, une certaine capacité à dépasser ses préjugés pour vraiment ouvrir les yeux sur lui et l'observer comme jamais encore elle ne l'avait fait. Le regarder avait alors été comme contempler un inconnu qu'elle aurait croisé dans une autre vie ou comme rencontrer quelqu'un qu'elle aurait auparavant vu en rêve.

Au-delà de sa voix et de façon d'être, il y avait aussi son visage. Elle n'avait pas oublié ses traits, ils lui étaient connus mais là encore, plus elle les examinait et plus ils semblaient lui échapper, comme si le Matthew du passé, celui de ses souvenirs, s'évanouissait à mesure qu'elle en contemplait la version actuelle. Certes, ils avaient tous beaucoup changé en quelques années mais *lui* avait définitivement perdu les rondeurs de l'enfance qui s'attardaient auparavant sur son visage juvénile. Son profil s'était affiné et son aspect général n'en semblait que plus affirmé, plus masculin et il portait à présent les cheveux un peu plus longs que dans ses souvenirs, la pointe de ces derniers venant presque effleurer le col de sa chemise.

Contrairement à ses moqueries et à ce qu'elle avait toujours voulu faire croire à sa sœur, Laura avait toujours aimé la couleur des cheveux de Matthew qui pouvaient passer du blond vénitien au roux le plus chaud en fonction de l'intensité de la lumière, ainsi que le faisaient ceux de Catherine et de Selina. À bien des occasions, elle les avait contemplés sans prendre garde à celui qui se trouvait dessous, les observant brûler comme un soleil cuisant ou luire doucement, presque dorés. Mais à bien y réfléchir, elle les trouvait encore plus beaux quand ils ne renvoyaient que de timides reflets cuivrés car ils mettaient alors mieux en valeur l'éclat de ces deux yeux pâles qui la fixaient parfois, longuement, depuis l'autre côté du lit, juste au moment où elle se croyait justement à l'abri de leur brûlure.

Ces regards, elle en avait d'abord été gênée puis, jour après jour, avait fini par les rechercher. Bien vite, ils s'étaient même révélés insuffisants, la forçant à imaginer d'autres points de contact, lui donnant l'envie subite de se rapprocher de lui, de s'asseoir à ses côtés et non plus au bout du lit. D'accidentels, leurs effleurements avaient bientôt fait partie de leur toute nouvelle intimité et, côte à côte, feignant de penser à tout autre chose qu'à cette étrange et si nouvelle proximité, ils s'étaient longtemps contentés de s'imprégner de la chaleur de l'autre.

Quelque chose avait décidément changé. Et pas seulement lui ou la manière qu'elle avait de le voir. Elle aussi. Elle qui n'avait jamais cherché à plaire à quiconque avait soudain découvert l'envie de séduire envers et contre tout. Plus de réflexions, plus de pensées altruistes : elle n'avait pensé qu'à elle et qu'à ces sentiments qui bouillonnaient à l'intérieur. Ces après-midi-là, alors que le ciel demeurait maussade et que la pluie frappait les carreaux, elle n'avait pas pensé une seule fois à Sybil, restée à la maison, ni même à Selina, constamment cloîtrée dans sa propre chambre ou absente. Elle n'avait pensé qu'aux yeux de Matthew et à sa volonté de les garder le plus longtemps sur elle. Obnubilée par cette idée, elle s'était surprise à adopter les attitudes et les mimiques qu'elle avait si souvent reprochées à Sybil, jouant avec ses cheveux, choisissant avec plus de soin ses mots, le regardant de dessous ses cils, attendant... Attendant quoi, au juste ? Le chercher du regard était une chose, attendre plus de la part d'un garçon fiancé à sa propre sœur en était une autre et malgré sa candeur, Laura savait que certaines limites ne devaient pas être dépassées. Car en dépit de ses sautes d'humeur, en dépit de son caractère lunatique et parfois même, colérique et violent, Sybil restait son aînée et celle vers qui tous les regards avaient toujours convergé. Celle qui était née *avant* et qui, en toute logique, était toujours passée *avant*. Souvent par la force des choses, si ce n'est par facilité. Tous savaient qu'il était plus simple et plus raisonnable de lui donner tout ce qu'elle voulait, ne serait-ce que pour avoir la paix. Laura ne passait qu'après. *Mais cela t'est égal, n'est-ce pas ? Tant que tu as ta plage et ta forêt, toi, tu es contente ! Tu n'as besoin de rien d'autre !* Et pourtant si, justement. Elle aussi avait osé rêver de plus. Et surtout, d'autre chose…

Toujours plantée devant son miroir, Laura se rappela ses retours toujours plus tardifs après ses après-midi passés chez les Wilson, ses difficultés à quitter Matthew, leurs conversations sans fin quand arrivait le moment de partir, les questions de Sybil qui voulait tout savoir de ces moments qu'elle aurait pourtant voulu garder pour elle et le regard insistant de sa mère qui semblait étonnée par cet étrange retournement de situation… Avait-elle compris que celui qu'elle réservait à son aînée était en train de se détourner de la voie qu'ils avaient tous tracée pour lui ? Parfois, Laura pensait que oui. La plupart du temps, elle n'accordait aucune importance à ces regards appuyés et les choses auraient pu longtemps rester ainsi s'il n'y avait eu cette fameuse visite de leur voisine. Quelle peur elle avait éprouvée en l'apercevant ce jour-là…

Elle quittait à peine Selina et Matthew, pensant déjà ardemment à sa visite du lendemain, quand elle avait eu la mauvaise surprise de trouver Catherine Wilson en grande conversation avec Sybil et sa mère. Voir leur voisine dans un cadre aussi familier, dans *son* cadre familier à elle, avait semblé tellement irréel à Laura que son cœur en avait raté un battement. Sur l'instant, bien qu'encore innocente, elle s'était crue prise au piège. Catherine Wilson ne venait jamais leur rendre visite, si elle était là, c'était parce qu'elle savait. Quoi ? Elle n'aurait su l'expliquer mais elle n'en était pas moins certaine d'une chose : la mère de Selina était venue lui interdire sa maison.

— Viens donc t'asseoir avec nous, Laura ! avait finalement proposé sa mère, visiblement surprise de la voir hésiter si longtemps sur le pas de la porte.

Laura avait fait un pas dans le salon avec une mine de condamnée à mort, échangeant un vague sourire avec sa sœur et un signe de tête glacial avec Catherine qui ne fit absolument pas mine de lui laisser une place sur le sofa où elle était assise. Laura s'installa finalement sur une chaise qui, placée devant la fenêtre, semblait attendre que quelqu'un veuille bien l'occuper. Sans comprendre vraiment la raison de son mal-être – après tout, elle connaissait parfaitement toutes les personnes présentes dans cette pièce –, Laura était furieuse contre elle-même. Si elle était rentrée plus discrètement, elle aurait pu éviter Catherine et aurait pu se repaître de ses souvenirs de l'après-midi. Au lieu de cela, elle allait devoir rester au salon et subir un interrogatoire particulièrement gênant… Il lui fallut quelques secondes de plus pour réaliser que, loin de lui accorder la moindre importance, les trois bavardes avaient repris leur conversation comme si de rien n'était. Si Mrs. Wilson était là pour régler ses comptes, elle se montrait d'une patience d'ange.

— Bien sûr ! s'exclama alors sa mère, répondant à une réflexion de Sybil. Il ne faut évidemment pas confondre vitesse et précipitation. Un mariage préparé à la va-vite serait indigne de nos deux familles et donnerait certainement lieu à d'odieux commérages. Nous devons nous montrer efficaces sans faire mine d'être trop pressées. En étant réaliste, je pense que rien ne pourra être prêt avant, disons… novembre prochain ? À moins que le début de l'année prochaine vous semble plus indiqué ?

— Un mariage ? Mais quel mariage ?

Sous le coup de la surprise, Laura n'avait pu se retenir, devenant de fait le centre de l'attention générale.

— Le mariage de Sybil et Matthew, bien entendu ! commença Mary tout en jetant un regard d'excuse à Catherine. De quel mariage voudrais-tu qu'il soit question ?

— Pas du tien, quand même ! railla Sybil.

— Ton mariage ? Déjà ? Mais cela ne devait pas arriver avant longtemps, non ?

— Aucune date n'avait été fixée, Laura.

Mary lui jeta un nouveau coup d'œil inquiet.

— Eh bien ? Quelle mine affreuse !

Toujours hilare, Sybil semblait plus que jamais s'amuser de l'incrédulité de sa sœur. Ravie. Oui, c'était bien ce qu'elle était : absolument ravie de voir sa sœur, toujours si sûre d'elle, à ce point décontenancée par la situation.

— À te voir, on pourrait presque croire que tu es déçue de me voir partir ! Tu as peur de rester toute seule ici, ma petite Laura ? Allons, dis tout à ta grande sœur chérie ?

Posant ses mains bien à plat sur ses cuisses, Laura fit de son mieux pour ignorer ce sourire moqueur et ne releva pas, si bien que Catherine, visiblement désireuse de revenir au sujet qui l'intéressait, reprit la parole. Sa voix, forte, impérieuse et, il fallait bien l'avouer, terriblement contrariée, s'éleva à nouveau dans la pièce.

— Au printemps prochain ? Non non, c'est bien trop loin ! Je suis certaine que Sybil ne pourra pas attendre aussi longtemps ! N'est-ce pas, ma chère ? Et mon Matthew non plus, bien entendu, ajouta-t-elle après un court silence.

— Tout à fait ! Il est hors de question que j'attende le printemps, appuya Sybil. J'ai déjà vingt ans, maman !

— Mais tu es encore si jeune ! Pourquoi te presser à ce point ?

— À mon âge, tu étais déjà mariée et mère de famille ! Je n'ai que trop attendu !

— Sybil, ne sois pas injuste avec ta mère. Tu sais tout comme moi que le premier coupable, c'est Matthew ! Cela me brise le cœur de l'avouer mais je dois me montrer lucide sur la situation. Ses études l'ont trop longtemps accaparé.

— Elles semblent sans fin ! Ne pourrait-il pas comprendre et se montrer moins égoïste ? Je pense m'être montrée assez patiente !

Sybil, dont les yeux brillaient déjà de larmes, s'était à nouveau tournée vers Catherine, à présent certaine de trouver un soutien de taille auprès de sa future belle-mère.

— Ne t'inquiète pas, Sybil. À présent, toutes ces lubies sont finies. Il va cesser ses études et enfin travailler aux côtés de son père. Il est plus que temps qu'il prenne ses responsabilités.

— Mais non ! Certainement pas !

Laura avait sauté sur ses pieds et se tenait à présent debout au milieu du salon, indifférente aux regards appuyés et pleins de menace que lui lançait sa sœur. Elle n'avait pu s'empêcher d'interférer à nouveau.

— Mais qu'y a-t-il Laura, enfin !

Laura chercha les yeux de sa mère, les croisa enfin mais n'y vit pas leur habituelle lueur de compréhension. Sans doute lui faisait-elle un peu honte. Sa mère n'était jamais la même en présence de Catherine Wilson, comme si elle se recroquevillait un peu dans ses vêtements. Comme si, penaude face à cette grande femme rousse, elle cherchait à se faire oublier.

— Il n'a pas terminé ses études ! Il ne va certainement pas tout arrêter maintenant. Et il ne veut pas travailler avec son père ! Vous ne comprenez vraiment rien ?

La bouche grande ouverte, Catherine semblait à présent pétrifiée d'indignation et ce fut Sybil qui se mit en devoir de remettre Laura à sa place :

— Il ne veut pas ? On ne comprend rien ? Comment ça ? Es-tu vraiment en train d'insinuer que tu connais mieux les projets de mon futur mari que moi ? Voilà que tu t'intéresses à mes petites affaires ? Serais-tu devenue la petite confidente de mon fiancé ? On aura tout vu !

Sybil ponctua sa phrase d'un petit rire qui se voulait certainement léger et impertinent mais qui, aux yeux de Laura, n'avait rien de naturel. Désespérément muette alors que les mots se bousculaient dans sa tête, elle observa sa sœur chercher en vain leur mère du regard puis se tourner vers Catherine afin de la prendre à partie :

— N'est-elle pas mignonne à s'offusquer de la sorte ? Et surtout, à parler de choses dont elle ignore tout ? Mais je ne t'en veux pas de ta surprise, ma chère Laura, ni même de ton drôle de comportement. Ces sujets nous sont familiers, nous en parlons depuis longtemps et s'il est vrai que jusque-là, nous avons tenu à garder les enfants à l'écart de ces discussions, ce n'était pas un secret pour autant. Sache en tout cas que ce n'est pas parce que tu ignores les choses qu'elles n'existent pas ! Cela va peut-être te sembler étrange mais tu n'es pas le centre du monde et ton avis sur certaines questions ne nous intéresse pas outre mesure !

Elle rit à nouveau, laissant à sa sœur le temps de savourer l'acidité de cet affront, puis reprit :

— Matthew et moi parlons de ce mariage depuis longtemps, si longtemps que je ne sais même plus à quand remontent nos premières discussions. Peu importe, après tout ! Nous savons tous deux qu'il est plus que temps d'unir pour de bon nos destins.

J'ai conscience qu'il est encore très affaibli par sa maladie mais d'ici quelques mois, il devrait être complètement remis d'aplomb. Et alors, quel intérêt pour lui de retourner à l'université alors qu'il aura tout pour être heureux ici ?

Laura se leva d'un bond, prête à... Prête à quoi, au juste ? À arracher les yeux de sa sœur ? À hurler ? Lui jeter sa chaise au visage ? Faire ravaler son sourire condescendant à Catherine ? Rien de ce qu'elle pourrait dire ou faire n'avait de sens ou de logique pour une simple et bonne raison : tout cela ne la regardait en rien. Sa sœur avait raison : elle n'était qu'une enfant qui parlait de choses qu'elle ne connaissait pas. Elle ne connaissait pas Matthew. En désespoir de cause, elle jeta un regard complètement paniqué à sa mère, à sa sœur puis à Catherine qui la regardait avec un mépris mal dissimulé et ne trouva finalement ni la force, ni même les mots pour exprimer la révolte et l'angoisse qu'elle sentait monter en elle.

— Laura ? demanda doucement sa mère. Je pense qu'il est peut-être temps que tu ailles te changer et mettre un peu d'ordre... dans tout ça, ajouta-t-elle en désignant le sommet de son propre crâne du bout du doigt. Tes pensées s'embrouillent, ma chérie. Tu ne sais plus vraiment ce que tu dis. Tu m'as l'air fatiguée... Profites-en pour t'allonger un peu avant le dîner.

Laura ne redescendit pas ce soir-là, ni pour le repas du soir, ni même pour prendre l'air à la plage comme elle en avait l'habitude. À vingt heures, Mary vint tapoter à sa porte, inquiète de ne pas la voir se joindre à eux mais ne s'attarda pas dans la chambre plus que de raison, soucieuse de respecter son besoin de repos et d'intimité. Plongée dans l'obscurité, la pièce avait en effet tout de l'antre d'une malade à ne déranger sous aucun prétexte et Laura s'y sentait dans son élément tant elle était souffrante. Car elle souffrait, elle souffrait terriblement et son cœur, atrocement serré, l'empêchait de retrouver le calme qu'elle avait perdu un peu plus tôt. Elle souffrait sans en comprendre les raisons, se refusant à ouvrir les yeux et à se confronter à une idée qui lui semblait douce et à la fois, si terrible... Il fallait qu'elle lui parle, c'était sa seule certitude. S'ils l'avaient bouleversée, les mots de Sybil ne comptaient pas tant qu'ils ne sortaient pas de sa bouche à lui. Tant qu'il ne confirmerait pas, elle ne pourrait jamais y croire.

Qu'il fut long d'attendre ainsi que la maison s'endorme enfin et que les couloirs soient libres ! Couchée dans le noir, elle crut en mourir. Qu'il lui fut difficile, à elle qui ne pleurait jamais, de sentir les larmes couler le long de ses joues jusqu'à ses oreilles, trempant son oreiller d'une averse d'autant plus inédite qu'elle était intense ! Non, décidément, elle ne se souvenait pas d'avoir eu un tel chagrin, même quand son premier chien, si vieux, était mort dans ses bras, une nuit où tous dormaient. Tous, sauf elle et lui. La pire nuit de sa vie. Une nuit pareille à celle-ci, une nuit claire où la lune brillait aussi fort qu'un soleil timide. Une nuit de perte. Car elle pleurait bien une perte ce soir, une perte d'autant plus cruelle qu'elle ne pouvait ni l'expliquer, ni même la partager. Matthew était à Sybil, il lui revenait de droit depuis toujours et si un instant, elle avait cru pouvoir aller au-delà de cette vérité immuable, elle avait eu la confirmation de son impudence cet après-midi.

N'y tenant plus, Laura s'était finalement levée et, sur la pointe des pieds, avait quitté la maison comme il lui arrivait parfois de le faire à la faveur de l'obscurité. Le vieux plancher, complice de sa fuite, ne grinça pas sous ses pas. Légère, elle sauta de latte en latte, sachant exactement où poser les pieds pour éviter de se trahir et de se voir contrainte de réintégrer cette chambre qu'elle ne supportait plus. Elle quitta la maison par la porte arrière, celle que leur bonne utilisait pour aller étendre leur linge ou pour fumer – vice terrible que Laura avait promis de taire – mais au lieu d'orienter ses pas vers la plage, comme elle l'avait déjà fait tant de fois, elle partit en sens inverse. Vers la grille. Vers Matthew. C'était décidé, elle lui dirait tout. Elle était déterminée à parler plutôt qu'à souffrir en silence. Qu'il partage ou non les drôles de sentiments qu'elle avait pour lui, qu'il la comprenne ou pas, elle ne voulait pas voir le soleil se lever sur ses incertitudes. Ce soir, elle lui avouerait tout et il l'écouterait. Peut-être pourrait-il alors éteindre le feu qui menaçait de la consumer. À moins qu'il ne lui permette de brûler pour de bon ? Ne serait-il pas merveilleux qu'il la veuille, elle, et non pas Sybil ?

Cet espoir lui donna des ailes mais, bientôt, la grille se dressa dans toute sa majesté devant elle, lui faisant regretter son audace. Elle y fit une longue pause, imitant sans le savoir son amie Selina pour qui passer d'une propriété à une autre n'avait jamais rien eu d'insignifiant. La voix de Sybil éclata dans sa tête, elle revit ses sourires, son assurance. Puis ce fut l'image de Catherine qui s'imposa à elle. Arrogante, terrible. Qu'elle se sentait petite et frêle face à ces deux-là ! Insignifiante, même ! Et forcément dans l'erreur... Et si elle s'était trompée ? Si Matthew était d'accord ? Et même heureux d'épouser Sybil ? Certes, ils ne parlaient jamais d'elle, pas plus qu'ils ne parlaient de ce mariage, mais était-ce en réalité par pudeur et non par indifférence, comme elle s'était plu à l'imaginer depuis le début ? Soudain, la perspective d'aller le retrouver, en secret, au cœur de la nuit, lui sembla bien plus ridicule que romantique. Où avait-elle eu la tête ? Qu'était-elle allée s'imaginer ? Déjà, elle entrevoyait toutes les scènes humiliantes qui pourraient venir célébrer sa petite promenade nocturne. Et s'il lui riait au nez et la renvoyait chez elle aussi sec, comme une petite fille impertinente dont on ne se soucie pas ? Que pourrait-elle répondre s'il la retenait, mais juste le temps de lui faire la morale ? Le pire serait peut-être que, choqué, il alerte tout simplement le reste de la maison et qu'elle se retrouve là, en chemise de nuit, face à Catherine et à Selina. Sûr qu'elle mourrait de honte sur place !

Puis elle le revit, lui, tel qu'il lui était apparu dans la journée. Elle revit ses regards et ses sourires, leur chaleur, et cela lui suffit pour ne plus avoir peur. Elle avait beau ne rien savoir de ces choses-là, ne rien comprendre selon sa sœur, son instinct ne l'induisait pas en erreur, elle en était certaine. Pour elle, ces sentiments naissants étaient finalement aussi simples que le chant de cet oiseau qui l'avait réveillée le matin même, en gazouillant sur le rebord de sa fenêtre. Aussi simple que le vent qui balançait les branches des arbres et qui ramenait les vagues sur le sable. Et que nul ne vienne lui affirmer le contraire !

Décidée, elle fit alors un brusque pas en avant, sans qu'une seule goutte de peur ne vienne plus troubler son sang brûlant. Elle fut arrêtée net dans son élan par une branche qui avait profité de son immobilité pour s'accrocher sur le haut de sa manche. Comme pour la retenir de ses épines et l'empêcher d'atteindre son but ? Si elle y pensa, elle fit le choix de ne pas s'attarder sur ce présage et prit son temps pour se défaire de cette étreinte possessive, autant pour ne pas tirer les fils de son vêtement que pour épargner les feuilles délicates. Puis elle reprit sa marche.

Une autre qu'elle aurait été effrayée par l'obscurité du sous-bois. Loin d'être aussi tranquille que l'on aurait pu le croire à cette heure si tardive, il bruissait de mille bruits et de mille mouvements. Insectes, petits animaux, prédateurs qui attendaient leurs proies dans l'ombre des buissons, autant de vies dont elle perturbait le cours en les traversant. Pourtant, pas un instant elle ne ralentit sa marche, pas un moment elle ne se laissa gagner par la panique. Elle ne faisait que passer dans leur monde, se faisait discrète, restait concentrée sur son but.

Arrivée devant la maison, elle fit une nouvelle pause et leva le nez en direction de la façade de briques presque entièrement recouverte de lierre, à la recherche d'un signe de vie, d'une lumière, d'un mouvement, en somme de quelque chose pouvant lui indiquer que tout le monde ne dormait pas encore chez les Wilson. Mais il n'y eut rien, ni personne.

Encouragée dans ses projets, elle se dirigea vers l'arrière, sachant que, tout comme chez ses parents, la porte des cuisines restait ouverte durant la nuit, la bonne des Wilson ne prenant pas plus la peine de la fermer qu'on ne le faisait chez elle. Pourquoi l'auraient-ils fait ? La vie, ici, était si tranquille.

La suite fut tout aussi facile.

Refermant la porte derrière elle, Laura passa dans la cuisine à pas de loup, monta quelques marches, déboucha dans le grand hall, marcha sur le tapis épais qui menait aux escaliers qu'elle emprunta comme elle l'avait déjà fait mille fois durant la journée. Elle fronça les narines, incommodée par l'air pesant des lieux. De jour comme de nuit, la maison de Catherine Wilson sentait la cire et le parfum lourd que diffusent certaines fleurs, une fois enfermées dans un espace confiné. Il y avait tellement de vases chez les Wilson, et tant de fleurs qui y mouraient lamentablement, saison après saison, que son cœur se soulevait rien qu'à l'idée de vivre entre ces murs. Cet immense cimetière de pétales l'avait toujours mise mal à l'aise, tout comme la chagrinait la lumière mauve qui passait par les carreaux teintés du premier étage. Ouvrait-on parfois les fenêtres pour faire entrer l'air frais et la lumière dans la maison ? C'était peu probable…

Résolument, elle passa très rapidement le premier palier – celui de la chambre de Selina – et continua son ascension. Maintenant qu'elle avait dépassé le territoire qui pourrait lui être autorisé – aller voir son amie en pleine nuit était certes étrange mais non pas scandaleux –, elle se sentait à nouveau plus vulnérable. Elle aurait désormais bien du mal à expliquer ce qu'elle manigançait, si d'aventure elle croisait un domestique en chemin. En esprit, elle imagina même la silhouette de Catherine se découper à la cime des escaliers, immense et menaçante, mais à son grand soulagement, nul ne vint l'interrompre et elle fut bientôt devant la porte de Matthew, devant cette chambre qu'elle avait quittée une poignée d'heures plus tôt sans imaginer qu'elle y serait si rapidement de retour.

Son cœur tambourinait si violemment au moment où elle posa la main sur le loquet qu'elle craignit un instant que, plus que le bruit de ses pas sur le plancher, ce ne soit lui qui la trahisse et ameute toute la maisonnée. Un bref moment, elle s'imagina abandonner lâchement au dernier moment, rebrousser chemin et retourner sous la protection de ses draps, puis elle se raisonna. Elle était allée bien trop loin pour s'arrêter si près du but. Alors, les paumes moites, les jambes tremblantes, elle entra finalement d'un pas timide et referma doucement derrière elle.

Laura venait de la nuit et ses yeux n'eurent pas à s'habituer à l'obscurité de la pièce si bien qu'elle le vit dès qu'elle osa poser les yeux sur lui. Assis dans son lit, il ne dormait pas et, bien que cela fût impossible, semblait presque l'attendre. Comme il ne parlait pas, elle hésita encore, en attente d'un geste, d'un mot qui l'empêcherait d'aller plus loin. Mais rien ne vint nourrir le doute qui s'était à nouveau insinué en elle. Et c'est quand elle crut, enfin, voir un sourire apparaître sur ses lèvres, qu'elle courut se jeter dans ce lit. Soudain le plus bel endroit du monde. Là où les questionnements et les incertitudes n'avaient plus aucune place. Les bras qui se refermèrent alors sur elle n'étaient pas ceux d'un ami, encore moins d'un futur beau-frère, mais bien ceux de l'homme pour qui elle était faite. Elle en était certaine à présent. Et la nuit qu'ils passèrent ensemble se chargea de le lui confirmer.

Les jours qui suivirent furent terribles et merveilleux à la fois. Pleins de joie et teintés de peur. Elle voulut ne rien changer à ses habitudes et chaque jour, attendait douloureusement le début de l'après-midi pour le retrouver. Parfois, ils avaient de la chance et pouvaient se retrouver seuls. Les autres jours, ils devaient supporter Selina, présence autrefois sans importance mais qui devint rapidement un problème de taille. Perdue au milieu de sentiments contraires, Laura peinait parfois à réaliser à quel point sa complice de toujours, son amie adorée, avait pu devenir aussi indésirable à ses yeux. Il fallait se rendre à l'évidence : chaque fois qu'ils se trouvaient tous les trois dans une pièce, il y avait toujours une personne de trop. Au fond, peu leur importait finalement. Les amoureux s'embarrassent rarement de scrupules lorsque leur amour est en jeu et il y avait toujours un moment, toujours une heure de liberté ou une nuit clandestine pour leur permettre de se retrouver. Nul jeu dangereux ne lui avait paru aussi séduisant, aussi galvanisant… Ce qu'elle préférait par-dessus tout, c'était le retrouver près de l'eau, à la nuit tombée. Ces fois-là, quand elle le voyait arriver du bout de la plage, elle devait se retenir pour ne pas courir à sa rencontre et restait cachée à l'attendre près de ces rochers où ils s'étaient donné bien d'innocents rendez-vous, enfants. C'était alors, sans conteste, les plus beaux moments de sa vie et tout se confondait lorsqu'elle était dans ses bras. Tout lui paraissait en cohérence parfaite. En harmonie. Le vent salé, le bruit des vagues, les mains de Matthew sur son corps, leurs désirs et la nuit tout autour.

Mais il y avait eu les dunes, leur seul instant d'imprudence. Et Selina. Sans doute la dernière personne qu'ils s'attendaient à rencontrer là…

14

Juin 2011

Ce matin-là, ce ne fut ni Mina, ni même un rayon de soleil joueur, passé par une fissure du volet de bois, qui réveilla Alma, mais un SMS. Son premier texto d'anniversaire du jour. Elle se dressa sur son lit, encore perdue entre rêve et réalité et tendit une main maladroite vers son téléphone. La réalité de l'événement la frappa en plein visage : aujourd'hui elle avait trente ans. Trente ans. Déjà ? Seulement ? Elle ne parvenait pas à réaliser que cet âge fatidique était enfin arrivé et pourtant, elle y pensait depuis tant de temps qu'il lui semblait les avoir depuis longtemps.

Ce qui était certain, c'est que même avec toute l'imagination du monde, elle n'aurait jamais pensé se réveiller ce jour-là dans ce lit, seule, dans la maison de sa grand-mère, sans aucune obligation sur son agenda. Elle se sentait si vide, si démunie. Quel pire constat à faire en un pareil jour ? À moins qu'au contraire, ce vide ne soit finalement que la promesse de ce qu'on appelait, un peu pompeusement, un nouveau départ ? Elle pouvait bien y croire, non ? Quant à tous ceux et celles qui déclaraient tragiquement qu'à trente ans, on était déjà vieux, elle ne voulait tout simplement pas rejoindre leurs rangs. Trente ans, c'était assurément mieux que vingt, elle en restait convaincue, malgré sa situation présente. Et si elle devait en croire certaines, quarante était mieux que trente, ce qui lui laissait encore espérer bien de beaux jours sur terre. N'est-ce pas ce que clamaient toujours les actrices sur les couvertures de magazines ? Ne disaient-elles pas toutes à quel point elles étaient heureuses et épanouies depuis qu'elles avaient quitté les rangs des jeunettes ? Devant leurs beaux visages bien retouchés – à coups de fards ou de bistouris, à chacune son petit secret de beauté –, Alma peinait toujours un peu à les croire. Malgré toutes leurs belles déclarations sur les avantages de l'âge, combien d'entre elles auraient refusé qu'on leur enlève quelques années au compteur ?

— Tu confonds tout, l'avait sermonnée Caroline. Il ne s'agit pas de dire « être vieille, c'est cool » mais bien de dire « je suis vieille et je vous emmerde, tout va bien ! ». Finalement, c'est un peu la même chose avec ces bloggeuses qu'on accuse de promouvoir l'obésité, ajouta-t-elle après avoir avalé la dernière tapa du plat qu'elles partageaient, juste parce qu'elles affirment être bien dans leur corps malgré leur surpoids. Elles ont beau glorifier leurs rondeurs, peu diraient non si on leur proposait de leur enlever ne serait-ce qu'une dizaine de kilos ! Tu crois pas ? Mais elles ne vont pas le dire car là n'est pas la question ! Il faut savoir faire avec ce qu'on a et arrêter de se torturer pour un truc qu'on n'aura jamais. Ou plus jamais, dans le cas de l'âge. Alors ouais, ce qu'elles veulent en réalité, c'est qu'on leur foute la paix avec ça, tout simplement. Parce qu'elles sont plus que ça. Parce que réduire ces femmes à leur poids ou à leur âge, qui ne sont finalement que la surface des choses, qu'une infime partie de leur identité, c'est aussi débile que de croire tout connaître de la vie de quelqu'un juste parce qu'on le suit sur Instagram !

— Oh moi, ça ne risque pas de m'arriver, j'ai supprimé mon compte.

— Ah ouais ?

Caroline venait de lever la main pour alpaguer un serveur. Seconde tournée de piña colada.

— Parce que je déteste contempler la vie parfaite des autres ! Attention ! ajouta Alma, empêchant son amie d'attraper la perche qu'elle lui tendait. Je ne fais pas ma crise d'ado, je sais pertinemment que tout est faux là-dedans ou du moins, que les gens ne mettent que ce qui les arrange, blablabla… Mais ça, je m'en fous ! Le fait est que, quand le dimanche soir arrivait et que je matais les galeries de mes contacts, couchée au fond de mon lit, je me sentais terriblement nulle.

— Hum… Laisse-moi deviner pourquoi… Parce que ta vie à toi n'était pas en nuances pastel ?

— Exactement ! La mienne était toujours trop sombre puis surexposée, pleine de couleurs criardes et pas franchement photogénique ! Au-delà de ça, j'étais même jalouse de leurs talents de photographe car j'avais beau m'appliquer sur les miennes, ça ne ressemblait jamais aux leurs ! Je suis la spécialiste des photos moches. Même mes photos de bouffe ne faisaient pas envie, c'est dire !

— Pffff, c'est juste une question de filtres, ça, ma belle. T'as juste pas choisi les bons !

Caro… Elle lui manquait plus que jamais en cet instant. Elle seule aurait été capable de faire apparaître un sourire sur cette mine boudeuse qu'elle sentait naître à mesure que son esprit s'éveillait. Elle pourrait faire le choix de rester couchée toute la journée, le monde continuerait de tourner selon l'axe qui lui était familier. À l'heure qu'il était, Caroline devait certainement être en train de faire son jogging matinal dans le parc à deux pas de chez elle. Mina devait être levée depuis un moment, peut-être déjà partie pour sa vadrouille matinale habituelle. Jill était partie travailler, Stephen faisait mine d'être déjà très occupé et quant à Jack, lui… Que faisait-il ?

Alma soupira, pas vraiment certaine d'avoir envie de penser à lui en une telle journée. Et pourtant, c'était impossible puisqu'il était né le même jour qu'elle. Le même jour de la même année, à quelques heures à peine de différence. Pendant longtemps, ils s'étaient amusés à y voir un signe. N'étaient-ils pas des sortes d'âmes sœurs aux parcours parallèles ? En définitive, et même si leurs naissances jumelles s'étaient souvent révélées bien pratiques pour organiser leurs soirées d'anniversaire, cela n'avait pas empêché le destin de les séparer et aujourd'hui, c'est loin l'un de l'autre qu'ils fêtaient leur passage à la trentaine. Savoir qu'il redoutait ce jour depuis longtemps et qu'il était certainement déprimé à cette idée la consola un peu. Elle l'avait tant taquiné sur ses angoisses ! Elle les avait si peu prises au sérieux ! Il avait fallu attendre que le jour J arrive et qu'elle soit loin de lui pour les partager un peu, bien qu'elle doute qu'elles aient exactement les mêmes fondements.

Lui revint alors en tête un vieil épisode de *Friends* qui, insignifiant quelques années plus tôt, prenait à présent tout son sens. À l'époque, bien plus jeune que Miss Green, Alma ne s'était guère sentie concernée par les problèmes de cette trentenaire pas mariée, sans enfants, et qui tirait des plans sur la comète pour savoir combien de temps il lui restait pour mener tout cela à bien – soit rencontrer l'homme idéal, faire un beau mariage et avoir les trois enfants dont elle rêvait. Maintenant, elle comprenait. Et cela la touchait peut-être un peu plus qu'elle n'aurait voulu l'avouer. Non pas qu'elle ait toujours rêvé de la fameuse robe blanche dont tant de femmes parlaient. Non pas qu'elle ait pensé qu'avoir un enfant était la condition *sine qua non* pour être estampillée *Femme complète*. Elle réalisait juste que si, d'aventure, elle voulait ces choses-là, elle avait moins de temps pour les obtenir. Avoir trente ans, pour une femme, revenait finalement à tirer une sonnette d'alarme. On pouvait hausser les épaules, on pouvait en rire, on pouvait s'en foutre complètement (qu'on soit sincère ou pas), cela n'enlevait rien à la réalité de la chose.

Sortant de ses pensées paralysantes, Alma déverrouilla son téléphone pour lire son message. À son grand soulagement, il n'y avait pas eu de grands chambardements nocturnes et le reflet que lui renvoya son écran était exactement le même que la veille. Plus vraiment juvénile mais encore terriblement jeune. Sans doute devait-elle déjà passer pour une vieille peau auprès des filles de seize ans tandis que les sexagénaires continueraient longtemps de l'appeler *la gamine*. Et finalement, cela reflétait très bien son état d'esprit. Elle se sentait encore assez jeune pour être de tous les mauvais coups et suffisamment usée pour, parfois – OK, *souvent* – assumer sa paresse et accepter bien volontiers de rester à la maison un samedi soir. Et ce n'était ni plus compliqué, ni plus dramatique que cela. Quoi qu'on en dise…

Joyeux anniversaire mamie ! Il vaut mieux se faire vieille que d'être morte et enterrée. Gros bisous. Caro.

Alma se laissa retomber sur son oreiller avec un sourire satisfait aux lèvres. Au moins, sa meilleure amie avait les mêmes références qu'elle. Tout n'était pas encore complètement perdu.

Au cours de la matinée, les messages affluèrent de toutes parts, comme chaque année. Comme si rien de tout ce qui l'avait brisée au cours des derniers mois n'était arrivé. Comme si sa situation actuelle, tellement bancale, était normale. Bien sûr, nul n'y fit référence. Bien entendu, elle fut résolue à se montrer positive et pleine de bonne humeur. Et si peu d'entre eux lui demandèrent quand elle comptait revenir, c'était sans doute plus par discrétion que par indifférence. Du moins est-ce la version qu'elle choisit de conserver.

Mina lui offrit un magnifique pull en laine rose.

— Finalement, je l'ai acheté, se contenta-t-elle de préciser, car mes vieux doigts me font souffrir ces derniers temps. J'avais peur de ne jamais le finir à temps.

— Parce que tu crois que je vais bientôt te fausser compagnie ?

— Tu resteras toujours moins longtemps que tu ne le penses. Crois-en mon expérience. Tu es comme un oisillon qui vient se reposer au bout d'une branche mais tu ne résisteras pas longtemps à l'appel au grand large.

— Tu es d'humeur poétique ce matin. Mais ça me va, d'être un oisillon.

Alma dégustait se troisième tasse de café, second cadeau du jour et qui n'avait de sens que parce qu'elle en avait été privée pendant des jours. Mina avait clamé aux quatre vents que la cafetière disparaîtrait dès le jour suivant, mais Alma n'y croyait pas une seconde. Elle avait vu son regard d'envie. Il y a des histoires d'amour que même beaucoup de volonté et un placard fermé à triple tour ne peuvent briser.

Plus tard, et malgré ses vociférations et ses mises en garde – si tu ne m'écoutes pas, je pars tout de suite et tu seras bien triste ! –, Mina se mit aux fourneaux et Alma reçut l'ordre catégorique de ne pas s'en mêler. Elle n'en resta pas moins campée sur ses positions, envahie d'une légère ou plutôt d'une énorme culpabilité à l'idée d'être à l'origine de tant de remue-ménage.

— Franchement, Mamina ! Pourquoi te fatiguer et faire si compliqué ? Ce n'est quand même pas si important ! Je t'ai dit oui pour le repas mais je ne voulais pour autant que tu te tues à la tâche !

Pas important ? Ma petite-fille fête ses trente ans chez moi et ce n'est pas important ? Je veux proposer un repas digne de ce nom ! Et puis, ça me fait plaisir ! Et je ne fais rien de compliqué parce que j'en suis absolument incapable. Je fais mes classiques, ceux que vous avez déjà mangés mille fois et vous vous contenterez de manger en louant mes talents de cuisinière.

— Est-ce qu'au moins, je peux t'aider ? J'aimerais vraiment.

— Non ! Cela dit, je voulais faire mon Victoria *sponge cake* au thé à la menthe, tu sais, celui que tu aimes tant ?

— Celui qui est plein de beurre et que je ne peux pas me résoudre à abandonner avant de l'avoir terminé ?

— Celui-là.

— Et quel est le problème ? Tu as besoin que je te trouve une recette ? Que je sois ton commis ? Que…

— Rien de tout ça, je n'ai juste plus de thé à la menthe.

— Ah.

— Va m'en chercher en ville, si tu veux bien. Je le prends toujours à….

Quelques longues explications plus tard et après avoir avalé les derniers toasts du petit déjeuner en guise de repas de midi, Alma se mit en route. Vêtue d'un de ses infâmes shorts d'aventurière des temps modernes et d'un tee-shirt à la forme douteuse, elle se retrouva à nouveau dans sa voiture, les oreilles braquées sur une station de radio locale et sur son nez, une vieille paire de lunettes de soleil de Mina. Une fois en ville, après avoir tourné et retourné dans les mêmes rues puis réalisé que la boutique en question n'ouvrirait qu'une bonne heure plus tard, elle envisagea la possibilité d'aller acheter le premier thé venu dans la première grande surface qui croiserait sa route, mais sa raison l'emporta sur son impatience. Mina ne se contenterait jamais d'un thé de seconde zone et elle serait bonne pour un nouvel aller-retour. Autant profiter de ce moment de temps libre pour passer voir Charlotte. Abandonnant sa voiture sur le parking habituel, Alma se mit en quête de la bibliothèque. Il fut assez étrange, pour elle qui se targuait de pouvoir circuler dans le métro les yeux fermés tant elle connaissait les lignes par cœur, de demander sa route pour effectuer un trajet de deux cents mètres à peine mais les adolescents qu'elle intercepta en route, malgré leur mollesse, s'étaient révélés efficaces et lui avaient donné des indications dignes d'un GPS. S'il lui fut difficile de garder sa dignité sous leurs coups d'œil moqueurs, elle ne se délesta pas des lunettes de Mina et c'est affublée de ces dernières qu'elle se présenta devant Charlotte.

Assise sur les marches devant le bâtiment, en train d'engloutir un sandwich long comme le bras, cette dernière prenait visiblement sa pause déjeuner et écarquilla les yeux d'une manière passablement comique en la voyant venir à elle :

— Non mais… C'est quoi ces lunettes ? D'où tu sors ça ?

— Tu aimes ? C'est Mina qui me les a prêtées.

— Ça ne m'étonne pas. Pour être aussi moche, c'est forcément du siècle dernier. Et à part ça ? demanda-t-elle finalement en tapotant le sol à côté d'elle pour qu'Alma y prenne place. Quoi de neuf ? Je t'attendais plus ou moins, tu sais ? Je ne sais pas pourquoi mais j'étais persuadée que tu allais venir hier.

— Non, hier j'étais de corvée. Mina s'est mise en tête de me faire ranger son garage. C'est fou le nombre de choses qu'elle a pu empiler dans un espace aussi réduit. Le tri n'a pas été aussi efficace que j'aurais pu l'espérer. Elle a retrouvé plein de choses et elle était ravie de remettre la main dessus.

— D'où les lunettes ?

— Oh non ! Elles, elle savait très bien où elles étaient.

— Je vois.

— Et toi ?

— J'ai un peu déprimé.

— Pourquoi ?

— Je n'arrive plus trop à avancer sur mon recueil, tu sais ? Celui dont je t'ai parlé chez Liv. Je me suis mis en tête de le relire et de le corriger mais je l'ai trouvé tellement nul ! J'ai eu honte de moi en me relisant.

— À ce point ?

— À ce point.

— Et les autres, ils en pensent quoi ?

— Les autres ? Rien du tout ! Je ne l'ai pas fait lire. Liv a bien insisté à un moment mais j'ai résisté autant que j'ai pu. Elle est trop honnête, elle va me détruire !

— Ou te faire avancer sur la voie de la réussite !

— Ou pas. Dans le meilleur des cas, elle fera rouler mon corps blessé sur quelques mètres puis me laissera agoniser dans un fossé.

— Liv n'est pas comme ça !

— Oh si ! C'est une guerrière ! Elle sait encaisser les coups mais également les donner. Si elle n'aime pas mes nouvelles, elle me le dira droit dans les yeux.

— Eh bien, tu n'as qu'à me les envoyer ! Je suis vraiment bon public et je sais être hypocrite quand il le faut. Ça te tente ?

Charlotte, qui venait de terminer son festin, lui jeta un coup d'œil plein de défi :

— Et si je te prenais au mot ?

— Je t'en prie ! Je ferai une infidélité à Agatha pour toi. J'en ai lu trois ce week-end, je n'en peux plus.

— Trois ? Je vois que ton week-end a été aussi glamour que le mien. Allez viens ! Je présume que tu es venue voir les articles dont je t'ai parlé.

Docile, Alma grimpa les quelques marches à sa suite et s'engouffra à l'intérieur de l'édifice. Chez Liv, Charlotte ne s'était pas étendue sur ses fonctions mais avait nié avoir la moindre responsabilité, mettant plusieurs fois en avant la petitesse de l'établissement dont elle supervisait le fonctionnement. La jeune femme s'était donc attendue à un lieu fortement réduit, quasiment insignifiant et découvrit avec stupéfaction un espace vaste, chaleureux et aux rayons incroyablement divers. Derrière le vaste comptoir, sur lequel la bibliothécaire gérait les emprunts et les retours de ses usagers, on pouvait en effet voir des dizaines de rayonnages consacrés à la littérature anglaise et étrangère. Plus loin, Alma entrevit des sections photographies, art et musique. À droite, sous un plafond de briques, joliment voûté, se trouvaient les collections réservées aux enfants et aux adolescents. Et si elle levait la tête vers la gauche, elle pouvait voir le bord d'une large mezzanine, accessible par un escalier de métal qu'Alma jugea un peu raide et en haut duquel se trouvait tout ce qui ressemblait, de près ou de loin, aux bandes dessinées et aux mangas.

— Je n'ai jamais trop compris pourquoi il a été décidé que ces livres-là iraient là-haut. Premièrement : ce n'est pas pratique du tout pour les plus petits et les mamans sont particulièrement inquiètes à l'idée de les laisser y aller seuls. Deuxièmement : les lecteurs qui entreprennent l'ascension sont rarement du genre discret. Ces marches en métal font un boucan d'enfer et en fin de journée, j'ai la tête comme ça ! mima-t-elle tout en plaçant ses mains, paumes ouvertes, de part et d'autre de sa tête.

— Déplace-les alors !

— Oh là là non ! Malheur ! Mes petites bénévoles ne me le pardonneraient pas ! Elles étaient là avant moi, tu sais ? Je suis la première salariée ici et elles ont déjà beaucoup pris sur elles pour me tolérer. Moi, je suis pour la paix dans le monde et pour l'amour universel, alors je préfère l'aspirine à une longue conversation avec elles. Si ça les arrange comme ça, ça m'ira aussi ! Suis-moi, on va admirer la vue !

Elles grimpèrent à l'étage et de là-haut, Alma jeta un œil respectueux sur le territoire de Charlotte :

— Tant de livres ! Que vont-ils devenir quand tout le monde sera passé au numérique ?

— Si tu veux connaître mon idée sur la question, les liseuses ne sont pas près de conquérir le monde ! Sinon, cela serait déjà fait, non ?

— Ça m'a l'air en bonne voie.

— À mon avis, on sera mortes avant de voir ça ! Et franchement, c'est pas plus mal !

Charlotte avait poursuivi son chemin, Alma toujours sur ses talons, et s'était rendue jusqu'à une petite porte qu'elle ouvrit avec un pass.

— Et voilà ! Nous sommes du côté archives maintenant ! Comme tu le vois, elles sont à l'image de notre ville et donc, vraiment modestes. Je ne connais pas tout par cœur, ce n'est pas mon boulot à l'origine, mais je sais que nous possédons pas mal de documents sur les grands événements, les fêtes, les inaugurations de bâtiments municipaux comme les écoles ou les musées, quoiqu'on ne soit pas trop riches en lieux culturels par ici... Mais je pense de toute manière que c'est plutôt toute la section faits divers et vie quotidienne qui t'intéresse dans le cas présent. Pour ça, ce sont plutôt les journaux qui t'aideront dans ta quête. Les plus vieux que nous ayons datent du début de l'ère victorienne. Début 1838 pour être exacte ! Fascinant non ? J'adore les parcourir ! Enfin, ils concernent plus les grandes villes autour de chez nous que notre ville elle-même qui était vraiment un petit hameau à l'époque. Un vrai journal s'est installé ici vers 1899 je crois et nous avons des infos plus ciblées sur la ville. En tout cas, c'est par là-bas, ajouta-t-elle enfin en lui désignant le coin gauche du doigt. Il y a des tables et j'ai prévenu mes bénévoles que quelqu'un viendrait y travailler. Je ne peux pas te laisser partir avec les journaux, mais tu pourras faire des photocopies.

— Merci, Charlotte !

— Et je t'ai déjà sorti ceux-là parce qu'ils concernent directement les familles qui t'intéressent. C'étaient les plus simples à trouver parce que... je connaissais les articles en fait. Ce sont les années qui encadrent la Première Guerre mondiale qui m'intéressent mais forcément, j'ai ratissé large à une époque pour m'imprégner ! Pose-toi, fais ce que tu as à faire, je reviens dans un moment !

Après le long discours de Charlotte, le silence lui sembla terriblement agréable et elle s'assit avec un soupir embarrassé. Elle n'avait pas osé dire à la jeune femme qu'elle n'était que de passage et qu'elle n'avait absolument pas le temps d'entrer dans le vif du sujet mais n'en jeta pas moins un œil aux imprimés qui se trouvaient devant elle.

Bien sûr, elle ne s'était pas attendue à ce que la presse locale ait été numérisée – qui aurait pu prendre le temps de le faire et pour qui ? – mais elle n'en fut pas moins dépassée par l'ampleur de la tâche qui, peut-être, l'attendait. Charlotte avait eu l'air de sous-entendre que ce travail serait de longue haleine, mais que croyait-elle exactement ? Qu'elle allait passer les prochains mois à décortiquer les journaux de l'époque ? Dans le cas présent, elle savait pertinemment que Mina et son gâteau n'attendraient pas éternellement. Pour cette fois, les vivants passeraient avant les morts. Jetant un œil à son téléphone afin de vérifier l'heure, Alma ouvrit le premier journal et se rendit à la page que lui avait indiquée Charlotte.

— Merci ! Tu arrives juste à temps ! Voire un peu trop tard mais c'est ton anniversaire, alors pour une fois, je garderai mes reproches pour moi. Aujourd'hui, tu as tous les droits.

Mina, toujours plantée devant ses fourneaux, l'accueillit avec un grand sourire et ouvrit fébrilement le sachet de thé avant d'y plonger son nez pour en renifler les arômes. Puis elle versa une grande quantité de feuilles dans un bol et les arrosa d'eau frémissante.

— Je l'aime bien corsé. Il faut le faire infuser suffisamment pour qu'on sente le goût, mais pas trop pour autant afin qu'il ne soit pas amer. Sinon, ça se sentira à la dégustation, malgré le sucre et le reste. Et je vais mettre du colorant vert aussi, pour renforcer tout ça. Il faut que le gâteau soit bien vert pour qu'il soit parfait !

Alma considéra sa grand-mère d'un air plutôt sceptique. Finalement, elle avait peut-être plus de points communs avec Liv qu'elle ne le pensait, du moins en ce qui concernait leur goût pour les pâtisseries colorées. Pas sûr que tout cela aurait été du goût d'Emily si elle avait fait partie des invités… Pensive, elle eut subitement envie de tout dire à Mina et de lui raconter par le menu sa visite chez sa vieille *connaissance*. Après tout, n'était-ce pas la journée idéale ? N'avait-elle pas dit qu'aujourd'hui, elle avait tous les droits ? Elle ouvrait la bouche pour se lancer dans une longue confession quand Mina prit la parole, la réduisant au silence :

— Alors dis-moi ? Qu'est-ce qui t'a pris tant de temps ? Ne me dis pas que tu t'es encore perdue ?

Alma répondit par une grimace agacée. Quelques jours plus tôt, partie à l'aventure sur les routes, elle avait peiné à retrouver son chemin, la faute à un sens de l'orientation mal développé ou plutôt, comme elle aimait le dire, *monté à l'envers*, et qui lui conseillait systématiquement de partir à gauche quand la droite aurait mieux convenu. En désespoir de cause – puisque son téléphone ne captait plus aucun réseau depuis des kilomètres –, elle avait dû s'arrêter dans une maison isolée pour demander sa route. Après avoir supporté l'hilarité des habitants, elle avait calmement encaissé les moqueries de Mina qui trouvait cela très *rafraîchissant.*

— Tant mieux ! répliqua cette dernière. Je n'ai pas envie que ma petite-fille aille sonner chez tous les gens du coin. On va finir par te prendre pour une demeurée.

— Par ici, vous êtes tellement…

— Tellement quoi ?

— Tellement intolérants ! Tellement antitouristes ! On dirait que ça vous fait rire, qu'on ne connaisse pas vos routes, qu'on se perde, qu'on…

— Tu n'es pas une touriste !

Face à ce ton offusqué, Alma éclata de rire. À entendre Mina, être qualifiée de « touriste » était la pire insulte possible.

— Tu connais très bien le coin, ajouta Mina avec un regard de défi. Tu as juste oublié. Ça va te revenir.

— J'en doute. Mais si tu le dis…

Alma fit une pause, attendant que sa grand-mère reprenne la parole. Mais cette dernière ne lui accorda bientôt plus aucune attention.

— En fait, je suis allée enquêter sur la noyée de la plage.

— Quoi ? Mais qu'est-ce que tu racontes ?

— Je réponds à ta question, là. Celle que tu viens de me poser !

— Oui, oui, c'est bon ! Ne me prends pas pour une vieille sénile. Je ne comprends juste pas pourquoi tu es allée enquêter ! Mais quelle idée ? Tu n'es pas allée embêter les gens avec tes questions, hein ? Rassure-moi ? Je déteste me faire remarquer, tu le sais bien ! Si tu…

— Pas de panique ! Je suis allée aux archives.

— Aux archives ?

— Eh oui ma p'tite dame. Je suis copine avec la bibliothécaire.

— Très bien. Et qu'as-tu trouvé alors ?

Sans attendre la réponse, Mina plongea dans un placard.

— Eh bien déjà, je sais qui s'est noyé. Mamina ?

— Quoi ?

— T'as entendu ? Je sais qui s'est noyé.

— Laura Clark.

— Quoi ?

— C'est Laura Clark qui s'est noyée ce jour-là.

— Tu le savais ? Et tu n'as rien dit ?

Alma n'en croyait pas ses oreilles et gardait la bouche grande ouverte, telle une carpe fraîchement sortie de l'eau et étonnée de sentir de l'air sur ses nageoires. Elle réalisa alors, un peu tard, que son avis sur la question avait surtout été dicté par les paroles d'Emily. N'avait-elle pas dit que l'aînée des Clark était à moitié folle, fragile et instable ? En comparaison, Laura avait été décrite comme une jeune fille joyeuse et énergique. Forcément, son esprit s'était inconsciemment chargé de faire les mauvaises conclusions. Et si cela ne changeait en effet rien à rien, elle se maudit pour sa bêtise. Indifférente à la mine étonnée de sa petite-fille, Mina continuait ses petites préparations sans sembler s'émouvoir.

— Cela ne t'aurait rien apporté, finit-elle par ajouter. L'une ou l'autre, peu t'importe au final. Ça ne change rien. Je ne comprends pas ta surprise.

— Oui, c'est vrai, concéda Alma. Mais j'aurais juste voulu avoir le nom. Je ne sais pas… Je m'étais mise en tête que c'était l'aînée de la famille.

— Eh bien tu sais à présent que ce n'était pas le cas.

— Et est-ce que tu sais d'autres choses ?

— Non.

— Et sur l'incendie qui a ravagé la maison quelques jours plus tard ?

— Je sais juste qu'il n'était pas accidentel.

— Ah. C'est plus ou moins ce qu'avançait l'article que j'ai également lu tout à l'heure. Sauf qu'il était tellement court et tellement vague qu'en réalité, il ne disait pas grand-chose.

En réalité, l'article en question était beaucoup plus détaillé que cela. Rien n'était évidemment précisé sur les origines de ce feu vorace et cruel, dont on déplorait néanmoins la violence et le caractère dramatique. Mais il y avait autre chose, une information capitale qui tenait en quelques mots mais qui avait éveillé la suspicion de la jeune femme. Mina savait-elle qu'un très jeune enfant, apparemment le dernier-né de la famille Clark, avait péri dans les flammes ? Si elle semblait au courant de bien des choses, lors de leur promenade jusqu'à la plage, sa grand-mère n'en avait pas moins affirmé que l'incendie n'avait fait aucune victime. Se trompait-elle ou cherchait-elle à cacher un fait ou plutôt, à protéger quelqu'un par son silence, même bien des années après les événements ? Helen, l'amie sans faille de Selina, s'était-elle rendue complice d'un méfait quelconque ? Elle n'était tout de même pas l'arrière-petite-fille d'une pyromane tueuse d'enfant ? Si ? À cette idée, Alma blêmit.

— Stephen et Jill arriveront vers dix-neuf heures, au fait. Ce qui te laisse trois bonnes heures pour décoller cette mine déconfite de son visage et adopter des traits plus accueillants. On dirait que tu as vu un fantôme.

— Presque !

Mina ne releva pas, se contentant de passer de grands coups d'éponge sur la table.

— Et au fait, nous aurons d'autres invités ce soir ! J'ai oublié de te le dire hier soir. Rory et Klara viendront eux aussi.

— T'as pas fait ça ?

— Fait quoi ?

— Pourquoi tu l'as invité ? On ne se connaît pas !

— Bah, vous avez presque le même âge. Vous aurez forcément des choses à vous dire. Et je ne l'ai pas invité, non. Jill m'a dit qu'il venait les voir quelques jours et cela tombait plutôt bien. Nous avons parlé quelques minutes sur le pas de la porte l'autre jour mais j'aimerais le voir plus longtemps que ça. C'était l'occasion rêvée.

— Oui, c'est vrai. J'ai toujours rêvé de fêter mon anniversaire avec ma grand-mère, ses voisins, le fils des voisins et sa petite amie…

— Je suis désolée de ne pas t'offrir une soirée à la hauteur de tes espérances mais si jamais la perspective de passer du temps avec nous t'horripile à ce point, je t'en prie, tu sais où se trouve la porte…

Mina avait adopté sa voix blanche des mauvais jours et Alma comprit qu'elle était allée trop loin. Elle devait faire diversion, et vite, sous peine de voir sa grand-mère plonger du côté obscur de la Force pour tout le reste de la journée. D'un bond, elle fut à genoux, aux pieds de cette dernière et, adoptant un air contrit, elle déclara avec emphase :

— Je te prie de bien vouloir m'excuser pour mon insolence, ô toi grande Mamina ! Je suis un mollusque indigne de manger à ta table mais si…

— Oh arrête ça !

Alma reçut un coup de torchon sur le crâne et un sourire, ce qui la rassura sur la soirée à venir. Le pire avait été évité.

Quittant la cuisine, elle hésita entre une douche et son lit et opta résolument pour la seconde solution tant elle se sentait lasse. C'était sans doute le premier symptôme de la trentaine : la fatigue chronique. L'après-midi était à peine entamé mais elle avait l'impression d'avoir vécu plusieurs journées en une seule, et ce qui allait suivre allait certainement finir de la mettre sur les rotules. Elle se sentait contrariée sans vraiment parvenir à identifier les raisons de ce sentiment si désagréable et diffus. Sans doute en voulait-elle un peu à Mina d'avoir convié des invités supplémentaires sans l'avoir consultée au préalable. Et en même temps, aurait-elle été en mesure de refuser ? Bien sûr que non. L'aurait-elle pu, elle n'aurait pas fermé la porte à Rory car elle n'avait aucune raison de le faire. Non, ce qui la contrariait un peu était le fait qu'il amène sa chère Klara à sa suite. C'était un peu… déplacé d'inviter un couple de son âge à un anniversaire de trentenaire célibataire, non ? Alma poussa un petit cri de rage et enfouit son visage dans son oreiller. Elle était ridicule. C'était elle et personne d'autre qui avait des idées déplacées. En réalité, elle était juste triste de réaliser que Rory n'était pas libre et qu'il n'était pas le célibataire marrant et sympa qui allait lui permettre de retrouver goût à la vie comme dans toute bonne comédie romantique qui se respecte. Non pas qu'il l'intéresse, loin de là. Elle l'avait dit à Mina, elle ne le connaissait pas mais… En fait si, peut-être qu'il l'intéressait. Au moins un peu. Il fallait bien qu'elle le reconnaisse, qu'elle l'accepte et qu'elle laisse ce sentiment s'en aller, comme le reste… Le voir roucouler avec sa Klara serait certainement une petite épreuve mais au moins, cela aurait l'avantage de lui remettre très rapidement les idées en place.

Quelques heures plus tard, Jill et Stephen mettaient les pieds sous la table, leurs éternels sourires vissés sur le visage, dans cette attitude gentiment familière qui donnait à Alma l'impression de les avoir toujours connus.

— Bon anniversaire, ma belle ! Nous t'avons pris des fleurs et des chocolats ! Rien de bien original mais nous ne savions pas trop quoi prendre d'autre. Autant te dire la vérité : je crois que nous sommes un peu nuls pour faire des cadeaux aux filles de trente ans, s'excusa ensuite Jill avec une petite grimace désolée.

Alma s'empressa de la rassurer. Elle saurait quoi faire des chocolats, c'était certain, et maintenant qu'elle n'avait plus de chat, elle pourrait profiter de ses fleurs sans avoir peur que son félin ne les dévore – une manie dont son ancien animal de compagnie était friand.

— Oh, il est mort ? demanda Jill tout en attrapant une poignée de chips.

— Non, il a préféré rester avec son papa. Si tu vois ce que je veux dire.

Jill hocha la tête, signifiant par là qu'elle avait parfaitement compris.

— Ma foi, c'est son choix ! Rory t'en trouvera un si tu veux.

Rory Grant, ce dealeur de chats…

— Ça ira, merci ! Moi vivante, pas de chat ici !, s'écria Mina, clairement horrifiée par l'idée.

— Alors, qu'est-ce que ça fait d'avoir trente ans ? demanda soudain Stephen, visiblement bien peu passionné par ces questions félines.

Trois paires d'yeux s'étaient à présent braquées sur elle et elle ignorait si elle devait parler sincèrement ou leur servir une belle pelletée des banalités habituelles. Elle opta pour la première option.

— Pas grand-chose, j'en ai peur ! Je suis la même qu'hier et sans doute, la même que demain !

— Oh mais quand même ! insista Jill. Trente ans ! Ce n'est pas rien !

— À mon époque, on n'en faisait pas encore tout un cinéma, ajouta Stephen, mais quand même, quand même… Je m'en souviens bien ! Ce jour-là, j'ai eu l'impression d'être un homme, un vrai ! Mais en réalité, j'étais encore un petit con ! Il m'a fallu encore un peu de temps pour devenir l'homme accompli que je suis aujourd'hui, ajouta-t-il d'un air satisfait tout en s'affaissant mollement dans son siège.

— Et à quel âge as-tu cessé d'être un petit con, s'il te plaît ? demanda Jill. Parce qu'il me semble que j'étais là avant et après cette transformation mais étrangement, je n'ai pas saisi le subtil moment de transition !

Stephen lui lança un regard courroucé :

— Mais le jour où j'ai eu ma première ride, très chère. Ici même !

Il posa le bout de son index au coin de son œil.

— Elle est le signe de mon expérience de la vie !

— Si on mesure la sagesse d'une personne au nombre de rides, je gagne haut la main ! gloussa Mina tout en désignant son visage parcheminé.

— Vous êtes magnifique Mina ! clama Stephen. Moi je vous vois toujours comme la jeunette qui nous a accueillis lorsque nous avons emménagé ici ! Tu savais que la salle de bains de Mina est devenue une annexe de la maison pendant presque un mois ? demanda-t-il à Alma.

Elle répondit par la négative. Évidemment, elle ne savait pas puisqu'elle ne savait *absolument* rien sur rien.

— Nous avons emménagé en urgence dans une maison qui n'était pas terminée et ta grand-mère nous a gentiment permis de venir nous doucher chez elle pendant quelque temps, histoire que nous puissions conserver une vie sociale à peu près correcte, plaisanta-t-il.

— Rory avait à peine un an… Je ne sais pas comment j'aurais fait sans Mina !

— Oh là là ! Vous n'allez pas chanter mes louanges pour quelques litres d'eau utilisés trente ans plus tôt !

— On pensait qu'elle était sympa à l'époque, glissa Stephen, faisant mine de se cacher de Mina. Puis on a découvert qui se cachait derrière cette façade sympathique. Une vraie râleuse ! Jamais contente !

— Vous êtes certains que vous ne voulez pas reprendre des locataires ? lança la râleuse en question. Parce que les petits jeunes, là, les derniers en date, ils étaient très serviables ! Très polis, très gentils ! Ils ont même taillé la haie des deux côtés ! Je crois que j'ai perdu au change avec votre retour ! Et puis, lui était plutôt agréable à regarder…

— Plus que moi ?

— Bien plus que toi, oui !

— Oh, Mina ! Tu me brises le cœur !

Mina allait répliquer quand Jill, visiblement dotée de l'ouïe surpuissante des mères attendant le retour de leurs enfants, se leva brusquement.

— J'ai entendu une voiture ! C'est lui ! chantonna-t-elle. Je reviens !

— C'est toujours la première pour aller accueillir *son* Rory, gloussa Stephen.

Et sa délicieuse belle-fille, grinça intérieurement Alma.

— Tu vas voir, tenta de la tranquilliser Mina qui avait bien noté le léger raidissement de sa petite-fille. Tu ne le connais pas encore mais c'est un garçon adorable, tu vas bien l'aimer.

— En fait, je l'ai déjà rencontré.

— Ah bon ? Pourquoi ne pas me l'avoir dit tout à l'heure ?

— Aucune idée.

Sans doute parce qu'elle était trop contrariée pour avoir envie de mener la conversation plus loin… Mais ça, inutile de le préciser.

— Moi je le savais déjà, admit Stephen. Rory me l'a dit à moi… Et pas à sa mère ! Les hommes aussi ont leurs petits secrets !

Ils savourèrent un instant le silence – le calme avant la tempête, pensa Alma – puis dressèrent l'oreille pour écouter l'arrivée des convives de dernière minute. La tension, qui avait pour une fois quitté Alma, revint en puissance quand elle entendit claquer la porte d'entrée de Mina. Aux aguets, elle chercha à discerner les voix des nouveaux arrivants et notamment à déceler, au milieu d'elles, celle de Klara. Mais elle entendait toujours Jill, encore et toujours Jill qui ne semblait pas pouvoir arrêter de parler. Puis, alors qu'elle pensait ne pas pouvoir tenir une seconde de plus, ils apparurent enfin dans son champ de vision.

— Bonsoir !

Ils étaient là. Rory était là. Rory et ses trente-deux dents blanches. Sourire ultra bright de mec propre sur lui si on exceptait, bien entendu, un jean copieusement déchiré au niveau des genoux. Vrai vieux jean venu du fond de son dressing ou désir de suivre les dernières tendances vestimentaires ? Il y avait de quoi hésiter et Alma ne le connaissait pas assez pour savoir de quel côté le ranger. Avec la mode d'aujourd'hui, il était parfois difficile de faire la différence entre les vêtements vraiment usés et les fringues qu'on avait achetées au prix fort mais qui étaient déjà à moitié décomposées.

— Et Klara ? Pas là finalement ? demanda Stephen tout en servant d'emblée un verre de vin à son fils après l'avoir gratifié d'une brève accolade.

— Elle arrive !

Rory se tourna en direction de la cuisine puis appela :

— Klaraaaa ! Viens-là, ma jolie !

Alma n'eut heureusement pas le temps de s'interroger ou même de réagir sur la nature de cet appel qu'elle trouva d'emblée irrespectueux pour la jeune femme en question car, au lieu de la belle blonde qu'elle avait imaginée, c'est un chien qui fit son entrée.

— Et voilà ma Klara ! expliqua Rory tout en s'agenouillant devant elle et en attrapant amoureusement les longues oreilles de la chienne. Une belle cocker de cinq ans, à la robe rousse et à trois pattes ! Ma nouvelle petite préférée !

— Magnifique ! commenta Stephen.

— Poilue. Et griffue ! grinça Jill qui pensait certainement à ses canapés.

— Pauvre bête, commenta Mina, en hochant la tête.

Alma, elle, ne trouva rien à dire, se contentant de laisser monter en elle un sentiment qui ressemblait fort à du soulagement. Elle y résista un peu, pour la forme, puis le laissa finalement éclore et sentit un sourire étirer ses lèvres en pensant à sa petite crise du début d'après-midi. Une chienne ? Franchement ? Elle avait vraiment été jalouse d'une chienne ? Soupirant imperceptiblement, elle regarda Klara regarder Rory de ses yeux tendres et Rory, qui lui rendait ce regard avec la même tendresse. Après tout, et contre toute attente, elle allait peut-être l'apprécier, cette rivale !

La suite du repas se passa dans la bonne humeur coutumière des anniversaires et si Alma avait craint, un temps, d'être au centre de l'attention, force était de constater qu'il n'en était rien. Ce soir-là, tout le monde parlait en même temps et les sujets de conversation s'enchaînèrent de manière si naturelle et si embrouillée qu'elle n'aurait jamais pu en reprendre le fil. Au-dessus de leurs voix à tous planait celle de Mina qui s'arrangeait toujours pour se faire entendre, quoi qu'il arrive. Plus énergique que jamais, elle refusa toute l'aide qu'ils lui proposèrent et Alma découvrit avec stupeur qu'elle avait même prévu un menu végétarien spécialement *pour son petit Rory*, preuve qu'elle n'était peut-être pas aussi réfractaire qu'on aurait pu le penser de prime abord. Alma, quant à elle, mangea finalement peu et bu beaucoup trop et il lui fallut quelques essais avant de comprendre que Stephen remplissait son verre à mesure qu'elle l'éclusait. Elle comptait bien sur le fameux gâteau final, bien compact, bien nourrissant et qui viendrait – du moins l'espérait-elle un peu – éponger l'alcool qu'elle n'aurait peut-être pas dû boire.

— Donc c'est pour ça que la boutique de Liv t'intéressait tant, lui demanda-t-elle en pointant son assiette du doigt.

— Oui et non. En fait, je suis végétarien depuis un bail mais ça ne m'empêche pas de me gaver de cookies bas de gamme… Rien à voir avec ce que fait Liv. Non, en fait, j'étais juste curieux parce que je la connais un peu.

— Oui, elle m'a dit.

— Ah ?

— Qui aurait cru que cette petite deviendrait pâtissière ? Elle me faisait peur quand elle sortait avec Rory. Une vraie gothique ! Avec des colliers à pics, des ongles noirs, un maquillage hasardeux…

— Je suis certaine que ça lui allait très bien, risqua Alma, malgré tout incapable d'imaginer précisément l'ancien look de Liv.

— Et Rory a suivi ! C'était le grand amour ! Il s'est teint les cheveux en noir et s'est mis à se maquiller !

Alma se tourna vivement vers le principal intéressé qui chassa les questions d'un revers de main.

— Juste du crayon noir. Ne va pas t'imaginer quoi que ce soit d'autre. Et Liv, tout ça, c'est de l'histoire ancienne. Je ne comprends même pas pourquoi on en parle, ajouta-t-il d'un air excédé en fixant son père droit dans les yeux.

Et le sujet fut clos.

Juste avant le dessert, profitant que ses parents devisaient avec animation face à une Mina captivée, Rory se tourna vers elle, le sourire en coin :

— Alors comme ça, nous sommes de grands amis toi et moi ? À la vie, à la mort ? Tu sais, j'ai souvent pensé à ton pyjama rose depuis que je t'ai vue derrière cette haie mais je ne pensais pas que les choses étaient allées si vite entre nous !

Hilare, il l'observait passer par toutes les couleurs de l'arc-en-ciel – enfin, peut-être pas par l'indigo… quoique ! – quand Jill, qui venait de renverser son verre de champagne, commença à pousser de hauts cris.

— Oh non ! Quel sacrilège !

— Encore un coup de Miss catastrophe !

Stephen applaudissait platement.

— Tu sais, si le but était de donner à boire à ta jupe, je t'aurais donné un vin bas de gamme à la place ! Cela aurait été plus économique !

— Au lieu de parler, éponge-moi !

La voix de Jill se faisait de plus en plus stridente et Stephen leva les yeux au ciel mais ne s'en activa pas moins.

— Mes parents sont insortables…

— Je suis désolée d'avoir raconté n'importe quoi, lui souffla finalement Alma. Je me suis retrouvée coincée. J'aurais pu dire la vérité à Liv mais je trouvais la vraie version tellement bizarre !

— Donc tu as préféré en inventer une ?
— C'est si grave ?
— De mentir ?
— Non, de se laisser embarquer par son imagination.
— Dans le cas présent, non. Mais avec un autre, tu aurais pu passer pour une dingue. J'aurais pu nier.
Alma haussa les épaules, jouant l'indifférente :
— Eh bien, ils m'auraient prise pour une folle, j'aurais survécu. De toute manière, je ne suis que de passage.
— Sur Terre ou chez Mina, en particulier ?
Alma haussa les épaules, laissant la conversation en suspens. Très fière d'elle, Mina lui sauva la mise, débarquant avec un gâteau haut comme une maison et recouvert d'un glaçage au chocolat blanc. Il était bien entendu surmonté de trente bougies – Mina ne lui ayant pas fait la grâce d'en oublier quelques-unes au passage – et ne manquait pas d'allure, ainsi que le fit remarquer Stephen avant de resservir un verre à l'ensemble de la tablée. Tout en repoussant les assauts de Klara qui tentait de monter sur ses genoux, Jill lui ordonna de faire un vœu et Alma se retrouva coincée devant ses bougies, à chercher une bonne idée susceptible de s'être perdue au milieu du brouillard de son esprit. Elle eut beau chercher et chercher encore, rien ne vint. Certes, elle aurait pu souhaiter mille et une choses, des plus futiles aux plus importantes, des plus éphémères aux plus durables, mais rien ne lui semblait plus important que ce qu'elle vivait à ce moment précis. Pour une fois, elle soufflerait comme une enfant innocente qui ne veut rien, qui n'espère rien, si ce n'est de voir les petites flammes s'éteindre sous son souffle.

La nuit s'était imposée depuis longtemps lorsque les parents de Rory finirent par leur fausser compagnie, Stephen remerciant à l'avance son fils de ne pas laisser entrer le chien dans la maison pendant que Jill, complètement soûle, tentait d'enjamber leur haie par flemme de faire le tour par l'extérieur.
— Va la chercher avant qu'elle ne décide de péter une vitre par flemme de sortir ses clefs ! conseilla Rory. Et ne t'inquiète pas pour Klara, mon très cher papa ! Je te jure qu'elle ne mettra

pas une seule patte sur ton carrelage tout propre ! Je la porterai jusqu'à mon lit, ajouta-t-il discrètement à l'intention d'Alma avec un clin d'œil malicieux. Hors de question qu'elle dorme dans l'herbe comme une vulgaire fourmi.

Mina en profita pour s'éclipser elle aussi, non sans avoir au préalable été maintes et maintes fois remerciée par Alma. Voyant que Rory ne faisait pas mine de partir, la jeune femme avait vainement tenté de retenir sa grand-mère par tous les moyens mais dut se rendre à l'évidence : ils allaient se retrouver seuls tous les deux. Enfin, tous les trois puisque Klara restait sagement couchée aux pieds de son maître, prête à réagir au moindre geste de ce dernier. Alma fit mine de s'intéresser grandement à sa manucure tout en cherchant une platitude pas trop bête à dire – fallait-il qu'elle lui demande s'il comptait aller se coucher bientôt ? Non, cela ferait vraiment celle qui cherchait à se débarrasser de lui – quand il prit finalement la parole.

— Écoute Alma… Je n'ai pas de cadeau pour toi.

— Ce n'est pas vraiment grave, tu sais. Je n'ai plus quatre ans. Je sais que tout le monde n'est pas obligé de me faire un cadeau pour mon anniversaire. Même si j'aimerais bien !

— Si, un peu quand même. Je t'avais pris un bouquet mais je l'ai balancé par la fenêtre sur l'autoroute.

— Quoi ?

— Il était posé sur le siège passager. Je lui ai jeté un coup d'œil et je l'ai trouvé… Insipide ! Alors je l'ai attrapé et…

— Et tu l'as sacrifié.

— Au mépris de la sécurité routière.

— Pourquoi ?

— J'aurais eu l'air ridicule.

— Pas sûr.

— Ce n'est tellement pas moi !

Alma haussa les épaules.

— J'aurais bien voulu l'avoir. Même si, en toute honnêteté, je me fous des fleurs.

— J'en étais sûr ! J'ai bien fait alors.

— Je ne dirais pas ça mais…

Il jeta un coup d'œil à son portable.

— Il est seulement vingt-trois heures. Ce serait un véritable crime d'aller se coucher maintenant. Surtout un soir d'anniversaire ! Je vais t'inviter à boire un verre en ville.

— Je sais que tu es un rebelle mais pas moi… Et je crois qu'on a un peu trop bu pour prendre le volant. Le vin a coulé à flots.

— Pour toi, pas pour moi ! J'ai arrêté à temps car je connais l'énergumène qui me sert de père. La technique avec lui c'est d'arrêter de boire au bout d'un moment, sous peine d'être resservi jusqu'à ce que mort s'ensuive. En trente-cinq ans de mariage, ma mère n'a toujours pas saisi, comme tu l'auras remarqué. À moins qu'elle ne soit une victime consentante, mais ça, c'est une autre histoire !

Comme il insistait lourdement, Alma – qui aimait beaucoup se faire prier, en réalité – accepta finalement l'invitation. Elle ne comprenait pas vraiment ce besoin subi de sortir et de prolonger la soirée en tête à tête. Sans doute avait-il un peu pitié d'elle. Peut-être la prenait-il pour une vieille fille timide qui passait ses vacances chez sa grand-mère, faute de mieux. Oui, c'était sans doute cela : il n'avait pas fait sa BA du mois et elle représentait une bonne opportunité pour se racheter aux yeux du Tout-Puissant ou quelque chose de ce genre. Le fait est qu'à ce moment précis, troublée par l'intimité subite que leur offrait cet habitacle fermé, elle sentit son cœur battre un peu plus fort.

— Je te préviens, annonça-t-il une fois qu'ils se furent engagés sur la route, j'ai la réputation de conduire extrêmement mal !

— C'est de famille alors !

D'abord surpris par son ton moqueur, il éclata de rire et elle rit aussi, heureuse que la semi-obscurité masque un peu la rougeur de ses joues. Derrière, Klara posa sa tête sur sa patte, poussa un gros soupir de contentement et entama une énième sieste. Dehors, la nuit défilait derrière les vitres sales. Alma se sentit étrangement bien et se dit que finalement, cela n'avait peut-être pas vraiment de lien avec le vin.

15

Mai 1913

La contrariété était un état familier à Catherine mais à présent, elle était au-delà de l'agacement. Au-delà, même, de ses tracas habituels et de leur cortège d'angoisses et de déceptions. Quatre jours. Voilà bientôt quatre jours que George aurait dû être de retour à la maison. Il l'avait promis, il savait qu'elle avait besoin de lui et pourtant, pourtant… Il avait fallu attendre le matin même pour qu'elle reçoive enfin un billet de sa part, mot aussi succinct qu'impersonnel, dans lequel il lui apprenait son désir de rester encore un peu en ville comme un vacancier annonce son envie de repousser encore un peu l'heure de son retour… Des affaires de première importance le retenaient, expliquait-il, et il ne pouvait se permettre de fausser compagnie à d'éventuels investisseurs. Tu peux bien comprendre pourquoi cela m'importe à ce point, avait-il ajouté avant de signer puis de glisser son message dans une enveloppe. Il n'y avait ni paroles tendres à son égard, ni souhait de la retrouver au plus vite et à peine avait-il évoqué l'état de santé de leur fils, considérant sans doute qu'il était inutile de revenir sur un sujet maintes fois débattu. Matthew terminait tant bien que mal sa longue convalescence et ne reviendrait en ville qu'une fois prêt à travailler à ses côtés. Avant cela, bien entendu, il fallait qu'il se marie et c'était bien sur ce point précis qu'il avait insisté avant de l'abandonner à ses problèmes, en début de semaine.

— Fais en sorte de presser ce mariage autant que possible ! Encourage Sybil ! Montre-toi un peu plus engageante, sois un peu moins froide ! Tu peux être tellement austère, parfois ! Moi, je le sais, mais cette pauvre enfant… Ma foi, elle désire tellement te plaire qu'elle pourrait mourir de chagrin si tu la fusillais du regard comme tu le fais avec moi, à présent.

Tendue et crispée, Catherine ne doutait pas une seconde de l'éclat glacé qui devait en effet animer son regard mais ne chercha pas à en modérer le piquant. Cela faisait bien longtemps que son cher mari ne se laissait plus décontenancer par de telles démonstrations de colère et ce, tout simplement parce que ses états d'âme ne l'intéressaient guère. Qu'elle soit heureuse, triste ou bien pleine d'agressivité, quelle importance après tout, tant qu'elle restait le bon petit soldat qu'elle avait toujours été pour lui ?

— Ce n'est pas moi qui pose problème, ni même Sybil, et tu le sais très bien. Elle est très pressée de l'épouser. Sa mère semble la freiner autant qu'elle le peut mais cela ne change absolument rien.

— Elle cherche à se marier au plus vite, tu dis ?

— Si on lui donnait la possibilité de convoler demain, elle sauterait sur l'occasion. À condition, bien entendu, d'avoir une robe convenable. Sybil reste Sybil.

— N'auraient-ils pas, disons… pris un peu d'avance sur le mariage ? On ne pourrait pas les en blâmer, ils attendent depuis suffisamment longtemps pour…

Catherine rougit, pâlit puis retrouva sa contenance habituelle.

— Non.

George ricana, surpris par le ton péremptoire de sa femme.

— Comment peux-tu en être aussi certaine ?

— Matthew n'est pas comme cela.

George ricana à nouveau puis se frappa le front du plat de la main avant de répondre :

— Bien sûr ! Où avais-je la tête ? Matthew reste ton petit garçon chéri et tu ne le verras jamais grandir. Je vais t'apprendre quelque chose : petit garçon chéri ou pas, les hommes sont tous les mêmes et ton fils n'échappe pas à la règle. Crois-tu vraiment qu'il a passé toutes ses soirées à étudier sagement dans sa chambre, depuis son départ de la maison ?

— Je ne sais pas. Mais que ce soit ou non le cas, je ne veux pas le savoir. Laisse-moi en paix, je te prie.

George fit un geste d'apaisement, lui indiquant que le sujet était clos :

— Très bien ! Je ne dirais rien de plus, tu as ma parole. Cela étant dit, puis-je te poser une question ? Peux-tu me promettre de me répondre sincèrement ?

Catherine n'était pas certaine de pouvoir entretenir la moindre conversation sincère avec son mari et elle doutait qu'il ait jamais intégré la notion même de franchise mais elle lui fit signe de continuer. Si elle craignait – à raison ! – ce genre d'introduction, couper court à la conversation et ne pas savoir ce qui préoccupait George serait pire encore.

— Sybil est-elle vraiment notre dernier recours ? Je veux dire… Ne pouvons-nous pas espérer… quelqu'un d'autre ?

Catherine soupira, excédée. Que George n'accorde que peu d'attention à ses sentiments ou aux problèmes domestiques, passait encore, mais qu'il continue d'envisager des alternatives alors que tout ou presque était conclu avec les Clark la dépassait complètement.

— Je ne comprends pas, commença-t-elle tout en veillant à conserver un ton calme et serein. Tu disais à l'instant qu'il fallait encourager Sybil dans son empressement, et voilà que tu me demandes s'il est possible de lui trouver une remplaçante ?

— Je n'ai pas dit ça, mais…

— Toujours les mêmes réserves ?

— Oui. Elle ne me déplaît pas mais je ne peux pas m'empêcher de penser à tout ce qui se dit sur elle, sur son instabilité. J'avoue éprouver une sorte de…

Il fronça les sourcils, visiblement à la recherche d'un mot qui lui échappait.

— Déception ? hasarda-t-elle.

— Peut-être. Un temps, j'avais espéré mieux, tu le sais. S'il m'avait écouté, s'il avait seulement joué le jeu…

Il n'eut pas besoin d'aller plus loin, Catherine ayant parfaitement compris à quels épisodes il faisait référence. Un peu plus d'un an plus tôt, afin d'assurer son avenir et celui de la famille tout entière, George avait tenté d'introduire son fils dans le monde qu'il fréquentait, l'avait présenté à des hommes de pouvoir dotés de filles à marier aux profils intéressants, au moins financièrement parlant, mais Matthew s'était vite démarqué par sa capacité à fuir ce milieu qu'il abhorrait. Pire encore : malgré les efforts de son père, il n'avait intéressé personne. Ni les pères, dépités par son manque de repartie et de mordant, ni leurs filles qui ne l'avaient trouvé ni séduisant, ni drôle et bien différent du portrait qu'en avait fait leurs mères. Sans sourire aux lèvres, sans galanterie, sans ambition, Matthew apparaissait tel qu'il était alors : l'aîné placide d'une famille désargentée. Bientôt, la perspective d'un mariage avec Sybil Clark, que George avait toujours pris pour une plaisanterie, était venue le frapper dans toute son évidence. Pour une raison qu'il ne parvenait pas à comprendre, Matthew semblait accepter de se lier à la fille des voisins, ce grand timide préférant sans doute épouser une femme qu'il connaissait bien plutôt qu'une inconnue.

— Il n'y a que Sybil, commenta Catherine.

— Oui, seulement Sybil. L'irascible Sybil ! Notre future belle-fille adorée !

À cette idée, Catherine ferma les yeux et se retint de serrer les poings. Si elle avait parfaitement joué le jeu auprès de la jeune fille, elle avait peine à croire que son fils épouserait cette petite furie. En réalité, elle avait peine à croire que son fils puisse épouser qui que ce soit. George avait raison, elle le considérait toujours comme un petit garçon, comme son fils adoré, celui sur lequel elle avait reporté toute son attention et toute son affection à la mort brutale et douloureuse de leur second garçon. D'un battement d'ailes, ses pensées quittèrent la pièce sombre et se dirigèrent d'un même mouvement vers le souvenir encore douloureux de son petit Nathanaël, ce fils qu'elle avait à peine eut le temps de connaître. Un an, à peine, avant qu'il ne s'envole vers d'autres cieux. Onze petits mois pour le découvrir, accepter de le laisser partir puis des années de pleurs et de solitude au sein d'un couple déjà fragile et éternellement brisé par le drame. George avait dicté sa loi, imposant le silence, l'empêchant d'exprimer une peine qu'elle avait verrouillée au fond d'elle et qui avait finalement empoisonné son sang, la moindre parcelle de son être. Si elle n'en parlait jamais, elle s'autorisait parfois à l'imaginer grand, enfant puis adulte. Il aurait presque vingt ans aujourd'hui. Qui serait-il devenu, s'il avait vécu ? Ressemblerait-il à George ? À son frère ? Ou bien à personne, si ce n'est à lui-même ? Les choses auraient-elles été plus simples avec deux garçons à la maison ou, au contraire, plus compliquées ? Si la question ne se posait évidemment pas, Catherine n'en restait pas moins morose et terriblement nostalgique d'une vie qui n'avait pourtant existé que dans son esprit.

George, qui s'était attardé devant le bar, entrechoqua négligemment deux bouteilles de verre, ce qui la ramena au présent. Elle n'en croyait pas ses yeux.

— Vraiment ? Il est dix heures du matin, George !

Sans prendre la peine de se retourner, il lui fit signe que cela importait peu.

— Je suis debout depuis l'aube et je vais passer de longues heures sur la route ! Qui se soucie de l'heure, après tout, si ce n'est toi ?

— Si la seule mention de Sybil te pousse à t'enivrer dès le matin, je ne sais pas si ce mariage est une bonne chose.

— Mais qui parle de s'enivrer, ma très chère Catherine ?

À présent adossé à la cheminée, il la regardait aller et venir de la fenêtre jusqu'à la porte du salon. Sur son visage, nul sentiment, si ce n'est un vague ennui, comme souvent. Il était étrange comme il pouvait lui manquer quand il n'était pas là et comme elle pouvait avoir envie de le voir disparaître lorsqu'il se trouvait sous ses yeux.

— Quoi qu'on en dise, reprit-il finalement, la dot de Sybil est particulièrement importante. Paul ne fait pas les choses à moitié, comme toujours. Il sait faire vibrer les cordes sensibles.

— Mais au-delà de ces histoires d'argent…

— Qui sont loin d'être insignifiantes pour nous !

— Personne ne le sait mieux que moi. Je me demandais juste…

— Si ton cher bambin sera heureux ?

— Oui, c'est à tout à fait ça, répondit-elle tout en feignant de ne pas noter son air moqueur.

— Il le sera. Et s'il ne l'est pas, eh bien… il pourra toujours essayer de la faire interner.

— George ! Comment peux-tu dire une chose pareille avec tant de légèreté ?

— Ce ne serait pas la fin du monde ! Mais si tu préfères, je lui proposerai plutôt de prendre une maîtresse.

— Oh, je ne doute pas une seconde que tu sauras parfaitement le conseiller dans le domaine.

Ce fut à son tour de faire mine de n'avoir pas entendu – ou pas compris – la pique. Pour la peine, il retourna se servir et cette fois, elle ne lui fit pas la moindre remarque.

— En définitive, malgré nos réticences, ce mariage avec la petite Clark est une véritable bénédiction pour nous, il faut en être conscient. Tout est déjà pensé dans les moindres détails. Je me suis arrangé avec Paul et une partie de la dot sera directement injectée dans mon affaire. Ces fonds devraient me permettre de la faire repartir sur de meilleures bases. Le vent finira par tourner. Et puis qui sait ? Une fois lancé, Matthew se révélera peut-être moins décevant que prévu ? Il pourrait prendre le goût des affaires et apporter un peu de sang neuf à l'entreprise ! Rêver ne coûte rien.

Catherine l'avait laissé partir sans oser partager avec lui ses craintes au sujet de leur fils qui continuait à l'inquiéter. Celles-ci n'étaient plus inspirées par le verdict du médecin mais bien par ses propres observations. On lui avait conseillé d'être patiente, compréhensive et de laisser le jeune homme se réhabituer doucement à la vie qui était la sienne avant la maladie mais elle ne parvenait pas à saisir les changements qui s'étaient opérés en lui au cours des dernières semaines.

— Il a été durement atteint et il pourra peut-être vous paraître un peu absent, parfois, différent de celui qu'il était, mais les choses rentreront vite dans l'ordre. Soyez patiente Mrs. Wilson, lui avait répété le médecin alors qu'elle l'inondait de questions. Il a survécu. Il est en vie. Cela devrait être le plus important pour vous.

Et cela l'était, évidemment.

Depuis qu'il avait à nouveau ouvert les yeux sur le monde qui l'entourait, depuis qu'au fond de son regard, elle l'avait vu, *lui* et non pas le brouillard épais de la maladie, chaque matin était une fête. Chaque respiration, un soulagement. Elle n'avait pas perdu son fils, elle l'avait sauvé. Elle n'était pas une mauvaise mère puisqu'elle l'avait hissé, centimètre par centimètre, au-delà de la tombe dans laquelle tout le monde le pensait tombé. Alors oui, bien évidemment, elle avait tout d'abord fermé les yeux. Elle avait feint de ne pas voir sa mauvaise humeur d'abord, son impatience ensuite, de ne pas s'attrister face à son désir de rester seul. Puis elle lui avait pardonné son étrange lubie pour la sœur de Sybil, cette Laura. Cette petite nymphe des bois, toujours vêtue de ces robes blanches, à la fois si démodées et si indécentes, qui semblaient coller à ses membres et dont la couleur claire s'accordait bien peu avec son habitude de battre la campagne. Que ses parents puissent cautionner un tel comportement dépassait l'entendement de Catherine, mais soit ! Au moins avait-elle le mérite de faire rire son fils et en cela, elle était devenue précieuse.

Un peu plus tard, encore, elle avait éprouvé un peu plus de difficultés à accepter qu'il s'en aille par monts et par vaux. Qu'il aille à la plage, passait encore, mais qu'il disparaisse en forêt ou elle ne savait où était source d'inquiétude pour elle. Mais elle avait fait le choix de ne pas réagir, tout comme elle s'était abstenue de tout commentaire désobligeant le jour où elle avait découvert que son fils, délaissant ses livres, s'était mis à la sculpture sur bois.

— Je me suis découvert un certain talent, avait-il ri en constatant son effarement. Du moins pour m'entailler les doigts ! Laura me passe commande puis je m'exécute. J'ai commencé par un hibou, regarde !

Il lui tendit une chose affreuse qui, en effet, pouvait passer pour un oiseau mal formé.

— Je sais que ce n'est pas très réussi mais je progresse vite. Enfin, selon Laura. Elle voudrait que je lui fasse un écureuil mais je ne suis pas certain…

Sceptique, il considérait son œuvre en cours.

— Difficile de savoir si je vais pouvoir m'en sortir, mais j'essaie !

Catherine avait jeté un regard désolé au sol, jonché de copeaux, et aux doigts de Matthew, en effet déjà bien abîmés par un travail manuel auquel ils n'avaient jamais été habitués. Elle avait ouvert la bouche pour protester puis elle avait vu son sourire, le même que lorsqu'il était enfant. Un sourire confiant et tranquille. Quelqu'un qui souriait ainsi ne pouvait aller mal et elle n'avait pas le cœur à effacer ce sourire. Elle voulait qu'il le garde encore un peu, de peur de le voir s'enfuir pour toujours.

Matthew et ses allées et venues pour trouver un nouveau logement avaient été une excuse de premier choix pour laisser Selina de côté et oublier, un temps, toutes les contrariétés qu'elle faisait naître en elle. À chaque jour suffit sa peine. Elle ne pouvait avoir de l'énergie pour tout et pour tous en même temps.

Suite à leur dispute, elle avait vu Selina sombrer dans un mutisme inquiétant et, plus que jamais repliée sur elle-même, se fermer à toute discussion ce qui, en définitive, n'avait pas changé grand-chose à leur relation, Catherine ne pouvait qu'en convenir. Inexorablement, sa fille lui échappait et si elle était consciente d'être en partie coupable du gouffre immense qui se creusait entre elles, elle avait depuis longtemps perdu les mots pour la consoler. Aurait-elle réagi autrement si les nouvelles avaient été meilleures, le jour où elle l'avait trouvée sur la route, assise sur le bas-côté ? Peut-être bien. Mais elle était déjà si excédée, si fatiguée ! Et Selina n'avait rien fait, rien dit pour apaiser ses nerfs à vif. Tout au long du trajet jusqu'à la maison, la fureur avait fait battre le sang à ses oreilles, la rendant presque sourde. La gifle qu'elle aurait voulu lui donner à ce moment précis n'avait été administrée que plus tard et aussitôt regrettée mais bien sûr, il était déjà trop tard. Et le mal, immense, était fait.

Avoir des enfants était si compliqué, si difficile, et le parcours, jalonné de tant de déceptions ! Ils créaient tant de problèmes, tant d'ennuis ! Elle avait beau avoir tout fait pour les rendre heureux et les aider à accéder à la place qu'ils méritaient, elle n'avait reçu en retour que plaintes, soupirs et récriminations. Entre Selina qui voulait embrasser un destin bien en dessous de sa condition et Matthew qui aurait passé sa vie sur les bancs de l'université si on l'avait laissé faire… Elle ne savait plus comment agir. À contrarier ainsi leurs envies et leurs caractères, elle avait l'impression d'être la pire des mères. Et peut-être l'était-elle vraiment, cette mère détestable ? Plus le temps passait et plus elle réalisait l'ampleur de son erreur. Les enfants parfaits qu'elle avait imaginés et qu'elle cherchait à voir en Matthew et Selina n'avaient finalement pas plus de substance que la version mentalement vieillie de son Nathanaël. Ils n'existaient qu'en elle et n'en sortiraient sans doute jamais. Matthew ne serait peut-être jamais l'homme sûr de lui et l'entrepreneur vorace qu'aurait voulu son père. Selina ne serait jamais la femme douce et discrète qu'elle aurait souhaité la voir devenir. Elle n'en avait pas moins certaines qualités notables et Catherine ne pouvait s'empêcher d'éprouver un certain respect pour son caractère combatif et pour la volonté qu'elle décelait chez sa fille. Selina avait bel et bien le courage et la hargne qui lui avaient souvent fait défaut à elle, par le passé. Si elle avait été un peu plus comme Selina, peut-être aurait-elle pu avoir une autre vie. Aurait-elle été meilleure ? Rien n'était moins sûr et elle ne pouvait que trembler en imaginant vers quel genre d'existence se dirigerait sa fille si elle ne l'en empêchait pas. L'idée de quitter la maison pour recommencer une nouvelle vie ailleurs était effrayante mais à la fois, n'était-ce pas un nouveau départ rêvé pour sa fille, tout comme pour elle ? Mais il y aurait tant d'épreuves avant cela, tant de moments désagréables à passer avant de retrouver un semblant de sérénité ! À cette pensée, Catherine se sentit soudain très lasse, très seule et d'une tristesse insondable.

— Nous partons !

Selina venait d'apparaître, à moitié cachée par la porte entrebâillée avec, dans ses bras, un immense panier rempli de victuailles diverses et variées qu'elle avait sans doute ramassées à la cuisine au petit bonheur la chance. Cette année, étrangement, les enfants semblaient avoir repris la tradition de leurs pique-niques estivaux, petite habitude qui les avait longtemps occupés durant les beaux jours mais qui avait été abandonnée le jour où Sybil s'était considérée trop vieille pour aller jouer ainsi dans le sable. Sans doute avait-elle fini par réviser son jugement, y voyant finalement un moyen efficace pour passer plus de temps avec un fiancé peut-être un peu trop fuyant.

La gorge serrée, incapable de prononcer un mot sans trahir sa mélancolie, Catherine lui répondit d'un geste de la tête puis d'un pâle sourire que Selina ne vit pas.

16

Juin 2011

— Attends, tout n'est pas perdu, j'ai des bières dans mon coffre. Oui, je sais parer à toute éventualité comme tu le vois, ajouta-t-il devant le regard étonné d'Alma. Ça m'évite surtout de courir en acheter dès qu'un pote m'invite chez lui. Seul souci : entre avril et octobre, je ne bois jamais frais !

Ils avaient passé les vingt dernières minutes à tourner en rond dans le centre sans trouver un seul établissement ouvert, ce dont ils ne revenaient pas. Il était encore si tôt ! Si Alma avait eu des doutes quant à cette sortie, elle ressentait un profond dépit à l'idée d'en être finalement privée. Non moins mécontent, Rory semblait en proie à une profonde mélancolie.

— C'est dans ce genre de moment que je me rends compte que le temps passe affreusement vite. Je n'avais pas réalisé... Huit ans ! Tu te rends compte !

Secouant la tête avec un agacement notable, il avait fini par se garer sur le parking qu'Alma connaissait à présent sur le bout des doigts, puisque la ville entière semblait se réduire à ce dernier.

— Huit ans que ce pub est fermé et je ne l'apprends que maintenant. C'était mon préféré, en plus ! J'ai passé tellement de bonnes soirées là-bas !

Alma se demandait jusqu'à quand les lamentations postcataclysme allaient se poursuivre quand son chauffeur du jour avait décidé de transformer sa voiture en bar ambulant. Sans plus de cérémonie, ils s'étaient donc assis sur le rebord du coffre ouvert. Rory avait décapsulé deux bières avec une dextérité qu'Alma avait jugée un peu inquiétante puis l'avait invitée à trinquer avec lui :

— À tes trente ans, Alma ! Et à cette fin de soirée sur un parking digne des plus gros plans foireux de la planète ! Je suis à peu près certain que tu n'imaginais pas terminer la journée ici en te réveillant ce matin.

Elle fit mine d'observer autour d'elle puis répondit, sans boire :

— Pas vraiment, non. Parking sordide, bière à température ambiante, compagnie douteuse…

— Merci.

— Je plaisante, hein ? Pour la compagnie douteuse…

— J'avais compris. Si tu le pensais vraiment, tu ne l'aurais pas dit. Tu m'as l'air bien trop gentille et bien trop polie pour ça.

— Ah ça… N'en sois pas si sûr. Je ne suis pas si sympa que ça, parfois.

Il lui jeta un regard circonspect.

— J'en doute ! Mais je ne demande qu'à voir. Tu ne bois pas ?

Elle s'exécuta puis grimaça.

— Je ne suis pas certaine de la finir.

— On n'a qu'à jouer à un jeu pour la faire passer plus facilement ! proposa-t-il après avoir lancé au loin la balle d'une Klara frétillante. Je te pose une question. Si tu réponds, je bois. Si tu refuses de répondre, tu bois.

— On a quinze ans de trop pour jouer à ça. Et ça ne se fait pas plutôt avec de la vodka ?

— Si. Mais on va se la jouer sage ce soir. Et tu peux me poser des questions de vieille, si tu veux. Me demander si j'ai une assurance retraite ou si je compte acheter prochainement un appartement, par exemple. Ce ne sera pas très drôle mais c'est toi qui vois.

— Très bien. Tu comptes acheter un appartement ?

Il rit doucement avant de répondre :

— Si tu me connaissais, tu ne me poserais pas la question. Mais la réponse est non. Rien que l'idée de m'endetter sur plusieurs décennies me donne envie de me pendre. Alors, m'installer quelque part tout en sachant que j'en prends pour vingt ans… Non, ça ne me tente pas.

Il attrapa la balle que Klara venait de déposer à ses pieds puis la lança à nouveau. Elle poussa un jappement heureux avant de partir à sa suite comme si courir après un jouet était le summum du bonheur.

— Elle est impressionnante, murmura Alma.

— Pourquoi ?

— J'aurais pensé qu'un chien comme elle serait plus du genre, tu vois... À clopiner. À s'économiser. Mais en fait, elle s'en fout. C'est dingue ! À sa place, pas mal d'humains, et moi la première d'ailleurs, resteraient posés sur un siège en attendant que la vie passe sous prétexte qu'ils ne peuvent pas avoir une existence normale... Elle, non.

— Ne sois pas si dure avec toi. Je suis presque sûr que tu finirais par te lever. Ne serait-ce que pour accueillir le livreur de pizzas à ta porte. Le reste n'est qu'accessoire quand on peut récupérer ses commandes.

— Non, ce que je veux dire, c'est qu'elle fait comme si elle n'avait rien du tout ! Même l'humain le plus volontaire ne pourrait pas être si insouciant. Non ?

— Ah ça, c'est vrai ! C'est la principale force des animaux : ils ne se posent pas autant de questions que nous et ne s'en portent pas plus mal, bien au contraire ! Ils s'adaptent, ils survivent et se foutent de leur apparence. Mais bon, ça ne les empêche pas d'avoir quelques soucis de comportement. J'ai connu un chien qui...

S'interrompant brusquement, il plissa les yeux avec défiance.

— Je suis en train de me faire avoir là, mais c'est mal me connaître ! Tu cherches à me faire dévier de mon idée de départ mais je n'oublie pas ! C'est à moi de te poser une question.

— Mais il n'y a aucun problème, je t'écoute !

Alma battit des cils, mimant la plus grande des attentions. En réalité, elle n'aurait pas été contre changer de sujet et même changer de lieu, se sentant plutôt mal à l'aise. L'espace avait beau être ouvert et l'endroit, complètement vide, elle ne s'en sentait pas moins un peu oppressée comme si mille et une paires d'yeux les observaient dans l'obscurité.

— Montons d'un cran dans la difficulté, commença Rory tout

en ayant l'air de réfléchir ardemment. J'aimerais savoir quelle est ta plus grande honte. Le moment le plus terrible de toute ton existence, celui où tu aurais voulu disparaître sous terre.

— Oh, il y en a des tonnes.

— Choisis-en un.

— Je pense que l'un des pires a été la crise d'angoisse que j'ai faite en avion après des vacances en Thaïlande. Avec à la clé, le trio habituel : larmes, halètements et bien évidemment, malaise, histoire de clore le spectacle par une touche dramatique. Tout le monde me regardait, c'était très gênant.

— T'as peur en avion ?

— Pas du tout ! C'était d'autant plus bizarre. Mais j'ai vraiment cru que j'allais mourir cette fois-là.

Il but une gorgée.

— OK. À toi.

— Qu'est-ce que te reproche Thomas ?

Ils échangèrent un regard et si elle lui avait paru insignifiante sur l'instant, Alma regretta immédiatement sa question.

— Je passe ! Mais je t'autorise à poser une autre question, ajouta-t-il après avoir bu.

— Euh, très bien. Qu'est-ce qui te fait le plus peur ?

— À part la cuisine de ma mère ?

— Oui, ça ne compte pas.

Il répondit sans réfléchir :

— L'épaisseur de la poussière. Devenir vieux et me rendre compte que j'ai loupé plein de choses dans la vie. Mais pas par manque d'opportunités, juste par peur, justement.

— C'est-à-dire ?

— Bah… C'est vaste ! Je parle de toutes ces choses qu'on n'ose pas faire parce qu'on a peur de se planter, peur de mettre son petit confort en danger ou parce qu'on a peur du regard des autres.

Elle fit mine de boire, espérant qu'il ne verrait pas la supercherie.

— À moi maintenant, reprit-il. J'aimerais savoir pourquoi tu es venue habiter chez Mina ? Non, attends ! Je précise : je veux la vraie réponse. Pas celle que tu sors pour qu'on te foute la paix. Je veux la version non censurée.

Elle le regarda dans les yeux puis, portant à nouveau la canette à ses lèvres, bu une longue gorgée.

— Très bien, ça a le mérite d'être clair ! Mais je le découvrirai un jour, j'en suis sûr !

— Si tu le dis ! À moi maintenant ! Qu'as-tu pensé de moi la première fois que tu m'as vue ?

Un long silence suivit, durant lequel elle parvint à grand-peine à étouffer le long couinement de dépit qui faillit s'échapper de sa bouche. Qu'avait-elle donc été demander ? Elle allait le mettre mal à l'aise avec sa question plus qu'idiote, d'autant plus qu'elle ne voulait absolument pas connaître la réponse.

Rory, qui jusque-là avait sciemment reporté son attention sur Klara, se retourna vers elle et planta ses yeux dans les siens.

— On passe aux choses sérieuses, dis donc ? Tu veux vraiment savoir ?

Loin d'être décontenancé par la question, il avait l'air de trouver la situation particulièrement drôle, ce qui lui sembla, à elle, presque vexant. S'il lui restait une once de curiosité quant à l'avis de celui qui lui faisait face, elle n'avait en fait plus du tout envie de connaître son jugement. Ce qui ne l'empêcha pas, bien entendu, d'affirmer le contraire avec un air de défi :

— Sinon je n'aurais pas posé la question !

— Eh bien tu ne sauras rien ! C'est de bonne guerre, ma petite !

Et il but une nouvelle gorgée, hilare, face au regard courroucé d'Alma.

— Mais c'est pas juste ! Tu as refusé de répondre deux fois !

— Et ? C'est mon jeu, je fais comme je veux !

— OK, donc je ne joue plus.

— Vraiment ?

Indifférente à ce qu'ils pouvaient bien se raconter, Klara, elle, attendait toujours, plantée devant eux, le regard implorant.

— On ne peut jamais rien refuser aux cockers, commenta son maître tout en lui envoyant une nouvelle fois sa balle. Accorde-moi quand même une dernière question. Tu veux bien ?

— Ça dépend. Pose toujours et je déciderai si je réponds ou pas.

— Dis-moi, si tu devais faire une chose interdite là, maintenant, tout de suite. Que ferais-tu ?

Bien qu'elle se soit promis de ne lui adresser qu'un haussement d'épaules indifférent, Alma ne put résister à l'envie de répondre et plongea la tête la première.

— Du genre ? Voler une voiture ? Braquer une banque ?

— De ce genre-là oui. Bien que je ne sois équipé ni pour l'un, ni pour l'autre, je te préviens !

Elle n'eut pas à réfléchir bien longtemps.

— J'irais dans la maison condamnée, celle vers la plage.

— Sérieusement ?

— Sérieusement. Je suis allée par là-bas avec Mina et ta mère mais je n'ai pas pu voir la maison. J'aurais au moins voulu voir à quoi elle ressemble. Sans doute à pas grand-chose mais je n'arrête pas d'y penser.

L'idée sembla plaire à Rory et Alma, un peu effarée, le vit commencer à plier bagage.

— On y va alors, annonça-t-il tout en ordonnant à Klara d'embarquer.

— Où ?

— Voir la maison.

— Maintenant ?

— Pourquoi pas ? Il n'est pas encore minuit. C'est donc toujours ton anniversaire. Tu as le droit de décider de la destination. Tu veux y aller ? Eh bien on y va !

Elle se mit à rire nerveusement, hésitant à le croire. Puis, comprenant qu'il était tout à fait sérieux, elle sauta à son tour dans la voiture de peur qu'il ne change d'avis avant les douze coups fatidiques.

Ils reprirent les mêmes routes, toujours aussi vides, et s'engagèrent enfin sur la voie cabossée qu'elles avaient toutes trois empruntée, quelques jours plus tôt. De nuit, le paysage n'avait absolument rien à voir avec ce dont elle se souvenait et Rory aurait très bien pu l'avoir emmenée à l'autre bout du pays, elle n'aurait pas vu la différence. Ce sentiment d'inconnu se dissipa néanmoins dans la dernière côte, celle qu'elles avaient lentement gravie à pied et qu'il aborda quant à lui avec un grand coup d'accélérateur. Les pneus patinèrent l'espace d'une seconde mais la voiture s'élança malgré tout, sa carrosserie d'emblée attaquée par des nuées de petits graviers qui voletaient et venaient cliqueter contre les portières. Impressionnée par autant de nonchalance, Alma repensa à Jack et à ses lubies, à sa manie de lustrer les plastiques intérieurs, le volant, d'inspecter le moindre centimètre carré de la carrosserie. Certes, elle aurait pu manger sur la moquette de sa voiture tant elle était propre mais cela ne servait à rien puisqu'elle n'avait pas le droit de manger dans sa voiture, tout court.

— Tu y es déjà allé ? lui demanda-t-elle alors qu'ils s'extirpaient du véhicule moins de deux minutes plus tard.

— Dans la maison ? Non. À l'extérieur, oui, quelquefois. Je revenais souvent voir Thomas à une époque et forcément... Laisse deux mecs de dix-sept ans ensemble : après avoir été refoulés par toutes les filles du coin, ils partiront en quête du premier mauvais coup à faire ! La seule différence entre aujourd'hui et l'époque de mon exploration, c'est que ce n'était pas aussi barricadé.

— Ça t'inquiète ?

— Un peu. Mais j'ai une pince ! annonça-t-il en brandissant son instrument de torture.

— La question est : qu'est-ce que tu n'as pas dans ce coffre ?

— Je ne ramène jamais rien chez moi en fait. Je laisse tout là-dedans et à bien des occasions, mon côté bordélique s'est révélé très pratique. Il y a des avantages à être un peu nonchalant, parfois.

Si le rangement avait été une discipline présentée aux jeux Olympiques, Alma aurait gagné la médaille d'or haut la main. Elle acquiesça donc vaguement tout en le regardant réunir ses quelques instruments, un peu interdite quant à la tournure que prenaient les événements. À sa grande surprise, Rory semblait prêt à aller jusqu'au bout quand, elle, se serait modestement arrêtée au premier obstacle. Pas de passage dans le grillage ? OK ! Elle serait rentrée chez elle sans faire plus d'histoires. Mais il avait visiblement décidé de mettre le pied en terre interdite, et il le mettrait !

— Ne prenons pas nos téléphones, lança-t-il, alors qu'elle était sur le point de glisser le sien dans son sac. C'est trop facile si on peut s'éclairer avec nos écrans. Tu veux du frisson ? Tu veux de l'aventure ? Jouons-la *old school.* Comme nos parents ! Ou comme quand on était gosses !

— Quand on était gosses, répliqua Alma, on avait des torches. Je n'ai pas trop envie de me tordre les chevilles et… Si l'un de nous se fait mal ? Et que l'autre ne peut pas immédiatement téléphoner aux secours ? Et puis je voudrais rectifier une chose : je n'ai jamais dit que je voulais de l'aventure et encore moins des…

— Gnagnagna, la coupa Rory d'une voix de crécelle tout en lui attrapant fermement la main. Arrête d'imaginer le pire ! Si tu te casses une jambe, je te promets de revenir te chercher avant l'arrivée de l'hiver !

— Merci, j'étais certaine que tu étais un homme de confiance, ironisa Alma.

Trouvant le contact agréable, elle ne tenta pas de libérer sa main – qu'il ne fit pas mine de lâcher – et n'accepta de la relâcher qu'avec regret, une fois qu'ils furent arrivés à la barrière. Le laissant à ses activités criminelles, elle fit un tour sur elle-même, plissant les yeux en scrutant l'obscurité. Elle avait eu tort de trouver le parking angoissant, un peu plus tôt : cet endroit était mille fois pire. Loin de tout, loin de tous. La nature, tout autour d'eux, semblait grouiller de bêtes, d'insectes et de choses non identifiées qui devaient les observer de derrière les buissons pour mieux leur sauter à la gorge au moment où ils détourneraient la tête. Réprimant un frisson d'angoisse, elle allait déclarer qu'il n'y avait rien de plus flippant qu'un coin isolé en pleine nuit quand il lui chuchota :

— C'est beau hein ? J'adore la nuit à la campagne. Les lumières des villes sont magnifiques mais elles nous font oublier à quel point la vraie nuit est obscure !

— C'est le cas de le dire, grinça Alma.

Si elle était parvenue à garder à distance toutes les réminiscences de la conversation chez Liv, des bribes de souvenirs venaient à présent s'immiscer dans son esprit. Elle eut soudain un peu froid en pensant à toutes ces présences étranges, ces esprits rôdeurs et ces histoires de mauvaises ondes et d'électricité dans l'air… Pour l'instant, cependant, la seule tension palpable était celle qui persistait entre elle et le drôle d'individu qui découpait patiemment le grillage. Du moins, de son point de vue à elle. Il était fort possible, et presque logique, finalement, qu'il n'éprouve pas du tout ce trouble qu'elle avait senti naître en elle.

— Je ne suis pas fier, finit-il par avouer, une fois qu'il eut fini. J'ai pressenti qu'une séance d'escalade ne te brancherait pas. Si ma mère me voyait, je crois qu'elle me priverait de dessert pour le reste de ma vie.

Alma lui jeta un coup d'œil en coin. Pour ce qu'elle pouvait en voir dans la semi-obscurité, il ne paraissait pas vraiment penaud, au contraire : il contemplait son œuvre avec une bonne humeur certaine.

— Rory ?

— Oui ?

Ils chuchotaient à présent, comme deux enfants craignant de se faire surprendre par les adultes.

— Est-ce que tu es vraiment prof ?

— Oui.

— C'est sûr ?

— Parfaitement sûr ! Pourquoi ?

— Je sais pas… J'arrive pas t'imaginer.

— Tu sais, je ne mets pas que des jeans à l'état douteux. J'ai aussi des vestes en tweed et des chemises en lin qui me donnent l'air vraiment, vraiment respectable ! Et la plupart du temps, je n'ai pas à découper les grillages.

L'entendre parler de respectabilité alors qu'il violait une propriété privée était des plus cocasses mais Alma fit le choix de ne pas relever, se contentant de suivre Klara dans l'interstice qu'il leur avait ouvert. Une fois passée de l'autre côté, elle ne fit plus un seul pas, s'assurant que Rory la suivait et ne l'abandonnait pas lâchement au milieu du bois.

Quand il fut arrivé à son niveau, elle lui attrapa d'office la main.

— Pour ne pas tomber, se sentit-elle obligée de justifier.

Il ne répondit rien mais elle fut presque sûre de l'avoir vu sourire.

Leurs premiers pas furent hésitants. Alma éprouvait une appréhension étrange à l'idée de poser un pied devant l'autre, comme si le sol était jonché de mines ou de mâchoires féroces prêtes à lui croquer les orteils. Jamais ses sandales à lanières ne lui semblèrent plus inutiles qu'en cette nuit-là car il y avait toujours une herbe, un minuscule caillou pour se faufiler entre sa peau et la semelle, ce qui la faisait sursauter à chaque fois. Elle adopta finalement le rythme calme et posé de Rory, prenant enfin la peine de regarder autour d'elle et non plus seulement où elle allait. Ses yeux s'étaient à présent accoutumés à la lumière – ou plutôt à ce manque de lumière si déstabilisant – et lui permettaient de distinguer plus de détails qu'elle ne l'aurait cru possible. Elle voyait parfaitement Klara, qui furetait trois ou quatre mètres devant eux, mais également le profil de Rory qui ne quittait pas sa chienne des yeux. Maintenant qu'elle avait cessé de s'inquiéter du moindre détail, elle entendait enfin le chant de la brise maritime dans les arbres, les mouvements des oiseaux qui continuaient leur petite vie au-dessus de leurs têtes ainsi que le remue-ménage d'un rongeur qui sautillait dans les buissons à la recherche de nourriture. Elle entendait tout, jusqu'aux craquements des petites branches sous leurs pas, et tout lui semblait étonnant et nouveau. Cette nuit-là, tous les sons, même les plus banals, même les plus insignifiants, avaient soudain pris une autre dimension. Ils étaient énormes, puissants et plus apaisants qu'effrayants en réalité. Alma sourit en réalisant soudain que la vision de son environnement, pourtant considérablement réduite par l'obscurité, ne lui avait jamais semblé aussi étendue, son ouïe étant venue tout naturellement suppléer sa vue.

Enfin, alors qu'elle avait presque oublié les raisons de leur visite, la maison apparut devant eux. Moins majestueuse que dans ses rêveries, elle commença par décevoir Alma – n'était-elle pas un peu petite par rapport au manoir victorien qu'elle s'était imaginé ? – avant d'éveiller à nouveau son intérêt. Il y avait à la fois beaucoup à observer et… rien à voir. Sa large façade de briques était mangée par une végétation sauvage et vorace. Sa porte d'entrée et ses fenêtres, celles du bas comme celles de l'étage, avaient quant à elles toutes été barricadées à grand renfort de planches qui semblaient déjà montrer des signes de fatigue. Malgré leur présence dissuasive, Alma monta les quelques marches du perron et posa sa main à plat sur un mur.

— Tu entres en communication avec la pierre ? interrogea Rory, moqueur. Demande-lui comment elle va de ma part !

— On ne peut décidément rien te cacher ! Et crois-moi, si je pouvais lui poser la moindre question, ce n'est pas ça que je demanderais !

Il fit quelques pas jusqu'à elle, monta à son tour les marches et fit mine de chercher un interstice autour de la porte, quelque chose qui aurait pu leur permettre d'entrer.

— Et tu lui demanderais quoi ?

— Déjà, j'aimerais savoir quelle est la dernière personne à avoir passé le pas de la porte, et quand.

— Sans intérêt. Tu gaspillerais une question. Non, il faudrait lui demander pourquoi plus personne n'y habite depuis des décennies. Il faudrait lui demander qui est son propriétaire, aussi. C'est vrai ? Elle est à qui, maintenant ?

— À la ville ?

— Ça m'étonnerait.

Alma resta songeuse quelques instants puis demanda :

— À ton avis, la maison qui a brûlé lui ressemblait ?

— Il y a de fortes chances.

— Et tu penses que cette maison est encore habitable ? Enfin, qu'avec beaucoup de travaux, il serait possible d'y vivre ?

— Je n'en sais strictement rien mais en tout cas, je ne voudrais pas être le propriétaire d'un bâtiment pareil. Le temps a dû faire un sacré carnage à l'intérieur.

Tout en tournant doucement autour de la maison, ils passèrent encore quelques minutes à faire mille et une hypothèses plus ou moins farfelues sur la vie de ceux qui avaient vécu sous ce toit quand Rory la laissa finalement en plan pour rejoindre Klara qui s'était à nouveau enfoncée dans le sous-bois et qui jappait un peu plus loin. Plus tôt, il lui avait avoué ses craintes à son endroit, la chienne ayant une furieuse tendance à se faufiler partout où il ne fallait pas tout en se révélant bien souvent incapable de s'en sortir seule, du fait de son handicap.

— Elle a beau faire comme si de rien n'était, elle a ses limites, avait-il conclu d'un air attendri tout en gratifiant Klara d'une petite tape sur le flanc.

Elle avait alors compris, si le moindre doute était encore permis, que Rory était complètement atteint par un virus que contractaient généralement les propriétaires de chiens et qui les faisait parler de leur petit protégé comme s'il était un membre à part entière de leur famille, voire leur enfant. À l'occasion, il faudrait quand même qu'elle lui demande s'il organisait des fêtes d'anniversaire pour Klara ou des choses dans ce genre, juste pour voir...

Comme ils ne revenaient ni l'un, ni l'autre, elle quitta les abords de la maison et se dirigea lentement vers eux. Côte à côte, l'une assise, l'autre accroupi, ils semblaient complètement absorbés par leur trouvaille du moment.

— C'est quoi ? lança-t-elle tout en parcourant les derniers mètres qui les séparaient.

Visiblement, la chienne avait déterré ce qui ressemblait à une figurine en bois d'une bonne quinzaine de centimètres. En s'agenouillant à ses côtés, elle avait bel et bien cru distinguer des écailles.

— C'est un poisson ?

— Non, je crois que c'est plutôt une sorte de sirène... murmura Rory tout en la lui tendant.

Elle la prit entre ses mains, sentit l'humidité de la terre et la douceur granuleuse du vieux bois sous ses doigts, en explora les contours, surprise et heureuse comme si elle manipulait un trésor d'une valeur inestimable. Finalement, elle n'avait pas eu à entrer dans la maison pour trouver quelque chose de bizarre et de vieux. Car ce machin était terriblement bizarre et terriblement vieux, c'était évident. Depuis combien de temps attendait-il d'être trouvé ? Deux jours ? Cinquante ans ?

— C'est marrant, commença-t-elle, hésitante, j'ai trouvé une vieille lettre chez Mina qui parle justement d'une sirène...

Elle lui expliqua en quelques mots le contenu de cette dernière avant de se résoudre à rendre la statuette à celui qui l'avait exhumée de sa tombe végétale.

— Garde-la ! Elle est à toi puisqu'elle t'intrigue tant.

De sa paume ouverte, Rory vint doucement refermer sa main sur la sirène puis, de son bras libre, l'attira subitement à lui. Comme s'il en crevait d'envie et osait enfin transformer cette idée en un geste qui fut aussi brusque que maladroit. Ce qui devait arriver, arriva. Leurs visages entrèrent en collision et elle sentit son nez buter sur sa pommette gauche avant qu'il ne trouve enfin sa bouche. Alors, presque malgré elle, elle lui rendit son baiser, goûta avec avidité à ces lèvres auxquelles elle avait rêvé toute la soirée sans oser se l'avouer, plongea ses doigts dans ces cheveux qui étaient, grands dieux, aussi doux que ceux d'une fille et ne s'inquiéta plus de rien, même quand elle se sentit basculer avec lui sur la mousse humide. Elle perdait totalement la tête, c'était évident, mais la surprise et l'envie de se laisser faire furent vite rattrapées par une panique dont elle peinait à comprendre la cause. Qu'était-elle vraiment en train de faire, là, maintenant, alors qu'elle aurait dû être sagement dans son lit ? Elle se savait bien trop fragile pour jouer à ce genre de jeux et l'envie ne faisait pas tout. Car il y avait toujours l'*après* et les questionnements qui viendraient forcément de pair. Les incertitudes, la gêne. L'attente, aussi. Si elle restait, si elle consentait, elle ne connaîtrait plus la paix et les prochaines semaines se teinteraient à nouveau de gris. Ne serait-ce pas dommage d'ouvrir la porte aux complications après avoir fait un tel ménage dans sa vie ? Elle ne voulait plus qu'on la touche, pas même qu'on l'approche, et la peur prit finalement le dessus. Après de maigres protestations que Rory ne sembla pas comprendre, elle se vit contrainte de l'attraper fermement par les épaules afin de se débarrasser de lui. Il resta prostré un instant, visiblement sonné, puis s'éclaircit la voix avant de demander.

— Je… J'ai fait une bêtise ?

— Non, c'est moi le problème, articula-t-elle difficilement.

Il eut un rire triste.

— Je me sens super mal, là. J'ai l'impression d'être un violeur ou je ne sais quoi et… J'avoue, je suis complètement perdu… Qu'est-ce qui se passe, Alma ? Dis-moi ?

Elle sentit de grosses larmes silencieuses couler le long de ses joues et comprit alors qu'elle était perdue. Elle n'arriverait ni à s'expliquer, ni même à tenir la moindre conversation sensée. Elle se contenta donc de répondre sans dire un mot, consciente que son silence ne ferait qu'ajouter à la gêne ambiante. En elle, des sentiments ambivalents s'agitaient déjà et visiblement, malgré sa volonté d'éviter les montagnes russes, elle avait déjà pris place dans le grand huit émotionnel. C'était foutu pour la sérénité.

Après quelques tentatives pour renouer la conversation, Rory sembla se résoudre au silence et se tint lui aussi muet, assis un peu plus loin. Un long moment passa, à moins que ce ne soit qu'une minute, avant qu'il ne propose de rentrer d'une voix terne qui lui brisa le cœur. Elle avait voulu éviter toutes les complications, le tenir à distance, elle avait visiblement gagné. Il n'y aurait sans doute plus de tasse de café, plus de bière, plus de sourires.

— Ta mère m'avait dit que tu étais en couple, finit-elle par avouer après avoir repassé le grillage, non sans s'écorcher un peu le bras au passage.

— Vraiment ?

Il s'était figé devant elle, le regard interrogateur, les traits fixes. Il avait l'air plus vieux à présent et terriblement las. Et elle y était évidemment pour beaucoup.

— Ma mère ne sait rien de ma vie amoureuse. Ma mère ne sait rien de ma vie tout court, d'ailleurs. Je ne sais pas ce que tu es allée t'imaginer mais… Je ne suis pas ce genre de mec. C'est tout. Je suis un connard de bien des manières, mais pas ce genre de connard-là.

Il ouvrit la portière, s'assura que Klara était bien installée puis s'assit à son tour. Alma resta à l'extérieur, plantée devant la voiture comme une auto-stoppeuse ne se décidant pas à embarquer.

— Monte ! Tu ne vas pas rentrer à pied, si ?

Le retour en voiture, si différent de l'aller, se fit dans une ambiance pesante, chacun recroquevillé sur ses propres sentiments, une brise d'incompréhension soufflant entre eux. Elle était triste et honteuse et lui, sans doute terriblement vexé. Comment était-il possible qu'une petite minute vienne effacer tout le reste ? C'était trop tard pour les explications, trop tard pour les excuses et ils se quittèrent sur un « Bonne nuit » échangé d'une voix blanche. Si elle se sentait tendue et presque nauséeuse à force d'avoir trop lutté contre elle-même, Alma ne versa aucune autre larme, du moins pas avant qu'elle réalise qu'elle avait laissé la sirène dans le sous-bois. Si bête, si insignifiant qu'il soit, ce malheureux oubli lui brisa le cœur, à moins qu'il n'ait tout simplement représenté le tout dernier coup de dents sur une plaie qui ne demandait qu'à s'ouvrir.

17

Mai 1913

Le visage incliné vers un soleil étrangement intense pour la saison, Selina ferma les yeux, laissant l'écran orange de ses paupières la séparer, au moins pour un court instant, du monde qui continuait de tourner autour d'elle. Le soulagement tant espéré ne vint pourtant pas car même ainsi protégée de l'environnement extérieur, elle sentait l'aura sombre de Sybil qui, légèrement en retrait du groupe, ruminait des pensées apparemment lugubres. Depuis la fin du repas, la jeune femme n'avait plus daigné ouvrir la bouche, se contentant de répondre par de petits mouvements de tête quand l'un d'entre eux avait le malheur de lui poser une question. Quand la réponse était négative, elle allait jusqu'à hausser les épaules ou fronçait le nez d'un air dégoûté sans faire mine de s'expliquer davantage. Selina la connaissait assez pour savoir que son comportement terriblement puéril et si agaçant n'avait qu'un but : attirer à nouveau leur attention sur sa petite personne. Peine perdue cependant : aujourd'hui, nul ne semblait prêt à lui accorder ce qu'elle considérait lui revenir de droit. Selina, parce qu'elle bouillait de l'intérieur. Matthew et Laura, parce qu'ils avaient mieux à faire. Il fallait les voir pour le croire, tous les deux, lui, le pantalon retroussé et elle, sa longue jupe retenue par des épingles à nourrice, pataugeant au bord de l'eau comme de jeunes chiots fous de joie à l'idée de pouvoir gambader tout leur soûl. Elle l'éclaboussait du bout du pied, il feignait de la jeter dans les flots et ils riaient. Ils riaient trop et Selina se demandait comment Sybil ne pouvait pas voir et ne pouvait pas comprendre ce qui ne lui apparaissait qu'avec plus de netteté aujourd'hui. À sa place, dans une situation similaire, elle leur aurait certainement sauté au cou comme une furie et aurait tenté de les noyer, tout bonnement.

Un temps, Selina s'était demandé si le mutisme et l'attitude renfrognée de la jeune femme n'étaient pas dus à une prise de conscience mais elle s'était rapidement raisonnée : même dans ses meilleurs jours, Sybil ne pourrait jamais prendre les choses avec une telle retenue. Si elle ne hurlait pas à la mort et restait si calme – bien que visiblement hostile –, c'était parce qu'elle n'avait rien vu, rien saisi. D'ailleurs, aurait-elle eu des doutes, jamais elle n'aurait pu imaginer une telle situation possible. Et comment l'en blâmer ? Pour une fois, la réalité était à la hauteur des romans les plus fous et Selina se demandait comment un tel couple pouvait exister. Avant leur rencontre dans les dunes, elle aurait parié son avenir – sa vie même ! – et affirmé que jamais Matthew et Laura ne pourraient s'aimer. Et pourtant… Même aujourd'hui, même des jours après les faits, elle n'en revenait toujours pas. Laura et Matthew ? Matthew et Laura ? Vraiment ?

Depuis, son cœur, scindé en deux, oscillait sans cesse entre douleur et tendresse. Elle les détestait de tout son cœur pour avoir brisé l'équilibre de leur vie à tous et pour les ennuis que leur relation allait forcément engendrer mais en même temps, ils touchaient et émouvaient la partie la plus tendre de sa personnalité, celle qu'elle tentait de garder secrète. Les voir tous les deux, ensemble, perdus dans leur monde à eux, s'amusant comme des enfants et si beaux à regarder… Cela la rendait folle de joie. Quel bonheur c'était de savoir son frère avec une fille comme Laura ! Avec elle, il pourrait être libre d'être tel qu'il le voudrait. Et elle, resterait la Laura qu'elle connaissait si bien, ne serait jamais broyée par les concessions et par les règles qu'un autre aurait pu tenter de lui imposer. Selina, qui voyait toujours loin, s'imaginait déjà venir leur rendre visite lors de ses vacances, arrivant de Londres avec, dans ses bagages, autant de fatigue que d'histoires à leur raconter. Ils l'accueilleraient avec le sourire, peut-être avec une poignée d'enfants totalement débraillés mais toujours de bonne humeur et l'écouteraient avec un doux sourire aux lèvres… Dans ses rêveries, Selina ne pensait jamais au déménagement forcé, à sa mère qui, forcément, désapprouverait, ni à Sybil qui serait alors repoussée hors du cadre, se contentant d'imaginer un futur plus doux qu'il ne serait jamais.

Un peu inquiète par la brûlure du soleil qui s'accordait bien peu avec sa peau de rousse, Selina se leva pour aller se placer un peu plus loin, sous le couvert des arbres qui bordaient la plage. En passant, elle avait invité Sybil à la suivre mais cette dernière avait refusé d'un mouvement de tête sec, refusant une nouvelle fois de bouger d'un pouce. Depuis, elle semblait garder le regard fixé sur l'horizon, à moins qu'elle ne se repaisse tout simplement du spectacle qui se déroulait toujours en bord de mer. Comme elle devait se sentir jalouse, songea Selina, et délaissée ! Matthew lui faisait tant de mal sans sembler s'en rendre compte !

À présent qu'elle savait la vérité et qu'elle était en mesure d'envisager la suite des événements, Selina considérait Sybil comme l'un des obstacles majeurs. D'emblée, elle avait décidé de faire sienne la cause de son frère et de Laura. N'était-elle pas la mieux placée pour les soutenir ? Certes, Laura et elle s'étaient éloignées ces derniers mois, soignant chacune ses propres plaies sans prendre la peine d'aller voir comment l'autre guérissait mais elles n'en restaient pas moins liées et, quoi qu'il en soit, les intérêts de Laura passeraient toujours avant ceux de Sybil.

Selina n'en était pas moins torturée par sa conscience. Ses yeux, qui s'étaient un instant posés sur Laura, revinrent alors à la petite silhouette, assise à quelques mètres d'elle. Sybil se tenant dos à elle, elle ne pouvait voir le masque froid de son visage et elle lui paraissait d'autant plus frêle, plus délicate, plus facile à briser. S'il était très facile de se concentrer sur le caractère ombrageux de la sœur de Laura, Selina savait que derrière cette apparence torturée se cachait une personne sincère. À sa manière, Sybil aimait réellement Matthew et elle ne méritait pas qu'on se moque d'elle de la sorte. Elle ne méritait pas qu'on l'ignore, qu'on lui mente et qu'on se joue de ses sentiments, si excessifs soient-ils. On oublie souvent que les êtres les plus caractériels ont également un cœur, réalisa-t-elle soudain, la mine pensive. Que les plus grands râleurs, que les plus mauvaises langues et que les plus désagréables ont des sentiments qui peuvent les rendre vulnérables. Le fait que sa propre mère puisse ressentir autre chose que de la colère ou de la tristesse ne lui vint cependant pas à l'esprit, tant elle était obnubilée par la situation présente et la souffrance qui pouvait en découler. Si heureux soient-ils, Matthew et Laura y avaient-ils pensé ? Se doutaient-ils seulement du malheur dans lequel ils allaient plonger Sybil ? Quand elle saurait, elle… Selina frissonna malgré la chaleur ambiante.

Elle-même avait cru devenir folle quand elle avait reconnu son frère, le soir de sa promenade sur la plage. Mue par un instinct de fuite qu'elle aurait peiné à expliquer, elle avait préféré prendre ses jambes à son cou plutôt que de faire face et s'était découvert des capacités sportives qu'elle ne pensait pas posséder, filant d'un trait le long du chemin de sable, espérant – bien vainement à vrai dire – semer Matthew, pourtant heureux propriétaire de longues jambes. Il n'avait pas tardé à revenir à son niveau et l'avait attrapée par un pan de sa veste avant de la tirer en arrière et de la projeter contre son torse. Comme il la tenait plaquée contre lui, sans doute par peur qu'elle ne lui échappe à nouveau, elle n'avait pu que lever son visage en direction de ses yeux et ce qu'elle y avait vu l'avait bouleversée. Une panique à l'état pur y tournoyait à un rythme d'enfer et son regard, habituellement si posé, semblait presque fou tant il avait peur. S'il n'y avait eu le bruit des vagues dans son dos et sa propre agitation intérieure, sans doute aurait-elle entendu son cœur battre la chamade. Sans doute auraient-ils échangé quelques mots si Laura n'était pas arrivée sur leurs talons, attirant le regard de son amie sur elle. Comme aimanté, Matthew l'avait brusquement relâchée pour se placer derrière Laura, telle une ombre protectrice et dévouée.

Alors, bien que la colère – si dévorante ! – l'ait emporté sur tout le reste, Selina n'avait pu s'empêcher de ressentir une pointe de jalousie à les voir tous deux réunis en face d'elle. Eux, ses complices de toujours. Elle s'était confiée à eux, elle avait passé des journées entières à leurs côtés, les avait consolés, aidés… et voilà qu'ils faisaient bande à part, qu'ils manigançaient dans son dos, qu'ils lui mentaient !

— Vous êtes dégoûtants ! Vous…

Ne trouvant plus ses mots, elle se contenta de les fixer, son regard passant de l'un à l'autre sans qu'elle parvienne à poursuivre le fil des idées qui s'entrechoquaient dans sa tête. À leurs airs effrayés et surpris, elle devina que l'agressivité déformait ses traits et qu'elle n'avait guère besoin d'en dire plus pour se faire comprendre.

Au lieu de remonter en direction des maisons comme elle l'avait initialement prévu, elle tourna les talons, revint sur ses pas et s'empressa de redescendre le sentier en direction de la plage. Elle avait besoin de s'éloigner d'eux, d'effacer leurs images de ses rétines et à la fois, elle espérait qu'ils la suivraient et qu'ils ne se contenteraient pas de penser qu'elle voulait être seule. Quand elle se retourna, à présent postée à l'endroit où les vagues viennent lécher le sable sans parvenir à l'atteindre, c'est avec soulagement qu'elle les vit tous deux, immobiles à moins de trois mètres derrière elle, Laura avachie contre Matthew, pleurant sans bruit pendant qu'il essuyait ses larmes d'un revers de pouce. Appréciant la beauté dramatique de l'instant, elle les trouva à la fois pathétiques et touchants. Elle se sentit forte, elle se sentit juge, elle se sentit adulte face à deux enfants pris en faute. Et Dieu sait que la bêtise était grosse…

— Ne dis rien, Selina, je t'en prie. Fais ça pour nous.

Ses yeux remontèrent du sable à Matthew qui l'observait intensément, de ses deux grands yeux gris qui lui mangeaient pour de bon le visage maintenant qu'il avait perdu tant de poids. Il n'avait pourtant plus l'air si émacié à présent qu'elle le regardait avec un nouvel œil. Non, il avait presque l'air plus affirmé. Il aurait pu lui faire peur s'il l'avait voulu, il aurait pu choisir de la faire taire mais se contentait de planter son regard dans le sien avec confiance et détermination. Il ne l'impressionnait pourtant pas, ce grand homme échevelé par la brise du large, elle le connaissait trop bien, elle l'avait vu passer par tous les états, elle l'avait vu dans ses pires comme dans ses meilleurs moments. Elle connaissait ses crises et ses points faibles car il était tout simplement son frère. Elle comprit alors que cette journée allait les rapprocher comme elle la rapprocherait à nouveau de Laura. En même temps, elle sut qu'elle possédait désormais un certain pouvoir sur le couple qui se tenait face à elle. En retour de son silence, Matthew n'aurait plus d'autre choix que de l'aider à sortir du chemin qu'on avait tracé pour elle comme lui était sorti de la voie qu'on lui destinait. Mais il était trop tôt, encore, pour en parler.

Pour toute réponse, elle leur ouvrit les bras. Elle aurait bien le temps de penser au reste plus tard.

Ce bel élan ne dura qu'un temps et les jours suivants entraînèrent après eux une suite d'idées et de réflexions qui lui auraient semblé inconcevables quelques semaines plus tôt. Une fois la première émotion passée, Selina éprouva une certaine gêne, non pas à l'idée du mensonge auquel elle participait – malheureusement, mentir était récemment devenu une seconde nature chez elle et elle savait prendre ses distances avec la vérité – mais plutôt à celle de l'intimité que partageaient ceux qu'elle protégeait de son silence. Ils s'aimaient, ils le lui avaient avoué sans honte et sans fausse pudeur et c'était elle qui avait rougi à leur place, pas vraiment certaine de vouloir en savoir plus et pourtant, si curieuse de savoir comment ces deux êtres avaient finalement pu s'entendre. « Je l'imaginais autrement », avait expliqué Laura. « Sybil m'avait dit… Je ne savais pas qui elle était vraiment », avait avoué Matthew.

Face à de telles confidences, Selina avait retenu le rire cynique qui lui était monté aux lèvres, réalisant que celle qui les avait opposés l'un à l'autre pendant des années les avait finalement réunis par paresse. Après tout, si Sybil avait daigné rendre visite à son fiancé au lieu d'envoyer sa sœur, Matthew et Laura ne se seraient jamais parlé autrement qu'avec indifférence et sans doute, jamais découverts. Ses sentiments, si forts soient-ils, ne lui avaient pas permis de passer au-delà de sa mauvaise humeur et ainsi, de garder sa place auprès du jeune homme. Si, d'une certaine manière, elle s'était punie elle-même, Selina reconnaissait néanmoins que Matthew, sans doute trop encourageant, et Laura, trop audacieuse, étaient les plus coupables des trois.

— Et tu n'as pas peur ? avait-elle demandé à cette dernière, un soir où elles s'étaient retrouvées dans la roseraie des Clark.

— Si.

— Et ? C'est tout ce que cela t'inspire ? Qu'allez-vous faire maintenant ? Tout cela ne pourra durer qu'un temps, crois-moi.

Laura, qui regardait droit devant – ou dans le vide, c'était au choix –, avait tourné la tête de son côté, amicale mais visiblement peu désireuse de poursuivre la conversation.

— Et tu penses vraiment que je n'en ai pas conscience ? Que veux-tu entendre, Selina ? Que j'ai trouvé une solution miracle ? Que j'ai eu une révélation dans la nuit ? Que tout va se résoudre en un claquement de doigts et que tout le monde sera heureux ?

— Non, bien sûr… Mais je m'inquiète pour toi, tu sais ? Je me fais beaucoup de souci.

— Ne me parle pas comme si j'étais malade ou à moitié folle ! Je sais ce que je fais !

— J'en doute fortement, Miss Clark ! s'exclama Selina avant d'arracher une poignée d'herbe et de l'envoyer au visage de Laura.

— Selina Wilson ! Voyons ! Est-ce des manières ? Vous allez avoir de la terre sous les ongles !

Selina fit mine de lui en envoyer une seconde poignée avant de reprendre, soudain beaucoup plus sérieuse :

— Si vous partez tous les deux, emmenez-moi avec vous.

— Comment ça ?

Visiblement surprise, Laura la regardait à présent avec curiosité, comme intriguée par la violence des émotions qui passaient sur le visage de son amie. Selina eut honte de sa voix suppliante mais ne put s'empêcher de poursuivre.

— Si toi et Matthew, vous vous enfuyez, je ne sais pas, pour vous marier en douce ou je ne sais quoi… Ne me laissez pas ici. Prenez-moi avec vous. Je ne vous embêterai pas et je vous laisserai tranquilles dès que cela me sera possible mais je ne supporterai pas de vous savoir partis et de rester ici. Je crois que j'en mourrais.

— Tu as peur que tout te retombe dessus ?

— Pas du tout. Ça, je pourrais le supporter. En fait… J'ai surtout peur que les portes se referment à jamais sur vous et que je sois condamnée à rester ici. Pas seulement pour quelques années, mais pour toujours.

Laura eut un rire triste, comme si elle comprenait parfaitement l'angoisse qui l'animait à ce sujet, ce qui étonna Selina. Par le passé, n'avait-elle pas maintes fois déclaré vouloir rester ici pour l'éternité ?

— Et Sybil ? demanda-t-elle finalement à mi-voix. Quand comptez-vous la mettre au courant ?

— Matthew a dit qu'il s'en occuperait.

À l'origine, ce pique-nique avait donc été organisé, non pas pour lever le voile sur la situation mais pour permettre à Matthew de parler à sa fiancée dans un cadre neutre, censé favoriser la détente et les échanges sereins.

— Je préfère éviter le salon, avait-il précisé avec le plus grand sérieux, car je ne veux pas risquer qu'elle me lance un vase au visage ou qu'elle cherche à me plonger la tête la première dans une cheminée. On n'est jamais trop prudent.

— À la plage, tu risques bien plus gros ! avait plaisanté Laura en retour. Elle risquerait bien d'essayer de te noyer !

— Pfff ! Je ne crains rien, elle n'aurait pas la force de noyer une souris !

— Ah oui ? Et moi ? Crois-tu que je pourrais y arriver ? Après tout, l'eau est mon élément, j'y ai donc tous les pouvoirs !

— Toi ? Mais je n'en doute pas une seconde ! Les sirènes sont cruelles et dangereuses ! Tu te débarrasserais de moi sans ciller !

Selina leva les yeux au ciel. Encore cette histoire de sirène, ces minauderies, ces petits ricanements de connivence… Mais de quoi parlaient-ils donc ? Et pourquoi riaient-ils comme s'ils étaient seuls au monde et comme si elle ne se trouvait pas à côté d'eux ?

— Je partirai faire une petite promenade le long du rivage avec Laura et toi, tu prendras Sybil à part, reprit Selina, désireuse de faire progresser la conversation de manière plus constructive. Là, ce sera à toi de choisir. Soit tu lui annonces que tu as quelques doutes au sujet de votre mariage et que tu préfères réfléchir encore un peu, chose dont elle doit se douter au vu de l'attitude que tu as eue avec elle ces derniers temps. Soit tu lui dis sans attendre que tu veux annuler ce mariage, que tu regrettes, que vous n'êtes pas faits l'un pour l'autre. Ce genre de chose. Je pense qu'il est dans tous les cas inutile de parler de Laura tout de suite. Il lui sera bien assez difficile d'accepter de se faire rejeter pour apprendre, en plus, que c'est au profit de sa petite sœur. Elle ne s'en remettrait pas. Personne ne s'en remettrait, d'ailleurs ! En bref, il faut faire preuve de mesure tout en étant ferme ! Je peux compter sur toi ?

— Très bien, sergent Selina !

Matthew fit claquer ses talons et Laura rit aux éclats sans raison, comme elle le faisait trop souvent depuis quelque temps – Selina comprenait à présent pourquoi – et le sujet fut clos.

Malheureusement, Matthew ne tint pas ses engagements et passa la journée à rire avec Laura, à parler avec Laura, à poursuivre Laura sur la plage, à lui mettre des coquillages dans les cheveux tout en les ignorant royalement, elle et Sybil, si bien qu'en rentrant, Selina n'était plus que désespoir et agacement. Elle avait perdu une journée entière d'étude pour arranger leurs affaires et ils en avaient profité pour s'amuser, pour rire, pour profiter d'une belle journée comme deux insouciants qui ignorent, ou feignent d'ignorer, que tous les plaisirs ont un jour une fin. Du moins, c'était ce que leur mère leur avait toujours dit... Fallait-il la croire ? Les choses étaient devenues si confuses. Tout ce remue-ménage allait-il finir un jour ? Plantée à l'entrée de sa chambre, plus lasse que jamais, Selina eut soudain l'étrange conviction qu'en réalité, les complications ne faisaient que commencer.

18

Juin 2011

Bien sûr qu'il y en avait eu d'autres avant lui, mais d'une certaine façon, il avait été le premier. Le premier à lui accorder plus qu'une simple attention. Le premier à s'intéresser à ce qu'elle était vraiment, au fond, à ce qu'elle voulait.

Bien sûr, leur couple n'était pas parfait. Comment aurait-il pu l'être ? Elle n'était pas parfaite et lui non plus. Mais d'une certaine façon, ils étaient beaux ensemble et ils le savaient. Les jours où cela n'allait pas, à l'intérieur, au moins pouvaient-ils se consoler en sachant que les autres les enviaient un peu.

Bien sûr, elle savait bien que rien ne dure pour toujours. Mais ça ne l'empêchait pas d'y croire en son for intérieur. Après tout, qui n'a pas déjà fixé le ciel, la nuit du 24 décembre, espérant voir ce Père Noël illusoire passer entre deux étoiles ?

Parce qu'on ne sait jamais.

Parce que, d'une certaine façon, on espère toujours voir la réalité devenir aussi belle que la fiction. Parce que si on ne sait pas si Lizzie et son Darcy se sont aimés jusqu'à la fin, pas plus qu'on ne sait si Scarlett est parvenue à récupérer son Rhett ou si Jane a supporté son cher Edward après dix ans de mariage, cela n'empêche pas d'imaginer une suite à la hauteur du clap de fin imaginé par les auteurs.

Mais quels que soient les rêves, les illusions ou les projets de chacun, une chose est néanmoins certaine : la réalité gagne toujours. Parfois, elle sait être belle. Souvent, elle est décevante. Et ce soir-là, elle avait pris la forme d'un Jack à la mine fermée et au regard fuyant. En rentrant, il avait sagement rangé sa veste sur le portemanteau au lieu de la balancer sur le canapé, comme il le faisait toujours, et cela l'avait alertée. Puis, au lieu de foncer jusqu'au frigo, il lui avait demandé de venir s'asseoir avec lui sur le canapé du salon, rompant avec leurs habitudes, petits rituels qui ne comptaient pas vraiment mais sur lesquels s'était peu à peu construite leur vie. Elle avait pensé – c'était plutôt bête, maintenant qu'elle y repensait – qu'il avait été viré ou bien qu'il avait renversé quelqu'un en voiture. Mais c'était forcément grave. C'était grave car il semblait tellement gêné et à la fois, plein de cette souffrance écœurante qu'ont ceux qui veulent rompre. Car il n'y avait pas eu d'accident, pas de mauvaises nouvelles, pas de bêtise à confesser : c'était elle, le problème. Du moins, c'était eux.

Alors ils avaient parlé. Longtemps. Ou plutôt, non, *il* avait parlé. Elle, coincée sur son bout de canapé, n'osait pas se lever mais n'avait fait que penser à son plat de lasagnes qu'elle devait aller mettre au four et qui ne serait jamais prêt pour vingt heures, l'heure où ils mangeaient généralement devant leur film ou leur série du moment. Plus tard, elle s'était longuement sermonnée. Elle avait été tellement nulle. Elle avait tellement mal réagi. Elle avait manqué le coche, manqué l'opportunité de se défendre et, peut-être, de changer le cours des choses. Elle aurait peut-être dû percuter plus vite, réagir autrement, être plus connectée à la situation présente mais tandis qu'il lui parlait routine, lassitude, indépendance, elle pensait chaleur tournante, horaires et fromage doré. Avait-elle salé les pâtes avant de… Elle ne savait plus. Non, elle ne savait plus du tout.

Puis elle avait su. Elle avait fini par comprendre que cette histoire de sel était sans importance. Qu'il n'y aurait pas de lasagnes partagées à deux ce soir-là et qu'ils ne finiraient pas leur soirée devant les aventures du Docteur Who, série que, depuis, elle n'avait jamais eu le courage de reprendre, laissant le TARDIS voleter vers son destin sans jamais plus prendre la peine de monter à son bord. Il y a des choses qu'on assimile éternellement à des événements douloureux, quelle que soit leur nature. Comme cet album de Placebo qu'elle écoutait au moment du décès de son grand-père et dont les chansons, entendues au gré des radios, lui donnaient toujours envie de pleurer, bien des années plus tard. Comme ce recueil qu'elle lisait alors que ses résultats de seconde année étaient tombés, lui apprenant qu'elle avait tout raté, ou presque. Pour elle, la poésie d'Emily Dickinson resterait constamment synonyme d'échec et de lamentations.

Mais après tout, cela n'était pas si grave. On pouvait très bien se passer d'un livre, d'une série ou d'un album. Oublier tout ce qui avait été le décor d'une relation de dix années était un plus compliqué et sans doute, beaucoup plus long. Il y avait trop de gens, trop de moments, trop de souvenirs – en somme, bien trop de références à classer. Quand certains parviennent à ne retenir que le bon, Alma, elle, avait d'emblée fait le choix d'oublier tous les bons souvenirs au profit des mauvais, juste pour le plaisir de s'enfoncer un peu plus dans le dégoût. Si au moins elle avait eu quelque chose à lui reprocher, une trahison, une faute pour laquelle lui en vouloir… Mais il n'avait rien fait de mal. Il ne voulait juste plus d'elle.

Vivre à nouveau seule avait été une épreuve à laquelle elle n'avait pas été préparée. Tout était si… si vide et si calme ! Elle avait soudain compris pourquoi certains se sentent obligés d'allumer la télévision sitôt passée la porte de chez eux car le silence, qu'elle pensait aimer par-dessus tout, se présentait sous une facette moins reluisante. Elle l'avait trouvé apaisant mais à présent, elle ne supportait plus son tapage assourdissant.

Alma se revoyait parfaitement, les premiers temps, les bras ballants dans ce nouvel appartement qu'elle partageait avec Madame Solitude et Madame Dépression, deux compagnes de premier choix et visiblement décidées à lui accorder toute leur attention. L'une pouvait très bien aller sans l'autre mais elles n'en étaient pas moins des amies fidèles et d'autant plus fortes quand elles étaient à deux. Face à elles, Alma ne pouvait rien, Alma ne pesait rien. D'ailleurs, Alma pesait de moins en moins. Peut-être aurait-elle dû manger mais ses repas étaient devenus comme le reste : des obligations qu'elle ne se sentait plus le cœur d'assumer. Savoir que son corps en souffrirait, tôt ou tard, ne changeait rien à l'affaire : elle ne voyait pas si loin.

Alma n'avait jamais fait de régime pour rentrer dans son bikini l'été, pas plus qu'elle ne s'était inquiétée de prendre un peu plus de poids, chaque année. Quand son jean fétiche la serrait un peu trop, elle se mettait en quête de la taille supérieure et c'était plus rapide, et beaucoup moins culpabilisant, que de vouloir rentrer dans le dernier slim à la mode. D'ailleurs, c'était quoi, finalement, un ou deux kilos de plus sur la balance ? Rien.

Les premiers kilos s'étaient évanouis comme dans un songe, sans qu'elle s'en rende vraiment compte. Éviter les miroirs avait bien des avantages. Puis il y avait eu ce jean, qu'elle devait auparavant enfiler en se tortillant, allongée sur son lit, et qui lui allait à présent comme un gant. Cette blouse, qui auparavant soulignait quelques petits rembourrages disgracieux et qui tombait maintenant parfaitement sur ses hanches fines. Ses jambes, finalement pas si mal avec cette jupe, même sans le port obligé de talons pour éviter le fameux « effet poteaux » que lui avaient bien souvent inspiré ses membres inférieurs. L'os délicat de la clavicule, si féminin et de plus en plus apparent dans l'échancrure de ses robes. Ses bras, plus fins, plus gracieux. Et le reste. Les compliments, les flatteries, les félicitations, même ! Elle n'avait jamais été aussi malheureuse de sa vie et paradoxalement, jamais aussi bien jugée par le regard des gens. C'est étonnant comme certains peuvent se taire ou bien faire des réflexions désagréables à un proche qui grossit tandis que l'effet inverse produit – du moins jusqu'à un certain stade – une sorte d'émerveillement étrange. Comme si la pire chose qui pouvait arriver à une personne, c'était de prendre quelques kilos et la meilleure, d'en perdre.

Sans doute aurait-elle pu se sentir plus légère, libre comme l'air, si elle ne s'était pas sentie aussi lourde. Si le chagrin pouvait se mesurer sur la balance, sûr qu'elle aurait été en obésité morbide. À deux doigts du non-retour.

Et puis, un jour, cela a fait six mois. Drôle d'anniversaire. Six mois de solitude. Six mois sans soutien, sans partage, sans projets. Six mois à faire semblant de rebondir alors qu'elle se sentait s'enfoncer toujours plus bas, toujours plus profond.

Au tout début, comme elle n'avait plus rien, ni amour, ni meubles, elle avait acheté ce qui était achetable. Elle s'était acheté une nouvelle vie matérielle, faute de pouvoir faire autre chose de son corps et de son argent. Elle avait tout acheté d'un coup, en un seul après-midi. À défaut de faire la tournée des bars pour noyer son chagrin, elle avait fait la tournée des magasins de meubles, de décoration. Elle avait croisé des jeunes couples, elle avait croisé des familles, des gens seuls qui prenaient des notes avec un air très sérieux, des petites vieilles qui cherchaient de nouveaux fauteuils rembourrés, elle avait même vu un monsieur qui voulait rentrer avec son chien pour lui faire essayer les canapés.

Elle avait tout fait, elle avait tout acheté et tout était beau. Harmonie des couleurs, des textures et des styles. Quand les gens venaient chez elle, tous s'accordaient pour dire qu'elle avait un intérieur soigné, confortable. Tendance. Chez elle, tout était neuf et au milieu, elle se sentait terriblement usée. Chez elle, tout avait le même âge : six mois. Six mois de solitude derrière ses baies vitrées, devant sa grande table blanche, devant sa cafetière, au fond de son grand lit. Six mois sans lui. Six mois à faire semblant que oui, elle était une femme forte et indépendante alors qu'elle se sentait juste nulle. Nulle et incapable de continuer, tout simplement. Plus qu'une simple révélation qu'on accueille avec douleur puis qu'on oublie, cela était devenu une conviction, une certitude autour de laquelle s'étaient construites ses journées. Si elle avait pris la peine d'avouer ses faiblesses, peut-être aurait-elle eu une chance de s'en sortir, de trouver des mains tendues. Mais il y a des échecs qu'on n'avoue qu'à soi-même et ses grandes déclarations, associées à sa fausse assurance, avaient fini par tous les convaincre qu'elle était sortie d'affaire. S'ils avaient su qu'en réalité, le cauchemar commençait à peine, qu'auraient-ils fait ? Et surtout, que leur aurait-elle laissé faire ? On ne se laisse sauver que lorsque l'on veut bien l'être…

Ensuite ? Tout avait été flou, plus ou moins embrouillé, les jours se déroulant selon une logique obscure dont elle-même n'avait pas la clef.

Les optimistes déclarent souvent que lorsque l'on touche le fond, on ne peut que remonter mais en réalité, rien n'est plus faux. Quand on touche le fond, on peut choisir d'y rester. On peut choisir de s'agripper aux moindres aspérités et tout faire pour ne pas retrouver la surface. Alma, comme tant d'autres, l'avait découvert, le jour où elle avait cessé de lutter, mais quelque chose – à moins que ce soit finalement qu'un coup de chance – l'avait empêchée de sombrer pour de bon.

Puis il y avait eu l'hôpital, le regard apitoyé et douloureux de ses parents, les larmes de Caroline, l'impression de tout avoir raté, même la fin qu'elle s'était programmée. Elle avait voulu garder le secret mais tout le monde avait su, forcément. Même lui. Il n'était pas venu la voir et elle lui en serait éternellement reconnaissante. À moins qu'on lui ait tout simplement interdit la porte de sa chambre ? Elle ne l'avait jamais su et ne voulait pas le savoir.

Quand on l'avait considérée assez forte ou du moins, quand il avait fallu faire de la place pour le désespéré suivant, elle avait finalement été conduite chez ses parents et avait réintégré la maison familiale avec la gorge serrée. Retour en arrière. Retour dans le décor de son adolescence, dans cette chambre où elle avait tout laissé. Les photos de ses amis de l'époque, ses petites affaires, quelques vêtements… et sa belle naïveté. Elle qui n'avait jamais compris pourquoi sa chambre avait été laissée à l'identique se demandait soudain si ses meubles et toutes ses petites possessions d'antan n'avaient tout simplement pas fait le choix de l'attendre. Pendant des années, ils avaient dû rire sous cape en voyant apparaître sa mine nostalgique dans l'encadrement de la porte. Si elle avait parfois eu l'impression de les abandonner, eux avaient toujours été certains qu'elle allait finir par revenir parmi eux.

Ils avaient eu raison dès le début, bien sûr. Elle avait fini par revenir. Elle était revenue débarrassée du vernis de la jeunesse, celui qui brille mais qui ne résiste pas aux coups de griffes.

Elle était revenue et ils l'avaient accueillie parmi eux. Ils sentaient la poussière et avaient les couleurs clinquantes des années quatre-vingt-dix mais ils l'avaient réconfortée car ils venaient d'une époque où Jack n'existait pas. À leur manière, ils avaient été plus forts que les médecins, plus forts que les médicaments, plus forts même que les encouragements de ses parents, plus forts que Caroline qui n'avait désormais qu'une mission : la faire sortir de sa chambre. Ses livres, ses journaux intimes, ses bibelots, ses photos de concerts ou de soirées, ses anciennes peluches, les lettres d'anciennes amies, ses anciens livres de cours lui avaient rappelé une évidence que la force de l'habitude lui avait fait oublier.

Elle avait été quelqu'un *avant* lui

Il ne l'avait pas faite. Il ne l'avait pas créée de ses grandes et belles mains. Il avait laissé son empreinte, comme le font tous ceux qui comptent, mais en définitive, il n'avait pas changé celle qu'elle était vraiment. Et en toute logique, s'il y avait eu un avant lui, il y aurait un après…

Et cela avait sans doute été la plus belle, la plus douce et la plus enivrante des révélations. De celles que l'on ressent mais qu'on ne peut expliquer. Du moins pas à un homme vexé et dont on ne distingue pas les traits dans l'obscurité. Pas après quatre verres de vin et une bière quand on a perdu l'habitude de boire de l'alcool. Pas en ressentant l'étrange sensation d'avoir été décevante aux yeux de celui à qui on voulait plaire, mais sans se sentir capable d'aller plus loin. Pour l'instant, du moins.

Alors, Alma avait préféré se taire. Comme souvent.

19

Juillet 1913

Une fois arrivée à la fin de la lettre, Mary retourna la feuille de papier entre ses mains et la date, que ses yeux s'étaient contentés de survoler paresseusement, lui sauta finalement au visage. Deux mois ! Presque deux mois déjà que Paul était parti ! Il lui manquait tant ! Elle aurait eu tant à lui dire s'il avait été là, près d'elle, comme il n'aurait jamais dû cesser de l'être !

Réprimant un soupir désespéré, Mary rangea la missive dans son enveloppe avec une lenteur démesurée et la glissa dans la poche de sa jupe. Là, figée au bout de son jardin, dans le silence de la fin de journée, elle avait plus que jamais l'impression d'être seule au monde. Luttant vainement contre l'étrange sentiment d'avoir été abandonnée, elle éprouva un certain vertige en réalisant que, de toute leur vie commune, il n'avait jamais été aussi loin d'elle. Du moins, songea-t-elle, à la fois amère et amusée, pour ce qui était de son enveloppe charnelle. Son mari n'avait-il pas fait de l'évasion mentale sa spécialité ? Les voyages de l'esprit, plus discrets, étaient toujours plus difficiles à identifier, mais n'en étaient pas moins réels. Mary n'était pas dupe et savait qu'en bien des occasions, Paul n'avait été là qu'en apparence, ses pensées voguant vers un ailleurs dont il ne partageait jamais les secrets. Elle le laissait s'en repaître et s'éloigner autant qu'il le souhaitait car d'un mot, d'une question ou d'un regard appuyé, elle savait le ramener à elle. Revenir de New York en un clin d'œil n'était évidemment pas du domaine du possible, elle n'en était que trop consciente, mais le savoir ne l'empêchait pas de fixer la plage avec une intensité étrange. Comme s'il était possible de l'y faire apparaître rien que par la force de son esprit. Comme s'il lui suffisait de le vouloir pour l'obtenir. C'était une idée, une conviction profonde qu'elle tenait de sa propre mère. N'avait-elle pas passé toute son enfance à lui répéter qu'il suffisait de désirer les choses très fort pour qu'elles finissent par arriver ? N'avait-elle pas pratiqué cet art à maintes reprises, pour se voir toujours récompensée ?

Jadis, elle avait souhaité très fort que Paul l'épouse et il l'avait épousée. Un peu plus tard, elle avait souhaité avoir deux filles et elle les avait eues. Elle avait eu sa belle maison, au bord du monde, loin des terres, loin de la ville surpeuplée dans laquelle elle était née. Ne lui avait manqué que l'attention de celui qui l'y avait amenée mais en définitive, malgré les épreuves et les erreurs, elle avait eu ce qu'elle voulait. Alors après tout, pourquoi Paul ne pourrait-il pas lui revenir, non pas dans plusieurs semaines, comme cela était prévu, mais immédiatement ?

Le savoir hors de portée la rendait faible et en ces instants de trouble, elle regrettait plus que jamais d'avoir soutenu ce voyage. Peut-être n'avait-elle pris la réelle mesure de ce projet qu'au moment du départ. Le laisser partir avait été un crève-cœur pour elle, comme pour ses filles. Contre toute attente, Sybil avait pleuré à chaudes larmes tandis que Laura gardait le silence, murée dans une attitude étrange qu'elle adoptait de plus en plus souvent et qui ne lui ressemblait pourtant en rien. Ce matin-là, Selina et Catherine étaient présentes, elles aussi, car Matthew accompagnait Paul dans son périple, décision de dernière minute qui ajoutait une dimension dramatique à la scène. À bien y réfléchir, c'était sans doute pour lui, plus que pour son père, que les larmes de Sybil avaient coulé. Malgré sa propre peine, Mary n'avait pu retenir un léger sourire en les observant du coin de l'œil. Ce jour-là, Matthew avait tout l'air d'un chevalier adulé par ses trois favorites et prêt à partir au combat. L'une vérifiait s'il avait de quoi lire pendant le trajet, l'autre s'assurait qu'il ne prendrait pas froid tandis que la dernière semblait le dévorer du regard. Mais pourquoi Laura le regardait-elle ainsi ? Lui en voulait-elle de laisser sa sœur aînée ? Ou y avait-il encore eu une dispute dont Mary ignorait tout ? Elle devait se rendre à l'évidence : plus le temps passait et moins elle avait de prise sur ceux et celles qui l'entouraient. Ne plus comprendre Laura l'inquiétait mais finalement, n'était-ce pas une fatalité à laquelle elle devait se préparer ? Sa cadette lui échappait, comme lui avait échappé son aînée et comme lui échappaient les raisons profondes de Paul qui avait tenu, si ce n'est exigé, de partir avec celui qui deviendrait son gendre.

— En tant que futur mari de Sybil, lui avait-il expliqué, il sera en quelque sorte mon successeur puisque nous n'avons pas eu de garçon.

— Tu me vois désolée d'avoir failli à ma tâche, avait-elle raillé, mais il ne faut t'en prendre qu'à toi-même. Tu aurais dû prendre exemple sur certains hommes avisés, me faire couper la tête et trouver une nouvelle femme pour avoir l'héritier dont tu avais besoin !

— Ma foi, je préfère que ta charmante tête reste sur tes épaules ! Quant au reste, cela est sans importance, tu le sais bien ! Pour l'instant, j'essaie juste de composer avec les éléments que j'ai en main.

— Et Matthew en fait partie ?

— Précisément.

— Mais son père ? Qu'en dit son père ? Ne serait-il pas plus logique que Matthew prenne sa suite et non la tienne ?

Paul avait alors eu ce geste d'impatience qu'elle connaissait bien et qui signifiait clairement qu'il ne tenait pas à s'expliquer plus en détail.

— George fait face à, disons… certaines difficultés. Il a besoin de fonds et il les aura. Connaissant sa capacité à détruire tout ce qu'il touche, je ne suis pas confiant pour autant et je préfère assurer l'avenir de ma fille.

— En prenant Matthew sous ton aile. Et tu vas me faire croire qu'il accepte ?

— Il n'a pas vraiment le choix.

Ils gardèrent le silence pendant quelques secondes puis Mary déclara d'un ton assuré :

— Jamais il ne voudra partir avec toi. Matthew va refuser, c'est certain.

— Il a déjà accepté.

Ils étaient partis, couple improbable, et la tristesse engendrée par ce départ s'était vite diluée dans la douceur des journées estivales. Dès lors, un autre duo s'était reformé et Laura avait passé toutes ses journées aux côtés de Selina, leurs anciens liens, un temps dénoués, semblant avoir retrouvé leur solidité d'antan.

Au hasard de ses occupations, Mary les trouvait parfois devisant sérieusement au salon ou alanguies sur la terrasse avec, devant elles, pléthore de tasses et de verres vides, preuve s'il en fallait qu'elles y avaient passé les plus belles heures de la journée et qu'elles ne comptaient pas en bouger de sitôt. Évoluant de concert, comme deux jumelles conjointes, elles ne s'étaient jamais autant ressemblé que cet été-là. Selina, que la maladie de Matthew avait rendue maussade et sans appétit, avait perdu ses rondeurs et son visage ressemblait à présent un peu à celui de Laura, son aînée de quelques mois qui, en comparaison, s'était peut-être un peu remplumée, ainsi que l'avait fait remarquer leur bonne. Mary n'avait pas osé s'attarder plus que de raison sur ces similitudes physiques qui, étrangement, ne lui sautaient que plus clairement au visage. La plupart du temps, il lui était facile de les ignorer et de se perdre dans les obligations de son quotidien mais il suffisait d'un instant d'inattention pour qu'elle se retrouve à nouveau prise au piège. Puis ce qu'elle avait sciemment nié pendant des semaines l'avait finalement rattrapée sans qu'elle n'y soit vraiment préparée. Ce jour-là, il avait suffit que les deux filles, l'ayant entendue arriver dans leur dos, se retournent d'un même mouvement vers elle pour que Mary se sente défaillir. Elle n'avait pu retenir un petit cri de stupéfaction. Auréolés d'une chevelure brune d'un côté, rousse de l'autre, leurs traits étaient si semblables ! Grimaçant un sourire avant de s'éclipser aussi rapidement qu'elle était arrivée, elle avait su que toute la bonne volonté du monde n'y ferait rien : elle ne pourrait feindre l'oubli plus longtemps. Montant quatre à quatre les marches de l'escalier, elle avait regagné sa chambre en un battement de cils. Pour la première fois depuis son départ, peut-être, elle avait été soulagée que Paul ne soit pas là, soulagée de ne pas avoir à soutenir son regard.

Bien des années après les faits, elle se souvenait parfaitement de ce mois de février et de ce sentiment d'abandon terrible qui l'avait assaillie alors que les jours, si tristes, semblaient couler avec une lenteur qui donnait encore plus de poids à la solitude qui était à présent la sienne.

Paul, qui était parti en France pour affaires quelques semaines plus tôt, parcourait le pays en tous sens, lui écrivant parfois de courtes missives, la plupart sans doute davantage dictées par le devoir que par une réelle envie de prendre la plume. Son désintérêt pour tout type de correspondance ne l'empêchait pourtant pas de savoir quelle importance ces quelques mots pouvaient prendre à ses yeux. En mari complaisant, il ne l'avait donc jamais privée de ces petites anecdotes qu'elle recevait avec plaisir et qu'elle lisait et relisait jusqu'à l'arrivée des suivantes. Elle ne lui répondait presque jamais, ainsi qu'ils en étaient convenus, Paul changeant d'adresse au gré de ses activités. Parfois, elle ne résistait pourtant pas à l'envie de prendre la plume afin de lui raconter les menus événements de sa vie solitaire. La plupart du temps, elle lui parlait de leur fille, heureuse d'avoir trouvé un sujet susceptible de leur permettre de garder un lien. C'est aussi à cela que servaient les enfants, avait-elle réalisé un jour qu'elle peinait à trouver l'inspiration. Ils donnent de l'amour, font du bruit autour des adultes et leur donnent des sujets de conversation. Et Dieu sait qu'il y avait à dire sur Sybil !

Agitée, elle ne dormait presque jamais, veillait jusqu'à tard le soir et restait la victime inconsolable d'un chagrin apparemment immense. Lorsque les crises devenaient plus fortes encore et que ses pleurs emplissaient la chambre, ses petites jambes se raidissaient et l'énervement semblait alors la secouer tout entière. Il fallait la bercer, longtemps, lui parler des heures durant et lui offrir toute son attention, sans réserve, sans rien garder pour soi, pour espérer atténuer sa peine et voir le calme retomber sur la maison. Rien ni personne ne l'avait préparée à cela et Mary, pour qui les jeunes enfants n'avaient été synonymes que de rire et de joie, découvrait que la réalité était parfois tout autre et que le chemin, qu'elle pensait direct, n'était en réalité qu'une suite d'impasses, de détours et de virages serrés. Les besoins fondamentaux de Sybil ne divergeaient pas de ceux des autres enfants, il lui fallait juste plus. Plus d'amour, plus d'attente, plus de temps, plus de soins. Cela, Mary était prête à le lui donner et mille fois plus encore. Jamais elle ne se plaignait, jamais elle n'avouait sa fatigue, son découragement ou sa lassitude. Désormais, Sybil était sa responsabilité, l'incarnation même de la vie qu'elle avait toujours voulu avoir. Parce qu'elle avait toujours voulu être mère, toujours voulu caresser cette peau tendre, plonger son nez dans ce petit cou, attraper ces pieds minuscules et les tenir dans une main. Jamais elle ne se lasserait de contempler cette petite merveille, ce petit miracle qu'était sa fille.

Mais le bonheur ne protège pas de l'ennui. Et Mary s'ennuyait.

Les jours où l'accablement était trop fort, elle laissait la petite à Lise, la nourrice – dont elle n'avait accepté la présence qu'à regret – et partait se promener aux alentours. Elle partait sans indications, sans connaissances, se fiant à son instinct, s'en allant chaque fois un peu plus loin. Parfois, elle se perdait et ne rentrait qu'à la tombée de la nuit, fourbue, un peu honteuse mais surtout emplie de cette merveilleuse, cette délicieuse fatigue qui la faisait sombrer à peine avait-elle posé la tête sur l'oreiller. Ses rêves avaient la couleur des promenades qu'elle faisait le jour et tout séduisait cette fille des villes. Lui plaisait, par-dessus tout, la possibilité de disparaître à nouveau derrière la petite fille téméraire qu'elle avait brimée des années durant et qu'elle pouvait laisser sortir, à présent qu'elle était loin des regards. Elle découvrait que l'hiver était sa saison, qu'elle aimait l'air piquant, la neige qui craquait sous ses pas et que les chemins boueux ne la rebutaient en rien.

C'est lors d'une de ces promenades pleines de dangers et de mystères – du moins aimait-elle à se l'imaginer, se sentant telle une héroïne d'Emily Brontë, perdue au cœur des landes – qu'elle fit sa rencontre. La surprise de croiser un autre être humain sur ces sentiers généralement déserts lui fit tout bonnement perdre l'équilibre. Quand elle sentit le sol se dérober sous ses pas et sa cheville se tordre selon un angle improbable, il était déjà trop tard. Sa chute, amortie par son manteau épais, ne fut pas douloureuse mais néanmoins terriblement humiliante puisqu'il y avait assisté aux premières loges.

Dans une telle situation, Paul se serait immédiatement précipité vers elle, l'aurait prise dans ses bras. Peut-être l'aurait-il même portée jusqu'à la maison afin d'éviter qu'elle ne tombe à nouveau ou ne force sur sa cheville fragilisée. Car Paul, s'il l'aimait, était un gentleman à l'ancienne, un être délicat et soucieux du bien-être d'autrui, contrairement à George, qui, hilare, l'observait toujours de loin sans esquisser le moindre geste pour lui venir en aide.

Mary se releva tant bien que mal, rouge de honte et de colère face à tant d'impolitesse. Si elle se targuait d'être relativement ouverte à la plaisanterie, elle n'appréciait guère qu'on se moque ouvertement d'elle.

— Excusez-moi Mary, se décida-t-il à dire entre deux rires étouffés, mais vous étiez tellement comique ! J'ai voulu profiter du spectacle autant que possible ! Veuillez m'excuser et, surtout, n'en parlez pas à Paul, je vous prie. Il serait capable de me provoquer en duel pour manque de respect envers sa bien-aimée et je crains d'avoir égaré mon épée. Attendez, vous êtes un peu sale, là…

Se rapprochant enfin d'elle en trois enjambées de géant, il vint lui épousseter la manche de sa grande main aux doigts épais qu'elle finit par esquiver.

— Alors ? reprit-il sans paraître se soucier de son mouvement de recul. Que faites-vous ici ?

— Je me promène. N'est-ce pas évident ?

Sa voix avait claqué dans l'air glacé avec une agressivité dont elle fut elle-même surprise. Certes, elle était vexée par le comportement de George mais si elle le connaissait finalement peu, elle ne l'en avait pas moins toujours apprécié. Un peu moins courtois, un peu moins chic, il ne ressemblait en rien aux personnes qu'elle avait l'habitude de fréquenter mais ne lui avait jamais donné la moindre raison d'être hostile. En comparaison, sa femme, glaciale, lui faisait presque peur et l'avait contrainte à prendre ses distances. Le drame qui avait touché le couple quelques mois plus tôt n'avait engendré nul rapprochement entre les deux voisines. Retranchée dans son chagrin, insensible à la compassion d'autrui, Catherine Wilson était devenue plus inaccessible que jamais.

— Je vois ça ! Et si je peux me permettre, vous êtes radieuse, ma chère Mary ! L'air hivernal fait visiblement des merveilles sur vous !

Il la gratifia d'un regard admiratif qui la gêna un peu. Se retrouver seule avec lui, loin de tout et loin de tous, avait quelque chose d'embarrassant et si elle n'était plus la jeune fille innocente de jadis, quelque chose – une intuition, à moins que les anciennes recommandations maternelles, ancrées en elle, ne remontent finalement à la surface – lui conseillait de lui fausser compagnie sans tarder.

— Je vais vous laisser, souffla-t-elle, sans oser relever le compliment. Je vais reprendre ma route et vous laisser poursuivre la vôtre.

— Dans ce cas, mon chemin pourrait être le vôtre si vous me laissiez vous tenir un peu compagnie. Je n'ai nulle envie de rentrer chez moi si tôt et je cherchais justement une idée pour poursuivre ma promenade, sans savoir véritablement où aller.

Elle hésita, cherchant les mots adéquats pour refuser sans paraître impolie ou cruelle mais George ne lui laissa pas le temps de trouver la formule adaptée.

— S'il vous plaît, Mary. Ayez pitié d'un pauvre homme comme moi et accordez-moi un peu de votre temps ! Je ne vous importunerai pas ! Je pourrai même me taire si ma conversation vous ennuie ! Cela me sera difficile mais je suis prêt à tout pour avoir la chance de marcher un peu à vos côtés.

— Très bien, concéda-t-elle en soupirant. Si vous y tenez, marchons ensemble ! Mais je crains d'être décevante car, voyez-vous, mes pas n'avaient aucune destination particulière. Je me contente d'avancer et quand j'en ai assez, je rebrousse chemin…

— Cela me convient parfaitement ! Je vous suis.

Ils marchèrent quelques minutes dans un silence qui lui devint bientôt insupportable. Devinant que George lui rirait au nez si elle se mettait à louer la beauté du paysage, elle décida de prendre des nouvelles de Catherine, préférant risquer l'indiscrétion plutôt que l'impolitesse. Or, il aurait semblé bien rude de ne pas s'enquérir de l'état de santé de sa voisine.

— Je fais ce que je peux pour rassurer sa famille, soupira-t-il, mais à vous je peux bien le dire.

Son regard, qui s'était posé sur la jeune femme, alla se perdre droit devant eux tandis qu'il avouait :

— Catherine n'est plus vraiment elle-même. Elle n'a le cœur à rien depuis… Enfin, vous savez. Elle ne veut voir personne, parler à personne… Il n'y a que Matthew qui trouve grâce à ses yeux. Quant à moi… Eh bien, disons que ma présence n'arrange rien.

— Pourquoi ?

Un temps creusé par les pensées douloureuses qui l'occupaient, le visage de George se détendit alors et un imperceptible sourire revint se plaquer sur ses lèvres.

— Vous êtes bien curieuse, Mary ! Je n'aurais pas pensé qu'une jeune femme aussi distinguée que vous ose ainsi questionner un inconnu !

— Vous n'êtes pas un inconnu.

— Certes ! Mais je ne suis ni un frère, ni même un ami. Car nous ne sommes pas amis, n'est-ce pas, Mary ? Un jour, peut-être, nos enfants joueront ensemble mais nous…

— Je crois que Catherine ne m'aime guère, commenta-t-elle. Mais je suis navrée qu'elle aille aussi mal, crut-elle bon d'ajouter.

— Catherine n'aime personne.

— Même pas vous ?

— Oh, moi…

Il éclata d'un rire amer.

— Je n'ai plus rien d'aimable à ses yeux et cela, je l'ai pleinement mérité. Voyez-vous, je lui ai reproché la mort de notre fils. Je l'ai accusée de négligence tout en sachant pertinemment que cette pauvre femme n'y était pour rien. Je l'ai accusée tout en étant pleinement conscient qu'elle aurait donné sa vie en échange de la sienne… Mais sur l'instant, cela m'a fait tellement de bien, si vous saviez… Trouver quelqu'un à blâmer !

Ils ne marchaient plus à présent et George la fixait avec intensité, semblant la mettre au défi de lui reprocher ouvertement son attitude déplorable, ce qu'elle ne fit évidemment pas. Il ne se laissa cependant pas abuser par son calme apparent, ayant eu le temps de saisir dans ses yeux la lueur sidérée qu'elle n'avait su réprimer.

— Vous ne dites rien ? Vous avez raison. Cela se passe de commentaire et il n'y a malheureusement rien à ajouter. Vous vouliez savoir et à présent, vous savez. Si j'avais encore le moindre espoir de me faire apprécier de vous, à présent que vous savez à quel point je suis mauvais, j'ai perdu toutes mes chances de vous plaire.

— Vous n'avez pas à me plaire. Et vous n'êtes pas mauvais.

— Non ?

Atrocement perturbée, Mary soupira tout en enfonçant plus profondément ses mains dans ses poches. Elle se sentait à la fois incapable de poursuivre la conversation et incapable de faire comme si de rien n'était. L'homme qui se tenait face à elle avait l'air si malheureux, si seul… Le voir ainsi brisait son cœur, qu'elle savait trop sensible et trop compatissant. Elle aurait voulu le consoler et pourtant, si elle devait le croire, n'était-il pas le seul à blâmer pour son infortune présente ? S'il s'était montré aussi cruel avec sa femme qu'il avait bien voulu l'avouer, ne méritait-il pas d'être puni ? Si une épouse ne pouvait bannir son mari de la maison, il existait bien des façons de lui faire payer ses erreurs et visiblement, Catherine avait déjà lancé les hostilités. Mary ne pouvait qu'approuver et en même temps… Après le drame qu'ils avaient vécu, n'était-ce finalement pas vain ?

Soudain très lasse, elle releva les yeux sur lui. Glacée par l'aveu de George tout comme par le vent gelé qui s'engouffrait par le col de son manteau, elle n'avait plus qu'une envie.

— Ma fille m'attend, murmura-t-elle à peine assez fort pour qu'il l'entende. Je dois aller la retrouver.

— Vous me laissez ainsi ? Sans même une parole de réconfort ?

— Allez parler à Catherine et excusez-vous, tout simplement !

— Des excuses ne suffiront pas.

— Catherine saura apprécier vos efforts, j'en suis certaine.

— Non. Ma femme n'est pas aussi douce que vous, Mary. Je suis certain que vous êtes quelqu'un de compréhensif. Voyez, je me suis confié à vous sans même y prendre garde ! Vous savez donner confiance aux gens, vous…

Il la regardait à présent sans parler, avec, au-delà de sa peine flagrante, une chaleur, une avidité qui la mirent davantage mal à l'aise. Elle se rappela avoir déjà croisé ce regard par le passé, lors de leur toute première rencontre et finalement, peut-être était-ce à cause de lui, plus qu'à cause de Catherine, qu'elle n'avait fait que de rares visites de l'autre côté de la grille. Consciente de l'instabilité de ses sentiments à son égard, elle allait lui répéter son désir de regagner sa maison quand, frissonnante, elle le vit s'approcher d'elle. L'affolement la cloua sur place tandis qu'il lui passait tranquillement au cou l'écharpe dont il venait de se défaire. Le tissu, réchauffé par le corps de son propriétaire, l'enveloppa de sa douceur et elle y enfouit le nez avec une satisfaction qu'elle peina à cacher.

— Vous aviez froid, commenta-t-il avec un air satisfait, c'était évident. Vous ne pourrez pas m'accuser d'être un goujat deux fois dans la même journée !

Elle n'essaya même pas de le dissuader de la raccompagner chez elle car elle avait compris depuis longtemps que son voisin n'était pas le genre d'homme contre lequel on se bat. Elle aurait eu beau lutter, refuser sa présence, il l'aurait suivie malgré tout. Mieux valait éviter les éclats et gagner un temps précieux en feignant de le supporter.

Lorsque sa maison fut en vue, elle bifurqua en direction de cette dernière non sans avoir lancé un bref au revoir, aussi glacé que les températures du jour. Dans sa hâte, elle faillit trébucher une nouvelle fois mais peu lui importait. Le regard de George, comme une volée d'aiguilles entre ses deux omoplates, la piquait atrocement et elle n'avait qu'une envie : s'en éloigner le plus rapidement possible.

Ce n'est qu'une fois rentrée chez elle, accueillie par la chaleur réconfortante du hall d'entrée – et par les cris de Sybil, à l'étage –, qu'elle remarqua qu'elle portait toujours l'écharpe de George autour du cou. S'en débarrassant comme si elle était en feu, elle la roula en boule puis la cacha dans une manche de son manteau qu'elle suspendit dans l'entrée. Dès demain, elle la lui ferait rapporter et… Non ! Surtout pas ! Mieux valait la lui rendre en personne ou la cacher pour toujours, sous peine qu'on ne tire de fausses conclusions à leurs propos. Les plus gros commérages naissaient parfois d'une chose aussi insignifiante qu'une écharpe prêtée, elle le savait pertinemment et ne prendrait jamais un tel risque. Au début de leur promenade, George lui avait avoué avoir le projet de descendre à la plage, le lendemain matin. Elle n'aurait qu'à le guetter et lui rendre son bien sans pousser plus loin la conversation. Peut-être cesserait-elle ses promenades pendant un certain temps, la possibilité de le croiser à nouveau risquant de gâcher considérablement son plaisir. Tout comme Paul, il ne restait jamais bien longtemps dans les parages et elle saurait prendre son mal en patience.

Elle n'eut pas à se donner cette peine car, dès le lendemain, il vint frapper aux carreaux de son salon au moment même où elle s'accordait quelques minutes de repos, face à la cheminée. Comme s'il avait su qu'elle serait disponible. Comme s'il avait su où et quand la trouver, la surprenant au moment où elle s'y attendait le moins. Quand d'autres, plus soucieux des usages, auraient frappé à la porte principale, lui se contentait de jeter un coup d'œil à l'intérieur, s'insinuant dans son intimité.

— Mary, vous voilà ! lança-t-il d'une voix forte sitôt qu'elle eut ouvert la porte. Je venais voir si mon écharpe avait envie d'une promenade !

La prenant encore une fois de cours, il ne lui laissa pas le temps de répondre et fit un pas dans la pièce sans y être invité mais resta respectueusement près de l'entrée pour ne pas salir les tapis impeccables qui recouvraient le plancher. Il avait amené avec lui une odeur forte de nature humide, d'air frais et de mousse qui prit désagréablement Mary à la gorge avant de lui donner envie de sortir à son tour. La chaleur du feu, qui ronronnait dans chaque pièce de la maison, lui provoquait, à la longue, de ces migraines que seul l'air libre pouvait atténuer. Bien sûr, être seule aurait été préférable et elle ne voulait pas sortir se promener avec George mais puisqu'il était là et qu'il lui offrait l'occasion de prendre l'air, elle n'eut pas le cœur à refuser.

Ils descendirent à la plage et elle s'enthousiasma devant la beauté et l'immensité de cette mer changeante. En cette journée si maussade, elle semblait absorber tout le gris du ciel pour mieux en restituer les nuances et Mary aurait pu passer des heures entières à l'observer.

— Je n'avais jamais vu la mer avant de venir ici, glissa-t-elle à

George qui se tenait à ses côtés, plongé dans ses propres pensées. J'ai été si heureuse de la découvrir ! J'ai l'impression que je ne pourrai jamais me lasser du spectacle !

— Ce jour viendra plus tôt que vous ne le pensez, croyez-moi !

Elle lui jeta un regard torve.

— Je vous remercie pour cette belle leçon d'optimisme.

— Ne vous méprenez pas sur mes paroles, je ne cherche pas à gâcher votre joie. Mais tout passe, ma chère, tout lasse et ce qui vous semble si beau aujourd'hui ne sera bientôt plus qu'une simple étendue d'eau salée.

— Comment pouvez-vous être aussi catégorique ? Vous ne savez rien de moi.

— Et vous ne savez rien de moi non plus !

— Je n'ai pas dit le contraire.

Ils reprirent leur marche, qu'ils avaient cessée quelques minutes, et il ne fallut que peu de temps avant qu'il ne brise à nouveau le silence.

— Vous ne lui en voulez pas ?

— À qui ?

— À votre avis ?

— Paul ?

— Oui.

— Pourquoi lui en voudrais-je ?

Elle avait levé le nez vers lui, dans une posture interrogative et innocente qui le fit sourire.

— Vous êtes adorable.

— Continuez sur cette voie, George, et je vous jure que je m'arrangerai pour ne plus jamais me trouver en votre présence !

Il leva les mains en signe de reddition, s'excusant d'un sourire.

— Il n'y avait rien d'inconvenant dans mes paroles.

— Mais que vouliez-vous dire ? Au sujet de Paul ?

— Eh bien, réfléchissez vous-même ! Votre cher mari vous arrache à votre vie, à votre famille et à vos amis pour vous amener ici, dans un coin qui ressemble à s'y méprendre au bout du monde et…

— Vous exagérez !

— Osez me dire que vous ne vous ennuyez pas.

Elle haussa les épaules. Elle ne voulait pas médire de Paul et pourtant, elle ne pouvait se résoudre à mentir.

— Les journées sont parfois longues, surtout depuis octobre. Je crois que je n'ai pas encore réussi à faire le deuil de l'été. Mais Paul n'est pas responsable du temps qu'il fait, ajouta-t-elle en feignant de rire. Et je savais très bien ce que serait ma vie après le mariage. Paul est un homme très occupé et il est hors de question que je me montre ingrate envers lui.

Elle lui attrapa le bras avec autorité et lui indiqua le bout de la plage de sa main gantée.

— Allons jusque-là bas et revenons. Je ne veux pas m'absenter trop longtemps.

George ne revint pas le jour suivant mais le lendemain, fidèle à un rendez-vous qui deviendrait rapidement un petit rituel entre eux, il tapotait de nouveau à sa porte. Les premières fois, elle feignit la surprise car elle ne pouvait décemment lui avouer qu'elle l'attendait. Puis, l'habitude et la familiarité aidant, elle n'eut plus le cœur à jouer la comédie et guettait ouvertement son arrivée.

Chaque jour, elle espérait sa venue et chaque soir, quand la nuit tombait, elle se jurait de ne plus quitter la maison à ses côtés. Elle ne supportait plus son bavardage constant et encore moins les sourires carnassiers dont il la gratifiait à longueur de promenade et qu'elle ne parvenait jamais vraiment à définir. Étaient-ils moqueurs, agressifs ? Se voulaient-ils séducteurs ? Elle n'était pas innocente au point de ne pas comprendre l'incongruité de leur situation, lui, quittant une femme éplorée pour passer des heures aux côtés de sa voisine et elle, qui organisait désormais ses journées en fonction des moments qu'elle passait avec lui. Selon ses dires, George n'aimait plus Catherine – l'avait-il un jour aimée ? Mary se surprenait à en douter – mais elle, elle aimait Paul ! Comment pouvait-elle à la fois nourrir des sentiments aussi tendres pour lui et se sentir irrésistiblement attirée par un homme qu'elle n'estimait même pas ?

Sans doute aurait-elle dû se montrer raisonnable pour deux et lui fermer sa porte avant que tout ne bascule et qu'il ne soit trop tard pour faire machine arrière. Ce soir-là, elle aurait dû tourner la tête, feindre de ne pas le voir attendre sous sa fenêtre. Descendre lui parler avait été une erreur. Remonter avec lui, une douce folie qu'elle s'était offerte sans même y penser, comme s'il ne s'agissait que d'un rêve qui s'évanouirait au matin, et non de sa vie. Le lendemain, à son réveil, George était parti depuis longtemps. Ils ne furent plus jamais seuls et ne reprirent jamais leurs excursions. Elle apprit, bien plus tard, qu'il avait quitté la demeure familiale peu après et qu'il était reparti gérer ses affaires en ville.

Quand elle comprit qu'elle était de nouveau enceinte, elle sut immédiatement que c'était de lui et non de Paul. Si les cœurs se montrent parfois fourbes, les chiffres, eux, ne mentent jamais. Paul crut cet enfant sien et ne cacha pas sa joie alors que le dégoût d'elle-même entama la lente mais certaine colonisation de son être. Devait-elle tout lui avouer ? Avoir été infidèle le temps d'une nuit faisait-il d'elle une mauvaise personne ? Arriverait-elle à aimer cet enfant du mensonge ? Elle avait gardé son secret et la peur de se trahir, par faiblesse ou par lâcheté, ne l'avait pas quittée depuis.

Quand on lui avait mis Laura entre les bras, ce jour-là, elle avait pourtant regardé sa fille avec une tendresse mêlée d'impuissance, soulagée d'éprouver quelque chose pour ce petit être dont elle avait pourtant tant craint la venue. Certes, Laura n'était peut-être pas la fille de Paul mais elle était au moins certaine d'une chose, elle était la sienne ! Et elle devrait se montrer deux fois plus digne de cet amour. Elle s'était alors juré de lui donner toutes les raisons de rire, d'être légère, d'être joueuse. Elle l'avait voulue insouciante et fantasque, comme pour mieux conjurer la tristesse et la honte qu'elle craignait de lui avoir communiquées pendant neuf mois. Et Laura l'avait satisfaite en tous points.

Bien longtemps, elle n'avait osé s'interroger sur George. Quand il avait appris la naissance de Laura, avait-il compris qu'elle était sa fille ? Y avait-il seulement pensé ? À certaines époques de sa vie, elle s'était persuadée que non, qu'il était bien trop égoïste et bien trop rustre pour seulement y avoir songé. Il avait obtenu ce qu'il avait sans doute voulu depuis le début, puis il l'avait délaissée et depuis, bien des maîtresses devaient avoir effacé jusqu'à son souvenir. De temps en temps, quand elle repensait à la détresse qui s'affichait trop souvent sur ses traits, cet hiver-là, quand elle repensait à ses mots et à la délicatesse qu'elle avait parfois cru déceler derrière sa personnalité d'esbroufeur, elle était certaine qu'il savait. Puis le doute la reprenait. Elle, ne pourrait jamais profiter de la douceur de l'insouciance et de l'oubli. Dès lors, tel un nuage poussé par un vent violent, la joie était toujours passée avec une rapidité déconcertante dans sa vie et s'il lui arrivait d'oublier sa faute dans ses moments de vie les plus heureux, elle y revenait inexorablement.

Toujours campée au fond du jardin, Mary n'avait pas eu l'occasion de s'appesantir plus longuement sur ses souvenirs et avait vu Sybil venir à elle d'un pas pressé

Laconique et froide, comme à chaque fois qu'il lui fallait parler de sa sœur, son aînée ne prit pas la peine de lui donner plus d'informations que nécessaire.

— Laura est malade.

— Laura ? Où est-elle ?

— Enfermée dans la salle de bains. Elle ne fait que vomir depuis tout à l'heure. Elle ne voulait pas t'appeler mais je crois qu'il fallait quand même que tu le saches.

Mary posa un regard éteint sur Sybil. De quoi parlait-elle ? Laura, malade ? Vraiment ? Elle aurait été moins surprise si sa fille lui avait annoncé qu'un de leurs chiens s'était mis à voler. Revenant pour de bon dans le présent, elle repartit en direction de la maison, grimpa les escaliers menant à l'étage et se rendit jusqu'à la salle de bains. Cette pièce, que Paul avait fait moderniser quelques années auparavant, était sa grande fierté. Elle était si parfaite que les familles londoniennes les mieux équipées auraient pu la lui envier. À ce moment précis, cependant, sa pièce fétiche n'avait plus rien du sanctuaire qu'elle était en temps normal. Verdâtre, à genoux sur le sol, Laura semblait sur le point de rendre l'âme.

— Tu es malade ma chérie ?

Au lieu de se sentir soulagée par sa présence, Laura se recroquevilla davantage en la voyant venir vers elle.

— Ne viens pas. Laisse-moi.

Sa main s'était tendue vers elle, non pas pour appeler à l'aide mais pour repousser celle qu'elle était prête à lui donner. Et cela lui brisa le cœur plus que tout mot n'aurait pu le faire.

Décidée à ignorer les cris de sa fille, qui avaient gagné en intensité à mesure qu'elle avançait dans la pièce, elle fut pourtant bientôt agenouillée près d'elle, l'entourant de ses bras frêles, convaincue qu'un peu d'amour et un peu de temps viendraient à bout des souffrances de sa fille, quelles qu'elles soient. Laura était tellement forte, tellement solide ! Pourquoi semblait-elle donc morte de peur pour si peu ? Son comportement n'avait aucun sens.

Après s'être raidi à son contact, le corps de sa fille se détendit peu à peu, comme si elle capitulait enfin, qu'elle acceptait de se laisser bercer. Cela la rassura et à la fois, renforça encore un peu son angoisse. Les sens en alerte, les genoux douloureusement pressés sur le sol, Mary écarta finalement les longues mèches de cheveux qui barraient encore le visage de Laura. Un visage désormais mouillé de larmes. Sa Laura qui ne pleurait jamais !

— Où as-tu mal ? lui demanda-t-elle doucement, traitant sa fille comme le petit animal apeuré qu'elle était devenue. Faut-il que je fasse appeler un médecin ?

À ces mots, les pleurs de Laura redoublèrent et l'incrédulité de Mary monta d'un cran. Décidée à enfin connaître la raison de ces torrents de larmes, elle s'écarta doucement de sa fille et, l'attrapant par les épaules, entreprit de la redresser un peu.

Et c'est alors qu'elle le vit. Ce ventre. Impossible à manquer à présent qu'elle avait posé les yeux sur lui. Si naturel et à la fois si étrange sur le corps de l'enfant qu'elle avait elle-même porté, il y avait de cela seulement quelques années, oh… pas tant que ça, si ?

Sous le coup de la surprise, Mary se sentit basculer sur le côté et s'assit à même le sol, le regard toujours verrouillé sur le ventre de sa fille enceinte de plusieurs mois. Quatre, peut-être ? Plus ? Moins ? Comment avait-elle pu passer à côté d'une telle chose pendant si longtemps et ne pas voir l'évidence qui lui crevait les yeux ? Comment Laura avait-elle osé lui cacher une telle chose, à elle qui l'avait toujours choyée, soutenue jusque dans ses lubies les plus étranges ?

Puis elle revit ces robes floues, flottantes, ces longs gilets que Laura portait malgré le temps plus que clément et qui avaient été autant de paravents entre elle et la réalité, ce ventre et son regard, petits artifices rendus d'autant plus efficaces par sa propre indifférence. Comment aurait-elle pu voir ces changements s'opérer quand – par devoir ou habitude, elle-même ne le savait plus vraiment – ses yeux ne quittaient jamais Sybil ?

Bien que stupéfiante et d'une gravité sans précédent, l'idée fit néanmoins son chemin dans son esprit, remontant douloureusement les méandres de sa conscience jusqu'à la question qui, en toute logique, suivait cette découverte.

— Qui ?

Alors, pour la première fois peut-être depuis qu'elle avait mis les pieds dans cette pièce, Laura la regarda droit dans les yeux. Au fond de son regard, soudain, il n'y eut plus ni peine, ni honte et pas une once de cette défiance qui semblait pourtant en déborder quelques secondes plus tôt. La fierté avait remplacé tout le reste. Une fierté triomphante, provocatrice, éclatante. Celle d'une femme qui, après avoir gardé trop longtemps son secret, s'apprêtait à l'avouer à la face du monde.

Il sembla à Mary que la voix de Laura vint claquer dans l'air, comme le coup de fouet le plus cinglant et le plus cruel qu'elle ait entendu de sa vie entière lorsqu'elle prononça le prénom de Matthew.

Il y eut des taches blanches et noires devant ses yeux qu'elle ferma vivement, la lumière du jour lui était devenue insupportable. Une nausée, semblant venir de nulle part et de partout à la fois, la submergea. Sa peau se couvrit de chair de poule et son cœur, battant à tout rompre, s'emballa encore un peu lorsqu'elle réalisa pleinement l'ampleur du problème auquel elle devait faire face. Puis, l'ironie de la situation la frappa en plein visage. Après des années de dissimulation, son secret était doucement remonté des eaux profondes où elle l'avait abandonné et s'apprêtait à crever la surface de l'eau. À présent, elle ne pouvait plus le maintenir à l'écart des regards, du moins, pas de celui de sa fille.

Que faire ? Vers qui se tourner ? Entre quelles mains remettre leurs destins ? Paul n'était pas là, ne serait pas près d'elles avant un long moment et ce qu'elle avait à lui dire ne se racontait aucunement par lettre. George ? Pour cela, il aurait fallu lui faire confiance et elle avait trop attendu pour évoquer ce sujet épineux, et tellement humiliant, avec lui. Le visage de Catherine s'imposa alors à elle mais ne lui apporta nul soulagement. Catherine ne savait rien, bien entendu, son mari s'étant bien gardé de lui raconter son escapade dans la maison. Selina avait été la preuve que George avait réintégré la chambre conjugale, alors interdite depuis plusieurs mois, une décision que Catherine n'aurait jamais pu prendre si elle avait connu la vérité. Quant au mariage avec Sybil, il n'en aurait jamais été question. Non, Catherine ne savait rien et représentait à présent la seule partenaire qu'elle pourrait avoir dans ce jeu dangereux où elle pouvait tout perdre.

Catherine. Ce prénom n'avait jamais rien eu d'agréable à ses oreilles et pourtant, aujourd'hui, il représentait tout. Elle n'avait pas d'amie, pas de soutien, elle ne pourrait s'en sortir seule et elle était trop fatiguée et trop paniquée pour songer à une autre possibilité.

Elles restèrent encore de longues minutes, en silence, toujours enlacées sur le sol, Laura s'étant peu à peu calmée et semblant avoir sombré dans une douce somnolence dont elle s'apprêtait pourtant à l'extirper violemment. Depuis son annonce, Sybil n'avait pas montré le bout de son nez, sans doute lassée des pleurs de sa sœur, et Mary pria pour que les oreilles de son aînée se soient trouvées assez loin pour ne pas avoir entendu les aveux de Laura.

Puis, avec une infinie douceur qui n'allait en rien amortir la brutalité de l'annonce, elle raconta à Laura le secret de sa naissance.

20

Juin 2011

— Dis-moi, Alma ?

— Mmmm…

— Est-ce que par hasard…

Alma avait enfin consenti à lever le visage vers sa grand-mère, assise à l'autre bout de la table. Un peu plus tôt dans la journée, elle avait accepté de l'aider à confectionner toute une série de guirlandes de fleurs en papier, activité ô combien peu épanouissante mais qui aurait, du moins l'avait-elle espéré, l'avantage de lui occuper les mains et l'esprit. Il ne lui avait pas fallu longtemps pour comprendre son erreur : elle n'était pas la femme de la situation. Mais alors, pas du tout ! Avec ses deux mains gauches et une patience que nul n'aurait osé qualifier d'angélique, Alma avait toujours détesté tous les types de travaux manuels et avait plus ou moins l'impression d'être la seule trentenaire au monde à ne pas avoir été frappée par la fièvre du DIY. Fabriquer ses propres bijoux, devenir une pro de la déco personnalisée, coller des trucs et des machins, décorer des bocaux en verre pour en faire des porte-bougies à la con, se tartiner de cosmétiques maison à l'odeur douteuse et laisser parler sa fameuse créativité féminine étaient autant d'occupations qu'elle avait volontiers laissées de côté, pratiquant plus communément l'art, tellement moins original mais tellement plus reposant, du *Buy It Yourself*. Car si l'argent n'avait pas (totalement) fait son bonheur, au moins avait-il eu l'avantage de simplifier certains aspects de son existence. En l'occurrence, ce mode de fonctionnement prouvait malheureusement toutes ses limites car il y avait peu de chances que de telles guirlandes colorées l'attendent en boutique. Si l'on découvrait parfois bien des horreurs dans les temples de mauvais goût qu'étaient certaines boutiques de décoration, personne n'oserait commercialiser de telles laideurs.

— … tu aurais encore un sourire en réserve ? Au moins pour moi ?

— Quoi ?

La panique qui ternissait son regard eut pour résultat de renforcer, du moins si cela était encore possible, l'agacement évident que Mina commençait à éprouver à son égard.

— Franchement, tu verrais ta tête ! Détends-toi un peu ! On dirait que tu viens d'enterrer Blanche-Neige et les Sept Nains au fond du jardin et que tu t'attends à voir débarquer la police d'une minute à l'autre !

Se contentant de répondre d'une grimace, Alma déplia les pétales d'une rose un peu trop violemment, les déchirant au passage et considéra son œuvre d'un œil critique. Est-ce qu'une fleur mutilée ferait l'affaire ? Bien sûr que oui. Elle passerait inaperçue au milieu des autres et toute manière, tout cela allait finir à la poubelle à un moment ou à un autre… Elle allait résolument la poser au centre de la table, là où attendaient les orphelines à réunir en bouquets, quand sa grand-mère arrêta son geste :

— N'y pense même pas ! Elle est affreuse !

Elle lui attrapa la fleur des mains, la jeta dans la poubelle à papier placée à ses pieds puis lui tendit une nouvelle bande rose.

— Recommence ! Et applique-toi ! Cela ne sert à rien de passer cinq minutes dessus pour tout déchirer au dernier moment.

— Si seulement ce n'était *que* cinq minutes ! J'ai l'impression qu'on est là depuis cinq bonnes heures !

— Seulement deux heures et demie en réalité, répondit Mina. Et nous en sommes à peine à la moitié.

Sa grand-mère s'absorba un instant dans son pliage puis, visiblement très satisfaite, reprit ce qui devait certainement être sa seconde mission du jour : faire parler la boule de pâte à modeler qui se trouvait devant elle. Car c'est ainsi qu'Alma se sentait depuis quelques jours. Comme un gros tas de plasticine qui, jadis, avait peut-être ressemblé à quelque chose mais qui, pour un temps indéterminé, avait été tassé sur lui-même et n'avait plus l'air de rien ; ses problèmes récurrents ayant tous été remplacés par un souci de taille, soit un souci d'un mètre soixante-quinze, affublé d'un jean déchiré et d'une paire d'yeux à se damner. Autant de choses dont elle ne pouvait décemment pas parler avec sa grand-mère.

Malgré la distance, Caroline restait heureusement sa confidente préférée. Une confidente toujours disponible, toujours avenante mais dont le sens de l'empathie avait ses limites. Une autre l'aurait écoutée, dorlotée, serait allée dans son sens non pas avec raison mais juste pour lui faire plaisir. Caroline n'avait que faire d'être gentille. Caroline pratiquait l'art du coup de pied au cul. « La peur n'est pas une excuse valable », n'avait-elle cessé de lui répéter au cours de leur conversation téléphonique. Puis, après lui avoir conseillé de mettre illico les choses au clair avec celui qu'elle appelait affectueusement le « tripoteur des sous-bois », elle avait raccroché en exigeant un rapport détaillé des futures péripéties.

L'appel terminé, et malgré son manque d'enthousiasme à l'idée de revenir sur une scène qu'elle avait rangée dans le tiroir – déjà bien rempli – des pires moments gênants de sa vie, Alma avait couru dans le jardin avec l'espoir d'une petite fille naïve. Motivée par les paroles de Caroline, elle se sentait prête à faire face. Bien sûr, elle n'imaginait pas que Rory l'attendrait de l'autre côté de la haie, comme la toute première fois, mais elle espérait bien l'apercevoir, quitte à tendre un peu trop le cou en direction de la maison voisine. Plus que tout, ce matin-là, elle avait envie de lui parler, tout simplement. Apercevoir Jill ou Stephen aurait été un bon début, le moyen de l'attirer dehors tout en brisant la glace qui menaçait de cristalliser entre eux si elle n'intervenait pas vite. Mais elle ne vit rien, ni personne.

La journée se passa, puis une autre et une autre encore.

Le jour des fleurs en papier, Alma se sentait à nouveau dépourvue de courage et presque aussi amorphe que lorsqu'elle était arrivée chez Mina. Pire encore : elle était folle d'inquiétude pour sa petite personne, se sentant couler dans une morosité sombre et poisseuse dont elle ne voulait plus entendre parler. N'avait-elle pas repoussé Rory, justement à cause de sa fragilité ? Dans ce cas, elle aurait dû se sentir bien et en accord avec elle-même. Pourquoi était-elle alors si mal ? Et s'il s'agissait tout simplement d'une rechute et qu'elle se trouvait à nouveau en danger ? Si sa mère la voyait telle qu'elle était aujourd'hui, triste et morose, elle la ferait revenir sur-le-champ. Or, malgré ses réserves quant à la suite, elle ne tenait absolument pas à rentrer et ne pouvait s'empêcher de rester aux aguets.

— Tu attends quelqu'un ? lui avait finalement demandé Mina à qui cette petite comédie n'avait évidemment pas échappé.

— Non. Pourquoi ?

— Parce que tu tends l'oreille dès que tu entends le moindre bruit à l'extérieur. Je me suis dit que tu attendais peut-être de la visite.

— Eh bien tu te trompes. Cela dit, c'est vrai que je me demandais ce que devenaient Jill et Stephen. Je ne les ai pas vus depuis mon anniversaire.

— C'était il y a trois jours !

— Trois jours, c'est une éternité ici !

— Ils sont encore en plein déménagement. Je ne sais pas comment ils se débrouillent mais ils n'ont jamais eu l'esprit pratique, ces deux-là. J'imagine qu'ils pensaient avoir le temps mais que finalement, ils font tout à la dernière minute. Mais ils étaient là hier soir.

— Ah ?

— Et Rory est passé.

Alma fit un petit bond sur place.

— Quoi ? Qu'est-ce que tu as dit ?

— Je disais, reprit Mina, d'un ton extrêmement lent qui sous-entendait qu'elle la prenait pour une simple d'esprit, que Rory était passé.

— Rory est venu ? Ici ? Tu aurais pu m'appeler !

Mina haussa les épaules avec nonchalance.

— Pourquoi ça ? Il voulait juste discuter cinq minutes et toi, tu gloussais au téléphone depuis une heure au moins. Je n'ai pas voulu te déranger. Puis il n'a pas demandé à te voir, que je sache !

— Ah. Voilà qui a le mérite d'être clair.

Pendant quelques minutes, Mina se replongea corps et âme dans la fabrication de ses fleurs

— Cela dit, reprit-elle enfin avec un regard en coin en direction de sa petite-fille, je l'ai trouvé très bizarre. Il m'a posé des questions sans queue ni tête sur des sujets si variés et si anodins que j'ai éprouvé un peu de mal à suivre le cours de ses pensées. Je me suis demandé pourquoi il était venu tenir la jambe à une vieille comme moi mais maintenant que je te regarde, je crois comprendre…

Alma se sentit rougir, pâlir puis rougir à nouveau quand sa grand-mère déclara :

— Voilà, c'est bien ce que je pensais. Toi tu rougis comme une collégienne et lui, s'il n'a pas osé demander à te voir, c'est bien toi qu'il cherchait ce jour-là. Tu parlais tellement fort à ton amie qu'il n'a fait que tendre le cou pour tenter de capter quelques mots, si bien qu'il m'écoutait à peine.

Elle regarda sa petite-fille droit dans les yeux puis reprit :

— Je ne suis pas née de la dernière pluie et je sais très bien ce qui se trame entre vous.

— Ce qui se trame ? Je ne vois pas du tout de quoi tu parles.

— Oh, ne joue pas à ça, ma petite !

Tous les voyants indiquant une conversation gênante imminente étaient allumés et Alma jeta un œil à la porte qui lui sembla alors bien loin. Néanmoins, si elle se montrait suffisamment rapide, elle avait une chance de l'atteindre avant que sa grand-mère n'esquisse le moindre geste pour la retenir ou, pire, ne lui dise ce qu'elle ne voulait pas du tout entendre. La situation lui rappelait vaguement ce jour où, sa mère l'ayant vue rentrer à l'arrière du scooter d'un garçon, l'avait cuisinée pendant près d'une heure afin de lui faire avouer qu'il était son petit ami. Elle avait craqué, comme elle craquait toujours, mais n'en avait pas moins gardé un sentiment amer. Il n'y avait rien de pire que les confessions arrachées sous la torture.

— Il t'a dévorée des yeux pendant tout ton repas d'anniversaire ! J'aurais pu laisser son assiette vide de l'entrée au dessert, je ne suis pas certaine qu'il s'en serait rendu compte !

Ravie, Alma n'en garda pas moins le silence.

— Alors je ne sais pas ce que ça veut dire, ni ce qui s'est passé après, mais je vais te dire une chose…

Mina fit une pause, puis mettant la main sur son cœur, déclara avec emphase :

— Si jamais vous vous mettez en couple tous les deux, je pourrai mourir tranquille !

Le courrier du lendemain lui apporta son lot de mauvaises nouvelles. Sa mère, qu'elle avait chargée de veiller sur sa boîte aux lettres, lui avait fait passer tout un lot d'enveloppes, réunies dans une sorte de colis de papier kraft qu'elle avait fait envoyer chez Mina. L'ouvrir n'avait pas été le problème : à ce stade, Alma pouvait encore feindre l'innocence – ou la bêtise – et croire qu'il ne contenait que des invitations à des soirées sublimes ou des bons d'achat dans les plus belles boutiques de Londres. Quelques secondes après ce moment fatidique, la réalité vint pourtant la frapper de toute son horreur : le contenu était évidemment autre et comprenait différentes variations sur un même thème (redouté par tous ceux qui remettent toujours tout à plus tard), soit une belle variété de factures et de papiers administratifs. Au milieu, le message de sa mère, inscrit de sa belle écriture penchée sur un simple Post-it, semblait clignoter parmi un véritable massacre d'enveloppes éventrées :

Peut-être faudrait-il commencer à penser à ce que tu vas faire maintenant.

À sa vue, Alma retint un couinement de contrariété et s'assit lourdement sur son lit, à côté des feuilles éparses. Ce genre de réflexion, c'était tellement sa mère ! Tellement classique et si prévisible ! Elle était parfaitement ce genre de personne capable de l'envoyer à l'autre bout du pays pour qu'elle se repose pour, une poignée de jours plus tard, sous-entendre qu'il fallait qu'elle se bouge. Comme si elle craignait que sa fille ne se vautre un peu trop béatement dans son tout nouveau confort… Qu'est-ce ce qu'elle croyait ? Qu'il suffisait de mettre quelques milliers de kilomètres entre elle et son ancienne vie pour qu'elle oublie tout et se croie en vacances perpétuelles ? Malgré tout, peut-être sa mère n'avait-elle pas complètement tort : si la perspective de reprendre sa place dans son ancien décor n'avait jamais quitté son esprit, elle avait rencontré trop de nouvelles personnes ces derniers temps et pensé à bien des choses sans rapport avec son avenir.

De dépit, elle froissa tous les documents pour ne former qu'une seule et même boule, visa la corbeille à papier, juste pour la beauté du geste, la manqua de peu puis alla récupérer le tout afin de défroisser, une à une, les belles feuilles qui attendaient réponses et paiements. Elle avait toujours été trop raisonnable et trop mesurée pour ne serait-ce que songer à ignorer quelques jours de tels courriers.

Le regard encore embrumé de sommeil, elle sautait à peine dans son short en jean quand son téléphone vibra sur sa table de nuit. Sans prendre le temps de finir de s'habiller, elle clopina jusqu'à lui puis, perdant l'équilibre, se laissa lourdement tomber sur son lit. Avec un gémissement larmoyant de créature récemment sortie du sommeil le plus profond – ce qui, en l'occurrence, était le cas –, elle tendit le bras vers le téléphone et attendit que ses yeux daignent faire la mise au point sur l'écran. Le message qui l'attendait ne méritait évidemment pas l'empressement qu'elle avait mis pour le lire. C'était tout simplement Juliet qui lui annonçait que Thomas et elle étaient garés devant chez Mina. S'attardant un bref instant et posant la joue sur l'oreiller, Alma s'imagina sombrer à nouveau dans un sommeil bienfaisant puis elle se sermonna : elle avait tous les matins du monde pour dormir, mais pas celui-ci !

Un coup de peigne dans ses cheveux lâchés, une veste légère sur son débardeur de vacancière, un message de bonne journée griffonné à l'intention de Mina et elle s'élança hors de la maison d'un bon pas, convaincue que se forcer à être énergique lui donnerait l'impression de l'être véritablement. Avec un peu de bonne volonté – du moins si elle arrivait à garder les yeux ouverts durant les deux heures de route qu'ils avaient devant eux –, elle espérait bien parvenir à se débarrasser de cet air de zombie malade.

Elle refermait le portail de l'allée de Mina en évitant d'y laisser un doigt, comme cela avait été le cas la première fois, quand un mouvement attira son regard sur la gauche. Rory. Évidemment. Elle l'avait pressenti avant même de distinguer ses traits. Dire qu'elle l'avait attendu toute la semaine, avait guetté, en vain, le moindre mouvement pour le voir apparaître au moment même où elle pensait à tout, sauf à lui ! C'était un comble ! Et cela la contrariait atrocement car cette rencontre fortuite allait la replonger dans de douloureuses pensées pour la journée, au moins !

Bien sûr, il était hors de question de lui montrer à quel point le revoir la bouleversait. Royale, elle le salua en lui faisant un signe de tête très digne et distingué, très « Downton Abbey » aurait dit Caroline, puis fila en direction de la petite voiture blanche qui stationnait plus loin, ouvrit la porte arrière droite et s'assit avec une précipitation qui était tout, sauf gracieuse. Elle gratifia alors les jumeaux d'un grand sourire, se retenant à grand-peine de leur hurler de démarrer sur les chapeaux de roue.

— Ça va ? claironna-t-elle d'une voix un peu trop forte. Allez, on y va ?

Mais personne n'eut le temps de lui répondre, et pour cause : Rory venait à son tour de pénétrer dans l'habitacle. Une fois n'est pas coutume, il était sans Klara et sans son jean déchiré, ayant plutôt opté, pour l'occasion, pour un pantalon sombre associé à un tee-shirt gris clair qui venait souligner l'extrême minceur d'un torse sur lequel Alma laissa traîner les yeux un peu plus longtemps que de raison. Elle détourna le regard juste avant de se laisser pour de bon emporter par le spectacle. Elle n'avait pas oublié. Elle ne se souvenait que trop parfaitement du contact de son corps, de ses baisers et de son souffle dans son cou. Et maintenant qu'il était assis à côté d'elle, y penser lui faisait presque mal.

Elle reporta alors son attention sur ses propres jambes, griffées en de multiples endroits, et pas vraiment au top de leur forme malgré le début d'un bronzage léger. La veille, elle avait chuté lors d'une de ses séances de course – encore une chose qui ne risquait pas de lui arriver au temps où elle courait sur tapis – et elle était revenue chez Mina, les jambes en sang, en miaulant à la mort.

— Le verdict est mauvais ! avait déclaré sa grand-mère qui s'était munie d'une ribambelle de pansements. Tu vas arborer les jambes d'une gamine de six ans pendant un moment ! Quelle bonne idée de se faire ça en été !

— Si on n'était pas en été, je n'aurais pas couru en short !

— Été ou hiver, qu'importe ! Mieux vaut ne pas courir du tout, ma fille ! Quelle idée ! Du moins, pas sans une bonne raison !

— Si je ne cours pas, j'explose !

— Tu exploserais de quoi, dis-moi ? Je suis curieuse de le savoir.

— De colère ! D'inaction !

— Foutaises ! Il en faut plus pour exploser, crois-en une vieille comme moi ! Trouve une autre manière de te passer les nerfs. Mets-toi au lancer de couteau ou à la sculpture sur pierre !

Alma leva les yeux au ciel.

— À mon époque, conclut Mina sur un ton péremptoire, on courait derrière le laitier, derrière les vélos ou pour certaines, derrière les hommes, mais jamais pour rien, voyons ! Courir pour le plaisir, non mais franchement !

Une main, semblant sortir de nulle part, se posa sur son épaule gauche, la ramenant au moment présent.

— Tu t'attaches ou je dois le faire pour toi ?

Et en plus, il est à cheval sur la sécurité routière.

Elle s'exécuta.

Juliet, qui en avait profité pour démarrer, leur jeta un coup d'œil depuis le rétroviseur intérieur.

— C'est marrant ! Je veux dire, c'est marrant de vous voir tous les deux, ajouta-t-elle devant leur air ahuri. Alma nous a dit que vous êtes amis depuis longtemps mais on ne vous avait jamais vus ensemble. C'est chose faite !

— Oui, d'ailleurs, vous vous connaissez d'où ? C'est bizarre qu'on n'ait pas entendu parler plus tôt de toi, Alma. Pendant toutes ces années, on aurait dû se rencontrer ou au moins se croiser. Non ?

Thomas s'était retourné vers eux, inquisiteur, et Alma sentit ses épaules se tendre un peu plus.

— Imbécile ! La grand-mère d'Alma et les parents de Rory sont voisins.

— Ah ouais. J'suis con.

— Ben ouais tu l'es ! Mais ça, on le savait !

Elle lui donna une petite tape sur le crâne.

— Regarde ta route toi ! lança-t-il en retour tout en feignant de tirer sur la longue tresse blonde qui reposait sur l'épaule de Juliet, qui ressemblait plus que jamais à une Raiponce des temps modernes.

Tandis que les jumeaux continuaient de se chamailler gaiement, selon un petit rituel qui n'appartenait qu'à eux et excluait tous les autres êtres humains, le silence retomba complètement à l'arrière. Alma se perdit dans la contemplation de ses ongles rongés, la tête pleine de questions. Que fallait-il faire ? Parler ? Se taire ? L'un comme l'autre paraissaient tout simplement impossibles et pourtant, elle ne s'en tirerait pas à si bon compte. Tant bien que mal, elle essaya de se concentrer sur le paysage qui défilait devant la vitre et de respirer calmement. Peine perdue. Quoi qu'elle fasse, la journée était foutue à cause de celui qui, visiblement beaucoup plus détendu, pianotait comme un fou furieux sur son téléphone. Justement, son portable vibra dans sa poche et elle l'en sortit avec un geste victorieux. Elle adorait la vie moderne et ces petites choses électroniques qui te permettaient de parler à des gens à l'autre bout du pays au détriment de ceux qui se trouvaient à tes côtés. Elle faillit jeter un regard en coin à Rory, juste pour le plaisir de lui montrer qu'elle aussi, elle pouvait avoir des interactions avec d'autres êtres humains, quand elle réalisa que le message venait justement de lui.

Tu sais que tu as oublié la sirène l'autre soir ?

Cette fois, Alma lui jeta bien un coup d'œil mais il ne releva pas les yeux. Devant, les jumeaux étaient toujours occupés – ils comparaient leurs conduites respectives, chacun étant persuadé d'avoir beaucoup à apprendre à l'autre sur ce sujet. Elle tapa sa réponse :

Je sais mais tant pis pour moi. Pas certaine qu'elle ait été en harmonie avec la déco de Mina.

Ma mère la déteste.

Tu l'as récupérée ?

Oui.

Il était donc retourné la chercher ? Pour elle ? Peut-être était-ce cela qu'il était venu lui rendre, le jour où il était resté sur le pas de la porte avec Mina ?

Cette fois, il daigna lever les yeux quand elle tourna la tête vers lui et ils échangèrent un regard, vite brisé cependant par Juliet qui, ayant eu le dessus sur son frère, se cherchait d'autres victimes.

— Vous êtes bien silencieux à l'arrière ! Interdiction de dormir, hein ! Je suis pas votre taxi !

— Peut-être. Mais si on considère que c'est pour tes beaux yeux qu'on se trouve actuellement dans cette voiture, je pense que tu pourrais faire preuve d'un peu plus de compassion pour nous ! riposta Thomas.

— De la compassion ? C'est l'hôpital qui se fout de la charité ! Je te rappelle que...

— Oh ! Vous n'allez pas recommencer tous les deux !

Tel un père autoritaire, Rory était sorti de son silence et feignait d'être en colère. À bien y réfléchir, peut-être l'était-il pour de bon. Dans tous les cas, son intervention eut au moins l'avantage de réduire les deux autres au silence.

— Je préférerais que tu m'en dises plus sur notre journée, reprit-il. Je me suis laissé embarquer parce que tu as un sacré pouvoir de persuasion. Mais ça, tu le sais déjà.

Juliet acquiesça avec vigueur :

— Quand je veux quelque chose, je l'ai toujours.

— Et je peux savoir ce qu'on va faire, exactement ?

— Oh, moi, j'interviens sur un stand. Je propose des ateliers pour les enfants.

— Et nous, on fera quoi ?

— Rien, on se promènera, proposa Thomas. J'ai l'intention de manger toute la journée et de faire une longue sieste avant de reprendre la voiture.

— Désolée mon cher double, mais la sieste, ça sera pour la prochaine fois. Nous avons besoin de main-d'œuvre, de-ci, de-là et tu seras un bénévole comme un autre. Même chose pour vous, ajouta-t-elle à l'intention des passagers arrière. Génial, non ?

Thomas fit mine de se pendre puis tordit finalement le cou vers Rory. Les deux hommes se regardèrent en silence, ni l'un, ni l'autre ne semblant se résoudre à prendre la parole en premier. La tension était si palpable entre eux que même sans avoir une idée de leurs relations, Alma aurait compris que quelque chose posait problème.

— Quoi de neuf ? Comment vas-tu depuis le temps ? lança finalement le premier sur un ton peut-être un peu trop agressif pour sembler vraiment sincère. On ne t'a pas vu depuis un moment. Depuis quand déjà ?

— Oh tu sais bien depuis quand…

La réponse, sibylline, n'arrangeait pas Alma qui se trouvait privée d'une explication qui lui aurait pourtant semblé bien nécessaire. Elle regarda franchement Rory, fascinée par son air buté. Elle ne l'avait jamais vu ainsi. Forcément une affaire de filles, en fait, pensa-t-elle en haussant les épaules. Cela ne peut pas être qu'une histoire d'amitié frustrée comme Thomas avait essayé de le lui faire croire.

— Mais pour répondre à ta question, reprit Rory comme si sa réponse n'avait pas jeté un froid, tout va très bien. Je continue de donner mes cours à la fac, j'écris quelques articles pour rappeler à mes chers collègues que j'existe toujours et le reste du temps, je continue mes gribouillages et mes griffonnages.

— Sérieusement ? lui lança Thomas. Tu m'en veux encore pour *ça* ? Pour ces conneries que je t'ai dites il y a des années ? Alors que j'étais à moitié bourré ?

— Justement ! Tu as parlé sans filtre et j'ai vu la belle vision que tu avais de moi.

— Et tu vas me faire croire que je t'ai blessé ? Tu as toujours eu ta petite personne en assez haute estime, il me semble ? Assez, en tout cas, pour survivre très facilement à ce genre de petite attaque. Tu sais, Alma, ajouta-t-il en inclinant le visage vers elle, Rory a toujours eu tout ce qu'il souhaitait. Il était adoré par nos profs, adoré par nos parents, adoré par les filles…

Rory fit un geste de dépit.

— Laisse Alma en dehors de ça, tu veux ? Et puis il est peut-être temps de faire table rase du passé. J'ai été arrogant, tu as été détestable. On est quittes, non ?

Thomas, dont les cervicales commençaient certainement à fatiguer, se tourna à nouveau vers la route et garda le silence.

Ils se turent pendant un long moment et malgré son trouble, Alma admira les reflets du soleil dans les champs qu'ils longeaient, vagues ondulées et dorées qui appelaient à la contemplation. Elle y aurait volontiers fait un tour pour s'échapper de l'atmosphère qui semblait lourdement peser sur eux et qui l'attristait. Si Rory n'avait pas été là, les choses auraient été différentes. Sans doute seraient-ils en train de rire et de bavarder. Alors qu'elle aurait aimé reprendre leur conversation secrète, elle n'osa pas lui envoyer de message et resta immobile, désireuse de se faire oublier.

Quand ils arrivèrent enfin à destination, elle poussa un grand soupir de soulagement. Le site grouillait déjà de gens qui marchaient en tous sens et après deux heures de route, toute activité était bonne à prendre. Elle aurait volontiers creusé des tranchées ou traîné de troncs d'arbre juste pour éviter de se trouver plus longtemps en présence du duo infernal.

Thomas partit d'un côté, Rory rejoignit un autre groupe et elle, resta dans le sillage de Juliet. D'abord désorientée, elle se retrouva bien vite à placer des tréteaux et à porter des cartons puis fut renvoyée à gauche et à droite pour enfin réintégrer sa place auprès de Juliet qui lui faisait signe depuis le bout du pré. Toute une série de tentes blanches avaient été montées en arc de cercle derrière les stands mais on en comptait aux dimensions plus imposantes, la principale étant destinée à la restauration des participants. Alma s'était imaginé participer à une sorte de réunion en plein air géante, principalement fréquentée par, elle devait bien l'avouer, une poignée de gentils illuminés, mais elle découvrit que l'événement était tout sauf une plaisanterie.

— Tu ne te rends pas compte à quel point l'événement est attendu ! lui avait expliqué Juliet tout en secouant la tête avec gravité. Tout est organisé en partenariat avec des associations réputées, on attend des intervenants tout au long de la journée et l'argent récolté sera utilisé pour financer de beaux projets, pensés par des écologistes passionnés ! Et moi je m'incruste pour parler de protection animale de proximité. Parce que oui, ma chère Alma, on s'inquiète tous de la disparition des espèces qui vivent à l'autre bout de la planète, et c'est bien !

Elle but une grande gorgée d'eau puis s'essuya la bouche d'un revers de la main.

— Mais il faut aussi se préoccuper de ce qu'on a sous le nez. De ce qui constitue notre écosystème. En vingt ans, 30 % des hérissons ont disparu. Et pas parce que c'est la vie, la loi de la nature et tout ça ! À cause de *nous* ! Tu te rends compte ? Pollution, habitat détruit, pesticides, antilimaces et j'en passe ! Bref ! C'est une catastrophe muette dont personne ne prend la juste mesure.

— C'est vrai, concéda Alma. J'avoue que je n'y avais jamais pensé.

— Tu vois !

— Mais est-ce qu'il n'y a pas plus… urgent ?

Juliet la transperça de son regard et brandit un de ses tracts juste sous le nez d'Alma :

— Quelque chose de plus urgent que cette petite créature adorable et sans défense ?

— Non. Mais… Je ne sais pas, la disparition des abeilles, ce genre de chose. Ce n'est pas plus important ?

— Va donc dire ça aux gens qui se démènent toute l'année dans les centres de soin ! Ils apprécieront le message…

— OK ! Je capitule ! Alors ? Du coup, on fait quoi, toutes les deux, aujourd'hui ?

— Les gamins !

— Les gamins ?

— On s'occupe des plus jeunes. Pourquoi ? Parce qu'ils sont faibles, ils sont influençables et ils sont terriblement nombreux ! Ajouté au fait que leurs parents n'ont qu'une envie : nous les laisser le plus longtemps possible ! Cela nous laisse largement le temps de les dresser avant qu'ils ne deviennent des créatures sans pitié comme leurs parents.

— Pas sûr qu'ils apprécient ce genre de discours.

— M'en fous. Ils n'ont qu'à pas être aussi nonchalants.

L'air déterminée, comme un conquérant cherchant à motiver ses troupes, Juliet brandit tout un tas de silhouettes découpées dans des cartons colorés.

— Ceci est ton matériel de base. Pour le reste, tu te débrouilles. Tout le monde adore le travail manuel et les gamins en sont dingues. Pendant qu'ils font leurs petits collages, nous, on les embrigade, on les recrute ! Ouais, vois ça comme une session de recrutement.

Juliet prenait son rôle d'informatrice très à cœur et, contre toutes les apparences, s'avérait être plutôt douée pour les contacts humains. Alma relevait souvent la tête pour la voir rire, parler avec animation de la cause qui lui tenait à cœur et elle l'envia soudain. Tant d'engagement, tant de temps consacré à ce qui lui faisait battre le cœur… Juliet croyait en ses convictions et était prête à les porter à bout de bras, petite action par petite action, sans bla-bla superflu pour faire changer les choses à son niveau. À sa manière. Elle choisissait l'action plutôt que la résignation et en plus, avait le talent d'entraîner les autres dans la course.

Parfois, Alma levait les yeux en direction de la foule qui, de plus en plus dense, déambulait dans les allées. Mais pas trace de Thomas, et encore moins de Rory. Finalement, elle avait peut-être eu tort de s'inquiéter de sa présence car ils n'allaient certainement pas se voir de la journée. C'était une bonne nouvelle, à moins que cela ne soit tout simplement décevant. Comme toujours à son sujet, elle ne savait pas.

Ils finirent pourtant par se croiser, le temps d'un sandwich mangé côte à côte sur les bottes de foin transformées en bancs pour la journée. Pendant que Juliet débriefait avec son frère, pour une fois plus apaisée que déchaînée, Rory lui glissa :

— C'était un guet-apens ! On m'avait promis une journée de détente et je me retrouve à trimer comme jamais !

— Au moins ça te change des salles de cours.

Il eut une moue dubitative puis souffla :

— Je ne suis pas certain d'être très doué ça. Puis je me suis entaillé le pouce, regarde !

Il lui tendit sa main comme l'enfant douillet qu'il était sans doute resté. Selon Alma, les hommes se classaient généralement en deux catégories distinctes : les délicats, qui faisaient un tapage d'un rien, pour qui se couper avec un couteau à beurre représentait le summum de la douleur, et les guerriers, capables de se faire recoudre une plaie à vif sans esquisser le moindre rictus de douleur. Visiblement, Rory faisait partie de la première catégorie.

Elle lui prit la main et constata avec plaisir qu'elles étaient parfaitement satisfaisantes selon ses critères personnels. Elle aurait détesté qu'il ait deux exemplaires de ces longues mains fines aux ongles soignés qu'ont certains hommes, des mains trop féminines pour lui plaire, trop soignées pour éveiller la moindre image en elle. Certes, la main qu'elle tenait entre les siennes n'était pas vraiment celle d'un homme manuel mais les cals de sa paume et ses ongles, rongés jusqu'à l'os, la rendait d'autant plus intéressante à ses yeux.

Puis elle vit qu'il avait bien une blessure au niveau du pouce, plus cruelle que prévu.

— Tu ferais mieux de protéger ça, lui conseilla-t-elle avant de lui rendre – à regret – ce qui lui appartenait. C'est plutôt moche.

— Est-ce que ça pourrait être une bonne excuse pour cesser toute activité ?

— Oublie ça ! lui lança Juliet. Pas de repos pour les braves ! Si tu quittes ton poste, tu viendras faire des pliages avec Alma !

Rory se tourna à nouveau vers la jeune femme – qui, pétrifiée à ses côtés, attendait sa réponse avec une impatience qu'elle ne dissimulait qu'au prix de grands efforts – puis revint à Juliet. Le coin de son sourire s'incurva légèrement lorsqu'il répondit :

— Non, ça va aller, merci !

Vexée, Alma vacilla un peu sous le coup de massue inattendu mais se reprit rapidement. C'était évident : il n'allait pas sauter sur la moindre occasion de passer du temps avec elle. Ce temps-là, ils l'avaient déjà eu et il s'était cassé les dents. Il fallait qu'elle se concentre sur ses propres occupations et non plus sur lui, sur ce qu'il pouvait penser ou dire.

— C'était gênant tout à l'heure, non ? demanda-t-elle un peu plus tard à Juliet après avoir consolé une petite fille traumatisée par le sort de ces pauvres hérissons maltraités.

Mais Juliet ne releva pas sa question, observant sa petite recrue s'éloigner dans les bras de sa mère.

— Se mettre dans un état pareil, franchement ! Sont sacrément sensibles les gosses d'aujourd'hui, non ? À force de vouloir les protéger de l'ultraviolence du monde et de les gaver de Pixar, leurs parents en font de véritables chochottes. Qu'on les secoue un peu ! Qu'on les mette devant un épisode de *Dragon Ball Z* ! Une fois qu'ils auront vu Cell absorber un ou deux humains, ils sauront ce que la vie leur réserve et ils seront prêts à l'affronter !

— Elle avait à peine six ans.

— Il n'est jamais trop tôt !

— Tu sais où est ton frère ?

— Quel est le rapport ?

— Aucun rapport.

Juliet jeta un coup d'œil autour d'elle comme si le simple fait de tourner la tête en tous sens ferait apparaître son frère dans son champ de vision puis répondit, fataliste :

— Je ne sais pas où il est et je n'ai aucune envie de partir à sa recherche. Il saura me trouver quand il aura besoin de moi. C'est un sixième sens chez lui.

— C'est-à-dire ?

— Thomas s'est toujours raccroché à moi. Il fait le malin mais c'est un mec fragile. Bien plus fragile que moi, d'ailleurs À moins que je n'aie adopté cette posture juste pour compenser son insécurité. Des fois je me demande en quelle proportion sa personnalité a influé sur la construction de mon propre caractère. On va dire que c'est une question d'équilibre. Tout à l'heure, dans la voiture, j'ai tenté de retenir au maximum son attention pour qu'il se détende et ne saute pas sur Rory comme un chien enragé. J'y suis presque parvenue.

— Donc c'est bien ce que je te disais ! C'était super gênant. Je ne savais plus où me mettre !

— C'est pas seulement la faute de Thomas, tu sais. Rory peut être un vrai connard, parfois.

Elle sembla hésiter à poursuivre. Peut-être par crainte des complications, par dégoût de médire sur quelqu'un ou, tout simplement, par crainte qu'Alma n'aille tout raconter au principal concerné. D'un geste, celle-ci l'engagea à continuer.

— Si je devais être honnête, je te dirais que j'aime beaucoup Rory. Je l'ai toujours trouvé attachant, sympa, enfin tu vois… C'est quelqu'un vers qui on est immédiatement attiré.

Alma voyait parfaitement. Forcément.

— Mais ça ne m'empêche pas de connaître ses défauts, tu vois ? Je crois que c'est quelqu'un d'extrêmement orgueilleux. Quelqu'un qui ne supporte pas l'échec, quelqu'un qui ne supporte pas la critique non plus. Il veut toujours paraître à son avantage, toujours paraître au top… Pas forcément pour en tirer vanité ou pour écraser les gens mais faire preuve de faiblesse devant les autres, avouer ses problèmes, avouer que ça ne va pas ou qu'il n'y arrive pas, par exemple, pour lui, ça serait comme se couper une jambe ou un bras. Impensable, sauf en cas de force majeure !

— Et quel est le problème avec Thomas ?

Juliet chassa un moucheron de la main puis reporta son attention sur Alma.

— Mon frère est un boulet mais il a une qualité : il est sincère dans tout ce qu'il fait. C'est peut-être aussi pour ça qu'il a toujours des soucis, avec tout le monde. Il est incapable de jouer à l'hypocrite et il fait partie des rares personnes qui ont osé dire à Rory d'arrêter ses délires. Il faut dire qu'à une époque, il ne revenait nous voir que pour se vanter de sa super vie. Il avait un super boulot, des supers amis, pleins de projets…

— Il mentait ?

— Non, je ne crois pas ! Mais ça n'en était pas moins un peu indécent à la longue. Tu sais, se réjouir des réussites de ses proches, c'est plus facile quand tout va bien dans sa propre vie. Et mon cher frère a toujours galéré pour le moindre truc. Je sais pas s'il a particulièrement la poisse ou s'il paye les conneries qu'il aurait faites dans une autre vie mais il n'a jamais de chance ! C'est presque drôle à la longue !

Elle gloussa puis, reprenant son sérieux :

— Sauf pour lui bien sûr ! Et pour moi ! Il est si souvent venu vivre dans mon appart que parfois, j'ai l'impression d'avoir signé le bail avec lui. Bref ! Tout ça pour dire qu'ils se sont pris la tête à cause d'une simple histoire d'ego. Ce jour-là, mon frère a un peu dit tout haut ce que tout le monde pensait tout bas et forcément… Y a eu un sacré clash. Thomas s'est senti mal d'être allé si loin et Rory n'a pas apprécié l'instant, tu t'en doutes. D'autant que personne n'a pris sa défense. J'espérais que cette journée passée ensemble changerait les choses : après tout, pas mal de temps a passé, mais j'ai l'impression que c'est foutu.

— Mais pourtant Rory a bien voulu venir, non ? Il aurait pu refuser. C'est qu'il était prêt à faire un pas vers Thomas.

— Il est venu parce qu'il savait que tu serais là. Et moi, j'espérais que ta présence ferait tampon. Mais bon, s'ils passent toute la journée séparés l'un de l'autre, on rentrera comme on est partis : soit comme des étrangers qui se connaissent bien.

— Ou des amis qui ne se connaissent plus.

Thomas venait de surgir devant elles, une canette de Coca à la main que Juliet pointa du doigt :

— C'est du poison liquide que tu bois là ! Tu le sais ?

— Je le sais, tu me le répètes depuis oh… trois décennies ? Si peu !

Pour le punir de son insolence, Juliet lui confia le stand le temps qu'elle et Alma prennent une pause bien méritée et qu'elles aillent surtout tester les bières d'un producteur local. Puis elles errèrent d'un exposant à un autre tout en se dirigeant, sans y prendre vraiment garde, vers la tente principale où Rory, installé à une table de la buvette, discutait avec un grand brun au physique imposant.

— Vous parlez de quoi ? minauda Juliet tout en s'asseyant d'office à leurs côtés, obligeant Alma à faire de même alors qu'elle aurait préféré rester debout, en arrière.

— Oh de rien ! répondit James qui ne tenait visiblement pas à l'inclure dans la conversation.

— Mais si ! Cela avait même l'air de vous passionner ! Connaissant les mecs, vous discutiez certainement foot ou alors voitures. À moins que vous ne parliez de bricolage ? Alors, dis-moi tout ? T'es plutôt scie sauteuse ou scie circulaire ?

James jeta un regard alerté à Rory qui expliqua qu'ils parlaient juste séries avant de jeter un regard désespéré à Alma. Faisant mine de ne lui accorder aucune attention, elle garda les yeux fixés sur un point lointain. Mais si jouer la fille blasée était facile dans un lieu débordant d'activité, cela serait beaucoup moins facile de l'ignorer une fois de retour dans la voiture.

— Séries ? Mais j'adore les séries ! Vous parliez desquelles ?

Balançant sa longue tresse sur une épaule, elle posa les deux coudes sur la table et signifia qu'elle était prête à se lancer dans un long débat. James, qui ne partageait visiblement pas cet enthousiasme, se levait déjà.

— Oh, inutile de perdre notre temps, je ne pense pas que tu connaisses. Ce sont des séries de mecs, tu vois ? Des séries avec du sang et de la violence, donc ! Toi, avec ta tronche de princesse Disney, je présume que tu préfères passer tes soirées devant *Gossip Girl* ou *Glee* ?

— Mais pas du tout ! Pourquoi tu dis un truc pareil ? C'est tellement cliché !

— Mais c'est toi qui as commencé ! Tu nous demandes si on parlait voitures ou foot et tu t'offusques parce que je pense que tu préfères les mièvreries ?

— *Gossip Girl*, c'est pas niais !

— Ah, tu vois ?

— C'est juste insupportable ! Mais ça passe le temps. C'est idéal pour se vider la tête.

— Ben peut-être que tu devrais pas la vider trop souvent, ta tête. Ça te fait dire des bêtises plus grosses que ta coque de téléphone.

Juliet jeta un œil à son portable, greffé dans sa main et en effet affublé d'une coque en forme d'ourson et aux dimensions impressionnantes. James en profita pour s'éclipser non sans avoir, au préalable, salué les deux autres de la main.

— Bizarre, ton pote, lança Alma.

— C'est pas mon pote. Je ne le connais même pas. Mais je crois que Juliet l'a agacé, non ?

La principale intéressée ne lui répondit pas, et pour cause : elle était partie sur les traces de l'homme grincheux. Une fois les deux sympathiques brasseurs d'air partis, le silence retomba entre eux comme il retombe toujours sur les moins expressifs des humains. Jetant un regard autour d'elle, Alma réalisa que la foule était déjà un peu clairsemée et que bientôt, tout le monde fermerait boutique. Elle n'avait évidemment pas vu la journée passer. Elle allait détaler avec l'excellent prétexte d'aider Thomas quand elle osa enfin relever les yeux sur Rory pour réaliser avec horreur qu'il avait les siens braqués sur elle et ce, sans doute depuis le départ de Juliet qui avait eu lieu, oh… une bonne minute plus tôt, soit une éternité. Et cela la fit presque défaillir. Il fallait qu'elle trouve quelque chose à dire, tout de suite !

— C'est vraiment sympa cette sortie entre amis, tu ne trouves pas ?

Son ton était si guindé qu'elle se serait elle-même mis une bonne claque si un tel comportement en public n'aurait pas paru encore plus suspect.

— C'est sûr ! susurra-t-il. Un vrai plaisir ! Mais pour être honnête, je ne suis pas fan de la déco champêtre. Se faire piquer le cul par des brins de paille est bien moins agréable que de rouler sur la mousse, par exemple. Qu'en penses-tu ?

Elle en pensait beaucoup de chose mais fit ce qu'elle faisait de mieux : ne rien répondre, ce qui lui valut une grimace agacée.

— Tu n'es pas drôle Alma, vraiment !

— Je sais, concéda-t-elle. Je ne suis pas drôle et je n'ai aucune repartie. Je pense toujours aux bonnes réponses quand il est trop tard pour les dire. Je n'ai pas un train de retard, mais souvent bien deux ou trois. C'est comme ça.

— Ça, c'est toi qui le dis ! Par contre tu es très douée pour te déprécier, tu le savais ? Je commence à te connaître.

— Tu ne me connais pas du tout.

— Plus que tu ne le crois, peut-être.

Alma hésita. Caroline ne lui avait-elle pas conseillé de se montrer honnête à la première occasion ? N'était-il pas temps de jouer cartes sur table ? Elle décida de se lancer. Si tout se passait bien, le retour se passerait sans doute mieux que prévu et dans le pire des cas, eh bien, elle pourrait insister pour faire le voyage dans le coffre, à l'abri des regards.

— Tu sais, la dernière fois, tu m'as demandé ce que je faisais chez Mina ? Eh bien sache que je…

— Stop !

Rory s'était penché sur la table et venait de coller son index sur sa bouche.

— Ne dis pas la suite. Je ne veux pas savoir. Je ne veux pas avoir l'air de te forcer à dire ce que tu ne veux pas dire. Je n'aurais pas dû te demander ça.

Elle hoqueta.

— J'allais te parler de choses très personnelles et très importantes pour moi parce que je veux t'expliquer quelque chose et tu m'empêches d'ouvrir la bouche ?

Son habituel sourire remplacé par une ligne droite des plus sévères, Rory avait l'air plus sérieux que jamais et Alma se demanda si c'était ce visage-là qu'il présentait au quotidien à ses étudiants. Si c'était le cas, elle le trouvait déjà beaucoup plus crédible.

— Écoute-moi bien Alma. Je ne sais pas trop ce qu'on t'a fait, je ne sais pas d'où tu viens, par quoi tu es passée, ni même qui tu es vraiment mais je voulais te dire une chose. Une seule et unique chose.

Elle lui fit signe qu'il pouvait continuer, croisant mentalement les doigts pour que Juliet ou Thomas ne choisissent pas cet instant précis pour revenir auprès d'eux.

— Je ne peux pas être ta bouée de secours. Est-ce que tu comprends ça ? Tu ne peux pas compter sur moi pour te sortir de tout ce… Ce magma dans lequel tu sembles surnager.

— Je…

— Non, laisse-moi finir ! Je ne veux pas que tu me fasses dire ce que je ne t'ai pas dit ou alors que tu comprennes mal le sens de mes paroles. Je ne suis pas un salaud indifférent, égoïste ou je ne sais quoi et je ne suis pas en train de te dire que ta vie ne m'intéresse pas mais… J'ai beaucoup réfléchi depuis l'autre soir et…

— Et ?

— Et je ne suis pas plus avancé. Avec toi, j'ai eu l'impression de forcer le destin une première fois et je me demande… Je me demande si on est sur la même longueur d'ondes après tout.

Pas sur la même longueur d'ondes. Exactement ce qu'avait avancé Jack pour se débarrasser d'elle. À ce souvenir, elle se crispa davantage.

— Tu as raison, souffla-t-elle finalement, complètement abattue. Je ne peux pas t'en vouloir de fuir les complications.

Il eut l'air étonné, comme s'il s'était attendu à un peu plus de résistance de sa part mais n'eut malheureusement pas le temps de répondre : Thomas venait à son tour les rejoindre, sa présence semblant apporter – une fois n'était pas coutume – un peu de soulagement.

— J'ai fermé le stand de Juliet, ma patience a des limites ! déclara-t-il avant de s'affaler sur l'un des sièges.

La journée semblait avoir eu un impact positif sur lui puisqu'il se mit à parler presque gaiement à Rory qui, après un temps de surprise, lui répondit avec le même naturel. De son côté, Alma ne fit plus aucun effort pour participer à la conversation, consultant frénétiquement ses mails, ses comptes Facebook et Twitter, comme si sa vie en dépendait alors qu'elle se fichait royalement de savoir à quoi ses contacts avaient occupé leurs journées. Un message retint néanmoins son attention : Charlotte lui avait envoyé son recueil de nouvelles et elle se réjouit à l'idée de pouvoir enfin le lire.

Il se passa encore un long moment avant que Juliet ne les rejoigne. Visiblement, les hérissons en détresse étaient, pour quelque temps du moins, passés après un énergumène non moins piquant et équipé d'un numéro de téléphone qu'elle se ferait un plaisir de rappeler.

— Mais pas tout de suite, crut-elle bon de préciser.

Sentant son cœur se recroqueviller sur lui-même, Alma lui envia son énergie et sa bonne humeur, certaine qu'en comparaison, elle était plus fade que jamais. La conversation dont elle avait rêvé n'aurait jamais lieu et elle n'aurait absolument rien à raconter à Caroline, si ce n'est qu'elle avait échoué.

La fatigue et une mélancolie qu'elle ne connaissait que trop bien s'abattirent finalement sur elle au cours du retour et elle garda une nouvelle fois le silence. Si elle vit parfois Juliet lui jeter de petits coups d'œil alarmés, aucun des passagers de la voiture n'osa lui poser la moindre question. Sans doute avaient-ils compris qu'ils se heurteraient à un mur, à moins que cela ne leur soit tout simplement égal.

Arriva enfin le moment où les jumeaux les déposèrent là où ils les avaient embarqués le matin même. Descendus tous deux de voiture, plantés sur le bitume dans l'air doux de la fin de journée, ils restèrent un moment immobiles et regardèrent la petite voiture de Juliet disparaître au coin de la rue.

C'est le moment, pensa-t-elle. *Le moment de reprendre les choses à zéro. Il ne voulait pas d'explications ? Grand bien lui fasse ! Elle lui sauterait tout simplement dessus et alors...*

— Bonne soirée.

S'étant éloigné d'elle sans qu'elle y prenne garde, il avait déjà disparu dans le jardin de ses parents. Sans plus de cérémonie. Tout juste poli. Sans un geste, ni un mot superflu. *Me laissant comme une conne sur le trottoir.* Parce qu'il n'y avait vraiment, mais alors vraiment pas d'autre mot pour caractériser l'état dans lequel elle se sentait à ce moment précis.

Ce soir-là, juste avant de passer le vieux tee-shirt qu'elle mettait pour dormir, Alma s'observa dans le miroir comme elle avait pu le faire maintes fois quand, bien des années plus tôt, elle cherchait à apprivoiser chaque détail de son anatomie. Nue, campée au milieu de la pièce, le regard circonspect, elle observa avec froideur les moindres détails de ce corps qu'elle ne reconnaissait plus vraiment. En retour, l'inconnue dans le miroir la fixait avec insistance, renforçant cette impression de malaise.

Les os saillants de ses hanches, la peau de ses cuisses, peut-être pas aussi ferme qu'avant, ses côtes apparentes... Blanc et maigre, son corps n'avait pas grand-chose en commun avec ces physiques idéalisés qu'elle croisait dans les magazines féminins. Forcément fins, mais musclés, forcément blancs, mais dorés, ces corps-là semblaient faits pour être dévoilés, exposés... Alors que le sien méritait plutôt d'être caché aux regards. Alors elle avait eu tort d'imaginer que ce corps-là ait pu attirer Rory, d'une manière ou d'une autre. Il fallait bien qu'elle se rentre ça dans le crâne, à un moment ou à un autre.

Qu'était-elle allée penser ? Qu'elle était irrésistible ? Qu'elle pouvait l'envoyer bouler un soir et le récupérer quelques jours plus tard ? Seul un homme fou d'elle aurait pu accepter ce genre de revirement. Or, deux ou trois regards en biais durant une soirée, quelques baisers dans le noir, ce n'était pas de l'amour mais au mieux une vague attirance. Une simple attirance, rien qui mérite qu'on s'engage un peu plus, surtout lorsqu'on pensait que les complications seraient aussi du voyage. N'était-ce pas ce qu'il avait dit ? À moins que ce ne soit elle ? Elle ne savait plus trop. Tout ce qu'elle retenait, c'est qu'il l'avait laissée sans lui donner une chance de s'expliquer et qu'en plus de tout cela, il ne lui avait pas envoyé le moindre message depuis la fameuse soirée. Il l'avait ratée, la fois où elle était au téléphone, mais pourquoi ne lui avait-il pas écrit ?

Elle enfila ses vêtements, rageusement, consciente d'avoir été aussi passive dans l'affaire. Car, bien évidemment, elle n'avait pas envoyé le moindre message. Elle avait eu trop peur.

Peut-être avait-il eu peur, lui aussi ? Elle attrapa son téléphone et tapota.

En fait, je veux bien la sirène,
si jamais tu veux t'en débarrasser.

Quelques longues minutes passèrent. Elle avait fini par penser qu'il laisserait son SMS sans réponse quand le *ping* annonçant un nouveau message résonna dans sa chambre.

D'accord.

Merci !

Elle attendit longtemps une réponse, quelque chose, un simple « bonne nuit » peut-être mais, cette fois, rien ne vint.

Le lendemain matin, en ouvrant les rideaux, elle vit qu'il avait posé la sirène sur le rebord de sa fenêtre. Une surprise qu'elle apprécia à sa juste valeur avant de réaliser que ce geste, si adorable soit-il, leur éviterait surtout de se revoir avant un petit moment.

21

Juillet 1913

Catherine se sentit vaciller, victime de l'un de ces ébranlements internes dont on ne ressort jamais vraiment indemne. Chaotiques, ses pensées voletaient dans sa tête comme des papillons de nuit pris au piège sous un globe de verre, rebondissaient sur les parois, tournaient en rond, s'entrechoquaient violemment avant de retomber, inertes, les ailes brisées. Elle n'était pas assez secouée, cependant, pour parvenir à oublier celle qui lui faisait face en ces instants si cruels. Elle savait pertinemment quel genre de spectacle elle devait lui donner et à quoi elle devait ressembler, vue de l'extérieur. Soit à une femme cassée en deux par la douleur. À une femme qui, à l'issue d'une longue chute, venait de se briser en mille petits morceaux. À une femme paralysée par la peine et par une honte immense.

En réalité, Catherine se sentait presque au-delà de tous ces sentiments violents. Comme si leur intensité, terrible, les avait rendus quasiment imperceptibles. Elle n'avait pas vraiment de peine, non. Pas plus qu'elle ne se sentait honteuse ou même désespérée. Pour se laisser aller aux larmes ou même aux cris de détresse, il aurait fallu qu'elle se trouve un cran au-dessous, en termes de douleur. Pour l'instant, ce qu'elle venait d'apprendre lui semblait si énorme, si impossible… Toutes considérations, égoïstes ou non, lui paraissaient alors inutiles. Elle n'avait pas le temps de s'appesantir sur ses sentiments, pas le temps de juger, pas le temps de laisser parler la colère. Un jour, ces émotions referaient surface d'une manière ou d'une autre mais pour l'instant, elle devait agir et lutter contre le temps qui jouait contre elle.

Elle releva la tête et croisa le regard de Mary. Raide et sur la défensive, cette dernière se tenait toujours très droite dans son fauteuil. Elle attendait les coups, elle attendait les larmes, les reproches et peut-être même les insultes, aussi ne cacha-t-elle pas sa surprise lorsque Catherine lui demanda si elle avait déjà songé *à la suite* sans s'étendre plus longuement sur le nœud du problème et sur la révélation très gênante qu'elle venait juste de lui faire.

— Non, avoua Mary d'une voix terne. Enfin si, un peu. Laura… Laura dit qu'elle veut garder l'enfant. Elle refuse qu'il soit placé.

Catherine se retourna à nouveau vers la cheminée contre laquelle elle s'était adossée quelques secondes plus tôt, sous le coup de l'émotion. Fébrile, elle posa ses mains bien à plat contre le marbre frais, considéra d'un œil absent les bibelots qui y avaient été agencés par ses soins, des années plus tôt, et qu'elle ne prenait le temps d'épousseter que rarement. Ils lui avaient toujours semblé un peu ridicules, voire déplacés dans son intérieur si sobre. Aujourd'hui, ils lui donnaient l'impression d'être issus d'une autre vie, d'une vie qui n'aurait pas été la sienne.

— Est-ce qu'elle sait ? Que Matthew…

— Oui, elle sait.

— Et, comment l'a-t-elle pris ?

— Comment aurait-elle pu le prendre, à votre avis ?

Elle sentit Mary relever les yeux sur elle mais n'osa pas croiser son regard.

— Certes.

En proie à ses propres émotions, Catherine ne pouvait qu'imaginer ce que ressentait Laura. Comment pouvait-on réagir en de telles circonstances ? Si ce n'est avec horreur ? Avec un rejet profond ?

— Elle a été très choquée, elle…

Coupant court aux explications de sa voisine, Catherine lui fit signe qu'elle ne voulait pas en savoir davantage et reprit :

— Très bien. Je comprends qu'elle veuille garder l'enfant bien que cela ne soit pas du tout dans son intérêt. Ni maintenant, ni plus tard car si jamais un autre homme veut bien d'elle un jour…

Elle laissa planer la fin de sa phrase, ne désirant pas envenimer encore plus la situation avec des propos que Mary aurait pu considérer, à juste titre, comme injurieux.

— Vous seriez d'accord ?

Quittant les abords de la cheminée, Catherine se rapprocha d'un pas qu'elle espéra ferme et alla s'asseoir en face de Mary afin que cette dernière prenne bien la juste mesure de sa détermination. Cette fois, elle la regarda droit dans les yeux en déclarant :

— Je suis d'accord, cependant j'ai deux conditions que je vais vous exposer très rapidement. Mais avant de poursuivre, soyons claires l'une avec l'autre.

— Je ne demande que cela.

— Arrêtez-moi si vous le souhaitez, mais je crois que notre intérêt à toutes deux est que cette affaire soit étouffée. Vous ne voulez évidemment pas que votre mari apprenne que vous avez eu l'enfant d'un autre. Le secret est ancien, mais il n'en serait pas moins destructeur.

Mary ne nia pas mais n'acquiesça pas non plus, se contentant d'attendre la suite avec un aplomb que Catherine jugea assez effarant. Cette femme ne s'était excusée de rien et ne s'excuserait jamais. Ni en son propre nom, ni au nom de sa fille.

— De mon côté, reprit-elle, je ne souhaite pas que ma famille explose. S'il arrivait, d'une manière ou d'une autre, que le secret soit éventé, nous ne nous en remettrions jamais. Ni mon mari, ni moi, ni même notre pauvre Selina qui a déjà bien des soucis pour évoluer en ce monde… Quant à Matthew…

Elle secoua la tête avec une mine à la fois dégoûtée et fataliste.

— Notre médecin familial m'avait avertie. J'avais été prévenue mais je l'ai cru plus fort que le mal qui l'avait rongé. Son corps a fini par se remettre de la maladie mais son sens commun semble avoir été malmené par la fièvre et l'inactivité. Sinon, il n'aurait même pas songé à… Non, vraiment, il n'était plus lui-même ces derniers temps mais je ne pensais pas que cela était allé si loin. Une santé mentale fragile est difficile à contrôler, vous savez ? Enfin oui, vous savez.

Elle lut enfin dans les yeux de Mary l'indignation qu'elle souhaitait y voir. Malgré sa position délicate, Mary avait parfaitement compris la double insinuation et ne semblait pas apprécier de voir ses filles ainsi critiquées. Elle ne répondit pourtant rien, campée dans sa dignité de mère blessée, mais debout et prête à protéger sa petite coupable. Une nouvelle fois, Catherine eut envie de faire plus mal encore, d'enfoncer le couteau dans la plaie. Une réplique bien sentie sur la légèreté intolérable de Laura lui vint aux lèvres et elle la réprima au dernier instant, finalement pas si certaine d'être en position de condamner. Après tout, et quoi qu'elle en pense au fond d'elle, Matthew était également coupable. Mais qui aurait cru cela possible d'un garçon aussi sage et raisonnable ? Fiancé à l'une mais engrossant l'autre sœur ! Finalement, il avait peut-être plus de points communs avec son père qu'elle ne l'avait pensé. Un sanglot menaça de lui serrer la gorge lorsqu'elle réalisa la bêtise de ses réflexions. Bien sûr que non. Matthew n'avait rien à voir avec son père. Cet imbécile était allé s'enticher de cette gamine et il n'était certainement pas question de luxure ou de débauche mais bel et bien d'amour. Ça, c'était tout Matthew. Ne lui avait-il pas répété, quelques semaines avant son départ, qu'il n'avait aucun sentiment pour Sybil ? Elle avait feint de ne pas l'entendre, de ne pas le comprendre, certaine qu'il cherchait à gagner du temps pour fuir ses responsabilités alors qu'ils avaient tant besoin de lui… La réalité était tout autre.

Un très court instant, elle se demanda s'il lui serait possible de se taire et de laisser l'histoire se jouer sans intervenir dans son déroulement. Dans cette version idéale de l'avenir, Matthew et Laura pourraient se marier et auraient la vie qu'ils voulaient. Sybil finirait par s'en remettre, on se remet de tout, surtout à vingt ans. Ce bébé ne serait pas un problème et…

Elle retrouva son sens commun. Décidément, l'émotion la faisait complètement divaguer. Rien de tout cela ne serait possible. Un tel futur ne pourrait exister que si le couple acceptait l'horrible vérité. Quant à elle… Accepter les réunions familiales avec les Clark tout en sachant l'intimité qu'avaient partagée Mary et son mari, connaître ce secret immonde, caché pendant des années, sans pouvoir en parler à Paul et, pire que tout, s'en faire la complice… C'était au-dessus de ses forces. Jamais elle ne pourrait cautionner quelque chose d'aussi immoral, d'aussi dégoûtant. Dans un futur idéal, cet enfant ne devrait pas voir le jour, tout simplement. C'était une honte, une erreur de la nature. D'ailleurs, se demanda-t-elle, prise de panique : serait-il normal ? Naîtrait-il difforme, sa monstruosité venant témoigner de l'affreux péché dont il était issu ? À cette idée, elle se sentit glisser au fond d'un gouffre de détresse mais résista à son envie de fuir la pièce, de fuir Mary et de fuir les responsabilités qui lui incombaient. Et dire qu'en se levant le matin même, elle avait eu la naïveté de croire que cette journée serait bonne ! Si elle s'était levée de bonne humeur, elle savait que de toute sa vie, elle ne se coucherait jamais plus heureuse. Il y aurait un avant et un après cette journée de juillet et cela la désolait si fort qu'elle aurait voulu se rouler en boule sur le tapis et pleurer toutes les larmes de son corps.

Et Mary, qui restait si calme, si maîtresse d'elle-même !

Un peu plus tôt, quand on avait annoncé à Catherine que Mrs. Clark l'attendait au salon, son sang n'avait fait qu'un tour. Elle avait alors été persuadée que sa voisine, messagère de mauvaises nouvelles, était venue lui annoncer quelque drame au sujet de son fils. Elle s'était précipitée pour l'entendre mais à présent, son empressement lui paraissait presque risible. Si elle avait su quel terrible récit l'attendait, peut-être se serait-elle accordé quelques minutes de calme supplémentaires, quitte à faire attendre Mary.

— Ma première condition…

Mary se rencogna dans son fauteuil, visiblement plus tendue à présent. Muette, elle lui fit signe qu'elle l'écoutait et qu'elle pouvait continuer.

— La première : Matthew ne doit jamais savoir qu'il est le père de cet enfant.

Un pli profond barra le front de son interlocutrice.

— Mais il le saura ! S'il revient et qu'il voit Laura avec un bébé, il saura !

— Justement. Laura doit partir. Matthew ne reviendra pas avant de longues semaines mais quand il rentrera, il faudra qu'elle ait quitté les lieux.

— Mais elle voudra lui dire ! Elle l'aime, elle…

— Eh bien elle ne pourra pas ! Si elle l'aime tant que ça, elle l'oubliera pour son bien. Je ne veux pas que mon fils se torture au sujet de cette stupide erreur durant toute sa vie. Votre fille ne peut faire autrement, qu'elle laisse Matthew vivre sa vie.

Loin de se montrer aussi arrangeante qu'elle l'aurait souhaité, Mary renâcla à nouveau.

— Je lui parlerai, elle comprendra. Elle sait à quel point la situation est… délicate. Mais je tiens à ce que ma fille reste à la maison au moins jusqu'à la naissance de l'enfant. Cela serait trop, pour elle, de partir maintenant.

— C'est impossible. Si quelqu'un se rend compte de son état… Les gens parleront ! Peut-être les a-t-on vus ensemble.

— Et quand bien même ? Les gens ne connaîtront jamais toute l'histoire. Personne ne comprendra, personne ne fera le lien.

Catherine secoua la tête, irrévocable :

— Vous savez tout comme moi, Mary, que tout se sait toujours, à un moment ou à un autre. Vous pensez avoir caché votre secret ? C'est peut-être le cas. Mais peut-être n'est-ce pas totalement vrai. Les domestiques voient tout, entendent tout. Ils bénéficient de la distance nécessaire pour nous observer, nous juger. Des liens ont peut-être été faits et…

— Je crois que vous êtes totalement folle, Catherine.

— Je crois surtout que je suis la seule personne à la ronde à faire preuve d'un peu de raison.

— Si vous le dites.

— Je le dis et je l'affirme !

Les deux femmes s'affrontèrent du regard, en silence, chacune restant scrupuleusement dans son fauteuil, ce dernier matérialisant l'espace vital à ne pas dépasser sous peine de basculer dans un duel dont nulle ne sortirait sauve.

— Je la cacherai, concéda enfin Mary. Oui, je ferai en sorte qu'elle reste cachée aux regards.

Catherine ferma les yeux, s'isolant un instant de son environnement, se concentrant sur les battements de son cœur.

— Très bien, déclara-t-elle, sa pause terminée. Mais sommes-nous bien d'accord au sujet de Matthew ? Il ne doit rien savoir de cet enfant et ne plus jamais croiser le chemin de Laura.

— Mais c'est tellement cruel, Catherine ! Ne pourraient-ils pas au moins se dire au revoir ?

La voix de Mary avait pris un ton catastrophé, à la hauteur du drame qu'elles vivaient toutes deux.

— C'est ce dernier au revoir qui serait le plus cruel, croyez-moi ! De toute manière, n'aurait-il pas fallu penser à tout cela plus tôt ?

Sa voix était dure, glaciale comme son regard qui, elle l'espérait, poursuivrait longtemps sa voisine.

— Je passe avec mansuétude sur vos propres péchés. C'était il y a longtemps et vous n'êtes certainement pas sans savoir que mon mari était coutumier de ce genre de… dérives. Certes, le fait que tout cela se soit passé sous mon nez, dans l'environnement même où j'ai élevé mes enfants, sera difficile à accepter. Mais j'en fais mon affaire. Puis-je néanmoins vous poser une question avant de clore ce chapitre ?

— Je ne crois pas être en mesure de vous refuser quoi que ce soit.

— Est-ce que… Est-ce que George sait que Laura est sa fille ?

— Non.

— Est-ce qu'il s'en doute ?

Sa visiteuse écarquilla légèrement ses grands yeux avant de répondre :

— Nous ne nous sommes plus jamais revus, du moins pas seul à seule.

— Je ne peux pas le croire !

— Il faudra pourtant ! Je peux vous le jurer ! Vous avez ma parole.

— Votre parole n'a aucune valeur pour moi.

— Pourtant, vous allez devoir vous y fier. Au moins pour cette fois.

— Soit ! Il ne sait rien. Et qui sait que Laura est enceinte de Matthew ?

— Selina.

Catherine ravala sa rage, sentiment improductif s'il en était. Bien sûr qu'elle le savait, comment aurait-elle pu ne pas savoir ? Et elle s'était bien gardée de venir lui en parler.

— Qui d'autre ?

— Notre cuisinière le sait. C'est une amie, elle travaille pour nous depuis si longtemps. Notre bonne ne le sait pas, elle n'était pas à la maison hier. C'était son jour de congé, crut-elle bon de préciser, comme si l'information pouvait avoir la moindre importance pour Catherine.

— Si Laura veut rester chez vous, il faudra renvoyer votre bonne.

— N'est-ce pas un peu excessif ?

— Je ne pense pas.

— Très bien.

— Il faudra également éloigner Sybil.

— Et lui cacher l'existence de l'enfant ? C'est impossible !

— Commencez par lui cacher la grossesse de sa sœur. Pour le reste, nous verrons plus tard. Cela évitera les complications dans un premier temps car j'ai peur qu'elle ne se mette en tête de connaître la vérité. Elle finira par apprendre que Matthew ne l'épousera pas et alors, il faudra éviter qu'elle fasse le lien entre...

— Encore une histoire de lien ?

— Il s'agit toujours d'une histoire de liens, Mary ! Avec un peu de chance, elle se désintéressera de Matthew avant que celui-ci ne lui annonce leur rupture.

— Et comment comptez-vous le pousser à faire une telle chose ?

— J'en fais mon affaire. Je lui écrirai. Il n'attendra qu'un mot de moi pour se libérer d'elle.

— Et quelle est votre seconde condition ?

Catherine eut un sourire amer.

— Votre mari vous a certainement déjà informée des difficultés financières que rencontre notre famille ?

La surprise qu'elle vit apparaître dans les yeux de Mary lui sembla sincère sur l'instant, mais pouvait-elle en être certaine maintenant qu'elle connaissait la duplicité de cette femme ?

— Je n'en avais aucune idée, affirma pourtant cette dernière. Mon mari ne me parle pas de ces choses-là, mentit Mary.

— Tiens donc ? Les Clark pratiqueraient-ils tous l'art du secret ? Vous, votre cadette, votre mari… Reste Sybil ! Qui sait ce qu'elle vous réserve encore ?

Les deux femmes se regardèrent dans un silence pesant. Dehors, l'un des chiens qui avaient accompagné Mary aboya brusquement, les faisant toutes deux sursauter.

— J'ignore tout de votre condition financière, finit par souffler Mary, désireuse de faire avancer la conversation. Mais je vous en prie, allez droit au but !

Elle semblait soudain pressée de fuir, sans doute pour aller retrouver sa chère Laura au plus vite. Catherine s'en trouvait presque jalouse. Rien, dans l'attitude de Mary, ne laissait entendre qu'elle était en colère envers sa fille. Elles vivaient l'impensable mais resteraient sans doute en bons termes quand il suffisait d'une poussière dans les rouages pour gripper les relations entre Selina et elle. *Mais* c'*est dans l'adversité que les vrais caractères se révèlent*, pensa-t-elle, soucieuse d'éviter les faux pas avec sa propre fille. Si elle arrivait à bien contrôler la situation, il y aurait peut-être quelque chose de bon à tirer de cette catastrophe.

Envahie par l'espoir fou de voir un jour sa vie revenir dans l'ordre, elle fut tentée de se perdre dans des explications compliquées et confuses qui lui auraient permis de faire passer son message sans perdre la face. Dire « Nous sommes ruinés » lui semblait bien trop dur, bien trop brutal, bien trop… Mais n'était-ce pas la vérité ? Dans une telle situation, être sibylline n'était finalement qu'une ridicule perte de temps.

Alors elle fut brève. Elle fut brutale. Elle fut dure.

La honte qu'elle éprouvait déjà se superposa à une nouvelle : en demandant de l'argent à Mary, elle s'abaissait plus bas que terre mais comment aurait-elle pu faire autrement ? Le mariage avec Sybil était à présent une chimère, et en mère de famille prévoyante, elle se devait à penser à la suite. Mary Clark avait fait une erreur, elle allait à présent la réparer. Certes, la somme qu'elle lui avait demandée ne compenserait jamais le drame qu'elle vivait mais au moins leur permettrait-elle de s'en sortir quelques semaines avant de se retrouver à nouveau face au mur.

À son grand soulagement, Mary ne fit aucun commentaire, se contentant de hocher la tête.

Elle fut partie en quelques secondes à peine, ses deux chiens de chasse courant quelques mètres devant elle. Catherine l'observa un moment derrière la vitre, chassant d'une main impatiente les larmes qui coulaient sur son visage. Elle se sentait si vide à présent... Comment pouvait-on autant souffrir sans pour autant en mourir ?

Elle se détacha finalement du carreau et revint s'asseoir dans le fauteuil qu'avait occupé Mary, comme si s'asseoir à sa suite lui permettrait de s'imprégner des pensées de son ancienne occupante. Mais rien ne vint, si ce n'est une douleur dévorante et la conviction déchirante qu'à partir de ce moment précis, plus rien ne serait comme avant.

22

Coucou Alma ! Oui tu ne rêves pas, c'est enfin moi !
Alors oui, je sais : j'ai lâchement traîné pour envoyer ce mail alors que je te l'avais promis il y a de ça plusieurs jours.
Mille fois j'ai failli l'envoyer et mille fois je me suis retenue. Par peur, bien sûr ! Non pas que je ne fasse pas confiance à ta bienveillance (car tu seras bienveillante hein ?), mais j'ai longuement hésité avant de livrer mon texte à un regard extérieur. Puis, enfin, je me suis décidée.
Maintenant que je t'ai envoyé ce petit recueil, il est aussi un peu à toi alors prends-en soin ma petite Alma adorée ! (Non, non je ne cherche pas à t'attendrir.)
Bonne lecture !

Alma souriait face à son écran d'ordinateur, bien calée au fond de son lit. Jamais elle n'avait été aussi heureuse qu'il pleuve. Auparavant, la pluie lui semblait un inconvénient de taille. À présent, elle lui donnait juste une bonne raison pour ne pas sortir de la maison. Mina pourrait bien lui répéter d'aller prendre l'air, elle ne bougerait pas !

Bien sûr, deux heures plus tôt, elle s'était levée, avait échangé deux ou trois mots avec sa grand-mère avant qu'elles ne vaquent toutes deux à leurs occupations respectives. Alma était revenue dans sa chambre, avait jeté un regard absent sur la pile de documents arrivés de Londres, s'était sentie mal à leur propos, avait détourné les yeux puis était retournée se glisser sous les couvertures, l'esprit un peu plus chagrin. Maintenant qu'elle les avait vus, qu'ils s'étaient rappelés à son bon souvenir, elle se sentait coupable d'être si inactive. Elle n'en revenait pas de sa capacité extraordinaire à ne pas profiter de l'instant. Il y avait toujours quelque chose ou quelqu'un qui occupait ses pensées, qui l'empêchait de se concentrer. Qu'elle soit heureuse ou complètement déprimée, son esprit partait toujours vers l'arrière ou vers l'avant, ne s'arrêtant que très rarement sur la situation présente... Le fait d'être portée sur le ressassement ou l'anticipation avait eu des avantages notables à certaines périodes de sa vie mais s'était malgré tout révélé plus souvent dévastateur que profitable.

Alma jeta un œil absent sur la sirène de bois qui trônait sur le bureau, près de la fenêtre dont elle avait résolument tiré les rideaux. Elle la voyait à peine dans la lumière tamisée, mais juste assez pour noter ses contours grossiers. À sa vue, Mina n'avait pu cacher sa surprise. Elle s'était très rapidement justifiée en déclarant que *ce machin* était tellement laid qu'elle avait cru faire une crise cardiaque mais Alma avait saisi la lueur dans son regard juste avant que sa grand-mère ne retrouve son flegme habituel. Elle s'était pourtant gardée de poser la moindre question tandis que Mina, de son côté, s'était abstenue de lui demander où elle était allée pêcher un objet pareil.

Cette statuette, Alma l'aimait sans pour autant la trouver belle. Elle lui rappelait cette boîte à bijoux en bois qu'elle avait dénichée dans une boutique indienne et qui était dotée, sur son couvercle, d'un Bouddha couché d'une laideur incommensurable. Elle l'adorait et éprouvait des sentiments similaires pour cette création grossière et maladroite. À croire qu'elle aimait les objets moches ou plutôt, les objets qui sortaient de l'ordinaire... Oui, c'était plus positif vu ainsi. Dans tous les cas, elle restait certaine que la sirène en question avait un lien avec celle de la lettre d'Helen. Et donc, avec cette fameuse Laura Clark. Laura, la noyée. Laura, la sirène. Elle aurait tellement aimé en savoir plus sur elle, elle l'intriguait comme pouvait intriguer le personnage secondaire d'un roman qu'on adorait et sur lequel on aurait voulu apprendre beaucoup plus de choses.

Alma se plongea avec le plus grand sérieux dans la préface, où Charlotte expliquait sa démarche – comment ses écrits se basaient sur des articles trouvés dans de vieux journaux locaux –, puis dans les deux premières nouvelles de Charlotte. Trop courtes, trop longues, trop intrigantes ou incapables de développer une véritable histoire, les nouvelles la laissaient généralement de marbre. Découvrir des personnages pour les abandonner quelques pages plus loin ne lui avait jamais semblé intéressant. S'il était évident que l'amitié qu'elle éprouvait pour leur auteure pesait un poids conséquent dans la balance, Alma ne pouvait s'empêcher de reconnaître que les récits qu'elle découvrait étaient tout sauf insipides. Mieux encore : ils la captivaient plus que ne l'avaient fait certains romans à la mode, de ceux qui squattaient parfois les tables des libraires pendant des mois, éclipsant – à tort ou à raison – tous les autres.

Alors qu'elle s'apprêtait à commencer la troisième histoire, son portable vibra doucement sur le matelas. Caroline. Forcément. Elles avaient échangé quelques messages au cours des derniers jours et si Alma avait tenté de se montrer la plus positive possible, ses tentatives pour avoir l'air enjoué n'avaient pas vraiment produit l'effet escompté. Cette fille la connaissait trop bien, à présent, pour ne pas débusquer le mensonge sous les belles déclarations. De question en conseil, elle était presque parvenue à la convaincre que tout n'était pas perdu avec le *tripoteur des sous-bois*, qu'il fallait attendre, ne plus y penser et profiter du reste car son été sur la côte ne devait absolument pas se résumer à lui.

Cette fois, après avoir longuement pleurniché sur le temps lamentable qu'il faisait en ville – et lui avoir, au passage, laissé entendre qu'il serait de bon ton de penser aux amis qui dépérissaient et qui auraient bien besoin d'une invitation au bord de la mer –, Caroline enchaîna en lui demandant l'heure exacte de son retour à Londres. Encore immergée dans les nouvelles de Charlotte, Alma marqua un temps de pause. De quoi parlait-elle ? Sur le point de répondre qu'il était encore bien trop tôt pour penser au retour, Alma réalisa que son amie faisait référence à son rendez-vous de la semaine suivante, date ô combien symbolique puisqu'il s'agissait, ni plus ni moins, de la signature de l'acte de vente de leur appartement. Pour un couple non marié, sans enfants, la vente d'un appartement acheté à deux prend des allures de divorce officieux. C'est le verdict final, la preuve concrète d'une incapacité à vivre plus longtemps sous le même toit. Pour elle qui en était partie des mois plus tôt, le lieu ne voulait plus dire grand-chose et même si elle n'avait jamais cru y faire un jour son retour, savoir que Jack l'avait déserté à son tour avait quelque chose de surprenant. Ainsi, il ne resterait rien d'eux là-bas. Ainsi, elle allait devoir le revoir, une dernière fois. Elle regretta soudain d'avoir confirmé sa présence et assuré qu'elle pourrait être sur place, elle aussi. C'était toujours le même refrain : elle était d'accord quand l'événement paraissait encore lointain mais beaucoup moins partante à mesure que la date se rapprochait sur le calendrier. Encore une fois, elle ne devrait s'en prendre qu'à elle-même.

Elle répondit laconiquement à Caroline puis revint au texte de Charlotte. À sa grande surprise, elle découvrit que la troisième nouvelle s'intitulait *Sirène* et ses doigts s'emballèrent sur la souris. Le texte, d'à peine quelques pages, racontait la longue errance d'un homme que personne n'écoutait et que personne ne semblait voir malgré les cris et les larmes qui inondaient son visage. Charlotte ne donnait aucun détail sur son âge, son histoire ou sur son physique mais Alma l'imaginait jeune encore et vigoureux car capable de marcher et de marcher encore sans sembler éprouver la moindre fatigue. La nouvelle se terminait sur une scène terrible le décrivant en haut d'une falaise, défiant le vide de son regard perdu, à la recherche de cette sirène oubliée qui semblait tant compter à ses yeux et dont il affirmait être l'assassin.

Sauterait-il ? Ne sauterait-il pas ?

Alma cliqua sur la page suivante avant de réaliser que la nouvelle était bel et bien terminée. Et terriblement réussie, car terriblement frustrante !

De quel homme pouvait donc bien parler son amie dans ces quelques pages ? Était-il toujours en vie ? D'où tenait-elle cette histoire de sirène noyée ? Pourquoi son personnage s'accusait-il d'un meurtre aussi sordide ? Et pourquoi ne trouvait-il aucune oreille attentive pour l'écouter ? Forcément, il y avait un lien avec la sirène dont il était question dans le post-scriptum qu'elle avait lu et cela devenait terriblement intrigant !

Elle caressa l'idée d'en parler immédiatement à Mina mais laissa bien vite ce projet de côté, sa grand-mère faisant preuve d'une mauvaise foi assez étonnante chaque fois qu'elle tentait de réintroduire le sujet de la noyée de la plage. Jill aurait peut-être pu l'éclairer sur le sujet mais elle ne pouvait aller la voir sans prendre le risque de croiser Rory.

Et même si elle osait lui en parler à lui, en toute amitié, une fois qu'elle aurait exposé toutes ses interrogations – en gros, tout ce qui lui passait par la tête et donc, rien de bien cohérent et solide –, elle se retrouverait totalement démunie. Bête. Ridicule. S'il était d'humeur joviale, il lui conseillerait d'aller se recoucher. S'il était d'humeur critique, il lui rirait au nez et il aurait certainement raison.

Rejetant le drap d'un coup de pied rageur, Alma plongea plutôt sur son téléphone et décida d'appeler Charlotte, tout simplement. Priant pour que cette dernière soit relativement seule et disponible, elle retint son souffle en écoutant les sonneries se succéder dans son oreille. Alors qu'elle s'apprêtait à laisser un message sur le répondeur, une petite voix lui répondit enfin :

— Salut, Alma ! Excuse-moi, je ne suis pas censée te répondre, là, maintenant, mais…

— Oh désolée ! Je voulais juste…

— Attends, la coupa Charlotte, je change de pièce. Patiente deux secondes.

L'oreille toujours collée au téléphone, elle entendit le son étouffé des pas de Charlotte puis il y eut un long silence et elle revint en ligne :

— Je suis en pleine réunion. Le suspense est terrible. Faut-il ou non repeindre les murs de la salle principale cette année ou doit-on attendre l'année prochaine ? Et si oui, de quelle couleur ? Et qui s'en chargera ?

— Et qui dirige le débat ?

— Moi. Du coup, je n'ai que quelques minutes avant que ça ne dégénère là-dedans. Dis-moi donc rapidement de quoi tu voulais me parler sinon je vais être obligée de te laisser.

— Eh bien, en fait…

Alma garda le silence quelques secondes, incapable de savoir par où commencer exactement. De l'autre côté, Charlotte s'impatientait déjà.

— Fais au plus court, sinon on ne va jamais s'en sortir. Tu veux aller aux archives cet après-midi ? Pas la peine de me prévenir, viens quand tu veux. À moins que…

Cette fois, ce fut à elle d'hésiter quelques secondes avant de poursuivre :

— Tu as lu mon recueil et tu voulais me dire que tu as détesté ?

— Oui, voilà !

Charlotte émit un couinement et Alma réalisa sa bourde.

— Oui je l'ai lu ! Enfin, pas en entier encore. Et non, je n'ai pas détesté !

— Me voilà rassurée, répondit Charlotte sur un ton qui trahissait clairement son soulagement.

— Je voudrais t'en parler plus en détail quand j'aurai fini mais avant, est-ce que je pourrai te poser une question ? Sur la troisième ?

— Celle de la sirène ?

— Oui ! Tu t'es inspirée de quoi, exactement ?

— Bah, j'avais lu un article alors que je cherchais complètement autre chose. Il ne me semble pas qu'il était super développé, d'ailleurs. Pourquoi ?

— Je pourrais le lire ?

— Euh oui. À condition de le retrouver.

— Tu n'as pas au moins noté l'année ?

— Non mais forcément, c'est avant 1918. Je ne suis pas allée plus loin.

— Et c'est encourageant ?

— Euh ça dépend si t'as de la chance ou pas. Mais tu veux vraiment le lire ?

— Oh oui !

— Et je peux te demander pourquoi ?

— Je te raconterai ça en temps et en heure. J'arrive dès que je peux.

— OK mais pas tout de suite. J'ouvre dans une heure.

Et Charlotte raccrocha sans plus de cérémonie.

Profitant de son élan, Alma ne reposa pas son téléphone et envoya immédiatement un message à Rory :

Je crois que j'ai retrouvé la trace de notre sirène.

Le matin où elle avait trouvé la statuette sur sa fenêtre, elle l'avait remercié sans recevoir la moindre réponse en retour. Lui écrire à nouveau ce matin lui donnait des airs de fille désespérée et, évidemment, elle regretta son message à peine l'avait-elle envoyé. Il était dommage, vraiment dommage qu'il ne soit pas encore possible de récupérer les SMS avant qu'ils ne soient réceptionnés par leurs destinataires. Cela éviterait bien des problèmes et surtout, bien des moments de solitude.

Il fallait qu'elle arrête de fixer son écran. C'était bien connu : garder les yeux sur son téléphone ou actualiser sa boîte mail toutes les dix secondes ne faisait pas arriver les messages plus vite, au contraire : cela les bloquait. Il suffisait d'aller prendre une douche, de sortir une petite heure pour que la réponse tant attendue arrive enfin.

Un message arriva d'ailleurs au moment où, reposant son téléphone, elle se glissait à nouveau sous le drap.

Alors j'espère qu'en vrai elle est un peu moins moche parce qu'elle n'a pas dû séduire beaucoup de marins avec sa gueule tordue !

Alma fronça les sourcils, les pouces prêts à entrer en action, puis délaissa finalement son téléphone. Non, ce n'était pas le genre de réponse qu'elle attendait. Tant pis, elle ne lui en dirait pas plus, elle…

Second message.

Ben alors tu réponds rien ?

Non.

Tu boudes ?

Non.

Comme il insistait et qu'elle n'avait pas le cœur à lui résister, elle lui dévoila rapidement ce qu'elle avait découvert et les questions qui en découlaient.

Et tu penses que ça a à voir avec la lettre dont tu m'as parlé ?

Mais oui, forcément !

T'es bien sûre de toi.

Tu penses que c'est sans intérêt ?

Non. On est sur une piste alors ? Dangereux ou pas dangereux ?

Terriblement dangereux, je crois ! Une mission délicate ! Digne des plus grands films d'espionnage. Dommage que tu ne sois pas là pour venir voir Charlotte avec moi. Les duos s'en sortent généralement mieux.

Leur échange, qui s'était déroulé de manière fluide et rapide s'interrompit aussi soudainement qu'il avait commencé. Elle était à deux doigts de lui demander s'il était mort subitement – parce que son message appelait bien une réponse, non ? – quand elle reçut un nouveau message.

Alma ?

Oui ?

Je suis devant ta fenêtre.

Prise par l'échange, elle faillit tapoter sa réponse avant de se rendre compte que c'était passablement ridicule, surtout si l'interlocuteur était bel et bien devant sa fenêtre. D'un bond, elle sauta du lit pour aller l'ouvrir d'un geste brusque, persuadée qu'il se foutait d'elle. Mais pas du tout. Il était bien là, littéralement collé à la vitre pour se protéger, tant bien que mal, de la pluie qui continuait à tomber à torrents.

Puis elle referma aussi sec : elle était en culotte.

— Merci pour ce charmant spectacle ! commenta-t-il, de derrière le carreau.

— Ah ah ! Très drôle !

— Habille-toi ! Ou pas, d'ailleurs, c'est toi qui vois ! On va aller la voir, ta Charlotte ! Je t'attends dans ma voiture.

Quelques minutes plus tard, les doigts tapotant le volant au rythme du son qui sortait des enceintes, Rory lui jeta un regard déçu quand elle monta en voiture.

— Je vois que tu as décidé de passer quelque chose de plus chaud ?

— Je sortais de mon lit.

— À midi ?

— Je suis en vacances !

— Moi aussi, ça tombe bien !

Il démarra et Alma fit le choix de ne pas se poser plus de questions que nécessaire. Qu'il ait décidé de venir la voir par ennui, par envie ou même seulement par désir de percer le secret – si secret il y avait ! – de la statuette, cela lui convenait.

23

Octobre 1913

Malgré sa peur et, elle devait bien l'avouer, un certain dégoût, Selina avait tenu à assister à l'accouchement de Laura.

— Ça m'apprendra, avait-elle clamé à sa mère qui, à sa grande surprise, n'avait émis aucune objection à ce projet.

— Tu ne crois pas si bien dire ! Vas-y et profite donc du spectacle ! Le jour où tu seras tentée de succomber aux belles paroles d'un homme, tu repenseras au délicieux moment que va passer ton amie.

— Je ne vois pas le rapport.

— Ne joue pas à la petite naïve. Tu comprends très bien le rapport.

Selina rougit, comprenant enfin où sa mère voulait en venir.

— Je ne voulais pas dire ça ! Mais qu'il était normal d'avoir des enfants et…

— Pas dans ce cas-là. La situation de Laura n'a rien de normal. Et tu as beau te targuer d'être au fait de toutes les petites misères du corps humain, tu n'as pas encore tout vu, crois-moi ! Il se pourrait bien qu'il y ait quelques complications. J'ai failli mourir à la naissance de Matthew à cause d'une hémorragie. Et pourtant, j'avais le meilleur médecin de la région à mes côtés ! Laura n'aura que cette sage-femme, sa mère et toi. Autrement dit, pas grand monde. Il se pourrait bien que…

Elle fit un geste évasif sans prendre la peine de préciser une pensée que Selina avait, de toute manière, parfaitement saisie.

— Si tu sous-entends que Laura ne s'en sortira pas, sache qu'elle est forte, qu'elle est jeune et…

— Des femmes fortes et jeunes, il en meurt tous les jours.

— Laura ne mourra pas.

— Ça, tu ne le sais pas et tu ne pourras rien faire pour l'empêcher. Cela étant dit, je ne souhaite pas la mort de Laura. Non, si les choses étaient bien faites, et justes, c'est cet enfant qui aurait la décence de ne pas survivre.

Selina hoqueta.

— Tu souhaites la mort d'un bébé qui n'est même pas encore né ? C'est cruel. C'est…

Elle cherchait ses mots, torturée par la haine qu'elle ressentait à nouveau pour cette mère qui prouvait encore une fois toute l'étendue de sa méchanceté, seul sentiment qui semblait courir dans ses veines. Qu'elle condamne Matthew et Laura, passait encore, mais qu'elle souhaite un malheur à un membre de leur famille lui semblait intolérable. Sa mère avait ses lubies, ses valeurs et était rigide sur bien des sujets mais jamais elle ne l'aurait imaginée rejeter son petit-fils ou sa petite-fille.

— Je ne souhaite pas sa mort non plus, tempéra Catherine à qui son visage horrifié n'avait pas échappé. Je ne souhaite pas qu'il ou qu'elle vive, c'est différent.

— Et en quoi ?

— Eh bien, j'imagine que je n'irais pas moi-même attenter à ses jours. Je ne me mêlerai de rien. Ma cruauté, comme tu dis si bien, ne va pas aussi loin. Il n'empêche que j'ai raison et que tu le sais très bien.

Malgré son envie de riposter – de hurler, même ! –, Selina se composa une mine plus sereine et garda le silence, fière de se montrer aussi mesurée et aussi raisonnable. Il ne fallait surtout pas qu'elle s'attire les foudres de sa mère, sous peine d'être enfermée à demeure. Plus que jamais, elle avait besoin de liberté. Laura comptait sur elle. Une fois assurée de son propre calme intérieur, elle osa néanmoins demander :

— Pourrais-tu au moins m'expliquer quelque chose ?

— Mais bien évidemment. J'ai toujours été ouverte à la discussion, quoi que tu en penses.

— Pourquoi ne pas capituler ?

— Capituler, tu dis ?

Relevant le nez d'une chemise qu'elle reprisait avec une patience d'ange, Catherine avait l'air sincèrement étonnée par la question.

— Pourquoi ne pas laisser Matthew et Laura tranquilles ? Tu n'aimes pas Laura, je le sais très bien, mais aimais-tu Sybil ? Je ne le pense pas. L'une ou l'autre, peu importe, finalement. Pourquoi se compliquer l'existence ? Pourquoi Mary a-t-elle caché Laura si longtemps ? Pourquoi m'imposer le secret ? Pourquoi refuser à Matthew la vérité et pourquoi papa n'est-il pas revenu depuis des mois ? Il ne m'écrit même plus ! On me cache des choses, j'en suis certaine !

— Que de *pourquoi* ! ricana Catherine. Pour quelqu'un qui avait toujours l'air de tout savoir, je te trouve bien perdue ! Mais je vais te répondre immédiatement, n'aie crainte !

Elle posa la chemise à côté d'elle, sur l'accoudoir du fauteuil, croisa les mains sur sa jupe et commença sur un ton doux qui n'en agaça que plus Selina.

— Ton père est trop occupé pour continuer ses allers et retours comme il a pu le faire par le passé. Il a donc décidé de se consacrer à ses affaires pour l'instant mais je t'assure qu'il va très bien. Tu le reverras, ne t'inquiète pas. Et oui, tu as raison. Je n'ai jamais apprécié Laura et j'aurais honte qu'une fille comme elle entre dans notre famille. Sybil avait ses défauts mais jamais elle n'aurait fauté comme sa sœur. Si Mary a préféré cacher sa fille, c'est pour la préserver des ragots mais également pour protéger sa famille du déshonneur. Tu le sais, une fois que l'enfant sera là, Laura partira vivre une nouvelle vie, ailleurs. Où ? Comment ? Cela n'est pas notre problème mais sa mère me l'a assuré. Quant à Matthew… Eh bien…

Elle laissa un instant son regard errer dans la pièce puis posa les yeux sur un point derrière Selina, ce qui donna à la jeune fille l'impression étrange d'être regardée sans être vraiment vue.

— Ton frère est malade, ma chérie. Son comportement des derniers mois l'atteste. Il nous a menti. Il s'est montré indigne de la confiance que nous avons mise en lui. Il a fait de graves erreurs. Je n'aurais jamais dû le laisser partir, il était trop fragile. Si nous lui écrivons tout ça par lettre, cela le bouleversera, je le connais très bien… Et sa santé en souffrira. Ce n'est pas ce que tu veux, n'est-ce pas ?

La mort dans l'âme, Selina acquiesça avant de demander :

— Et quand il reviendra ?

— Nous l'emmènerons à Londres. Tu le sais, je présume : les meilleurs médecins s'y trouvent et s'il intègre un établissement réputé, nous pourrons peut-être espérer une amélioration notable. Mais cela ne sera possible que s'il ignore tout de la situation de Laura. D'ailleurs, n'oublie pas ta promesse, Selina.

— Je m'en souviens parfaitement. Si je garde le secret, si je ne dis rien…

— Tu pourras avoir ce dont tu rêves depuis si longtemps.

À cette idée, le cœur de Selina s'emballa avant de retomber lourdement dans sa poitrine. Est-ce qu'un tel bonheur valait un tel mensonge ? La réponse était évidente. Nulle récompense, nulle promesse ne pourrait jamais lui donner le courage de mentir ainsi à son frère et à son amie la plus chère. Pragmatique, elle n'en restait pas moins consciente d'une chose : elle ne pouvait imposer sa vision des choses pour l'instant et suivrait le rythme décidé par sa mère. Les choses seraient compliquées et les mois qui allaient suivre, peut-être douloureux et amers, mais tout se terminerait bien malgré tout. Elle parlerait en temps voulu. Matthew et Laura finiraient par se retrouver et elle, elle aurait enfin la vie dont elle rêvait.

Feignant d'être passée à autre chose, elle quitta rapidement la pièce et remonta se terrer dans sa chambre. Après des mois passés à ses côtés, elle avait eu un mal terrible à se faire à nouveau à l'absence de son frère. Poussée par le manque, elle avait caressé l'idée de s'installer dans la chambre de ce dernier mais avait abandonné au dernier moment. En envahissant cet espace, elle aurait eu l'impression de condamner son frère à un exil éternel. Or, il fallait qu'il revienne. Elles avaient besoin de lui.

Enfin, un matin, la cuisinière des Clark vint chercher Selina.

— C'est l'heure d'y aller, déclara-t-elle en guise de bonjour.

Mais inutile de vous presser, Mademoiselle, cela prendra des heures.

Indifférente à son conseil, Selina n'avait pu se retenir et, laissant la vieille femme loin en arrière, s'était élancée sur le sentier comme si la vie de son amie en dépendait. Si, au fond d'elle, elle pleurait de peur, elle n'en ressentait pas moins une grande joie.

À sa grande surprise, elle avait trouvé Laura, non pas alitée comme à son habitude, mais debout dans sa chambre, le front déjà un peu moite, collé à la vitre, les yeux perdus sur l'horizon. Ainsi vue de dos, elle paraissait semblable à celle qu'elle avait toujours été mais, entendant son amie arriver, elle fit volte-face et dévoila pleinement sa silhouette déformée. Selina n'arriverait jamais à s'y faire.

— Matthew devrait être rentré depuis deux mois déjà, avait soufflé Laura, sans esquisser le moindre geste pour s'avancer vers elle.

Dans sa voix, Selina entendit de la peine mais également une certaine défiance, comme si Laura lui reprochait un acte condamnable ou plutôt, dans le cas précis, un silence.

Elle ne peut pas savoir, elle ne peut pas savoir.

Chantonnant dans sa tête, cette petite voix lui répétait inlassablement le même refrain mais il ne lui fut pas plus facile de supporter le regard qu'elles échangèrent alors.

— Si tu sais quelque chose, reprit Laura, tu dois me le dire. Maintenant ! Je ne vois plus personne à part ma mère et toi. Je n'ai plus le droit de sortir. On ne me dit rien sur rien ! Et je n'ai plus aucune nouvelle de lui depuis des semaines. Tu n'as vraiment aucun message à me faire passer ? Il t'a écrit ? Et à Sybil ? Aurait-il écrit à Sybil ?

L'aînée des Clark, loin de se douter par quelles épreuves passait sa sœur, était à Londres depuis plusieurs semaines et, selon Mary, y resterait encore un moment. Envoyer sa fille aussi loin, seule, avait dû être une épreuve pour la pauvre femme et, à bien des reprises, Selina avait lu l'angoisse dans ses yeux. Contre toute attente, les choses semblaient pourtant parfaitement se dérouler et Sybil s'adaptait merveilleusement à son nouvel environnement. Du moins, nul récit de ses frasques ne leur était encore revenu aux oreilles.

Selina fit quelques pas vers Laura puis la guida vers le lit où elles s'assirent côte à côte.

— Calme-toi, Laura, je t'en prie ! Matthew ne m'a pas écrit et il n'y a aucune raison pour qu'il ait écrit à Sybil. Pourquoi l'aurait-il fait ?

— C'est vrai, concéda Laura avec un pâle sourire. Je dis n'importe quoi. Pardonne-moi.

— Ce n'est rien, vraiment. Personne n'a eu de nouvelles depuis un petit moment mais ton père a écrit et tout va bien, alors il est inutile de t'en faire, n'est-ce pas ?

Elle lui attrapa la main et en embrassa le dos puis l'attira tout bonnement contre son épaule pour la rassurer davantage. Pour lui montrer qu'elle, elle était là. Physiquement. Le corps de Laura lui sembla brûlant contre le sien, ce qui l'alarma davantage. Et si sa mère avait raison ? Et si Laura mourait ?

Non, décidément, elle ne pourrait pas lui raconter. Ni la première tromperie, ce pacte qu'elle avait accepté de conclure avec sa mère – au moins pour un temps, se répétait-elle –, ni la seconde. Car le mensonge est un puits sans fond dans lequel il est facile de tomber et les inventions se superposaient à présent les unes aux autres dans un équilibre précaire auquel elle préférait ne pas penser. Et voilà maintenant qu'elle mentait à Laura, non pas pour arranger ses propres affaires mais pour la protéger, tout simplement.

À la fin de l'été, la lettre qui devait annoncer le retour prochain de Paul et de son protégé était bien arrivée entre les mains de Mary mais son contenu n'était pas celui qu'elles attendaient toutes. Au lieu de leur communiquer la date et l'heure de leur débarquement, Paul leur annonçait une nouvelle qui avait glacé les trois femmes, Sybil et Laura ayant été maintenues dans l'ignorance : après une traversée difficile et plusieurs semaines au rythme soutenu, Matthew était retombé malade.

Pour les médecins, il s'agit d'une rechute consécutive à trop de fatigue et surtout, à un voyage entrepris trop peu de temps

après la fin de la convalescence. Ils ont trouvé Matthew très faible et je dois avouer que je les trouve plutôt inquiets à son sujet, ce qui ne me rassure absolument pas. Au moment où j'écris, sache que ses jours ne sont pas en danger mais que son état n'en demeure pas moins très alarmant.
Je ne souhaite pas t'inquiéter plus que nécessaire, ni te faire croire que tout est perdu mais, bien que j'espère ne jamais avoir à écrire ce genre de lettres, je préférerais que vous soyez toutes préparées à cette éventualité si les choses devaient mal tourner.
Tiens Catherine et Selina au courant, je te prie. Je crains de ne pas avoir le temps de leur écrire et n'aurais, de toute manière, rien de plus à leur apprendre...

Après trois longues semaines de silence durant lesquelles Selina avait cru mourir d'angoisse, une autre missive était arrivée chez leurs voisines.

... Il n'y a rien de plus, rien de moins à déclarer pour le moment. Matthew surnage avec courage. Il lutte. Je passe le maximum de temps à ses côtés mais suis obligé de le laisser des journées entières avec son infirmière, une personne très expérimentée qui semble savoir ce qu'elle fait. Selina l'adorerait. N'oublie surtout pas de le lui dire, cela la consolera peut-être un peu...

Ignorant tout de la vérité, Laura s'était montrée patiente dans un premier temps, puis complètement catastrophée. À présent, elle était résignée à un silence dont elle ne comprenait pas la raison mais qu'elle acceptait malgré tout. Selina l'avait vue devenir de plus en plus fragile au cours des dernières semaines, de plus en plus renfermée. Laura se plaignait pourtant peu, regrettant de temps en temps de devoir rester cachée, de ne pas pouvoir aller marcher sur la plage ou passer du temps avec John, ce *pauvre diable*, qui ne comprenait pas pourquoi son amie ne venait plus à sa rencontre. Bravant la peur panique qu'il avait des gens, il était venu à plusieurs reprises quémander une parole, une nouvelle de celle qu'il aimait comme une idole mais on l'avait à chaque fois renvoyé chez lui avec une parole aimable, mais ferme. Et c'était vraiment un crève-cœur de le voir repartir, les épaules basses, malheureux et abandonné. La plupart du temps, Laura l'oubliait néanmoins, le cœur égoïstement préoccupé par des pensées qui rendaient indifférente son âme, pourtant généreuse. Vivant à présent avec la certitude que Matthew, trop occupé pour penser à elle, n'éprouvait l'envie ni de lui écrire, ni de rentrer pour la retrouver, elle se laissait aller et ne semblait presque plus voir le monde autour.

L'arrivée de son enfant ne changea rien. Chétif, il se présenta des semaines avant terme mais n'apporta pas le soulagement que Selina aurait voulu voir sur le visage de son amie. Et si Louise, la sage-femme que Mary s'était résolue à appeler, malgré le refus clairement exprimé de Catherine, fit tout pour la rassurer à ce sujet, la jeune femme n'en resta pas moins inquiète.

— Comment vas-tu l'appeler ? avait finalement demandé Selina à la jeune mère tout en lui rendant l'enfant, non sans avoir longuement contemplé ses traits.

Elle y avait cherché ceux de son frère avec avidité, convaincue qu'une ressemblance, même ténue, pourrait peut-être faire chavirer le cœur de Catherine. Mais encore aurait-il fallu que cette dernière daigne se déplacer pour le voir…

— Je ne sais pas, avait avoué Laura d'une voix éteinte. Je préfère attendre Matthew pour le décider.

— Ce n'est pas très correct, Laura. Il faudrait…

— Cela m'est complètement égal. Je suis la mère, c'est donc moi qui décide.

— Laura, nous étions pourtant convenues que…

Mary ne termina pas sa phrase, par lâcheté ou bien peut-être à cause d'un trop-plein d'émotions. Le cœur de Selina se serra quand elle vit le regard apitoyé que cette dernière posa finalement sur sa fille. Si elle ignorait évidemment tout ce dont les deux femmes étaient convenues, elle se doutait que le discours de Mrs. Clark devait être similaire à celui de sa propre mère. Sans doute avait-elle cherché à faire entendre raison à Laura. Sans doute lui avait-elle démontré, de toutes les manières possibles, qu'elle ne pouvait pas espérer épouser l'ancien fiancé de sa propre sœur. Cela la choquait et la perturbait bien au-delà de ce qu'elle aurait voulu avouer. Que sa mère manque à ce point de compassion et de bienveillance, elle pouvait le comprendre, mais que Mary ne fasse pas tout pour le bonheur de sa fille... C'était plus qu'étonnant. C'était incompréhensible ! Évidemment, Sybil ne devait pas être étrangère à ces réticences, mais la contrariété de son aînée valait-elle qu'elle gâche la vie de sa cadette ?

Selina sursauta quand Louise, qui s'était glissée derrière elle, lui demanda sur un ton soucieux :

— Je me mêle peut-être de ce qui ne me regarde pas mais... j'ai cru comprendre que le père ne viendra pas ?

— Non, il ne viendra pas. Du moins, pas avant un long moment. À condition qu'il vienne...

Louise lui jeta un regard interrogatif qui l'encouragea à poursuivre la confidence. Profitant du fait que Mary, à présent assise au bord du lit, était en grande conversation avec Laura, elle attira la jeune femme dans le couloir et se surprit à lui expliquer toute l'histoire en quelques mots. Louise, qui semblait avoir l'habitude de récolter les petites histoires des familles qu'elle visitait, ne masqua pas sa peine en apprenant à quel point l'avenir de Laura était brumeux.

— Et s'il ne revient pas ? interrogea-t-elle soudain.

— Je crois que ce serait la pire des situations. Pour elle comme pour nous tous.

— Oui, bien sûr...

Louise lui attrapa la main et la serra entre les siennes comme pour lui insuffler un peu de la force et de l'énergie qui semblaient la caractériser tout entière.

— Il faut garder espoir. Et il faut la soutenir, ajouta-t-elle en jetant un coup d'œil en direction de la chambre à la porte entrouverte. Elle me semble faible et surtout, terriblement triste. Ce n'est pas bon, vraiment pas bon... En cas de souci, maintenant ou plus tard, tu sauras où me trouver, n'est-ce pas ? N'hésite pas.

— Mais pourquoi ?

L'intérêt de cette inconnue et l'empathie immense qu'elle voyait dans ses yeux surprenaient Selina.

— Pour rien. Je veux juste me rendre utile, si les choses se passent mal. Je me sens touchée par son histoire et je voudrais faire quelque chose. Accepte mon aide, Selina. Personne n'est à l'abri des ennuis et j'ai peur que ta pauvre Laura ne trouve pas beaucoup d'alliés…

Louise quitta la maison moins d'une heure plus tard et Selina s'éclipsa également, aussi bouleversée qu'au moment de son arrivée mais d'une tout autre manière. Laura l'inquiétait comme l'inquiétait Matthew, mais elle avait été heureuse de discuter avec Louise. Elle aurait voulu en savoir plus sur cette drôle de petite femme blonde. Si elle avait su alors qu'elle ne la reverrait qu'après la mort de Laura, elle n'aurait sans doute pas été si pressée de recroiser sa route. Mais ce jour-là, cependant, en passant la grille pour rentrer chez elle, Selina ne pensait qu'au moment où elle pourrait discuter à nouveau avec cette femme au métier si étonnant et si beau.

24

Juin 2011

Comme si c'était le spectacle le plus palpitant du moment – et cela l'était, assurément ! – Alma avait longuement regardé Rory rouler les manches de sa chemise sur ses bras aux veines saillantes. Ainsi concentré, il ressemblait à un chirurgien sur le point de plonger dans le corps d'un patient endormi, à la différence près que les entrailles qui l'intéressaient étaient faites de papier.

Quelques minutes plus tôt, en les voyant arriver, ruisselants de pluie, Charlotte les avait évacués sans plus de cérémonie vers la partie archives – non sans les avoir prévenus qu'une certaine Amelia était déjà sur place – et ils étaient à présent face à face dans la petite pièce débordant de cartons et de dossiers. Un vrai capharnaüm, mais un capharnaüm organisé, du moins selon Charlotte.

Ils n'auraient pu louper ladite Amelia, même s'ils l'avaient souhaité, cette jeune retraitée ayant investi le moindre centimètre carré des tables mises à la disposition des usagers. À leur arrivée, elle les avait toisés par-dessus les verres de ses lunettes aux montures épaisses puis avait imperceptiblement soupiré d'agacement avant de leur abandonner à contrecœur le minimum vital dont ils avaient besoin pour s'installer.

— Que faites-vous ici ? leur demanda-t-elle enfin sur un ton extrêmement autoritaire, comme si de sa bénédiction dépendait le reste de leurs recherches.

À la voir, et à l'entendre, elle semblait considérer que les lieux lui appartenaient et qu'ils ne devaient leur présence qu'à sa tolérance. Alma la comprenait aisément car elle était aussi contrariée qu'Amelia à l'idée de partager l'endroit. Ne faisait-elle pas partie de ceux qui s'arrangeaient pour être toujours un peu à l'écart de la foule, même dans les lieux publics ? Rien ne l'agaçait plus que de voir des inconnus s'installer à ses côtés, dans le train ou même au cinéma, quand l'espace regorgeait de places vides. Sauf qu'en l'occurrence, la cohabitation rapprochée n'était pas une option mais bien une obligation. Ne souhaitant ni se montrer sympathique, ni justifier les raisons de leur présence, elle allait ouvrir la bouche quand Rory lui coupa littéralement l'herbe sous le pied.

— Nous sommes venus consulter quelques articles de journaux, expliqua-t-il sans quitter Amelia de son regard délavé. Oh, rien de bien important, ni de bien conséquent j'en ai peur, contrairement à vous !

Il jeta un œil admiratif sur les piles de documents qui s'étalaient devant leur voisine de table, sous-entendant explicitement que ses recherches étaient terriblement impressionnantes.

— Non ! la coupa-t-il alors qu'elle commençait à lui expliquer la raison de sa présence. Laissez-moi le plaisir de deviner…

Il lui sourit d'un air mystérieux puis commença :

— Vous êtes en train d'écrire un roman sur…

Il s'arrêta, songeur, avant de reprendre :

— Non, pas un roman. Vous m'avez l'air d'être une femme de terrain, une femme d'action, pas une femme de fiction…

Quand il releva les yeux sur Amelia, rougissante devant tant d'attention, ce fut pour déclarer sur un ton triomphal :

— Vous êtes en train de faire des recherches sur votre famille, c'est ça ? Vous commencez à peine votre arbre généalogique et vous êtes venue voir si vous pouviez trouver des renseignements sur… votre arrière-grand-père ?

Amelia écarquilla les yeux, bluffée par l'esprit de déduction d'un jeune homme qu'elle considéra alors d'un tout nouvel œil. Pas un instant elle ne sembla comprendre que, loin d'être le devin qu'il semblait être, le jeune homme en question était juste bien informé, Charlotte leur ayant expliqué en deux mots en quoi consistaient ses recherches. Leur amie n'avait pas omis de préciser que la visiteuse était extrêmement pointilleuse et convaincue d'entreprendre un travail d'investigation de la plus grande importance.

— Alors que tout ce qu'elle va apprendre, c'est que son arrière-grand-père était le bâtard d'un noble du coin ou un truc du genre. Si elle a de la chance ! Au pire, elle se retrouvera avec une série de noms et des dizaines de nouveaux cousins avec qui elle ne partagera rien, si ce n'est un ancêtre commun. Beaucoup de temps perdu, tout ça, si vous voulez mon avis ! Laissons le passé où il est !

Alma avait éclaté de rire, répliquant :

— ... disait la fille qui avait écrit un recueil de nouvelles inspirées par le passé de sa ville !

— Mais ça n'a rien à voir, s'était écriée Charlotte tout en rajustant ses lunettes sur son nez. Mes recherches ne sont pas personnelles, elles...

— ... sont d'intérêt public ? demanda Rory tout en tripotant un hibou en 3D, conçu en papier. Je veux savoir faire ça ! ajouta-t-il en le brandissant sous le nez de Charlotte.

— Non, pas d'intérêt public mais... avec une vocation moins nombriliste.

— Eh ben ! Tu te prends pas pour n'importe qui, on dirait ! commenta le jeune homme tout en la considérant d'un œil taquin.

— Tu en accueilles beaucoup ici ? demanda Alma qui, bien qu'impatiente de passer à la suite, ne voulait pas être en reste.

— Non. Ils s'arrêtent plus souvent à la mairie qu'aux archives mais ça arrive ! Je les aide dans leurs recherches avec plaisir mais je n'ai jamais trop compris l'intérêt de grappiller le nom de ses ancêtres. Qu'est-ce que ça change, franchement ? De le savoir ?

— Rien, concéda Alma. Mais j'imagine que c'est amusant. Et qu'on se prend au jeu plus vite qu'on ne croit...

— Peut-être. Enfin bref, reprit Charlotte en s'adressant cette fois à Rory, si tu veux savoir faire ce genre de truc, viens à mes travaux pratiques, les mercredis après-midi. Je suis certaine que tu passeras totalement inaperçu au milieu des gamins survoltés !

Puis elle l'avait gentiment bousculé en lui donnant un bon coup d'épaule, comme le font parfois les amis habitués à se chamailler. Alma réalisa alors que Charlotte et Rory se connaissaient depuis longtemps, qu'ils savaient certainement beaucoup de choses sur leurs vies respectives et que s'il y avait une intruse ici, quelqu'un qui n'avait rien à faire là, c'était bien elle et non pas Rory comme elle l'avait pensé en premier lieu. Elle se sentit un peu ridicule en repensant à leur trajet en voiture pendant lequel elle lui avait longuement parlé de Charlotte comme si elle lui avait été totalement inconnue. Elle avait complètement oublié qu'ils avaient grandi dans le même environnement, qu'ils avaient des connaissances en commun et lui, il ne l'avait pas coupée. Au lieu de cela, il s'était contenté de l'écouter patiemment, un léger sourire aux lèvres, comme si elle lui racontait une histoire captivante. Alors qu'elle ne lui avait rien appris.

Et voilà qu'à présent, il faisait ami-ami avec Amelia qui était sans doute encore jeune mais qui n'en faisait pas moins vieille tant elle avait l'air revêche. Force était de constater que son air sévère avait fondu comme neige au soleil maintenant qu'elle avait obtenu l'attention de celui qui aurait pu être son fils. Lui, rigolait entre deux piles de journaux plus vieux que lui et écoutait patiemment des explications dont il devait se ficher royalement… À moins que cela ne l'intéresse vraiment ? Non, il agissait avec Amelia comme il l'avait fait avec elle un peu plus tôt : il la laissait parler juste pour lui faire plaisir. C'était adorable. Et agaçant.

— Bon ? On s'y met ?

Son ton était légèrement plus agacé qu'elle ne l'était en réalité mais cela lui permit au moins de faire revenir son coéquipier vers elle. Elle ignora sciemment le regard courroucé qu'Amelia lui lança et fit mine de s'absorber à nouveau dans ses propres recherches.

— J'arrive ! Amelia m'expliquait quelques subtilités de rangement, expliqua-t-il avec un clin d'œil à destination de cette dernière. C'est fou tout ce qu'on peut en apprendre quand on a la chance de rencontrer les bonnes personnes.

Alma soupira intérieurement. Donc maintenant, il flirtait avec les seniors. Très bien. Pourquoi pas, après tout ? On était bien en pleine ère des cougars, non ?

— Je ne comprends pas pourquoi Charlotte n'a pas pris la référence exacte des articles qu'elle a utilisés, pesta-t-elle un peu plus tard alors qu'ils s'étaient attablés pour de bon devant leurs propres documents. Est-ce que ça ne devrait pas figurer dans sa bibliographie ou quelque chose du genre ?

— Je ne pense pas que son but premier était de te faciliter la vie. Elle n'imaginait pas que tu mettrais le nez dans cette affaire.

— Évidemment ! Je ne dis pas le contraire ! Mais ça nous aurait permis de gagner du temps !

— Pourquoi ? On n'est pas bien, là ?

— Oh si, merveilleusement bien, ironisa-t-elle en jetant un coup d'œil à Amelia.

— Cela étant dit, tu as parfaitement raison. Si Charlotte était mon élève, je lui aurais tapé sur les doigts ! Il faut citer ses sources ! glapit-il avec une voix aiguë, censée mimer l'exaspération d'un professeur à cheval sur les règles.

— Ça sent le vécu, non ?

— Oh oui, un peu. Le travail bibliographique en passionne certains mais m'a toujours fatigué au plus haut point. Mes profs me l'ont fait payer !

Il passa une main dans ses cheveux, les laissant plus décoiffés que jamais puis avoua :

— Mais maintenant, je me venge sur mes élèves bien sûr ! C'est un cycle sans fin ! Ah tiens ! Je crois que j'ai trouvé ! ajouta-t-il si abruptement qu'Alma en resta interdite.

— Déjà ?

Rory laissa ses yeux dériver le long des premières lignes puis finit malgré tout par se lever pour se poster derrière elle, non sans avoir au préalable placé le journal dans le bon sens de lecture. Puis il posa ses paumes bien à plat sur la table, de part en part d'Alma, créant entre eux une intimité aussi subite qu'agréable pour la jeune femme qui sentait la chaleur de son torse collé contre son dos. À cet instant, et plus que jamais, elle avait l'impression que Rory envoyait des signaux totalement incohérents, lui donnant parfois l'impression de vouloir être proche d'elle pour, quelques minutes plus tard, sembler la maintenir à l'écart. Comme s'il ne cherchait sa compagnie que pour mieux la fuir. De peur de quoi ? De trop en attendre ? D'être une nouvelle fois rejeté ? À moins qu'elle ne sache tout simplement plus comment interpréter ses gestes et attitudes et qu'elle se fourvoie, tout bêtement, à essayer de comprendre ce qui ne méritait aucune explication ?

— Là ! indiqua-t-il tout en tapotant l'article du bout du doigt.

Mardi, en fin de journée, un homme a été interpellé pour nuisances à l'ordre public. Visiblement bouleversé et dans un état que beaucoup ont jugé préoccupant, l'homme, charpentier dans la commune de H., s'est accusé à maintes reprises d'avoir « tué la sirène ». Finalement maîtrisé par deux représentants des forces de l'ordre, l'homme aurait été mis sous les verrous si Mr. C., de passage en ville, n'était intervenu pour sa défense. « John n'a jamais eu toute sa tête », a-t-il expliqué. « Par chez nous, nous n'accordons plus beaucoup d'attention à toutes ses divagations, c'est juste un pauvre bougre. Pas méchant pour un sou ! » Plus de peur que de mal en définitive, notre fauteur de trouble ayant été finalement ramené chez lui sous bonne garde.

— John ! s'écria Alma. Le père d'Emily ! Elle m'a dit qu'il était charpentier, c'est forcément lui !

Son cri vint briser le silence studieux qui planait jusque-là dans la pièce. Amelia lui jeta un nouveau regard outré et Rory, toujours penché sur le journal, se tourna vers elle, leurs visages à présent distants d'à peine quelques centimètres.

— Je ne comprends plus rien, là.

Elle lui expliqua en quelques mots sa visite à Emily, la photo, la mention de ce père aimé, mais « différent » et qui semblait avoir un lien particulier avec Laura Clark.

— Si c'est lui, tu crois qu'il disait vrai alors ? demanda finalement Rory tout en désignant l'article. Qu'il l'a vraiment tuée et qu'on a cru, à tort, qu'il ne racontait que ses délires ? Parce qu'il était un peu toqué ?

— Ce serait vraiment terrible !

— Ou alors sacrément ironique ! Quand on pense à tous ces innocents qui sont enfermés à tort parce qu'ils avaient la tête ou la réputation censée aller de pair avec un crime… Lui, c'est le contraire. Il avait sans doute l'air trop innocent pour être coupable aux yeux des gens.

— Franchement, je ne sais pas. Mais je crois que je vais retourner voir Emily avec cet article. Enfin, avec une photocopie bien sûr, ajouta-t-elle à l'adresse d'Amelia qui commençait déjà à lui expliquer qu'il était interdit de sortir le moindre document.

Ils finirent par regrouper leurs affaires puis descendirent à l'étage inférieur où Charlotte, en train de préparer des commandes, hésitait devant son ordinateur, visiblement incertaine quant aux nouveaux titres à choisir.

— Un véritable casse-tête, expliqua-t-elle un peu plus tard. Entre ce que les gens demandent sur la liste des souhaits, ce que la ville veut que j'achète et les budgets limités, j'ai du mal à contenter tout le monde et j'ai l'impression de ne jamais avoir les bouquins qu'il faut. Mais en tout cas, une chose est sûre : je suis celle vers laquelle toutes les plaintes convergent, qu'elles viennent d'un côté ou de l'autre !

— C'est ça d'être une femme à responsabilités, la consola Alma avec un sourire compatissant.

Plus loin, deux bénévoles discutaient doucement tout en traînant derrière elles un lourd chariot où reposaient tous les livres rendus la veille au soir et qu'il fallait remettre au plus vite dans les rayons. Une ado aux faux airs de Taylor Swift – carré blond, jambes immenses et rouge à lèvres écarlate – se dandinait devant le rayon polars. Vissé sur ses oreilles, son casque aux dimensions monstrueuses semblait vrombir dans l'ambiance feutrée de la bibliothèque.

— En tout cas, s'exclama Charlotte, je suis super étonnée de vous revoir si vite.

— Rory a été incroyablement rapide. Un vrai chien de chasse !

— C'est bon à savoir ! s'exclama Charlotte qui semblait prendre ce talent très au sérieux. J'ai pas mal de trucs à retrouver et...

— N'y pense même pas.

— OK. En tout cas, tu as l'air déprimé, mon petit. Qu'est-ce qui se passe ?

Si Alma exultait, admirant sa photocopie comme si c'était le plus beau des trésors, le chien de chasse ne semblait pas vraiment dans sa meilleure forme.

— Tu devrais pourtant être content. Vous pensiez en avoir pour des heures !

— C'est vrai, concéda-t-il.

— Oui, mais il y a eu un imprévu : il a eu un coup de cœur pour Amelia, ricana Alma. Je pense qu'il est déçu de la quitter si vite ! Mais n'hésite pas, susurra-t-elle à l'intention du jeune homme, je comprendrais que tu veuilles la rejoindre !

Si elle pensait éveiller ne serait-ce qu'un sourire sur son visage boudeur, Alma fut déçue. Rory ne releva pas et leur proposa plutôt d'aller manger ensemble.

— Je crève de faim. Prends ta pause, Charlotte.

La pluie s'était un peu calmée mais évidemment pas assez pour leur permettre d'envisager de manger à l'extérieur et c'est d'un pas rapide qu'ils pénétrèrent dans une petite pizzeria, à l'angle de la rue.

— Vous avez de la chance, leur confia la gérante. On a ouvert ce matin pour la saison. À un jour près, vous auriez trouvé porte close.

— C'est minuscule hein ? leur fit remarquer Charlotte lorsqu'ils furent de nouveau seuls. J'espère que vous n'êtes pas claustrophobes !

— J'espère surtout que personne n'aura la bonne idée de venir manger ici !

Leur table était en effet coincée entre un mur de briques rouges et une autre table pour quatre personnes. Derrière, l'on pouvait certainement caser quatre ou cinq autres mangeurs, tout au plus, à condition qu'ils ne soient ni trop grands, ni trop gros.

— Bon alors, vous m'expliquez un peu vos histoires ? Vous faites un duo d'enquêteurs bien peu loquace ! C'est que je suis légèrement curieuse, moi ! commença Charlotte tout en plongeant le nez dans le menu, s'intéressant visiblement beaucoup plus aux desserts qu'aux plats de résistance. Et dire que je m'étais juré de faire un peu attention, souffla-t-elle tout en secouant doucement la tête, visiblement déçue par son manque de sérieux. Me voilà devant le cauchemar de toutes les régimeuses de la planète.

— Il y a des salades si tu veux, fit remarquer Alma.

— Personne ne va au restaurant pour manger une salade ! se défendit Charlotte.

— Si ! Ma mère, avoua Rory. Puis après elle finit les pots de glace à la maison quand elle croit que personne ne la voit. Ça lui permet de se plaindre à qui veut l'entendre que ses efforts ne servent à rien. Sauf que personne ne lui a demandé de perdre du poids...

— Ta mère est très bien comme elle est ! s'exclama Alma. Enfin je veux dire... Elle n'a pas besoin de manger de la salade.

— Parce que j'en ai besoin moi ? interrogea Charlotte, un trémolo dans la voix.

Alma accusa le coup.

— Euh non, je n'ai jamais dit ça et...

Charlotte leva la main en guise d'apaisement.

— Je rigole, Alma ! Détends-toi deux secondes, ça te changera. Je sais que je suis trop grosse et que je devrais me contenter d'une salade avec la sauce à part, mais j'ai un gros défaut, un défaut plus gros que mon volumineux postérieur : je suis tellement gourmande ! Et rien ne me met plus en appétit que de manger avec deux personnes que j'aime beaucoup ! En résumé : c'est votre faute !

— Je plaide coupable ! avoua Rory. Mais je saurai me montrer solidaire, voilà pourquoi j'opterai pour le plat le plus calorique de toute la carte. Enfin, encore faut-il le trouver !

Puis il chaussa à nouveau ses petites lunettes de papy.

— Ignobles, ces lunettes, commenta Charlotte.

— Moi je les adore, persista leur propriétaire. J'ai l'impression d'être Harry Potter quand je les mets. Non ?

— Bof. C'est pas forcément une référence. Personne ne fantasme sur Harry Potter !

— Peut-être. Mais qui te dit que j'ai envie qu'on fantasme sur moi ?

— Je ne sais pas... Peut-être ta chevelure savamment coiffée-décoiffée ? Ou alors ta petite chemise de beau gosse ? À moins que ce ne soient tes sourcils parfaitement épilés ?

De faussement sérieux, Rory passa directement en mode outré et, rentrant les épaules, se défendit vivement :

— Je ne m'épile absolument pas les sourcils Charlotte, alors arrête de…

— Je me souviens pourtant qu'avant ils descendaient là, montra la jeune femme en se tapotant le haut de l'arête du nez.

— OK j'avoue ! Mais juste au milieu ! Juste pour que ça fasse propre. Minimum vital.

Il fit un geste qui voulait sans doute exprimer quelque chose du genre « C'est évident non ? » – à moins que ce ne soit tout simplement « Foutez-moi la paix avec ça ! » et Alma eut soudain envie de lui prendre la main pour lui dire qu'elle trouvait très séduisants les hommes qui prenaient soin d'eux mais elle fut stoppée dans son mouvement par Charlotte qui déclara, imperturbable :

— Nous pouvons en conclure qu'au naturel, Rory est un peu le frère caché de Cara Delevingne.

Après qu'on fut revenu prendre leur commande, ils trinquèrent à coup de vin bon marché en attendant leurs plats puis Charlotte revint à la charge :

— Bon, on en parle ou on tourne encore autour du pot pendant mille ans ? C'est quoi le lien entre cette lettre, le truc que vous avez déterré… – faudra d'ailleurs un jour m'expliquer ce que vous faisiez tous les deux là-bas – et… ma nouvelle ? Si ce n'est cette histoire de sirène.

— On peut mettre de côté la statuette pour le moment, répondit Alma. Elle n'a pas de lien clair et net avec tout ça, bien que je sois certaine qu'elle en fasse partie. Mais après avoir écouté l'histoire de cette fille qui s'est noyée et après avoir lu la lettre chez Mina, je n'ai pas pu lire ta nouvelle, puis l'article, sans me poser de questions et sans penser que tout avait un lien. Ma grand-mère disait que je ne trouverais jamais la vérité. Peut-être que je n'en suis pas si loin après tout…

— Ouais, c'est fort possible. Mais tu espères quoi, au final ? demanda Charlotte. Prouver que ce n'était pas un accident et que la fille dont tu parles a été tuée par cet homme ?

Alma resta un instant silencieuse, plus que jamais consciente de l'attention dont elle faisait l'objet, puis reprit timidement :

— Oui… Pourquoi pas ?

Charlotte eut l'un de ces rires pleins d'amour, ceux que l'on réserve aux personnes que l'on aime mais dont les projets nous dépassent parfois.

— Un meurtre sordide, résolu plus de cent ans plus tard par une fille qui…

— … qui préférait résoudre des problèmes dont tout le monde se fout plutôt que de faire face à ses propres soucis, compléta finalement Alma d'une voix terne.

Si elle s'était sentie fière et victorieuse pendant quelques minutes, à présent, elle était complètement molle, comme vidée de sa substance et de l'enthousiasme qui l'avait animée depuis le début de la matinée. Certes, Madame Dépression et Madame Solitude avaient déserté les lieux mais c'était pour laisser plus d'espace à leur pendant masculin : Monsieur Moral-en-Dents-de-Scie. Ou comment passer de la bonne humeur sincère à une humeur morose en un clin d'œil. Un mal typiquement féminin, comme disaient les misogynes ordinaires.

Comme dans un flash, Alma revit le tas d'enveloppes sur le lit de sa chambre et le message de sa mère, des rappels à l'ordre auxquels était venue s'ajouter la perspective de revoir Jack dans quelques jours. Elle se sentait à nouveau complètement dépassée par les événements et d'une grande faiblesse. Après tout, peut-être était-elle allée un peu trop vite en besogne. Peut-être aurait-elle dû être plus sage, plus raisonnable, et rester à Londres. Elle serait sortie avec Caroline, aurait renoué avec d'anciennes connaissances, se serait inscrite sur un site de rencontres à la mode, aurait commencé un blog où elle aurait raconté ses folles soirées dans la capitale. Puis elle aurait trouvé un autre boulot, un autre mec, et tout aurait recommencé.

Un nouveau tour de manège.

Avec le même décor, les mêmes acteurs – à quelques variations près –, la même histoire et peut-être le même dénouement. Parce qu'elle n'en était plus à une désillusion près.

Ce manège, elle avait essayé d'en descendre en route, une fois. Elle y était remontée de force et, bien que reconnaissante envers ceux qui l'avaient hissée à nouveau, elle ne parvenait plus vraiment à trouver sa place. Alors oui, c'était totalement vrai. Pour elle, ces histoires de sirène n'étaient finalement qu'une manière de s'occuper l'esprit. Grâce à elles, elle avait l'impression qu'elle avait un but autre que de se remettre les idées en place. Mais si elle parvenait à s'en convaincre dans l'intimité, elle se rendait à présent compte que ce n'était que du vent.

Et puis Mina ne lui avait rien demandé. Mina ne voulait pas savoir qui était cette sirène. C'était elle et elle seule qui s'était lancée là-dedans.

— Alma ?

La voix si douce de Charlotte la fit remonter à la surface.

— J'ai l'impression que je t'ai vexée. Je suis vraiment, vraiment désolée si je t'ai fait de la peine, je ne voulais pas sous-entendre que c'était sans intérêt.

Alma secoua la tête avec vigueur.

— Non, ne t'inquiète pas. Tu as juste dit ce que je ne voulais pas entendre. Pour tout vous dire, ma vie est un sacré bordel depuis quelque temps. Désolée pour le terme, mais je ne vois pas trop comment expliquer les choses autrement…

Elle ricana bêtement et son petit rire lui sembla bien faux. Charlotte haussa les épaules, pas vraiment impressionnée par cette révélation.

— Comme nous tous, non ? J'veux dire… Les gens qui clament à tous les vents que leur vie est géniale et que tout va bien sont souvent de gros menteurs. On a tous des côtés un peu moins reluisants mais ça ne nous définit pas totalement. Si ?

La jeune femme les prenait à partie, les suppliant du regard. Un peu catastrophée par la porte qu'elle venait d'entrouvrir, Charlotte voulait être rassurée, elle voulait obtenir la confirmation confortable que oui, ils comprenaient parfaitement où elle voulait en venir. Qu'ils savaient ce qu'était un naufrage et qu'elle n'était pas seule à perdre pied, parfois.

Alma hésita, soudain confuse. Elle éprouvait l'envie de parler, de mettre des mots sur sa propre détresse mais elle craignait de plomber durablement l'ambiance, de leur faire peur et surtout, qu'ils ne se mettent à la regarder d'un œil différent.

— J'ai perdu mon job, déclara alors Rory. J'ai dit que j'étais en vacances et c'est plus ou moins vrai. Ce que j'ai oublié de préciser, c'est que je n'aurai pas de poste à la rentrée. Et je ne peux pas blâmer le destin, me faire passer pour une victime ou je ne sais quoi car tout est ma faute. J'ai joué au con, comme toujours. On en a eu marre de m'entendre râler tout le temps, je présume. Un problème en entraînant une autre, mon contrat n'a pas été reconduit alors qu'à l'origine, cela aurait dû être le cas. Je n'ai pas réalisé, je n'ai pas anticipé. Et j'ai beau avoir trente-trois ans et être indépendant depuis mes dix-huit ans, sans comptes à rendre à personne, j'ai peur de le dire à mes parents. Alors je mens. J'ai passé deux semaines à mater toutes les émissions télévisées possibles et imaginables puis j'ai pris ma voiture et j'ai débarqué comme une fleur chez mes parents. Avec mon chien et mes gros mensonges. Et j'ai terriblement honte. Ma mère va être tellement déçue ! Elle passe son temps à vanter ma vie et mes prétendus talents à tout le monde. Elle ne se rend pas compte qu'elle me fait passer pour un mec arrogant et qu'en plus, elle me donne de sacrés complexes d'infériorité ! J'ai l'impression d'être tellement plus nul que celui qu'elle imagine ! Tu voulais mon côté le moins reluisant ? Eh bien le voilà, ma chère Charlotte ! Satisfaite ?

— Oh oui !

— Et toi ? Tu ne peux pas lancer ce sujet et t'en tirer à si bon compte !

— Tu veux savoir ce qui me fait le plus honte ? Eh bien… Je suis célibataire depuis…

Plissant les yeux de concentration, elle sembla faire mentalement le compte puis annonça presque gaiement :

— Depuis trois ans, trois mois et onze jours. Mais quand je dis célibataire, c'est célibataire ! Rien de rien.

— Ce n'est pas non plus la fin du monde, avança Rory.

— Non, c'est sûr ! C'est ce que tout le monde me dit dès que j'en parle. Évidemment que ce n'est pas grave mais est-ce que tu voudrais être à ma place ?

— Non.

— Ce qui n'est *pas grave* dans la vie des autres devient vite problématique quand ça nous concerne directement, n'est-ce pas ? Ce n'est pas faute de chercher, en plus : je ne sais pas combien de rendez-vous j'ai eu ces derniers mois. Je ne passe pas une semaine sans rencontrer un nouveau type mais aucun ne m'intéresse ! Je les trouve tous… sans intérêt. Les sites de rencontres m'ont vendu du rêve et au final, je me retrouve avec une bonne brochette de mecs fades à souhait. Mais vous savez le pire ? Ils n'y peuvent rien, les pauvres garçons, s'ils ne sont pas drôles et s'ils n'ont rien à dire ! C'est moi, la fautive. Moi qui attends trop d'eux. J'ai dû mater trop de films, je trouve les personnages fictifs toujours meilleurs que les vraies personnes ! Alors ils me déçoivent forcément et moi, je me déteste de les juger en moins de deux et surtout, de réduire ma vie à mon vide affectif.

Puis elle avala d'une traite son vin et se redressa sur son siège. Le silence retomba.

— Et toi Alma ?

Ils la regardaient tous les deux à présent. Tranquilles. Amicaux. Elle se sentit tout simplement fondre. Certes, elle s'était souvent trompée dans sa vie, avait accordé sa confiance aux mauvaises personnes, s'était livrée sans retenue à des gens qui, bien souvent, ne lui avaient rien donné en retour mais elle ne pouvait faire d'erreur cette fois. Sa conviction, tellement forte, la poussa à parler.

— Eh bien… Je sais que j'ai l'air d'être une vacancière tout à fait ordinaire mais en réalité, je ne suis pas venue profiter de la bonté de ma grand-mère pendant deux mois. Si je suis là, c'est parce qu'il fallait que quelqu'un garde l'œil sur moi.

— Comment ça ? demanda Charlotte qui avait posé ses couverts.

— Je suis un cliché ambulant. J'ai été plaquée du jour au lendemain, j'ai fait une dépression, j'ai perdu mon emploi et… J'étais dans une impasse. J'ai essayé d'en sortir. D'une manière radicale. Mais même ça, je l'ai raté ! Je suis un vrai boulet.

— Dis pas ça…

Charlotte lui pressa amicalement le bras. Alma poursuivit :

— Tout le monde a été tellement gentil avec moi après ça ! J'ai eu l'impression d'avoir été tellement égoïste ! Mais ma reconnaissance est en train de se transformer en une sorte de… Je sais pas. De ras-le-bol. Tout le monde est trop gentil avec moi depuis trop longtemps. Je ne supporte plus qu'on me traite avec pitié. Qu'on me parle comme si j'allais me briser au moindre mot de travers ou à la moindre critique. Ça ne m'aide vraiment pas à avancer. Si on continue de me traiter indéfiniment comme une chose fragile, j'ai peur… J'ai peur d'en devenir une pour toujours et de ne jamais m'en remettre ! avoua-t-elle dans un souffle.

Voilà, c'était dit. À présent, elle n'avait plus qu'à attendre les « Oh ma pauvre, c'est horrible » ou « J'espère que tu es suivie par quelqu'un de compétent, c'est important » ou encore les gentils, mais non moins inutiles « Je suis vraimentvraimentvraiment désolé pour toi ! ».

Mais rien ne vint. Et c'était pire ! Car ils étaient sans doute en train de se demander comment ils allaient pouvoir se débarrasser de la tarée qu'elle était sans passer pour des gens trop indélicats. Mais quand elle releva les yeux, décidée à crever l'abcès, ce fut pour voir Rory qui levait son verre en son honneur :

— J'avoue que tu gagnes haut la main question « vie en bordel ». Je m'incline ! J'ai trouvé mon maître !

Puis il lui fit un clin d'œil qui, venant n'importe qui d'autre, aurait semblé de mauvais goût mais qui, de sa part, lui parut juste charmant.

Charlotte plongea quant à elle sa fourchette dans ses pâtes au pesto et au parmesan, qu'elle avait saupoudré avec une générosité pleinement assumée, puis déclara, implacable :

— C'est clair, tu gagnes haut la main ! Et c'est pourquoi tu te dois de nous offrir le repas ? OK ?

Alma acquiesça sans un mot, de drôles de larmes au coin des yeux. Sa pizza était presque froide et elle n'avait absolument plus faim. Cela n'empêcha pas ce repas d'être l'un des plus agréables des derniers mois.

25

Octobre 1913

Quand elle avait enfin compris ce qui l'attendait, quand son esprit avait enfin réalisé ce que son corps savait depuis bien longtemps, Laura s'était sentie heureuse. Merveilleusement heureuse. Terriblement heureuse. Comme si elle avait été parcourue d'un éclair de bonheur qui, remontant du sol jusqu'à ses pieds, avait fusé le long de ses jambes, de ses reins et jusqu'à son cœur pour s'épanouir sur ses traits et venir se loger dans le moindre recoin de son esprit.

Oui, elle en avait été heureuse, comblée même ! Mais terrifiée, aussi.

Car elle avait alors compris que le secret qu'elle portait en elle était finalement autrement plus lourd et autrement plus fou que celui qu'elle avait chéri jusque-là. Qu'il n'était plus question d'amour caché, de rendez-vous clandestins et de trahison fraternelle. Que ce n'était plus un jeu sans conséquence.

À présent, quoi qu'il arrive, quoi qu'il se passe, elle savait que sa vie resterait irrémédiablement tissée à celle de Matthew. Qu'on cherche à les séparer ou non, qu'on cherche à les contraindre : ils auraient *toujours* quelque chose en commun, un lien immuable et tout entier incarné dans l'enfant qui serait le leur. Et cela, après tout, était beaucoup plus fort et plus vrai que ces histoires de mariage dont Sybil leur rebattait les oreilles depuis des mois. Ou des années ?

Pour lui et elle, il n'y avait eu ni cérémonie, ni bénédiction. Ni jolie robe, ni musique…

Juste eux. Elle. Et lui. Lui et elle.

Bien sûr, son premier réflexe avait été de courir lui apprendre la nouvelle puis elle s'était raisonnée au dernier instant. Non par désir de lui cacher quoi que ce soit – si elle avait osé, elle lui aurait confié jusqu'à la moindre de ses pensées – mais par souci de l'épargner encore un peu. La décision, instinctive, s'était imposée à elle. Il partirait en paix, l'esprit libre et elle lui apprendrait tout quand il rentrerait de son voyage lointain. Il semblait si anxieux ces derniers temps, tellement perturbé par leur situation qu'elle n'avait pas eu le cœur à en rajouter. Pour lui, elle avait accepté d'attendre. De se montrer, pour une fois dans sa vie, plus patiente et plus mesurée.

— Nous avons la vie devant nous, lui avait-il répété tout en passant ses longs doigts dans ses cheveux emmêlés. Nous pouvons attendre encore un peu avant de mettre le feu aux poudres. Selina a raison, il faut que je réfléchisse, que je trouve la meilleure manière d'agir. Tu comprends, je ne voudrais pas que Sybil fasse une bêtise. Il faudrait que je lui parle pour de bon cette fois, que j'écoute enfin les conseils de Selina ! Je suis en train de voir ce que je peux faire pour nous, pour notre départ. J'ai écrit à des amis de Londres. Nous pourrions…

— Mais avec quel argent ? l'avait coupé Laura, qui ne comprenait pas vraiment en quoi des amis pouvaient les aider. Je n'ai rien à moi ou si peu et toi…

— Oui, je sais, je sais, avait-il répondu d'une voix un peu plus brusque. Je suis un véritable mendiant. Tout ce que je possède, ce sont les dettes de mon père et une splendide sirène aux cheveux noirs !

Elle l'avait gratifié d'un air faussement outré :

— Vous ne me possédez pas Matthew Wilson ! Je ne suis ni un livre, ni une voiture !

Puis elle l'avait laissé prendre son menton entre son pouce et son index, plonger dans ses yeux et l'embrasser avec une vigueur certainement destinée à lui prouver le contraire. Ce qui ne l'avait pas dérangée outre mesure. Car elle savait bien que Matthew la possédait, totalement, inconditionnellement. Mais ce n'était qu'un juste retour des choses car il était également à elle.

Rien qu'à elle.

Elle savait qu'il était heureux avec elle et elle avait l'arrogance de penser qu'elle lui apportait plus que ne lui avaient apporté Sybil et toutes les autres avant elle – même si, en femme jalouse, elle n'avait rien voulu entendre et rien savoir d'elles. Elle savait aussi que malgré sa présence, il était malheureux. Parce qu'ici, entre les murs de la demeure familiale, il redevenait le petit garçon qu'il ne voulait plus être. Le fils de sa mère. Le malade. Le garçon fragile qui ne pouvait rien décider par lui-même. Et c'est aussi pour cela qu'elle avait accepté qu'il parte aux côtés de son père, pour cette Amérique qui le faisait tant rêver. « Trois mois, à peine », avait-il assuré. L'imaginer si loin d'elle lui broyait le cœur mais elle n'en avait pas moins l'intime conviction que ce voyage était la solution. Il en reviendrait grandi, il en reviendrait plus fort et surtout, loin de Sybil et de sa mère, il trouverait le courage de parler et d'agir pour leur avenir. Laura avait confiance en lui comme elle avait confiance en son propre père. Le lien qu'elle avait avec lui avait toujours été si particulier, si impalpable et en même temps si fort… Il penserait à leur bonheur avant tout, pas comme Catherine qui, elle, ne songerait qu'à la réputation de sa famille et aux médisances de son entourage.

Elle qui était la liberté même était désormais prise au piège. Elle n'avait plus envie d'aller vagabonder à tous les vents. Désormais, elle ne faisait plus qu'attendre. Elle attendait que les jours passent. Elle attendait d'avoir de ses nouvelles. Elle attendait que Selina vienne lui rendre visite. Et elle se repaissait des lettres que lui amenait cette dernière, Matthew cachant des messages pour elle au sein des courriers qu'il envoyait à sa sœur.

Fidèle à la discrétion qu'elle leur avait promise, Selina ne posait jamais la moindre question, se contentant de faire ce qu'on attendait d'elle, sans faire de commentaires ni demander d'explications. Laura n'était pas dupe de ce calme apparent et savait que son amie lui en voulait sincèrement d'avoir laissé Matthew partir au loin. Selon ses propres termes, elle le poussait *à la lâcheté quand il aurait dû s'affirmer et prendre les bonnes décisions.* Bien sûr, Selina avait raison. Selina avait toujours raison.

Mais si Selina n'avait pas ses faiblesses ni son indulgence, elle ne manquait pas de jugeote ni de ce fameux sens de l'observation dont elle s'était toujours vantée. Véritablement inquiète face à sa mine de plus en plus ravagée, à ses sautes d'humeur et à son incapacité à manger sans sortir de table au pas de course, elle n'avait pas tardé à lui faire part de ses craintes.

— Laura, il faut que je te parle, lui avait-elle lancé lors de l'un de ces après-midi oisifs où elles buvaient du thé en discutant de tout et de rien. Permets-moi d'être directe avec toi. Je ne veux pas te faire peur mais je crois que tu es très malade. Si je me fie à mes quelques connaissances en la matière, qui sont peu importantes, j'en conviens parfaitement, je crains que tu n'aies…

Gênée, elle s'était raclé la gorge avant de se redresser sur sa chaise et de déclarer sur un ton extrêmement solennel :

— Une grave maladie des voies aérodigestives supérieures.

Bien que houleuse, la conversation qui avait suivi lui avait paru bien facile en comparaison de celle qu'elle avait eue avec sa mère, à peine quelques jours plus tard. Prise en flagrant délit de haut-le-cœur, elle avait été mortifiée par l'irruption de cette dernière avant de réaliser qu'il s'agissait peut-être de la façon la plus simple et la plus évidente de la mettre dans la confidence.

Mais la vie réserve souvent de drôles de surprises et sa confession, qu'elle pensait dévastatrice, n'était rien au vu de ce que sa mère lui avait avoué ce jour-là. Et s'ils n'étaient que peu de chose, considérés indépendamment l'un de l'autre, ensemble leurs secrets devenaient un monstre terrible. Un monstre devant lequel elle ne pouvait rien faire, si ce n'est abdiquer. Alors, après la honte d'être découverte, la confidence de sa mère puis les larmes, avait suivi une longue période de prostration au cours de laquelle elle avait seulement été capable de gémir doucement, comme un animal blessé qui prendrait soudain conscience de sa douleur. Étaient-elles restées seulement quelques minutes sur ce sol glacé, ou bien des jours ou même des années ? Parfois, il lui semblait être un peu morte ce jour-là, dans les bras de sa mère qui la serrait à l'étouffer.

Mais le temps ne s'était pas suspendu et son cœur avait continué à battre la mesure, répandant peu à peu le poison du doute dans ses veines. C'était faux. Tout ce que sa mère venait de lui raconter était faux et si elle s'était montrée convaincante, elle n'en était pas moins folle. C'était trop impossible pour ne pas être une invention de l'esprit. Une bêtise. Une histoire montée de toutes pièces pour lui faire peur. Oui, sa mère perdait complètement l'esprit. À moins qu'elle ne soit prête à tous les mensonges pour protéger encore une fois sa chère Sybil ? Si perturbée soit-elle au présent, Laura n'en faisait pas moins la somme des affronts du passé, revenant sur toutes les petites injustices dont elle avait fait l'objet et qui, aujourd'hui, prenaient des airs de preuves. Car Mary ne s'était-elle pas montrée souvent injuste avec elle, juste pour préserver la paix dans la maison ? Ce favoritisme à peine voilé dont avait toujours bénéficié Sybil n'était-il pas la raison d'être de ce mensonge ? Fallait-il encore une fois que sa sœur ait tout et qu'elle se contente du reste ?

Le contact de sa mère lui était devenu insupportable et elle n'y avait plus trouvé le moindre réconfort. L'idée même d'être dans ses bras lui donnait envie de mordre et à cette idée, elle sentait presque déjà le goût du sang dans sa bouche. Incapable de laisser redescendre la vague de désespoir qui menaçait de la submerger tout à fait, elle avait alors cherché à s'éloigner d'elle, décollant un à un les doigts qui s'agrippaient fermement à sa taille. N'y parvenant pas, elle n'avait eu d'autre choix que de la repousser violemment, avec toutes les pauvres forces qui lui restaient. Elle était parvenue à ses fins. Sous le coup de l'émotion, puis des coups, Mary était restée un instant interdite puis avait capitulé et s'était traînée jusqu'à l'autre coin de la pièce, la tête basse.

Après le chaos de leur lutte, le silence était une nouvelle fois revenu se blottir entre elles. Il était arrivé, timide, puis avait pris toute la place, étirant son corps de part et d'autre de la pièce comme un vieux chat s'étirant au soleil.

Laura avait cessé de pleurer depuis longtemps lorsque sa mère avait enfin osé relever les yeux sur elle. La femme qui la regardait, cette inconnue qu'elle appelait maman, lui avait semblé à la fois très jeune et très vieille. Innocente et fautive. Menteuse. Tout comme elle, finalement…

Elle eut alors la conviction que sa mère disait vrai et que rien ni personne ne pourrait jamais réparer ce que cette révélation venait de briser.

Ce n'est qu'en se réveillant dans son lit qu'elle comprit qu'elle avait finalement perdu connaissance et sombré pendant quelques heures dans les méandres de l'oubli. Ces longues minutes de sommeil avaient été autant de temps volé à la douleur mais cette dernière était restée tapie dans l'ombre et lui sauta à la gorge à peine avait-elle ouvert les yeux. La goulée d'air qu'elle tenta d'aspirer resta coincée, arrêtée par ces petites mains qui enserraient son cou. Elle suffoqua.

— Laura ?

En une seconde à peine, sa mère fut à son chevet.

Dans l'obscurité naissante de la fin de journée, Laura distinguait à peine ses traits mais devinait sa détresse rien qu'à l'intonation de sa voix.

— Je n'arrive pas à croire que tu as menti pendant tellement d'années, souffla-t-elle alors, sans prendre la peine de rassurer Mary sur son état. Je n'arrive pas à croire que papa n'est pas mon père. Est-ce qu'il le sait ? Est-ce qu'il est au courant ?

Sa mère sembla accuser le coup – sans doute ne s'attendait-elle pas à revenir si vite dans le vif du sujet – mais ne garda pas longtemps le silence.

— Il ne sait rien. Mais il est ton père, Laura. Je ne te laisserai jamais dire le contraire. Quoi que tu puisses en penser. Il…

— Il faut qu'il sache.

D'un coup de reins, Laura s'était assise dans son lit et regardait à présent sa mère bien en face.

— Il faut lui dire ! Il ne mérite pas qu'on se moque de lui ainsi, il a le droit à la vérité !

— Et en quoi la vérité pourrait-elle le rendre heureux, je te prie ?

— Parce qu'elle est au-dessus de tout.

— Dans ce cas, pourquoi as-tu menti toi-même pendant tant de temps ?

— Seulement quelques mois !

— Un mois, un an… Cela ne change rien. Ne me condamne pas ainsi sans savoir, sans même réfléchir. Parce que toi aussi, tu as fait le choix de mentir. Tu le sais à présent, n'est-ce pas ?

D'agacée, sa voix s'était faite plus douce et Laura se laissa retomber contre les oreillers, rendue muette par la honte.

— Tu sais toi aussi que le mensonge protège et permet de se protéger, continua Mary. J'ai choisi de mentir pour moi avant tout, j'en suis consciente et je ne le renie pas. J'avais fait une erreur, une erreur cuisante, mais elle était faite, n'est-ce pas ? J'ai payé le prix fort. La culpabilité fait des ravages mais…

Elle s'avança un peu vers Laura, remonta les couvertures sur elle et posa une main caressante sur ses cheveux.

— … j'ai menti aussi pour Paul. Oh, je n'étais pas fière, tu sais, et sans doute me suis-je un peu trop cachée derrière cette raison mais je craignais plus que tout de lui faire de la peine. Ce qu'on ne sait pas ne fait pas souffrir, ajouta-t-elle doucement.

Laura ferma les yeux, en proie à un sentiment extrêmement désagréable puis reprit, à nouveau accusatrice :

— Alors tu aurais été capable de laisser Sybil se marier ? Tout en sachant que…

— Je ne voulais pas que Sybil épouse Matthew et tu le sais. Je te l'ai dit clairement ce jour-là, t'en souviens-tu ? Je voulais que Sybil parte, qu'elle découvre autre chose, qu'elle…

— Mais tu n'as rien fait pour ça ! Tu allais laisser faire !

— Qu'aurais-je pu faire pour changer le cours des choses ? En parler à Catherine ? Impossible ! Dire la vérité à ton père ? Impensable ! J'étais seule, Laura ! Complètement seule face à tout cela. Jusqu'au dernier moment, j'ai espéré que les choses ne se feraient pas. J'ai essayé de raisonner ta sœur mais elle ne voulait pas penser à un autre qu'à Matthew, lui se laissait faire comme un pantin et…

— Et ce mariage arrangeait tout le monde.

— Précisément. Et jamais je n'aurais pensé que toi… Et lui… Non vraiment. Si jamais seulement su, seulement imaginé… Si j'avais compris à temps…

— Tu m'aurais arrêtée ?

— Nous serions parties jusqu'à ce que tu l'oublies.

— Alors tu n'aurais jamais revu ta maison. Parce que je ne l'oublierai pas. Et surtout pas maintenant.

Laura avait pris une grande inspiration, comme pour se donner le courage de continuer, puis avait demandé d'une toute petite voix :

— Est-ce normal si... si je ne me sens pas coupable ? Je devrais être horrifiée mais... Cela ne me fait rien. Cela ne change rien pour moi...

Mary soupira dans le noir mais ne répondit rien.

Les tourments étaient pourtant bien arrivés, mais plus tard et les semaines qui avaient suivi avaient sans doute été les pires de sa jeune vie. Chaque nouveau jour était aussi long qu'une année à ses yeux et très vite, elle n'avait plus eu que la force de se traîner de son lit à sa fenêtre pour voir les couleurs décliner dans ce ciel indifférent qui restait malgré tout si beau, si pur quand elle n'était que lourdeur et tristesse.

À présent, ses membres semblaient peser des tonnes, son cœur restait constamment serré, comme comprimé par un poids trop lourd à porter et qui menaçait parfois de la broyer tout entière. Elle ne dormait plus que par intermittence, incapable de profiter de ce sommeil réparateur dont elle aurait pourtant eu tant besoin. Seule la présence de Selina lui apportait un peu de réconfort. Elle ne pouvait cependant pas lui révéler le nouveau secret qu'elle portait à présent. Il était trop lourd et viendrait ébranler sa vie de manière trop brutale. Matthew devait savoir d'abord. Oui, il devait avoir au moins la primeur d'une telle nouvelle. À l'idée de tout lui dire, Laura tremblait.

Serait-il horrifié ? La renierait-il ? Serait-il dégoûté à l'idée même de poser ses mains sur elle ? Ne voudrait-il jamais entendre parler de cet enfant qui n'en restait pas moins le témoignage criant de ce qui les liait malgré tout ? Il fallait qu'il rentre. Elle avait tant à lui dire.

Mais Matthew n'était pas revenu.

Parfois, elle rêvait qu'il était mort et que Selina courait à elle pour le lui annoncer, ses souvenirs se mêlant à ses craintes inavouées. Dans ses rêves, des hommes en procession le portaient jusqu'à elle et venaient déposer son corps à ses pieds, exactement comme dans cette horrible reproduction qu'elle avait toujours vue dans le bureau de son père et sur laquelle un Christ tellement raide et grimaçant en devenait presque monstrueux. Chaque détail – depuis le ciel nuageux où se détachaient trois croix désormais vides jusqu'aux hommes qui s'éloignaient à cheval – semblait avoir été respecté en songe et elle se trouvait là, en lieu et place du personnage central, participant malgré elle à une mise au tombeau qui relevait du cauchemar.

Sa mère, qui dormait désormais dans la même chambre qu'elle, venait parfois la secouer quand ses sanglots devenaient trop violents mais Laura ne pouvait se résoudre à lui avouer ce qui la torturait réellement. Alors, tandis qu'elle se lamentait sans cesse sur l'absence prolongée de celui qu'elle attendait, sa mère pensait qu'elle ne se pardonnait pas sa faute et qu'elle souffrait mille tourments. Si elle avait su la véritable raison de sa tristesse, l'aurait-elle condamnée pour de bon ? Aurait-elle encore eu droit à la compassion maternelle ? Bien que consciente de sa faute et du devoir qui s'imposait à elle, Laura n'écoutait plus que d'une oreille, se contentant de hocher la tête sans jamais acquiescer vraiment. On lui parlait de silence et de renoncement mais c'était l'idée même de s'effacer de la vie de Matthew qui lui semblait intolérable.

Ce n'était pas son seul souci, évidemment. Elle s'inquiétait également beaucoup du mutisme de Selina qui fuyait son regard et restait évasive dès que Laura tentait, plus ou moins subtilement, d'orienter leur conversation sur son frère. Très vite, le doute s'était ajouté aux incertitudes. Selina savait-elle quelque chose qu'elle-même ignorait ? Quelque chose dont elle devait être tenue à l'écart, coûte que coûte ? Affaibli par l'inaction, la fatigue et l'angoisse, son esprit, autrefois vif, fonctionnait au ralenti et lui semblait aussi étriqué que sa chambre. Bientôt, elle n'eut plus qu'une idée en tête. Une idée triste, repoussante. Persistante.

Matthew ne donnait plus de nouvelles parce qu'il doutait. Malgré ses belles paroles et ses serments, peut-être rêvait-il même à nouveau de Sybil.

Puis, bien trop tôt, l'enfant arriva avec ses cris, ses pleurs, ses exigences.

Soudain, toute la vie de la maison tourna autour de ce petit être qui semblait tant attendre d'elle et pour lequel elle ne ressentait rien, pas même un léger intérêt. Ce petit amas de chair braillant n'éveillait pas d'étincelle en elle. Il qui ne lui ressemblait pas, pas plus qu'il ne ressemblait à son père. Ironiquement, ce petit nez et cette petite bouche ourlée lui rappelaient Paul tel qu'il avait dû être lorsqu'il était enfant.

Parfois, pendant de longues minutes, Laura regardait cet enfant qu'elle peinait toujours à considérer comme le sien. Repliée sur elle-même, elle se concentrait, cherchait ardemment cette chose, ce fameux sentiment d'amour inconditionnel dont elle aurait dû être envahie mais qui semblait l'éviter avec soin. En vain. Pas de sentiment plus doux. Pas d'étincelles. Elle en était arrivée à croire qu'elle ne pourrait l'aimer tant que Matthew ne l'aurait pas pris dans ses bras. Plus elle y songeait et plus cela lui semblait incontestable. Que pouvait-elle faire à part attendre qu'il vienne compléter une famille qui, sans lui, n'existait pas ? Il se devait de refermer le cercle de ses grands bras pour qu'enfin, elle s'y sente en sécurité. Se sente concernée. Pour l'instant, voir le regard peiné de sa mère ne la touchait pas, pas plus qu'elle ne se sentait attendrie en voyant Selina s'extasier devant ce *petit visage si fin, si mignon.*

Un après-midi, alors qu'elle s'était allongée sur son lit, tentant tant bien que mal de se concentrer sur un roman ramené par son amie, Sybil fit enfin son entrée dans sa chambre.

Sa sœur était revenue la veille au soir de son long séjour londonien et n'avait pas daigné monter la voir, pas plus qu'elle-même n'était descendue la saluer. Leurs anciennes querelles, si lointaines et si vaines, avaient laissé des blessures que l'éloignement s'était chargé de garder à vif. Et si Sybil ne savait rien, selon sa mère, c'est pourtant plus guindée et plus venimeuse que jamais qu'elle fit ses premiers pas dans la pièce.

— Tu sais, avait-elle commencé tout en jetant un air dédaigneux sur son teint un peu trop pâle, à présent les Londoniennes osent se maquiller ! Je crois qu'un peu de rouge à joues te ferait le plus grand bien, tu as l'air si… si fanée ! C'est effrayant !

Elle mima un frisson puis la gratifia d'un sourire glacé avant de continuer son exploration de la pièce sans ajouter un mot. Elle s'attarda devant le miroir, admira sa coiffure parfaite puis laissa sa main courir sur la coiffeuse, attrapa une brosse à cheveux d'un geste absent, grimaça devant les cheveux emprisonnés dans ses poils, la reposa d'un geste sec. Laura frissonna en la voyant s'attarder devant sa sirène de bois, une création absolument grotesque et inachevée que Matthew lui avait remise avant de partir. Sybil ne pouvait pas savoir mais…

— Je ne suis pas une Londonienne, avait-elle alors répondu afin de ramener l'attention de sa sœur sur elle.

— Je te crois sur parole.

Délaissant le décor, elle s'était encore un peu rapprochée du lit et malgré l'agacement terrible qu'elle faisait naître en elle, Laura s'était sentie envieuse devant tant de beauté. Sybil était radieuse. Si certains louaient l'air de la mer, celui de la ville faisait visiblement des merveilles… À moins que sa bonne mine ne soit due à une bonne nouvelle en particulier.

Du doigt, Sybil avait désigné l'enfant, qui babillait sur un coin du grand lit, avant de reprendre sur un ton faussement conspirateur :

— Grands dieux Laura ! Mais qu'est-ce donc ! Où es-tu allée chercher ça ? Maman m'avait prévenue mais je n'y croyais pas ! Dis-moi, est-ce à John ?

— John ?

Laura avait éclaté de rire, faisant de ce fait rougir sa sœur de contrariété.

— Ma question n'est pas si bête ! répliqua cette dernière tout en croisant les bras. Après tout, tu l'as toujours bien aimé et il a beau ne pas avoir plus de cervelle que ce bébé qui t'est venu d'on ne sait où, il n'en reste pas moins un homme !

— Quand allez-vous tous arrêter de le prendre pour un fou ? John est complètement normal, il…

— Mais oui, mais oui ! la coupa Sybil, méprisante. Je suis sûre que les chiens de maman ont plus de conversation. Est-ce lui ?

— Cela ne te regarde pas.

— C'est lui alors. Si ce n'était pas lui, tu me le dirais sans crainte.

Comme Laura gardait résolument le silence, Sybil reprit :

— Très bien ! Ne dis rien, surtout ! Laisse-moi converser seule comme une gâteuse ! Je finirai bien par obtenir la réponse ! Figure-toi que cela m'intéresse, c'est étrange, n'est-ce pas ? Généralement, tout ce qui te concerne m'indiffère au plus haut point pourtant ! Une conversation avec Selina pourra m'être utile, après tout. Du moins, avant qu'elle ne parte !

Le cœur de Laura manqua un battement puis repartit de plus belle, semblant près d'exploser dans sa poitrine.

— Selina va partir ? Mais où ?

— Tu ne le savais pas ? Oh, j'ai brisé un secret sans le vouloir ! Je suis vraiment incorrigible !

Sybil porta sa main à sa bouche, feignant d'être choquée par sa propre bêtise. Mais Laura n'était pas d'humeur à batailler avec elle des heures, il lui fallait des réponses, et vite !

— Où part-elle, Sybil ? Dis-le-moi !

Sa sœur sembla noter l'accent de panique qui perçait dans sa voix car son sourire mesquin s'évanouit rapidement, laissant place à une maussaderie qui lui ressemblait tout autant.

— À Londres. Je le tiens d'une amie que j'ai rencontrée là-bas et dont la mère est amie avec Catherine mais… tu n'étais vraiment pas au courant ?

— Non.

— Eh bien, maintenant tu le sais. Bientôt, ajouta-t-elle après une pause, il n'y aura plus personne à côté. Selina à Londres et Matthew qui ne reviendra pas… Ah, ça aussi tu l'ignorais ?

Les yeux écarquillés, les lèvres tremblantes, Laura n'aurait pu cacher sa stupéfaction, même en le souhaitant très fort. Si elle n'avait pu contrôler son expression, elle n'en fut pas moins heureuse d'être assise, sinon elle se serait certainement effondrée sur place, exposant d'autant plus sa vulnérabilité aux yeux sans pitié de sa sœur.

— Il m'a écrit une longue lettre, précisa Sybil d'un ton étonnamment calme. Il m'a tout expliqué.

— Il t'a écrit ?

— Oui, évidemment ! Mais en quoi est-ce si surprenant ?

— Eh bien… Il n'a pas écrit à Selina depuis longtemps.

Sybil haussa les épaules.

— Je n'y suis pour rien. Je ne décide pas du rythme de sa correspondance !

— Mais quand ?

— Quand quoi ?

— Cette lettre ! De quand date-t-elle exactement ?

— Oh, ça ! Sybil fit un geste agacé de la main. Je ne sais plus du tout. J'ai perdu la notion du temps, tu sais ? J'avais tant à faire ! Les dates, je n'ai jamais su les retenir et de toute manière, cela n'était pas le plus important.

— Et que disait-il ? Quels étaient ses mots ?

— Eh bien, je ne m'attendais pas à ce que le sujet te passionne autant !

Elle lui jeta un regard suspicieux. Laura retint son souffle mais Sybil détourna rapidement les yeux, reprenant le fil de sa pensée.

— Je ne me souviens plus des mots exacts mais il m'a dit avoir pris de grandes décisions durant son voyage, vois-tu ? Il m'a dit vouloir changer de vie. Il a beaucoup réfléchi et il veut… il veut envisager les choses sous un angle différent.

— Un angle différent ?

Elles s'observèrent un instant, toutes deux silencieuses.

— Je ne comprends pas, murmura Laura.

— Eh bien, moi non plus ! Mais vois-tu, il peut bien dire ce qu'il veut, cela m'est totalement égal.

— Égal ? Vraiment ?

L'air fier et le menton dressé bien haut, Sybil jouait parfaitement la comédie mais Laura n'était pas dupe. Quel que soit le véritable état d'esprit de sa sœur, elle ne pouvait paraître aussi sereine et mesurée. Pour une simple et unique raison : elle ne l'avait jamais été de sa vie alors, pourquoi maintenant ?

— Pour le moment, je n'y pense pas vraiment. Je le connais et je suis presque certaine qu'il ne pense pas ce qu'il dit. C'est un éternel indécis ! Mais s'il ne revient pas, j'irai à lui ! C'est aussi simple que cela et je n'ai pas plus peur. Je suis rentrée à la maison pour un temps indéterminé mais je sais que je ne resterai pas là longtemps. Je ne suis pas faite pour vivre ici. Il a fallu que je parte pour m'en rendre enfin compte. Il y a tellement mieux ailleurs, si tu savais ! J'ai eu du succès à Londres, tu imagines un peu ? J'ai passé de si belles journées là-bas ! Mais je te le raconterai quand ce bébé se sera calmé !

Et elle quitta la pièce sans plus de cérémonie.

Laura jeta un coup d'œil sur l'enfant que la présence de Sybil avait visiblement agité. Elle ne fit pourtant pas un seul geste vers lui, se contentant de rester la plus immobile possible et d'observer ses propres mains, posées à plat sur les couvertures. Pleurer lui aurait peut-être apporté un peu de soulagement, sur l'instant, mais elle savait vers quelle voie les pleurs l'emmenaient à chaque fois. Une voie sombre, profonde, sans issue et dont elle peinait chaque fois un peu plus à retrouver la sortie. Un jour, ses larmes l'entraîneraient peut-être jusqu'au fond mais aujourd'hui, elle avait besoin de réfléchir et ne leur laisserait pas une seule chance de couler.

Ainsi, elle n'était pas folle. Cette impression qui la torturait, celle d'être tenue à l'écart des événements, était bien réelle et pas seulement née de l'ennui. Si elle devait se fier aux paroles de sa sœur, Selina lui avait menti ou du moins, avait omis de lui annoncer son départ prochain. Où s'arrêtait la bonne foi et où commençait le mensonge ? Avait-elle d'autres secrets pour elle ? Était-elle sincère lorsqu'elle affirmait ne pas avoir reçu de lettres depuis une éternité ou cherchait-elle simplement à couvrir son frère, attendant qu'il trouve enfin les mots pour lui annoncer…

Mais pour lui annoncer quoi, au juste ?

Qu'il renonçait ? Loin des yeux, loin du cœur disaient certains. Était-il possible que son amour n'ait résisté ni au temps, ni à l'éloignement ? Elle ne pouvait pas le croire. Elle ne pouvait se résoudre à une telle accusation. Et pourtant ! Simple *pantin*, selon sa mère, *éternel indécis* selon sa sœur, Matthew n'avait jamais brillé par sa ténacité ni par sa capacité à s'imposer. Après tout, il pouvait avoir découvert bien des avantages à vivre de l'autre côté de l'océan. La possibilité de travailler avec Paul – une chance à laquelle il ne pourrait prétendre s'il restait avec elle, en l'état actuel des choses – pouvait également l'avoir séduit. À moins qu'il n'ait déjà parlé d'eux à son père et qu'il ait dû faire face à un mur d'hostilité ? Avait-il échoué et préférait-il garder le silence ? Peut-être avait-il fait le choix de se taire, de laisser ses lettres sans réponse, espérant qu'ainsi, elle se lasse tout simplement d'attendre ? Laisser courir les choses n'était-il finalement pas dans ses habitudes ?

À cette idée, elle se sentit prête à perdre pied et son regard, errant, se posa à nouveau sur le bébé. *Son* bébé, quoi qu'elle en dise, quoi qu'elle en pense. Matthew pourrait se taire à jamais, Sybil, se moquer, Selina partir à des centaines de kilomètres, cet enfant serait toujours là. Il était un problème, elle ne pouvait le nier, mais à présent, alors qu'elle doutait de tout et de tous, il était également la preuve qu'elle n'avait pas rêvé.

Alors, peut-être pour la première fois depuis le premier jour, elle l'attrapa spontanément, le brandit à bout de bras, au niveau de son visage, et l'observa un long moment. Elle crut le voir sourire tout en sachant que cela était impossible puis, enfin, le ramena contre elle en un geste tendre qui la surprit elle-même. Elle trouva ce contact finalement très agréable et décida de s'y rattacher coûte que coûte. Car, à bien y réfléchir, cet enfant n'était peut-être pas qu'un petit tas de chair chaude. Non, il était bien plus que la souffrance et la solitude qu'il avait incarnées. En un battement de cœur, Laura avait soudain vu ce qu'il n'avait cessé d'être depuis son premier cri : le résultat d'un amour fou. Et peut-être qu'elle se devait de le protéger, de l'aimer autant qu'elle le pourrait. Que son père leur revienne ou non. Du moins, autant que ce poids immense, qui reposait toujours sur ses épaules, le lui permettrait.

26

Juin 2011

— Je suis vraiment content que tu sois amie avec Charlotte, lança Rory alors qu'ils s'éloignaient de la bibliothèque où ils venaient tout juste de laisser la jeune femme.

Charlotte avait un peu pleurniché en les voyant tous les deux monter en voiture, arguant que c'était trop cruel de leur part de venir la narguer avec leur liberté alors qu'elle devait travailler. Elle avait tenté de les retenir auprès d'elle puis reconnu bien tristement qu'il serait bête, si ce n'est extrêmement stressant, qu'ils restent tous deux collés à ses basques pendant le reste de la journée.

— Non, le mieux serait que je prenne mon après-midi, tout simplement ! Ce qui est évidemment impossible, ajouta-t-elle avec une voix de petite fille déçue.

— Je te kidnapperais bien mais j'ai peur qu'Amelia n'appelle la police, plaisanta Alma tout en lui pressant amicalement le bras. Mais je t'appelle plus tard, d'accord ? Et puis qui sait, Emily n'est peut-être pas chez elle ou alors, elle n'aura rien à dire. Et tu n'auras rien loupé.

— Mouais. Je n'y crois pas une seconde mais merci d'essayer de me consoler. Je vais essayer de survivre à cet abandon mais je ne promets rien.

— Quand je pense que tu te plains alors que tu vas passer le reste de la journée à aider Amelia à déterrer de pleines pelletées d'oncles oubliés !

— J'en frémis d'avance. Mais trêve de bavardage ! J'ai déjà bien trop traîné, je n'ose pas regarder l'heure… Dégagez de là tout de suite avant que je ne trouve une bonne raison de vous faire rester ! Déguerpissez ! Je vais vous regarder partir en agitant mon mouchoir comme si… (elle sortit un Kleenex d'un étui froissé) comme si vous partiez à la guerre et que je n'étais pas certaine de vous revoir vivants. Après tout, notre chère Emily n'est peut-être pas la brave vieille dame que nous pensons. Méfiez-vous d'elle, espèces de gamins imprudents ! Vous voulez des réponses mais êtes-vous certains qu'elle soit prête à entendre vos questions ? Parfois, les gens les plus insignifiants en apparence sont les plus cruels et vous…

— À t'entendre, on dirait qu'on va rendre visite à Vlad l'Empaleur ! la coupa Alma tout en lui arrachant son mouchoir des doigts. Tout se passera bien. Au mieux, elle nous mettra dehors…

— Et au pire, elle nous gavera de caramels, ajouta Rory tout en l'entraînant en direction de sa voiture.

— Très bien ! conclut alors Charlotte, totalement résignée à présent. J'aurai tout fait pour vous empêcher de partir, mais je capitule !

Alma avait regardé sa petite silhouette disparaître dans le rétroviseur et s'était très légèrement affaissée dans son fauteuil. Les sentiments qui l'assaillaient alors étaient si divers qu'ils l'épuisaient littéralement.

— Ça va ? lui demanda Rory, alerté par sa mine triste, tout en gardant le visage tourné vers elle.

Pour toute réponse, elle avait tendu le bras et attrapé le menton du conducteur afin de l'orienter à nouveau en direction de la route.

— Je me demande comment tu as fait pour ne pas avoir plus d'accidents que ça. On en a déjà parlé : regarde droit devant !

— Oh, la raison est toute simple. La majorité du temps, je suis seul. Je n'ai pas de telles distractions sur le siège passager.

— Parce que je suis une distraction ?

— Oui, une très agréable distraction.

Alma le regarda en coin. Flirtait-il ou se moquait-il d'elle ? Non, il se moquait. Personne ne flirterait ouvertement avec une fille qui venait tout juste d'avouer sortir d'une dépression. Cet homme étrange recueillait les animaux éclopés, pas les filles perdues. Il ne voulait pas de complications. Il ne serait pas sa bouée de sauvetage. Elle ne l'avait pas oublié.

Comme elle ne relevait pas, il se mit soudain à parler de Charlotte.

— Ça me fait presque bizarre de la voir comme ça, tu sais ? Elle était si différente quand on était ados ! Et maintenant, elle est si sûre d'elle ! Elle en a pris plein la gueule, à une époque, tu sais ?

— C'est-à-dire ?

— Les trucs habituels du lycée. Moqueries plus ou moins méchantes…

— Ah, ça ! Alma haussa les épaules. Tout le monde y passe. Il suffit d'avoir la mauvaise fringue, la mauvaise coiffure ou même d'être là au mauvais moment et te voilà fiché pour l'éternité dans la catégorie des ratés. J'étais assez douée pour me faire remarquer pour les mauvaises choses !

— Toi ?

— Oui, moi ! Bien sûr ! J'aurais tellement aimé les faire taire une bonne fois pour toutes ! Tu sais, à une époque j'en avais tellement marre que j'ai élaboré plusieurs scénarios de vengeance. Et crois-moi, ils étaient dignes des plus grandes productions hollywoodiennes.

— J'imagine que tu n'es pas passée à l'acte. Sinon tu ne serais pas là pour en parler.

— On ne peut rien te cacher ! Mais ce n'est pas l'envie qui me manquait. Plutôt les moyens. Trouver un char d'assaut n'est pas chose aisée quand on a quatorze ans ! Mais bon, je ne me plains pas. Ils ont fini par m'oublier et par passer à la victime suivante.

— Charlotte, ils ne l'ont pas lâchée.

— Mais qu'est-ce que tu faisais pendant ce temps ?

— Je n'étais plus dans le même lycée je te signale !

— C'est vrai.

— Le pire dans l'histoire…

— Quoi ? C'est qu'elle le méritait ?

— Non ! C'est qu'elle me racontait tout sans savoir que je faisais pareil de mon côté. Je savais qu'elle était le petit punching-ball attitré de tous ces petits cons et moi…

Alma eut un rire niais.

— Tu terrorisais les plus faibles avec tes petits poings ? Comme tu devais faire peur !

— Terrorisais ? Non ! Mais j'étais toujours là pour foutre leur journée en l'air, crois-moi.

Ses mains se crispèrent un peu plus sur le volant.

— Tu vois ?

— Je vois. Tu étais assez détestable pour ne jamais leur foutre la paix et suffisamment vicieux pour que cela passe inaperçu.

— C'est à peu près ça.

— Pourquoi tu me dis ça ? demanda-t-elle finalement après un silence. J'ai du mal à savoir où tu veux en venir.

— Je sais pas.

— Tu essaies de compenser ce que j'ai dit tout à l'heure ? De faire en sorte que je me sente moins nulle en découvrant que tu as toi aussi ta part d'ombre ?

Il lui jeta un regard outré mais anticipa son geste et se reconcentra sur sa route. Au grand étonnement d'Alma, qui s'était déjà habituée à un trafic paisible, il y avait nettement plus d'automobilistes. Ainsi, Mina, qui avait prédit le retour des vacanciers, n'avait pas perdu la tête et disait vrai : le coin n'allait pas tarder à se repeupler.

— Non, pas du tout, nia Rory. J'essaie juste de faire connaissance, en fait.

— Ah oui ? Tu sais que les gens cherchent généralement à se montrer sous leur meilleur jour, au moins dans un premier temps ? C'est généralement après qu'on tombe de haut.

— Eh bien considère que tu es chanceuse dans ce cas ! Tu découvres le mauvais, il te restera les bonnes surprises !

Ils gardèrent le silence quelques secondes puis Rory demanda :

— Tu sais que j'ai fait des recherches sur toi ? Est-ce que tu penses que c'est une sorte de harcèlement moderne ?

— Non ? Sérieux ? Tu as osé ?

Bien sûr, elle avait fait de même – et plutôt deux fois qu'une –, mais elle espérait que son air outré serait suffisamment crédible pour qu'il se sente mal à l'aise. Au moins un peu. Mais c'était loin d'être le cas.

— Parce que tu vas me faire croire que tu n'as pas fait la même chose ?

Elle haussa les épaules.

— Je n'ai rien trouvé de spécial, avoua-t-elle sans se faire prier. Mais ce n'est pas du harcèlement, ça ! C'est juste du bon sens.

— On est d'accord.

— Et Charlotte dans cette affaire ? Tu as fini par l'aider ?

— Non. Elle a fini par découvrir que j'étais un gentil avec elle et un méchant avec les autres.

— Et elle n'a pas aimé le méchant.

— Voilà. Mais elle m'a pardonné.

— Elle est bien trop gentille !

— Je sais, acquiesça Rory. Et je suis d'autant plus heureux quand je vois qu'elle se lie avec des personnes vraiment bien.

— Je ne suis pas quelqu'un de vraiment bien.

Certes, sa voix était peut-être un peu plus sèche que ne le méritaient les circonstances, mais elle n'était pas forcément enchantée par la tournure que prenait la conversation.

— Oh si !

— Comment peux-tu être aussi catégorique ? Tu ne me connais pas.

— Je le sais, c'est tout.

Comment lutter ? Elle ne s'abaisserait pas à lui expliquer à quel point il avait tort. Elle était loin d'être l'amie parfaite dont pouvait rêver Charlotte, d'autant qu'elle n'était que de passage.

Comme s'il lisait dans ses pensées, il reprit, étrangement concentré sur sa conduite à présent :

— La seule chose qui m'inquiète, c'est ce qui va se passer quand tu vas rentrer à Londres. Ça va lui faire beaucoup de peine. Je suis sûr qu'elle aimerait beaucoup que tu restes un peu plus longtemps…

— Ah oui ? Comment tu sais ça, toi ?

— Je le sais, c'est tout.

— C'est ta réplique du jour ?

— Peut-être bien.

Elle jeta un œil à son téléphone, plus par automatisme que par réel intérêt, puis s'entendit répondre, comme une évidence, alors qu'elle en doutait quelques secondes plus tôt :

— Je ne retournerai pas à Londres.

Elle guetta une réaction, un mouvement, peut-être un petit signe de soulagement ou même de surprise mais il sembla intégrer l'information avec une sérénité étrange. Non, décidément, qu'elle reste ou parte, cela lui était complètement égal. Elle avait espéré qu'il se soit lâchement caché derrière Charlotte pour évoquer ses regrets à lui mais il fallait croire qu'elle faisait passer ses désirs pour des réalités.

— Et tu vas faire quoi, alors ?

Elle haussa une nouvelle fois les épaules.

— J'en sais rien. Et toi ?

Il l'imita.

— J'en sais rien.

— Génial, conclut-elle finalement. Nous sommes l'incarnation même des trentenaires de notre époque. Fourmillant de projets et d'opportunités.

— Au moins, ça me laissera le temps d'écrire un peu… lança-t-il, tout en se garant devant le portail d'Emily, au détriment de toutes les règles basiques de discrétion.

Cette fois c'est sûr, Mina sera au courant.

— Mais il n'y a que des choses tristes qui me viennent en ce moment, reprit-il. Je deviens déprimant.

— Tu sais, il y a un lectorat pour ça.

— Pour les histoires déprimantes ?

— Mais oui ! Les romans qui finissent mal sont les meilleurs parce que généralement, on s'en souvient toute sa vie !

— Tu as raison ! À bas les bons sentiments, les gens heureux et le reste !

C'est sur ces mots pleins d'espoir qu'ils sortirent de voiture. Devant le portail, Rory s'effaça pour la laisser passer devant lui – galanterie qui lui donnait plus l'impression d'être balancée en première ligne sur le front qu'autre chose – et ils traversèrent le jardin sans un regard pour les pivoines qui y poursuivaient leur courte vie de fleur sans se douter – ou en se foutant complètement – des tourments humains.

Ce n'est qu'une fois le doigt sur la sonnette qu'Alma se demanda comment elle allait formuler ses questions. S'emmêler les pinceaux devant Charlotte était une chose, mais passer pour une fille totalement perchée auprès d'une *dame d'un certain âge*, comme disait sa mère pour qualifier les gens de plus de soixante-dix ans, en était une autre. Certes, Emily s'était révélée particulièrement charmante lors de leur première entrevue mais leur rencontre avait été spontanée. Cette fois, son arrivée prenait des airs de convocation.

— J'espère qu'il y aura quelque chose à grignoter, marmonna Rory tout en faisant mine de décapiter du bout du pied un groupe de tulipes déjà à moitié mortes.

— Comment tu peux avoir faim ?

Il n'eut pas le temps de répondre. Déjà, la porte d'entrée s'ouvrait pour laisser apparaître la même petite bonne femme que la dernière fois – forcément ! –, mais cette fois-ci, affublée d'un grand tablier blanc.

— Oh ! Rory ! Et Alma ! Tous les deux à ma porte ! Que me vaut cet honneur ?

Rory, puisqu'en réalité c'était à lui qu'elle avait posé la question, prit la parole :

— Bonjour Emily. En fait, c'est un peu étrange mais je préfère être direct sous peine de rendre la situation encore plus étrange, justement mais…

— Dis-le ! lui souffla Alma.

— Nous avons quelques questions à vous poser sur votre père.

Alma s'était attendue à de la surprise, des questions ou même, à un refus catégorique. Pas à voir son interlocutrice rire à cette demande.

— Cette bonne vieille Mina a enfin parlé ?

Par pur automatisme, elle s'apprêtait à répondre par l'affirmative – quoi de mieux que de sous-entendre que l'on savait déjà tout pour essayer d'en apprendre un peu plus ? – quand elle entendit Rory souffler très distinctement :

— Pas de quiproquos débiles, Alma !

— Euh, non. Elle aurait dû me parler de quoi ?

L'air soudain dépité, Emily leur fit malgré tout signe d'entrer.

— Ne prenez pas garde au bazar, je n'ai pas passé l'aspirateur depuis au moins deux jours !

Malgré cette mise en garde, tout semblait évidemment dans un état impeccable ce qui prouvait que la notion même de « bazar » était fortement variable selon les personnes. À moins que ce ne soit tout simplement une question de génération ? Est-ce qu'elle était la seule à trouver que trop de propreté et trop d'ordre n'étaient pas agréables mais inconfortables ? Alma eut alors une tendre pensée pour son appartement qu'elle avait laissé dans un état qu'elle-même aurait qualifié de déplorable. Si déplorable qu'elle espérait que sa mère, bien plus méticuleuse, n'aurait pas la drôle d'idée d'y mettre les pieds pendant son absence. En bonne maniaque qu'elle était, elle trouverait forcément à y redire et serait même capable de lui proposer quelques leçons de plumeau au passage.

Maniaque ou non, tout le monde s'accorderait de toute manière pour dire qu'elle était un peu trop décontractée sur la question du ménage mais elle n'en faisait pas mystère et avait appris à gérer cette petite particularité. À l'époque où elle possédait encore un semblant de vie sociale, elle avait développé puis perfectionné un talent certain pour rendre son salon présentable entre la sonnerie de l'interphone et la sonnerie de la porte. Planquer les assiettes sales dans l'évier, tapoter les coussins, balancer au loin les pantoufles molletonnées, donner un coup de chiffon sur la table basse, souffler sur la poussière pour la faire passer sous le canapé étaient des choses relativement faciles à exécuter en un temps record. Au cours des derniers mois, cependant, elle avait découvert qu'il était beaucoup plus confortable d'arrêter cette comédie et de laisser les choses courir. Enfin, façon de parler. Cela n'incluait évidemment pas les cafards ou les souris. Si jamais de tels énergumènes osaient un jour élire domicile chez elle, elle déménagerait. C'était plus sûr, avec ce genre de petites bêtes.

Tout en la suivant jusqu'à une cuisine presque trop moderne pour une femme de cet âge, Alma se demanda soudain si Emily avait déjà connu la douce sensation que l'on éprouve en marchant pieds nus sur un sol plein de miettes. Mais c'était peu probable. Quoique ! En voyant sa table, qui avait des airs de Grand Nord tant elle était pleine de farine, on pouvait presque le croire. Chaque centimètre carré était couvert d'ustensiles divers et variés et des monceaux de pâte attendaient sur le côté.

— Je prépare des brioches pour un thé entre amies, leur avait-elle expliqué tout en faisant signe à Alma de s'asseoir en face d'elle pendant qu'elle ordonnait à Rory d'éponger le contenu du verre qu'il venait de renverser.

— Et visiblement, vous êtes une petite vingtaine, commenta ce dernier tout en s'exécutant avec flegme.

— Non, seulement cinq. Pourquoi ?

Rory lança un regard à Alma avec un hochement de tête inspiré. Visiblement, Emily faisait partie du cercle très large de ceux qui préféraient gaver leurs invités plutôt que de les laisser partir le ventre vide. Mais c'était une bonne nouvelle pour eux, enfin plutôt pour lui, puisqu'il pourrait jouer le pique-assiette sans mal.

— Je peux aider ?

— Non, toi tu vas me faire la conversation ! Tu vas me divertir. Je t'écoute !

Alma avait espéré qu'elle réponde un oui tonitruant. Ainsi, elle aurait pu s'activer, faire semblant d'être passionnée par les opérations, poser plein de questions pour occuper l'esprit d'Emily en espérant qu'avec un peu de chance, cette dernière finirait par oublier l'échange qu'ils venaient d'avoir devant la porte. Finalement, elle ne tenait pas tant que ça à parler de l'article, ni de cette histoire en général. Pas dans cette agitation, pas dans cette odeur de boulangerie qui était susceptible de lui donner faim, à elle aussi. Dans tous les cas, la situation présente ne ressemblait pas du tout à ce qu'elle avait imaginé depuis leur départ de la bibliothèque et cela la perturbait. Alma était de celles qui anticipent chaque situation, chaque moment un tant soit peu important en le jouant et le rejouant dans leur tête jusqu'à ce qu'il semble presque avoir déjà eu lieu. C'est ainsi qu'elle se rassurait, qu'elle se donnait un peu plus foi en ses capacités à assurer son rôle, jour après jour. S'il s'était avéré efficace en bien des circonstances, le procédé avait pourtant ses limites : dès qu'un grain de poussière se glissait dans l'engrenage, dès qu'un rouage ne tournait pas dans le sens voulu, en somme, dès qu'il y avait un imprévu, même minime, elle perdait complètement contenance.

Elle était sur le point de dire que tout cela n'était pas une urgence quand Emily la relança :

— Alors ? Tu te fais prier ? Quel est le problème ? Car à ta mine, j'imagine que tu viens me parler d'une chose problématique.

Alma soupira. Elles en étaient arrivées au fait, autant sauter à pieds joints dans les explications.

Elle fut, du moins à son sens, merveilleusement synthétique et termina son monologue en brandissant sa photocopie comme le Saint Graal. Cependant, voir Emily s'y plonger et sa mine, passer de réjouie à attristée, lui fit revoir un peu à la baisse son enthousiasme. Elle chercha son équipier des yeux, remarquant avec désespoir que l'opération ravitaillement était toujours en cours : il profitait de leur conversation pour ouvrir discrètement tous les placards d'Emily.

Toujours muette, cette dernière semblait perdue si loin dans ses pensées que la jeune femme sursauta lorsqu'elle reprit subitement la parole.

— Je ne connaissais pas cette histoire, annonça-t-elle tout en tendant la feuille de papier à Alma qui la récupéra, la plia soigneusement puis la fit glisser dans une de ses poches. Enfin je ne savais pas que mon père s'était donné en spectacle comme ça, ni qu'il avait eu le délicieux honneur de figurer dans un fait divers. Mais en fait, au vu de la date, cela ne m'étonne pas vraiment. Après chaque événement perturbant, il n'était plus lui-même.

— Cette sirène dont il est question, c'est Laura, n'est-ce pas ?

Emily fit une petite moue approbative.

— Je vois que tu t'es renseignée depuis ta première visite. Bravo !

— Merci ! répondit Alma avait un sourire de première de la classe.

— Au vu de la date, c'était peu de temps après les fameux événements dont nous avons parlé l'autre jour.

— Après la noyade ?

— Et après l'incendie.

— Et personne n'a fait le lien ? Entre la sirène noyée et le fait qu'il s'accuse d'un crime ?

Emily haussa les épaules.

— Personne n'a jamais cru mon père. D'ailleurs, à part ma mère et moi-même, personne ne l'a jamais écouté.

— Mais cette histoire de meurtre ? Est-il possible qu'il ait dit la vérité ?

— Des foutaises, bien entendu !

Bien que ses mains se cessent de s'agiter sur la table, Emily releva un instant la tête vers Alma avant d'ajouter :

— Et je ne dis pas ça parce que c'est mon père, bien évidemment ! Mais il n'aurait jamais tué personne. Quelle idée !

— Donc vous pensez que ces gens, ceux qui ont pris ses déclarations pour des bêtises, avaient raison ?

— Bien sûr ! La mort de Laura était un accident, pas un meurtre. Ce qui est sûr, c'est que mon père s'en voulait beaucoup. Il avait l'impression d'avoir joué un rôle dans cette noyade et, sous le coup de l'émotion et de la tristesse, il a dû tout mélanger, frôler la crise de nerfs et faire de grandes déclarations vides de sens comme en font tous les désespérés. C'est la seule explication valable. Il se sentait tout simplement responsable du malheur de la famille Clark. Et, niveau malheurs, c'est vrai qu'ils ont été servis ! Perdre leur maison mais surtout, perdre un enfant dans de telles circonstances, vraiment, quelle tristesse !

— Deux enfants ! clama Rory, finalement revenu vers elles avec une tablette de chocolat à la main, dont l'emballage était visiblement récalcitrant.

Emily écarquilla les yeux en constatant son méfait, sembla songer à lui confisquer son butin puis se ravisa, demandant plutôt :

— Deux enfants ?

— Ben oui, répondit-il tout en cherchant du regard l'approbation d'Alma. Ma chère partenaire d'enquête m'a communiqué toutes les informations et il semblerait bien, du moins si j'ai bonne mémoire, qu'il y a eu une seconde victime chez les Clark.

— Ah oui, c'est vrai, acquiesça cette dernière ! Un enfant ! Pendant l'incendie. J'avais aussi découvert ça grâce à Charlotte.

— Oui, décidément, vous êtes vraiment bien renseignés…

— Mais du coup ? Vous dites que votre père se sentait responsable sans être coupable ? Comment est-ce possible ? Qu'est-ce qu'il a fait ? Il vous a raconté ?

— Oh, ce que je sais sur la mort de Laura et sur les jours qui ont suivi, je le tiens de ma mère, pas de lui.

— Il n'en parlait pas ?

— Oh non, jamais !

— Dites-nous !

— Vous êtes certains ? J'ai l'impression que le temps se découvre un peu et vous avez peut-être envie d'en profiter ?

Ils firent signe que non.

— Bon, très bien ! Ma mère m'a dit que ce jour-là, il avait fait un temps magnifique. Le soleil avait brillé comme il n'avait jamais brillé de tout l'été et…

27

Octobre 1913

Ce jour-là, le soleil brillait comme il n'avait jamais brillé durant tout l'été et Mary s'était longuement reposée à sa fenêtre, accoudée au rebord, le nez en l'air, goûtant avec délices la douce chaleur de ces rayons d'autant plus précieux qu'ils étaient tardifs.

À ce moment-là, oui à ce moment bien précis – elle s'en était longuement souvenue *après* –, elle s'était sentie heureuse envers et malgré tout. Heureuse malgré les soucis, les problèmes du quotidien. Heureuse malgré ce monde qui semblait tourner sur un axe qui n'était jamais tout à fait le bon. C'était sa force, sa petite qualité à elle, sa capacité à survivre et à trouver du bon là où les autres n'auraient vu que du mauvais.

S'il avait eu un impact certain sur son état d'esprit, le ciel radieux de ce début octobre n'était pas le seul responsable de son humeur légère. Elle l'avait senti par instinct avant de le comprendre et de mettre des mots sur sa découverte mais elle pouvait se l'avouer à présent : Laura allait mieux. Laura allait mieux et, dans son regard, quelque chose semblait s'être enfin déverrouillé. À présent, Mary n'y voyait plus cette lueur douloureuse, celle qu'ont certains animaux malades, et ce changement, si infime soit-il, lui avait paru de bon augure. Sa fille finirait par retrouver la paix. Certes, il lui faudrait encore du temps, peut-être encore des années avant que la brûlure ne s'apaise pour de bon mais elle s'en sortirait. Mary n'en démordait pas. Non pas par force de caractère ou par naïveté, mais parce qu'elle n'avait pas le choix. Car comment vivre en ayant la certitude que sa fille ne serait plus jamais heureuse ? Comment continuer de vivre quand on considère le combat comme déjà perdu d'avance ?

Malgré ce caractère d'éternelle optimiste qui lui avait plus souvent joué des tours que simplifié l'existence, Mary ne parvenait pourtant pas à se détendre complètement. Car il y avait trop d'obstacles. Trop de si. Trop de montagnes par-dessus lesquelles il leur faudrait passer. Celle de la moralité, celle du mensonge, celle de la jalousie et de la rancœur… Sans parler de sa propre culpabilité. Savoir que, d'une certaine manière, elle était à l'origine du drame que Laura vivait lui faisait une peine immense. Son cœur n'était pas brisé, non. Cela aurait été bien trop simple, bien trop bref. Quand ce n'était pas la douleur qui le serrait à pleines mains, il se faisait plutôt lentement mâcher par l'angoisse et elle sentait le moindre tourment de ces tristes traitements. Parfois, cela cessait et elle semblait respirer à nouveau. Puis la panique venait à nouveau lui voler son air.

C'est lorsqu'elle pensait à Paul que Mary suffoquait le plus. Elle craignait son jugement. Elle redoutait sa déception. Elle ne voulait pas voir son reflet se troubler dans des yeux qui avaient toujours été aimants. Elle ne voulait pas prendre le risque de tout perdre et pourtant… Il finirait bien par revenir et les questions fuseraient. Piquantes. Douloureuses. Légitimes. Que pourrait-elle répondre ? Le mensonge, la vérité… Chaque voie avait ses inconvénients, ses avantages et elle peinait plus que jamais à savoir de quel côté diriger ses pas. Qu'elle parle, qu'elle se taise, il y avait toujours quelque chose à perdre et quelqu'un qui risquait de souffrir. Paul, Sybil, Laura, elle-même, nul n'en sortirait indemne.

En ces temps compliqués, Mary prenait d'autant plus cruellement conscience du vide affectif de son existence. Il n'y avait ni sœur, ni amie, ni confidente pour lui apporter un peu de réconfort et pour soulager son cœur. Personne pour la conseiller. Personne pour lui suggérer des solutions. Et si elle avait cru voir en Catherine une alliée tardive, à présent elle comprenait la bêtise de sa démarche. Catherine ne voulait pas être son amie. Catherine ne voulait pas l'épauler. Catherine n'était pas prête à reconnaître les faiblesses de son propre fils, la faute de Laura se confondant sans doute dans son esprit avec celle dont Mary s'était rendue coupable, des décennies plus tôt. Telle mère, telle fille. Et si elle avait reconnu que George n'était pas de ceux qu'on prend au piège, Matthew resterait toujours une victime à ses yeux. Des semaines plus tard, Mary la revoyait encore parfaitement secouer la tête d'un air peiné en parlant de la prétendue fragilité de son aîné. Sans doute aurait-elle préféré le faire passer pour fou aux yeux du monde plutôt que d'avouer la vérité. Mary ne comprenait que trop bien son désir de cacher une information bien trop gênante. Elle savait également que Catherine dissimulait bien plus que le secret qu'elles partageaient à présent mais qu'elle avait toujours fait front, refusé de montrer au monde sa détresse ou même sa colère. Ce qui se passait derrière la grille ? Mary se l'était rarement demandé, finalement, se contentant de récolter les petites anecdotes que lui ramenaient parfois ses filles. Elle savait que Catherine était seule la plupart du temps et qu'elle ne recevait jamais personne, tout comme elle. Combien d'incartades avait-elle dû supporter au cours des dernières années ? Combien de petites humiliations ? Combien de petites batailles avait-elle perdues dans l'indifférence générale ? Si Mary l'ignorait, à présent, elle savait dans quel dénuement sa si élégante voisine se trouvait. Et cela semblait pire encore que ce que Paul lui avait fait comprendre, peu avant son départ.

Pour Catherine, à présent, seul l'argent semblait compter et la somme dont elles étaient convenues n'avait bientôt plus suffit. Une fois les vannes de l'audace ouvertes, l'eau avait coulé à flots et cette femme, autrefois si fière, n'avait cessé de demander plus et toujours plus encore, prétextant que la maladie de Matthew n'aidait pas leurs affaires et que George, qu'elle refusait désormais de voir, n'apportait plus aucun soutien financier. Loin d'être dupe d'un tel manège, Mary la soupçonnait de préparer leur fuite, à sa fille et elle, mais payait sans broncher, considérant, à tort ou à raison, qu'il s'agissait du seul moyen de se faire pardonner. Nul chantage dans leurs échanges, nulle menace mais Mary n'en restait pas moins vigilante. Elle savait que son premier devoir serait de parler à Paul, quelle que soit la version qu'elle choisirait de lui donner, mais ne tenait pas à ce que leur voisine la devance. Catherine savait qu'il était sa faiblesse. Son point le plus sensible.

Parfois, elle rêvait de prendre la plume, de tout lui écrire, de déverser en une seule et horrible lettre tout ce qu'elle avait à lui dire mais le simple fait de l'imaginer ouvrir cette enveloppe, tout seul, à l'autre bout du monde, la rendait littéralement malade. Alors, elle faisait comme Catherine et comme Selina : elle attendait. Un mot, un signe, une mauvaise nouvelle ou peut-être un nouvel espoir. Mais rien ne venait et tout semblait gelé comme au plus fort de l'hiver. Sa seule consolation était de pouvoir garder ses filles auprès d'elle. Faire revenir Sybil avait été un caprice et peut-être même un risque. Elle n'en avait pas moins éprouvé le besoin de l'avoir auprès d'elle comme on cherche à retrouver la présence des siens dans les moments difficiles.

Prévoyante, elle avait préparé leurs retrouvailles. Laura avait juré de se taire et Sybil, accepté d'épargner sa sœur de ses questions. Jusque-là, tout s'était bien passé mais il n'y avait rien d'étonnant à cela : les rapports entre elles s'étant réduits au strict minimum. Le gouffre entre elles, déjà immense, avait été creusé par l'absence. Sybil se montrait plus arrogante que jamais et Laura, silencieuse comme une tombe. Mais comment reprocher à Laura sa tristesse ? Et comment en vouloir à Sybil d'être Sybil ? Si elle ne parlait jamais de ses sentiments, ceux-ci n'en apparaissaient pas moins clairement sur son visage lorsqu'elle se croyait à l'abri des regards d'autrui et Mary savait à quel point la lettre de Matthew l'avait touchée. Commandée par Catherine, approuvée par Selina, cette dernière était arrivée juste avant celle de Paul, la rechute du jeune homme étant dès lors venue poser un couvercle épais sur une situation déjà bouillonnante.

Quittant la fenêtre à regret, Mary avait soupiré en retrouvant la fraîcheur et l'obscurité de la pièce. En haut, le bébé pleurait et ses cris lui rappelèrent ceux que poussaient ses filles à l'époque où elles tenaient encore dans le creux de ses bras et où sa seule présence suffisait à les rassurer. Avec un peu de bonne volonté, en fermant les yeux sur le reste, en oubliant son propre reflet, légèrement altéré avec le temps, elle aurait presque pu y croire –

du moins, si la silhouette de Laura n'était pas apparue sur le pas de la porte. Elle paraissait si enjouée, si semblable à celle qu'elle était *avant* qu'elle n'avait rien pu lui refuser. Elle l'avait regardée partir, aussi légère qu'un courant d'air, et avait été heureuse de l'entendre courir dans les escaliers. Décidément, sa fille était une vraie force de la nature. Elle survivrait à tout car elle était une vivante. De celles qui se relèvent de tout.

Quelques heures plus tard, Laura était morte.

Même au tout début, même après seulement quelques jours, Mary savait déjà qu'elle passerait le reste de sa vie à se demander *pourquoi*. Que planeraient éternellement des questions sans réponse. Que le temps qui passerait n'arrangerait rien. Qu'elle était perdue. Que les jours se succéderaient jusqu'à celui de sa propre mort sans qu'elle parvienne à retrouver la vraie saveur des choses. Car sans Laura, la vie resterait à jamais sans goût, sans odeur. Que non, le chagrin ne la tuerait pas. Que oui, il la contaminerait tout entière. Qu'ainsi, elle n'aurait plus d'autre choix que de penser à elle. Tous les jours. Tout le temps. Au bout de plusieurs années, peut-être, lui viendrait l'illusion d'avoir retrouvé une vie normale mais il suffirait d'un son, d'une odeur ou de son prénom, entendu par hasard ou lu, dans un journal ou ailleurs, pour qu'elle redevienne hermétique au monde qui l'entourait. Même avant d'avoir rien vu, rien compris, Mary savait déjà qu'elle passerait le reste de ses années sur terre à vivre pour une absente et que c'est le visage de Laura, et nul autre, qui s'afficherait sur ses paupières le jour où elle les fermerait pour la dernière fois. Alors elle aurait enfin la paix. Mais ce jour était encore trop lointain pour qu'elle puisse seulement imaginer le soulagement qui serait alors le sien.

Pour l'instant, plongée dans un état de sidération totale, elle ne pouvait que pleurer et penser à sa propre peine, devenant égoïste dans la douleur comme elle l'avait jadis été dans ses plus grandes joies. Le plus grand bonheur isole, comme esseule la plus grande tristesse.

Sybil ? L'enfant, qui n'avait même pas de nom et qu'elle n'avait de toute manière jamais pu regarder dans les yeux ? Selina ? Nul n'avait plus d'importance à ses yeux.

Couchée en chien de fusil sur le vieux canapé en cuir élimé, que Paul persistait à garder dans son bureau, elle avait passé des heures entières à reprendre le fil des événements sans arriver à comprendre comment une journée aussi insignifiante avait pu aussi mal se terminer.

Elle revoyait parfaitement Laura, plantée devant sa porte, demandant la permission de sortir comme elle pouvait le faire quand elle était beaucoup plus jeune. Puis son sourire quand elle avait accepté. Elle entendait encore son pas décroître dans le couloir. Elle se souvenait avoir pensé qu'il leur faudrait parler sérieusement, à son retour. Elle était heureuse que Laura profite un peu du soleil et de la plage. Elle ne lui reviendrait que plus détendue et donc un peu plus préparée à la conversation qui les attendait depuis trop longtemps déjà.

Puis il y avait eu l'attente et enfin, l'inquiétude. Elle avait d'abord tempéré son angoisse, se forçant à reconsidérer les choses sous un angle différent. Après tout, Laura n'était pas Sybil et Laura n'avait jamais eu d'horaires. D'ailleurs, on ne pouvait pas parler de retard lorsqu'aucune heure n'avait été fixée. Laura finirait bien par rentrer.

La nuit était finalement tombée sur un constat qui n'avait rien de normal : Laura n'était pas rentrée et elle ne pouvait pas être avec Selina puisque cette dernière la cherchait également. Envoyée à la plage, la jeune fille revint bredouille, échevelée, rouge. L'épouvante avait alors fondu sur elles comme un rapace sur sa proie.

Sans doute une sorte d'instinct, avait pensé Mary. Elle éprouvait un sentiment d'inévitable. Une impression de fatalité. Le genre de certitude qui ne repose sur rien de concret mais qui ne se discute pas : il était arrivé quelque chose à Laura. Laura avait eu un accident mortel. Peut-être était-elle tombée d'un promontoire. À moins qu'elle n'ait fait une horrible rencontre ?

Les recherches avaient été lancées grâce au soutien de quelques hommes du voisinage et s'étaient poursuivies jusqu'au cœur de la nuit. Quand une longue procession d'hommes, à laquelle s'étaient mêlées Selina et Helen, lui était finalement revenue avec le corps ruisselant de sa fille, Mary avait retenu un cri. Laura revenait enfin de la plage. S'était-elle noyée ainsi que Selina le lui répétait en pleurant ? Non. Sa fille n'était pas morte par hasard. Et si elle s'était bien noyée, c'est parce qu'elle l'avait voulu. La mer ne lui avait pas enlevé sa fille, c'était sa fille qui était revenue à son élément, les abandonnant tous à leur propre sort.

Des images éparses, remontées d'époques différentes, lui revinrent subitement à l'esprit et s'entrechoquèrent. Laura bébé, puis enfant, apprenant à nager, hurlant à sa sœur de courir plus vite, s'enfuyant pendant le temps de ses leçons, sautant sur son père, renversant ses tasses de thé, riant aux éclats avec Selina puis, bien tard, avec son propre enfant dans les bras. La toute dernière image, vieille de quelques heures seulement, l'emporta sur toutes les autres. Elle lui montra Laura, retournée sur le pas de la porte, en un dernier sourire. Savait-elle déjà ce qui l'attendait ou l'avait-elle décidé plus tard, au tout dernier moment ?

Elle ne se rendit compte qu'elle tombait qu'au moment où sa tête heurta violemment le sol.

L'enterrement fut à la mesure de cette nuit-là. Rapide, affreux et digne de ses pires cauchemars. Son enveloppe charnelle fut présente à chaque instant, de la veille du corps aux derniers mots prononcés au cimetière, mais son esprit resta loin, bien loin des faits, des décors et des personnes qui l'entourèrent alors. Elle ne fit appeler personne, ne prévint pas un seul membre de sa famille, incapable de faire face à leur sollicitude et aux questionnements qui ne manqueraient pas de suivre.

La solitude lui semblait préférable, d'autant que Paul n'était toujours pas rentré. Sans doute ne serait-il pas là avant plusieurs jours, peut-être même plusieurs semaines. La situation aurait pu leur sembler tristement ironique s'ils avaient seulement eu l'envie d'y songer. Lui qui craignait tant d'avoir à écrire une mauvaise nouvelle, en recevait une bien pire encore. Car c'était finalement de son côté à elle qu'était venue la pire nouvelle qu'une mère puisse annoncer. Un court message, quelques mots avaient suffi. De sa culpabilité et de l'impression d'avoir été punie de la pire manière qui soit, elle n'avait évidemment rien dit, gardant ses pensées pour elle, les laissant tournoyer dans sa tête jusqu'à frôler la folie.

Toute la journée, Mary avait regardé autour d'elle, cherchant malgré elle le regard qu'elle attendait, les mots dont elle avait besoin. Mais rien n'était venu. Sybil était restée fermée, son visage pâle semblant devenu celui de la plus inexpressive des statues mortuaires. Et si Selina avait été plus présente, la dureté des mots qu'elles avaient échangés la veille les avait empêchées de se consoler véritablement l'une l'autre. Comme toujours fidèle aux règles de la bienséance, Catherine était venue elle aussi assister à la cérémonie mais ne les avait pas suivies au cimetière, si bien que seule une poignée de personnes avait assisté à l'inhumation d'une jeune femme qui avait sans doute été un peu trop solitaire pour tisser de véritables liens. Pour une raison que Mary ignorait, John lui-même manquait à l'appel.

Pour la première fois, peut-être, elle avait éprouvé une peine immense pour Matthew, toujours alité, loin et à présent délaissé par Paul. Anéanti ? Sans nul doute. Vivrait-il assez pour venir un jour se recueillir sur la tombe de Laura ? Rien n'était moins sûr. S'il mourait avant d'en avoir l'occasion, au moins aurait-elle la consolation de savoir sa fille partie avant lui.

Mary ne s'était pas vue revenir chez elle. Et c'est avec un sentiment proche de l'effarement qu'elle se découvrit de retour sur le canapé de Paul. La maison était calme et seule Sybil semblait s'agiter dans l'une des chambres et tirait violemment des meubles sur le plancher. Elle fit le choix de l'ignorer. Réagir et monter voir ce qui se tramait là-haut, c'était capituler et accepter de reprendre sa place dans la vaste comédie de l'existence. Or, elle ne pouvait s'y résoudre. L'existence pouvait bien reprendre son cours sans attendre son assentiment, elle n'était pas obligée de l'accepter. Comme elle n'était pas obligée de penser à cet enfant orphelin de mère qui dormait quelques pièces plus loin et dont elle ne savait que faire à présent. Elle ne pouvait pas l'aimer. Elle ne pouvait pas le garder. Il incarnait trop de douleur. Mais que pouvait-elle en faire ? Vers qui se tourner ?

Elle ne pouvait pas penser à tout cela. Elle ne voulait pas. Pour l'heure, il fallait juste qu'elle s'anesthésie. Qu'elle fasse taire les hurlements silencieux qui finiraient par la rendre sourde. Alors elle s'enivra, avidement, avec désespoir, sans limite, pillant le bar de Paul, goûtant aux bouteilles sur lesquelles ses yeux ne s'étaient jamais vraiment arrêtés. Si elle avait parfois terminé les cigarettes de son mari, plus par jeu que par réelle envie, elle s'était toujours tenue à distance de l'alcool, l'esprit encore empli des remontrances et des conseils de sa mère. Mary avait toujours obéi, regardant avec envie la valse des coupes, contemplant la finesse des bulles qui finissaient toujours par terminer leur parcours dans la gorge de ses amies, de ses cousins, de ses tantes. Jamais dans la sienne. Elle s'était privée par sagesse et par devoir jusqu'à ce que l'idée même de boire autre chose que du thé lui semble complètement folle.

Elle s'était souvent imaginé l'alcool comme un breuvage délicieux, quelque chose de divin qui conférait au sacré. Les gens semblaient tant l'aimer ! Aussi, elle faillit recracher aussi sec sa première gorgée de whisky, manquant s'étouffer, sentant les larmes lui monter aux yeux et sa gorge s'embrasser littéralement. Elle fit finalement passer le feu avec le feu, buvant fiévreusement, à même le goulot, les yeux fermés, les narines plissées de dégoût, laissant le liquide épais couler à flots dans sa bouche jusqu'à ce que, essoufflée, elle ne puisse plus que jeter la bouteille à terre.

En buvant, elle avait espéré trouver la paix. Pourtant, ce fut pire encore.

Elle resta un instant là, debout, les bras ballants, les yeux fixés sur le contenu de la bouteille qui s'était lentement répandu sur le sol, les fibres du tapis buvant goulûment ce qu'elle avait bien voulu leur laisser. Puis elle entreprit de retourner à sa chambre, chaque pas devenant une souffrance à mesure qu'elle avançait dans le couloir.

Elle crut voir Sybil – oui, c'était bien elle avec ses longs cheveux noirs et ses yeux de chatte en colère – et lui demanda de s'occuper de l'enfant.

— Je suis trop fatiguée, bien trop fatiguée pour le faire.

Tant bien que mal, elle était parvenue à destination, avait refermé la porte sur elle avec une lenteur désespérante et était enfin venue s'affaler de tout son long, à plat ventre sur le lit. Il lui avait alors semblé que le matelas ouvrait grands ses bras pour l'accueillir et elle en avait été étrangement réconfortée.

Elle resta un long moment ainsi, incapable d'esquisser le moindre mouvement, jusqu'à ce que la lumière déclinante du jour la pousse à tourner la tête sur le côté. À sa grande surprise, il faisait encore jour. Entre chien et loup. Ce moment si particulier où plus rien n'a de contours nets et où, là-bas, sur l'horizon, la mer semble plus que jamais se confondre avec le ciel. Le moment préféré de Laura…

Accompagnée par cette pensée, Mary sombra enfin dans le sommeil. Un sommeil peuplé de formes mouvantes, menaçantes et hurlantes qui semblaient onduler sous elle et qui lui donnaient la nausée, lui donnant l'impression de tanguer sans qu'elle esquisse le moindre mouvement. Les gémissements qu'elle entendait parfois – les siens, bien qu'ils semblent provenir des profondeurs de son oreiller – la réveillaient de manière régulière, lui laissant croire qu'elle était sortie de l'espace-temps habituel, perdue dans les limbes d'une conscience qu'elle ne souhaitait, de toute manière, pas retrouver de sitôt.

Parfois, elle retrouvait un peu de lucidité, juste assez pour se rappeler sa douleur, puis sombrait immédiatement dans ces vapeurs inconnues qui, loin de l'anesthésier, lui faisaient ressentir les choses avec une intensité toute nouvelle. Ses pensées étaient peut-être informes, brouillées, mais derrière elles, la peine était intacte car elle n'avait besoin ni de mots, ni d'images clairement définies pour exister.

Puis, après ce qui lui parut une éternité – mille et une nuits ne s'étaient-elles pas écoulées depuis son excursion dans le bar de son mari ? –, elle sentit une main la secouer vivement par l'épaule. Cette main, c'était celle de leur cuisinière qui, un chiffon humide plaqué sur le visage, lui hurlait de se lever.

Alors ce fut comme si Mary sortait d'un long cauchemar pour replonger immédiatement dans un autre. Plus réel celui-ci, plus enfumé et plus illuminé à la fois.

Les yeux de Mary papillonnaient de gauche à droite. Quelle heure pouvait-il bien être ? D'où venait cette lumière ? Faisait-il déjà grand soleil dehors ? Enfin, les mots firent sens et elle comprit qu'aussi étrange que l'idée puisse paraître, sa maison brûlait. Ce qu'elle avait pris pour la lumière du jour était celle des flammes qui dévoraient peu à peu les murs.

Un instant, l'idée de rester là, couchée en travers de son lit, à moitié consciente de ce qui l'entourait, lui traversa l'esprit. Quel final plus cohérent pour terminer une journée qui resterait gravée dans son esprit comme l'une des pires de sa vie ? Mourir par le feu quand sa fille était morte par l'eau… Pourquoi pas, après tout ?

L'eau qu'elle reçut en plein visage la ramena pourtant à elle et à des sentiments plus raisonnables. Quand d'autres, paniquées, auraient fui depuis longtemps, cette brave Susan ne l'avait pas abandonnée et continuait à la secouer de toutes ses forces. Dès qu'elle la vit reprendre connaissance, elle ne s'en échappa pas moins vers la sortie, oppressée par le manque d'oxygène et poussée par son instinct de survie.

Mary suivit le même chemin mais au lieu de prendre l'escalier à sa suite, traversa le couloir au pas de course pour atteindre le côté opposé. Sybil n'était pas dans son lit et elle eut beau hurler, hurler à s'en déchirer la voix, hurler à se faire peur, elle n'obtint aucune réponse. La panique, déjà à son comble, monta alors d'un cran et elle se surprit à piétiner comme un cheval fou.

Elle avait parfois pensé, en ces moments de désœuvrement total où l'on laisse dériver son esprit dans n'importe quelle direction, à l'attitude qu'elle adopterait en situation d'incendie. À bien des reprises, elle s'était imaginé gardant l'esprit clair du début à la fin, quadrillant méthodiquement les pièces, récupérant les papiers importants, les bijoux, les photographies les plus précieuses à son cœur tout en pensant à vérifier que tous – humains comme animaux – étaient sortis d'affaire. En réalité, bien loin d'être la femme calme et raisonnée qu'elle aurait voulu être, elle ne faisait plus que courir à gauche et à droite, l'esprit en pagaille et incapable d'avoir deux pensées cohérentes à la suite. Elle perdit un temps précieux à faire et refaire les mêmes gestes, se sentant inutile face au désastre qui la frappait quand les flammes, qui commençaient à s'attaquer à la rambarde de l'escalier, lui ordonnèrent de descendre quatre à quatre les marches.

Tant bien que mal, elle déboula à l'air libre, dévala les marches du perron et, le regard fou, balaya des yeux la pelouse. Elle hurla une nouvelle fois le prénom de Sybil mais seule Susan, affalée à distance des flammes, répondit à son appel. Un regard leur suffit pour comprendre que ni l'une ni l'autre n'avait vu Sybil et encore moins l'enfant de Laura, chacune étant persuadée que l'autre les avait pris sous son aile.

Le cœur de Mary explosa à nouveau dans sa poitrine, reprenant ses battements frénétiques. La vision de Sybil, allongée quelque part au milieu des flammes, l'enfant dans les bras, pleurant devant l'approche d'une mort certaine, lui fit perdre l'équilibre.

Elle vacilla sur l'herbe, incapable de poser un pied devant l'autre sans se sentir emportée en avant. Elle se rendit alors compte que son corps s'était remis en branle de lui-même et qu'elle cherchait à revenir tant bien que mal vers la maison afin d'y pénétrer à nouveau et de reprendre ses recherches. Quitte à y laisser la vie.

Mais elle n'alla pas plus loin. Alors qu'elle s'apprêtait courageusement à franchir de nouveau le pas de la porte, une silhouette sortant de l'obscurité retint son attention.

— Sybil !

Dans sa joie, Mary dévia de sa trajectoire initiale et se jeta littéralement sur sa fille, manquant la faire tomber. Dans ses bras, Sybil était glacée, trempée, quand elle avait si chaud ! Mais elle n'eut pas le temps de réfléchir plus longuement à cette étrangeté car dans leur dos, une voix hurlait :

— Le bébé ! Où est le bébé de Laura ?

Comme appelée par le destin – ou plutôt par les lueurs orangées qui devaient à présent avoir alerté tous les voisins à la ronde –, Selina courait à son tour vers elles, uniquement vêtue d'une chemise de nuit qui flottait autour d'elle comme un halo blanc.

Mary se tourna à nouveau vers Sybil qui écarta les bras en signe d'impuissance. C'est alors qu'elles entendirent l'escalier – à moins qu'il ne s'agisse de l'étage tout entier – céder enfin et s'écrouler, rendant toute nouvelle recherche impossible.

28

Juin 2011

— C'est affreux, commenta Alma, alors qu'Emily terminait son récit en enfournant sa toute dernière brioche.

Captivée, elle n'avait pas bougé de sa chaise tandis que Rory s'était finalement assis à même le sol, contre le frigo, une expression sinistre trahissant son émotion. Il en avait même délaissé sa tablette de chocolat qui gisait sur le sol, à moitié dévorée.

— Affreux ? Oh oui, je crois que c'est le terme. Perdre sa fille dans des circonstances si terribles, puis voir sa maison dévastée par le feu, cela aurait de quoi traumatiser n'importe quel être normalement constitué !

— Mais vous n'avez pas expliqué quel était le rapport entre votre père et la noyade de Laura ? Il n'est pas venu à son enterrement mais cela ne l'accuse en rien.

— Oui et puis comment aurait-il pu jouer le moindre rôle dans cette histoire puisqu'il n'était pas censé l'avoir revue, non ?

— Certes ! On a essayé de lui cacher la grossesse de Laura mais il a fini par la découvrir. Vous savez, je crois qu'en réalité il était un peu amoureux d'elle alors il n'a pas lâché l'affaire, comme disent les jeunes ! Il est revenu encore et encore ! Elle a fini par comprendre son manège et elle lui a même présenté son enfant.

— Donc ils se sont revus.

— Seulement quelques fois. Assez en tout cas pour que Laura lui confie son projet d'aller nager une dernière fois avant l'arrivée de l'hiver. Quand il a vu le soleil radieux, ce matin-là, il a été pris d'un doute. Il savait qu'elle connaissait parfaitement ses limites mais les courants étaient dangereux à cette époque-là de l'année. Il est allé la prévenir mais il n'a pas pu la voir. À la place, il a vu Sybil, sa sœur aînée et l'a chargée de faire passer le message. Plus tard, quand il a appris qu'elle s'était noyée, il a été persuadé d'avoir sa part de culpabilité dans l'affaire car, vous comprenez, il n'avait pas pris la peine de l'attendre *elle*. Même si cela peut paraître absurde, au moment des faits, il était persuadé de l'avoir tuée par sa négligence.

— Mais c'est complètement faux ! répondit Rory. Il a fait passer son message ! Il ne pouvait pas prévoir ce qui allait arriver.

— Essayez de raisonner un homme au désespoir et on en reparlera !

Emily affichait une drôle d'expression et Alma eut peur qu'elle ne les renvoie tout simplement d'où ils venaient. Elle n'accepterait pas d'être éjectée de la zone de combat aussi facilement cette fois. Elle revint donc à la charge :

— Donc votre père était malade de regrets et tout ça, c'était juste une histoire de mauvais courants ? Une noyade bête et méchante comme il en arrive tant ?

— Pour être honnête, je ne sais pas. Laura était une excellente nageuse. Elle aurait dû s'en sortir…

— Mais une nageuse qui venait d'accoucher et de passer des semaines au lit, précisa Alma, soudain songeuse.

— Voilà, reprit Emily, donc pas forcément dans sa plus grande forme.

— Et si c'était un suicide ?

— Je ne m'avancerais pas sur cette voie-là.

— Pourquoi ?

— Mon père l'a toujours décrite comme une fille pleine de vie. Il parlait d'elle avec tellement de passion… Je ne veux pas croire qu'elle se soit laissée aller au désespoir. Ce n'est pas l'image qu'en avaient ceux qui l'ont connue.

— Votre père ne savait peut-être pas tout.

— C'est vrai, concéda Emily. Mais pour lui, c'était juste un triste accident. J'imagine qu'il ne voulait même pas envisager une autre possibilité. Ma mère, elle, avait vu Laura dans un tout autre contexte et elle m'avait parlé d'une grande vulnérabilité.

— Et que vous a raconté votre mère sur Matthew ? Est-ce qu'il est finalement mort ?

— Il est mort, oui.

Alma ne cacha pas sa déception.

— Merci Emily ! lança Rory tout en se relevant d'un bond. Vous nous permettez de faire des réserves de bonne humeur avec toutes vos belles histoires !

— Mais il n'est pas mort tout de suite, voyons ! glapit la propriétaire des lieux. Mais des décennies plus tard ! Vieux ! Enfin, presque !

— Il est revenu ?

— Jamais ! Et on comprend pourquoi ! Jamais je n'aurais voulu remettre les pieds dans le coin après un tel drame.

— Et il n'a jamais su qu'il avait eu un enfant ?

— À ma connaissance, non.

— C'est terrible ! Cela aurait pu le consoler !

Rory leva les yeux au ciel.

— Oui, c'est sûr qu'apprendre coup sur coup qu'on a un gamin puis qu'il est mort, quelle douce consolation !

Emily marqua une pause puis plissa un peu les yeux en les observant tour à tour. Alma faillit tomber à la renverse lorsqu'elle demanda d'un air malicieux :

— Et si, justement, ce bébé n'était pas mort ?

29

Octobre 1913

Elle n'avait jamais pensé que sa sœur puisse mourir un jour. Non pas parce qu'elle était jeune. Non pas parce qu'elle semblait immortelle. Mais parce que l'idée même de sa mort était tout simplement inconcevable. Ce n'était ni possible, ni logique. Laura ne mourrait pas, tout simplement. Elle continuerait à vivre sa petite vie insignifiante pendant des années encore, peut-être même pendant des siècles, sans que rien ne vienne jamais entacher l'ordre établi. Comment aurait-il pu en être autrement ?

Apprendre sa mort n'avait pas été un choc puisqu'elle n'avait pas immédiatement compris de quoi il était question. Elle n'avait pas réagi davantage quand ils avaient ramené son corps. Ce visage violacé, ces ongles bleuâtres, ces paupières boursouflées, ce n'était pas Laura. Ce n'était pas celle qui avait grandi à ses côtés. Il y avait eu un long instant de flottement puis la vérité l'avait percutée de plein fouet quand sa mère avait perdu connaissance. Comme si son esprit avait attendu la confirmation maternelle pour se débloquer et intégrer l'information qu'il se refusait à comprendre.

Depuis, un voile gris avait recouvert la maison, l'horizon, le regard des gens. Même la mer, au loin, semblait terne et triste.

Elle était triste, elle aussi. Elle était triste mais personne ne semblait s'en inquiéter. Nul ne l'avait prise dans ses bras, nul ne s'était penché sur elle, sur ses sentiments et sur sa propre peine comme si elle était incapable d'éprouver la moindre émotion. Comme s'ils avaient tous considéré, sans même la consulter, qu'elle pouvait très bien s'en sortir seule.

Elle ne s'en sortait pas. Elle n'arrivait pas à faire face.

Cachée des journées entières dans sa chambre comme une princesse dans un donjon, elle n'osait plus faire aucun bruit de peur de contrarier sa mère. Immobile sur son lit, elle restait à l'affût du moindre son. Elle guettait sans vraiment savoir ce qu'elle attendait. Une seule personne occupait ses pensées en ces heures sombres. Un seul visage l'obsédait. Laura était partout. Le manque de Laura la rongeait jusqu'à l'os. Elle l'avait tant dédaignée de son vivant, elle l'avait si souvent ignorée… Comment était-il possible qu'elle ne comprenne son importance qu'après l'avoir perdue à jamais ? Elle devait pourtant se rendre à l'évidence, sa sœur lui manquait cruellement. Sa sœur lui manquait car sans elle, elle ne savait plus comment se comporter. Elle ne savait plus *être* maintenant qu'elle n'avait plus de repères, plus de garde-fou, plus de contre-pied à adopter.

Laura n'avait pas seulement disparu de son champ de vision. Elle n'avait pas seulement déserté les lieux. Sa mort, c'était bien plus qu'une chambre vide, bien plus que le silence, bien plus que cette robe abandonnée sur une chaise et qu'elle ne mettrait plus jamais. En mourant, Laura était tout bonnement partie avec un morceau d'elle-même. Ce n'était ni la meilleure partie de son âme, ni ce en quoi elle tenait le plus mais elle ne s'en sentait pas moins incomplète.

Sa sœur lui manquait car, plus qu'une adversaire, elle avait été un miroir dans lequel elle pouvait voir se réfléchir son propre reflet imparfait. À la fois semblable et piqueté de différences. Et c'était justement dans ces différences qu'elle s'était affirmée en tant qu'aînée. Du plus loin qu'elle s'en souvienne, par un réflexe quasi inné, elle avait toujours fait en sorte de se démarquer de Laura et de développer ses qualités et ses centres d'intérêt par rapport à ceux de sa cadette. À la longue, elle n'avait même plus eu à faire d'efforts, la posture à adopter s'imposait d'elle-même. Elle était la terre, Laura était l'eau. Elle était la glace, Laura était le feu. Elle était la régularité quand sa sœur se laissait porter, au gré des courants d'air. Elle savait toujours attendre son heure quand Laura n'était qu'impulsivité.

Dans ce petit jeu des différences, elle perdait toujours au change.

Sybil savait qu'on ne l'aimait pas. Et que quand on l'aimait, c'était toujours un peu moins que Laura qui était toujours plus chaleureuse, plus souriante, plus amicale. Face à tant de vitalité, le bon en elle passait toujours inaperçu et sans doute peinait-on à imaginer qu'elle puisse elle aussi faire preuve d'enthousiasme, de gaîté et de passion. Rien n'était plus faux, pourtant. Elle savait qu'au fond d'elle, ronronnait un brasier d'une chaleur suffocante et dont les flammes auraient pu rivaliser avec celles des plus grands feux de joie de Laura. Parfois, elle les laissait sortir, ces flammes, mais cela se terminait toujours mal car elle ne savait pas les maîtriser. Dans ces moments-là, elles brûlaient tout sur leur passage, à commencer par elle-même et ses désirs prenaient souvent des airs de caprices aux yeux d'autrui. L'amour, la colère ou même la tristesse avaient toujours réveillé chez elle des émotions violentes qui n'avaient rien d'acceptable pour le commun des mortels. Comme si elle ressentait tout un cran au-dessus de ce qui était unanimement toléré. C'était sa faute, son plus grand défaut. Mais qu'y pouvait-elle ? Tout la mettait hors d'elle.

Quand elle était revenue de Londres après un séjour qui lui avait semblé d'une longueur assommante, Sybil avait rapidement compris que tout avait changé à la maison. Et si son départ, qui avait été aussi brusque que son retour, lui avait laissé un goût amer, cela n'était encore rien face à l'incompréhension qu'elle avait ressentie en remettant les pieds dans un cadre autrefois familier. À présent, elle savait qu'on l'avait éloignée pour détourner son attention. Mais de quoi exactement ? Cela restait à définir.

Que savait-elle vraiment de la situation présente ? Tout et pas grand-chose en réalité. Que son père et Matthew n'étaient toujours pas rentrés. Que Martha avait été renvoyée pour une raison inconnue. Que sa mère ne la regardait plus dans les yeux et que sa sœur, ô surprise, passait ses journées au lit avec, à ses côtés, un bébé chétif aux yeux si bleus qu'ils en paraissaient transparents.

Dans un premier temps, elle avait feint de s'en désintéresser complètement mais n'en avait pas moins été intensément bouleversée. Et c'est pour cacher son trouble qu'elle avait cherché à déstabiliser Laura, lors de leur première et unique conversation.

Lui parler de Selina avait été cruel, d'autant que sa mère lui avait fait promettre de se taire mais comme souvent, elle n'avait pu se retenir, tout comme elle n'avait pu s'empêcher de sous-entendre que rien n'était terminé entre Matthew et elle. Si elle ignorait ce que savait vraiment sa sœur à ce sujet, jamais elle n'aurait accepté de perdre ainsi la face devant sa cadette et puis après tout, elle n'avait pas vraiment menti. Rien n'était encore joué. Il pouvait bien lui écrire tout ce qu'il voulait, cela n'était que des mots sur une feuille froissée. Les choses seraient différentes quand elle serait en face de lui.

Elle s'était tenue à l'écart de sa sœur les jours suivants et, contrairement à sa mère et Selina, n'avait éprouvé aucune crainte lorsque celle-ci avait disparu, ce fameux jour. Elle avait regardé les deux femmes se tordre les mains de concert, pleurnicher à l'avance en imaginant le drame qui avait dû se jouer alors qu'elles vaquaient à leurs occupations sans se préoccuper de rien. Elle aurait pu leur rappeler mille et une occasions où Laura était revenue en retard, des heures après l'horaire convenu. Comme la fois où elle avait été ramenée à la nuit tombée par un lointain voisin parce qu'elle s'était trop éloignée, la fois où elle s'était foulé la cheville et avait mis des heures pour parcourir seulement quelques kilomètres, sans parler de toutes ces soirées où elle avait disparu sans prévenir, à la plage ou ailleurs… Pourquoi se ronger les sangs pour si peu ?

Quand, après de longues heures d'incertitudes, le corps sans vie de Laura avait finalement été posé sur la grande table du salon, Sybil n'avait pas vraiment réagi. Elle aurait voulu pleurer, s'arracher les cheveux ou se frapper la tête contre le mur pour bien montrer son désespoir au monde mais elle s'était contentée d'observer longuement les cheveux de sa sœur dégouliner à grosses gouttes sur le tapis. Elle n'avait même pas la force de s'occuper de sa mère comme la fille douce et aimante qu'elle aurait dû être. On allait certainement la trouver froide et insensible. Son stoïcisme jouerait en sa défaveur, tout comme la condamnerait son silence, si on venait à l'apprendre. Car n'avait-elle pas sciemment omis de faire passer le message de John, quelques heures plus tôt ? Sur l'instant, le fait qu'il prévienne Laura des courants lui avait semblé ridicule et complètement anecdotique. Qui allait se baigner en octobre, après tout ? Elle devait le reconnaître, néanmoins : c'était plus par méchanceté que par paresse qu'elle s'était tue. À présent, sa faute se dressait devant elle et elle se retrouvait prisonnière de cette ombre. Était-elle fautive ? Laura s'était-elle noyée à cause d'elle ? Peut-être aurait-elle parlé si on lui avait posé la moindre question mais plus aucune voix ne semblait capable de s'élever dans la maison.

Les jours qui suivirent, les contacts avec l'extérieur se firent rares, nul ne semblant avoir assez de courage pour affronter la tristesse ambiante. À moins que sa mère n'ait tout simplement interdit à quiconque de les visiter ? La veille de l'enterrement, Selina vint néanmoins voir cette dernière. Elle ne prit pas la peine de frapper, ouvrit la porte et se faufila à l'intérieur tout comme elle l'avait fait des centaines de fois par le passé. À la voir ainsi grimper les escaliers quatre à quatre, on aurait presque pu croire qu'elle allait retrouver son amie à l'étage.

Sybil ne fit pas un geste pour manifester sa présence mais ne se glissa pas moins à sa suite. Ce fut la voix de Selina qui s'éleva en premier, terriblement impérative. Sybil en eut presque un haut-le-corps. Comment osait-elle parler à sa mère de la sorte ?

— Mais tu es sans cœur, Mary ! Ton comportement est tellement indigne !

— Tu m'en demandes trop ! Vraiment trop ! Je ne peux pas ! Est-ce que tu peux au moins essayer de comprendre ?

Alors qu'elle s'apprêtait à intervenir, Sybil resta finalement dans l'ombre, choquée par l'accent de détresse qui pointait dans la voix de sa mère. Si les circonstances ne prêtaient ni aux sourires, ni aux conversations légères, son intonation avait été si dramatique…

— Comprendre ou pas, là n'est pas la question, avait repris Selina, catégorique. Nous sommes au-delà de ça à présent. Il s'agit tout de même de l'enfant de Laura ! Pas d'un animal ou bien d'un vulgaire objet ! Il compte beaucoup pour moi !

Nouveau silence. Comme il s'éternisait, Sybil hésita à quitter les lieux. Il était certainement temps pour elle de s'éclipser avant qu'on ne note sa présence et que l'on ne tente de l'inclure dans une conversation à laquelle elle ne voulait absolument pas participer.

— C'est aussi celui de Matthew, il me semble. Cette responsabilité n'incombe donc pas seulement à ma famille.

Encore un silence et dans son cœur, un véritable tremblement de terre. Matthew ? Mais que venait-il faire dans cette histoire ?

Sybil n'avait jamais été sujette aux étourdissements mais elle eut le plus grand mal à conserver son équilibre. Elle aurait voulu s'asseoir, reposer ses jambes désormais tremblantes mais pour cela, il aurait fallu qu'elle trouve la force de partir. Or, pour l'instant, elle ne pouvait que rester figée dans le couloir, à moitié dissimulée derrière la grande pendule.

Déjà, Selina répondait d'une voix devenue glaciale :

— Eh bien ? Que dois-je comprendre ? Qu'il me faut assumer les conséquences des actes de mon frère ? Et oublier mes propres projets ?

— Bien sûr que non. Tu n'as pas à te sacrifier ! D'autant qu'aux dernières nouvelles, il est toujours vivant, lui. Mais s'il ne survit pas ?

— Il survivra !

— Admettons qu'il guérisse. Que fera-t-il ? Crois-tu vraiment qu'il soit prêt à jouer au père modèle ? Laura et lui n'étaient même pas mariés. Officiellement, il n'est rien pour cet enfant.

— Cela n'a aucun rapport ! Nous ne pouvons pas abandonner un membre de notre famille.

— Cela change tout, au contraire. Ni toi, ni moi, ni même Matthew ne serons jamais en mesure de lui offrir une bonne vie. Et tu sais que ta mère ne voudra jamais s'en occuper.

— Je serai là, moi ! Matthew ne sera pas seul !

Sybil entendit sa mère traverser la pièce à pas bruyants. Sans doute s'était-elle rapprochée de Selina pour mieux lui faire entendre raison.

— Oh non, Selina ! Tu ne seras pas là ! Je te crois sincère mais je sais aussi que tu parles sous le coup de l'émotion. Dans quelques semaines, quand tu auras commencé ta nouvelle vie loin d'ici, tu n'auras que faire de ces histoires de bébé et tu pourrais regretter d'avoir pris certaines responsabilités. Ton frère gardera une santé fragile toute sa vie, c'est une certitude. S'il lui arrivait malheur, maintenant ou dans quelques années, est-ce que tu serais vraiment prête à élever son enfant ? Si nous nous taisons maintenant, il n'en saura jamais rien et il vivra tranquille. Il pourra être à nouveau heureux. En acceptant ma proposition, tu pourrais lui éviter bien des souffrances et bien des complications. Je sais que ta mère approuvera ce choix. Ce serait notre secret à toutes les trois.

La dernière réplique sembla avoir fait mouche, à moins qu'elle ne soit finalement la goutte qui avait fait déborder le vase. Réduite au silence, Selina ne répondit rien et quitta la maison aussi rapidement qu'elle était arrivée non sans avoir, au préalable, prit soin de claquer vigoureusement la porte derrière elle.

La violence du coup fit sortir Sybil de son état de stupéfaction et elle retourna tant bien que mal jusqu'à sa chambre. Certes, elle était sonnée mais encore très calme. Elle n'avait pas pleuré, pas crié, se contentant de poser sa tête bouillonnante sur l'oreiller. Nauséeuse, elle avait alors laissé le temps à son esprit de combler les trous et les lacunes et soudain, tout s'était éclairé. Il avait suffi d'une phrase pour que tout se mette en place. Les silences, les secrets, les déclarations incohérentes, les raisons de son départ et surtout l'origine de cet enfant dont on lui avait tout caché : elle comprenait tout à présent.

Atterrée, elle réalisa avec douleur à quel point ils s'étaient tous moqués d'elle au cours des derniers mois. Matthew, Selina, Laura ainsi que leur mère, bien entendu. Chacun à sa manière, ils avaient piétiné ses sentiments et ses rêves sans plus de cérémonie. Ils s'étaient tous ligués contre elle et aucun, pas même Matthew, n'avait eu la décence de lui parler à cœur ouvert. Oh, elle savait bien pourquoi. Elle savait qu'ils avaient peur d'elle et de ses réactions. Mais qu'en était-il du respect et même, de l'amour qu'ils étaient censés éprouver pour elle ? Tout cela n'avait-il pas compté ?

Ses doigts se crispèrent sur les draps. Elle se sentait humiliée comme jamais.

Enfouie jusqu'au cou dans sa honte, elle n'en décelait pas moins une bonne nouvelle : elle pouvait à présent se débarrasser pour de bon de la culpabilité qui venait régulièrement piqueter sa conscience depuis la mort de sa sœur. Finalement, Laura n'était pas l'ange innocent qu'elle avait bien voulu voir en elle. Comme elle avait dû rire d'elle ! Comme elle avait dû jubiler ! Quelle duplicité ! Sybil n'en croyait pas ses yeux. Pourtant, elle ne parvenait pas à en vouloir à une morte. D'une certaine manière, Laura avait déjà été punie pour sa trahison, et de la façon la plus définitive qui soit.

Matthew ? Si sa mère et Selina disaient vrai, il se trouvait en bien mauvaise posture. Ses jours étaient-ils à nouveau comptés ? Cette idée détendit un peu ses nerfs sans lui apporter de vraie joie, cependant. Sans doute tenait-elle toujours un peu à lui, les sentiments qu'elle avait nourris pendant des années ne pouvant s'éteindre en l'espace de quelques heures. Elle n'en souhaita pas moins qu'il souffre pour tout le mal qu'il avait fait.

Restaient Selina et sa mère. Les pires des traîtresses. De celles qui tentaient constamment d'arranger le monde selon leurs propres besoins, qui complotaient dans leur coin, qui décidaient du destin des autres à leur place… Elle saurait leur faire passer le goût des mystères. Mais comment ? Comment les atteindre jusqu'au plus profond de leur âme ? Quelle punition serait à la hauteur de l'affront qu'elle avait subi ? Quelle douleur pouvait égaler celle qu'elle ressentait à présent ?

Durant l'enterrement, Sybil garda le regard résolument baissé, s'ingéniant à ne pas croiser les yeux de ceux et celles qui l'entouraient afin de ne pas dévoiler l'indignation et la fureur qu'elle sentait grandir en elle. Cela ne fut pas difficile car ce jour-là, il y avait bien peu de monde dans le petit cimetière et encore moins de fleurs sur la tombe. Visiblement, sa mère n'avait pensé ni aux invitations, ni aux couronnes mortuaires et tout fut réglé avec une hâte et une simplicité que Sybil aurait jugé choquantes si son esprit n'avait pas été obnubilé par d'autres sujets.

Bien plus tard, mue par le dépit et par une envie irraisonnée de profaner pour de bon les secrets de celle qui reposait désormais six pieds sous terre, elle profita du calme de la maison pour retourner la chambre de Laura. Elle fouilla les tiroirs de son petit bureau et de sa coiffeuse, sortit ses vêtements de l'armoire, en retourna les poches, tira sa petite table de chevet jusqu'au milieu de la pièce afin d'en inspecter tous les recoins et trouva finalement un paquet de lettres coincé sous le matelas. Elle ne prit même pas la peine de se cacher pour les lire, comprenant que personne ne viendrait la déranger avant des heures.

Contrairement à ses craintes, celles que Matthew avait écrites n'étaient pas les plus dures à lire. Non, les plus déchirantes, les plus douces et les plus impératives à la fois étaient finalement celles que Laura avait rédigées au cours des derniers mois et jamais envoyées. Pendant des pages et des pages, elle le suppliait de revenir à elle, lui dévoilait sa grossesse puis, plus tard, leur parlait de cet enfant qui l'attendait et qu'il aimerait tant s'il daignait enfin venir le voir… Sybil en conclut que, comme elle, Laura avait ignoré la rechute de Matthew et qu'elle était peut-être morte en pensant qu'il ne voulait plus la voir. Elle écarta cette pensée désagréable d'un mouvement de tête comme on éloigne une mouche de son visage. Elle ne voulait tout simplement pas penser à cela.

Chacune avait porté sa croix. Chacune avait ses faiblesses. Matthew était la sienne.

Elle ne remit pas les enveloppes où elle les avait trouvées. Les froissant ensemble, elle les glissa dans ses poches et mit également la main sur cette horrible sirène de bois, sculptée par Matthew, ainsi qu'elle l'avait découvert dans l'une des lettres. Elle avait besoin de les faire disparaître de sa vue. D'accomplir un geste symbolique. L'idée de tout jeter dans la cheminée lui traversa un instant l'esprit puis elle se ravisa. Les flammes, ce serait pour plus tard. Ses petites trouvailles du jour méritaient un autre sort. Elle avait envie d'enterrer Laura une seconde fois.

Dans le couloir, elle croisa sa mère, visiblement ivre morte. Elle sembla à peine la reconnaître, marmonna une phrase inintelligible et continua sa route sans attendre la moindre réponse. Sybil poursuivit son propre chemin, quitta la maison et s'enfonça dans le sous-bois des Wilson. Creuser un trou profond fut facile car le sol, ramolli par les dernières pluies, était tendre et humide sous ses doigts. Après un dernier regard à la sirène, elle la fit disparaître sous de grosses poignées de terre puis repartit tranquillement en direction de la maison.

Elle n'avait jamais porté le moindre bébé dans ses bras et fut surprise par son poids. S'il avait la dimension des poupées avec lesquelles elle jouait jadis, il était autrement plus lourd et elle peinerait sans doute un peu à l'emmener jusqu'à l'eau.

Elle l'emporta malgré tout contre elle dans l'obscurité de la nuit tombante. À ce moment précis qui n'était ni vraiment le jour, ni vraiment encore la nuit. Ce fut facile. Personne ne s'occupait d'elle ni de ses allées et venues. Personne ne la verrait aller rendre cet enfant à la mer, là où était morte sa mère.

Les hululements étranges, les bruits dans les fourrés, sa respiration haletante et ses pas, de plus en plus hésitants, finirent par réveiller l'enfant qui poussa quelques gémissements avant de se mettre à pleurer sans retenue. Et ce furent ces cris qui, au lieu de la ramener à la raison, lui donnèrent l'impulsion nécessaire pour aller jusqu'au bout de son geste. Elle resserra d'autant plus son emprise sur ce petit corps, grisée par le sentiment de pouvoir et de domination qui l'envahissait soudain. Ce bébé, c'était la faiblesse de Selina. Elle l'avait senti dans sa voix et même dans l'air qu'elle avait soulevé en s'enfuyant à grands pas. Sa mort, elle ne s'en remettrait pas.

Elle aurait très bien pu aller directement dans l'eau et s'asseoir au milieu des vagues mais, une fois sur la plage, elle préféra se diriger jusqu'au chien de pierre. Il n'y aurait personne pour la voir mais elle n'en éprouvait pas moins le besoin de se dérober aux regards.

L'eau était froide et lui arracha un frisson. À moins que ce petit tremblement ne soit dû au courant d'adrénaline qui lui parcourut le dos au moment où elle mit son projet à exécution.

L'enfant, plus vif qu'elle ne l'aurait pensé, se débattit alors avec l'énergie d'un chaton plein de vie, si bien qu'elle renonça vite à protéger ses vêtements des vagues pour se concentrer sur sa tâche. Les pans de sa jupe retombèrent sur ses jambes tandis que ses mains vinrent maintenir la petite tête sous l'eau. Elle attendit encore un peu. C'était bien plus long que ce qu'elle avait imaginé. Tant de puissance dans un si petit corps… Était-ce cela qu'on appelait l'énergie du désespoir ?

— Qui est là ?

Semblant sortir de nulle part, une voix la fit sursauter et elle manqua tomber à l'eau avant de se retenir de justesse à la roche, brisant ses ongles dans les aspérités de cette dernière sans en ressentir la moindre douleur.

Son cœur s'emballa. Il y avait quelqu'un. Il fallait qu'elle quitte les lieux sans attendre.

Sa petite victime ne semblait plus vraiment bouger à présent, ce qui la décida à partir à toutes jambes vers l'autre côté de la plage. La mer se chargerait d'emporter le corps au large.

En partant, elle crut reconnaître la haute silhouette de John qui se rapprochait mais l'obscurité, à présent complètement installée, l'empêcha d'en être certaine. Elle accéléra encore le pas, remontant vivement jusqu'à chez elle pour la toute dernière fois.

Là-haut, la maison n'était qu'une ombre de plus dans la nuit et semblait déjà dormir. Sybil frissonna en imaginant la beauté du spectacle à venir. Car bientôt, le feu allait tout dévorer. Le feu dévorerait la maison de sa mère, ce petit univers qu'elle aimait tant. Sa faiblesse à elle.

Le feu grignoterait tout et, à cette idée, Sybil se sentait déjà un peu plus légère. D'abord le bureau de son père, qui n'avait jamais été capable de lui donner l'amour dont elle avait besoin, la réduisant à cette condition de miséreuse, toujours en quête du moindre sourire, d'une miette d'affection. Il dévorerait le petit salon où elle avait reçu Matthew avec tant d'espoir depuis tant d'années… tant de temps perdu à attendre et à espérer ! Puis les flammes se répandraient à travers la cuisine, dans le hall d'entrée, grimperaient les marches d'escalier quatre à quatre, se glisseraient jusqu'aux chambres. Sans aide, sans hommes, le feu prendrait doucement et ne pourrait être maîtrisé. Sa mère et Susan auraient tout juste le temps de s'en échapper.

30

Juin 2011

L'après-midi tirait déjà sur sa fin et cela se sentait dans l'air, et même dans les couleurs du ciel. Quelques heures avant la nuit, à peine. Quand elle repensait à la journée qui venait de s'écouler, Alma peinait à croire qu'autant de choses aient pu se cumuler en si peu de temps. C'était l'un des mystères de la vie : certains jours semblaient s'écouler mollement et durer le double de leur temps tandis que d'autres filaient à une vitesse déconcertante.

Respectueux de son mutisme, Rory conduisait sans un mot, sans même respirer – du moins semblait-il tant il restait immobile – et la jeune femme se demanda ce qu'il pensait de toute l'histoire d'Emily et si cela l'intéressait vraiment, au fond. Il n'avait pas beaucoup résisté quand cette dernière les avait poussés vers la porte – décidément, c'était une habitude ! – et il semblait presque soulagé d'être parti. Quant à elle, elle avait été congédiée avec un « Demande à Mina de te parler de cet enfant » qui l'avait laissée songeuse.

Le silence qui les entourait alors était bien différent de celui qui avait suivi leur escapade à la maison abandonnée, mais le briser n'en fut pas moins difficile. Elle ne put s'y résoudre, ne sachant pas quoi ajouter, quoi raconter. Parler de la pluie et du beau temps aurait été trop étrange.

Alors qu'ils se garaient devant la maison de Jill et de Stephen – à la grande joie de Klara qui, les ayant reconnus, se précipita devant la voiture à ses risques et périls –, Alma ouvrait la bouche pour parler au moment même où Rory lui demandait :

— On se voit après ?

Elle cilla, surprise, puis répondit :

— Après ma mise à mort, tu veux dire ? Mina va me tuer, ajouta-t-elle finalement, comprenant qu'il ne voyait pas du tout où elle voulait en venir. Elle ne voulait pas que j'aille voir Emily. Va savoir pourquoi, elle ne l'aime pas.

— Je suis pratiquement certain qu'elle te laissera la vie sauve. Elle aime trop te torturer. On ne supprime pas sa victime préférée, si ?

— J'aurais aimé que tu viennes avec moi.

Il haussa les épaules, ouvrit sa portière et sortit tout en répondant :

— Je crois que je n'ai pas du tout mon rôle à jouer dans ce qui va suivre.

— Pourquoi ?

Il claqua la porte, la laissant seule à l'intérieur de la voiture pour aller grattouiller sa chère Klara. Elle hésita encore un peu puis sortit à son tour. Savoir qu'il ne serait pas là pour l'accompagner lui donnait une terrible impression de vulnérabilité.

Dans une dernière tentative pour l'amadouer, elle lui lança le regard le plus implorant et le plus malheureux qu'elle put mais cela n'eut aucun effet sur lui. Sans doute avait-elle encore beaucoup à apprendre de la part de Klara et de ses talents de comédienne. De retour dans la voiture, la chienne assise bien droite sur le siège passager, il faisait déjà mine de repartir.

— Donc tu m'abandonnes vraiment ? C'était pas pour rire ?

— J'emmène Klara à la plage. On t'y attendra.

— Vraiment ? Et si je n'ai pas envie de venir ? Et si ça prend du temps ? Et si Mina me découpe en morceaux et me donne à manger aux chats du quartier ?

— Mina ne ferait jamais ça, voyons ! Elle préférerait te manger elle-même ! Et tu viendras, je le sais.

Puis, il démarra et Alma regarda la voiture s'éloigner à nouveau sur la route. Elle n'avait nulle envie de se retrouver en tête à tête avec Mina pour parler de choses graves. Or, elle avait l'impression que ce dont elles devaient parler était grave. Grave ou gênant. Gênant ou peut-être terriblement triste, elle ne savait plus vraiment. Mina faisait peur, tout simplement. Quand ses yeux lançaient des éclairs et que sa voix claquait à ses oreilles, elle…

— T'es-tu à ce point gavée de brioche qu'il t'est impossible de faire un pas de plus ?

Mina, justement.

Alma se retourna pour se trouver face à sa grand-mère qui, plantée sur le pas de la porte, semblait l'observer depuis un petit moment. La jeune femme ouvrit la bouche pour rétorquer que tout ce qu'elle avait mangé depuis son départ, c'était une moitié de pizza froide et un caramel quand son esprit fit un salto entre ses deux oreilles. Pourquoi Mina lui parlait-elle de brioche ?

— Ne prends pas cet air de souris apeurée, reprit Mina avec un regard dans lequel Alma vit – ou espéra voir – une pointe d'amusement.

À moins que ce ne soit un peu de colère dissimulée derrière un air faussement amical ?

— Emily ? demanda Alma

— Qui d'autre ?

— Sais-tu quel était ton plus grand défaut quand tu étais plus jeune ?

Mina s'était postée dans son fauteuil préféré, près de la fenêtre mais dos à la lumière du jour, trop vive pour ses vieux yeux de taupe, comme elle aimait à le dire. Tout naturellement, Alma s'était assise en face d'elle.

Elle fit mine de réfléchir à la question avant de répondre par la négative.

— La curiosité.

La réponse ayant tout d'une sentence, Alma préféra garder le silence.

— Curieuse à en devenir impolie. Tu avais toujours le nez fourré partout. Tu ouvrais les tiroirs, les placards, tu lisais les lettres qui ne t'étaient pas destinées et ton grand rêve de l'époque, si je me souviens bien, était de devenir invisible pour pouvoir observer les gens sans qu'ils le sachent et rentrer chez n'importe qui, n'importe quand. Complètement délirant quand on y pense ! Quelle idée !

— C'est sûr que dit comme ça, ça a tout l'air du rêve d'une psychopathe, ricana Alma tout en éprouvant une certaine gêne.

— Oh non, reprit son aînée. Parce qu'on peut être curieux sans être mauvais. Je crois que ta curiosité n'avait rien de malsain à l'époque. Tu voulais savoir mais *juste* pour savoir, pas pour en faire quoi que ce soit d'autre.

— Et aujourd'hui ? Ce n'est plus le cas ? Tu penses que je suis une personne mauvaise ?

Mina lui jeta un de ces regards profonds qu'elle avait parfois et sous lesquels Alma avait toujours l'impression d'avoir à nouveau cinq ans.

— Je ne pense pas. C'est aussi pour ça que j'ai choisi de ne pas mal prendre ton incursion dans ma vie privée.

Alma ne put s'empêcher de sourire amèrement. Qu'il était étrange d'entendre une personne proche parler de sa *vie privée* quand on la connaissait depuis toujours et qu'on pensait tout savoir d'elle ! Et pourtant, pourtant… Avoir un quelconque lien familial avec une personne était sans doute l'argument le plus léger qui soit. Elle ne savait rien de Mina et ce qu'elle connaissait dans les grandes lignes, elle l'avait su par hasard, au fil des années. Jamais elle n'avait pris la peine de l'interroger sur sa vie, sur ses parents, sur ses drames. Pourquoi l'aurait-elle fait, après tout ? Elle n'avait jamais pensé qu'à elle seule.

— Les enfants pensent toujours avoir des secrets envers leurs aînés mais l'inverse est également vrai, bien heureusement ! avait repris sa grand-mère sans se départir de son air sérieux. Oh oui, je vois à ton air que tu es en train de dresser la liste de tes propres cachotteries tout en te demandant quelles sont les miennes. Mais avant toute chose, je voulais te féliciter.

— Tant mieux mais… de quoi ?

— D'avoir trouvé ! J'étais sûre que tu abandonnerais en route ! Tu n'as jamais été capable de finir quoi que ce soit !

Alma rit jaune. Sa grand-mère se trompait sur toute la ligne. Elle ne laissait pas tout en plan. Parfois, elle terminait des choses. Par exemple, elle finissait très bien les paquets de chips, les bouteilles de vin et, en des temps des très anciens, elle avait même fini *Final Fantasy* VII.

— Tu es dure ! Et en l'occurrence, je n'ai rien fini du tout puisqu'Emily m'a renvoyée vers toi.

— Et pour savoir quoi, je te prie ?

— Je résume ! Maison. Feu. Bébé mort mais en fait, bébé pas mort. Ça te dit quelque chose ?

— Pour le moment, oui. Et c'est tout ?

— Ben je veux savoir ce qu'il est devenu ! C'est logique, non ?

— Emily n'a pas voulu te le dire ?

— Non.

— Elle t'a renvoyée vers moi ?

— Oui.

— Et tu n'as pas fait le lien ?

— Non.

Mina la regardait à présent avec, plaquée sur ses traits, la moue blasée qu'elle réservait aux personnes qu'elle considérait comme complètement demeurées. Et c'est cette grimace qui la mit finalement sur la voie.

— Ne me dit pas que le bébé, c'est toi ? lança-t-elle avec l'impression de dire la plus grosse bêtise de son existence.

Mina inclina le buste en une petite révérence.

— Et si ! Je suis le bébé de l'histoire. Étonnant, non ?

Alma eut une absence, un moment de flottement durant lequel elle ne put prononcer aucun mot. Sans vraiment le comprendre, elle avait déjà saisi qu'il existait un lien particulier entre sa grand-mère et les deux familles de la plage mais elle s'était imaginé qu'il était plus vague que cela. Elle avait imaginé que son arrière-grand-mère s'était rendue coupable de quelque crime. Peut-être avait-elle même pensé que ce bébé était son grand-père – après tout, elle ne l'avait même pas connu – mais jamais elle n'avait envisagé que sa grand-mère ait été cet enfant de l'amour et de la discorde. Mina était juste la fille d'Helen. Elle n'avait absolument rien à faire dans la maison des Clark !

— Maintenant, tu sais le principal. J'aurais aimé que tu ne trouves pas cette lettre, continua Mina, sans vraiment lui laisser le temps de digérer l'information. Et j'aurais aimé que tu ne furètes pas aux archives comme tu l'as fait. Quant à interroger

Emily sur cette affaire… Quand même ! Tu aurais pu me demander à moi avant toute chose, non ? Tu aurais gagné du temps !

Alma se renfrogna. C'était la meilleure ! Mina n'avait-elle pas fait preuve de toute la mauvaise volonté du monde, chaque fois qu'elle avait tenté d'évoquer le sujet avec elle ?

— Eh bien je suis là, maintenant ! Et j'ai plein de questions !

Mina lui ayant fait signe de continuer elle se lança.

— Je n'arrive pas à croire qu'Helen ne soit pas ta vraie mère ! Pourquoi n'en avoir jamais rien dit ? Qui est au courant ? Est-ce que maman sait ? Et… Quand l'as-tu appris ? Et comment ? Est-ce que c'est pour cela que tu as passé beaucoup de temps avec la mère d'Emily peu avant sa mort ? Et pourquoi tu…

— Oh là là gémit Mina en fermant les yeux. Si tu continues comme ça, ma pauvre tête va exploser ! Attends un peu !

Elle lui fit signe de se taire puis se rajusta un peu dans son fauteuil.

— Commençons par ta mère ! Liz est une personne pleine de qualités, je le sais : c'est ma fille ! Par contre, on peut lui reprocher une chose : elle ne voit jamais plus loin que le bout de son nez et ne remet pas les choses en question. D'ailleurs, je crois que mon passé ne l'a jamais plus intéressée que ça. Comme de nombreux enfants, elle semble persuadée que ma vie a commencé avec la sienne ! Or, tu t'en doutes à présent, il s'était évidemment passé beaucoup de choses avant.

Alma esquissa un sourire sans oser reprendre la parole.

— J'ai appris la véritable version de mon histoire de la manière la plus classique qui soit. Helen, celle que j'ai appelée *maman* jusqu'à la fin malgré tout, me l'a tout simplement confiée sur son lit de mort.

— Que t'a-t-elle dit exactement ?

— Eh bien… Qu'elle n'était pas ma mère et que celui que j'avais à peine connu n'était pas mon père. Que ma vraie mère, Laura Clark, était morte noyée et qu'elle ne savait pas vraiment où était mon père, Matthew Wilson. Elle m'a dit qu'elle m'avait adoptée *en urgence*, qu'on ne lui avait pas tout à fait laissé le choix sur le moment…

— Outch ! C'est dur à entendre ça !

— … mais qu'elle ne l'avait jamais regretté. Et je l'ai crue. Pourquoi ne l'aurais-je pas fait ? Elle a toujours été une mère exceptionnelle pour moi, elle n'aurait pas pu jouer la comédie toute sa vie.

— Et pourquoi s'être tue jusqu'à la fin, ou presque ?

— Je crois qu'à l'origine, elle voulait emporter son secret dans la tombe et puis… L'approche de la mort fait parfois flancher la plus implacable des volontés. Durant toute sa vie, elle a été certaine d'avoir pris la bonne décision. Mais vers la fin, elle s'est mise à douter. Est-ce que le secret était vraiment préférable ? Elle a apparemment décidé que non.

— Et tu lui en as voulu ?

— De quoi ? D'avoir parlé ou d'avoir caché tout cela si longtemps ?

— Les deux.

— Je ne lui en ai jamais voulu. De rien. Ni de s'être tue, ni d'avoir parlé.

— Tu vas me faire croire ça ?

Sceptique, Alma s'était un peu avancée dans son fauteuil. Elle voulait être plus près. Non pas pour mieux entendre mais pour mieux s'imprégner. Pour un peu, si elle n'avait pas craint de se faire rejeter d'une petite tape sur la tête, elle serait allée s'asseoir sur les genoux de Mina.

— Mais oui ! Je n'allais pas perdre mon temps à haïr celle qui n'avait jamais voulu que mon bien. Elle m'a offert une vie calme et sans heurts puis m'a laissé la chance de savoir d'où je venais vraiment. Elle ne s'est pas montrée égoïste car elle savait que d'autres seraient là pour m'aider à compléter mon histoire quand elle serait partie.

— John ?

— Voilà. Et puis Louise, aussi. C'est elle qui m'avait mise au monde, tu te rends compte ? Elle m'a appris beaucoup de choses, tu sais ? Elle n'a été au contact de ces familles qu'une poignée d'heures et pourtant, elle savait tout ou presque !

Mina se lança alors dans un long récit parsemé de questionnements restés sans réponses, d'histoires d'amitié qui tournent à l'amour, de rendez-vous cachés, de jalousie fraternelle et de drames. Elle lui expliqua qu'à la toute fin, John l'avait récupérée plus morte que vive sur la plage. Il l'avait amenée en catimini à Selina, puis elle avait été cachée chez Louise pendant quelques mois avant d'être finalement confiée à Helen.

— John était le confident de ma mère, expliqua Mina. C'est grâce à lui et à sa femme que j'ai pu connaître l'intégralité de mon histoire. Sinon, je n'en aurais eu qu'une version abrégée. C'est bien aussi mais c'est plus frustrant. En parlant avec Louise, je me suis rendu compte qu'Helen n'avait jamais eu toutes les cartes en main. Pas plus que Selina, d'ailleurs, qui n'a jamais su toute la vérité. Car il y avait une autre surprise à clef.

— Du genre croustillant ?

— Disons que j'ai fini par apprendre la source du problème, soit la raison pour laquelle on ne voulait pas que mes parents se retrouvent...

Mina reprit alors son récit en lui apportant cette fois un tout nouvel éclairage. Alma hésita alors entre un rire nerveux et l'expression d'une stupéfaction tapageuse.

— Vraiment ?! Demi-frère et demi-sœur alors qu'ils ne le savaient même pas ? Mais c'est horrible ! Et ça a dû être tellement déstabilisant pour toi, de te retrouver avec cette vérité sur les bras ! C'est doublement perturbant d'apprendre une chose pareille !

— C'est vrai, concéda Mina. Ce fut un choc mais étrangement, je ne suis jamais parvenue à les juger. Peut-être parce que j'étais relativement âgée quand je l'ai appris. Cela m'a aidée à ne pas condamner trop rudement ce qui n'était finalement qu'un coup du sort. Ils n'y étaient pour rien, que veux-tu...

— Oui peut-être, mais quand même... Moi, ça m'aurait rendu folle.

— Tu crois ? Sachant que je ne les ai jamais connus, ni l'un, ni l'autre, ils n'ont jamais été autre chose que des personnages pour moi. Finalement, j'ai été plus perturbée d'apprendre que ceux avec qui j'avais grandi n'étaient pas mes vrais parents. Cela a eu plus d'impact sur moi et puis... c'est passé.

Elle haussa les épaules avec lassitude. Alma lui trouva l'air plus nostalgique que triste.

— Helen reste ma mère, envers et contre tout. Après tout, c'est elle qui m'a supportée pendant des décennies, elle mérite bien ce statut ! D'ailleurs, c'est elle qui m'a nommée. Tu te rends compte ? Avant elle, personne n'avait daigné me donner le moindre prénom. Les aveux de Louise n'ont pas modifié le souvenir que j'avais d'elle, bien au contraire. Je crois que savoir tout ça m'a fait l'aimer plus encore.

— Tu n'as jamais eu de contact avec ton père, alors ?

— Après notre conversation, ma mère m'avait donné l'adresse de Selina. Elle vivait à New York depuis longtemps, déjà.

— Et elles s'écrivaient encore ?

— Non. Selina a arrêté d'écrire quand elle est partie. Ce que tu as lu, c'est sa dernière lettre. Elle a dû l'écrire juste avant son départ.

— Elle a complètement coupé les ponts, alors ?

— On peut dire ça comme ça. Elle a donné son adresse mais une fois là-bas, n'a plus daigné répondre.

— Et tu as écrit ?

— Quatre fois. La première, avec une sorte de réserve. Tu vois, je ne savais pas trop quoi dire… La seconde fois, je me suis montrée un peu plus familière. Le premier pas avait été fait, j'avais eu le temps d'y penser et, pour être honnête, j'avais très envie d'obtenir certaines réponses. Je voulais qu'elle me mette en contact avec son frère, tu comprends ?

— Évidemment !

N'y tenant plus, Alma s'était laissée glisser au bas de son fauteuil et s'était traînée jusqu'aux pieds de sa grand-mère qu'elle observait à présent en contre-plongée.

— Bon, tu t'en doutes : je n'ai jamais eu la moindre réponse. Je me suis dit que l'adresse n'était pas la bonne, que Selina devait avoir déménagé depuis longtemps… Bref ! Je n'ai plus écrit.

— Quoi ? Tu as abandonné ? Tu aurais pu faire des recherches, non ?

— Peut-être. Mais j'avais ma vie, mon petit quotidien bien réglé… On se laisse vite happer par le quotidien, tu sais ? De plus, je te signale qu'il ne suffisait pas d'aller tapoter quelques mots sur

Google pour retrouver quelqu'un, à l'époque. Ça te paraît peut-être fou mais je te jure qu'il y a eu une vie avant internet…

— Mais j'ai connu la vie avant internet ! s'offusqua Alma

— C'est vrai. J'oublie que tu es vieille maintenant.

— Je vais faire semblant de ne pas me vexer parce que ça nous ferait perdre du temps ! Continue ton histoire !

— Je pense qu'une autre que moi aurait pris l'avion sur-le-champ histoire d'aller enquêter sur place mais je n'en avais ni l'envie, ni le temps et encore moins les moyens. Je suis plus pragmatique que rêveuse.

— Donc ça s'est terminé comme ça ?

— Oh non. La réponse est venue plus tard.

— Il t'a répondu, lui ?

— Non. Selina a fini par m'écrire. Pour m'annoncer la mort de son frère.

— Quoi ? explosa Alma. Elle avait donc parfaitement reçu et lu tes lettres mais elle a attendu que tu ne puisses pas le rencontrer pour te répondre ? Quelle garce !

Mina secoua la tête, surprise par la véhémence de sa petite-fille.

— On peut voir les choses comme ça, c'est vrai. Mais sa lettre était très belle, tu sais. Aussi belle que terrible à lire pour moi. Je te la montrerai peut-être, un jour. À moins que tu ne mettes toi-même le nez dedans, comme tu en as l'habitude…

— Elle t'expliquait pourquoi tu as été adoptée ? Enfin je veux dire… Ta famille aurait pu te recueillir. Pourquoi elle ne t'a pas gardée, elle ?

— Pour garder le secret ! J'étais censée être morte, tu te souviens ? Brûlée vive pour certains, noyée pour d'autres… Dans tous les cas, j'avais été rayée de la carte. Selina a décidé de me donner une nouvelle vie.

— Elle ne s'est pas dit qu'elle privait son frère de sa fille ?

— Je crois qu'elle voulait tourner la page.

Le silence s'abattit sur la pièce et Alma se demanda si Rory était toujours à la plage, comme il le lui avait promis, ou s'il s'impatientait déjà.

— C'est égoïste !

— L'égoïsme fait partie des défauts les plus unanimement

répartis sur terre ! Qu'est-ce que tu veux ? Selina était certaine de bien faire.

— Ce sont les pires, ça ! Les gens qui sont certains de bien faire…

— Eh oui ! En me confiant à Louise puis en organisant mon transfert chez Helen, si je puis dire, elle a pensé que j'étais entre de très bonnes mains. Et après tout, elle aurait pu faire pire ! Comme je te l'ai dit, je ne regrette rien.

Mina ne s'attarda pas sur les circonstances qui avaient poussé les Wilson à quitter le pays. Selina avait exercé comme infirmière à Londres pendant la guerre tandis que Catherine était finalement partie retrouver son fils de l'autre côté des mers. Quelques années plus tard, Selina les avait tout simplement rejoints et ils avaient continué leurs vies. De George, il n'y avait plus eu de nouvelles et les chemins de Mary, Paul et Sybil s'étaient eux aussi perdus dans les méandres du temps.

— Et tout le monde est mort, maintenant ! conclut finalement Mina. Sauf moi, comme toujours !

Alma se leva et réintégra finalement son fauteuil. Elle était estomaquée par la légèreté de sa grand-mère.

— Je n'arrive pas à comprendre comment tu peux être si calme. On dirait que tu pardonnes à tout le monde, que ça ne te touche pas. Moi, je trouve toute cette histoire cruelle ! Je crois que je n'en aurais pas dormi pendant des jours.

— Oh ça me touche, crois-moi ! Mais contrairement à toi je vis avec tout ça depuis des années. Si je m'étais torturée à ce propos toute ma vie, je ne serais pas là pour t'en parler. D'ailleurs, tu te souviens de ce que je t'ai dit, le jour où nous sommes allées à la plage avec Jill ?

Alma fit non de la tête.

— Je t'ai dit que les souffrances de ces gens, si terribles soient-elles, étaient terminées depuis bien longtemps. Oui, les familles de Laura et Matthew n'étaient pas des familles de contes de fées où tout le monde s'aime et s'entraide dans la joie et la bonne humeur. Certains ont été égoïstes, d'autres, complètement ignobles, mais d'une certaine manière, ils avaient tous leurs raisons pour agir comme ils l'ont fait.

— Mais Sybil ! Elle a failli te tuer, elle a mis le feu à la maison de ses parents !

— Rien n'est sûr ! John et Louise le pensaient mais qui sait ? Peut-être était-ce un accident.

— Oui bien sûr ! Et puis toi, tu as roulé malencontreusement jusqu'à la plage pour finir le museau dans la flotte !

— Passe à autre chose, ma petite Alma ! Le fait est que j'ai été sauvée ! Le reste, n'en parlons plus ! Il y a un temps pour haïr, un temps pour pardonner. Un temps pour pleurer et un temps pour se réjouir. Et j'ai depuis longtemps passé le temps des larmes. Pas toi ?

Elles échangèrent un regard et alors, Alma comprit. Elle comprit que Mina savait tout depuis le début et que sa mère, bien évidemment, lui avait raconté par le menu toutes les épreuves par lesquelles elle venait de passer. Elle avait été naïve de croire qu'un tel secret pouvait être tu. Et complètement bête de croire qu'un tel drame pourrait être évoqué comme un sujet de conversation normal. Mina n'avait rien dit car il n'y avait rien à en dire mais elle avait veillé sur elle.

— Je ne sais pas, reprit finalement Alma. La vie me fait peur. J'ai l'impression qu'elle va me broyer à chaque seconde, qu'une mauvaise nouvelle m'attend à chaque coin de rue… Je ne sais pas si je pourrai un jour faire face et me réjouir, comme tu dis. Je n'ai plus de force.

— Foutaises ! Tu feras comme tout le monde ! Tu t'adapteras et puis c'est tout ! On ne peut jamais savoir comment les choses tourneront et il est heureusement impossible de connaître à l'avance les drames qui nous attendent. C'est mieux ainsi, non ? Si Laura avait su ce qui l'attendait, crois-tu qu'elle aurait sauté dans les bras de son voisin ?

L'interrogée fit signe qu'elle n'en savait strictement rien.

— Bien sûr que oui, elle l'aurait fait ! Quand le cœur parle, on ne peut pas résister. Pourquoi le ferait-on d'ailleurs ? Si je devais te donner un conseil, ce serait celui-là : si quelqu'un te plaît, saute-lui dessus sans te faire prier ! Qu'importe ce qui suivra !

Alma hoqueta de surprise.

— Mamina ! Tu te rends compte de ce que tu me dis ? Tu me pousses au vice, ma parole !

— Bah, arrête de jouer à la sainte-nitouche, tu sais très bien ce que je veux dire ! Allez, assez parlé, va-t'en ! ajouta-t-elle en lui indiquant la porte.

— Tu me fous dehors, comme Emily ? C'est une manie chez vous ?

— Chez nous, les vieilles, tu veux dire ? Oui, peut-être ! Avec l'âge, on ne s'embarrasse plus trop des politesses, il faut croire ! Nous avons bien assez parlé comme ça et je n'ai jamais aimé les longues conversations. Et puis ne joue pas à la malheureuse, je sais que quelqu'un t'attend.

— Ça aussi, tu le sais ?

— Je sais tout !

Alma ne chercha pas à le contredire. Après tout, c'était plutôt vrai.

— Et la mort de Laura, alors ? demanda-t-elle finalement en s'extirpant de son siège. Tu penses que c'était un accident ? Qu'elle l'a voulu ?

Sa grand-mère, qui s'était redressée pour attraper son téléphone, stoppa son geste. Alma se demanda si ce n'était pas la question de trop. Alors qu'elle s'attendait à se faire rabrouer, Mina se lança finalement sur un ton hésitant :

— Eh bien… John disait que non. Qu'elle n'aurait jamais voulu mourir, que ce n'était pas son genre. Tu vois ? Je sais qu'il était sincère et je sais aussi que, contrairement à moi, il la connaissait bien…

— Mais tu n'es pas sûre qu'il ait eu raison…

— Non, en effet. C'est juste un avis subjectif parmi tant d'autres. Mais j'ai fait le choix de le croire, malgré tout. Parce que si terrible soit-elle, c'est finalement la version la moins difficile à accepter. Penser qu'elle a fait le choix de m'abandonner, que j'ai même peut-être été la raison de son geste, c'est trop…

Submergée par l'émotion, Mina laissa sa phrase en suspens et sembla alors si vulnérable qu'Alma ne put résister à l'impulsion de la consoler. En une seconde à peine, elle fut près d'elle. Se penchant vers sa tête blanche, elle embrassa alors ses cheveux tout en murmurant :

— Ça n'a aucun rapport, Mamina. On ne fait jamais ça à cause d'une seule personne. C'est juste… C'est juste qu'à un moment donné l'air devient irrespirable. C'est tout. Tu n'étais qu'un bébé. Tu n'avais rien fait de mal…

D'autres qu'elles se seraient certainement serrées dans leurs bras. D'autres auraient certainement pleuré des heures entières. Avec raison. Ou sans raisons aucunes, peu importait. Mais les embrassades, les câlins, les grandes déclarations, cela n'avait jamais été le genre de la maison. Alors Alma recula doucement avant de se glisser jusqu'à la porte. Elles n'avaient pas besoin de ça pour comprendre la mesure de leur affection. Alma savait que sa grand-mère, si secrète, lui avait prouvé son amour en lui racontant cette histoire et elle espérait que Mina avait compris à quel point elle avait apprécié ces marques de confiance.

Elle quitta la pièce au moment où Mina empoignait finalement son téléphone tout en marmonnant doucement qu'il fallait qu'elle parle à Emily parce que vraiment, vraiment, c'était bien trop bête de ne plus passer de temps avec cette vieille taupe.

31

Août 1914

Helen regarda le couple s'éloigner dans la fraîcheur du soir. Quel drôle de duo ils faisaient ! Bras dessus, bras dessous, ils marchaient d'un pas lent, d'un seul mouvement, les épaules basses, comme accablés par les regrets. À moins qu'ils ne soient tout simplement submergés par le soulagement ?

Elle-même ne savait plus si elle devait manifester de la joie ou de l'angoisse face au futur qui se dessinait. Il y avait bien trop de nouveautés, trop d'angoisses, trop d'incertitudes. La veille, le Royaume-Uni avait déclaré la guerre à l'Allemagne et elle peinait à partager l'enthousiasme général. Déjà, on ne parlait plus que de victoire, les hommes piétinaient d'impatience à l'idée de participer à l'événement comme s'il s'agissait d'un jeu ou d'une compétition sportive et seules les mères s'inquiétaient déjà à cette idée.

Mais guerre ou pas, cela ne changeait rien à leurs projets. Demain, ce serait surtout le grand départ pour elle, son fils, son mari et sa petite fille.

Car elle avait une fille à présent. La petite Mina. La jolie petite Mina. C'était un prénom qui lui était venu comme ça, de nulle part. Elle se demandait ce que Laura en aurait pensé. Cette petite était en tout cas aussi rousse que son père. Aussi vive que l'était sa mère. Tout en elle l'étonnait, de son regard intense à la finesse de ses traits, en passant par cet air étrange qu'elle conservait en toutes occasions, comme si elle écoutait et comprenait les conversations des adultes autour d'elle.

Helen soupira puis referma doucement la porte. La maison était calme, propre, ordonnée, comme elle l'avait toujours été. C'est ainsi que les choses devaient être. Bien rangées, à leur place. Tout comme les secrets ou les regrets.

Des regrets, Helen en avait par dizaine. Maintenant, elle aurait un secret.

L'enfant babilla dans ses bras, se rappelant à son attention, avide de câlins et de regards. Louise et John l'avaient choyée pendant des semaines mais s'occuper d'un enfant qui n'était pas le sien, dans le secret, était compliqué, même pour les meilleures volontés. Quand Selina lui avait demandé – en réalité, elle l'avait suppliée, ne lui laissant aucune possibilité de refuser sans passer pour un monstre d'égoïsme – de profiter de son départ pour prendre Mina avec elle, elle avait accepté, forte du consentement de Jim. Elle savait la chance qu'elle avait de l'avoir à ses côtés. Quel homme aurait accepté d'accueillir l'enfant d'un couple dont il ne savait rien ?

— C'est le problème quand on devient amis avec des bourgeois comme ta Selina, avait-il conclu avec philosophie. Ils te flattent, te font croire à l'égalité, puis à la première occasion, ils te rappellent ta condition et attendent que tu les serves comme un brave petit soldat.

— C'est un service que nous lui rendons, riposta-t-elle. Ce n'est pas un ordre.

— Oui, si tu le dis ma chérie, c'est que tu dois avoir raison. Mais ne t'attache pas trop pour autant, quelque chose me dit qu'on te réclamera cet enfant dans les mois qui arrivent et tu risques alors d'être malheureuse.

Il l'embrassa sur la tempe avant de quitter la pièce sans ajouter un mot, la laissant ruminer une drôle de frustration.

À présent qu'elle avait l'enfant dans les bras, elle se sentait plus forte, déjà prête à la défendre bec et ongles contre les affres du quotidien. Elle avait besoin de se sentir à nouveau toute-puissante. D'être *tout* pour quelqu'un. Sam était un vrai petit garçon à présent et il n'avait plus ce même besoin d'elle. Et puis, cela faisait un moment qu'elle espérait lui donner un compagnon de jeux sans jamais pouvoir annoncer la bonne nouvelle… La vie pouvait être tellement ironique parfois ! La première fois, elle était tombée enceinte par accident, sans même le vouloir, et à présent, elle rêvait d'une fille qu'elle ne semblait pas capable d'avoir.

Elle reposa les yeux sur la petite Mina. Et, comme investie d'une mission, elle se sentit soudain grandie par l'importance de sa tâche. Élever un enfant n'avait rien de sorcier, elle se savait faite pour cela. Et son Sam lui avait apporté tant de bonheur qu'une seconde petite âme ne pourrait que la rendre plus heureuse encore.

32

Juin 2011

Mettre la main sur cette lettre, en comprendre la source n'apporterait aucun soulagement à ses propres questionnements. De ses explorations, il ne resterait bientôt plus rien, si ce n'est la découverte d'une vérité que d'autres jugeraient insignifiante mais qui, elle le pressentait, compterait malgré tout dans sa vie à elle. Non pas pour les réponses qu'elle avait apportées mais pour les liens qu'elle lui avait permis de nouer. Ou même de resserrer. Elle était heureuse de partager ce secret avec Mina car, d'une certaine manière, cela lui donnait l'impression d'être un peu plus proche de celle qui était longtemps restée une énigme. Mina et ses silences, Mina et ses sautes d'humeur, Mina et son air buté étaient désormais suivis de près par des images plus douces, celles d'une femme qui avait accepté de baisser la garde, ne serait-ce que le temps d'une conversation.

En sortant, elle avait jeté un coup d'œil à son téléphone pour découvrir que Charlotte avait déjà tenté de la joindre par trois fois. Cela la fit sourire. Elle l'imaginait très bien fulminer d'impatience au milieu de ses rayons, attendant des nouvelles qui ne venaient pas. De Rory, cependant, pas le moindre message, ce qui la conforta dans l'espoir qu'il n'avait pas bougé de la plage.

Rouler sur les petites routes qu'elle connaissait à présent par cœur la remplit d'une joie étrange. D'étrangères, elles lui étaient devenues familières et elle s'y sentait à sa place, en accord avec le décor. Tout au long du chemin, son esprit n'en avait pas moins oscillé entre l'histoire de Mina et la triste fin de Laura. Elle avait également beaucoup pensé à la dévotion de John, figure discrète, mais présente au moment opportun. C'est lui qui était allé chercher le bébé à moitié noyé parmi les vagues. Lui qui l'avait ranimé, réchauffé avant de revenir chercher Selina dans le plus grand secret. Sans doute était-il pleinement conscient de l'importance de rester discret. Quant à Sybil… Alma ne pouvait retenir un frisson de dégoût en pensant à cette jeune femme au cœur de pierre – du moins était-ce ainsi qu'elle se la représentait – qui avait sans doute vécu encore de longues années après les faits. Qu'avait-elle fait, après ? Avait-elle finalement eu le mariage dont elle rêvait ? Où ses pas l'avaient-ils menée ? Cela, nul ne le saurait jamais, à moins de marcher dans les traces d'Amelia, ce qu'elle ne se sentait pas le courage de faire. Après tout, il fallait accepter de laisser certaines choses dans le flou.

Quand Alma arriva sur la plage, une voix cria son prénom et elle couva du regard la silhouette qui, plantée au loin, lui faisait signe de venir la rejoindre.

Tant bien que mal, elle dévala le sentier abandonné, frayant sa route parmi les herbes folles, priant pour qu'il n'y ait ni serpents, ni lézards géants ou quoi que ce soit d'approchant. Elle soupira de soulagement quand elle sentit enfin ses pieds s'enfoncer dans le sable. Elle était hors de portée des prédateurs et sous bonne garde puisque Klara bondissait déjà autour d'elle pour lui manifester sa joie de la revoir.

— Eh bien ! commenta Rory, qui était enfin parvenu à leur niveau. Quel accueil ! Je vais finir par être jaloux ! D'autant qu'elle me vole complètement la vedette !

Accaparée par la chienne, Alma n'avait en effet que très peu accordé d'attention à son maître. C'était l'un des nombreux avantages des animaux : offrir une sorte d'échappatoire pratique lorsque l'on se sentait mal à l'aise ou intimidé. Et intimidée, Alma l'était plus que jamais à ce moment précis. Est-ce que Rory avait conscience d'être irrésistible dans la lumière du jour déclinant ? Est-ce qu'il savait à quel point elle le trouvait beau avec son air nonchalant, son regard pétillant et son foutu sourire ? Elle se sentait malgré tout bien incapable de suivre le conseil de Mina.

— Alors ?

Sa question plana dans l'air, la laissant un instant interdite.

— Mina ? Elle a répondu à tes questions ?

Il garda le silence durant les explications qu'elle lui donna alors qu'ils marchaient lentement, se contentant de flatter Klara du plat de la main, se baissant parfois pour ramasser une poignée de sable qu'il laissait s'écouler entre ses doigts, l'esprit ailleurs.

— Eh bien dis donc ! commenta-t-il une fois qu'elle eut terminé. Qui aurait cru qu'il se cachait tant de choses derrière cette histoire de noyée ?

— J'ai mis les pieds dans le plat en tombant sur cette lettre, je crois.

— Mina te déteste ?

Elle fit mine de réfléchir.

— Hum… Non ! Je ne crois pas ! Au contraire, même. J'ai eu l'impression qu'elle était heureuse de partager ça avec moi… Dans tous les cas, je compte sur toi pour te taire, hein ? Tout cela ne regarde personne.

— Euh… D'accord. Mais tu sais, il y a quand même peu de chance pour que quiconque m'interroge là-dessus…

Il grimaça, l'air gêné, et elle se rendit compte qu'elle était encore complètement à côté de la plaque.

— … mais il faudra au moins en parler à Charlotte, reprit-il avant qu'elle ne puisse articuler un mot. Elle m'a appelé plusieurs fois, tu sais ? J'ai fini par répondre à la quatrième mais je suis resté très vague. Ce sera à toi de tout lui raconter tout à l'heure. Ou pas, d'ailleurs ! Car, la connaissant, elle risque de prendre des notes et de te ressortir tout ça dans son recueil. Méfie-toi !

Chemin faisant, ils étaient finalement arrivés au niveau de la roche en forme de chien, celle dont avait parlé l'une des invitées de Liv et près de laquelle cette fameuse *présence hostile* avait été ressentie. Alma n'était pas d'accord, trouvant l'endroit plutôt agréable. D'ici, on avait l'impression d'être seul au monde et les gens, les voitures, les problèmes, la ville et tout le reste n'étaient qu'un vague mirage. Emplie de cette sensation de calme, elle posa une main sur la roche et ferma les yeux, laissant le vent léger faire voleter quelques mèches folles qui se plaquèrent sur son visage. Elle sursauta à peine lorsqu'elle sentit la main de Rory les replacer derrière ses oreilles d'un geste tendre et étrangement naturel. Encouragé par le consentement qu'il lut dans ses yeux, il se hasarda à laisser descendre ses doigts le long de sa nuque pour les perdre dans la masse ses cheveux.

— Tu sais qu'il y a quelques siècles, on t'aurait brûlée pour avoir une couleur pareille ?

Comme il ne faisait pas mine de relâcher son étreinte, Alma laissa échapper un petit gloussement qu'elle jugea d'emblée ridicule.

— Heureusement pour moi, je suis née à une époque où être rousse n'expose plus à une mort atroce. Bien qu'à l'adolescence, j'avoue que certaines moqueries m'ont semblé aussi cuisantes qu'un bûcher.

— Vraiment ? Des moqueries ? Pour moi, c'est pourtant la plus belle couleur au monde…

Il était si proche d'elle à présent que leurs nez se frôlaient presque mais Rory n'esquissait plus un geste, la laissant dans l'attente d'un baiser qu'elle n'osait pourtant pas prendre elle-même. Immobile, il la regardait sans parler, l'air un peu perdu, l'implorant silencieusement de parcourir les derniers millimètres qui les séparaient encore. Infime, minime distance qui lui donna pourtant l'impression de sauter dans le vide quand elle consentit enfin à se jeter à l'eau.

Peut-être aurait-il été plus raisonnable, et plus adulte, de ne pas céder immédiatement à cette douce tentation mais Alma, désormais adossée à la roche froide et rugueuse, n'était plus d'humeur à la prudence. Après tout, n'était-elle pas en train de vivre ce qu'elle était à présent certaine de vouloir ? Elle ne pouvait pas éternellement se cacher derrière ses blessures ou derrière de fausses excuses.

Ils restèrent longtemps dans les bras l'un de l'autre, surveillés avec attention par Klara qui, solennelle, avait cessé sa course folle dans les vagues pour venir les observer de plus près. L'instant était beau et évident.

Alors que Rory la serrait toujours contre lui, elle ne put s'empêcher de penser à Jack et à leurs débuts. Et comme cela lui avait semblé beau et évident, là aussi. Et éternel. Avec lui, elle avait été heureuse à en crever et puis, à mesure que le temps passait, de moins en moins bien. Si forts et intenses qu'ils aient été à un moment donné, leurs sentiments s'étaient finalement affaiblis avec le temps, le quotidien, l'habitude surtout. Alors, est-ce que ça valait vraiment la peine de recommencer ? De s'investir à nouveau dans quelque chose qui, dans quelques semaines ou quelques mois – quelques années s'ils avaient de la chance – ne serait peut-être plus que de vent ?

— Je suis vraiment heureux, là, maintenant, tout de suite ! clama finalement Rory tout en s'éloignant un peu d'elle pour mieux l'observer. Pas toi ?

Elle acquiesça d'un sourire, heureuse qu'il soit à mille lieues de se poser les mêmes questions qu'elle. Déjà, il reprenait, soudain incapable de se taire :

— Je sens que les prochaines semaines vont être merveilleuses ! Vraiment ! Si j'avais su à l'avance qu'un bel amour d'été m'attendait juste à côté de chez mes parents, je serais venu un peu plus tôt je crois !

À ces mots, presque malgré elle, elle se raidit imperceptiblement.

— Alors c'est tout ce que tu me proposes ? lui demanda-t-elle, la mort dans l'âme. Un amour d'été ? Et puis c'est tout ?

Il rit. Ce qui acheva de la contrarier.

— Il y a un problème ?

— Non. Mais tu pourrais au moins faire l'effort de me faire croire à quelque chose de plus… Je sais pas ? De plus romantique que ça ?

— Ah oui ? demanda-t-il tranquillement. C'est vraiment ce que tu veux ? Du baratin romantique ? Que je te promette monts et merveilles pour avoir l'air un tant soit peu sincère ? Pourquoi faudrait-il forcément se faire des serments qui parlent de toujours et d'éternité pour avoir l'air sérieux ? Pourquoi faudrait-il que je te fasse des promesses en l'air ? Je suis d'avis d'attendre encore un peu pour une demande en mariage !

Il lui fit un clin d'œil avant de laisser à nouveau son regard se perdre à l'autre bout de la plage. Il semblait étrangement serein, contrairement à elle.

— Pourquoi ? lança-t-elle finalement, bien décidée à ramener son attention à elle. Peut-être tout simplement parce que c'est agréable ? Parce que ce sont des choses qui font plaisir à celui ou celle qui les entend !

— Oui mais… Est-ce que ce n'est pas tout simplement agréable à entendre parce que c'est rassurant ?

— Peut-être. Et alors ?

— Moi, ça ne me rassure pas. Pire : ça me fait plutôt peur…

— Ah oui ? Je ne sais pas trop comment le prendre alors !

À présent, elle se sentait complètement fâchée contre lui.

— Alors prends-le bien ! Parce que si je n'étais pas attiré par toi, Alma, et si je n'étais pas sincère, je ne serais pas là, ici et maintenant ! Je te propose juste de profiter de ton été ici, avec moi. Pourquoi ne pas vivre l'instant présent, tout simplement ?

Lorsqu'elle comprit qu'il allait l'embrasser à nouveau, elle se dégagea vivement.

— Oh non ! Pas ça !

— Mais…

— Ne me sors pas ce bon vieux couplet usé par tous les lâches de la planète ! Vivre l'instant présent ? Sérieusement ? Si tu veux juste t'amuser avec moi, sois clair dès le départ, que je ne me fasse pas de fausses idées ! Que je…

Elle avala difficilement sa salive.

— Que je ne prenne surtout pas le risque de tomber amoureuse de toi.

Elle imagina qu'il allait rire, la taquiner ou encore feindre de ne pas avoir entendu pour la forcer à répéter, mais il ne répliqua pas tout de suite, laissant planer le doute quant à son réel état d'esprit.

— Comment ça ? Parce que ce n'est toujours pas le cas ?

Alma se contenta de lui répondre d'une moue peu convaincue.

— Alors je suis terriblement déçu, déclara-t-il finalement. Je pensais que mes sentiments étaient partagés mais les femmes d'aujourd'hui sont décidément bien difficiles à séduire… Tellement exigeantes ! Mais ça me va. J'ai tout l'été, ajouta-t-il avec gaîté. Tout l'été pour que ma gente dame change d'avis et succombe à mon charme ! Étant donné mon potentiel de séduction, je ne me fais pas trop de souci !

Il fanfaronnait, comme toujours, mais en relevant furtivement les yeux sur lui, elle avait croisé un regard qui était clairement moins assuré que ses paroles voulaient bien le lui faire croire. Elle n'y vit pas de failles – car il n'était pas de ceux qui portent leurs blessures au fond des yeux – mais elle entrevit malgré tout l'homme fragile et vulnérable qui apparaissait parfois derrière le sale gosse à la gueule d'ange, masque derrière lequel il se cachait trop souvent, par pudeur ou bien par jeu. Elle aimait bien ce Rory-là mais elle aimait également l'autre, celui qui ne l'épargnait pas et qui, elle le pressentait, la pousserait toujours à aller de l'avant.

À le voir ainsi, si beau dans la lumière vacillante, si jeune encore et si plein de rires, elle faillit craquer. L'espace d'une seconde, elle manqua le lui dire mais au dernier moment, fit le choix de se taire encore un peu. C'était trop tôt, c'était trop récent encore. Et puis, cela lui ferait un peu trop plaisir. Le garder dans l'expectative ne lui ferait pas de mal. Il saurait plus tard. D'ailleurs, elle n'aurait peut-être même pas besoin d'en parler pour qu'il comprenne…

Et puis après tout, il avait parfaitement raison, ils avaient l'été devant eux pour mettre des mots, ou pas, sur leurs sentiments naissants.

— Il y a une autre chose que j'espère, reprit Rory.

— Laquelle ?

— Mon plus grand espoir serait de revoir ton magnifique pyjama rose ! Je te l'ai déjà dit, je n'ai fait que penser à lui ces derniers jours et j'ai vraiment envie de mieux le connaître. Il était tellement… tellement chic ! D'une élégance raffinée ! Il serait dommage de me priver plus longtemps de sa vue !

Il esquiva avec un certain talent la tape qu'elle tenta de lui donner sur la tête et fit mine de s'enfuir sur le sable, l'encourageant à l'attraper si elle l'osait. Puis il lui tourna le dos et s'éloigna.

Si son premier mouvement fut de le suivre, Alma stoppa son geste, l'esprit soudain critique. Un baiser, un coucher de soleil, un couple qui se court après sur une plage désertée à la fin d'une journée d'été… Tous les voyants étaient allumés : elle était bel et bien en plein cliché guimauve. Tout à fait le genre de scène qui lui aurait fait lever les yeux au ciel à la fin d'un film et pourtant…

Pourtant, elle avait envie d'y goûter, à cette guimauve-là, de courir sur cette plage sans avoir l'impression d'être ridicule, de soupirer en regardant le soleil disparaître dans la mer et d'écouter Rory lui raconter ses bêtises sur le chemin du retour, tout en esquivant (bien entendu) les hérissons susceptibles de croiser leurs pneus.

Elle avait tellement envie de vivre, tellement envie de hurler à pleins poumons, de serrer dans ses mains, de broyer, de caresser, d'aimer, de détester, de pleurer en public, de rire aux éclats quand il ne fallait pas et puis de courir droit devant elle pour s'arrêter, reprendre, s'arrêter encore et puis même foncer dans les murs si cela lui chantait. Après tout, pourquoi pas ?

Elle voulait exister à nouveau, tout simplement. Et donc, peut-être, avoir à nouveau mal. Mais aussi être heureuse. Sans fausse pudeur et sans jamais plus s'excuser de ses sentiments.

Soudain, ce fut un peu comme si la vie refluait dans tous ses membres. Comme s'ils avaient été trop longtemps privés de circulation et que, brusquement, ils revenaient à la vie. Tout son corps pulsait d'impatience. Celle qu'elle avait trop longtemps retenue. Celle qui l'avait trop longtemps désertée.

C'était douloureux. Et à la fois, complètement délicieux.

Alors elle ne perdit pas une seconde de plus à réfléchir et profita de ce sursaut inespéré pour s'élancer à son tour sur le sable, tout simplement.

Un court instant, sa peur la pétrifia avant de venir la conforter dans son choix : si elle avait peur, c'est qu'elle prenait un risque. Et si elle prenait un risque, c'est qu'elle était vivante. Et à nouveau prête à affronter la vie.

À nouveau libre.